LIN RINA

LIMEA

INNERER STURM

DRACHENMOND VERLAG

Drachenmond Verlag GmbH
Auf der Weide 6
50354 Hürth
http: www.drachenmond.de
E-Mail: info@drachenmond.de

Lektorat: Stephan R. Bellem
Korrektorat: Michaela Retetzki
Satz & Layout: Astrid Behrendt

Umschlagdesign: Marie Graßhoff
Bildmaterial: Shutterstock
Karte & Illustrationen: Verena Göller

Druck: Booksfactory

ISBN 978-3-95991-274-7

Für Leni

Weil du Konventionen überwindest
und trotz Furcht vor der Zukunft
mutigen Schrittes deinen Weg gehst.

1

TREIBGUT

Der Morgen war trüb, denn die Nacht war stürmisch gewesen. Das Meer trug mir sein aufgewühltes Rauschen entgegen und in der Luft lag eine fast spürbare Spannung.

Etwas würde heute geschehen. Und es war nichts Gutes.

Aber vielleicht wünschte ich mir das auch nur.

Wut und Frust hatten mich die ganze Nacht wach gehalten und jetzt saß ich hier auf einem Felsen, nahe dem Strand, und ärgerte mich immer noch. Mein Kopf tat weh von der durchwachten Nacht und den Tränen, die ich zu meiner Schande vergossen hatte.

Gestern war einer der schwärzesten Tage meines Lebens gewesen. Dabei hatte er so gut angefangen, mit Sonnenschein und fröhlichen Gedanken.

Aisek und Milla hatten mich damit überrascht, mein ganzes Fenster mit blauen Blumen zu dekorieren. Mutter hatte zur Feier des Tages süßes Brot zum Frühstück gebacken und mir ein neues Tuch ertauscht. Es war aus groben Fasern, in Braun und Grün, sehr schlicht und unauffällig. Typisch für unsere Kaste.

Ich hätte mir ein blaues gewünscht, meine Lieblingsfarbe. Doch so etwas wäre nicht lange in meinem Besitz geblieben, und niemand verlor gern Geburtstagsgeschenke an jemanden aus den oberen Kasten. Sobald sie Gefallen daran fanden, nahmen sie es einem weg. Immer.

Und dieses hinterhältige Miststück Mareika hatte es doch tatsächlich fertiggebracht, mir genau aus diesem Grund den Tag zu versauen.

Ich war aber auch selten dumm gewesen. Warum hatte ich die silberne Kette mit dem schimmernden Anhänger nur so offen bei mir getragen? Mutter hatte mir gesagt, ich solle sie versteckt halten, so wie sie sie all die Jahre versteckt hatte. Sie gab sie mir im Geheimen, als Milla schon aus dem Haus gewesen war.

Damals hatte sie dieses Schmuckstück von ihrer Mutter zur Mündigkeit bekommen, so wie diese von ihrer. Und nun bekam ich es.

Und hatte es gleich verloren. An Mareika, dieses diebische, nichtsnutzige Scheusal der oberen Kasten.

Ich war eine Schande für meine Familie!

Mein einziger Trost war, dass Mareika nicht über ein einziges Talent verfügte und sicher mit der Mündigkeit ihren Platz in ihrer Kaste verlieren würde. Hoffentlich.

Erschöpft raufte ich mir das Haar. Es brachte ja doch nichts, darüber nachzudenken. Die Silberkette war weg und ich musste mich den Gesetzen beugen.

Aber es ärgerte mich so sehr!

Und damit waren meine Gedanken ein weiteres Mal im Kreis gewandert.

Der Wind frischte auf und blies mir die Haarsträhnen aus dem Gesicht. Er roch salzig und rein.

Bedachtsam erhob ich mich und stellte mich ihm entgegen. Er zog an meinen Armen und Fingern und brachte meine Haut zum Kribbeln. Ich lenkte meine Konzentration nur auf dieses Gefühl, ließ den Wind all die schweren Gedanken mit sich nehmen und konnte endlich aufatmen.

Es war kälter als gestern. Ich konnte es deutlich spüren.

Der Sommer neigte sich unweigerlich dem Ende zu. Der Herbst stand bevor. Bald würden die kalten Stürme die Insel erreichen und dann kam der Winter.

Ich freute mich auf den Winter. Die eisige Jahreszeit brachte meine Fähigkeiten so klar zum Vorschein wie keine andere.

Dieses Jahr würde ich es allen zeigen, denn ich war nun mündig, und der Rat würde mich beobachten.

Doch Angst hatte ich keine. Ich würde jagen wie eine Meisterin, die Kälte und die schlechte Sicht zu meinem Vorteil nutzen, Spuren lesen, aber keine hinterlassen.

Der Rat könnte dann sehen, dass ich von Wert war und meine Leistungen mehr entsprachen als einem Platz in den mittleren Kasten. Und bald darauf würde ich aufsteigen und bekommen, was ich verdiente, was ich mir mit Schweiß und Blut erarbeitet hatte.

Ein Lächeln stahl sich auf meine Lippen, mit den Fingern streifte ich den Ring in meinem rechten Ohr, der hoffentlich bald durch zwei weitere ergänzt werden würde, und mein Herz schlug schneller und leichter als noch vor einigen Augenblicken.

Übermütig sprang ich vom Felsen hinunter in den weißen Sand und trat näher an die schäumenden Wellen des unendlichen Meeres.

Die Morgendämmerung war fortgeschritten und auch meine Gedanken hellten sich auf.

Vielleicht würde der Tag doch nicht so schlecht werden.

Eine ganze Weile stand ich am Strand, die Zehen tief im Sand vergraben, und sah der Sonne beim Aufgehen zu. Ihre Strahlen wärmten meine Haut, kitzelten mich an der Nasenspitze.

Als ihr Schein zu stark wurde, senkte ich den Kopf und blickte den Strand entlang.

Der Sand erstreckte sich in einem weichen Bogen gen Westen und wurde ein ganzes Stück entfernt von etwas Dunklem unterbrochen, was meine Aufmerksamkeit auf sich zog.

Irritiert sah ich genauer hin und betrachtete das Etwas, das durch die Bewegung der Wellen an den Strand getragen wurde.

War das ein Stück Holz? Nein, es war nicht starr genug für Holz.

Wie von selbst begann ich einen Fuß vor den anderen zu setzen und meiner Neugierde zu folgen. Wenn es ein Fisch war, dann aber ein riesiger. Man könnte ihn gegen ein Schaf tauschen, so groß wäre er.

Umso näher ich kam, desto klarer konnte ich erkennen, was da im Wasser trieb. Ein Mensch. Verdammt!

Getrieben vom Schreck rannte ich hinüber und hielt dann so abrupt an, dass ich das letzte Stück rutschte und Sand in alle Richtungen spritzte.

Vor mir im Wasser lag ein Mann. Vom Hals bis zu den Füßen in Schwarz gekleidet. Er war riesig, größer als jeder Mann, den ich je gesehen hatte. Seine Schultern breit wie die eines Ochsen, die Arme dick wie Baumstämme. Sein Haar hatte die Farbe des Sandes und breitete sich um seinen Kopf wie ein leuchtender Kranz aus.

Ungläubig schüttelte ich den Kopf, wusste nicht, was ich denken oder fühlen sollte.

Er war ein Fremdling, da war ich mir sicher.

Ich hatte mit dem Stamm der Soketen zwar nie viel zu tun gehabt, aber dieser Mann gehörte unmöglich zu ihnen. Er wäre mir aufgefallen. So einen Mann übersah man nicht, und man würde die anderen über ihn reden hören. Er musste ein Fremdling sein.

Wie konnte ein Mann nur so groß sein?

Obwohl er sich nicht rührte, hatte er etwas Gefährliches an sich, wie ein großes Raubtier. Oder ein Kämpfer.

War er tot?

Ich hatte schon einmal eine Wasserleiche gesehen. Vor drei Jahren fand Aisek einen Jungen vom Stamm der Soketen in der Bucht. Dieser wurde schon seit Tagen vermisst und war schrecklich aufgedunsen und blass wie eine Qualle, mit einem Netz aus blauen Adern auf der Haut.

Dieser Mann hier hatte mit dem Jungen damals nichts gemein. Er sah eher wie jemand aus, der in einen Regenschauer geraten war oder am frühen Morgen baden ging.

Bedacht trat ich noch ein paar Schritte näher und kniete mich vorsichtig neben seinen Kopf. Aufmerksam betrachtete ich sein unbewegtes Gesicht, versuchte zu erkennen, ob er noch atmete. Ein grimmiger Zug lag auf seinen Lippen, setzte sich zwischen den hellen Augenbrauen auf der hohen Stirn fort.

Da sein Oberkörper noch halb im Wasser hing, war schwer festzustellen, ob er sich hob und senkte, oder ob es die Brandung war.

Mit einer Hand strich ich mir mein Haar in den Nacken und beugte mich näher an ihn heran. Der Mann zuckte leicht, oder ich hatte mir diese Bewegung auch nur eingebildet. War da ein Atemzug gewesen?

Gerade wollte ich mein Ohr an seinen Mund halten, um mich zu vergewissern, als mir eine Haarsträhne entkam, nach vorne fiel und die Wange des Fremdlings berührte.

Der Mann reagierte so schnell, dass mir nicht einmal Zeit für einen Aufschrei blieb.

Blitzartig fuhren seine Hände nach oben, packten mich an der Schulter und im Nacken und warfen mich nach vorn. Die Welt drehte sich einmal im Kreis und ich wurde brutal in den Sand gedrückt, die riesige schwarze Gestalt des Mannes über mir.

Zappelnd wehrte ich mich, strampelte mit den Beinen, bemühte mich, mit meinen Händen nach seinem Griff in meinem Nacken zu greifen, der mich immer fester auf den nassen Sand presste.

Die Luft blieb mir weg. Panik schwappte in meinen Geist und hinderte mich daran zu schreien. Sand drang mir ins Ohr und in die Nase. Nasser, klebriger Sand.

Doch das alles dauerte nur wenige, endlos wirkende Momente, bis mein Fuß den Oberkörper meines Angreifers traf und er mich daraufhin genauso plötzlich losließ, wie er mich gepackt hatte.

Ich wartete keinen Augenblick, sprang sofort auf die Füße und brachte drei Schritt Abstand zwischen uns. Hastig wischte ich mir den Sand aus dem Gesicht, atmete, um mich wieder zu beruhigen, und ließ den Hünen keinen Moment aus den Augen.

Er kniete halb im Wasser, das Haar klebte ihm im Gesicht, sein Atem ging rasselnd, wie nach einem langen Lauf, und er presste sich krampfhaft die Hände auf die Seite. Sein Kiefer war angespannt. Doch nicht aus Zorn. Eher sah es aus, als hätte er Schmerzen.

Auch wenn mein Fuß ihn getroffen hatte, war ich das sicher nicht gewesen.

Abschätzig starrte er mich aus grauen Augen an, die so klar waren wie ein silberner Schild.

Dann sackte er unvermittelt in sich zusammen, fiel nach vorne, eine Hand in den Sand gestützt, die andere immer noch an die Seite gepresst. Dunkles Blut sickerte zwischen seinen Fingern hindurch.

Vorsichtig machte ich wieder einen kleinen Schritt auf ihn zu, obwohl mein Verstand laut schrie, es nicht zu tun. Alles an ihm strahlte Gefahr und Gewaltbereitschaft aus.

Hart schluckend nahm ich meinen Mut zusammen und reckte den Hals.

Eigentlich hätte ich schnellstmöglich von hier verschwinden sollen, den Rat wach trommeln, vom Fremdling berichten. Doch ich konnte nicht. Mein Ärger über den Rat und seine Gesetze hatte die ganze Nacht an mir genagt, und jetzt war ich noch nicht wieder bereit, mich ihnen ohne Trotz zu unterwerfen. Eine kleine Stimme in meinem Kopf schrie nach Rebellion.

Vielleicht war es genau diese kleine Stimme, die mich dort hielt. Oder das Mitleid.

Dieser Mann war aus einer Welt gekommen, die ich nicht kannte, und in einer gelandet, die ihm fremd war. Er war allein, verletzt und so erschöpft, dass er es nicht einmal fertigbrachte, sich aufrecht zu halten.

Ich trat noch näher zu ihm und beugte mich zu seiner verletzten Seite, um die Wunde zu begutachten.

Er bemerkte mich, schlug nach mir.

Doch diesmal war ich vorbereitet, duckte mich unter seiner ausfahrenden Hand hindurch und gab ihm einen tadelnden Klaps auf den Hinterkopf. Er sollte ja nicht denken, er wäre hier derjenige, der die Oberhand hatte, nur weil er mich in einem unaufmerksamen Moment erwischt hatte.

Mit erschrocken weit aufgerissenen Augen sah er mich an. Damit hatte er wohl nicht gerechnet.

Gutes Gefühl!

Ich versuchte gebieterisch auszusehen. Bauch rein, Brust raus, das Haupt hoch erhoben. »Zeig mir deine Verletzung!«, befahl ich ihm und zeigte mit dem Finger auf seine Seite.

Er reagierte nicht, starrte mich einfach nur an. Seine grauen Augen musterten mich misstrauisch von oben bis unten.

»Hey!«, rief ich, als sein Blick für meinen Geschmack zu lange an meinen Beinen hängen blieb.

Seine Aufmerksamkeit schnellte wieder hoch zu meinem Gesicht.

Konnte er mich vielleicht gar nicht verstehen? Sprach man in seiner Welt eine andere Sprache?

Wieder zeigte ich auf seine Seite. Zwischen seinen Fingern quoll immer mehr Blut hervor, rann über seinen Handrücken und tropfte in den Sand.

Die Wunde musste tief sein. War sie frisch? Würde er daran verbluten?

Ich holte tief Luft. »Ich will dir helfen«, sagte ich zu ihm und mehr Milde war in meine Stimme getreten. Ihn so stark bluten zu sehen, machte mich weicher.

»Ich will deine Hilfe aber nicht!«, knurrte der Mann zwischen zusammengebissenen Zähnen und versuchte sich aufzurichten.

Jetzt war ich überrascht. An der Sprache lag es also nicht, dass er sich weigerte zu reagieren.

»Du wirst sie aber brauchen«, erwiderte ich streng und bemühte mich, meine Überraschung zu verbergen. Entschlossen griff ich nach seinem Arm, um ihn zu stützen.

Er stieß mich von sich, sodass ich unsanft auf dem Hintern landete. Jedoch ohne die Brutalität, die ich vorher bei ihm gespürt hatte. Seine Kräfte gingen wohl zur Neige. Er sollte schnellstens aus dem kalten Wasser raus und jemand musste seine Wunde verbinden.

Genervt rappelte ich mich wieder auf. In meinem Inneren rumorte es, ein Funke Wut sprang mir in die Augen. So ein Idiot! Es war offensichtlich, dass er sich kaum auf den Beinen halten konnte. Wollte er hier allein am Strand sterben?

»Los, steh auf!«, zischte ich ihn an. »Steh auf und lauf herum, wenn's dir so gut geht, dass du es dir leisten kannst, meine Hilfe abzulehnen.«

Finster und trotzig starrte er mich weiter an, der Kiefer so angespannt, dass ich seine Zähne knirschen hörte. Seine Arme begannen sichtbar zu zittern, als er sie anspannte, um sich vor mir zu erheben. Die Anstrengung war beinahe in der Luft zu spüren, er keuchte auf und sackte noch ein Stück nach unten.

Als sich auf seiner Stirn, trotz der kühlen Luft, Schweißperlen bildeten, trat ich wieder auf ihn zu. Langsamer als bisher. Ich wollte ihn nicht wieder verschrecken.

Er sah jämmerlich aus, wie ein geschundenes Raubtier, und mir schnürte ein Kloß den Hals zu. Der Fremdling schlug nicht mehr nach mir, schaffte es kaum, seinen Kopf zu heben, und sank immer weiter dem Boden entgegen.

Schnell schob ich mich unter seinen Arm, mit dem er sich auf dem Sand abstützte, und umfasste seine Taille. Denn wenn er fiel, würde ich die Masse seines Körpers nicht mehr hochbekommen.

Ich verhakte meine Finger im Bund seines Beinkleides und stemmte mich mit aller Kraft nach oben. Meine Hacken gruben sich in den nassen Sand und doch kam ich nicht sehr weit. Dieser Mann war noch schwerer, als ich erwartet hatte.

Er protestierte nicht einmal mehr dagegen, als wäre seine Gegenwehr bereits gebrochen.

Ich holte tief Atem, krallte meine Finger noch fester in seine Kleidung und schob mich nach oben. Deutlich konnte ich spüren, wie er sich so gegen mich lehnte, dass ich ihn leichter packen konnte, und er versuchte sogar auf die Füße zu kommen.

Es dauerte einige Zeit, bis es ihm gelang und wir uns zusammen ein ganzes Stück den Strand raufgeschleppt hatten. Als wir das Grasland dahinter erreichten, ging es etwas einfacher.

Doch meine Arme zitterten allmählich vor Anstrengung und meine Knie fühlten sich an, als gäben sie jeden Augenblick unter dem Gewicht nach. Die durchwachte Nacht machte sich stärker bemerkbar, als ich gedacht hatte, und der Fremdling war verdammt schwer. Wie konnte man auch so groß sein?!

Es gab nicht viele Orte, an die ich ihn bringen konnte, ohne gesehen zu werden und die nah genug lagen.

Ich hob den Kopf, ließ mir vom morgendlichen Wind die Haare aus dem Gesicht wehen und den Blick über die hellen Dünen hinter uns wandern, an der Küste entlang zu den Südklippen. Dort gab es Höhlenlöcher im groben Stein, die der Wind und die Meereswitterung über die Jahrhunderte in den Felsen gefressen hatten. Dort kam selten jemand hin, weil es weder etwas zu ernten noch zu jagen gab. Für meine Zwecke also wie geschaffen.

Es fühlte sich an wie Stunden, die wir uns über die Wiesen schleppten, bis die weiche Erde von felsigem Grund abgelöst wurde. Der Fremdling schnaubte, kippte zur Seite und ich stieß einen erschrockenen Laut aus. Obwohl ich versuchte ihn festzuhalten, sackte er mir weg und schlug hart auf dem Boden auf.

»Verdammt!«, keifte ich und beugte mich zu ihm hinunter. »Lebst du noch?« Meine Stimme klang angsterfüllter, als mir lieb war. Ich hatte noch nicht viele Leichen gesehen und ich konnte gern darauf verzichten, eine weitere vor mir zu haben.

Der Berg von einem Mann knurrte und drehte mir unter Anstrengung sein Gesicht zu. »Eine Pause«, presste er hervor und ich nickte hektisch.

Zwischen seinen Fingern sickerte weiter das Blut aus der Wunde an seiner Seite und ich starrte einen Moment gebannt auf die dunkle Flüssigkeit, Panik im Bauch, ehe ich mich zusammenreißen konnte. Wenn das so weiterging, würde er mir verbluten.

Mit zitternden Fingern wickelte ich mir das Tuch von den Hüften, das meine Mutter mir erst gestern geschenkt hatte, und faltete es zu seiner vollen Länge aus. Es wäre nicht gerade ideal, um als Verband zu dienen, aber immerhin besser, als gar nichts zu unternehmen.

»Nimm die Hand von der Wunde«, wies ich ihn an, ehe ich mich anschickte, das Tuch um seinen gewaltigen Körper zu schlingen, damit er nicht wieder auf mich losging, wenn ich ihn berührte. Er blicke mich mit glasigen Augen an, wehrte sich nicht und hob ganz langsam die Hand, die sich blutig rot von dem dunklen Stoff seines Hemdes löste. Er keuchte, als er den Rücken wölbte, damit ich unter ihm hindurch kam, und gab erstickte Laute des Schmerzes von sich, als ich den provisorischen Verband schließlich festzog.

Schwer atmend drückte er die erhitzte Stirn an den kalten Stein des Bodens, während ich einen festen Knoten in die Enden band, und er fuhr sich mit der Zunge über die vom Salzwasser ausgetrockneten Lippen.

»Bleib liegen, ich bin gleich wieder da«, kündigte ich ihm an, umrundete seinen Körper und sprang einen Vorsprung hinunter in die Grasebene. Es waren nur ein paar Schritte bis zur nächsten Quelle, die zu unzähligen aus dem Stein herausbrachen. Ich zog ein Messer aus meinem Gürtel und trennte fachmännisch ein großes Blatt von einer Staude, um es mit Wasser zu füllen. An meinen Fingern klebte Blut.

Vorsichtig balancierte ich das Blatt zurück zu dem Fremdling, der sich stöhnend auf den Rücken gedreht hatte und mich fiebrig anblickte.

»Trink«, befahl ich und hielt ihm das Blatt an den Mund, sodass er nur noch schlucken musste, als ich ihm das Wasser langsam einträufelte.

Am Stand der Sonne erkannte ich, dass der Morgen noch nicht so weit fortgeschritten war, wie ich vermutet hatte. Die Zeit zog sich nur so quälend langsam dahin und mir schmerzte der ganze Körper von der Anstrengung des Tragens.

Mein Schweiß und der des Fremden klebte mir auf der Haut.

Nervös blickte ich über die Grasebene, die man von hier aus gut überblicken konnte. Jedoch bedeutete das gleichzeitig, dass man auch uns meilenweit sehen konnte. Und das war gar nicht gut.

Nervös nestelte ich an einem losen Faden meines Brusttuches und wartete nur so lange, bis sich der Atem des Fremdlings wieder etwas beruhigt hatte und nicht mehr so rasselnd klang.

»Weiter«, sprach ich ihn an und reichte ihm die Hand, sodass wir ihn mit vereinten Kräften wieder auf die Beine brachten. Er fragte nicht, wo ich ihn hinbrachte, sprechen kostete ihn wahrscheinlich aber auch nur zu viel Kraft.

Die Höhlen waren über einen schmalen Pfad begehbar, der direkt in die Felswand gehauen war. Neben uns ging es tief nach unten, wo die Brandung alles zerschmetterte, was in ihre Fänge geriet.

Die letzten paar Schritte schleifte ich den Fremdling beinahe hinter mir her, immer in Angst, er könnte stolpern und uns beide in den Abgrund reißen.

So betrachtet waren die Höhlen vielleicht doch nicht die beste Idee gewesen.

»Bleib wach und hilf mir«, flehte ich den Riesen an. »Bitte!«, brüllte ich gegen das Tosen der Wellen unter uns an, die gerade gegen die Klippen krachten, und hievte den Fremdling mit der letzten Kraft, die ich noch aufbringen konnte, in eines der größeren Löcher im Felsen.

Keuchend ging ich in die Knie, während der Fremdling wie ein gefällter Baum auf dem Höhlenboden aufschlug.

Völlig erschöpft krabbelte ich auf den Fremdling zu, prüfte seinen Atem, der flach ging, aber vorhanden war. Ich hätte ihn gern weiter hinten in der Höhle abgelegt, geschützt vor dem Wind, doch das würden wir beide wohl nicht mehr schaffen.

Ich setzte mich, ließ meinen Körper zur Ruhe kommen, lauschte meinen brennenden Atemzügen und dem Brausen der Wellen unter uns. Meine Arme schmerzten fürchterlich und meine Beine waren weich wie Butter. In meinem Kopf drehte sich alles und ein Schmerz pochte gegen meine Schläfen.

Die Haare klebten mir unangenehm im Nacken und am Rücken. Mit den Händen versuchte ich sie zusammenzunehmen, sie von meiner nassen Haut zu lösen, und scheiterte, als ich versuchte, sie zusammenzuflechten. Dafür waren meine Muskeln zu schwer und meine Finger zu zittrig.

Der Fremdling rührte sich nicht mehr, hatte die Augen geschlossen und sah gefährlich blass aus in seinen schwarzen Kleidern.

Er würde mir doch jetzt nicht wegsterben? Mühsam rappelte ich mich auf, fühlte mich, als hätte man mir Gewichte an die Glieder gehängt, und krabbelte zu dem reglosen Mann.

»Ich schau mir jetzt deine Wunde an«, warnte ich ihn vor. Falls er mich denn noch hören konnte.

Schwer öffnete er die Lider und sah mich wieder mit blutunterlaufenen Augen an. Seine Pupillen zuckten, verloren ständig den Fokus.

Schnell legte ich ihm eine Hand auf die Stirn und spürte sofort die unbehagliche Hitze. Er war glühend heiß. Wundfieber?

Ich rutschte auf den Knien zu seiner Seite, ignorierte die Steine, die sich mir in die Schienbeine drückten, und schob seine mit Blut verschmierte Hand beiseite, die er immer noch verkrampft auf die Wunde presste. Mein Tuch war bereits blutgetränkt, als ich den Knoten löste und mir die weiteren Kleidungsstücke besah.

Sie waren mir genauso fremdartig wie seine Gestalt. Eilig fingerte ich an dem Band, welches das oberste Gewandteil über der Brust schloss, und brauchte viel zu lang, um mit dem vom Meereswasser hart gewordenen Leder zurechtzukommen. Darunter befand sich ein weiteres aus grobem Leinenstoff, das schweißnass auf der Haut des Fremdlings lag. Es bedeckte sogar seine Arme.

Vorsichtig hob ich den Saum des Obergewandes an, um die Wunde freizulegen. Das Leinen ließ sich schwer von der Wunde lösen. Salz und Blut klebten daran. Der Fremdling ächzte vernehmlich, rührte sich aber nicht.

Unter dem Obergewand kam eine ekelerregende Wunde zum Vorschein. Es war eindeutig ein Schnitt, den man ihm mit einem scharfen Gegenstand zugefügt hatte. Die Ränder waren stark gerötet und teilweise gelblich verkrustet.

Mir wurde furchtbar schlecht und mein Magen rumorte gefährlich, obwohl ich schon so viele Wunden gesehen hatte.

Er musste schreckliche Schmerzen haben.

»Wie alt ist die Wunde?«, fragte ich ihn. Er reagierte nicht. Als ich aufsah, dachte ich für einen schrecklichen Moment, er sei gestorben. Mein Herz setzte einen Schlag aus.

Doch er atmete noch.

Panik kroch wieder in mir hoch, und in meiner Verzweiflung holte ich aus und schlug ihm mit der flachen Hand ins Gesicht. Das konnte doch nicht sein, dass er mir jetzt wegstarb, nachdem ich ihn hier raufgeschleppt hatte.

Meine Ohrfeige brachte ihn glücklicherweise wieder zur Besinnung. »Wie alt ist die Wunde?«, wiederholte ich die Frage lauter und sah ihm dabei direkt in die Augen.

Er sah mich an, dann durch mich hindurch und wurde dann wieder aufmerksam.

»Einen Tag«, brachte er so leise hervor, dass ich es beinahe überhört hätte.

Ich nickte. Die Wunde sah schlimm aus und das Salzwasser hatte verhindert, dass sie sich schloss. Dafür hatte sie aber auch nicht die Gelegenheit gehabt, sich richtig tief zu entzünden. Wenn ich mich beeilte, hatte er eine Chance.

Mit immer noch schmerzenden Fingern legte ich ihm den Tuchverband wieder um und kam dann schneller auf die Füße, als ich gedacht hatte.

»Hör mir zu.«

Er sah mich nicht an. Also wurde ich lauter.

»Hör mir zu! Ich gehe Medizin holen.«

Ganz schwach wippte sein Kinn und er schloss erschöpft die Augen.

Mein Herz raste, weil ich nicht wusste, was ich tun sollte. Einerseits wollte ich schnell los, andererseits hatte ich Angst, dass er starb, während ich unterwegs war.

Aber hatte ich denn eine Wahl?

Ein letztes Mal drehte ich mich zu ihm. »Wehe, du stirbst, Fremdling! Ich habe dich nicht hergeschleppt, damit du hier einfach ins Gras beißen kannst!«, fuhr ich ihn an und glaubte sogar, so etwas wie ein leichtes Lächeln auf seinen Lippen zu erkennen. Dann wandte ich mich ab und rannte zurück in die Siedlung.

2

OFFENE WUNDEN

Den ganzen Weg nach Hause überlegte ich, wie ich mit diesem seltsamen Morgen umgehen sollte. Denn jetzt, wo der Wind mir um die Ohren pfiff und meine nackten Füße über den weichen Boden der Grasebene rannten, strömten meine Gedanken wieder ungehindert durch meinen Kopf.

Zuerst war ich nur besorgt um den Fremdling gewesen, doch nachdem ich mir das Blut von den Händen gewaschen hatte, kam eine plötzliche Euphorie über mich. Mein Geist machte Luftsprünge und die Welt schien zu leuchten. So etwas Aufregendes war mir noch nie passiert. Ein Fremdling auf unserer Insel!

Und dann irgendwann, als ich an den Waldrand kam, die hohen Bäume ihre Schatten auf mich warfen und der Gesang der Vögel deutlicher zu hören war, wurde mir plötzlich ganz mulmig zumute.

Was hatte ich getan? Ich hätte auf der Stelle nach Hause kommen müssen. Gleich als mir klar geworden war, dass da ein Mensch am Stand lang. Ich hätte dem Rat berichten müssen, dass ein Fremdling auf die Insel gekommen war.

Meine Mutter erzählte mir manchmal Geschichten über Fremde, die ihr ihre Mutter erzählt hatte. Lange, sehr lange waren keine Fremden mehr auf unsere Insel gekommen. Selbst die Geschichten waren bereits mehr als lückenhaft und wurden nur im Geheimen erzählt.

Der Rat tolerierte es nicht. Immer predigte er uns, wie schlecht die Fremdlinge waren, die vor Jahren auf unsere Insel gekommen waren, und wie gut es für uns war, dass sie das jetzt nicht mehr taten und wir in Frieden leben konnten.

Verwirrt lehnte ich mich mit dem Rücken an die glatte Rinde eines Baumstammes und vergrub mein erhitztes Gesicht in den Händen.

Wieso war ich nur so töricht gewesen? Wenn der Rat erfuhr, dass ich einem Fremdling geholfen hatte, sogar vorhatte, ihn gesund zu pflegen, was würde mich dann erwarten?

Sie würden mich hassen, mir jeden Weg in eine höhere Kaste verbauen. All meine Chancen vertan, auf die ich schon so lange hinarbeitete. Für immer würden mich Menschen wie Mareika von oben herab betrachten, mir wegnehmen, was mir wertvoll war.

Und meine Kinder hätten es irgendwann noch schwerer, wieder aufzusteigen, zu zeigen, wer sie waren, etwas zu erreichen. Der kommende Winter war doch meine einzige Chance, mich hervorzutun. Dies hier war mein Jahr.

Tief atmete ich durch. Zweimal.

Was war also zu tun?

Der erste Gedanke, der mir durch den Kopf ging, war so genial wie skrupellos, und ich erschauderte vor der Bosheit meines Unterbewusstseins.

Ich könnte den Fremdling einfach sich selbst überlassen. Spätestens übermorgen wäre er tot. Keiner würde es erfahren. Falls man ihn je fand, würde niemand wissen, dass ich es gewesen war.

Sofort schüttelte ich den Kopf und spürte eine eiskalte Gänsehaut über meinen Körper rieseln. Nein! Auch wenn es meine Probleme im Keim ersticken würde, konnte ich es nicht. So war ich einfach nicht. Denn dann müsste ich mein Leben lang mit dem stillen Vorwurf leben, jemanden getötet zu haben. Und das würde mich verrückt machen.

Auch wenn er ein Fremdling war, atmete er, war gelaufen, hatte um sein Leben gekämpft. Er sah vielleicht nicht genauso aus wie wir, aber er war ein Mensch. Es wäre Mord, nicht zurückzugehen.

Mit ungelenken Schritten schlich ich Richtung Siedlung, sprang wie gewohnt über Wurzeln, duckte mich wie selbstverständlich unter Ästen hindurch auf dem Weg, den ich schon tausende Male gegangen war, während meine Gedanken weiter im Kreis herumrasten.

Ich würde zurückgehen und ihm helfen, das war beschlossen, weil ich nicht anders konnte. Aber wem konnte ich davon erzählen? Eigentlich keinem.

Es dem Rat zu sagen war vom Tisch. Nun steckte ich schon zu tief drin, um noch glimpflich aus der Sache rauszukommen. Sie würden auf jeden Fall mir, und womöglich auch Milla, die Möglichkeit des Aufstiegs nehmen und der Fremde wäre dann auch so gut wie tot. Entweder sie würden ihn in den Höhlen sich selbst überlassen oder ihn zwingen, die Insel auf der Stelle zu verlassen, um auf dem offenen Meer zu sterben. Und das nur wegen mir. Weil ich kein Geheimnis für mich behalten konnte.

Wieder blieb ich stehen und stöhnte auf. Ich hatte es nicht mal geschafft, eine silberne Kette auch nur einen Tag geheim zu halten, wie sollte ich es da mit einem ganzen Menschen machen? Und dann noch mit einem so großen?

Ich musste es jemandem erzählen. Es war einfach notwendig, damit ich nicht an dem Geheimnis erstickte. Jemandem, der mir helfen konnte. Jemandem, dem ich vertrauen konnte. Sonst würde ich mich am Ende nur selbst verraten.

Milla stand außer Frage. Nie würde ich meine kleine Schwester in so etwas mit reinziehen. Falls ich aufflog, sollte sie wenigstens reinen Gewissens behaupten können, sie hätte nichts davon gewusst. Auch wenn es ihr wahrscheinlich nicht viel helfen würde.

Meiner Mutter konnte ich vertrauen. Sie hütete Geheimnisse wie keine andere. Keine Taktik, kein Einschmeicheln und keine Folter brachten meine Mutter dazu, etwas zu erzählen, was sie nicht erzählen wollte.

Doch sie würde mir nicht helfen. Ihr Rat wäre ganz sicher, nicht zurückzugehen, den Dingen ihren Lauf und den Fremden sterben zu lassen. Denn meine Mutter konnte solche Entscheidungen treffen und damit leben. Ich aber nicht.

Der Einzige, der also jetzt noch blieb, der Mensch, dem ich neben meiner Familie am meisten vertraute, dem ich ohne zu zögern mein Leben in die Hände geben würde, war Aisek.

Er war mein bester Freund und er würde mir helfen.

Hoffte ich zumindest. Denn ehrlich gesagt wusste ich nicht recht, wie Aisek darauf reagieren würde. Sicher wäre er nicht begeistert davon. Aber was hatte er zu verlieren?

Er war bereits Teil der untersten Kaste, und als Mann konnte er auch nur durch Heirat aufsteigen. Nichts, was er tat oder sein ließ, würde ihm oder seiner Familie schaden. Niemand erwartete etwas von ihm.

Ich erreichte die Siedlung schneller, als ich dafür bereit war.

Die meisten waren bei Sonnenaufgang aufgestanden, wuschen sich unten am Fluss oder gingen bereits ihrer Arbeit nach.

Für gewöhnlich nahm ich den Seilzug nach oben, weil es am schnellsten ging. Doch heute waren mir die Treppen lieber. Stufe für Stufe stieg ich auf in die Bäume, in ein Gewirr aus Bauten, die von den Ästen hingen, sich an die Baumstämme klammerten oder auf den Kronen thronten. Überall gab es Brücken aus Seilen, Holz, einfach oder mit Schnitzereien und Flechtarbeiten verziert. Seilzüge, Treppen und Leitern verbanden die verschiedenen Ebenen.

Meine Siedlung, hoch in den Bäumen. Das Zuhause der Sorayer.

Ich musste nicht weit hinauf, um zu Aiseks Behausung zu gelangen. Die unteren Kasten lebten am erdnahsten, sodass manche Bauten sogar schon fast bis auf den Boden reichten.

Aisek stand vor dem Haus seiner Familie auf einem breit getretenen Ast und zerhackte Holzklötze zu Scheiten.

Seine Kaste kümmerte sich um den Forstbestand der Siedlung. Bäume zu pflegen, sie zu pflanzen, die auszuwählen die gefällt werden mussten, und dann die Axt zu schwingen, war eine der schwersten Aufgaben, die es auf der Insel gab. Und auch die undankbarste. Sie war anstrengend, musste auf dem Boden ausgeführt werden und brachte einem keinerlei Ruhm ein. Im Gegenteil, die anderen sahen auf die Forster herab, achteten sie als unwürdig und schmutzig.

Mir war das unverständlich. Bäume waren doch die Grundlage unserer Lebensweise. Wir lebten auf ihnen, sie gaben uns Schutz, ernährten und erfreuten uns. Ich konnte mir also nichts Ehrenvolleres vorstellen, als sie neu zu setzen, sich um sie zu kümmern und ihnen beim Wachsen zu helfen.

Aisek allerdings hasste es. Er hatte es mir oft genug gesagt. Doch als Mann konnte er sich nicht aussuchen, welche Aufgabe er in der Siedlung innehatte. Er musste das tun, was sein Vater tat, und erst wenn er in eine andere Kaste einheiratete, würde sich das möglicherweise ändern.

Zwei von seinen älteren Brüdern standen auf der Hängebrücke, die zu ihrem Haus führte.

Für gewöhnlich mochte ich Aiseks Familie, doch jetzt wollte ich lieber niemandem begegnen. Behände griff ich in die Äste über mir, zog mich hinauf und hangelte geräuschlos über die Köpfe von Macon und Ruban hinweg, die mich glücklicherweise nicht bemerkten.

Auf Aiseks Höhe hielt ich inne und umklammerte den Baumstamm fest mit den Beinen. Ungeduldig wartete ich auf den richtigen Moment, um ungesehen herunterzugelangen, und schob die Blätter beiseite, um nach unten zu spähen.

Allerdings sollte ich mir nicht zu lange Zeit lassen, da meine Oberschenkel nach nur wenigen Augenblicken wieder zu schmerzen begannen. Ich hatte mich an diesem Morgen einfach zu sehr verausgabt.

Meine Gedanken drifteten ab, zurück in die Höhlen, zu dem Fremden, der schwer verletzt auf dem harten Boden lag und ohne meine Hilfe seinem Ende entgegensah. Noch ein Grund zur Eile, und doch stäubte sich alles in mir, zu Aisek hinunterzusteigen und ihm zu erzählen, was für eine Unmöglichkeit ich verbrochen hatte. Dies hier war kein alberner Streich oder ein Geheimnis meiner Schwester, das ich unbedacht weitererzählt hatte. Es war eine ernste Sache. Ja, sogar ein ernstes Verbrechen, wenn ich so darüber nachdachte.

Ich schüttelte den Kopf und scheuchte die Überlegungen fort. Dafür war jetzt wirklich kein Platz, wenn ich vorhatte, das Leben des Fremdlings zu retten.

Wie ein Lemur ließ ich mich nach unten sinken, fast schon elegant, und kam hinter Aisek auf dem Ast auf.

Macon und Ruban entfernten sich gerade in Richtung der Treppe, die zum Erdboden führte, und Aisek hackte unermüdlich sein Holz, ohne auf sie oder mich zu achten. Die kümmerlichen Muskeln an seinen schlaksigen Armen spannten sich, als er die Axt hob und sie mit Schwung auf das Holz niedersausen ließ. Aisek erledigte seine Aufgaben, doch zum Forster war er eindeutig nicht geboren.

Sein Vater war es, ein breit gebauter Mann mit großen Händen und stetem Wesen. Seine Brüder ebenfalls. Doch Aisek … Nein, ganz sicher nicht!

Er war grade mal so groß wie ich, schmal und sein Verstand war immer auf der Suche nach mehr als dem bescheidenen Forsterleben. Er gierte nach Wissen.

»Guten Morgen«, sprach ich ihn an und Aisek zuckte vor Schreck so sehr zusammen, dass ihm die Axt wegrutschte und er sich um ein Haar ins Knie gehackt hätte. Ups.

Erschrocken fuhr er herum, etwas blass um die Nase, und ließ die Axt aus seinen feingliedrigen Händen fallen, die seitlich vom Ast rutschte und unterhalb in einem Gebüsch landete. »Bist du noch bei Trost, mich so zu erschrecken?«, fuhr er mich an und seine blauen Augen funkelten mich so wütend an, dass sie noch eisiger wirkten als sonst.

In Aiseks Familie hatte keiner blaue Augen. Eigentlich kannte ich außer ihm niemand anderen mit solchen Iris. Die meisten hatten braune, von hell bis dunkel, oder leichte Grünverfärbungen. Aber blau war ein Phänomen, das für Aufsehen sorgte.

Leider etwas, das nur bei mir Faszination auslöste. Die meisten anderen reagierten erschrocken oder ablehnend auf seine kleine Andersartigkeit.

»Tut mir leid«, murmelte ich. Die Schärfe in seinen Augen verflog langsam und er setzte sich auf seinen Hackklotz. Er ließ den Nacken knacken, beäugte mich dabei aber eindringlich.

»Alles in Ordnung bei dir?«, fragte er langsam und der Ton in seiner Stimme verriet mir, dass er genau wusste, dass nicht alles in Ordnung war.

Ich hielt die Luft an, lehnte mich an den Stamm in meinem Rücken.

»Aisek?«, begann ich zögerlich und schaffte es nicht, ihm in die Augen zu sehen. »Ich habe was angestellt und brauche deine Hilfe.«

»Ich glaub das einfach nicht!«, rief Aisek zum sicher hundertsten Mal, als wir die felsige Küste erreichten und den schmalen Pfad zu den Höhlen entlangliefen. »Wie konntest du so unbedacht handeln?«, schimpfte er weiter hinter mir und ich seufzte, weil ich ja wusste, dass er recht hatte.

»Was hätte ich denn tun sollen? Ihn liegen lassen?«, blaffte ich zurück und balancierte weiter, kickte ein paar lose Steine in den Abgrund neben uns, damit Aisek darauf nicht ausrutschen konnte. »Du hättest es genauso gemacht«, behauptete ich und Aisek hinter mir schnaubte.

»Ich hätte viel zu viel Angst gehabt, um so was zu machen. Aber wie du meinst«, grummelte er, als ich in das Loch im Felsen kletterte, in dem ich den Fremden zurückgelassen hatte.

Er war noch da, lag genau an der Stelle, an der ich ihn zurückgelassen hatte. Einen Moment hatte ich erwartet, er hätte sich in Luft aufgelöst. Oder hatte ich es gehofft, nach all den Vorwürfen, die Aisek mir den Weg hierher gemacht hatte?

Vernehmlich schnappte Aisek nach Luft. »Verdammt, Limea, was hast du nur getan?«

Meine Kehle wurde enger, als ich auf die große dunkle Gestalt des Fremdlings starrte. Ich musste von Sinnen gewesen sein, als ich ihn hier hochschleppte.

Doch jetzt war es zu spät, ich hatte ihm geholfen und fühlte mich für ihn verantwortlich. Jetzt musste ich aus der Sache das Beste machen.

Der Mann lag still da, mein Herz stolperte in Panik. War ich zu spät? Doch als ich mich neben ihn kniete und ihm die Hand auf die Stirn legte, flatterten seine Lider und er blickte träge zu mir hoch. Erstaunen lag in seinen Augen, und auch ein Funke Erleichterung.

Erleichterung, die ich ebenfalls empfand.

Natürlich war mir bewusst, wie widersprüchlich diese Gedanken waren. Schließlich hätte ich weit weniger Probleme, wenn er mir einfach weggestorben wäre.

Seine Stirn war noch heißer als vorher.

Schnell griff ich nach meiner alten Umhängetasche, zog mir den zerschlissenen Träger über den Kopf und öffnete sie.

Es kamen diverse Salben und Kräuter zum Vorschein, die ich heimlich aus den Beständen meiner Mutter entwendet hatte.

Als Erstes tränkte ich einen Lappen mit kaltem Wasser aus meinem Trinkschlauch und legte ihn dem Fremden auf die glühende Stirn. Dann schob ich meine Hand in seinen kalten Nacken und hob vorsichtig seinen Kopf, um ihm einige Schluck einzuflößen.

Aisek stand verdattert da, die Augen weit aufgerissen, und sah mir schweigend dabei zu.

»Mach dich nützlich oder geh nach Hause!«, sagte ich schroffer als beabsichtigt und er zuckte zusammen. Langsam blinzelte er sich aus seinen Gedanken und ließ sich dann neben mir nieder.

»Das ist ein Freund«, erklärte ich dem Fremdling und wartete nicht auf seine Reaktion. Stattdessen wickelte ich eine Kajowurzel aus einem Tuch, zupfte mit spitzen Fingern die dunkle Schale ab und schob dem Verletzten ein Stück davon zwischen die Zähne. »Kau darauf herum. Es lindert die Schmerzen.«

»Versteht er dich denn?«, wollte Aisek neben mir wissen und betrachtete mit neugierigem Blick die fremdartige Kleidung.

Ich nickte. »Er hat in unserer Sprache gesprochen«, erzählte ich und Aisek runzelte die Stirn.

»Wirklich? Wie seltsam«, murmelte er nur und griff widerwillig nach dem provisorischen Tuchverband. Ich half ihm die Wunde freizulegen und Aisek sog zischend die Luft ein.

»Das sieht übel aus.« Nachdenklich zog er die Stirn kraus und drückte ganz vorsichtig gegen die blasse, blutverschmierte Haut um die Verletzung herum. »Aber ich denke, wir kriegen das hin.«

Der Fremde stöhnte vor Schmerz und ich nahm intuitiv seine verkrampfte Hand in meine. Sie war eiskalt und riesig groß. Besänftigend drückte ich sie und spürte die harten Schwielen in seiner Handfläche.

»Haben wir Heilsalbe?« Aisek reinigte mit einem weichen Tuch und etwas Wasser die Wunde und ich reichte ihm ein kleines steinernes Töpfchen mit der freien Hand. Er hatte mehr Erfahrungen im Behandeln von schlimmen Verletzungen als ich. Als Forster kam es früher oder später vor, dass man sich verletzte.

Mit zwei Fingern verteilte Aisek etwas von dem glibberigen Zeug um die Wunde herum, was die Blutung stillte, ließ sich von mir ein paar Kräuter reichen, einige aus dem Lager meiner Mutter und auch welche, die wir auf dem Weg hierher gesammelt hatten. Er zerkaute sie im Mund zu einem Brei, der bitter roch, und schmierte ihn dann in die Wunde, die wir anschließend mit einem breiten Stoffstreifen verbanden.

Aisek wischte sich die Hände an seinem Schurz ab, atmete tief durch und erhob sich. »So. Jetzt können wir nur noch warten«, kündigte er mir an. »Der Brei wird die Wunde verkleben und die Entzündung aus dem Fleisch ziehen. Wenn die Rötung zurückgeht, hat der Fremdling es eigentlich schon fast geschafft.«

Ich lächelte schwach zu ihm auf und reichte ihm den Wasserschlauch, damit er sich den Mund auszuspülen konnte.

Bemüht, kein Blut zu berühren, zog ich das schwarze Leinengewand des Fremdlings über den Verband und schloss sogar die Schnürung am ledernen Oberteil. Jedoch zog ich sie nicht besonders fest, damit sie nicht auf den Verband drückte.

»Limea?«

Ich hob den Kopf und sah zu Aisek, der raus auf den Vorsprung geklettert war.

»Ich muss zurück, sonst fällt auf, dass ich mich irgendwo herumtreibe. Und ich denke, wir wollen beide nicht, dass irgendwer erfährt, was du angestellt hast«, meinte er und ich war der gleichen Meinung.

»Danke, Aisek.« Entkräftet lächelte ich ihn an. Ich spürte die Erschöpfung meine Glieder befallen, seit der Fremdling versorgt war und die Aufregung in meinem Bauch sich langsam beruhigte.

Aisek seufzte wieder und fuhr sich mit den langen Fingern durchs schwarze Haar. »Dafür sind Freunde doch da«, schnaubte er und setzte dabei ein viel zu falsches Lächeln auf. Dann deutete er auf den Fremdling. »Du bleibst noch?«, wollte er wissen.

»Ja. Ich schaue, ob das Fieber sinkt, und versuche ihn zum Essen zu bewegen«, erklärte ich und hoffte, dass es auch so einfach war, wie es jetzt klang. Verstohlen sah ich zu dem Fremdling. Seine Augen waren geschlossen und sein Atem ging gleichmäßig. Die Kajowurzel wirkte zuverlässig und schenkte ihm einen hoffentlich schmerzlosen Schlaf.

»Limea?« Aisek stand immer noch draußen auf dem Vorsprung und biss sich nervös auf die Unterlippe. Fragend hob ich die Augenbrauen. Er schien nach den richtigen Worten zu suchen und ich fürchtete fast, er würde mir noch mehr Vorwürfe machen wollen. Zuerst sah er zu dem Fremdling und schließlich wieder zu mir. »Wir reden später. Pass auf dich auf«, brachte er schlussendlich heraus und ich nickte.

»Wenn jemand fragt, sage, ich wäre jagen gegangen.«

»Mache ich«, versicherte er mir, wandte sich ab und verschwand aus meinem Blickfeld.

Eifrig erneuerte ich das kalte Tuch auf der Stirn des Fremdlings und kramte eine Decke aus Schafwolle aus der Tasche, die ich über ihm ausbreitete.

Er sah immer noch so furchtbar blass aus. Aber Aisek hatte gesagt, wir könnten jetzt nur noch warten.

Unruhig wippte ich mit den Knien und begann, an der Nagelhaut meiner Finger zu kauen. Das machte ich immer, wenn ich rastlos oder nervös wurde. Wenn meine Mutter mich dabei erwischte, hielt sie mir einen Vortrag zu entzündeten Wunden und qualvollem Tod.

Sofort nahm ich den Finger aus dem Mund. In Anbetracht der Verletzung, die ich gerade gesehen hatte, war mir der Gedanke jetzt doch zu makaber.

Der Fremdling ächzte im Schlaf und rümpfte kurz die Nase.

Komisch. Jetzt, wo er so dalag, entspannt und schlafend, konnte ich mir kaum noch vorstellen, dass ich ihn für brutal und gefährlich gehalten hatte. Sein Gesicht wirkte auch viel jünger als zuvor. Wie viel Winter er wohl zählte?

Weil er so groß war, hatte ich ihn automatisch für älter gehalten. Doch jetzt konnte man den Eindruck haben, er wäre nur wenige Jahre über die Mündigkeit hinweg.

Ob wohl alle in seinem Land so groß waren wie er? Und wo war er überhaupt hergekommen? Um die Insel herum war nichts außer dem endlosen Ozean und sicher war er nicht hergeflogen.

Gehörte ihm ein Boot? Warum sprach er meine Sprache? Und wo hatte er diese seltsame Narbe her, die sich von seinem linken Ohr bis fast zum Kinn zog und eine Schneise in seine hellen Bartstoppeln schlug?

Ich schüttelte den Kopf, um mich aus meinen eigenen Gedanken zu befreien. Jetzt reichte es! Irgendwas musste doch zu tun sein, damit ich aufhörte, mir so viele sinnlose Fragen auszudenken, die ich nicht beantworten konnte.

Und damit ich nicht wieder an meiner Nagelhaut kaute.

Mit beiden Händen strich ich mir die Haare aus dem Gesicht. Was konnte ich also mit mir anfangen, während ich wartete?

Wenn Aisek den anderen erzählte, dass ich jagen ging, würde mich keiner bis zum Abend in der Siedlung erwarten und auch nicht vermissen.

Wieder bewegte sich der Fremdling in seinem unruhigen Schlaf. Der felsige Boden, auf den ich ihn hatte fallen lassen, war aber auch nicht gerade der bequemste Ort, um zu genesen. Ihm etwas zu suchen, mit dem ich ein richtiges Lager einrichten konnte, wäre eine gute und sinnvolle Aufgabe. Da ich aber unmöglich Stroh und andere Materialien am helllichten Tag aus der Siedlung schaffen konnte, ohne dass es irgendwem seltsam vorkäme, musste ich kreativ werden.

Tatendurstig kletterte ich aus der Höhle und lief schnellen Schrittes den schmalen Weg nach oben. In der Nähe standen einige karge Bäume, von denen ich viele dünne Äste abbrach und nach unten brachte.

Ich tränkte erneut das Tuch auf der Stirn des Fremden, betrachtete die ungesunde Blässe seines Gesichts, riss mich schnell wieder los und lief zurück nach draußen. Ich schnitt mit einem kleinen Dolch so viel wildes Gras wie ich tragen konnte und achtete nicht darauf, dass die scharfen Halme mir die Finger zerschnitten.

Das Bauen von Lagern gehörte nicht gerade zu meinen Talenten, doch schlussendlich konnte sich das Ergebnis sehen lassen. Wenn ich morgen früh genug aufstand und ein Tuch mitbringen konnte, dann sollte es …

Meine Gedanken wurden durch ein Husten unterbrochen, das mich erschrocken herumfahren ließ.

Müde öffnete der Fremdling die Augen und blickte sich mit halb geöffneten Lidern um. Er sah auch gar nicht mehr so blass aus. Das war gut.

Wieder hustete er und versuchte umständlich, sich aufzusetzen, was gar nicht gut für die Wunde an seiner Seite war.

»Nein! Leg dich wieder hin!«, rief ich, kniete mich neben ihn und mühte mich, ihn mit beiden Händen zurück auf den Boden zu drücken. Jedoch zwecklos. Selbst in seinem jetzigen Zustand war er immer noch sehr viel stärker als ich.

»Verflucht, was war das für ein Zeug, das du mir zu kauen gegeben hast?«, fluchte er verbissen und fasste sich mit der Hand an die Stirn.

Ich konnte mir nicht vorstellen, dass sein Gleichgewicht schon wieder hergestellt war. Aber offensichtlich ging es ihm gut genug, um sich zu beschweren.

»Kajowurzel«, antwortete ich knapp und hob das nasse Tuch auf, das dem Fremdling von der Stirn auf den Boden gefallen war.

Na ja, wenn er jetzt schon mal saß, konnte ich ihn auch auf mein Werk aus Ästen und Gras betten. »Ich habe einen Schlafplatz für dich gebaut«, erklärte ich störrisch und mit harter Stimme. Mit der Hand zeigte ich auf den unförmigen Haufen neben mir. »Fühlst du dich in der Lage, dich dort hinzubewegen?«

Normalerweise war ich nicht so leicht reizbar, doch ich spürte, wie der bisherige Tag an meinen Nerven riss und mich ungestüm machte. Was für ein verrückter Tag.

Der Fremdling maß sein neues Bett mit kritischem Blick. Wenn er irgendwas Abfälliges dagegen sagte, würde ich ihn treten.

»Ich versuche es«, meinte er schlussendlich aber nur.

Die Lippen fest aufeinandergepresst, nickte ich und streckte ihm die Hand entgegen, um ihm hochzuhelfen.

»Ich mache das allein«, grummelte er abwehrend, missachtete meine Geste und spannte die Muskeln an, um auf die Knie zu kommen.

Ich bemühte mich, seine Ablehnung nicht als Beleidigung zu betrachten, und verdrehte genervt die Augen. Ihm war wohl nicht bewusst, dass er eine üble Schnittwunde in seiner Seite hatte, oder war ihm das entfallen?

Doch da fiel mir die Kajowurzel wieder ein und die betäubende Wirkung, die sie immer noch auf ihn haben musste.

»Nur weil es nicht richtig wehtut, heißt das nicht, dass es schon wieder verheilt ist. Die Kajowurzel blendet dich«, klärte ich ihn ziemlich schroff auf und griff nach seinem Arm.

»Lass das!«, knurrte er und schlug nach meiner Hand, als wäre sie ein lästiges Insekt. »Ich werde nicht dran sterben.«

Wie unhöflich er war. Wer war er bitte, dass er sich erlaubte, meine Freundlichkeit mit Füßen zu treten. Mir riss der Geduldsfaden. Das war zu viel für mich und meine Nerven.

Wild sprang ich auf die Füße. »Doch, du wirst daran sterben, wenn du dich nicht schonst. Glaubst du, du wärst noch am Leben, wenn ich dich nicht aus dem Wasser gezogen, hier hochgeschleppt und deine Wunden versorgt hätte?«, schrie ich und ballte die Fäuste. »Tot wärst du ohne meine Hilfe. Mausetot! Hätte ich dich doch liegen lassen, du furchtbarer Widerling!« Am liebsten hätte ich ihn jetzt wirklich getreten. Mein Fuß zuckte schon.

Aber ich durfte nicht. Er war ein verletzter Mann am Boden. Das wäre erbärmlich von mir gewesen.

Also blieb mir nichts anderes übrig, als mich umzudrehen und davonzumarschieren.

Zuerst war ich zu wütend und zu sehr damit beschäftigt, den passendsten Fluch zu finden, als dass ich darauf achten konnte, wohin ich lief. Irgendwann fand ich mich auf einer der Wiesen zwischen dem Ostwald und dem Strand wieder und ließ mich dort zwischen den hohen Halmen nieder. Hier konnte mich niemand sehen, selbst wenn man nur wenige Schritt an mir vorbeiging. Der Wind säuselte durch die Grashalme, die mich an den Schultern streichelten, als versuchten sie mich zu beruhigen.

Tief atmete ich durch, beruhigte meinen Herzschlag und meine Gefühle. Atmete alles in den leicht trüben Himmel.

Mein Blick schweifte umher, sah den Käfern beim Tanzen zu, den einzelnen Wolken beim Vorbeiziehen. Es war richtig schön hier.

Ich konnte die Zeit nur schätzen, aber es war sicher noch nicht Mittag.

In mir herrschte immer noch Verwirrung. Einerseits war ich aufgebracht und hätte diesem undankbaren Fremdling am liebsten den Hals umgedreht. Andererseits wollte ich ihm trotzdem helfen, wieder gesund zu werden. Jetzt war ich schließlich für ihn verantwortlich.

Doch die ganze verzwickte Situation mit dem Rat und unseren Gesetzen nagte ungut an mir und gab mir aber gleichzeitig ein Hochgefühl von Freiheit und Rebellion.

Und dann war ich auch noch todmüde.

Warum kam eigentlich immer alles auf einmal?

Ganz in meiner Nähe hörte ich ein paar Rebhühner kreischen und überlegte mir, ein paar davon zu jagen, um auf andere Gedanken zu kommen und nicht einzuschlafen. Denn ich hätte nicht gewusst, wann ich wieder erwacht wäre.

Ich kam wieder auf die Füße, rieb mir die Augen, gähnte herzhaft und hörte plötzlich einen vertrauten Klang an meine Ohren dringen. Trommeln wurden geschlagen, der Wind trug ihren Rhythmus zu mir hinaus auf die Wiesen und ich musste ihnen folgen.

3

SOKETEN

Ich rannte so schnell ich konnte über die Wiesen und nahm alle Abkürzungen, die ich kannte, überquerte den Fluss über den umgestürzten Baumstamm und erreichte schnell den Waldrand.

Die Trommeln riefen mich und alle anderen meines Stammes zurück in die Siedlung. Wenn sie erklangen, gab es keine Ausrede, fernzubleiben. Jeder hatte sich auf der Stelle zurückzubegeben. Selbst wenn man dafür einen geheimen, verletzten Fremdling zurücklassen musste.

Ich kam an den äußeren Rand der Siedlung, nahm den ersten freien Seilzug nach oben und kletterte von hinten über einige Äste zu unserm Haus. Es bestand aus mehreren tropfenförmigen Körben, die sich an den Stamm eines alten, ehrwürdigen Baumes schmiegten.

Milla und meine Mutter standen auf dem Gerüst einen Ast darüber und ich hangelte mich zu ihnen hoch.

»Limea!«, rief meine Schwester, als sie mich entdeckte. Mutter drehte nur halb den Kopf, blickte mich einen kurzen Moment aus finsteren Augen an und wandte sich dann wieder ab.

Den Blick kannte ich nur zu gut. Er bedeutete, dass ich irgendwas ausgefressen hatte und sie es wusste.

Mir rutschte augenblicklich das Herz in den Magen. Verdammt! Wusste sie etwa von dem Fremdling? Aber wie hatte sie so schnell davon erfahren können?

Schwer vorstellbar, dass Aisek etwas gesagt hatte, und ansonsten wusste niemand davon.

Aisek redete so gut wie nie mit meiner Mutter. Er sagte, sie habe so eine gefährliche Strenge in ihrer Haltung, die ihm Angst machte.

Es war also ausgeschlossen, dass es sich um den Fremdling handelte.

Meine Gedanken rasten weiter und ich versuchte, schnell und ohne eine Miene zu verziehen herauszufinden, wieso genau sie mich gern lynchen würde.

Aufgesetzt lässig trat ich zu meiner Schwester ans Geländer und rieb mir die zuckende Nase. »Weißt du, was hier vorgeht?«, fragte ich Milla, um meine Schuldgefühle zu verbergen und mich auf etwas anders zu konzentrieren.

Um uns herum versammelte sich unser Volk auf den verschiedenen Plattformen um die große Versammlungsebene herum, die zu dieser Jahreszeit noch in voller Blüte stand und mit Blumenranken und Efeu geziert war.

Stimmen erfüllten die Luft und drängten die Geräusche des Waldes in den Hintergrund. Alle steckten die Köpfe zusammen und tuschelten, genau wie Milla und ich.

»Es ist eine Abgesandte der Soketen hier. Schon seit heute früh. Und sie hat den ganzen Vormittag mit dem Rat gesprochen«, berichtete Milla mir mit glänzenden Augen und vor Aufregung zitternder Stimme. »Gerade sind sie fertig geworden und haben die Trommeln geschlagen.«

Keine Ahnung, wie Milla so geworden war. Weder Mutter noch ich waren so tratschlustig und sensationssüchtig wie sie.

Sie schien alles zu hören, alles mitzukriegen und sich alles zu merken, als wäre es das Größte in ihrem Leben, über alle und jeden Bescheid zu wissen.

Wie unnötig mir diese Eigenschaft an ihr auch manchmal erschien, so nützlich war sie auch, wenn man einmal zuverlässige Informationen benötigte. Milla wusste immer, wer sich mit wem rumtrieb, wer was angestellt hatte und was sonst so anstand.

»Oh schau mal da«, rief sie plötzlich, den Blick nach oben gewandt, und schmolz geradezu ans Geländer.

Schräg über uns lehnte Kai an einem Ast und unterhielt sich mit seiner Schwester Crena, die auf der Plattform neben ihm stand und mit den Fingern durch ihr mit Perlen verziertes Haar fuhr, um dem Wind etwas nachzuhelfen, die Pracht ihrer Ausstattung zur Geltung zu bringen. Außerdem präsentierte sie so aller Welt die drei Ringe in ihrem rechten Ohr, die sie als Jägerin einer oberen Kaste auszeichneten. Wie gewohnt würdigten sie uns, die wir unter ihnen standen, keines Blickes. Aber ich hatte auch nichts anderes erwartet.

»Crena hat Kai die Haare geschnitten«, flüsterte Milla, deren Blick an dem hochgewachsenen jungen Mann klebte wie eine Fliege an einer Honigfalle. »Wir hatten schon alle Angst, dass er dann ganz entstellt wieder aus dem Zimmer kommt. Aber schau dir an, wie gut er aussieht«, schmachtete sie seufzend und blinzelte so entzückt, wie es nur Traumtänzern möglich war.

Genervt verdrehte ich die Augen. Kai hier, Kai da, den lieben langen Tag. Und sie konnte ihr Herz noch so völlig an ihn verschenken, er würde sie doch nicht beachten.

Er war Teil der oberen Kasten und würde sich niemals entscheiden, ein Mädchen zu umwerben, das ihm keinen gesellschaftlichen Vorteil brachte.

»Reiß dich zusammen«, zischte ich schroff und Milla kniff beleidigt ihre schmalen Lippen zusammen. Sie wusste ganz genau, wie ich zu ihren Schwärmereien stand, ignorierte meine Belehrungen allerdings geflissentlich.

»Du hast ja keine Ahnung«, pfiff sie mich an und verschränkte die Arme vor der Brust. »Es ist nicht so aussichtslos, wie du immer denkst. Er hat mir heute bei der Quelle zugelächelt.« Und da trat wieder der verträumte Blick in ihre Augen.

Kopfschüttelnd tat ich den Kommentar ab, bis mir ein anderer Gedanke kam. »Was hast du denn bei der Quelle gemacht?«, fragte ich streng und Millas Wangen begannen sich verschämt rot zu verfärben.

Ich strafte sie mit Blicken. Hatte ich es mir doch gedacht, immer lief sie diesem Jungen hinterher. »Du bist ihm wieder nachgeschlichen, hm? Hast den ganzen Morgen vertrödelt, anstatt Bogenschießen zu üben«, tadelte ich sie. »Ein Mann soll um dich werben. Nicht du um ihn.«

Ich sah wieder zur Verkündigungsebene hinunter, auf der sich etwas tat. Caromir, der jüngste Sohn von Hellane aus der Schmuckmeisterkaste, begann das Öl in den hohen Lampenschalen zu entzünden, obwohl es helllichter Tag war. Etwas Ungewöhnliches stand uns also bevor.

»Was weißt du denn schon von Liebe? Du mit deinem Herz aus Stein!«, zeterte Milla neben mir und schob trotzig das Kinn nach vorn.

Meine Nase zuckte genervt, als ich mir diesen Satz durch den Kopf gehen ließ. Ein Herz aus Stein. Skeptisch schielte ich zu Milla hinüber, die mich keines Blickes mehr würdigte.

Ja, vielleicht war ich noch nie albern verliebt gewesen, aber gleich zu behaupten, ich hätte ein Herz aus Stein …

Meine Aufmerksamkeit wurde abgelenkt, als die Bläser mit ihren gebogenen Schallhörnern die große Ebene betraten.

Ich versuchte mir nicht anmerken zu lassen, dass Milla mich getroffen hatte, und stützte mich mit den Armen aufs Geländer. Die Rinde, die langsam von dem runden Ast blätterte, kratzt rau an meiner Haut. Eine Eidechse nahm Reißaus und verschwand zwischen den Tontöpfen hinter mir.

Milla trat neben mich, hielt aber Abstand zu mir und suchte die Aufmerksamkeit von Mutter, die sich von einer Nachbarin hatte anquatschen lassen.

»Wenn du deine Waffen beherrschen würdest und ordentlich jagen könntest, dann würdest du mit Leichtigkeit in den Kasten aufsteigen, wenn du mündig wirst«, sagte ich zu Milla, um das letzte Wort in unserer Auseinandersetzung zu haben. »Wenn du einer hohen Kaste angehörst, dann wären die Chancen größer, dass ein Junge wie Kai um dich wirbt.« Schnaubend stieß ich den Namen aus wie stinkenden Rauch aus dem Moor der Toten.

Ich wusste wirklich nicht, was Milla an ihm gefiel. Er konnte gerade mal ein hübsches Gesicht vorweisen, aber das war es dann auch schon. Arroganz zeigte sich in jeder seiner Bewegungen, sein Reden und Lachen diente nur ihm selbst und ein Nichtsnutz war er obendrein, der sich auf seinem guten Aussehen ausruhte und seine Arbeit immer auf andere abwälzte. Dabei konnte man bei den oberen Kasten sowieso selten von echter Arbeit sprechen.

Die Menschen, mit denen er sich umgab, sprachen auch nicht für ihn, da er sich für gewöhnlich mit Mareika und ihren Freunden herumtrieb. Ich verabscheute ihn.

Milla starrte mich böse an. Sie wollte solche Sachen nicht hören. In ihrem Kopf war es nicht wichtig, in welcher Kaste die Menschen waren, denn sie glaubte, dass Liebe all diese Hindernisse überwinden würde.

Sie war noch jung genug, idealisierten Träumen nachzujagen, die der Wirklichkeit völlig entbehrten. Ich gestand ihr zu, dass sie mit der Liebe möglicherweise recht haben könnte. Mit Kai jedoch auf keinen Fall. Und das würde ihr irgendwann schmerzlich das Herz brechen.

Einerseits wünschte ich mir, dass es bald passierte, dass Milla die Augen aufmachte und endlich anfing, etwas aus sich selbst zu machen, anstatt herumzustreunen und Traumwelten zu erschaffen. Andererseits hatte ich furchtbare Angst vor dem Tag, an dem meine kleine Schwester in der Wirklichkeit erwachen und feststellen würde, dass nichts so war, wie sie gedacht hatte.

Die Bläser legten an, die Trommeln, die weiter geschlagen hatten, verstummten und wurden von dem lang anhaltenden Ton der Hörner abgelöst, die uns zur Ruhe riefen und die Aufmerksamkeit aller auf das Geschehen auf der Versammlungsebene zogen.

Der Rat stieg die breite Treppe der Knoten nach oben, gefolgt von einer Jägerin, die sich im Festschmuck unseres Schwesternstammes präsentierte, und etwa einem Dutzend junger Männer, die alle das bläuliche Zeichen der Soketen auf die Stirn gemalt trugen. Die hochgewachsene Soketenfrau mit dem traditionellen Schmuck wechselte noch ein paar schnelle Worte mit Era, der jüngeren Frau im Rat und doch sicher dreimal so alt wie ich. Ihre Haare ergrauten bereits, auch wenn ihre Haltung nicht an Stärke verloren hatte.

Noch konnte ich mir nicht vorstellen, was das zu bedeuten hatte, doch ich war auch nicht begabt im Finden von Zusammenhängen, die die Beziehungen der beiden Stämme betrafen.

Da der Rat aktuell nur drei anstelle der üblichen sechs Mitglieder aufwies, geriet ihre kreisförmige Aufstellung zu einem Dreieck.

Wir alle verstummten, bis nur noch das Rauschen der Blätter zu hören war. In der Ferne kreischte ein Fischadler, was von vielen sicher als gutes Omen gedeutet wurde.

»Sorayer, Volk der Bäume. Wir, der Rat, treten heute vor euch als Vermittler«, erhob sich eine kräftige Stimme. Era, die die Arme ausbreitete, um ihre Worte vom Wind zu uns tragen zu lassen.

Dann sprach Keris, die Älteste. »Sorayer, Volk der Bäume. Die Soketen, unsere Schwestern aus dem Volk des Wassers, kamen heute zu uns mit einer Bitte. Und wir haben nach langem Beraten darüber entschieden, ihnen diese Bitte zu gewähren.«

Skeptisch hob ich eine Augenbraue, gespannt, was als Nächstes kommen würde. Wir alle sahen zu Talo, dem einen Mann, der dem Rat angehörte. Er richtete das Wort immer als Letzter an uns und auch er begann mit den traditionellen Worten: »Sorayer, Volk der Bäume.« Dann räusperte er sich und erhöhte die Spannung dadurch nur noch.

Ich seufzte genervt. Mir dauerte das alles zu lange und ich redete mir ein, dass ich doch beinahe beim Jagen gewesen wäre und diese Unterbrechung sehr unwillkommen war. Doch in Wirklichkeit hatte ich Angst vor meiner Mutter und dem, was sie zu mir sagen würde, sobald sie eine Gelegenheit dazu finden konnte.

Verstohlen schielte ich zu ihr hinüber. Sie bemerkte es nicht, blickte nur wie alle anderen hinunter auf die Versammlungsebene, eine steile Falte auf der Stirn. Wie ich sie kannte, war sie ebenso genervt wie ich, dass so viel traditionelles Gerede die eigentliche Botschaft verzögerte.

»Dem Volk der Soketen mangelt es an jungen, ehrenvollen Frauen und so schickten ihre Mütter uns zwölf ihrer besten jungen Söhne, damit sie unter uns um Frauen werben können.«

Bitte was? Beinahe verschluckte ich mich an meiner eigenen Spucke und musste mir ein Husten verkneifen, um nicht unangenehm aufzufallen.

Getuschel erhob sich, als hätte der Wind aufgefrischt. Milla und Mutter steckten gleich die Köpfe zusammen und ich verdrehte nur die Augen über ihre Begeisterung nach dieser Offenbarung.

Denn es war nichts, über das ich jubeln konnte. *Junge, ehrenvolle Frauen* hieß nur *Frauen gehobener Kaste*. Denn ich bezweifelte nicht, dass die Soketen nicht genauso viele junge Frauen hatten wie wir. Doch natürlich wollte keine Mutter einen ihrer *besten jungen Söhne* einer Frau unter seinem Stand zugehörig wissen, sodass sie in der Gesellschaft abstiegen. Es war so berechnend.

»Vielleicht gibt es ja auch jemanden, der deinen Ansprüchen entspricht, Limea«, flötete Milla stichelnd und warf sich mit Mutter verschwörerische Blicke zu.

Na wunderbar. Daran wollte ich überhaupt nicht denken.

»Die sind doch nicht wegen mir hier«, widersprach ich so teilnahmslos wie möglich und schürzte die Lippen. »Die brauchen sicher nur Mädchen der höheren Kasten.«

»Mag sein«, meinte Mutter und der Blick ihrer fast schwarzen Augen lag schwer auf mir. »Aber du wirst schon bald in eine höhere Kaste wechseln. Es muss nur einer der Männer dein Potential erkennen.«

»Das ist doch überhaupt nicht sicher«, wehrte ich ab, um mich nicht länger mit dem Thema Männer auseinandersetzen zu müssen, drehte mich um und schwang die Beine in einer geschmeidigen Bewegung über das Geländer.

Wenn ich nicht wollte, dass die beiden auf dumme Ideen kamen, musste ich schnellstmöglich hier weg. Vor allem, bevor Mutter wieder einfiel, dass sie mal sauer auf mich gewesen war.

Die Trommeln begannen dumpf zu schlagen, in einem deutlich langsameren Rhythmus, und der Rat verließ als Erster die Ebene in der Mitte der Siedlung. Damit war die Versammlung geschlossen und jeder konnte wieder zu seiner täglichen Routine zurückkehren.

Ich hatte kein Interesse, bis zum Ende zu bleiben und das Trommelspiel anzuhören. Und die Soketenjungen wollte ich mir erst recht nicht anschauen.

Bisher hatte ich nur wenig Neigung gezeigt, mich mit einem Mann einzulassen, da sie alle nur ihren eigenen Vorteil suchten, und das würde sich auch in der nächsten Zeit nicht ändern. Sollten die Soketen sich doch Mareika und ihre Freundinnen anlachen und dann an ihrer Seite den sozialen Abstieg wagen.

Ich wollte mit alldem nichts zu tun haben, selbst wenn Milla das vielleicht gern anders sehen wollte. In ihrem Kopf gab es sowieso nichts außer Romanzen und dem Hirngespinst der wahren Liebe.

In meinem Leben war dafür aber nie Platz gewesen und es war nichts, was ich erzwingen konnte. Wenn die Liebe mir auf diesem Weg begegnete, würde ich sie annehmen. Aber ich jagte ihr nicht hinterher. Sie war aus meiner Sicht wie Nebel, der von allein aufzog, sich aber nie fangen oder erzeugen lassen würde.

Mein höchstes Ziel war der Aufstieg in den Kasten, ich wünschte mir die Privilegien, die Freiheiten und das Ansehen.

Man hatte immer schon viel auf uns herabgesehen. Meine Mutter war nur eine mittelmäßige Jägerin, die mit ihrer Mündigkeit nur knapp einem Abstieg entgangen war. Und nach dem Tod meines Vaters hatte sie sich vom Jagen abgewandt und seinen Beruf ergriffen.

Bei aller Achtung, die ich ihr entgegenbrachte, wusste ich doch, was hinter vorgehaltener Hand über sie getuschelt wurde. Eine Frau, die nicht jagen konnte und stattdessen die Hände tagtäglich in Ton steckte. Ein schlechtes Erbe, das an mir klebte und sich nur durch harte Arbeit und Zielstrebigkeit abwaschen lassen würde.

Es lag an mir, diesen Ruf zu brechen, denn Milla würde es sicher nicht tun.

Geschickt hangelte ich mich zur nächsten Plattform, lief über eine der gewobenen Hängebrücken nach Westen und ließ mich an einem Seilzug nach unten auf den Boden.

Unbewusst griff ich nach meinen Messern, um zu spüren, dass sie noch an der richtigen Stelle saßen, und beschloss, nun wirklich auf die Jagd zu gehen. Das Bedürfnis packte mich, mir selbst zu beweisen, dass ich auch wirklich das Zeug hatte, eine höhere Kaste zu erreichen. Für mich. Für meine Mutter und auch für Milla.

Seit gestern war ich mündig und der Rat würde mich beobachten und schon bald über mein Schicksal entscheiden.

Flinken Fußes rannte ich los, die Faust fest um den Griff eines meiner Messer, spürte, wie sich meine schmerzenden Muskeln anspannten, wie kühle Luft meine Lunge füllte. Und verlor mein Ziel nicht aus den Augen.

4

KOCHKÜNSTE

Gerade näherte ich mich einer grauen Sprungratte, bewegte mich lautlos auf dem weichen Waldboden, immer gegen den Wind, als mir plötzlich der Fremdling wieder in den Sinn kam.

Verdammt! Wie konnte es sein, dass ich in meinem Ehrgeiz tatsächlich diesen fremden Mann vergessen hatte?

Ich ließ die Sprungratte Sprungratte sein, schnappte mir die vier, die ich bereits erlegt hatte, und band sie mir mit einem Stück Schnur auf den Rücken. Schnellen Schrittes lief ich aus dem Wald, nach Südwesten in Richtung der Klippen.

Die Sonne stand bereits nahe dem Horizont, fiel in schimmernden Strahlen auf die Ebenen der Insel und brachte das Meer zum Glitzern.

Mein Magen knurrte entsetzlich und ich stöhnte genervt auf. Schon wieder hatte ich vergessen zu essen. Bis auf eine Handvoll Beeren, die ich mir im Vorbeigehen von einem Busch abgezupft hatte. Und der Fremdling hatte sich wohl kaum selbst etwas zu essen besorgt.

Ich beschleunigte meine Schritte, obwohl meine Muskeln bereits schmerzten. Ich war immer viel unterwegs, doch heute hatte ich ihnen einfach zu viel abverlangt. Kein Schlaf, den viel zu schweren Fremdling, die Kletterei in der Siedlung und dann noch einige Stunden konzentrierten Jagens. Mir selbst prophezeite ich, dass ich heute Abend sensationell gut schlafen und morgen mit dem Muskelkater meines Lebens erwachen würde.

Trotzdem sammelte ich schnell im Laufen noch einen Armvoll trockener Äste, die für ein ordentliches Feuer ausreichten.

Im Westen ging die Sonne schon bald unter, die Schatten wurden länger und ich rannte über die Wiesen auf die in der Ferne aufragenden Felsklippen zu. Hohes Gras strich an meinen Beinen entlang und ich roch den Abend bereits in der kühler werdenden Luft.

Meine Gedanken richteten sich nach vorne, eilten mir über die Grasebene voraus, den schmalen Pfad an den Klippen entlang zu den Höhleneingängen.

Was wohl der Fremdling den ganzen Tag gemacht hatte?

Laut Aisek konnten wir nicht mehr tun als zu warten, und trotzdem hatte ich ein schlechtes Gewissen, ihn so lange allein gelassen zu haben.

Die Felsen speicherten noch immer die Wärme des Tages, als ich den Pfad zu den Höhlen erreichte, und ich stellte erleichtert fest, dass der Fremdling schlief. Er lag genau dort, wo ich ihn verlassen hatte, und schnarchte sogar leise. Lautlos legte ich das Holz und die Sprungratten ab, schlich über den felsigen Boden der Höhle zu ihm und betastete ganz vorsichtig seine Stirn. Noch etwas wärmer, als sie sein sollte, aber bei Weitem nicht mehr so heiß wie heute Vormittag.

Die Schwere, die auf meiner Brust gelastet hatte, löste und zerstreute sich. Mein Gefühl sagte mir, dass wir das Schlimmste bereits überstanden hatten.

Nur ganz kurz gönnte ich mir eine Pause, setzte mich und streckte die schmerzenden Beine von mir.

Was für ein Tag. Einer, der anders gewesen war als alle Tage davor, und ich konnte noch nicht sagen, ob das etwas Gutes oder Schlechtes mit sich bringen würde.

Kalte Luft strömte in die Höhle, wurde vom Meer hereingetrieben, während sich der Himmel in unzähligen Rottönen verfärbte.

Mühsam rappelte ich mich auf, rieb mir die kalten Arme und beschloss, Feuer zu machen. In einem guten Abstand zur Schlafstelle schichtete ich das Feuerholz auf, puhlte Rinde von einem dickeren Ast und brach Zweige zu einem Häufchen zusammen. Während es immer dunkler wurde, kramte ich in meiner winzigen Gürteltasche nach Feuersteinen. Es dauerte nicht lange, die Rinde zu entzünden und so die Wärme in die Höhle zu bringen.

Wieder knurrte mein Magen und ich sah mich nach den Sprungratten um. Sie zu häuten, auszunehmen und auf einen Stock zu stecken war für mich kein Problem, sie über dem Feuer zu braten könnte jedoch abenteuerlich werden. Da ich eigentlich nie diejenige war, die bei uns kochte, wusste ich auch nicht, ob ich sonst noch etwas zu beachten hatte. Aber es würde schon gehen. So schwer konnte das ja nicht sein. Bei anderen sah es auch nicht anders aus.

Da ich jagen konnte, waren andere für das Kochen zuständig. Früher hatte es mein Vater gemacht. Seit seinem Tod übernahm das meine Mutter.

Noch eine Schande, die meine Familie zu tragen hatte.

Ich seufzte in mich hinein und starrte in die züngelnden roten Flammen, die sich ins Holz fraßen wie wütende Bestien.

»Du bist zurück«, erklang eine raue Stimme hinter mir und ich schreckte innerlich zusammen. Glücklicherweise hatte ich mir abgewöhnt, über solche Momente zusammenzuzucken, daher ließ ich mir nichts anmerken und warf einen Blick über die Schulter.

Der Fremdling setzte sich gerade mühsam auf, verzog das Gesicht vor Anstrengung und wickelte sich umständlich die Schafwolldecke um den Körper. »Schon das zweite Mal«, fügte er hinzu und starrte mich dabei auf eine seltsame Art an. Durchdringend, fragend, abwartend.

»Das zweite Mal was?«, fragte ich ganz direkt und erwiderte den Blick, ohne zu blinzeln. Bei ihm überkam mich immer sofort das Gefühl, mich behaupten zu müssen, zu zeigen, dass er mich mit ein bisschen Starren nicht kleinkriegte. Denn schließlich war er nur ein Mann. Riesig und fremdartig zwar, aber doch nur ein Mann.

Er kniff die Augen zusammen, sodass ein misstrauischer Zug auf seinem Gesicht entstand, unterbrach jedoch den Blickkontakt, als seine Aufmerksamkeit von der Sprungratte abgelenkt wurde, die bereits über dem Feuer brutzelte.

»Wo kommt das her?«, wollte er verblüfft wissen und zeigte mit dem ausgestreckten Finger darauf.

»Aus dem Wald«, gab ich plump als Antwort, weil ich seine Frage für ziemlich unnötig hielt.

Ich nahm ein zweites der großen Nagetiere zur Hand, hielt es zwischen den Knien und zog ein Messer aus dem Gürtel.

»Lag es da einfach herum?«, fragte der Fremdling weiter und ich schenkte ihm einen Blick, der ihn als Verrückten kennzeichnete. Diese Frage war ja noch irrer als die zuvor. War er vielleicht noch nicht wieder genug bei Verstand, um sinnvoll zu sprechen? War die Wirkung der Kajowurzel immer noch so stark oder ging es ihm doch schlechter als zuerst angenommen?

»Nein. Ich habe es erlegt«, teilte ich ihm mit deutlicher Stimme mit und versuchte an seinem Gesichtsausdruck festzustellen, ob er mich verstanden hatte.

Überrascht riss er die Augen auf, ein seltsames Zucken im Mundwinkel. »Du?«, rief er ungehalten, dass die Tiefen seiner Stimme von der Höhlenwand widerhallten, und zeigte ganz dreist mit dem Finger auf mich, als hätte ich eine Unmöglichkeit behauptet.

Ich wusste nicht recht, ob er schwer von Begriff war oder ob ich mich angegriffen fühlen sollte, weil er mir diese Kleinigkeit nicht zutraute. Hatte er etwa nicht bloß eine Wunde an der Seite, sondern auch einen Schlag auf den Kopf abbekommen?

»Ja, ich«, bekräftigte ich also, in der Hoffnung, herauszubekommen, was dieser Mann mir nun wirklich sagen wollte, und setzte die Klinge meines Messers an den Füßen der Sprungratte an.

Die Antwort des Fremdlings kam schnell. »Aber du bist eine Frau«, platzte es aus ihm heraus und sein Blick zeigte Unverständnis, beinahe Schock. »Ich kenne keine Frau, die so etwas kann. Wo hast du es also her? Ist es von allein gestorben?«, forderte er zu wissen und mir schoss durch den Kopf, dass er mir still und fiebernd wesentlich besser gefallen hatte.

Mir blieb der Mund offen stehen bei so viel Frechheit und ich wusste im ersten Moment nichts, was ich gegen so etwas Dreistes erwidern könnte. Jetzt fühlte ich mich definitiv angegriffen und Ärger sprießte in meiner Brust wie ein giftiges Gewächs.

»Du redest wirres Zeug, Fremdling«, zischte ich hart, als ich die Sprache wiederfand, und legte einen warnenden Unterton in meine Stimme.

Doch der schien ihm gar nicht aufzufallen, diesem ungehobelten Kerl, denn er setzte noch einen drauf. »Willst du mich vergiften?«, fragte er mich ganz ernst und sah mich aus schmalen, misstrauischen Augen an.

Bitterböse starrte ich zurück und wischte mir absichtlich nicht die Haarsträhne aus dem Gesicht, die mir in die Augen fiel, um meinen Unmut zu unterstreichen. Es war nicht zu fassen, dass beharrlich immer mehr unmögliche Behauptungen aus dem Mund des Fremdlings kamen, und ich schnaubte verächtlich. Die Haarsträhne vibrierte vor meinen Augen.

Meine Finger krallten sich in die störrische Haut der Sprungratte und ich riss ihr mit einem Ruck das Fell über die Ohren, um meinem Ärger Luft zu machen.

»Ach, du glaubst wirklich, ich schlepp dich hier hoch, sorge dafür, dass du nicht verblutest, baue dir ein Bett, mache Feuer und jage was zu essen für dich, nur damit ich dich am Ende dieses furchtbar langen und anstrengenden Tages mit einem Stück Fleisch vergiften kann?!«, platzte es aus mir heraus und ich rammte mein Messer in das tote Tier in meinen Händen. »Das hätte ich einfacher haben können.« Patzig spuckte ich ins Feuer und wandte den Blick ab. War der Mann noch bei Trost?

Egal, wie sehr ich mich bemühte, schlau aus ihm zu werden, es gelang mir nicht. Zwar sprachen wir die gleiche Sprache, aber irgendwie meinten wir nicht dasselbe. Es war verwirrend und unverständlich. Vielleicht lag es daran, dass er ein Fremdling war. Oder einfach nur ein Mann.

Ich schob den Gedanken von mir. Mit Aisek war das ja auch nicht so schwer. Wir verstanden uns prima und alles, was er sagte, ergab in meinem Kopf wunderbar einen Sinn.

Doch jedes Wort aus dem Mund dieses Verrückten machte einen Purzelbaum und streckte mir dann die Zunge raus, ohne dass ich es verstand.

Es musste das Fremde sein.

»Ich finde mein Misstrauen angebracht. Was weiß ich, wo ich hier gelandet bin. Schließlich scheint hier auch eine Frau jagen zu gehen und seltsame Kaninchen zu erlegen«, knurrte der Fremdling aufgebracht. Wut stand ihm ins Gesicht geschrieben und ich konnte mir nicht erklären weshalb. Schließlich sollte doch ich diejenige sein, die ärgerlich auf ihn war, wo er mich doch beleidigt hatte.

»Ja, wir jagen. Wer sollte es sonst tun? Männer etwa?«, fragte ich ihn herausfordernd und hob das Kinn ein Stück an.

»Natürlich!«, kam es aus seinem Mund geschossen, als müsste er nicht mal darüber nachdenken. Seine Schultern strafften sich ein Stück und er schlug sich mit der Faust gegen die Brust, was ziemlich albern aussah.

Meine Verblüffung hielt nur einen winzigen Moment, dann ging mir auf, wie ernst er meinte, was ich nur zum Scherz gesagt hatte, und ich konnte nicht anders, als in Gelächter auszubrechen.

Männer, die auf die Jagd gingen! Das war das Obskurste, das ich je gehört hatte. Wenn ich mir nur vorstellte, Aisek mit einem Wurfmesser oder mit Pfeil und Bogen. Ich könnte mich über den kargen Boden rollen vor Lachen. Haufenweise Männer, die laut wie eine Herde Büffel durch den Wald stampften und versuchten, auch nur einem Tier nahe zu kommen. Unmöglich, ich würde nie wieder aufhören können, darüber zu lachen.

Mein Bauch tat schon weh, meine Bauchmuskeln zuckten viel zu stark.

»Was ist daran denn witzig?«, forderte der Fremdling zu wissen, als ich mich wieder etwas beruhigt hatte.

»Männer jagen hier nicht«, sagte ich, obwohl ich fand, dass sich das von selbst erklärte.

Die Augenbrauen des Fremdlings zogen sich zusammen und das Lichtspiel des Feuers ließ seinen Ausdruck noch finsterer erscheinen. »Und was machen sie sonst?«, erkundigte er sich ruhiger als zuvor. Seine Wut hatte sich anscheinend ein wenig gelegt und obwohl ich es erst auf den zweiten Blick erkannte, hatte sich ein wenig Neugierde unter sein Misstrauen gemischt.

»Verschiedenes«, antwortete ich ihm daher und massierte mir unauffällig die schmerzenden Kiefermuskeln. So sehr hatte ich schon lange nicht mehr gelacht. »Sie gehen ihren Handwerken nach. Ernten Gemüse, hüten Schafe, singen. Oder sie kochen.«

Der Mund des Fremdlings klappte auf, seine Augen wurden groß wie Wagenräder. »Sie kochen?« Er klang, als hätte er sich verschluckt. Das war wohl zu viel für ihn gewesen. »Du willst mich doch zum Narren halten!«

Das Lachen hatte meine Stimmung gehoben und sein Entsetzen amüsierte mich mehr, als ich zugeben würde. »In deiner Heimat muss es ja äußerst sonderbar zugehen«, warf ich ein und bemühte mich, nicht wieder zu lachen.

Ich konnte es mir nicht vorstellen. Männer, die jagten. Frauen, die … Was taten sie eigentlich?

»Was tun denn eure Frauen so, wenn sie nicht jagen können?«, fragte ich meinerseits, spießte die gehäutete Sprungratte auf einen zweiten Stock und lehnte diesen an einen Stein neben die erste.

»Sie kochen«, betonte der Fremdling und ich grinste, was mir allerdings wieder verging, als er weitersprach. »Frauen sind still und gesittet. Eine Frau spricht nicht, wenn man sie nicht fragt, und gibt auch keine Widerworte.«

Ich blinzelte ungläubig. Das konnte ich mir beim besten Willen nicht vorstellen. Frauen, die nicht sprachen? So was gab es nicht. So verschieden konnten Frauen doch gar nicht sein, auch wenn sie in einem anderen Land lebten.

Aber der Fremde war noch nicht fertig und klang zunehmend anklagender. »Sie tun, was man ihnen sagt, und maßen sich nicht an, alles selbst zu entscheiden. Und am wichtigsten: Sie haben anständige Kleider an und rennen nicht nackt wie wilde Kinder durch die Gegend.« Seine Stimme war hart geworden und er zeigte abfällig auf meinen Schurz, den ich um die Hüften trug.

Anscheinend sollte es mich beleidigen, doch ich wusste kaum etwas damit anzufangen. Ich war doch nicht nackt. Kopfschmuck zierte mein Haar, Schmuckkettchen aus Kokosperlen meine Fußgelenke. Meine Brüste wurden durch ein Tuch bedeckt und das Lendentuch und der Schurz saßen einwandfrei.

Mein Blick wanderte hinüber zu dem Fremdling, der vom Hals bis zu den Zehen in Stoff verpackt war. Da ließ sich darauf schließen, was er wohl meinen könnte.

»Du hältst mich also für nackt?«, erkundigte ich mich vorsichtshalber, um sicherzugehen, dass ich es nicht falsch verstanden hatte.

»Natürlich. Keine anständige Frau würde sich jemals so einem Mann zeigen, der nicht ihr eigener ist«, bestätigte er sofort und klang sehr ernst dabei. Doch dann verdunkelte sich sein Blick, er biss sich auf die Unterlippe und starrte ins Feuer.

Zum ersten Mal kam mir in den Sinn, dass auf diesen Mann vielleicht irgendwo eine Familie wartete. Eltern, Liebende, Kinder. Ob er wohl einer Frau angehörte? Vielleicht suchten sie nach ihm, vermissten ihn schrecklich oder hielten ihn für tot. Was für ein Schlamassel.

Ich seufzte laut, was mir die Aufmerksamkeit des Fremden zurückbrachte.

»Was?«, fragte er in scharfem Ton.

»Nichts.« Ich erwiderte seinen Blick nicht. »Ich kann nichts dazu sagen, denn ich kenne deine Heimat nicht.«

Aus den Augenwinkeln sah ich, wie er mich betrachtete. »Bist du noch nie im Norden gewesen?«

»Du meinst ein Norden außerhalb dieser Insel, nicht wahr?«, gab ich zurück und wendete die Spieße mit unserem Essen.

Der Fremdling nickte.

»Ich habe diese Insel nie verlassen. Ich weiß nicht, was dort draußen ist«, fügte ich hinzu, fühlte mich unwohl dabei, wie seine Augen mich anstarrten. Ungläubig, abschätzig, im Widerschein des Feuers.

»Ist das dein Ernst? Ist dir denn klar, dass es noch anderes Land gibt außer das hier?« Er machte eine Bewegung mit der Hand, die wohl die Insel einschloss, und ich bejahte.

Ich wusste, dass es noch mehr Land gab, aber nicht wo und auch nicht, wie groß es war.

In den Geschichten hieß es, unsere Vorfahren hätten es gewusst. Aber mit den Fremdlingen hatte man auch das Wissen darüber von der Insel verbannt.

Der Rat sagte, es wäre um des Friedens willen.

Aisek allerdings ärgerte sich jedes Mal aufs Neue darüber. Er war ein Denker, einer, der den Dingen auf den Grund ging, und am liebsten hätte er all das Wissen, das wir einmal gehabt hatten, in seinen Kopf gestopft.

Doch er konnte es nicht ändern und ich konnte es auch nicht. Was vergessen war, war vergessen, und es blieben uns nur die Geschichten, die man bei Nacht flüsterte.

Nachdem das Fleisch einen angenehmen Geruch verströmte und damit die ganze Höhle zu füllen schien, aßen wir und ich war überrascht, dass es tatsächlich so schmackhaft geworden war.

Der Fremdling wirkte sehr erschöpft, sprach kaum noch, hatte die Bissigkeit verloren und legte sich sehr bald wieder auf sein Lager.

Mit einem Ast schob ich das Feuer zusammen und warf einige dickere Stammstücke hinein, die ich noch von draußen geholt hatte, damit sie die Nacht durchglühen konnten. Ebenfalls müde sammelte ich meine Sachen zusammen. Meine Messer, meine Tasche, mein Tuch, aus dem sich das Blut wohl nie wieder herauswaschen lassen würde, und die zwei übrigen Sprungratten, die ich erjagt hatte, um nicht mit leeren Händen nach Hause zu kommen.

Der Fremdling bewegte sich auf seinem Lager und knurrte leise.

Ich lauschte, hörte seinen schweren Atem und seufzte in mich hinein. »Hast du Schmerzen?«, fragte ich ihn, doch er rührte sich nicht. Sogar die Luft hielt er an. »Wenn du Schmerzen hast, gebe ich dir Kajowurzel. Dann kannst du vielleicht besser schlafen«, fügte ich hinzu, damit der Anreiz zu antworten vielleicht etwas größer war. Denn dieser Kerl besaß die Sturheit eines Berubaumes.

»Gib mir die Wurzel«, raunte er plötzlich und ich konnte mir ein Lächeln nicht verkneifen, das er in der Dunkelheit der angebrochenen Nacht glücklicherweise nicht sehen konnte.

Es war zwar kein gutes Zeichen, dass der Schmerz wohl größer als der Sturkopf war, aber wenigstens drang ich ab und an zu ihm durch.

Ich wickelte ein Stück Wurzel aus einem Tuch und drückte es ihm in die Hand. Seine Augen suchten nicht nach mir, er schob es sich schnell zwischen die Zähne und rollte sich auf seinem Lager zusammen.

Er sah bedauernswert aus, wie die schmale Wolldecke auf seinem Körper lag und er sich offensichtlich nicht besonders gut fühlte. Mitleid packte mich erneut und ich verspürte das Bedürfnis, ihm mit der Hand über das breite Kreuz zu streichen. Doch er war ein erwachsener Mann, ein riesenhafter obendrein. Also riss ich mich zusammen und sagte mir selbst, dass er wohl auch ohne mich zurechtkommen würde.

»Ich gehe zurück in meine Siedlung«, teilte ich ihm ruhig mit, um ihn nicht wieder aufzuschrecken. »Ich komme morgen früh wieder.«

Meine Schritte führten mich auf den Höhleneingang zu, während ich mir den Träger meiner Tasche über den Kopf zog, und hielt inne, als ich den Fremdling noch etwas murmeln hörte.

Irritiert drehte ich den Kopf. »Wie bitte?« Brauchte er noch etwas?

»Danke« brummte er, zog sich die Decke enger um die Schultern und vergrub sein Gesicht in dem kratzigen Gewebe.

Überrascht blinzelte ich, weil ich dachte, mich verhört zu haben. Hatte er sich wirklich bei mir bedankt oder hatte ich mir das nur eingebildet?

Ich antwortete ihm nicht und kletterte müde aus der Höhle.

Draußen war die Luft frisch. Der Wind zog an meinen Haaren, schmeckte nach Salz und Sturm. Doch der Himmel über mir war sternenklar.

Ich machte mich auf, zurück zur Siedlung, den Kopf voller Gedanken. Es war ein sehr denkwürdiger Tag gewesen. Vieles war passiert, mit dem ich in meinem Leben niemals gerechnet hätte. Ein Fremdling auf der Insel. Einer, dem ich geholfen hatte.

Aisek hatte recht, ich musste völlig den Verstand verloren haben.

Obwohl es nicht der kürzeste Weg war, ging ich am Strand entlang, um dem Meer länger nahe zu sein. Das Geräusch der Wellen besänftigte etwas in mir. Dieses Geräusch gab mir das Gefühl, zu Hause zu sein, öffnete meinen Geist und zeigte mir, dass ich alles im Leben erreichen konnte, wenn ich es nur wollte.

Ich fühlte mich frei und mutig. Und für einen winzigen Moment ging es mir sogar richtig gut.

5

KALTER STURM

Ich erwachte mitten in der Nacht, als die Klappe an meinem Fenster krachend zuschlug. Mein Kopf war wie benebelt und ich torkelte schlaftrunken aus meinem Bett. Meine Beine und Arme fühlten sich schwer und schmerzend an, als hätte ich mit der Brandung gerungen. Und verloren.

Leicht hob ich die Klappe am Fenster an und spähte nach draußen in die finstere Nacht. Es windete heftig und die Blätter rauschten lautstark und unheilbringend.

Ein Sturm kam über die Insel. Ich konnte es hören, riechen und fühlen. In der Luft lag bereits das Knistern eines Gewitters. Nicht mehr lange und es würde über uns losbrechen.

In der letzten Nacht hatte der Wind auch schon stark geheult. Aber das war wohl nur ein Vorgeschmack gewesen.

Sorgsam schloss ich die Klappe wieder und schob den Riegel vor. Und da ich nun schon wach war, konnte ich gleich auch das ganze Haus sturmsicher machen. Lautlos ließ ich mich durch die Türöffnung nach unten in Millas Zimmer hinabgleiten. Sie schlief tief und fest, die Beine um ihre Decke geschlungen, und sabberte im Schlaf aufs daunengefüllte Kissen.

Wie sie so dalag, sah sie noch genauso aus wie vor zehn Jahren, nur größer. Kaum zu fassen, dass sie schon vierzehn Jahre alt war.

Auch ihr Fenster schloss ich fest und stieg dann an der Seite durch eine Öffnung in die Küche. Systematisch verriegelte ich alle Fenster und Türklappen, die nach außen lagen. In der Vorratskammer klapperte die Oberlüftung und ein eisiger Wind zog seine Kreise durch die kleine Kammer, verschaffte mir eine Gänsehaut am ganzen Körper und blies den Nebel aus meinem Kopf.

Es würde heute Nacht noch richtig kalt werden.

Mein Blick fiel auf einen Stapel Felle, die hinter einem Regal aufgestapelt waren. Sie waren für den Winter. Doch ich war fleißig gewesen und wir würden mehr haben, als wir in zwei Wintern jemals verbrauchen konnten. Und dabei besaßen wir auch noch die Kleidung, die Mutter uns letztes Jahr genäht hatte.

Als Erstes zog ich zwei große flauschige Felldecken vom Stapel und brachte eine davon zu Milla ins Zimmer. Ich rollte die aus Makifell zusammengenähte Decke hinter ihr an der Wand zusammen, damit sie sie schnell fand, wenn ihr kalt werden sollte.

Im Dunkeln betrachtete ich ihr schlafendes Gesicht, die kindlichen Züge, die ganz langsam einen Hauch von Weiblichkeit bekamen. Sie würde nicht mehr lange meine süße kleine Schwester bleiben.

Der Wind heulte noch stärker, rüttelte am Korbgeflecht unseres Hauses und ich zuckte zusammen, als meine Gedanken aus dem Wald hinaus zu den Klippen flogen und ich mir plötzlich vorstellte, wie kalt es wohl draußen in einer Höhle war, deren Ausgang zum Meer wies.

Ein schrecklicher Schauder erfasste mich.

Der Körper des Fremdlings war bereits durch die Verwundung geschwächt und mein Feuer würde ihm wahrscheinlich auch nicht viel von Nutzen sein.

Das war gar nicht gut.

Die ersten Tropfen drangen durch die Blätter im Wald und trommelten leise aufs Dach.

Ich raffte mich stöhnend auf. Ich musste jetzt sofort zum Fremdling. Umso länger ich wartete, desto schlechter würde es ihm gehen. Und der Sturm würde sicher auch erst einmal nur schlimmer werden.

Schnell schob ich die zweite Felldecke, die ich für mich geholt hatte, hoch in mein Zimmer und hangelte mich hinterher. Vorsichtig schloss ich die Klappe nach unten, damit ich nicht möglicherweise Milla weckte.

Denn das hätte mir gerade noch gefehlt, das neugierigste Ding der ganzen Insel mit der Nase auf ein Geheimnis zu stoßen.

Aus der Truhe unter meinem Bett zog ich einen großen Beutel, den man bequem auf dem Rücken tragen konnte, rollte die Felldecke so klein zusammen wie ich konnte und stopfte sie hinein. Dann suchte ich nach meinem Wachstuchumhang und fand ihn tief unter allerlei Gerümpel, das mehr Krach machte, als mir lieb war. Mit gespitzten Ohren lauschte ich, hörte das Rauschen meines Blutes und achtete auf jedes Knacken und Rascheln. Es blieb still in unserem Haus, also machte ich weiter.

Was konnte ich noch brauchen?

Eilig schnappte ich mir meine Messer und schnallte sie mir in routinierten Handgriffen um die Hüfte. Wahrscheinlich würde ich sie nicht brauchen, aber wenn ich schon mitten in der Nacht in einem Sturm nach draußen musste, wollte ich wenigstens die Illusion aufrechterhalten, sicher zu sein.

Mit einem Band zurrte ich meine Haare säuberlich am Hinterkopf zusammen, damit sie mich nicht störten, und wickelte sie zu einem festen Knoten.

Aus der Vorratskammer neben der Küche holte ich noch ein paar einzelne Felle. Sprungratte und Felsenziege, nicht wirklich weich, aber wärmend. Ich hatte Mühe, sie in den Beutel quetschen, dessen Nähte sich gefährlich dehnten, als ich mit Gewalt nachstopfte, aber es würde schon gehen.

Schnell schlüpfte ich mit den Armen in die Träger, zog mir den Wachstuchumhang über den Kopf und kletterte dann die Stufen am Ausgang nach draußen. Es war stockfinster, sodass man kaum die Hand vor Augen sah. Ein kalter Wind fuhr mir unter den Umhang, blähte ihn auf und ließ mich so sehr zusammenzucken, dass ich beinahe den Halt auf der schmalen Leiter verloren hätte. Sorgsam schloss ich die Türklappe hinter mir und rutschte vorsichtig nach unten auf eine der Plattformen.

Die Seilbrücke vor mir war nur undeutlich auszumachen. Sie schwankte im Sturm und wirkte dunkel und bedrohlich. Als wollte sie mich von meinem Vorhaben abhalten. Ich nahm mich zusammen, versuchte zu vergessen, wie warm mein Bett war, und mich darauf zu konzentrieren, dass dort draußen ein Mensch in Gefahr schwebte. Verbissen klammerte ich mich an meinen Umhang, rannte schnellen Schrittes über die Brücke, immer eine Hand am Halteseil, und nahm dann den ersten Seilzug nach unten.

Als ich lautlos am Boden ankam und mich aufrichtete, sah ich trotz erdrückender Schwärze einen Schatten zwischen den Bäumen huschen. Reflexartig griff ich nach meinen Messern und starrte bewegungslos in die Dunkelheit.

Wie bei der Jagd zwang ich mich, meinen Atem ruhig und flach zu halten, obwohl mir das Herz bis zum Hals schlug. Dabei war ich doch sonst nicht so ein Angsthase.

Allerdings trieb ich mich normalerweise auch nicht bei Sturm, mitten in der Nacht in der Gegend herum und versuchte, einen Fremdling vor dem Erfrieren zu bewahren.

Meine Augen sahen gut im Dunkeln, besser als die anderer Leute, das wusste ich, aber ich konnte trotzdem niemanden erkennen.

Wahrscheinlich hatte ich es mir nur eingebildet. Hoffte ich, denn das ungute Gefühl blieb.

Gerade nahm ich die Hand von den Messern, als ich einen dumpfen Schlag vernahm.

»Scheiße«, hörte ich eine gedämpfte Stimme fluchen und mir fiel ein riesiger Stein vom Herzen. Denn jetzt wusste ich auch, wer da herumschlich.

Zielstrebig lief ich in die Richtung, aus der das Geräusch gekommen war, und tatsächlich stand dort eine Gestalt, die sich die Stirn rieb.

»Aisek«, wisperte ich, damit er sich nicht zu sehr erschreckte. Doch er tat es natürlich trotzdem, fuhr herum und taumelte gleichzeitig zurück. Sein Kopf entging einem Ast nur wenige Fingerbreit, ehe er ihn sich wieder angeschlagen hätte.

»Limea?«, fragte er und kniff angestrengt die Augen zusammen.

»Was machst du hier?« Ich griff nach seiner Hand, damit er dem Ast nicht noch näher kam. »Du solltest zu Hause in deinem Bett sein.«

»Du auch«, konterte er und ich schürzte widerwillig die Lippen.

»Ich muss zu dem Fremdling«, erklärte ich leise, nahe an seinem Ohr, damit ich nicht laut sprechen musste. »Ich habe ein paar Felle, damit er nicht erfriert.«

»Oh, gut«, meinte Aisek darauf und klopfte mit der Hand auf seine Seite, die sich unter seinem Wachstuchumhang ausbeulte. Es klirrte leise. »Wenn ich welche mitgenommen hätte, wäre es höchstwahrscheinlich aufgefallen.«

Der Regen erreichte den Waldboden und wie der Guss aus einem Krug kam plötzlich alles auf uns herunter.

Entnervt stöhnte ich auf.

Aber egal wie unangenehm mir die Nässe war, ich hatte mir das alles selbst eingebrockt. Ich hatte den Fremdling aus dem Wasser gezogen und Aisek zu meinem Mitwisser gemacht. Jetzt konnte ich nichts mehr daran ändern.

»Dann lass uns schnell machen«, flüsterte ich, griff mit einer Hand nach Aiseks Hinterkopf und lotste ihn erst mal unter dem Ast hindurch, der uns den Weg versperrte.

An der Hand zog ich ihn weiter, warnte ihn vor Wurzeln und anderen Ästen und führte uns beide aus der Siedlung. Als wir aus dem Wald auf die Grasebene hinaustraten, wurde es schlagartig noch kälter. Der Wind schlug uns einen Schwall Regen ins Gesicht, als ob sich Wasser schüsselweise über uns entleerte, und wir zogen die Wachstuchumhänge enger um unsere Körper. Wir folgten einem schmalen Weg hinunter zum Strand und liefen dann an seiner Seite hinauf zu den Felsenklippen.

Es war wieder nicht der schnellste Weg, aber der, den man im Dunkeln am leichtesten gehen konnte. Der Regen wurde stärker und es dauerte nicht lange, bis meine Haare und mein Gesicht trotz des Umhanges völlig durchnässt und eiskalt waren. Meine Zähne begannen zu klappern. Verdammt, wie ich Regen hasste!

Ein Blitz zuckte über den schwarzen Himmel über dem Meer und ließ den Strand und die Felsen noch gespenstischer wirken. Nur wenige Herzschläge später rollte tiefes Donnern über uns hinweg.

»Mir ist kalt«, sagte Aisek und ich lachte zitternd auf, froh darüber, dass er versuchte, eine Unterhaltung zu beginnen.

»Was hast du eigentlich in deiner Tasche?«, fragte ich und drängte mich näher an ihn, damit wir uns gegenseitig Schutz vor der Kälte bieten konnten.

Die Felsenklippen waren nicht mehr weit.

»Durchgetrocknetes Feuerholz«, erzählte Aisek und wir konnten beide nur hoffen, dass es nicht nass wurde. »Und ich habe Macon eine Flasche Efeuhonigwein geklaut.«

Obwohl er ihn gar nicht sehen konnte, warf ich ihm trotzdem einen zweifelnden Blick zu. »Wofür sollen wir den brauchen?«

Aisek grinste und ich konnte seine Zähne in der Dunkelheit aufblitzen sehen.

»Der hält warm«, meinte er und stieß mich spielerisch mit der Schulter an.

»Sehr witzig«, schnaubte ich ironisch und beschleunigte meine Schritte, als der Weg ebener wurde. »Das hilft nicht grade gegen Erfrieren.«

»Habe ich auch nicht behauptet«, scherzte Aisek weiter und schloss zu mir auf.

Wir erreichten den schmalen Pfad, der zu den Höhlen führte, als ein weiterer Blitz uns zusammenzucken ließ. Der Wind war bereits so stark, dass wir uns nahe am Felsen halten mussten, um nicht in die Tiefe gedrückt zu werden. Mein Herz schlug mir bis zum Hals, als ich das tosende Meer gegen die Felsen krachen sah, und ich versuchte mir nicht vorzustellen, was mit uns geschehen würde, sollten wir den Halt verlieren.

Schnell huschte ich in die Höhle, sobald wir den Eingang erreicht hatten, und zog Aisek hinter mir herein, um ihn in Sicherheit zu wissen. Die Wölbung im Felsen lag kalt und finster vor uns wie das gähnende Maul eines Untieres. Das Feuer war erloschen, doch es zog bei Weitem nicht so schlimm, wie ich befürchtet hatte, und trocken war es auch.

Mit dem Handrücken wischte ich mir den Regen aus den Augen und sah mich nach dem Fremdling um.

Hinter mir riss sich Aisek knisternd den Wachstuchumhang vom Kopf und schüttelte sich. »Brr. Erinnere mich daran, dir das nächste Mal einfach nur die Tasche zu geben und gleich wieder zurück in mein Bett zu verschwinden«, maulte er und ließ seine Tasche auf den Boden gleiten.

Ich achtete kaum auf ihn, streifte mir ebenfalls den Umhang ab, ließ den Beutel fallen und tastete mich auf Händen und Füßen langsam nach vorne. Es war wirklich stockfinster hier drin. Meine Finger stießen auf die Äste, aus denen ich das Bett gebaut hatte. Doch der Fremdling lag nicht mehr darauf.

Sofort kletterte mir Panik den Nacken hinauf. War er nach draußen gelaufen? Abgestürzt? Hatte ihn jemand anders gefunden?

»Fremdling«, rief ich in die Höhle hinein. Trotz des heulenden Windes draußen kam mir meine Stimme unnatürlich laut vor. Neben mir glitzerten winzige Glutreste auf, als Aisek sich an den Überbleibseln meines Feuers zu schaffen machte.

»Wer ist da?« Die Stimme war leise und brüchig, doch ich erkannte den tiefen Ton des Fremdlings darin.

Erleichtert atmete ich auf. Er war hier. Und er lebte. »Ich bin es«, sagte ich und hoffte, er würde meine Stimme ebenfalls erkennen.

Ein Funke glomm in der Dunkelheit der Höhle, als Aisek das Feuer entzündete. Holzwolle fing den Funken schnell auf und entzündete sich binnen Augenblicken.

Die Dunkelheit wich und gab die tiefen Schatten frei. Der Fremdling lehnte an der hinteren Seite der Höhle, nicht weit vom Feuer entfernt. Er war in sich zusammengesunken, hielt krampfhaft die Decke um sich geschlungen und sein Blick fand mich. Er sah so furchtbar jämmerlich aus, dass ich ihn am liebsten in die Arme geschlossen hätte, um ihm zu sagen, dass alles gut werden würde. Mein Herz schlug schneller und ich biss mir auf die Unterlippe, um keinen unpassenden mitleidigen Laut von mir zu geben.

Sein Blick war glasig, die Lippen bläulich vor Kälte und er zitterte wie ein Haselnussstrauch im Wind.

Langsam kam ich auf ihn zu, mit vorsichtigen Bewegungen wie bei einem verletzten Tier. Seine Augen sahen mich weiter an, erkannten mich und dann streckte er zögerlich die Hand nach mir aus.

Hätten wir uns nicht aufgemacht, sein Tod wäre sicher gewesen. Warum waren wir nur nicht schneller gelaufen?

Um zu fühlen, ob sein Fieber zurückgekehrt war, beugte ich mich zu ihm hinunter und wollte ihm eine Hand auf die Stirn legen, da packte er meinen Arm und zog mich so plötzlich an sich, dass ich vor Schreck vergaß zu atmen.

Seine Hände waren eisig, seine Brust war es auch, und mein Herz sprang mir beinahe heraus.

»Du hast lange gebraucht, um mich zu retten, meine nackte Drachenkriegerin«, flüsterte er mir ins Haar, das in Strähnen nass an meinem Kopf klebte. Obwohl der Wind und der Regen mich ausgekühlt hatten, war ich immer noch sehr viel wärmer als er. Und ich verstand nicht, was er sagte. Drachenkriegerin? Sprach er im Fieber?

»Hey, lass sie los!«, fauchte Aisek, packte mich an der Schulter und riss mich aus den Armen des Fremdlings. Keuchend holte ich Luft, hatte nicht bemerkt, dass ich den Atem angehalten hatte. Mir war schwindelig.

»Hat er dir was getan?« Aisek musterte mich ganz genau und ich schüttelte den Kopf.

»Nein.« Meine Stimme klang gefasster, als ich mich fühlte. In meinem Kopf drehte sich alles und ich verstand nicht, warum ich nicht selbst auf die Idee gekommen war, mich aus seiner Umklammerung zu befreien. »Ich bin nur gestolpert. Er hat nichts gemacht«, log ich und wusste selbst nicht genau warum. Vielleicht aus Scham. Obwohl doch eigentlich nichts passiert war.

Mit Nachdruck schob ich Aisek ein Stück zum Feuer, damit er sich darum kümmerte, und holte den Beutel mit den Fellen herüber, immer darauf bedacht, dem Fremdling nicht wieder in die Augen zu sehen. Ich spürte, dass er mich beobachtete, versuchte es zu ignorieren und öffnete die Schnürung des Beutels.

Die Felle waren glücklicherweise trocken geblieben, ich zog sie heraus und legte die kleineren neben das Feuer, das unter Aiseks Zutun wieder zaghaft zu brennen begann.

Verstohlen blinzelte ich zu dem Fremdling, der mich weiterhin mit seinem Blick verfolgte. Diese seltsamen silbernen Augen, die im Schein der Flammen glänzten wie flüssiges Metall. In meiner Brust spannte es und ich schluckte gegen den Kloß in meinem Hals an. Kaum traute ich mich, ihm näher zu kommen, und schaffte es nicht mal, seinem Blick standzuhalten.

»Leg dich da hin«, versuchte ich fest zu sprechen, klang aber ziemlich kläglich.

Doch der Fremdling zögerte kaum, stemmte sich ächzend und sehr langsam nach oben und zog sich auf allen vieren das Stück bis zum Feuer. Ich half ich ihm, sich auf die Felle zu legen, und breitete die große flauschige Felldecke über ihm aus. Sie war groß genug für ihn.

Die Wärme des Feuers breitete sich aus und erreichte auch meine Glieder. Verhalten gähnte ich und spürte, wie mit der schwindenden Anspannung die Müdigkeit in meinen Körper zurückkehrte.

Der Fremdling murmelte leise, der Bass seine Stimme brachte etwas in mir zum Schwingen und trotzdem hatte ich keines seiner Worte verstanden. Einen gewissen Abstand wahrend, kniete ich mich neben ihn und neigte den Kopf in seine Richtung.

»Warum tust du das?«, wiederholte er seine Frage und seine Augen starrten an mir vorbei ins Feuer.

»Weil es kalt ist« antwortete ich bestimmt, obwohl ich mir denken konnte, dass er nicht die Felldecke gemeint hatte, und ich hoffte, er würde nicht weiter fragen.

Es gab nämlich keine gute Erklärung dafür, warum ich das alles für ihn machte, ihn versteckte, mich sorgte und versuchte, ihn gesund zu pflegen.

Bereits vor dem Einschlafen hatte ich darüber nachgedacht und war bisher nur so weit gekommen, zu wissen, dass ich nicht anders konnte. Ich fühlte mich für ihn verantwortlich, weil ich ihn gefunden hatte.

Der Drang zur Rebellion war schon lange mit meiner Wut verflogen und auch der Schreck, einen Fremdling auf der Insel zu haben, war überwunden.

Was blieb mir also noch? Das Wissen, dass es richtig war, ihm zu helfen?

Oder vielleicht auch, weil es sonst keiner tat.

6

BOGENSCHIEẞEN

Als ich an diesem Morgen erwachte, fühlte ich mich zwar immer noch, als hätte mich jemand geschlagen, doch mein Kopf war viel leichter geworden. Es war so wunderbar warm in meinem Bett, dass ich am liebsten nicht aufgestanden wäre.

Aber ich hatte keine Wahl. Die Sonne war bereits aufgegangen und kündigte einen warmen, sonnigen Tag an. Draußen hörte ich noch vereinzelt Wassertropfen auf dem Dach, doch der Wind hatte sich gelegt und Insekten sirrten durch die klare Morgenluft.

Der Sturm war überstanden und viele hatten sich sicher schon früh aufgemacht, um die Schäden zu begutachten, die das Unwetter verursacht haben könnte.

Neben mir bewegte sich Milla, streckte mir ihre Eisfüße an die Beine und schnarchte leise. Keine Ahnung, wann sie in mein Bett gekommen war. Aber sie hatte die Felldecke mitgebracht, die ich ihr hingelegt hatte. Ein kleiner Teil davon lag noch auf ihr, der Rest war seitlich vom Bett auf den Boden gerutscht.

Ich widerstand dem geschwisterlichen Drang, Milla einfach aus dem Bett zu stoßen und so aufzuwecken, krabbelte unter der Decke hervor und kletterte über sie hinweg.

Langsam wurde sie wirklich groß. Vor ein paar Jahren hätte ich sie einfach zur Seite geschoben und wäre aufgestanden. Heute musste ich schon richtige Kletterkünste aufweisen, um sie dabei nicht zu wecken.

»Wie siehst du denn aus?«, sprach Mutter mich an, als ich mich zu ihr in die Küche runterließ. Sie saß auf ihrem Kochschemel und rührte in einem kleinen Topf, der über der gusseisernen Feuerschale hing. Die Glut sah aus, als brannte das Feuer schon eine Weile und ich musste sofort an den Fremdling in der Höhle denken.

War alles gut gegangen? Hatten Aisek und er sich auch verstanden?

Aisek hatte darauf bestanden, dass ich schlafen ging und er auf den Fremdling aufpasste. Er sagte, er könne nicht verantworten, dass ich am Morgen bei den Übungen nicht gut abschnitt, nur weil ich schon wieder nicht geschlafen hatte.

Zwar konnte ich mir nicht vorstellen, was ein einzelnes schlechtes Übungsergebnis schon groß anrichten sollte, doch insgeheim war ich froh gewesen, ein bisschen schlafen zu können.

Außerdem hatte er sich schon einen ausgeklügelten Plan zurechtgelegt, in dem er sich vor Morgengrauen zu den frischen Setzlingen schleichen würde, um zu schauen, ob dort alles zum Besten stand. Damit könnte er erklären, warum er nachts nicht zu Hause gewesen war, falls es jemandem aufgefallen sein sollte, und schaffte es wenigstens, sich einmal in seinem Leben als guter Forster darzustellen.

Ich konnte nur hoffen, dass er nicht eingeschlafen war und jetzt in einer Höhle bei den Klippen döste.

»Limea!«, ermahnte mich Mutter mit strengem Ton. Sie hatte mich wohl schon öfter angesprochen.

»Was?«, fragte ich schnell, damit sie nicht ärgerlich wurde, und sah sie an. Ihr dunkles Haar war säuberlich zurückgekämmt, die kleinen Fältchen um ihre Augen waren kaum zu erkennen. Mit strenger Miene schüttelte sie den Kopf über mich, nahm den Topf vom Haken und stellte ihn auf den Tisch.

»Geh deine Schwester wecken«, schickte sich mich mit einer Handbewegung und nahm drei einfache, schmucklose Schüsseln vom Regal.

Mein Vater war ein Meister im Bearbeiten von Ton gewesen und auch meine Mutter hatte einiges Geschick darin. Manchmal fragte ich mich, wieso sie mit dem Töpfern angefangen hatte, sprach sie jedoch nie darauf an. Sie redete nicht gern über Dinge, die mit meinem Vater zu tun hatten. Dann wurden ihre Augen ganz feucht und ihr Mund zu einem harten Strich.

Doch egal, wie gut sie im Töpfern mittlerweile auch war, alles, was sie jemals Schönes und Außergewöhnliches hergestellt hatte, gehörte jetzt den oberen Kasten. Und uns blieben nur die schmucklosen Schüsseln.

Ergeben zog ich mich in mein Zimmer hoch, riss Milla mit einer schnellen Bewegung die Decke weg und gab ihr einen Klaps auf den nackten Hintern. Die Knoten an ihrem Lendentuch hatten sich bei ihren regen Schlafbewegungen geöffnet und gaben jetzt mehr preis, als Milla wohl lieb war.

»Du bist so blöd«, nörgelte sie und zog sich die Decke über den Po.

»Es gibt Frühstück«, informierte ich sie und suchte in einem Kästchen auf dem Regal nach meinem Fußband mit den Muschelstücken. Es war nicht aufzufinden, also nahm ich wieder das mit den Kokosperlen. Sicher hatte Milla es irgendwo.

»Was hast du mit deinen Haaren gemacht?«, wollte Milla wissen, richtete ihr Lendentuch und kraxelte dabei aus dem Bett.

Ich machte das Band an meinem Fußgelenk fest und griff mir dann an den Kopf. Es fühlte sich an, als hätte ein Vogel angefangen, sein Nest auf mir zu bauen.

»Gib mir den Kamm.« Milla streckte die Hand aus, ich reichte ihn ihr aus meinem Kästchen heraus und setzte mich vor dem Bett auf den Boden. Vorsichtig begann sie mir die Haare zu kämmen und entwirrte das schlingpflanzenähnliche Gebilde auf meinem Kopf.

»Wie hast du das nur gemacht?«, fragte sie zwischen zusammengebissenen Zähnen und riss an einem hartnäckigen Knoten.

»Aua! Keine Ahnung«, murrte ich gereizt und machte mir Sorgen um die feinen Zinken des Kamms. Vielleicht gab sie sich ja Mühe, aber es tat trotzdem verdammt weh. Und ich wusste sehr wohl, woher die Knoten kamen. Ich war durch einen Sturm gelaufen und dann mit nassen Haaren ins Bett gegangen, das ich mir die halbe Nacht mit meiner Schwester teilen musste.

Mutter streckte den Kopf durch die Bodenklappe. »Ah, gut, dir werden die Haare gebändigt. Warst du heute Nacht etwa draußen?«, meinte sie und sah mich mit hochgezogenen Augenbrauen anklagend an.

Ertappt zuckte ich zusammen und wünschte mir, eine bessere Lügnerin zu sein. Aber bei Mutter war das ohnehin sinnlos. Sie wusste, wenn man log. Immer.

»Ja«, sagte ich nur und hoffte, sie würde nicht weiter fragen. Und sie tat es auch nicht. Noch nicht.

Ihr strenger Blick musterte erst mich und dann Milla. »Mach ihr einen hohen Zopf«, wies sie sie an. »Damit sieht sie fantastisch kriegerisch aus. Und es betont ihre Wangenknochen.«

Moment, was? Irritiert blinzelte ich sie an und wurde davon abgehalten, etwas zu sagen, als Milla mir beinahe eine Haarsträhne ausriss.

»Oh ja. Und ich kann ihr Lederbänder in die Zöpfe flechten. So am Kopf entlang«, ereiferte sich meine Schwester und fuhr mit den Fingern seitlich über meine Kopfhaut.

»Keine Bänder!«, blockte Mutter jedoch sofort ab. »Es soll ja nicht zu gewollt aussehen«, fügte sie hinzu und verschwand wieder unten in der Küche.

»Was soll das bitte werden?«, rief ich, damit Mutter es auch noch hören konnte. Doch keiner der beiden antwortete mir. Milla machte mir kichernd einen Zopf und suchte dann sogar noch die Kleidung für mich aus. Den ledernen Schurz, das eng gemusterte Brusttuch und dazu passende Oberarmreifen.

Ich beschwerte mich nicht, zog brav alles an, was sie mir reichte, und verkniff mir jede Frage. Wenn die beiden so geheimnisvoll taten, dann wollte ich meistens gar nicht wissen, warum sie es machten. Denn es lief immer nur darauf hinaus, dass ich bereute, gefragt zu haben und sie sich so oder so nicht davon abbringen ließen, ihren Willen durchzusetzen.

Mir war es im Grunde sowieso egal, was ich anhatte, solange es nicht beim Jagen störte.

»Kein Kopfschmuck?«, erkundigte ich mich scherzhaft, als Milla mich endlich zum Frühstück gehen ließ. Sie selbst hatte immer noch nicht mehr als das Lendentuch am Leib. Ihre langen, seidig schwarzen Haare bedeckten ihre winzigen Brüste und das Grinsen auf ihren Lippen wirkte viel zu zufrieden.

»Nein!«, antwortete mir Mutter entschieden. »Es soll ja nicht …«

»… zu gewollt aussehen«, beendete Milla den Satz und schaufelte sich die Schüssel voll Haferbrei hinein, den sie mit Kirschen garnierte.

Wieder sagte ich mir, dass ich es eigentlich nicht wissen wollte und aß wortlos mein Frühstück.

Mutter riss mir beim ersten Gong die Schale aus der Hand, obwohl ich noch nicht aufgegessen hatte, und scheuchte mich ganz aufgeregt aus dem Haus.

Auf den Stufen nach unten band ich mir noch die Messer an die Hüfte und zog den großen Bogen aus dem Korb unter der Treppe.

Zügig nahm ich den Seilzug eine Ebene hinauf und lief über die Knüpfbrücke zur klimpernden Treppe. Laurea aus den unteren Kasten grüßte mich im Vorbeigehen und Julas knurrte etwas Unverständliches, als ich ihn beinahe über den Haufen rannte, um zur Hauptbrücke zu gelangen. Der Alltag lief in gewohnten Bahnen, jeder hatte zu tun und der Sturm hatte die Siedlung weitestgehend unbeschadet gelassen.

Auf der Hauptbrücke war viel los, die Leute tratschten, Männer trugen gewaltige Wasserkrüge in die oberen Ebenen und irgendwo übertönte das nervtötende Flötenspiel von Kasmir sogar die Vögel. Er hatte im letzten Monat in die Musikerkaste eingeheiratet, obwohl wir alle der Meinung waren, dass er bei Weitem ein besserer Gemüsehüter gewesen war.

Hatti, ihren schlafenden Säugling in einem Tuch an ihre Brust gebunden, lobte meine Ausstattung, als ich an ihr vorbeiging, und ich zupfte verlegen an meinem schicken Schurz. Zwischen all den gewöhnlich gekleideten Menschen kam ich mir viel zu schick vor, um zu einer einfachen Übungsstunde zu gehen. Es fühlte sich falsch an und ich dachte darüber nach, dass es vielleicht in diesem Fall doch schlau gewesen wäre, nachzuhaken.

Allerdings ging mir der Gedanke verloren, als ich am Ende der Brücke auf Mareika und ihre Freundinnen traf. Sie waren alle herausgeputzt wie Pfaue, die ihr Rad schlugen. Eine bunter als die andere, stolzierten sie an mir vorbei, die Treppe hoch zur nächsten Brücke, ohne mich auch nur gesehen zu haben. Sie hatten es wohl nicht darauf angelegt, dass es nicht zu gewollt aussah.

Mit einigem Abstand lief ich ihnen hinterher und fragte mich jetzt erst recht, was hier eigentlich vorging.

Als ich den Übungsplatz erreichte, auf dem wir die gemeinsamen Übungen begannen, erwartete mich eine bunte Vogelparade an Mädchen, die durch ihren farbenfrohen Schmuck aussahen, als wären es doppelt so viele.

Leicht schockiert blieb ich an der Treppe stehen und musterte die aufgeregten Gesichter. Taria und Kissi hatten sich schicke Felle um die Schultern gebunden. Sannas Arme waren so sehr mit Schmuck behängt, dass sie sicher Mühe haben würde, sie zu heben.

Es wurde immer skurriler. Hatte ich einen besonderen Feiertag verpasst?

Eine Hand schloss sich um meine und zog mich von der Treppe weg. »Kaum zu glauben, was die für ein Tamtam veranstalten«, zischte Basra mir ins Ohr und ließ dann meine Hand los. Ein Blick genügte, um zu sehen, dass sie gekleidet war wie immer. Einfacher Schurz, kein Brusttuch, die Haare im Nacken zu einem schlampigen Knoten zusammengerollt.

Basra war eine Kaste unter mir und ihr Vater ein ehrgeiziger Schäfer, der seinen Töchtern viel abverlangte, damit sie mit der Mündigkeit auch garantiert aufsteigen würden. Doch meine Freundin Basra war nicht gerade die begabteste Jägerin. Pfeil und Bogen fielen ihr ständig aus den Händen und Messern blieb sie lieber fern, um sich nicht aus Versehen selbst zu verletzen.

Dafür hatte sie andere Qualitäten, die ich persönlich viel mehr schätzte. Zynismus zum Beispiel, oder die Kunst, eine Falle mit nur einem Stück Schnur so geschickt zu stellen, dass selbst unsere Mentoren reintappten.

»Was ist denn hier los?«, traute ich mich endlich zu fragen und Basra lachte auf.

»War ja klar, dass du es mal wieder nicht mitkriegst«, schnaubte sie und grinste frech. Mit einem Kopfnicken wies sie zur gegenüberliegenden Seite des Platzes, die von Krolas, dem Schäfer, mit Fellen ausgelegt wurde.

»Wir erwarten Zuschauer«, zischte Basra mir ins Ohr und verschränkte argwöhnisch die Arme vor der Brust. »Gestern haben sie doch diese Horde *junger, fähiger* Schwachköpfe in die Siedlung gelassen. Ihre Mütter haben wohl eine ganze Menge kostbares Tuch und Edelsteine mitgebracht, dass die jetzt da sitzen können wie kleine Mächtige und sich unter uns ihre neue Angebetete aussuchen können.« Basra zog die Augenbrauen nach oben und ihre Lippen umspielte ein herablassendes Lächeln.

Grob erinnerte ich mich an das, was der Rat uns gestern verkündet hatte, und hätte es am liebsten gleich wieder verdrängt. Gut, dass ich Mutter und Milla nicht danach gefragt hatte.

»Die habe ich völlig vergessen«, murmelte ich, doch Basra hatte mich natürlich trotzdem gehört.

»Ja, ich auch«, gab sie zu. »Aber mein Vater hat mich heute früh daran erinnert. Er sagte, ich solle ja zusehen, einen guten Eindruck zu machen. Als wäre es eine Ehre für mich, einen Jungen aus den höheren Kasten wählen zu können.« Genervt rollte sie mit den Augen.

»Meine Mutter und Milla haben heute früh eine Menge Aufwand betrieben, aber ich bin nicht draufgekommen.« Es war erschreckend, wie leicht mir solche Sachen entfielen. Aber ich musste zu meiner Verteidigung sagen, dass ich ja wohl Besseres zu tun gehabt hatte. So was wie Hochverrat begehen, indem ich heimlich einen Fremdling gesund pflegte, zum Beispiel.

»Ja, das sehe ich«, behauptete Basra, ohne den Blick auf mich zu richten. Ihre Augen hefteten an der Treppe gegenüber von uns. »Und ich bin mehr als froh, dass du nicht auch dem ›neue junge Männer-Wahn‹ verfallen bist. Sonst müsste ich dir leider die Freundschaft kündigen.«

Ihre offene Abscheu brachte mich zum Grinsen. Basra hielt von der ganzen Sache genauso viel wie ich. Nämlich nichts.

Wir wussten beide, dass die Soketensöhne nicht auf unsere Gunst hofften, sondern auf die der *höheren Töchter*.

Und Basra konnte es schon zweimal egal sein. Sie hatte bereits gewählt.

Da sie noch nicht mündig war, hatte ihr Bund auch noch keine offizielle Gültigkeit. Aber sie würde sich sicher nicht mehr umentscheiden. Seit etwa zwei Jahren hatte sie ein mehr oder weniger heimliches Bündnis mit einem jungen Mann aus den untersten Kasten. Sein Name war Rouvan und er gehörte zu den Gemüsehütern.

Ein aufgeregtes Gemurmel schwoll auf dem Platz an und teilte uns mit, dass die Soketen eingetroffen waren. Das Gewimmel an bunten Federn versperrte die Sicht, aber wir machten uns auch nicht die Mühe, näher ranzugehen.

»Wie weit bist du mit deinen Übungen zur Katzenschlinge gekommen?«, wechselte Basra das Thema und zeigte damit ihr demonstratives Desinteresse.

»Ich werde schon besser. Zumindest schaffe ich es, dass sie sich jetzt jedes Mal zuzieht. Aber ich habe nicht verstanden, was daran jetzt besser sein soll als an der einfachen Zugschlinge.«

Basra öffnete den Mund, um mir wieder einmal lang und breit zu erklären, was ihren Lieblingsknoten von allen anderen abhob, da erklang das laute Hämmern eines Speers, der auf den Boden geschlagen wurde, und wir verstummten alle.

Kaera betrat mit großen Schritten die Plattform und die Menge teilte sich respektvoll, um sie vorbeizulassen. Sie stieg ohne ein Wort zu sagen auf das kleine Podest in der Mitte des Platzes und ließ den Blick aus ihren raubkatzenartigen Augen scharf über uns gleiten.

»Aufstellung!«, rief sie und keiner von uns wagte es, diesem Befehl nicht augenblicklich Folge zu leisten. Sie war die beste Jägerin unseres Stammes, eine lebende Legende, und ich sah zu ihr auf, nahm sie mir als Vorbild.

In der Forsterkaste geboren, hatte sie es mit Fleiß und Begabung bis an die Spitze der Sorayer geschafft. Man munkelte, sie hätte einen Platz im Rat abgelehnt, doch das konnte genauso gut ein fehlerhaftes Gerücht sein, dem ich wenig Glauben schenkte. Denn wer lehnte schon einen Platz im Rat ab, um junge Jägerinnen, wie uns, in den Jagdkünsten zu unterrichten?

Durch die jetzt lichteren Reihen der anderen konnte ich die jungen Männer der Soketen sehen, die sich auf den Fellen niedergelassen hatten und interessiert den Geschehnissen folgten, als vollführten wir einen Auftritt nur zu ihrer Belustigung.

Nicht zum ersten Mal dankte ich Basra im Stillen, uns von Anfang an einen Platz in den hinteren Reihen ausgewählt zu haben.

Wieder ließ Kaera den Schaft ihres Speers auf den Holzboden knallen. »Ich bitte um Konzentration. Auch wenn wir heute …« Kaera stockte kurz und warf einen scharfen Blick zu den Soketen. »… Gäste haben«, endete sie knapp und hob gebieterisch das Kinn.

Basra versuchte sich ein Lachen zu verkneifen und grunzte neben mir in ihren Handrücken. Ich sah sie mahnend an, da ich keine Lust hatte, Kaeras Aufmerksamkeit unangenehm auf uns zu ziehen. Vielleicht hatte ja Basra kein Interesse daran, in den Kasten aufzusteigen, ich aber sehr wohl.

»Grundstellung. Schwebendes Blatt«, gab Kaera vor, lehnte ihren Speer gegen das Podest und wir alle begannen mit den langsam ausgeführten Bewegungsabläufen, die wir schon seit Jahren verinnerlichten.

Genau im richtigen Winkel stellte ich die Füße auseinander, ging leicht in die Hocke und führte meine Arme so langsam, dass selbst eine Schnecke es ausführen könnte, wenn sie Arme und Beine besessen hätte.

Nach der vierten Übung begann mein linkes Bein vor Anstrengung zu zittern. Viel zu früh, da ich mich gestern einfach zu sehr verausgabt hatte. Angestrengt konzentrierte ich mich auf meine Atmung und machte verbissen weiter so gut ich konnte.

Zum Glück hatte ich diese Nacht wenigstens ein bisschen geschlafen.

Meine Gedanken schweiften ab und ich ließ sie, weil ich dadurch meine schmerzenden Glieder ignorieren konnte. Ich dachte an Aisek und den Fremdling in der Höhle. Ob wirklich alles glattgelaufen war?

Wir hatten ausgemacht, dass ich am Mittag nach dem Fremdling sehen sollte. Essen musste er schließlich auch.

Ganz automatisch hoben sich meine Arme und meine Füße liefen die Schritte ab, was mich für gewöhnlich in einen Zustand von innerer Gelassenheit führte. Doch diesmal ging mir einfach zu viel durch den Kopf, und ich war mehr als froh, als wir endlich fertig waren und nach einer kleinen Pause zu den anderen Übungen übergingen.

Wie immer teilte uns Kaera in die einzelnen Gruppen auf und begleitete eine davon. Heute nicht meine, worüber ich ausnahmsweise mal erleichtert war.

Ich schnappte mir meinen Bogen und schloss mich Silla an, die hinunter zu den Schießständen schlenderte. Schnell warf ich Basra noch einen aufmunternden Blick zu, als sie hinter Kaera zum Speerwerfen trottete. Von allen Waffen, die Basra schlecht beherrschte, war der Speer die schlimmste und ich bemitleidete sie tatsächlich, auch wenn sie ihr Los gefasster trug, als ich es könnte.

Mir war dafür beschert, in einer Gruppe mit Mareika zu sein. Sie stolzierte die Treppe hinunter, als wäre sie die Herrin des Waldes höchstpersönlich, und strich sich dabei ihr wild gemustertes Brusttuch zurecht, das so geschnürt war, dass ihre vollen Brüste beinahe herausquollen. Auf ihrem Kopf trug sie einen ganzen Strauß bunter Federn zur Schau, die die Grenze zur Albernheit schon lange überschritten hatten. Trotzdem folgte ihr eine kleine Schar Soketen und lauschte ihrem unsinnigen Geplapper über die Ästhetik perfekt geformter Hände, als gäbe es nichts Wichtigeres auf der Welt.

Unauffällig drückte ich mich an den jungen Männern vorbei zu den Schießscheiben. Silla hatte sich die hinterste geschnappt, so wie ich es auch vorgehabt hatte, und so musste ich weiter vorrücken. Doch die Äste der Sarille standen in voller Frucht und neigten sich daher wie ein Sichtschutz zwischen uns und die plappernde Mareika.

Das Stroh der Schießscheibe sah schon ziemlich zerfleddert aus, doch das störte mich wenig. Das Fell eines Tieres war auch nicht immer kurz und glatt.

Ohne Eile spannte ich die Sehne an meinem Bogen und holte mir ein halbes Dutzend Übungspfeile aus einem Köcher hinter mir.

Die Wärme der Sonne kam langsam durch das Blätterdach, zauberte Schattenmuster auf den Boden und entspannte die Muskeln in meinem Rücken.

Ich atmete tief ein, wies alle Gedanken von mir, auch wenn es mir schwerfiel. Ließ das glatte Holz des Pfeils durch meine Finger gleiten, legte ihn sorgsam an und konzentrierte mich auf mein Ziel.

Seit vorgestern war ich mündig, ab jetzt würde man alles, was ich tat, ganz genau in Augenschein nehmen. Ich zielte nicht lediglich auf eine Scheibe aus Stroh, sondern auch auf meine Zukunft, die ich exakt in der Mitte zu treffen gedachte.

Ich wollte aufsteigen, eine der höheren Kasten erreichen, mir selbst und allen anderen beweisen, dass ich es wert war.

Ganz genau malte ich mir Kaeras Gesicht aus, wie sie mich ansah, wenn sie mir die Hand auf die Schulter legen würde wie ihresgleichen, weil ich mir das Recht erkämpft hatte, zu den besten Jägerinnen des Stammes zu gehören.

Noch bevor meine Hand vor Anspannung zu zittern beginnen konnte, ließ ich den Pfeil von der Sehne schnellen und sah mit Zufriedenheit, wie er in die Mitte der Scheibe einschlug.

Ein Lächeln huschte über meine Lippen.

Bogenschießen war nicht gerade meine Meisterfähigkeit, da ich es als unsinnig empfand, einen riesigen Bogen mit sich herumzuschleppen und immer auf seine Pfeile achten zu müssen. Meine Stärke waren Messer jeglicher Art. Am liebsten zum Werfen.

Daher war ich doppelt stolz auf mich, genau getroffen zu haben.

Ich lief zur Scheibe und zog den Pfeil heraus. Das würde ich gleich noch mal versuchen, denn heute hatte ich wohl einen guten Tag.

Wieder legte ich an, roch Baumharz in der Luft, hörte den Wind in den Blättern tanzen und richtete meinen Blick ganz auf das Ziel.

»Hey.«

Mein Inneres schreckte zusammen, und auch wenn ich mich sonst gut im Griff hatte, zuckten diesmal auch meine Hände. Der Pfeil, den ich gerade angelegt hatte, fiel mir zwischen den Fingern hindurch auf den Boden.

Neben mir stand einer der Soketen. Mit lässig in die Seiten gestützten Händen lächelte er auf mich herab. Er war groß und schlaksig, sein braunes Haar einen Tick zu lang, und machte den Eindruck, als wäre er gerade aus dem Bett gekommen.

»Genialer Schuss«, lobte er mich und grinste. »Du bist gut, hä?«

Irritiert sah ich mich kurz um, nur um sicherzugehen, dass er auch wirklich mich meinte und nicht etwa Silla, die ich jedoch nicht mehr entdecken konnte.

Warum redete denn einer der Soketen mit mir? War er einer von denen, die gerade noch bei Mareika gewesen waren? Ich konnte mich nicht erinnern, hatte mir keines der Gesichter gemerkt.

Er lachte und seine braun gesprenkelten Augen taten es auch. »Sagt man dir wohl nicht sehr oft, was?«, ließ er seine Vermutung fallen. Auf seiner Nase und den Wangen lagerte eine Schar dunkler Sommersprossen. »Mach ruhig weiter. Beachte mich gar nicht.« Grinsend wies er auf den Bogen und trat lässig einen Schritt zurück.

Die Augenbrauen skeptisch hochgezogen, nickte ich nur und beherzigte seinen Rat. Ich beachtete ihn gar nicht.

Schnell nahm ich den zu Boden gefallenen Pfeil wieder auf, zielte und traf die Scheibe ein weiteres Mal genau in der Mitte. Was mich selbst überraschte. Denn die Konzentration, die ich vorhin gehabt hatte, war nun dahin.

»Toll! Du bist wirklich gut«, rief der Sokete neben mir voller Begeisterung und ich konnte nicht anders, als ungläubig auf die Strohscheibe zu starren. Was war denn heute los?

Ich probierte es gleich noch einmal, forderte mein Glück heraus und diesmal ging der Pfeil nicht direkt in die Mitte, war aber nah dran.

»Wie heißt du?«, fragte mich der Sokete, von dem ich schon wieder vergessen hatte, dass er immer noch neben mir stand, und ich war so überrumpelt von dieser direkten Frage, dass ich ihm beinahe wirklich meinen Namen verraten hätte.

Doch ich riss mich gerade noch zusammen und machte mir selbst bewusst, wie lächerlich diese Situation war. Die Soketen waren nicht wegen mir hier und ich würde sie in dieser Hinsicht auch nicht ermutigen. Das Letzte, was ich jetzt brauchte, war eine Liebelei.

»Warum redest du mit mir?«, erkundigte ich mich spitz und zeigte mit dem Bogen auf Mareika, die sich ein Stück entfernt kichernd zwischen drei jungen Soketen hin und her drehte. »Da, das Mädchen, das sich als Pfau verkleidet hat, das ist, was du suchst. Lass mich in Ruhe.« Damit wandte ich mich ab und legte noch einen Pfeil an.

Der sommersprossige junge Mann warf einen Blick zurück auf Mareika und begann dann plötzlich herzhaft zu lachen. »Du hast recht!«, feixte er, hielt sich den Bauch und knuffte mich spielerisch in die Seite. »Sie sieht wirklich aus wie ein Pfau.«

Wie erstarrt stand ich da. Hatte er es wirklich gewagt, mich einfach so anzufassen?

»Du bist echt witzig.« Sein Grinsen zog sich von einem Ohr zum anderen und entblößte einen leicht schiefen Eckzahn. »Ich bin übrigens Bardin. Aus der Kaste der Künste.«

›Interessiert mich nicht‹, dachte ich nur und versuchte mich wieder auf den Pfeil in meinen Händen zu besinnen.

»Ich spiele die Mandoline. Wenn du mir deinen Namen verrätst, kann ich ein Lied auf deine Schönheit singen«, erzählte er mir begeistert und ich ließ den Pfeil genervt wieder sinken.

Wie sollte ich so anständig üben? Beim Jagen wurde ich schließlich auch nicht ständig von der Seite angequatscht.

»Könntest du bitte die Klappe halten?«, zischte ich so gefährlich wie ich nur konnte, doch sein Grinsen verschwand nicht. Das Bedürfnis, ihn einfach über die Brüstung zu schubsen, stieg in mir auf und ich schnalzte verärgert mit der Zunge.

»Widerspenstig, hm? Eine besondere Eigenschaft. Ich steh' auf widerspenstig«, entgegnete er und das herausfordernde Blitzen in seinen Augen schien mir gar nichts Gutes zu verheißen.

Im ersten Moment wollte ich etwas Gemeines erwidern, ließ es dann aber doch sein. Egal was ich sagte, es würde ihn ja doch nicht dazu bewegen, sich zu verziehen.

»Hey, Bardin!«, rief in dem Moment einer der anderen Soketen, die um Mareika herumstanden. Mittlerweile hatten sich auch andere Mädchen zu ihnen gesellt. Talika und Saienne, aufgeplustert wie Papageien, und Mareikas höchst eigenes Gefolge. Die beiden schwatzten alles nach, was Mareika von sich gab, und daher fand ich, sie hatten ihr Kostüm sehr passend gewählt.

Bardin lächelte mir aufmunternd zu und lief dann zu ihnen rüber.

Ich war nur froh, dass er endlich weg war, und nahm den Pfeil wieder auf. Die nächsten zwei Schuss waren mittelmäßig, so wie ich es von mir gewohnt war, und ich atmete tief durch, um mich wieder nur auf mich, die Pfeilspitze und das Ziel zu konzentrieren.

Doch das wurde leider nichts, als meine Ohren meinen Namen aufschnappten. Es war Mareikas Stimme. »Limea? Rede kein wirres Zeug. Die?«, rief sie und ihr Gesicht verzog sich dabei so angewidert, als würde sie über Stinkblaupilze sprechen.

»Sie ist keine aus den oberen Kasten«, plapperte Talika abfällig und die Soketen murmelten zustimmend.

»Dann macht es ja niemandem was aus, wenn ich ihr zeige, was in mir steckt«, sagte Bardin und lachte dabei fröhlich.

Ich verkniff mir ein genervtes Schnauben und hielt den Blick stur geradeaus. Es war mir völlig egal, dass er aus einer höheren Kaste kam und seine Mutter nur die besten Absichten hatte. Ich hatte trotzdem nichts dafür übrig, dass er mir seine Talente präsentierte, damit ich ihn für einen guten Fang hielt.

»Was willst du denn mit ihr? Da hättest du auch Dana oder Tilla um einen Bund bitten können und dir den Weg hierher gespart«, grunzte einer der Soketen, die ich nun aus den Augenwinkeln beobachtete. Er hatte eine sehr ausgeprägte Nase, die an den Schnabel eines Seeadlers erinnerte, und sein lederner Lendenschurz war bunt geprägt. Er musste aus einer sehr hohen Kaste stammen, damit er so etwas Schönes besitzen konnte.

Und seine Worte verletzten mich. Ich wusste nicht genau wieso, schließlich hatte er recht. Sie waren hier wegen der Mädchen aus den oberen Kasten, nicht wegen mir.

Doch ich fühlte mich bei seinem Tonfall, als hätte er behauptet, ich wäre weniger wert als ein Mädchen wie Mareika, und das konnte ich nicht ertragen.

»Blödsinn«, entgegnete Bardin leiser, als wäre es nicht für meine Ohren bestimmt, stieß Adlernase mit dem Ellenbogen an und entkräftete damit alles, was er gesagt hatte. »Du brauchst ein bisschen mehr Voraussicht, Jangs. Schau dir an, was die jungen Jägerinnen können.«

Adlernase schien darüber nachzudenken und wandte seinen Blick prüfend zu mir.

Demonstrativ sah ich in die andere Richtung, um nicht aus der Haut zu fahren, tat so, als hätte ich sie tatsächlich nicht gehört. Männer aus höheren Kasten waren genauso oberflächlich und eingebildet wie die Frauen.

Ich legte einen Pfeil an, entschlossen, meine Übung zu beenden und dann meiner Wege zu ziehen, ohne je wieder einen Gedanken an diese Schnösel verschwenden zu müssen.

»Schau dir an, wie elegant sie schießt, dann weißt du, was ich meine«, sagte Bardin gerade und für einen kleinen Moment überlegte ich mir einfach danebenzutreffen, nur um ihm nicht die Genugtuung zu geben, mich vorgeführt zu haben. Aber mit Absicht mein Ziel zu verfehlen ging gegen meinen Stolz und wäre auch total albern gewesen.

Also nahm ich die Mitte der Schießscheibe ins Visier, hörte nur auf das Zwitschern der Vögel in den Bäumen, atmete aus und ließ die Sehne los. Der Pfeil surrte durch die Luft und schlug genau dort ein, wo ich es gewollt hatte.

Von der Seite kam anerkennendes Gemurmel, was meinen Groll nur noch mehr schürte. Gerade hatten sie meinen Stand als nicht bemerkenswert erachtet und plötzlich war ich aber gut genug. Solche Idioten!

Entschlossen, den letzten Pfeil einfach liegen zu lassen und zu gehen, stellte ich den Bogen auf, um die Sehne abzuspannen, als Bardin sich an Mareika wandte.

»Wie gut bist du mit dem Bogen?«, fragte er und klang dabei ehrlich interessiert. Ich konnte sein Gesicht nicht sehen, weil er sich von mir weggedreht hatte, aber dafür das von Mareika, die leichenblass wurde.

Beinahe hätte ich gelacht, doch ich konnte mich gerade noch zusammenreißen. Mareika schien es trotzdem gespürt zu haben und warf mir einen Blick zu, der reine Mordlust schrie.

Schmunzelnd kostete ich die kurzen Momente des Triumphes aus, sie so gedemütigt zu sehen. Das machte sogar meine Wut auf die Soketen wieder wett.

Mareika war eine Niete im Bogenschießen. Sie war noch schlechter als Basra, die sich wenigstens bemühte, während Mareika mehr an der Pflege ihrer Haare interessiert war. Meiner Meinung nach verließ sie sich viel zu sehr auf den Einfluss ihrer Mutter. Doch es war zweifelhaft, ob sie ihre Tochter tatsächlich vor dem gnadenlosen Abstieg bewahren konnte.

Ich verhöhnte sie noch ein wenig, indem ich meinen letzten Pfeil anlegte und einen weiteren sauberen Schuss hinlegte.

Und Mareika tat das Einzige, was sie in dieser Situation noch tun konnte. Sie drehte sich schwungvoll um und ging. Talika und Saienne folgten ihr auf dem Fuß.

Die Soketen blieben am Schießstand zurück, unschlüssig, was sie jetzt tun sollten, da das Ziel ihrer Werbungsversuche geflüchtet war.

Uninteressiert daran, für was sie sich entscheiden würden, sammelte ich nur meine Pfeile zusammen, prüfte sie auf Schäden und stellte sie in den Köcher zurück. Den Bogen spannte ich ab und beschloss, ebenfalls zu gehen.

Doch Adlernase hielt mich zurück, indem er sich direkt vor mir an ein Geländer lehnte und mir die langen Beine wie zufällig in den Weg streckte.

»Dein Name ist Limea, nicht wahr?«, sprach er mich an und strich sich übertrieben lässig eine dunkle Locke aus der Stirn. »Ich bin Jangs. Schmuckmeister. Mit mir an deiner Seite würdest du …«

»Hey, Jangs. Vergiss es«, fiel Bardin ihm ins Wort und schob sich zwischen Adlernase und mich. »Ohne meine Zeichnungen würde er kein einziges kunstvolles Schmuckstück zusammenbringen«, behauptete er lachend und ich ließ ihn einfach stehen.

Es stellte sich jedoch heraus, dass es nicht so einfach war, Bardin wieder loszuwerden.

Er lief mir hinterher, wohin auch immer ich ging. Kommentierte meine anderen Übungen, jubelte über meine Erfolge, erzählte mir unentwegt, welche Dinge er an mir entdeckte, die ihm gefielen, und wie gut sie sich mit seinen Fertigkeiten ergänzten.

Nachdem ich festgestellt hatte, dass bissig zu sein ihn eher animierte als ihn zu verschrecken, änderte ich sehr schnell meine Taktik. Ich ignorierte ihn, tat so, als wäre er nicht da, was ihm leider noch mehr Freiheit gab, selbst zu reden. Über meine Haare, meine scharfen Augen, mein Fingergeschick, die Heldentaten, die ich wohl in meinem Leben schon vollbracht hatte und von denen keine jemals wirklich passiert war.

Als am Mittag der erste Gong schlug, brach ich vor Erleichterung beinahe in Tränen aus.

Eilig schnappte ich mir meinen Bogen und winkte Basra noch von Weitem zu, die nun mir einen mitleidigen Blick schenkte und dann ebenfalls zum Mittagessen nach Hause ging.

Ich war schon fast über die Hauptbrücke, als mich jemand von der Seite ansprach. »Ist es weit bis zu deinem Haus?«, fragte Bardin mich und ich schreckte so sehr zusammen, dass mir beinahe der Bogen von der Brücke gefallen wäre. Wunderbar, meine Nerven lagen blank und bei der Höhe hätte ich meinen Lieblingsbogen danach nicht mehr retten können.

Eisern klammerte ich mich an meinen Vorsatz, den Soketen weiterhin zu ignorieren, und setzte meinen Weg fort. Die Daumen in das Schmucktuch an seinen Hüften gehakt, schlenderte er neben mir her.

»Du bist eher eine Stille, hm?«, stellte er fest und ich verdrehte genervt die Augen.

Nicht mehr weit und ich war zu Hause, musste ich mir in Gedanken selbst vorsagen. Nicht mehr weit und ich wäre ihn los.

»Bei uns zu Hause gibt es auch ein Mädchen, das redet nie. Ich habe noch nie ein einziges Wort von ihr gehört. Aber mit einem Speer umgehen kann sie, das sag ich dir«, erzählte Bardin weiter und ich hielt die Luft an, um nicht durchzudrehen.

Aber ich war am Ende meiner Kräfte. Entweder konnte ich meinem Ärger jetzt auf der Stelle Luft machen oder ich würde eines meiner Messer zücken und diesem nervtötenden Kerl die Zunge aus dem Mund schneiden.

Ich entschied mich für die weniger blutige Variante. »Wie wäre es, wenn du dir ein Beispiel daran nimmst und selbst mal die Schnauze hältst!«, zischte ich so verhalten wie ich nur konnte, damit ich nicht aus Versehen auf ihn losging.

Zuerst starrte Bardin mich an und dann erschien ein Strahlen auf seinem Gesicht. »Du redest wieder!«, rief er begeistert und klatschte sogar in die Hände vor Freude. »Zum Glück. Ich dachte schon, du kannst mich nicht leiden.«

Verzweifelt schloss ich die Augen und atmete tief durch. Womit hatte ich das verdient? War das meine Strafe dafür, dass ich einen Fremdling versteckte?

Mutter erwartete mich schon. Sie stand auf der Plattform unter unserem Haus und hob die Hand zum Gruß. Ihre Augen wurden groß, als sie Bardin erblickte, und ich hätte am liebsten sofort die Flucht ergriffen.

»Hast du etwa Besuch mitgebracht?« Ihre Stimme klang vieldeutig und ich schüttelte unauffällig, aber energisch den Kopf. Mit den Augen versuchte ich ihr zu verstehen zu geben, wie ungebeten mir dieser ›Gast‹ war, doch sie beachtete mich gar nicht. Lächelnd kam sie uns entgegen, machte sich mit Bardin bekannt, der sich höflich vorstellte und mit seiner frischfröhlichen Art meine Mutter zum Lachen brachte. Als sie ihn dann auch noch zum Essen einlud, hätte ich gern laut geschrien.

»Ich will ihn nicht hierhaben«, zischte ich, als ich nah genug bei ihr stand, dass Bardin es nicht hören konnte.

»Das habe ich gesehen«, erwiderte meine Mutter und ich wusste einen Moment lang nichts darauf zu sagen. »Komm ruhig herein«, forderte sie Bardin auf, der schwungvoll durch die Türklappe in den Wohnraum trat.

Mutter wollte ihm folgen, doch ich hielt sie am Arm zurück, sah in ihre dunklen Augen.

»Willst du wirklich, dass ich mich für einen Soketenjungen interessiere?«, fragte ich sie irritiert und sie schüttelte den Kopf über mich.

»Nein«, gab sie zurück und verwirrte mich nur noch mehr. »Aber du bist nun mündig und der Rat beobachtet dich. Es wird dir gut stehen, bei den jungen Männern begehrt zu sein«, behauptete sie, entzog mir ihren Arm und ging ebenfalls hinein.

Das war ganz sicher nicht das, was ich wollte; was ich davon halten sollte, darüber musste ich erst nachdenken. Doch das ging leider nicht, wenn zum Essen jemand wie Bardin neben mir saß. Mir war schleierhaft, wie es ihm möglich war zu kauen und dabei immer noch so viel zu reden.

Meine Mutter hörte ihm aufmerksam zu, nickte, gab Kommentare ab und lachte sogar über seine Witze. Es stellte sich heraus, dass er aus einer der obersten Kasten der Soketen stammte. Einer dieser, die das Privileg hatten, keiner ordentlichen Arbeit nachgehen zu müssen und den ganzen Tag auf ihren Mandolinen herumzuzupfen.

Es war allgemein anerkannt und hochgelobt, doch ich konnte über so etwas nur die Nase rümpfen.

Milla, die mit einiger Verspätung zu Hause eintraf, war ganz entzückt von der Vorstellung, er könnte ein verträumter Künstler sein, der Liebeslieder ersann und Mädchen mit Musik betörte.

Obwohl mir jeglicher Appetit fehlte, aß ich doch brav auf. In letzter Zeit war ich viel zu nachlässig mit mir und meine Mahlzeiten nahm ich nur sehr unregelmäßig zu mir. Wenn ich so weitermachte, würde mich das irgendwann noch krank machen.

Außerdem würde es mir guttun, meine Kräfte zu sammeln. Wer wusste schon, welche Schwierigkeiten mir als Nächstes bevorstehen würden. Gestern der Fremdling, des Nachts der Sturm und jetzt ein schwatzender Sokete.

Und die Probleme von gestern waren ja auch heute noch da. Während ich die letzten Bissen runterwürgte, wickelte ich einige übrig gebliebene Brotfladen für den Fremdling in ein Leinentuch ein. Dazu kamen dann noch zwei Bananen, ein großzügiges Stück Räucherfleisch und salziger Ziegenkäse. Als mir Letzteres jedoch beinahe aus den Fingern fiel, wandte Mutter ihre Aufmerksamkeit von Bardin wieder auf mich.

»Was machst du da, Limea?«, sprach sie mich laut an, und ich versuchte, nicht so ertappt zu schauen, wie ich mich fühlte.

»Ich pack mir was für später ein«, erwiderte ich, als würde ich das jeden Tag tun und als wäre es auch überhaupt nicht gelogen.

Mutter kniff misstrauisch die Augen zusammen, sagte allerdings nichts. Sicher hätte sie tiefer gebohrt, wenn Bardin nicht da gewesen wäre. Er jedoch lächelte nur vergnügt, summte vor sich hin und löffelte seine Schüssel aus.

»Ich zieh mich eben um«, behauptete ich und verschwand mit dem Essensbündel schnell in meinem Zimmer, ehe jemand etwas dazu sagen konnte. Energischer als gewollt schloss ich die Türklappe und ließ mich erleichtert auf mein Bett sinken. In vollen Zügen genoss ich die Stille um mich herum und wusste, dass ich da gleich wieder rausmusste.

Die Verantwortung, mich um den Fremdling in der Höhle zu sorgen, lastete auf meinen Schultern und ich konnte nur hoffen, Bardin würde gleich von allein gehen, denn ihn mitzunehmen war unmöglich.

Doch ohne mich gab es für den Fremdling nichts zu essen, da er nicht in der Lage war, sich selbst etwas zu beschaffen. Aisek und ich hatten es so ausgemacht. Er war diese Nacht geblieben, ich musste am Tag für Nahrung sorgen.

Ich seufzte lautlos, raffte mich wieder auf und verstaute das verschnürte Leinentuch in einer Umhängetasche. Eilig entledigte ich mich jeglichen Schnickschnacks, den Milla mir heute Morgen rausgelegt hatte. Die Oberarmreifen landeten einfach auf dem Bett, die Haare drehte ich mir unsauber zusammen und legte auch das bedruckte Brusttuch zurück auf seinen Platz. Ich streifte all den aufgesetzten Reiz und die Erwartung anderer ab und tauschte den geprägten Lendenschurz gegen einen schlichteren, in dem ich mich sehr viel wohler fühlte.

Angestrengt lauschte ich nach unten, konnte Geschirr klappern hören und die gedämpfte Stimme Bardins, der unermüdlich redete. Sie waren also beschäftigt. Die Gelegenheit würde ich mir nicht entgehen lassen.

Schnell schnappte ich mir die Tasche und öffnete den Verschlag an meinem Fenster. Gerade als ich ein Bein herausgeschwungen hatte, um mich klammheimlich aus dem Staub zu machen, schob Milla die Seitenklappe auf und streckte den Kopf herein.

Erschrocken sah sie mich an und erfasste die Lage innerhalb eines Wimpernschlags. Jedoch war sie nicht gnädig mit mir und dachte nicht im Traum daran, mir das durchgehen zu lassen. »Sie ist hier!«, rief sie frech grinsend nach unten.

»Du fieses Miststück«, schimpfte ich ihr leise hinterher und zog unwillig das Bein wieder zurück ins Zimmer.

»Stell dich nicht so an. Er ist süß« erwiderte sie darauf und legte verzückt die Hände an die Wangen.

»Dann lass du dir doch den ganzen Tag von ihm die Ohren vollquatschen«, zeterte ich und ging zur ihr hinüber.

Sie machte mir Platz und ich ließ mich wieder in die Küche hinunter.

Schnurstracks hielt ich auf die Tür zu, um schnellstmöglich wegzukommen, doch Bardin war schon bei mir, bevor ich hinaus war.

»Und wohin gehen wir jetzt?«, erkundigte er sich gut gelaunt und Milla begann zu kichern. Noch schnell warf ich meiner Mutter und ihr einen letzten wütenden Blick zu, bevor ich mit Bardin im Schlepptau nach draußen trat.

Ich wartete absichtlich nicht auf ihn, lief über die engsten und wackeligsten Brücken und nahm Treppen nach unten, bei denen nur die Einheimischen wussten, auf welche Stufe man besser nicht mehr trat, und sah mich auch kein einziges Mal nach ihm um. Doch seine Hartnäckigkeit war beinahe schon bewundernswert, denn egal was ich tat, er blieb an mir dran.

Erst als ich den vom Regen aufgeweichten Boden erreichte, wurde er langsamer und blieb schlussendlich ganz stehen, als ich die Stelle erreichte, an der die Forster auf einer Lichtung östlich der Siedlung ihre Setzlinge gepflanzt hatten.

Durch die Nähe zur Ostquelle und die Beschaffenheit des Erdbodens hatte sich die Lichtung in einen riesigen Schlammsee verwandelt, und auch wenn ich es albern fand, war ich froh, dass Bardin zurückblieb, weil er seine Tücher nicht schmutzig machen wollte.

Ich hängte meine Tasche an einen Ast und machte die ersten schmatzenden Schritte. Meine Beine versanken knietief im Dreckwasser, als ich auf eine kleine Gruppe Setzlinge zuwatete, die in alle Himmelsrichtungen weggekippt waren. Dazwischen bewegte sich eine Gestalt, die mit aller Kraft die kleinen Bäume aufrichtete, vom gröbsten Dreck befreite und an einen Stützpfahl band. Auch wenn er von oben bis unten mit Schlamm bedeckt war, erkannte ich Aisek sofort.

Auch er sah mich schon kommen und hob müde die Hand.

»Hey«, grüßte ich, als ich bei ihm angekommen war, und trat von einem Fuß auf den anderen, um nicht noch tiefer in den nassen, kalten Boden einzusinken.

Nur fünfzig Schritt weiter hantierte die nächste dreckverschmierte Person mit einem Dutzend Stützpfählen, die sie neben weiteren Setzlingen in den Schlamm rammte. Wenn ich mich nicht sehr irrte, war es Ruban, Aiseks ältester Bruder. Als er aufsah, hob auch er die Hand zum Gruß.

Beiläufig winkte ich zurück und wandte mich wieder an Aisek. Er lehnte mit der Stirn an einem Stützpfahl und stöhnte laut. Er sah gar nicht gut aus.

»Alles klar?«, fragte ich besorgt und er hielt sich eine Hand an den Kopf.

»Nein«, gab er karg zurück und streckte mühsam seinen Rücken durch, in dem einige Wirbel knackten. »Ich hasse mein Leben in dieser beschissenen Kaste! Ich hasse es, im Dreck zu stehen und mich totzuschuften! Und ich hab furchtbare Kopfschmerzen«, jammerte er und wollte sich die Augen reiben. Glücklicherweise fiel ihm früh genug wieder ein, dass seine Hände voller Schlamm waren. Sein Gesicht sah zerknittert aus, die Tränensäcke unter den Augen traten deutlich hervor und er wirkte völlig erledigt.

»Hat heute Nacht alles geklappt?«, erkundigte ich mich besorgt und Aisek nickte. Dann schwankte er kurz und lehnte sich wieder an den Stützpfahl, was ihm ein weiteres Stöhnen entlockte.

So fertig konnte man doch nicht von einer einzigen durchwachten Nacht sein? Nicht Aisek, der sich auch so schon gern die Nächte um die Ohren schlug, um alles zu lesen, was er irgendwo zwischen die Finger bekam.

Heute Nacht hatte er nur einen Fremdling und ein Feuer gehabt. Und eine Flasche Efeuhonigmet.

Es brauchte nicht viel, um eins und eins zusammenzuzählen und da ging mir auf, warum Aisek so kraftlos wirkte. Mein Mitleid löste sich auf der Stelle auf.

»Du hast einen Kater«, stellte ich nüchtern fest und er verzog genervt das Gesicht. Also lag ich richtig. »Wie viel hast du von dem Met getrunken, hm? Die halbe Flasche?« Anklagend bohrte ich ihm einen Finger in die Seite.

»Die ganze«, nuschelte er von mir abgewandt.

»Die ganze?«, rief ich fassungslos und Aisek zuckte vor Schmerz zusammen.

»Bist du wahnsinnig? Nicht so laut«, grummelte er und schmierte sich noch mehr Matsche in die schon mit Dreck verkrusteten Haare. »Und wer ist das da?« Aisek zuckte mit der Schulter nach rechts.

Ich folgte seinem Wink und erblickte Bardin, der leicht ungeduldig am Rand des Schlammsees hin und her spazierte.

»Einer der Soketen«, seufzte ich genervt und schürzte verärgert die Lippen.

Aisek hob ungläubig eine Augenbraue.

»Und er hat sich in den Kopf gesetzt, mich so lange vollzuquatschen, bis ich entweder tot umfalle, ihn absteche oder den Verstand verliere und ihn erwähle«, ergänzte ich gereizt und setzte ein absichtlich gekünsteltes Lächeln auf.

Mein bester Freund schnaubte nur und musterte Bardin mit abschätzigem Blick.

»Deswegen bin ich ehrlich gesagt auch hier«, kam ich endlich zum Wesentlichen. »Kannst du dem Fremdling zu essen bringen?«

Aiseks Blick schoss zurück zu mir, schneller, als er es vertrug, denn sein Gesicht verzog sich sofort schmerzerfüllt. »Warum?«, grummelte er gequält und gähnte herzhaft. »Das wolltest du doch machen. Es ist doch dein Fremdling.«

»Ich weiß«, beteuerte ich. »Aber ich werde den Kerl einfach nicht los. Er ist mir nach der Übungsstunde bis nach Hause gefolgt und hat sogar bei uns gegessen. Milla ist total vernarrt in ihn und Mutter will mir einreden, dass mir Beliebtheit bei den Männern Aufmerksamkeit vom Rat verschafft. Was soll ich denn machen?«

»Keine Ahnung, binde ihn fest, ertränke ihn im Schlamm«, schlug Aisek gereizt vor, er meinte es aber nicht unbedingt so. »Ich kann hier jedenfalls nicht weg. Wir haben viel zu viel zu tun und Macon wird mich nirgendwo hingehen lassen. Er hat gleich gemerkt, dass eine Flasche Met fehlt.«

»Ach verdammt!«, fluchte ich vor mich hin und schenkte Aisek noch einen anklagenden Blick. »Aber an der Metsache bist du selber schuld.«

Er sah mich verkniffen an und zuckte vielsagend mit den Schultern.

Ergeben seufzte ich. »Gut, ich denk mir was aus.«

Mein Blick schweifte zu Bardin, der sich auf einen Baumstumpf gesetzt hatte und in die Luft starrte. Die Überforderung brach gerade über mir zusammen wie eine Welle. Was dachte dieser Kerl eigentlich, wie lange er mir hinterherrennen könnte? Wahrscheinlich machte er schon Pläne, wie er es schaffen wollte, in Zukunft mit mir in meinem Zimmer zu wohnen, damit er mich auch noch nachts bequatschen konnte.

Eine unangenehme Gänsehaut zog sich meine Arme entlang und ich wandte mich wieder an Aisek. Er hatte überall Matschspritzer im Gesicht und ich strich ihm ein paar Tropfen aus der Stirn, die dabei waren, ihm in die Augen zu rinnen. Er wäre mir tausendfach die liebere Gesellschaft gewesen, als mich jetzt wieder mit Bardin rumzuschlagen.

»Hey«, sagte ich zu ihm. »Danke, dass du heute Nacht da draußen geblieben bist.«

Er nickte, legte mir eine schlammige Hand auf den Rücken und schob mich in Bardins Richtung. »Gern geschehen.« Seine Stimme klang noch müder, als er aussah. »Und viel Spaß mit deinem neuen Verehrer«, warf er noch gehässig hinterher und ich schubste ihn dafür.

Bardin hielt mir die Hand hin, um mir aus dem Schlamm zu helfen, doch ich ignorierte es.

»Wer ist das?«, fragte er mich und deutete vage in Aiseks Richtung.

»Ein Freund«, antwortete ich kurz, weil ich ihm am liebsten gar nichts über mich und meine Freunde erzählen wollte, und wischte mir mit Farn grob den Matsch von den Beinen.

Bardin schien mit der Antwort nicht zufrieden zu sein, aber das war mir egal. Ich nahm meine Tasche vom Ast und machte mich auf den Weg zum Waldrand.

Bardin folgte mir weiterhin. Bei jedem Schritt, den er tat, erklang ein Knacken, ein Rascheln oder Knistern, sodass er jedes Tier im Umkreis verschreckte. Ich konnte ihn also nicht einem hungrigen Bären zum Fraß vorwerfen.

Wieder einmal wunderte ich mich über die Welt des Fremdlings, der behauptet hatte, dass bei ihnen wirklich die Männer jagen gingen.

Hinter mir stimmte Bardin ein Lied an und ich zermarterte mir den Kopf, wie ich diesen singenden Trottel jetzt loswurde.

Aisek hatte vorgeschlagen, ihn im Schlamm zu ertränken. Aber das kam mir doch zu drastisch vor. Na ja, und er hatte etwas von festbinden erzählt.

Der Griff in meine Umhängetasche verriet mir, dass sich darin noch ein gutes Stück Seil befand und eine Idee schwirrte mir durch den Kopf. Keine Nette, aber wenigstens etwas.

»Hey, Bardin«, sprach ich ihn an und drehte mich ihm zu, woraufhin sein Gesang sofort verstummte und ein Lächeln auf sein Gesicht trat. Auf seinen sommersprossigen Wangen zeigten sich Grübchen.

»Könntest du mir mal kurz bei etwas behilflich sein?«, fragte ich und versuchte, ganz normal und sehr unschuldig zu klingen.

»Was immer du willst«, stimmte er zu und stemmte tatkräftig die schlaksigen Arme in die Seiten. Angestrengt rang ich mir ein Lächeln ab und zog das Seil aus meiner Tasche.

»Gib mir mal deine Hände«, forderte ich ihn auf und er streckte sie mir bereitwillig entgegen.

Wenn ich einen Knoten konnte, dann war es die doppelte Schlinge. Man brauchte sie zum Klettern, um totes Wild zu transportieren, oder um Menschen zu fesseln.

Mit schnellen Bewegungen band ich ihm die Handgelenke zusammen, bevor Bardin überhaupt realisieren konnte, was eigentlich vor sich ging. »Das ist eine doppelte Schlinge«, erklärte ich ihm dabei und er sah mir aufmerksam zu, wie ich den Knoten doppelt sicherte.

»Ich glaube, den habe ich schon mal gesehen«, meinte Bardin. In seinem Wesen schien Misstrauen nicht besonders ausgeprägt zu sein, denn auch als ich das andere Ende des Seils um einen Ast schwang, zeigte er noch keinerlei Anzeichen dafür, zu verstehen, was ich vorhatte.

»Den braucht man zum Klettern«, warf er ein und sah mir über die Schulter, wie ich das Seil um eine dicke Wurzel schlang, die sich aus dem Boden hob. »Meine Schwestern haben den auch gelernt. Sie sagen immer, ich sollte mich mit so was auch mal beschäftigen, damit ich besser zurechtkomme. Aber bisher hatte ich noch nie eine Situation, in der es mir geholfen hätte, so einen Knoten zu können. Also, es ist nicht so, als könnte ich gar keine Knoten. Ich kann die, die ich für meine Mandoline brauche, falls eine Saite reißt zum Beispiel, oder wenn ich sie mir auf den Rücken binde.«

Ich ließ ihn reden und nickte sogar anerkennend, als er von seiner Mandoline anfing. In der Zwischenzeit warf ich das Seil ein weiteres Mal über den Ast.

»Und was machst du jetzt?«, fragte mich Bardin und ich fürchtete einen Moment, er hätte endlich verstanden. Doch in seinen Augen war immer noch die offene Neugierde, die mich in ihrer Naivität an Milla erinnerte.

›Zwei Köpfe in den Wolken‹, dachte ich und für einen Moment tat mir Bardin sogar ein bisschen leid. Aber nur ein bisschen.

»Das ist ein Flaschenzug«, erläuterte ich ihm und zeigte auf das verschlungene Seil. »Den haben die Fremdlinge, die früher die Insel besucht haben, auf ihren Booten benutzt. Durch die Schlinge um die Wurzel verringert sich dein Gewicht für mich auf ein Drittel, wenn ich am Seil ziehe.« Ich zog und war erstaunt, wie wenig Kraft ich benötigte, um Bardin an den Händen in die Luft zu heben.

Aisek hatte mir diese Methode gezeigt. Er liebte die alten Geschichten über die Fremdlinge und behielt in seinem Kopf jedes noch so kleine Detail, das er irgendwo aufschnappte. Er wäre ein fantastischer Schriftensammler, wenn er nicht in die unterste Kaste geboren wäre und seine Aufgabe darin bestanden hätte, Baumsetzlinge aus dem Schlamm zu ziehen.

»Flaschenzug«, wiederholte Bardin anerkennend und ich schüttelte den Kopf über so viel Leichtgläubigkeit.

Ich befestigte das Ende des Seils an der Wurzel, als seine Füße etwa eine Elle über dem Boden schwebten.

»Auf Wiedersehen, Bardin«, verabschiedete ich mich von ihm und war richtig erleichtert, diese so unmögliche Idee tatsächlich umgesetzt zu haben. »Hab noch einen schönen Tag und präg dir das Gefühl gut ein, wie das Seil sich in deine Handgelenke schneidet. Nur für den Fall, dass du wieder auf die Idee kommen solltest, mir den ganzen Tag hinterherzurennen und auf die Nerven zu gehen.«

Bardin schnappte nach Luft, sah mich an und dann hoch zu seinen Händen. »Du hast mich reingelegt!«, rief er und starrte mich dann ungläubig mit großen Augen an.

Na endlich! Er hatte es kapiert.

»Ja«, bestätige ich und konnte nicht mal wirklich stolz auf mich sein, weil er es mir viel zu einfach gemacht hatte.

Bardin atmete japsend ein und ich wartete auf Flüche, Beschimpfungen oder etwas dergleichen, doch auf seinen Lippen erschien bloß ein Lächeln.

»Du bist wirklich das umwerfendste Mädchen, das ich je getroffen habe«, schwärmte er und ich fühlte mich, als hätte mir jemand mit einem Stock gegen den Kopf geschlagen.

War das denn zu fassen? Konnte ich wirklich nichts tun, damit er damit aufhörte?

»Idiot!«, platzte es bitter aus mir heraus, ich drehte mich mit einem Ruck um und ging.

Ich würde wohl noch ein wenig Zeit aufbringen müssen, nach seinem wunden Punkt zu suchen, wenn ich ihn loswerden wollte. Oder wenn ich Glück hatte, würden ihn die Seile an seinen Handgelenken in ein paar Momenten davon überzeugen.

Sorgen machte ich mir keine um ihn. Die Stelle, an der ich ihn aufgehängt hatte, war in Sichtweite zu einem Pfad, der zur Ostquelle führte. Es würde also nicht allzu lange dauern, bis ihn jemand hier fand und losband.

Doch ich wäre dann schon weg.

7

ZWEI WELTEN

Als ich lautlos in die Höhle kletterte, sah ich, wie der Fremdling seine Wunde untersuchte.

Er saß aufrecht auf den Bettfellen neben dem Feuer, hatte seine Obergewänder abgelegt und drückte vorsichtig auf die nur noch leicht gerötete Haut um den Schnitt herum.

Ich blieb, wo ich war, am Rand der Höhle, und nutzte die Zeit, in der er mich noch nicht entdeckt hatte, um ihn zu beobachten.

Sein Anblick war mir ungewohnt. Der Oberkörper breit gebaut und die Muskulatur an Brust und Bauch ausgeprägt, wie ich es bei keinem Menschen je zuvor gesehen hatte. Es war schon fast erschreckend, sich auszumalen, wie viel Kraft allein in einem Arm stecken musste.

Wenn er wirklich jagen konnte, wie er es gesagt hatte, dann war es mir jetzt viel verständlicher als noch vor einem Tag. Mit seiner Stärke hatte er es sicher gar nicht nötig, so leise und bedacht zu sein wie eine Frau. Die rohe Gewalt, die er aufbringen konnte, würde vollkommen genügen.

Ich wollte mir gar nicht vorstellen, welche Reichweite und Durchschlagskraft er mit einem Bogen erzielen konnte. Oder wie es wäre, wenn er eine Axt zur Verfügung hätte.

Bemüht, meinen Atem flach zu halten, trat ich im Schatten einen Schritt näher und setzte meine unverhohlene Musterung fort, ließ den Blick über die blasse Haut wandern. Wie weißer Marmor aus der Hochebene wirkte sie kalt und hart, durchzogen von hellen und dunklen Narben, die sich wie ein Netz über Brust und Arme zogen. Alle waren unsauber verheilt, was auf eine schlechte Behandlung der Wunden hinwies.

Der Fremde musste schon viel eingesteckt haben. Woher stammten all die Narben?

In meiner Brust regte sich schon wieder das Mitleid für diesen Mann, der in seinem Leben wohl schon viele Schmerzen hatte ertragen müssen.

Sicher war er ein Kämpfer, ein Mann des Krieges, wie es in den Geschichten hieß. Ein paar der wenigen, die der Rat duldete weiterzuerzählen. Sie berichteten von den Schrecken des Krieges. Kriege, in die uns die Fremdlinge mit hineingezogen hatten, sowie auch Kriege, die wir gegen andere Stämme der Insel geführt hatten. Es musste eine schreckliche Zeit gewesen sein. Eine Zeit voll Leid und Blut.

Der Fremdling kam aus jener Welt. Der Welt des Krieges. Seine Narben bewiesen es.

Und ich fragte mich, wie sein Leben bisher wohl ausgesehen hatte. War es ein gutes Leben gewesen? Eines, das ihn glücklich gemacht hatte?

Der Fremdling runzelte die Stirn, als er vorsichtig über die Wunde strich, die Aisek mit seinem Kräuterbrei zugeklebt hatte. Die Wundsalbe hatte ganze Arbeit geleistet und die Entzündung zurückgedrängt. Ein Glück. Doch wenn der Fremdling noch länger daran herumtastete, würde die Wunde sicher wieder aufreißen.

»Besser, du lässt die Finger davon«, sprach ich ihn an und genoss, wie er für einen Moment zusammenzuckte. Ich kam weiter in die Höhle hineingeschlendert und ließ meine Tasche sanft zu Boden gleiten.

Der Fremdling nahm sofort die Finger von der Wunde, als hätte er sich verbrannt, und sah zu mir auf. Seine Augen weiteten sich erschrocken, als er mich erblickte.

Er keuchte auf, riss dabei ruckartig den Kopf herum, die Augen zu Boden gerichtet und schnappte nach Luft. Hastig griff er nach der Schafwolldecke, die hinter ihm lag, und streckte sie mir hin, ohne den Blick zu heben. »Bedecke deine Blöße!«, sagte er streng und ich schüttelte unverständig den Kopf.

Was war das denn für eine Begrüßung?

»Welche Blöße?«, wollte ich von ihm wissen und nahm ihm zögerlich die Decke ab.

»Bei den Schwertern meiner Ahnen«, stieß er atemlos aus, mehr zu sich als zu mir. »Deine Brüste … du kannst doch nicht … Bitte«, stammelte er zusammen und ich konnte sehen, wie ihm immer schneller die Röte ins Gesicht stieg.

Verwundert blickte ich an mir herab. Meine Brüste? Irritiert suchte ich nach irgendetwas, das dort nicht sein sollte. Aber ich fand nichts außer ein paar Schlammspritzern auf der gebräunten Haut.

Mir kam unser Gespräch von gestern Abend in den Sinn, als er behauptete, ich wäre halb nackt wie ein wildes Kind, und ich fragte mich, ob das der Grund für sein seltsames Verhalten war. Trieb es dem Fremdling tatsächlich die Schamesröte ins Gesicht, mich ohne Brusttuch zu sehen?

Ich beschloss, auf seine Aufforderung Rücksicht zu nehmen, schüttelte die Decke aus und legte sie mir um den Körper, als wäre sie ein Gewand. Es war einengend und ungewohnt, als ich mich ihm damit gegenübersetzte, aber ich hielt es aus, um den Mann vor mir zu beruhigen.

Also am besten zurück zu den wichtigen Dingen.

Ungeschickt angelte ich nach meiner Tasche, spürte den groben Stoff über meine Haut kratzen und konnte mir beim besten Willen nicht vorstellen, wie man so etwas länger aushalten konnte.

Ich zog das verschnürte Essen aus der Tasche und wickelte die Brotfladen aus dem Tuch. Auffordernd schob ich es dem Fremdling hin, ohne etwas zu sagen, und machte mich daran, Käse und Räucherfleisch auszupacken.

Zögerlich hob er den Blick vom Boden, fürchtete wohl meine Brüste und starrte mich dann aus grauen Augen an.

Es war mir unangenehm, so sehr im Fokus seiner Aufmerksamkeit zu stehen, versuchte es aber zu ignorieren.

»Bist du nicht hungrig?«, fragte ich ihn und zeigte auf das Brot, denn ich konnte mir nicht vorstellen, dass er es nicht war. Das letzte Mal hatte er am Abend gegessen und inzwischen war es beinahe Nachmittag. Von der anstrengenden und sehr kalten Nacht ganz zu schweigen.

»Doch.« Langsam senkte er den Blick auf die Fladen und nahm vorsichtig einen in die Hand, als fürchtete er, er würde zerbröseln, wenn er zu fest zupackte. »Ich war mir nur nicht sicher, ob … das für mich ist«, fügte er hinzu und seine Stimme hatte einen leichten Hauch von Demut.

Überrascht blinzelte ich ihn an, wusste nicht, was ich davon halten sollte und wunderte mich über die Veränderung. Gestern war er noch so feindselig und uneinsichtig gewesen, und heute schien seine Abwehrhaltung aus mir unerfindlichen Gründen geschmolzen zu sein.

»Es ist für dich«, bestätigte ich nüchtern, schob ihm Fleisch und Käse hin und holte noch die Bananen hervor.

»Und du hast das gemacht?«, wollte er zögerlich wissen, während er Käse und Fleisch betrachtete, und ein kleines Lachen kitzelte über meine Lippen.

Vehement schüttelte ich den Kopf. »Nein. Ich kann kein Essen zubereiten«, erklärte ich und wendete eine der Bananen in meiner Hand. »Meine Mutter hat das gemacht.«

»Eine Frau«, stellte der Fremdling ruhig fest und runzelte die Stirn. »Sagtest du nicht, bei euch kochen die Männer?«

Ich nickte und die Leichtigkeit, die mich zum Lachen gebracht hatte, blieb mir im Hals stecken. »Ja. Aber mein Vater ist tot und ich habe keine Brüder.«

Ich dachte selten an meinen Vater, konnte mich auch kaum an ihn erinnern, mir nicht einmal mehr sein Gesicht ausmalen, wenn ich ihn in meinem Kopf heraufbeschwor.

»Wie ist er gestorben?«, fragte der Fremdling und sah mich mit erstaunlich schmerzvollen Augen an. Aber es war nicht der Schmerz um den Tod meines Vaters, sondern sein eigener, der in seinem Innern an ihm nagte. Schmerz über den Tod eines Menschen, den er geliebt hatte.

Verlegen senkte ich den Kopf, um seinem Blick nicht länger standhalten zu müssen. Sein Schmerz war viel tiefer als der meine und ich schämte mich, dass ich nicht mehr Leid empfand, um seine Anteilnahme am Tod meines Vaters aufzuwiegen.

»Es war ein Unfall. Er war Töpfer und ist in die Lehmgrube gerutscht. Genickbruch. Er war sofort tot.« Vorsichtig linste ich nach oben, doch der Fremdling hatte seinen Blick abgewandt. »Ich war noch sehr klein«, erzählte ich weiter, um nicht in der unangenehmen Stille zwischen uns zu verharren. »Ich kann mich kaum an ihn erinnern.«

Jetzt war es raus und ich fühlte mich äußerst unwohl in meiner Haut. Und vor allem in dieser viel zu warmen Decke.

»Du solltest essen«, versuchte ich von mir abzulenken und der Fremdling biss in den Brotfladen, den er in Händen hielt. Er kaute auffällig langsam, bedacht auf jeden Bissen und nahm sich einen Streifen Räucherfleisch.

Lautlos seufzte ich in mich hinein, wollte irgendetwas sagen, um die Spannung aufzulösen, die jetzt zwischen uns hing, und sprach das Erste aus, was mir einfiel.

»Was ist mit deiner Familie? Glaubst du, sie werden nach dir suchen?«, wollte ich wissen und merkte am Gesichtsausdruck des Fremdlings sofort, dass es die falsche Frage gewesen war. Er versteifte sich, der Blick seiner Augen verhärtete sich und er schluckte mühsam.

»Meine Familie wurde ermordet, als ich noch ein Kind war«, sagte er ohne jegliches Gefühl in der Stimme und ich schreckte vor seinen Worten zurück. »Es gibt niemanden, der mich vermisst.«

Die Bedeutung seiner Worte war so furchtbar traurig, dass es mich im Herzen traf und ich kaum fassen konnte, dass es wahr sein sollte.

»Es würde niemand um dich trauern, wenn du gestorben wärst?«, fragte ich daher vorsichtig nach und klammerte mich so fest an die Banane, dass sie braune Stellen bekam.

Der Fremdling lachte bitter auf. »Die meisten wären sicher froh, mich los zu sein«, schnaubte er und biss grimmig vom Fladen ab.

Ich versuchte zu atmen und meine Finger nicht noch fester um die Banane zu schließen. Das zu sagen, tat sicher noch mehr weh, als es zu hören, und ich würde mir nie vorstellen können, wie sich so etwas anfühlte.

Wie von allein erhob ich mich auf die Knie, beugte mich aus einem Impuls heraus zu dem Fremdling rüber und umarmte ihn.

So ein Leben musste sehr einsam sein. Ein Leben, in dem einen niemand vermisste, wenn man verschwand.

Ich hatte meine Mutter, Milla, Aisek, Basra und all die anderen Menschen in meinem Umfeld, mit denen ich zu tun hatte. Sie würden mich alle vermissen und alle nach mir suchen.

»Das tut mir schrecklich leid«, beteuerte ich und die Stoppeln seines Bartes piksten an meinem Hals.

Keinen Fingerbreit rührte sich der Fremdling in meiner Umarmung, wie versteinert. Er atmete nicht einmal.

Ein paar Momente verstrichen und ich spürte sofort, wie mir mein Ausbruch peinlich wurde. Hastig löste ich mich von dem Fremdling, setzte mich wieder zurück auf den Boden und zog mir mit fahrigen Fingern die Decke zurecht, damit ich seinem Blick nicht begegnen musste.

Obwohl es mir unpassend erschien, war mir doch aufgefallen, dass ich vorhin unrecht gehabt hatte. Seine Haut war gar nicht kalt und hart. Sie war warm und hatte sich sehr menschlich angefühlt.

Der Fremdling begann wieder zu essen und auch er scheute den Blickkontakt mit mir.

Es herrschte eine Weile Schweigen, was vielleicht auch besser so war, und ich blickte hinaus aufs Meer. Ein paar bunte Seevögel kreisten darüber hinweg und die Sonne glitzerte auf den Wellen, die über die Weite trieben. Meine Finger umklammerten weiterhin die Wolldecke, da die Banane schon sehr unansehnlich aussah, und die Wärme der dicken Wolle stieg mir langsam zu Kopf. Nur einen Spaltbreit hob ich den unteren Saum an, um Luft darunter zu lassen, was nicht viel half.

»Es ist normal für dich, so nackt zu sein«, brach der Fremdling plötzlich die Stille zwischen uns und ich war froh darüber, dass er das Wort ergriff. Mir wäre jetzt beim besten Willen kein gutes Gesprächsthema eingefallen.

Ich sah ihn an und lächelte halb. Eine Haarsträhne löste sich aus dem Knoten auf meinem Kopf und ich schob sie wieder dorthin zurück. »Ich wäre nur nackt, wenn man mir das Lendentuch nimmt und die Haare abrasiert«, erläuterte ich ihm und hoffte, dass er verstand.

»Sind bei euch denn alle so in Stoffe eingewickelt?«, stellte ich die Gegenfrage und der Fremdling hob skeptisch eine Augenbraue.

»Eingewickelt?«, wiederholte er und sah an sich herab. Zwar trug er seine Obergewänder nicht, doch seine Beine waren komplett in Leder gehüllt. Selbst sein Schuhwerk sah schwer aus.

Ich hatte in meinem Leben noch nie Schuhe getragen. Aisek war als Kind einmal beim Klettern abgerutscht, hatte sich die Fußsohlen verletzt und war dann einen ganzen Sommer in Strohsandalen herumgelaufen. Aber die Schuhe des Fremdlings kamen mir doch sehr eigenwillig vor.

»Ich trage nur eine Hose und Stiefel«, sagte er, als wäre es nicht viel. »Sonst noch ein Hemd und ein Wams. Du hast mich noch nicht einmal in voller Rüstung gesehen.«

»Da gibt es noch mehr?«, rief ich erstaunt und er lachte über mich. Es war das erste Mal, dass ich ihn lachen sah, und es zauberte eine Jugend auf sein Gesicht, mit der ich nicht gerechnet hatte.

»Für meine Verhältnisse bin ich gerade so angezogen. Frauen sind bei uns noch mehr ›eingewickelt‹«, erklärte er in meinen Worten und ich wusste nicht, ob ich ihm das wirklich glauben wollte.

»Und womit?«, fragte ich daher und klaute mir eine kleine Ecke vom Ziegenkäse.

»Sie tragen Hauben auf dem Kopf, um die Haare zu verdecken. Kleider mit langen Ärmeln.« Er zeigte eine Linie an seinem Handgelenk an. »Der Rock geht bis an die Fußknöchel. Keine Frau würde je ihre Beine zeigen. Weder nackt noch verhüllt.«

Das war ja verrückt. »Du hast also noch nie die Beine einer Frau gesehen?« Unfassbar. Das konnte ich mir kaum vorstellen.

»Bis auf deine? Nein«, bestätigte er mir und ich zog ganz automatisch meine Beine unter die Decke. Keine Ahnung wieso. Doch wenn meine Beine die ersten waren, die er von einer Frau sah, dann war mir jetzt auch klar, warum ihn meine Brüste so beschämt hatten.

»Aber ich habe mir bisher nie was aus Frauen gemacht«, schnaubte er grob wie als Entschuldigung und sah mich fast verstohlen an. Kurze Zeit blieb er still. »Da, wo du wohnst, da sind alle Frauen so … ›angezogen‹ wie du?« Der Fremdling nahm den letzten Brotfladen und den Käse in die Hand. Das Räucherfleisch war bereits verputzt.

»Die meisten«, antwortete ich ihm und versuchte mir vorzustellen, wie es für ihn wohl wäre, in die Siedlung zu kommen, wo unzählige Frauen gekleidet waren wie ich.

Mal davon abgesehen, dass sie ihn auf der Stelle meucheln würden.

Der Fremdling schob sich das letzte Stück Brot in den Mund, kaute und fischte dabei nach seinem leinenen Obergewand, das hinter ihm lag. Da es von dunkler Farbe war, konnte man den Dreck daran nicht gut erkennen, doch ich wusste, dass es voll Blut und Schweiß sein musste. Trotzdem zog er es sich über den Kopf und zuckte zusammen, als er den Oberkörper zu sehr streckte. Sofort hob er den Saum seines Gewands wieder und begutachtete die Wunde. Sie sah noch genauso aus wie zuvor.

»Tut es noch sehr weh?«, erkundigte ich mich und er schüttelte den Kopf.

»Ich weiß nicht, wie ihr das gemacht habt, aber ich habe so was noch nie erlebt«, erzählte er ehrlich erstaunt und ich rief mir die unzähligen Naben vor Augen, die ich gerade noch an ihm gesehen hatte. Seine Erfahrung mit Wunden mussten tief greifend sein. »Ihr habt den Schnitt auch gar nicht genäht.« Wieder tastete er mit spitzen Fingern an seiner Seite entlang.

»Genäht?«, fragte ich nach, weil mir in diesem Zusammenhang nicht klar war, was er meinte.

»Ihr näht eure Wunden nicht?« Der Fremdling schien ebenfalls verwirrt zu sein und zog fragend die Augenbrauen zusammen.

Mir kam bei dem Wort sofort der Riss in einem Tuch in den Sinn, den man zusammenflickte, und plötzlich wurde mir ganz schlecht. Jetzt war mir klar, warum seine Narben so deutlich zu sehen waren.

»Ihr näht sie zusammen? Mit Nadel und Faden in der Haut?«, flüsterte ich schockiert, zuckte dabei zurück und mir wäre beinahe die Decke runtergerutscht.

»Unsere Welten sind wohl das große Gegenteil voneinander«, sagte der Fremdling grinsend, dem dieses Thema nicht so nahe zu gehen schien wie mir, und ich versuchte das Lächeln zu erwidern, was leichter war als gedacht.

Seine Augen glänzten erheitert und er setzte sich ein Stück zurück, um sich an der Felswand anzulehnen. »Aber bei euch wäscht man sich doch, oder?«, erkundigte er sich und strich sich mit der Hand über die rußverschmierte Stirn.

Ja, er musste dringend baden, das hatte selbst ich mir schon gedacht. Ich hatte ihn zwar erst gestern aus dem Wasser gezogen, aber sein Haar war wirr und seine Kleider blutig. Doch wegen der Wunde wäre es wohl schlauer, noch etwas damit zu warten.

»Morgen zeig ich dir einen Platz, an dem du baden kannst. Hier in der Nähe gibt es einen kleinen Fluss, der weit genug von meiner Siedlung entfernt liegt«, sicherte ich ihm zu und strich mir eine weitere entflohene Haarsträhne hinters Ohr.

Der Ort, den ich mir ausgesucht hatte, war weit genug weg und sehr versteckt. Bisher war ich noch keinem dort begegnet. Wir würden einfach vorsichtig sein müssen.

»Wieso muss es weit weg von deiner Siedlung sein?«, wollte der Fremdling wissen und ich stutzte, als mir aufging, dass er vielleicht gar nicht wusste, dass er auf dieser Insel nicht erwünscht war.

»Wenn die anderen wüssten, dass du hier bist, würden sie dich wahrscheinlich töten«, erläuterte ich ihm daher und sah, wie er verwundert die Augen aufriss.

»Es weiß niemand, dass ich hier bin?«, hakte er nach und ließ den Blick langsam durch die Höhle gleiten, die sein Versteck darstellte.

»Bis auf Aisek und mich. Es dürfen keine Fremden auf die Insel. Das ist verboten«, zitierte ich den Rat und kam mir dabei wie immer ein bisschen dumm vor. Als würde ich nur nachsprechen, was andere sagten, und niemals selbst nachdenken. Doch der Fremdling war der beste Beweis dafür, dass ich es doch tat.

»Du versteckst mich hier«, ging es dem Fremdling auf und sein Blick musterte mich eindringlicher als zuvor, bohrte sich regelrecht in meinen. »Was passiert mit dir, wenn sie rausfinden, dass du mich hier versteckst?«, fragte er so leise, als könnte uns jemand anderes hören.

Seufzend wünschte ich mir, diese Frage beantworten zu können. Auf Hochverrat stand Verbannung oder Tod. Aber eigentlich war so ein Fall wie dieser noch nie eingetreten. Zumindest nicht dass ich wüsste.

»Ich weiß es nicht genau«, zögerte ich die Antwort hinaus und wich seinem Blick aus. »Wahrscheinlich verliere ich meine Stellung in der Gesellschaft. Meine Mutter und meine Schwester sicher auch. Vielleicht werde ich auch verbannt und muss die Insel verlassen. Oder sie töten mich gleich. Schließlich ist es Hochverrat.« Mal wieder führte ich mir selbst vor Augen, wie schwerwiegend meine Entscheidung, dem Fremdling zu helfen, doch gewesen war. Wenn es rauskäme, wäre es schrecklich und meine Mutter würde mir das nie verzeihen.

Doch was wäre denn die Alternative gewesen?

Der Fremdling blickte mich immer noch an. Seine stahlgrauen Augen wirkten tief und unergründlich. Seine Augenbrauen überschatten seinen Blick, als flögen Tausende Gedanken durch seinen Kopf.

»Warum hast du mir dann geholfen?«, wollte er wissen und klang schockiert.

»Weil alles andere Mord gewesen wäre«, gab ich zu und hakte meine Finger ineinander.

Wäre meine Entscheidung gewesen, ihn liegen zu lassen und dem Rat von ihm zu berichten, hätte ich ihn auch gleich kaltblütig abstechen können wie ein Schlachtkalb.

8

BARDIN

Mit Basra tauschte ich einen ziemlich großen Borstenigel gegen drei Fasane, die sie am Waldrand mit Schlingenfallen gefangen hatte. Damit war uns beiden geholfen und unsere Familien würden die Abwechslung schätzen.

»Wenn wir sie färben, kann Mutter dir auch so einen schönen Kopfschmuck machen, wie Mareika ihn hat«, schlug Milla vor, als wir zum Vogelrupfen in der Küche saßen.

»Nein danke!«, spuckte ich die Worte ruppig aus und reichte einen nackten Fasan an meine Mutter weiter, die ihn mit geübten Bewegungen mit dem Messer ausnahm.

Milla war mit ihrem noch nicht mal halb fertig. Es ruhte auf ihren Knien, während sie eine besonders schöne Feder zwischen den Fingern drehte und vor sich hin träumte.

Die Sonne ging gerade unter und ich war erst seit Kurzem wieder zurück in der Siedlung. Den restlichen Nachmittag hatte ich mit Holzsammeln und Bogenschießübungen im Wald verbracht. Das Holz überließ ich dem Fremdling, den Schießübungen verdankte ich den Borstenigel und zwei rote Echsen.

Bardin war mir bisher nicht mehr unter die Augen gekommen und ich hoffte, es würde auch so bleiben. Vielleicht hatte meine Fesselaktion ihn doch noch abgeschreckt, als die Seile ihm in die Handgelenke schnitten, und er würde sich ein anderes Mädchen suchen, das er bequatschen konnte.

Milla erzählte beim Abendessen mit anklagendem Ton in der Stimme, wie man Bardin gefunden und losgebunden hatte. Sie war zwar nicht dabei gewesen, aber natürlich hatte die Schwester einer Freundin alles gesehen.

Bardin ging es wohl den Umständen entsprechend gut und Mutter schimpfte mich für meine rüde Art, mit Gästen umzugehen. Was würde der Rat darüber denken und wie würde sich das auf die Beziehung zum Stamm der Soketen auswirken?

Mich interessierte das eher weniger, ich empfand es als völlig übertrieben, und so zog ich mich nach dem Essen schnell in mein Zimmer zurück. Mein Verstand war viel zu voll mit anderen Dingen, als dass ich mir weiter Gedanken um Bardin machen wollte.

Immer wieder schwirrte mir die Stimme des Fremdlings durch den Kopf, der von fremden Orten erzählt hatte.

Selbstvergessen legte ich mich auf mein Bett, starrte an die geflochtene Decke und versuchte mir immer wieder vorzustellen, wie die Verhüllungen der Frauen aussehen mussten. Oder die Hütten aus Stein, die er mir beschrieben hatte. Türme hoch wie Bäume, Schiffe so groß, dass man damit den Ozean mit fünfzig Mann über Wochen befahren konnte. Und erst die Größe der Welt.

Für mich war die Insel bisher die ganze Welt gewesen. Doch sich vorzustellen, dass es Land gab, das fünf- oder zehnmal so groß war, auf dem Tausende Menschen lebten, überstieg meine Vorstellungskraft. Menschen, deren Haut braun war wie Kakao, oder welche, die Haare in der Farbe des Feuers besaßen.

Und bei jeder neuen Geschichte war er überrascht gewesen, dass ich noch nie davon gehört hatte.

Dafür beschrieb ich ihm unsere Siedlung und erzählte von den Kasten, die ihm fremd erschienen. Obere, mittlere, untere. Schriftenführer, Schmuckmeister, Töpfer, Schäfer, Gemüsehüter, Seilknüpfer und Forster. Mit großem Interesse folgte er meinen Erklärungen und bewegte mich dazu, immer weiterzusprechen.

»Limea!«, hörte ich jemanden meinen Namen rufen und schrak aus meinen Gedanken hoch. Wie lange hatte ich hier gelegen und vor mich hin geträumt? Die Dunkelheit der Nacht hatte mein Zimmer bereits vollkommen eingehüllt und das Geflecht der Decke ließ sich kaum noch erkennen.

Mit müden Gliedern setzte ich mich auf und lauschte, glaubte schon, mir den Ruf nur eingebildet zu haben.

»Limea!«, wiederholte es sich und jetzt war ich mir ganz sicher. Draußen rief jemand nach mir.

Schnell erhob ich mich, öffnete die Klappe an meinem Fenster und spähte hinaus.

In der Siedlung brannten bereits die Lichter, die wie ein Wald aus Laternen wirkten, die die Kronen der Bäume schmückten.

Keine zwei Körperlängen unter mir stand Bardin auf einer kleinen Plattform, grinste übers ganze Gesicht und nahm ein hölzernes Saiteninstrument zur Hand.

Was wollte der denn hier?

Er schlug ein paar Saiten an und es ertönte ein weicher Dreiklang. Irritiert blinzelte ich zu ihm hinab.

»Limea, holde Liebste. Dein fantasievolles Schweigen und dein gerissener Geist haben mir als Inspiration gedient, dir dieses bescheidene Lied zu schreiben. Erhöre meine Stimme«, rief er mir zu und ich erstarrte wie zu Stein.

Er wollte doch nicht … er hatte doch nicht … Das konnte doch jetzt nicht wirklich wahr sein.

Bardin kniete sich mit dem einen Bein hin, das andere diente der Mandoline als Stütze. Und dann begann er zu spielen.

Fassungslos starrte ich ihn mit offenem Mund an, unfähig, mich zu bewegen. Hatte ich mich doch der Illusion hingegeben, ich wäre ihn losgeworden, traf mich dieser Akt seiner Vernarrtheit wie ein Eimer kaltes Wasser im Schlaf.

»Limea, Limea mein. Dein Lächeln lässt meine Seele erstrahlen. Du bist für mich die Sonne. Deine liebevollen Augen sehen mich an. Es ist eine einzige Wonne«, sang Bardin zum Klang seiner Mandoline und ich wünschte, ich würde auf der Stelle tot umfallen.

In den Nachbarhäusern gingen die Fensterklappen auf und die Menschen, die noch unterwegs gewesen waren, sammelten sich auf den nahe gelegenen Brücken und Plattformen um uns herum und lauschten gespannt dem verrückten Schauspiel.

»Als ich dich beim Bogenschießen sah, fiel mir deine Anmut auf. Dein Pfeil traf mein Herz sogar, und meine Liebe für dich nahm ihren Lauf«, trällerte Bardin voller Inbrunst weiter und ich schämte mich in Grund und Boden.

Wie albern es doch war, sich unter mein Fenster zu stellen und so einen Schund zu singen. Hatte er nichts Besseres zu tun? Und keine Ehre? Nach meiner Grobheit ihm gegenüber sollte er mir eher den Tod wünschen.

Doch es ging noch weiter. Er wiederholte die erste Strophe als Refrain und kam dann zur nächsten: »Deine Lippen sind wie ein Blütenfeld, genauso voll, anschmiegsam und weich. Suchte ich auch auf der ganzen Welt, deine Augen wären unvergleichlich und klar wie ein Teich.«

Mein Gesicht verzog sich ohne mein Zutun. Was für einen Blödsinn er da zusammendichtete. Das war ja schrecklich!

Die Menschen tuschelten, zeigten auf mich und als Bardin zum Refrain anstimmte, begannen sogar einige mitzusingen. Es war eine Katastrophe.

»Deine Haut, golden wie Weizen, der im Herbst sich wiegt. Deine Ausstrahlung – eine junge, zarte Pflanze, wie im Frühling sie sprießt«, sang der Verrückte vor meinem Fenster und mir wurde es endgültig zu bunt. Ich riss mich aus meiner Starre, trat vom Fenster zurück und floh in die hinterste Ecke meines Zimmers, wo ich mir die Hände vors Gesicht drückte, als könnte ich mich so vor der Welt verstecken. Wenn ich nicht mehr da war, dann würde er doch sicher aufhören mit diesem erniedrigenden Quatsch.

Und wirklich kam Bardin kurz ins Stocken und nur die Menge um ihn herum johlte seinen Refrain weiter.

Vorsichtig lugte ich zwischen den Fingern hervor, überlegte aufzuatmen, da hörte ich Millas Stimme.

»Sing weiter, Bardin. Sie kann dich auch so hören!«, rief sie ihm zu und ich traute meinen Ohren kaum. Meine eigene Schwester fiel mir so in den Rücken.

Ich seufzte genervt auf, denn wenn ich es recht bedachte, war das eigentlich nichts Neues.

Bardin schlug mutig die nächste Tonfolge an und es folgten noch drei Strophen, die von mir als Sommertag, meinem glänzenden Haar und meiner gutmütigen Gesinnung handelten. Ha, gutmütige Gesinnung? Am liebsten wollte ich ihn von dieser Plattform da draußen schubsen. Aber das hätte ihn sicher nur noch mehr ermutigt.

Bardin endete mit: »Drum lass ab von deinem Hadern und wende dich mir zu. Ich sehne mich nach deinem Odem und verspreche: Ich bette dich sanft zur Ruh. Denn schließlich lässt dein Lächeln meine Seele erstrahlen. Du bist für mich die Sonne. Deine liebevollen Augen sehen mich an. Es ist mir die prachtvollste Wonne.«

Die Mandoline verklang und die Menge applaudierte euphorisch. Viele riefen Bardins Namen, verlangten sogar nach einer Zugabe.

»Ich fürchte, das müssen wir auf einen anderen Abend verschieben. Ich wünsche eine gute Nacht«, gab er jedoch glücklicherweise als Antwort und ich schlich wieder zurück zur Fensteröffnung, um aus dem Schatten heraus zu beobachten, wie er sich sein Instrument auf den Rücken band und sich davonmachte.

Jetzt atmete ich erleichtert auf, ließ mich mit dem Rücken zur Wand auf den Boden sinken und hätte am liebsten laut geschrien. Das war mit Abstand das Peinlichste, was mir jemals passiert war. Nun wusste die ganze Siedlung, dass Bardin mich zu umwerben ausgewählt hatte. Alle würden sie uns beobachten, über uns tratschen und dem Verrückten wahrscheinlich noch helfen wollen. Das konnte ja heiter werden.

Milla zog sich durch die Bodenklappe in mein Zimmer hoch. Seufzend ließ sie sich aufs Bett fallen und sah verzückt in die Luft. »Das war ja sooo romantisch«, quietschte sie und zappelte aufgeregt mit den Beinen. »Wenn das jemand für mich machen würde, ich würde ihn sofort erwählen.«

»Du meinst, wenn Kai das für dich machen würde«, verbesserte ich sie trocken und sie kicherte albern in meine Decke.

»Das wäre das Tollste, was mir je passieren könnte«, schwärmte meine Schwester und setzte sich wieder auf, um mir ins Gesicht sehen zu können.

Ich rappelte mich auf, setzte mich an die Bettkante und knuffte sie in die Seite, um nichts dazu sagen zu müssen. Über dieses Thema mit Milla zu sprechen, machte mich befangen, weil ich wusste, dass es nie passieren würde. Sie anscheinend aber nicht.

»Zurück zu dir. Wirst du Bardin erwählen?«, wollte Milla plötzlich wissen, war ganz aufgeregt und ihre dunklen Augen glänzten träumerisch.

Spöttelnd hob ich die Augenbrauen, schürzte die Lippen zu einer ungläubigen Fratze und sah sie an, als wäre sie völlig verrückt geworden.

Milla ließ enttäuscht die Schultern sinken. »Aber warum nicht?«

»Weil schnulzige Lieder mich nicht berühren. Weil ich Mandoline spielen nicht für einen Beruf halte. Und am wichtigsten: Weil mir Bardin schrecklich auf die Nerven geht«, platzte ich direkter heraus, als ich beabsichtigt hatte.

Milla sprang empört vom Bett auf und starrte mich feindselig an. Ihre Stimmung hatte von einem Moment auf den anderen ins Gegenteil umgeschlagen und sie stemmte ihre schmalen Ärmchen in die Taille.

»Du weißt doch gar nicht, wovon du da redest. Es gibt nichts Besseres als einen Mann, der einem romantische Lieder widmet!«, schrie sie beinahe und ich erhob mich sofort. So wollte ich mich nicht beschimpfen lassen. Nicht jeder konnte sein Leben in einer Traumwolke verbringen.

»Wenn du Bardin so toll findest, dann erwähle du ihn doch!«, gab ich nicht weniger laut zurück und Milla stampfte wütend mit dem Fuß auf.

»Du bist die herzloseste Schwester der Welt!«, kreischte sie und lief zur Türklappe.

»Ich habe ein Herz!«, rief ich ihr hinterher, während sie sich nach unten fallen ließ. »Eins aus Stein, du Ziege!«

»Ruhe!«, brüllte Mutter aus der Küche und ich warf mich wütend in meine Kissen.

9

FLUSSUFER

Alle starrten mich an. Ich hatte mich in meinem Leben noch nie so unwohl gefühlt.

Dennoch versuchte ich mich auf die Übungen zu konzentrieren, die Kaera vorgab, und vertiefte mich ganz in der Figur der *aufgehenden Sonne.* Basra neben mir verkniff sich schon die ganze Zeit zwanghaft das Kichern. Sie fand die ganze Situation zum Totlachen. Uns beiden wäre nie auch nur im Traum eingefallen, dass mir mal jemand ein Liebeslied singen würde.

Ich hingegen fand das alles gar nicht witzig.

Nach Bardins öffentlicher Liebesbekundung war ich das Gesprächsthema Nummer eins in der ganzen Siedlung. Wie ich es geahnt hatte. Die Soketen, die am Rand des Übungsplatzes saßen, verfolgten aufmerksam jede meiner Bewegungen und die anderen Mädchen warfen mir ständig misstrauische und sogar wütende Blicke zu, so als ob ich daran schuld war, nun die Aufmerksamkeit aller Männer zu haben, die alle herauszufinden versuchten, was ich am liebsten mochte, um mir zu imponieren.

Ich konnte es einfach nicht fassen. Gestern war ich noch niemand gewesen und heute redeten einfach alle über mich. Auf dem Weg zum Übungsplatz hatte sich jeder nach mir umgedreht und getuschelt. Und an allen Ecken summte irgendwer dieses vermaledeite Lied.

Selbst Milla hatte den ganzen Morgen den Refrain geträllert, allerdings ohne mich eines Blickes zu würdigen. Sie war immer noch angefressen wegen unseres Streites und ließ keine Gelegenheit aus, mir das auch überdeutlich zu zeigen. Wahrscheinlich sang sie auch nur, um mich zu ärgern.

Kaera war nicht gnädig mit mir und schickte mich zum Messerwerfen, der einzigen Disziplin, die ich bereits perfektioniert hatte. Mir wäre alles lieber gewesen, sogar Fallen knoten, nur damit die Soketen nicht noch mehr Grund hatten, mir am Hintern zu kleben. Doch ich hatte keine Lust, jetzt einen Streit vom Zaun zu brechen, schon gar nicht mit einer Frau wie Kaera.

Sie würde schon ihre Gründe haben, die hoffentlich nichts mit dem albernen Gehabe der anderen zu tun hatten.

Also ging ich ohne Widerrede, sah mich nicht um und stieg eine Plattform nach oben.

Dieser Übungsteil war auf drei Seiten mit einem engen Geflecht aus Bast geschützt, was dazu diente, falsch geworfene Messer abzufangen, damit sie nicht nach unten fielen. Heute jedoch verbarg es mich auch vor möglichen Zuschauern der umliegenden Brücken und Plattformen. Das minimierte die Anzahl der Gaffer auf den wenigen Platz, den die anderen Wurfplätze boten.

Ich stellte mich an die hinterste Linie und versuchte angestrengt, die Traube an Menschen zu ignorieren, die sich an die Brüstung hinter mir quetschte, um mir bei meinen Übungen zuzusehen.

Wer auch sonst zum Messerwerfen eingeteilt war, würde heute wohl zu nichts kommen, solange der Platz von anderen blockiert wurde.

Es waren so ziemlich alle der Soketenjungen und sogar welche von unseren eigenen, sicher zwei Dutzend zusammen. Sie alle drängten sich an der Seite zusammen, hatten wilde Blumen und sogar vereinzelt Instrumente bei sich, stießen einander, um besser sehen zu können, und warteten auf meinen ersten Wurf.

Auf den ersten Blick konnte ich Bardin ausmachen, wie er strahlend lächelte, selbstsicher und davon überzeugt, mein Herz schon gewonnen zu haben. Neben ihm die Adlernase und weiter hinten entdeckte ich sogar Kai.

Wie sollte man sich denn da konzentrieren?

Mit geübten Fingern zog ich eins meiner Messer aus dem Gurt an meiner Hüfte, zielte auf den Stamm vor mir, den schon unzählige Kerben zierten, und traf genau. Natürlich! Ich würde mit einem Messer so ziemlich alles treffen.

Die Jungs murmelten anerkennend, verkniffen es sich sichtlich, mir nicht zuzujubeln, und ich musste mich stark zusammenreißen, nicht auf der Stelle durchzudrehen.

Wenigstens war ich wieder gekleidet wie immer. Die Haare in einem Knoten auf dem Kopf, ein einfacher Schurz und keinen Schmuck, da ich mich heute früh erfolgreich gegen die Schönheitsexperimente meine Mutter zur Wehr gesetzt hatte.

Niemand sollte glauben, ich würde diese ganze Misere auch noch genießen.

Automatisch nahm ich ein zweites Messer zur Hand und neben mir hielt alles die Luft an.

Wie konnte es sein, dass sich so viele Männer dafür interessierten, was ich machte, und mich dafür preisen wollten? Bevor Bardin für mich gesungen hatte, war ich doch auch schon so gewesen, wie ich war. Ich hatte Messer geworfen und Fallen gestellt, war Jagen gegangen und hatte meine Schwester zurechtgewiesen. Doch jetzt schien ich durch ein einziges albernes Lied in den Augen aller eine andere geworden zu sein und das machte mich so richtig rasend.

Ich warf mein Messer zielgerichtet und neben mir wurde wieder leise gejubelt. Meine Nackenmuskeln verspannten sich, mein Kopf begann zu schmerzen und ich hielt es nicht länger aus, so vorgeführt zu werden. Vielleicht genossen andere diese Aufmerksamkeit und sie dachten, mir damit einen Gefallen zu tun. Doch dem war nicht so.

Wütend zog ich ein weiteres Messer, hatte ein neues Ziel und wandte mich so plötzlich der Menge zu, dass niemand rechtzeitig reagieren konnte. Ohne zu zögern schleuderte ich das Messer gegen den Stützbalken der Plattform, direkt über den Köpfen der Zuschauer, und sie alle schraken zusammen, duckten sich weg und fielen dabei übereinander.

»Verschwindet!«, knurrte ich laut und trat mit bedrohlichem Blick einen Schritt nach vorne. Sie alle sahen mich mit großen Augen an und bis auf Bardin wichen auch alle zurück.

Genervt zog ich meine Messer aus der Markierung am Stamm, um dann das dritte aus dem Stützbalken zu holen. Die jungen Männer machten mir ergeben Platz, senkten die Blicke, wenn ich sie ansah. So ein Theater.

Anstatt wieder zurück zum Wurfplatz zu gehen, griff ich nach einem Ast über mir, hangelte mich geschickt in den benachbarten Baum und ließ mich einfach am nächsten Seilzug nach unten. Nur weg hier, da war es mir auch egal, dass ich den Rest der Übung schwänzte. Solange dieser Tumult hier tobte, machte es sowieso keinen Sinn. Schon gar nicht bei etwas, das ich bereits so gut beherrschte.

Meine Füße berührten den weichen Waldboden und ich setzte mich sofort Richtung Osten in Bewegung.

Hinter mir johlten die jungen Männer von oben, doch ich gab ihnen nicht die Genugtuung, mich noch einmal nach ihnen umzudrehen.

Es dauerte länger als gedacht, Aisek zu finden. Als Erstes traf ich Ruban, der mich weiter in den Wald schickte, wo Aisek mit seinem Bruder Duran einen Berubaum fällte, der der Baumschule die Sonne nahm.

»Was machst du denn hier?«, fragte Aisek verächtlich, als er mich sah, das Gesicht mit dem hellen Pflanzensaft befleckt, den die Blätter abgaben, und ich fühlte mich sofort angegriffen. Was war heute nur mit den Leuten los? Konnte sich niemand mehr normal verhalten?

»Nette Begrüßung«, maulte ich zurück und verschränkte abwehrend die Arme vor der Brust.

Aisek stützte sich missmutig auf seine Holzfälleraxt und zog finster die Augenbrauen zusammen. »Solltest du nicht bei deinen Übungsstunden sein und dich besingen lassen?«, spottete er genervt und ich trat vor den Kopf gestoßen einen Schritt zurück. Was war denn jetzt los?

Schwer schluckte ich den Kommentar hinunter, hatte kein Interesse daran, sauer auf ihn zu sein. Dafür fehlte mir gerade die Kraft und ich brauchte ihn jetzt auf meiner Seite. Schließlich war er mein bester Freund.

»Fang du nicht auch noch damit an«, seufzte ich resigniert, ließ die Schultern hängen und setzte mich matt vor ihm auf einen Baumstumpf.

Obwohl ich gehofft hatte, so an sein Mitgefühl zu appellieren, gab Aisek seine abwehrende Haltung nicht auf. »Findest du es denn nicht romantisch?«, wollte er von mir wissen und mir entglitt das Gesicht, weil ich dachte, ich hätte mich verhört. Warum wollten mir alle diesen singenden Trottel schmackhaft machen?

Die Wut gewann die Oberhand, brodelte einfach schon den ganzen Tag vor sich hin und ich schoss auf meine Füße hoch.

»Romantisch?! Ich dreh dir gleich den Hals um!«, zischte ich und drohte ihm mit der flachen Hand. »Warum wollen sich alle deswegen mit mir streiten? Zuerst Milla, jetzt du. Basra hat mich ausgelacht. Glaubst du, ich habe den Spinner darum gebeten, mich vor der ganzen Siedlung lächerlich zu machen?«, zeterte ich und stampfte sauer mit dem Fuß auf. »Also vielen Dank für deine freundliche Unterstützung«, schimpfte ich, drehte mich einfach um und ging.

Das hier hatte gerade keinen Zweck. Aisek war wegen irgendetwas angefressen und ließ es an mir aus. Das würde ich mir sicher nicht antun.

Aiseks Schritte raschelten im Laub, als er mir hinterherkam, doch ich tat so, als würde ich es nicht bemerken. Erst als er zum wiederholten Mal meinen Namen rief und mich mit seiner pflanzensaftklebrigen Hand am Arm berührte, blieb ich stehen.

»Tut mir leid« sagte er und ich starrte an ihm vorbei in den Wald. »Ich habe nur schlecht geschlafen.«

Schon an seinem Tonfall erkannte ich, dass es gelogen war, fragte aber nicht nach dem wahren Grund. Egal was ihn geritten hatte, ich wollte jetzt nur noch meine Ruhe.

»Schon in Ordnung« sagte ich daher leise und entzog ihm meinen Arm, der sich nur zäh von Aiseks klebriger Hand löste. Süßlicher Harzgeruch stieg mir in die Nase. »Ich komm noch mal, wenn du dich wieder eingekriegt hast«, fügte ich tonlos hinzu und ließ Aisek wieder stehen.

Diesmal folgte er mir nicht.

Heimlich packte ich zwei Fasanenschenkel und ein großzügiges Stück dunkles Brot in ein Tuch und machte, dass ich fortkam, bevor meine Mutter aus der Töpferei zurück war.

Mein Ziel war die Höhle des Fremdlings. Der einzige Ort, an dem ich nicht mit einem Gespräch über dieses blöde Liebeslied bedrängt wurde.

Ich rannte bis zum Waldrand, den Kopf eingezogen, und hoffte, dass mich niemand erkannte. Es war wirklich furchtbar, im Mittelpunkt zu stehen und jede Bewegung, die man tat, zum allgemeinen Gespräch beitrug. Geheimnisse zu bewahren war auch so schon nicht meine Stärke, doch man machte es mir jetzt erst recht schwer.

Mein Weg führte mich heute zuerst in eine andere Richtung, um ganz sicher zu sein, dass mir niemand hinterherschlich. Ich kam an zwei Weiden vorbei, fuhr mit der Hand über die dichte Wolle der Schafe und bog am Fluss Richtung Südwesten ab.

Die ganze Zeit dachte ich darüber nach, warum alle so einen Wirbel darum machten, und konnte nur hoffen, dass sich bald wieder alle beruhigen würden. Das Gerede der Leute und die Neckereien störten mich noch viel mehr als das Lied selbst.

Bardin hatte nur das getan, was ihm, einem Jungen aus der Musikerkaste, natürlich erschien, um mich für sich zu gewinnen. Die anderen hingegen plusterten das Ereignis auf und machten daraus eine weltverändernde Sensation. Und der bemitleidenswerte Bardin schnitt dadurch bei mir nicht gerade besser ab.

Ich erreichte die Klippen schneller, als ich gedacht hatte, obwohl ich einen großen Umweg gelaufen war.

Der Fremdling lag auf den Bettfellen und schlief. Sein Brustkorb hob und senkte sich gleichmäßig unter der Schafwolldecke, die gerade so seinen riesenhaften Körper bedeckte. Sicher war ihm am Tag zu warm geworden, ein gutes Zeichen. Die Genesung schritt voran.

Um ihn nicht zu stören, legte ich meine Tasche leise ab und setzte mich an den Höhleneingang, um keinen unnötigen Lärm zu machen.

Meine Beine baumelten in die Tiefe und ich genoss das kribbelige Gefühl, das sich in meiner Brust ausbreitete, als ich in die rauschende, todbringende Brandung weit unter mir blickte. Unermüdlich schlug sie gegen die Felsen, schäumte, fiel wieder zurück und stürzte sich erneut kraftvoll dagegen.

Mein Blick wanderte in die Ferne, über den Ozean. Ich erinnerte mich an die Worte des Fremdlings und versuchte mir vorzustellen, dass das Wasser irgendwo ein Ende hatte und auf Land traf. Ich malte mir aus, wie die Menschen dort lebten, in diesen anderen Kulturen, jeder mit einer Geschichte. Und ich würde sie wahrscheinlich niemals kennenlernen, keine davon, weil sie für mich unerreichbar bleiben würden.

»Du bist früh dran«, sprach mich eine tiefe Stimme an.

Erstaunlich heftig schrak ich aus meinen Gedanken auf, zuckte nicht zusammen, sondern zog ganz instinktiv eines meiner Messer, als ich auf die Füße sprang und herumwirbelte.

Der Fremdling, der sich gerade aufrichtete, stockte in der Bewegung und hob überrascht eine Augenbraue. »Habe ich was angestellt?«, fragte er leise, das Messer im Blick, und ich steckte es schnell wieder weg.

Mein Herz klopfte mir bis zum Hals und ich zwang mich, ruhig zu atmen. So sehr hatte ich mich schon länger nicht mehr erschreckt.

Oder es waren meine Nerven, die durch dieses verdammte Liebeslied angeschlagen waren.

Wie sehr ich mich doch nach Normalität sehnte. Liebend gern hätte ich einfach die Zeit zurückgedreht. Vor einer Woche war noch alles im Lot gewesen. Mein einziges Ziel im Leben, mich durch mein Geschick im Jagen hervorzutun und in den Kasten aufzusteigen.

Und jetzt musste ich mir plötzlich Gedanken machen um einen Fremdling, den ich versteckte, um die Frage, wen ich mal erwählen sollte, und ständig stritt ich mit irgendwem über Belanglosigkeiten. Ich wusste schon gar nicht mehr, wo mir der Kopf stand. Wann war mein Leben so kompliziert geworden?

»Ich habe mich nur erschreckt«, erklärte ich ruhiger, als ich mich fühlte, griff nach meiner Tasche, die neben mir auf dem Boden lag, und warf sie dem Fremdling zu. Er fing sie lässig aus der Luft, was mich richtig beeindruckte.

»Essen«, sagte ich knapp, kam langsam herüber und setzte mich mit gekreuzten Beinen ihm gegenüber auf den kalten Höhlenboden.

»Danke.« Sein Lächeln hatte etwas Weiches an sich und ich wusste auf einmal nicht mehr, was ich noch hatte sagen wollen.

Stumm sah ich ihm dabei zu, wie er das Essensbündel aus der Tasche holte, es auspackte und sich andächtig den ersten Bissen in den Mund schob.

Aus schmalen Augen musterte ich ihn eingehend, denn er hatte sich bei mir bedankt, einfach so. Täuschte ich mich oder war der Fremdling netter geworden? Vor ein paar Tagen hatte er noch ganz anders auf meine Hilfe reagiert, war düster und verbissen gewesen und hatte sich das ›Danke‹ abringen müssen.

Sein Essverhalten hatte sich jedoch nicht verändert, war immer noch so langsam und bedacht. Bei den ersten Sprungratten hatte ich gedacht, es läge an seinem geschwächten Zustand oder der lachhaften Tatsache, dass er glaubte, ich wollte ihn vergiften. Doch auch jetzt zerteilte er das Brot ganz sorgfältig, um keinen Krümel zu verlieren, und schälte jedes bisschen Fleisch vom Knochen.

Seltsam, dachte ich bei mir und ließ meinen Blick wieder aufs Meer hinausgleiten. Schier endlos lag es da, jeden Tag gleich und doch anders. Ich atmete tief durch, versuchte meine Gedanken von allen Problemen zu lösen und ganz kurz einfach nur *ich* zu sein.

Ich hatte mich immer als ehrgeizigen Menschen gesehen, freundlich und auch manchmal ein bisschen aufbrausend. Auch wenn ich mich stets als Jägerin beweisen wollte, hatte ich trotzdem nicht vorgehabt, mich in irgendeiner Art in den Vordergrund zu spielen. Und schon gar nicht so, wie man jetzt über mich redete.

Meiner Mutter gefiel es nur zu gut. Sie glaubte daran, dass meine plötzliche Beliebtheit mir Aufmerksamkeit vor dem Rat verschaffte und meinen Aufstieg sicherte. Doch es fühlte sich falsch an und wäre meiner Meinung nach ziemlich erbärmlich. Das moralische Verständnis meine Mutter lag aber auch ein wenig anders als das meine.

Es dauerte eine Weile, bis mir auffiel, dass der Fremdling mich beobachtete. »Du hast Sorgen«, sagte er und es war keine Frage, sondern eine Feststellung.

Normalerweise hätte ich es wohl mit einem Schulterzucken abgetan und er wäre sicher nicht weiter darauf eingegangen. Doch was kümmerte es mich schon, wenn der Fremdling über meine Sorgen Bescheid wusste. Er konnte es sowieso niemandem erzählen.

Also seufzte ich laut und riss meinen Blick von den blauen Wellen los. »Das Leben ist komplizierter geworden«, gestand ich und der Fremdling musterte weiter mein Gesicht.

»Wegen mir?«, fragte er ganz direkt und ich wünschte, es wäre so.

»Ja, auch wegen dir. Doch du bist zurzeit nicht mein größtes Problem.« Es tat ganz gut, die Dinge einfach mal laut auszusprechen. Ich konnte mit Geheimnissen noch nie gut umgehen.

Überraschenderweise grinste der Fremdling mich an, eine Spur zu frech, was sein Gesicht um Jahre zu verjüngen schien.

»Wie viele Menschen hältst du denn sonst noch versteckt?«, erkundigte er sich spaßhaft und obwohl es ein abwegiger Gedanke war, brachte er mich doch tatsächlich zum Lachen.

»Ich denke, einer ist genug«, gab ich ungeniert zurück. »Du bist schließlich groß genug für zwei.«

Der Fremdling lächelte schief und gab mir das Gefühl, eine ganz neue Seite an ihm zu entdecken. Ich versuchte mir vorzustellen, wie er aussehen würde, wenn er gewaschen war und all die Strapazen der Verletzung hinter ihm lagen. Die sandfarbenen Haare sauber und glänzend, sein Körper voller Kraft und seine Augen ohne den Schatten des Todes.

»Wie alt bist du?«, fragte ich ihn, ohne wirklich darüber nachgedacht zu haben, und er lachte darüber.

»Wieso ist das wichtig?«, erwiderte er, anstatt mir zu antworten, und sein Blick heftete sich an meine Augen.

»Es ist nicht wichtig«, sagte ich mit einem Schulterzucken. »Ich kann es nur nicht schätzen. Du wirkst älter, wahrscheinlich weil das Leben dich gezeichnet hat.«

Ganz langsam schmolz sich das Silber seiner Augen in meinen Geist.

»Aber dann gibt es Momente, da wird dein Gesicht plötzlich jünger.« Ich hätte wohl besser daran getan, den Blick abzuwenden, doch meine Neugierde stachelte mich an, ihm weiterhin standzuhalten. Mein Magen fühlte sich flau an.

»Ich bin einundzwanzig Winter alt«, teilte der Fremdling mir mit und seine Stimme klang bedeutungsvoll. »Jetzt ist es an dir, zu beurteilen, ob das alt oder jung ist.«

Ich nahm an, dass er mit einundzwanzig Wintern einundzwanzig Jahre meinte und nickte. »Dann ist dein Körper jünger, als er scheint«, behauptete ich und meine Stimme war leise geworden. Meine Gedanken waren gefangen in einem silbernen Bann, von dem ich mich mitreißen ließ. »Und deine Seele älter, als du zugeben solltest.« Laut wummerte mein Herzschlag in meiner Brust und eine ungewohnte Hitze stieg mir in den Kopf.

Ruckartig wandte der Fremdling den Blick ab und mein Geist taumelte in die Gegenwart zurück. Es fühlte sich an, als wäre ich ganz plötzlich aus dem Schlaf hochgeschreckt, wusste für einen Moment nicht, wo ich war, konnte mich nur schleierhaft an meine Träume erinnern.

Hektisch blinzelte ich, senkte den Blick auf meine Hände und fragte mich, was genau gerade passiert war. Ich wusste, dass ich diejenige war, die es herausgefordert hatte, doch jetzt verwirrte es mich.

Die Stille, die vorhin noch so angenehm gewesen war, drückte mir jetzt auf die Brust und ich fühlte mich gezwungen, etwas zu sagen. Ich atmete tief durch, sammelte mich und versuchte an unser gestriges Gespräch anzuknüpfen, als ich ihm versprochen hatte, dass er sich baden könnte.

»Wenn du dich gut genug fühlst, zeigte ich dir den Fluss, damit du dich waschen kannst«, sagte ich ohne Einleitung und erhob mich dabei sofort, hielt es nicht mehr aus, einfach so dazusitzen. So nah bei dem Fremdling.

»Gut«, antwortete er und nickte grimmig. Seine ausgelassene Stimmung schien ebenfalls dahin zu sein.

Kurz überlegte ich, dem Fremdling die Hand zu reichen, um ihm beim Aufstehen zu helfen. Doch das hätte er sicher abgelehnt und so gab ich mir nicht die Blöße, abgewiesen zu werden.

Er war sehr darauf bedacht, die Dinge selbst zu tun, aus eigener Kraft, und ich konnte diese Haltung gut verstehen. Ich war da wie er, wollte nichts geschenkt haben, was ich auch allein schaffen konnte.

Erstaunlich schnell kam er auf die Füße, taumelte jedoch nach den ersten Schritten zurück und fing sich an der Höhlenwand ab. Sein Kreislauf spielte ihm nach dem langen Sitzen und Liegen einen Streich, doch ansonsten schien es ihm ganz gut zu gehen. Oder er verbarg seinen Schmerz nur gut.

Geduldig wartete ich, rührte mich nicht und sah ihn auch nicht an, um ihn nicht zu hetzen.

Nach einigen Augenblicken nickte er mir zu und ich ging vor. Vom Höhleneingang ließ ich mich auf den schmalen Pfad hinab, der an der Felswand entlang langsam ansteigend nach oben führte. Hinter mir keuchte der Fremdling auf, als er den Abgrund erblickte; er hatte wohl zuvor noch gar nicht nachgesehen, wo genau er sich befand, und schob sich nah an die Wand gedrückt vorwärts.

Die Höhe schein ihm mehr anzuhaben, als ich gedacht hatte. Ganz langsam setzte er einen Fuß vor den anderen, sodass ich mich alle paar

Schritte mit Sorge zu ihm umdrehte. Es fiel mir unheimlich schwer, nicht die Hand nach ihm auszustrecken und ihm eine Unterstützung zu sein. Erst als wir oben auf die Grasfläche traten und uns von dem Abgrund der Klippen entfernten, ließ seine Spannung auffallend nach und die Bewegungen, die zu Anfang noch steif und vorsichtig gewesen waren, wurden flüssiger und entschlossen.

Es war ihm anzumerken, dass seine Kräfte noch lange nicht die waren, die sie vor der Verletzung gewesen sein mussten. Doch ich konnte es mir schon besser vorstellen.

Wieder kam mir das Bild vor Augen, wie es wäre, wenn er eine Axt schwang oder einen Speer warf, und mich packte ein Gefühl von Ehrfurcht vor der Stärke des Fremdlings.

Wir liefen im hohen Gras Richtung Norden, an der Klippenküste entlang und zu der Stelle, an der der große Fluss in einem Wasserfall ins Meer rauschte.

Wir sprachen wenig und hingen beide unseren eigenen Gedanken nach, als wir am Flussufer wieder Richtung Landesinnere wanderten. Ab und zu erzählte ich etwas, wie zum Ursprung des Flusses oder welche Beeren auf unserem Weg essbar und welche zu meiden waren, nur um den Fremdling anzusehen. Er wirkte wie ein Fremdkörper in der mir so bekannten Welt, viel zu groß und mächtig für die Zartheit der Natur.

Ganz genau prägte ich mir ein, wie das Spiel aus Licht und Schatten der Blätter durch sein Haar tanzte oder der Duft der Zylassen ihn in der Nase kitzelten und zum Niesen brachte. Faszinierend und seltsam zugleich.

Irgendwann erreichten wir eine Flussausbuchtung, in der sich das Wasser verfing und die Strömung nur noch minimal floss. Ein Holundergestrüpp verbarg den Ort vor Blicken aus der Ferne, auch wenn ich nicht glaubte, dass sich hier jemand blicken lassen würde. Es gab sicher Dutzende solcher Plätze, die näher an der Siedlung lagen, und sowieso waren alle so sehr mit den Soketen beschäftigt, dass sie sicher nicht hier draußen jagen gingen.

»Wir sind da«, teilte ich dem Fremdling mit, der sich ohne zu zögern auf den Boden sinken ließ. Sein Gesichtsausdruck, den er so sorgfältig nichtssagend gehalten hatte, entglitt ihm und zeigte

Anspannung und Schmerz. Die eine Hand presste er auf die verletzte Seite, atmete durch die Nase tief ein und wieder aus, die Lippen zu einem schmalen Strich zusammengepresst.

Ein Gefühl von Nutzlosigkeit überkam mich, so wie ich hier neben ihm stand und ihm in keinster Weise behilflich sein konnte. Ich hatte, obwohl ich ihn ständig anstarrte, nicht gemerkt, dass der Weg für ihn zu viel gewesen war und nicht einmal Kajowurzel bei mir, um es ihm leichter zu machen.

Das schlechte Gewissen kroch in mir hoch.

Hoffentlich war die Wunde nicht wieder aufgegangen, sonst konnten wir das mit dem Baden vergessen.

»Alles in Ordnung?«, fragte ich, obwohl es offensichtlich war, dass es nicht so stand und setzte mich zögerlich neben ihn.

Der Fremdling nickte verbissen, brachte sein Gesicht wieder unter Kontrolle, doch ich glaubte ihm nicht. Angespannt wartete ich ab, bis er sich wieder bewegte, seine Kiefer sich langsam entspannten, sein Atem ruhiger ging.

»Es schmerzt, aber es war schon wesentlich schlimmer«, behauptete er, atmete noch ein paar Mal mit geschlossenen Augen ein und aus und nahm dann die Hand von seiner Seite.

Langsam zog er seine Schuhe aus und streckte die blassen Zehen, was mich unwillkürlich kichern ließ. Der Fremdling sah mich verwundert an.

»Ist das nicht furchtbar eng in diesen Schuhen?«, wollte ich wissen und er schüttelte den Kopf über mich.

»Diese Stiefel wurden extra für mich angefertigt. Eine große Ehre, die ich mir verdienen musste. Die passen wie angegossen«, behauptete er und ich musste raten, was das bedeuten sollte. »Aber du hattest sicher noch nie Schuhe an«, fuhr er fort und ich lachte. Die Spannung, die die ganze Zeit zwischen uns gehangen hatte, begann sich wieder aufzulösen.

Und er hatte ja recht. Mir waren Schuhe fremd. Vielleicht brauchte man da, wo er gelebt hatte, solche ›Stiefel‹, um zurechtzukommen.

Vorsichtig zog er sich das Obergewand über den Kopf und besah sich anschließend noch einmal seine Wunde.

Sie war geschlossen geblieben und sogar weniger gerötet als gestern. Aiseks Pflanzenbrei wirkte erstaunlich schnell.

Mein Blick wanderte von der Wunde weg und über den Oberkörper des Fremdlings. Seine Haut war immer noch blass, selbst in der Sonne, und würde es wohl auch bleiben. Überall an ihm klebten Blutreste und Asche, die in der Dunkelheit der Höhle gar nicht aufgefallen waren.

Die Bauchmuskeln des Fremdlings traten deutlich hervor, als er sich im Sitzen zu dem Schnitt hindrehte, den er vorsichtig abtastete. Muskeln an der Brust, an den Armen, am Hals, mehr, als ich jemals gesehen hatte. Wie ein Raubtier, das nur aus Muskulatur und Haut bestand. Narben zogen sich wie ein grobes Netz über seinen ganzen Oberkörper.

Jetzt, da ich wusste, warum sie so deutlich zu sehen waren, konnte ich sogar die Stellen entdecken, an denen man mit der Nadel die Haut durchbohrt hatte. Feine Punkte um die Narben herum. Mir zog sich alles zusammen bei dem Gedanken und doch übte es auf mich eine seltsame Anziehungskraft aus. Skurrile Neugierde, die mich dazu treiben wollte, mich zu nähern und mit den Fingerspitzen über eine Narbe zu streichen, um herauszufinden, wie sie sich anfühlten.

Doch ich rührte mich nicht und dann trafen sich unsere Blicke und ich schaute ertappt zu Boden. Mein Blut rauschte laut wie der Wasserfall durch meine Adern.

»Würdest du dich umdrehen?«, bat mich der Fremdling und ich blinzelte verwundert zu ihm herüber. Er hatte sich in die Hocke aufgerichtet, die Augenbrauen auffordernd gehoben.

»Warum?«, wollte ich irritiert wissen und er schnaubte laut.

»Weil ich mich ausziehen will«, sagte er und sah mich dabei an, als wäre das die Antwort auf meine Frage.

Zeitverzögert begriff ich. Es war die Antwort auf meine Frage. Ich hatte ja bereits gelernt, dass sein Verständnis von Nacktheit ein anderes war, als ich es hatte. Also drehte ich ihm brav den Rücken zu, auch wenn ich mir albern dabei vorkam.

»Du stehst auf Widerworte, was?«, meinte der Fremdling hinter mir und ich dachte darüber nach, wie er es meinen könnte.

Widerworte? Was war so schlimm daran? Ich rief mir die Frauen ins Gedächtnis, die er mir aus seiner Welt beschrieben hatte. Scheu und still. Sie gaben sicher keine Widerworte, bevor sie einer Aufforderung nachkamen.

Doch in meiner Welt war es anders. Daran würde er sich gewöhnen müssen, solange er hier war.

»Du ja auch«, erwiderte ich also und der Fremdling lachte auf. Da ich ihn nicht ansah, klang sein Lachen in meinen Ohren anders. Rauer und kehlig. Eine Gänsehaut zog sich über meinen Rücken.

»Da hast du wohl recht«, sagte er und ich vernahm leises Platschen.

Das Wasser in der Flussausbuchtung durfte eigentlich nicht allzu kalt sein. Da es nur langsam floss, hatte die Sonne Zeit, es aufzuwärmen. Doch vom Fremdling kam keinerlei Kommentar dazu.

»Es ist zwecklos zu glauben, dass du so was wie Seife dabeihast, oder?«, sprach der Fremdling mich an und ich drehte automatisch den Kopf zu ihm herum.

Mir den Rücken zukehrend, stand er bis knapp zur Hüfte im Fluss und rieb sich die Arme mit Wasser ab. Seine Schultern waren breit und auch auf dem Rücken waren Muskeln zu sehen, von denen ich nicht einmal gewusst hatte, dass es sie gab. Sie bewegten sich unter der Haut, als er sich weiter nach vorn beugte und sich Wasser ins Gesicht spritzte.

Alle Gedanken entflohen meinem Kopf und wurden vom Wind davongetrieben.

»Seife?«, brachte ich geistlos heraus und musste mich stark zusammenreißen, dass mir meine Stimme nicht entglitt. Sofort schoss mir das Blut in den Kopf, schaffte es aber dennoch nicht, den Blick wieder abzuwenden.

Eigentlich sollte es nichts Neues für mich sein. Aisek und ich waren schon Hunderte Male baden gewesen und keiner der Männer meines Stammes machte sich Gedanken darüber, ob er nun ein Lendentuch trug oder nicht.

Die Soketen waren sogar noch schlimmer. Sie waren ein Stamm des Meeres und lebten in einer Bucht, manche sogar auf kleinen Booten direkt auf dem Wasser. Viele von ihnen waren Fischer. Die wenigen Male, die ich in ihrer Siedlung gewesen war, hatte ich fast nur unbekleidete Männer gesehen. Da sie sowieso ständig nass wurden, machten sie sich gar nicht die Mühe, sich etwas anzuziehen.

Doch das hier mit dem Fremdling war etwas anderes. Etwas Verbotenes. Etwas, das nicht für meine Augen bestimmt war und das mich mehr faszinierte, als ich zugeben wollte.

Ich redete mir ein, dass es seine Fremdartigkeit war, die mich so anzog, wie bei einem sonderbaren Tier oder einer fleischfressenden Pflanze.

Tief in mir wusste ich aber schon, dass es nicht so war. Doch ich verdrängte den Gedanken, schickte ihn fort, noch bevor er sich in klare Worte formen konnte.

Nie hatte ich mich für Männer interessiert und jetzt war wohl der schlechteste Zeitpunkt, plötzlich damit anzufangen. Und dann noch bei einem Fremdling. Ich sollte mich schämen.

Trotzig wandte ich den Blick ab und spielte mit einer Strähne, die meinem Haarknoten entwischt war. Glatt und glänzend schwarz war sie, erst heute Morgen mit Ziablütenöl gewaschen. Wenn ich mir die Haarsträhne unter die Nase hielt, konnte ich die Blüten immer noch riechen.

Leicht ungeduldig wartete ich, während der Fremdling sich säuberte. Ich vertrieb mir die Zeit mit dem Flechten von kleinen Zöpfen und zwang mich, nicht wieder zurückzuschauen.

Doch die Versuchung war groß und ich wurde immer hibbeliger. Als ich es kaum noch aushielt, stemmte ich mich auf die Füße, schnappte mir einfach die Kleider vom Boden und lief ein Stück stromaufwärts, um sie dort zu waschen. Das Obergewand ließ sich relativ einfach handhaben, ähnlich wie bei meinen Tüchern. Leder zu reinigen war jedoch eine schwierigere Sache und ich tränkte das Beinkleid nur ein paar Mal und rieb es dann mit feinem Sand ab, um den gröbsten Schmutz zu beseitigen.

Als ich mich erhob, war das leinene Obergewand schon beinahe in der Sonne und dem leichten Wind getrocknet und ich kam mit beiden wieder zurück zur Flussausbuchtung. Der Fremdling war nicht mehr im Wasser und ich vermied es tunlichst, nach ihm Ausschau zu halten. Ich hängte lediglich seine Kleider in einen Holunderstrauch und wandte mich wieder ab.

Es raschelte hinter mir und ich wartete, bis die Geräusche verstummten, ehe ich mich wieder umsah.

Für einen Moment war es, als stünde ein ganz anderer Mann vor mir. Sein Haar glänzte noch nass, er hatte es mit den Fingern zurückgestrichen und im Nacken zu einem Zopf gebunden, was die

Züge seines Gesichtes deutlicher hervorhob. Er sah wacher aus, weniger wild und auch seine Haltung hatte sich verändert, ließ ihn noch größer erscheinen.

Unsicher trat ich einen Schritt zurück, damit er mich mit seiner Körpergröße nicht so überschattete. Ich fühlte mich winzig neben ihm.

Sein Blick verfolgte meine Bewegungen und ich versuchte mich von seinen Augen nicht wie vorhin in der Höhle irritieren zu lassen.

»Wenn du fertig bist, sollten wir zurückgehen, Fremdling«, brachte ich mit festem Ton heraus, um meine wachsende Unsicherheit zu überspielen, und wollte mich schnellstmöglich in Bewegung setzen.

»Nóatún«, entgegnete er jedoch und ließ mich innehalten.

»Wie bitte?«, fragte ich verwirrt und der Fremdling lächelte leicht. Mein Herz pochte sofort schneller.

»Das ist mein Name«, erklärte er mir sanft und sah mich dabei aufmerksam an.

Nóatún.

Ich hatte ihn wirklich nie nach seinem Namen gefragt. Das hatte seinen Grund gehabt. Ein Name machte einen Menschen zu einem Individuum, zu einer Person von Relevanz, und ich hatte in ihm zuerst nur irgendeinen Menschen gesehen, irgendeinen Fremden.

Doch jetzt war er ein Mann. Mit einem Namen.

Was ich wohl für ihn war? Ich hatte nicht nach seinem Namen gefragt, er aber auch nicht nach meinem.

Vielleicht war ja auch ich einfach nur eine seltsame Fremde, die ihn in eine Höhle geschleppt hatte und jetzt ab und zu vorbeikam, um ihm Essen zu bringen. Wie hatte er gesagt? *Wie ein nacktes, wildes Kind.*

Gestern wäre es mir noch egal gewesen. Heute wollte ich in seinen Augen jemand sein, den er wahrnahm.

»Limea«, sagte ich also und das Lächeln des Fremdlings, der nun Nóatún war, wurde breiter.

»Limea«, wiederholte er meinen Namen und ich konnte nichts tun, als schwer zu schlucken.

10

BEERENFEST

Es ertönte ein lautes und lang anhaltendes Geräusch, das mich aus dem Schlaf hochschrecken ließ.

Draußen dämmerte es gerade und ich versuchte angestrengt gegen die Schlaftrunkenheit anzukämpfen, um zu begreifen, was mich geweckt hatte.

Verwirrt taumelte ich aus dem Bett und ans Fenster. Draußen blies jemand in ein Horn. Am frühen Morgen.

»Oh nein«, stöhnte ich, als es mir aufging, und schon hörte ich Gepolter unter mir. Milla war wach und auf den Beinen.

»Beerenfest!«, rief sie aufgeregt. »Mama, Limea! Sie blasen zum Beerenfest! Ich liebe Beerenfest!« Meine Türklappe flog krachend auf und Milla steckte ihren zerzausten Kopf hindurch. »Anlässlich des Beerenfestes vergebe ich dir, dass du so furchtbar unromantisch bist, und erkläre dich hiermit feierlich zu meiner Beerensammler-Begleiterin«, jauchzte sie viel zu vergnügt für jemanden, der gerade erst aufgewacht war, und verschwand darauf auch schon wieder.

Ich stand da wie angewurzelt, hatte Kopfschmerzen und wünschte, es wäre eine andere Zeit im Jahr.

Im Gegensatz zu Milla hasste ich das Beerenfest. Es hieß zwar so, aber ein richtiges Fest war es nicht und diente nur dazu, uns alle brav in den Wald zu schicken und zwei Tage lang nichts anderes tun zu lassen, als Beeren zu pflücken.

Um das alles noch ein bisschen freudiger zu gestalten, taten sich laut Tradition immer zwei zusammen. Der eine pflückte und der andere hielt das Behältnis. Natürlich hätte man das auch auf den Boden stellen oder sich umbinden können, aber das wäre ja nur halb so nervig gewesen.

Milla hatte gerade mich als Begleiterin gewählt und ich hatte keine Ahnung wieso. Vielleicht aus morgendlichem Übermut.

Der Gedanke, dass ich die nächsten zwei Tage ununterbrochen mit Milla zusammen sein würde, ließ mich verzweifelt die Stirn runzeln, weil es da ja noch den Fremdling gab. Nóatún. Milla nahm die Beerenfestsache einfach viel zu ernst, als dass sie mich ohne gute Erklärung einfach am Mittag weggehen lassen würde, damit ich dem Fremdling zu essen bringen könnte.

Hätte ich mich mit Aisek zusammengetan, lägen die Dinge anders. Aber ich konnte Milla unmöglich sagen, dass ich nicht mit ihr gehen wollte. Ich war ihrem Zorn gerade entgangen und wollte nicht schon wieder mit ihr streiten.

Der Einzige, für den sie mich freigeben würde, wäre sicher Bardin. Aber ich würde mich lieber freiwillig in Honig wälzen und auf einen Ameisenhügel fesseln lassen, als mit Bardin zum Beerenfest zu gehen.

Was mich zur nächsten Überlegung führte, die mich tatsächlich erheiterte. Milla hatte mich ausgewählt! Jeden Jungen, Bardin eingeschlossen, der mich fragen würde, ob ich mit ihm dorthin gehen wollte, konnte ich einfach abwimmeln. Weil ich schon mit meiner Schwester hinging!

Beinahe hätte ich laut gelacht. Doch stattdessen beschloss ich, meine Freude an jemandem auszulassen, der damit das meiste anfangen konnte. Schon viel wacher als noch vor einem Augenblick, schwang ich mich durch die Türöffnung und umarmte Milla überschwänglich, die sich gerade die Haare zusammenband.

»Danke«, sagte ich ihr und drückte ihr einen Schmatzer auf die Wange, während sie mich mit einem aufgeregten Lächeln anstrahlte.

»War eine tolle Idee von mir, nicht wahr?« Zappelig tänzelte sie durchs Zimmer. Ihr Lendentuch hing mal wieder ziemlich schief auf ihrer Hüfte und entblößte die rechte Pobacke. »Du bist gerade Inhalt aller Gerüchte in der ganzen Siedlung. Da lass ich es mir doch nicht nehmen, in deiner Nähe zu sein, falls wieder was passiert. Wenn es um dich geht, habe ich als Schwester Erstrechte an jedem Gerücht, das in Umlauf ist.«

Mein Übermut bekam einen Dämpfer und ich seufzte. War ja klar gewesen. Es änderte wenigstens nichts daran, dass ich jetzt vor sämtlichen Anfragen sicher war.

Als Mutter uns kurze Zeit später zum Frühstück rief, hatte ich mir mein ältestes Lendentuch und einen geflickten Schurz angezogen. Beides wies Flecken auf, die niemand mehr rausbekam. Auf das Brusttuch verzichtete ich und meine Haare band ich streng nach hinten und flocht den Zopf fest zusammen, bevor ich ihn in einem Knoten am Hinterkopf feststeckte.

Heute Abend würde es schwer genug werden, sich von dem Beerensaft mancher Arten sauber zu scheuern, da musste ich nicht unnötig Dinge schmutzig machen.

»Und? Wen hast du vor, als Begleiter zu wählen?«, fragte Mutter mich, als ich mich zu ihr in die Küche setzte und mir vom Frühstücksbrei nahm. Sofort fragte ich mich, wie viel Mehrdeutigkeit in der Frage lag, doch durch das perfekte Mienenspiel meiner Mutter konnte man sich nie sicher sein.

»Milla hat mich gefragt«, gab ich daher schulterzuckend zurück und ein ganz kleines Erstaunen trat in ihre Augen.

»Ach, wie schön. Dann habt ihr euren Streit wohl beigelegt.« Sie reichte mir einen Korb mit Nüssen.

Lautes Trommeln lenkte mich von meiner Antwort ab, die ich sowieso nicht hatte geben wollen, und wir drehten die Köpfe zu Milla, die mit den flachen Händen gegen ihren Türrahmen schlug. »Ich präsentiere: Milla, die Königin der Beerensammler«, verkündete sie feierlich und brachte mich zum Lachen, als sie in die Küche gesprungen kam, einen großen Kranz aus Blattwerk auf dem Kopf.

Stolz strich sie über ihren besonderen Schurz, den Mutter ihr letztes Jahr zum Geburtstag geschenkt hatte. Stickereien von Honigbeeren und Ranken waren sorgfältig in robusten Stoff hineingearbeitet, der dazu gemacht war, ihn auch ordentlich zu schrubben, um ihn wieder sauber zu bekommen.

Zu Millas Leidwesen war er vollkommen in Braun gehalten und nicht rot oder grün. Aber wir wollten ja nicht riskieren, dass jemand aus den oberen Kasten zu viel Gefallen daran finden konnte.

»Du passt auf sie auf«, mahnte Mutter mich sofort. Ich nickte und Milla schnaubte auf.

»Ich kann auf mich selbst aufpassen«, maulte sie und setzte sich zu uns, wobei ich ihr sofort den Kranz aus den Haaren zupfte, damit sich die Blätter nicht überall im Essen verteilten.

»Ich wünschte, es wäre so. Aber leider hast du in deinem jugendlichen Leichtsinn den Hang, in kritischen Situationen viel zu übermütig zu sein, und außerhalb der Siedlung kann das gefährlich werden«, hielt Mutter dagegen und ich schob mir einen Löffel voll Brei in den Mund, damit sie nicht auf die Idee kommen konnten, mich in diese Diskussion mit reinzuziehen.

»Das sind gerade mal ein paar Schritte in den Wald rein. Limea treibt sich täglich da draußen rum.« Milla zog eine Schnute und nahm sich die doppelte Menge Nüsse.

»Ja, Limea verpasst auch nicht ihre Übungsstunden wegen Tagträumereien und quatscht den ganzen Tag über die Neuigkeiten anderer Leute, anstatt sich mit ihren Waffen auseinanderzusetzen.«

»Oho«, machte ich und amüsierte mich viel zu sehr darüber, dass mal nicht ich diejenige war, die sich Mutters Zorn zugezogen hatte, als es an der Tür klopfte.

Milla sprang sofort auf, ob nun aus Neugierde oder um dem Gespräch zu entgehen, stolperte beinahe über ihre eigenen dünnen Beine und riss mit Schwung die Tür auf.

Ungestört löffelte ich den Rest aus meiner Schale und zog den Kopf ein, als Milla plötzlich euphorisch Bardins Namen rief. Was wollte der denn schon wieder hier?

Milla trat zurück und ließ ihn eintreten. Er war völlig außer Atem und sein Haar stand zottelig in alle Richtungen ab.

»Limea«, keuchte er und stützte sich am Querbalken über ihm ab. »Ich habe gerade erfahren, dass man auf dieses Beerenfest zu zweit geht. Und da dachte ich, ich komme einfach gleich her und …«, brachte er mühsam hervor und ich unterbrach ihn an dieser Stelle.

»Milla hat mich schon gefragt«, sagte ich schnell und schenkte ihm sogar ein Lächeln. Jetzt konnte ich mich ja gönnerhaft geben, wo ich auf der sicheren Seite war. »Tut mir wirklich leid, Bardin«, fügte ich sogar noch hinzu und er lächelte zurück.

»Ach, kein Problem. Du gehst mir ja nicht verloren«, versicherte er mir spaßhaft und ich vermutete, dass es für mich nicht ganz so spaßig sein würde. »Ich werde einfach in deiner Nähe bleiben.«

Mein Kopf fühlte sich für einen Moment an wie im freien Fall und Milla schenkte mir einen so bitterbösen Blick, der mich anwies, bloß nichts Gemeines zu sagen. Ich tat ihr den Gefallen, da ich noch den ganzen Tag mit ihr verbringen würde, riss mich schnell zusammen, damit mir mein Gesichtsausdruck nicht zu sehr entglitt, und räusperte mich verhalten.

»Klar«, presste ich heraus und Bardin zwinkerte mir kokett zu. Oh, wie ich das noch bereuen würde.

Er verabschiedete sich mit einem beschwingten »Dann bis später«, und schon war er wieder weg.

»Jetzt habe ich ein schlechtes Gewissen«, murrte Milla kleinlaut in die plötzliche Stille hinein und sah mich mit ihren großen Augen an. »Ich habe dich Bardin einfach weggeschnappt und gar nicht drüber nachgedacht.«

Zum Glück. Aufmunternd knuffte ich sie in die Seite. »Ich gehe hundert Mal lieber mit dir da hin als mit Bardin«, sagte ich in besänftigendem Ton und Milla kniff missmutig die Augenbrauen zusammen.

»Ich kann mich nicht entscheiden, ob mir das schmeicheln oder mich aufregen soll«, brummte sie beleidigt und Mutter und ich lachten.

Meine Hände waren bereits lilablau verfärbt und meine Stimmung gelangte an ihren Tiefpunkt.

Dunkle Honigbeeren, süße Kiwaibeeren, gelbe Sisusen, saure Moosbeeren, Frunabeeren, Walderdbeeren. Und Milla schien es nie satt zu haben, sich über jedes schöne, dicke Exemplar zu freuen.

Mir tat der Rücken weh und ich war es leid, diese dämliche Schüssel zu halten, die sich von all dem Beerensaft nur noch klebrig von meinen Fingern löste.

»Wie wäre es mit einer Pause?«, schlug ich Milla vor und ließ den Blick über die Lichtung schweifen. Ein Strauch reihte sich an den anderen, überschattet von ein paar wenigen Bäumen, an dessen knorrigen Stämmen Frunaranken emporkletterten.

Eine Gruppe Gießer sammelte in Hörweite am Rande der Lichtung Walderdbeeren und redete ununterbrochen über Erzvorkommen im Norden. Mutter und ihre Freundin Hella waren am anderen Ende der Lichtung mit ein paar anderen Töpfern ins Gespräch gekommen und gönnten sich wohl gerade ihre Pause. Kinder tummelten sich lauthals kreischend um die Moosbeersträucher und versuchten, die Beeren nur mit dem Mund von den Ästchen zu zupfen. Die Stimmung war ausgelassen und fröhlich, nur mir konnte dieser Massenauflauf an Menschen nichts geben und ich sehnte mich danach, allein durch den Wald zu streifen, nichts anderes zu hören als das Rauschen des Windes und das Zwitschern der Vögel.

Milla hielt mir eine saftige Honigbeere vor die Nase und riss mich aus meinen genervten Gedanken. »Schau, sie ist riesig!«, begeisterte sie sich und ich seufzte theatralisch. Doch sie ignorierte mich standhaft und steckte sich die Beere in den Mund.

Keine fünf Schritt neben uns saß Bardin an einen Baum gelehnt und schlief dort schon seit einer ganzen Weile. Sein Gesicht zeigte Erschöpfung, in seinen Haaren klebte eine halbe Erdbeere und seine Finger waren voller kleiner Verletzungen, die er sich an den Dornen der Honigbeeren geholt hatte.

Die ersten Stunden der Beerensammlerei hatte er ohne Luft zu holen geredet und meine Nerven bis aufs Äußerste strapaziert. Er erzählte über Tonleitern, Inspirationsquellen und traditionelle Liedkompositionen. Milla ließ sich dafür richtig begeistern, trug immer mal wieder etwas zum Thema bei und ermutigte ihn so auch noch dazu, immer weiter zu erzählen. Doch Beerensammeln war anstrengend und Bardin, der Musiker, machte schneller schlapp, als ich erwartet hatte.

Immer noch unermüdlich pflückte Milla weiter, während ich weiterhin brav die Schüssel hielt, die schon wieder halb gefüllt war, und zwischen den Bäumen hindurch den Stand der Sonne betrachtete. Mittag war schon fast erreicht und erinnerte mich daran, dass ich mir ganz bald etwas ausdenken sollte, um meine Schwester für eine kurze Zeit allein zu lassen. Sonst würde der Fremdling ohne Mittagessen auskommen müssen.

Nóatún. Immer wieder spukte mir sein Name durch den Kopf. Ich wurde ihn nicht mehr los, wie ein Lied, das man ständig vor sich hin summte.

Was er wohl den ganzen Tag trieb, so allein in seiner Höhle? Womit sich seine Gedanken beschäftigten?

Ich schüttelte den Kopf, um die Fragen aus meinem Kopf zu vertreiben. Es wäre sicher besser für mich, nicht so viel an den Fremdling zu denken. Das tat mir nicht gut. Am Ende würde ich mich nur noch mehr für ihn interessieren und ich wusste nicht, wohin das führen sollte.

Ein Blick in die Schüssel verriet mir, dass schon seit einer ganzen Weile keine Beeren mehr darin gelandet waren. Hatte Milla sie alle aufgegessen?

Noch immer stand sie neben mir, rollte zwischen zwei Fingern eine Honigbeere, die langsam matschig wurde, und starrte über die Honigbeersträucher hinüber zu den Frunabeerenstauden. Gedankenverloren strich sie sich eine Strähne hinters Ohr und hinterließ eine blaue Spur an ihrem Ohrläppchen. Ihre Augenbrauen zogen sich zu seinem gequälten Ausdruck zusammen, ihre Mundwinkel tendierten nach unten. Sie sah äußerst unglücklich aus und das am Beerenfest. Das beunruhigte mich, ließ mein Herz schwer werden und ich versuchte ihrem Blick zu folgen.

Als ich jedoch den Grund entdeckte, schlug meine Sorge sofort in Ärger um.

»Kai ist mit Mareika da«, flüsterte Milla mir zu und ihr Blick huschte niedergeschlagen zu mir herüber.

Stumm seufzte ich. Es blieb meinem Verstand einfach verschlossen, was Milla an dem Kerl so toll fand.

Jedoch konnte ich mir denken, dass es hart für sie war, ihn mit einem anderen Mädchen zu sehen. Und dann auch noch Mareika, die wirklich ein wunderschönes Gesicht hatte.

Leider war das aber auch schon alles.

Entschlossen stellte ich die Schüssel auf den Boden und legte Milla meinen blau gesprenkelten Arm um die Schultern. »Das bedeutet doch nichts«, versuchte ich sie zu trösten und verbiss mir ausnahmsweise mal die dummen Kommentare zu Kais schlechtem Charakter.

»Aber sie ist so hübsch, Limea. Was, wenn sie ihn erwählt und die beiden einen Bund schließen?« Millas riesige, traurige Augen blicken mich an und es tat mir schon körperlich weh, sie so deprimiert zu sehen. Denn wie unsinnig ihre Schwärmerei auch war, sie war meine kleine Schwester.

»Das wird nicht passieren«, versicherte ich ihr also. Selbst wenn ich nicht glaubte, dass Kai sich je für Milla interessieren würde, konnte ich mir sicher sein, dass sein Interesse ganz sicher auch nicht Mareika galt. Auch nicht, wenn sie noch doppelt so schön wäre.

»Wie kannst du da so sicher sein?«, jammerte Milla mir ins Ohr und griff nach meiner Hand, ungeachtet der Tatsache, dass wir dadurch nur alles noch mehr verschmierten.

»Hast du Mareika mal jagen sehen?« Ich grinste Milla an, die nur zweifelnd den Kopf schüttelte. »Na, dann musst du mir einfach ungesehen glauben, wenn ich dir erzähle, dass sie gar nichts kann.« Mein Grinsen verzog sich wie von allein zu einem gemeinen Lächeln.

»Gar nichts?«, hakte Milla nach und runzelte ungläubig die Stirn.

»Du würdest mit verbundenen Augen und einem Arm auf dem Rücken mehr treffen als sie«, behauptete ich und meinte es vollkommen ernst.

Milla war nicht schlecht im Jagen. Sie war begabt, vor allem fürs Bogenschießen. Sie übte nur nie.

Zweifelnd hob sie eine Augenbraue.

»Glaub mir ruhig«, sagte ich zu ihr. »Irgendwann im nächsten Monat wird sie ihre Mündigkeit erreichen und ab da wird man sie beobachten. Und ich sage dir: Wenn sie Glück hat, oder ihre Mutter ein gutes Wort für sie einlegt, dann wird sie in den mittleren Kasten landen. Wenn nicht, na ja, dann sackt sie in die unteren.«

Milla machte den Mund auf, um etwas zu sagen, doch ich ließ sie nicht zur Sprache kommen, weil ich bereits in ihrem Gesicht sehen konnte, dass Worte wie ›wahre Liebe‹ und ›Romantik‹ darin vorkommen würden.

»Ich kann von Kai halten, was ich will, aber so dumm ist er nicht, sich an eine Niete wie Mareika zu binden, wenn ihm der totale gesellschaftliche Abstieg bevorsteht«, endete ich meine Erklärungen und Milla blinzelte. Ihr Blick ging wieder verstohlen zu Kai und Mareika rüber, die schweigend nebeneinanderstanden und immer wieder von der Kinderschar angerempelt wurden. Sie pflückte, er hielt die Schüssel in der Hand und Millas Gesicht war nicht mehr ganz so traurig wie zuvor.

Wenn es nach mir ginge, würde Milla auf jeden Fall einen besseren Mann finden, der ihrer Aufmerksamkeit auch wert war, und Kai und Mareika konnten miteinander versauern. Doch es ging nicht nach mir und ich war nicht dazu in der Lage, Milla umzustimmen.

Der Mittag zog vorüber und wir weiter zu den Sisusen, die ich viel lieber mochte und die auch keine schlimmen Flecken verursachten.

Milla ging unsere Schüssel zum wiederholten Male in einem der großen Fässer ausleeren, die man am Rande der Lichtung aufgestellt hatte. So viele Beeren, dachte ich und schob mir eine Sisuse zwischen die Zähne.

Das würde eine Arbeit werden, all das einzukochen oder zu Sirup zu verarbeiten. Doch dem Ergebnis konnte sogar ich etwas abgewinnen.

Milla wechselte ein paar Worte mit einer Frau, die auch am Fass stand. Von hier aus konnte ich nicht erkennen, wer es war, aber Milla kannte jeden. Wahrscheinlich teilten sie schon wieder irgendwelche Gerüchte.

Unruhig blinzelte ich in die Sonne und hatte immer noch keinen Plan entwickelt, um mich davonzuschleichen.

Kurz überlegte ich mir, vorzutäuschen, ich hätte ein paar schlechte Beeren erwischt und müsste jetzt wegen schrecklicher Bauchschmerzen zurück in die Siedlung. Doch das Risiko war viel zu groß, dass man mich nicht allein gehen lassen würde.

Und Aisek, der Einzige, den ich mitnehmen konnte, ohne dass jemand Verdacht schöpfte, war den ganzen Tag noch nicht aufgekreuzt. Ich vermutete aber, dass er es geschafft hatte, sich vor dem Beerenfest zu drücken. Er scheute sich vor den Blicken der Leute und dem Gerede über seine blauen Augen.

»Hey, Limea. Schon müde?«, rief mir Saroll, ein Seilknüpfer, lachend zu und ich hob lediglich die Hand zur Bestätigung, während er seine Schüssel weiter zum Fass trug und die Melodie aus Bardins Liebeslied summte.

Es war doch echt zum Verzweifeln, wie unkreativ ich heute war. Irgendwas musste mir doch einfallen.

Ich war sogar schon so weit, Milla einfach zu sagen, ich wäre müde oder wollte nicht mehr. Doch das würde sie mir kaum durchgehen lassen und an meinen Ehrgeiz appellieren, was mir die Argumente nahm.

Oder ich machte mich einfach aus dem Staub, solange sie noch weg war. Verstohlen blickte ich zu ihr rüber und erkannte, dass sie mit Crena über irgendetwas lachte.

Ich hatte gar nicht gewusst, dass Kais Schwester sich dazu erbarmte, mit Menschen unterhalb ihrer Kaste zu sprechen.

»Hey, Limea«, sprach mich wieder jemand an und ich blinzelte erstaunt nach oben. Vor mir stand Kai und sein Lächeln war so ekelerregend wie der schmierige Klang seiner Stimme. Ich hätte schwören können, das war das erste Mal, dass er meinen Namen gesagt hatte.

»Ich war mit Mareika hier, weißt du. Aber sie hat sich frühzeitig verabschiedet, weil ihr eine schlechte Beere den Magen umgedreht hat. Widerliche Sauerei, aber so ist das nun mal«, erzählte er mir, als müsste es mich brennend interessieren, und ich fragte mich nur, wie es sein konnte, dass Mareika und ich genau auf die gleiche Idee gekommen waren, um dieser Schinderei zu entgehen.

Außer es hatte sie wirklich erwischt. Das wäre dann schon wieder irgendwie witzig.

»Ich habe dich hier sitzen sehen und da dachte ich, ich komm mal vorbei und schaue, ob ich dir meine Hilfe anbieten darf«, säuselte Kai und zwinkerte mir dann sogar zu.

Was zum …?

Mich traf der Schlag, als mir aufging, was er hier gerade aufführte, und ich sprang erschrocken auf die Füße, um nicht weiter zu Kai aufsehen zu müssen.

Ich konnte es einfach nicht fassen! Der arrogante, selbstverliebte Kai, der immer nur Augen für Mädchen seiner Kaste gehabt hatte, der jedem Mädchen das Gefühl gab, es zu umwerben, damit es ihm die Wassereimer von den Quellen nach Hause trug, stand vor mir und versuchte mir zu imponieren.

Wenn Milla das sehen sollte, würde sie nie wieder ein Wort mit mir reden.

Schnell sah ich mich nach ihr um, doch sie redete immer noch mit Crena. Ob das ein abgekartetes Spiel war? Zutrauen würde ich es ihm. Doch gefallen ließ ich es mir nicht, er würde schon sehen, wie ich den Spieß umdrehte.

Bemüht setzte ich ein süßliches Lächeln auf, von dem ich nur hoffen konnte, dass es echt wirkte. Ich versuchte auszusehen wie die Dutzenden anderen Mädchen, die unglaublich verliebt in ihn waren.

»Das ist unglaublich nett von dir«, flötete ich, klimperte mit den Wimpern und kam mir ausgesprochen albern dabei vor. »Du könntest mir einen echten Gefallen tun.« Noch während ich es sagte, formte sich in meinem Kopf ein Plan und auf einmal wusste ich, wie ich Kai eins auswischte, hier wegkam und Milla einen Gefallen tat. Die perfekte Idee.

Kai reckte das Kinn, blinzelte überrascht und lächelte dann gewinnend. Er hatte wohl erwartet, dass es schwerer werden würde, mich um den Finger zu wickeln, obwohl es meiner Meinung nach offensichtlich war, wie gekünstelt meine Stimme klang.

»Natürlich. Was auch immer du brauchst«, zögerte er nicht einen Augenblick mir anzubieten.

Eine diebische Freude breitete sich in meiner Brust aus und ich hätte am liebsten triumphierend die Faust gereckt, denn ich hatte ihn genau da, wo ich ihn haben wollte.

Genau in diesem Moment kam Milla um den Strauch herum, zum genau richtigen Zeitpunkt. Sie wippte gedankenverloren beim Gehen mit der Hüfte und hob erst den Blick, als sie schon fast bei uns war. Ein Blitz schien sie zu treffen, so erschrocken blieb sie vor uns stehen und starrte Kai mit großen Rehaugen an. »Kai«, hauchte sie mit piepsiger Stimme und ich ließ meine Falle mit größtem Vergnügen zuschnappen.

»Milla, ich muss schnell los, etwas erledigen«, wandte ich mich an sie, ohne dass sie ihren Blick von Kai nahm. Ich konnte nur hoffen, dass sie mich hörte. »Aber Kai hat angeboten, solange meinen Platz einzunehmen. Nett, nicht wahr?«, sagte ich so unschuldig wie möglich und Kai fiel vor Schreck für einen Wimpernschlag das Lächeln aus dem Gesicht. Damit hatte der Schleimer wohl nicht gerechnet.

»Danke, dass du das für mich tust«, heuchelte ich, klopfte ihm anerkennend auf die Schulter, wobei ich einen blauen Handabdruck auf seiner sonnengebräunten Haut hinterließ, und war schon an ihm vorbei, bevor er sich überhaupt überlegen konnte, etwas darauf zu erwidern.

Milla strahlte übers ganze Gesicht, als wäre sie die Sonne höchstpersönlich, und ich zwinkerte ihr von Weitem noch mal zu. Kurz winkte sie mir zum Abschied und reichte dann die Beerenschale an Kai weiter, der ergeben neben ihr stehen blieb, während sie sich zu den Honigbeeren beugte.

11

ERWARTUNGEN

Als hätte ich es eilig, rupfte ich an dem Band in meinem Zopf und riss mir ein paar einzelne Haare aus, die sich im Knoten verfangen hatten. Ich fluchte vor mich hin und rieb mir die Stelle, während ich den Korb neben meinem Bett nach meinem Kamm durchsuchte.

Doch schon beim Kämmen meiner langen schwarzen Mähne ging mir auf, wie albern ich mich eigentlich aufführte. Ich hatte nur vor, dem Fremdling etwas zu essen zu bringen, woher kam der Drang, mich dafür schön zu machen?

Genervt von mir selbst, drehte ich die Haare wieder zusammen und wickelte mich lediglich in ein dunkles Brusttuch. Mehr brauchte es nicht, sagte ich mir und ließ mich in die Küche hinab, um Kartoffelbrot und Rebhuhn von gestern aus der Vorratskammer zu holen. Ich stopfte alles in meine Tasche, nahm den in ein Seil geknüpften Krug voller Beeren zur Hand und verließ unser Haus.

Die Siedlung war verwaist und kam mir gespenstisch still vor. Nur wenn der Wind aus Norden durch die Bäume pfiff, trug er das leise Lachen der Sorayer herüber, die noch bis zum Abend Beeren pflücken würden.

Mit einem übermütigen Sprung schnappte ich mir den nächsten Seilzug, um mich nach unten abzulassen, nur um so schnell wie möglich aus dem Wald zu gelangen.

Ich wusste nicht genau, warum ich es eigentlich so eilig hatte. Eine innere Unruhe trieb mich aus dem Wald und über die Wiesen. Meine Füße wurden erst langsamer, als ich die Klippen erreichte.

Atemlos hielt ich inne, schenkte dem Meereswind keine Beachtung und ordnete nur noch einmal schnell meine Haare, öffnete sie wieder, um sie anschließend doch nur zu einem losen Zopf zusammenzuflechten. Ich wusste auch nicht, was ich wollte, was ich mir überhaupt dabei dachte. Besser, ich ließ es sein, darüber nachzudenken.

Umso näher ich dem Höhleneingang kam, desto schneller pochte mein Herz gegen die Rippen und auf eine ungewohnte Weise war ich sogar aufgeregt. *Nur ruhig, Limea. Es ist bloß ein Fremdling*, sagte ich mir selbst in Gedanken und tat einen Schritt nach dem anderen, den rauen Fels unter den nackten Füßen.

»Limea!«, hallte mein Name dröhnend von den Höhlenwänden wider, noch bevor ich überhaupt hineingeklettert war.

Erschrocken hob ich den Kopf, sah hektisch umher, um herauszufinden, welchem Umstand die Wildheit des Ausrufs verschuldet war.

Nóatún hatte sich erstaunlich schnell von den Bettfellen erhoben und kam mit großen Schritten auf mich zu. »Ist alles in Ordnung mit dir?«, fragte er mich gehetzt, sein Gesicht grimmig entschlossen, die Augen finster. Was war denn nur passiert?

»Ja«, antwortete ich ihm zweifelnd, stellte den Krug ab und bekam es bei seinem alarmierten Verhalten auch langsam mit der Angst zu tun. »Ist bei dir alles in Ordnung?« War irgendwas passiert? Hatte jemand ihn gesehen?

»Ich habe heute Morgen ein Kriegshorn gehört. Und dann bist du zu Mittag nicht aufgetaucht«, erklärte Nóatún erhitzt und schob sich entschlossen die Ärmel nach oben.

Ich stutzte und zog irritiert die Augenbrauen zusammen. Heute Morgen hatte es nur einen Hornruf gegeben, der Ruf zum Beerenfest.

»Es gibt hier keine Kriegshörner«, versicherte ich mit ruhigem Ton, damit sich die Flamme in seinen Augen wieder abkühlte, und legte ihm vorsichtig die Hand auf den Unterarm. »Man hat bloß das Beerenfest ausgerufen.«

Seine Haut unter meinen Fingern fühlte sich angenehm warm an.

»Beerenfest?« wiederholte Nóatún stirnrunzelnd, als könnte er mit dem Wort nichts anfangen, und senkte dabei seinen Blick auf meine Hand an seinem Arm.

Unangenehm berührt zog ich die Hand zurück, die er jedoch mitten in der Bewegung abfing und am Handgelenk packte. Es ging so schnell, dass ich gar nicht reagieren konnte. Er hielt sie vor sein Gesicht, der Griff fest wie eine Eisenfessel.

Eine Gänsehaut zog sich meinen Rücken hinunter und ich hoffte, niemals gegen den Fremdling kämpfen zu müssen. Er war schlau, stärker und sogar schneller als ich. Gegen einen Gegner wie ihn hätte ich nicht die geringste Chance.

»Deine Hände sind blau«, rief er so ehrlich schockiert, dass es mich zum Lachen brachte.

Gerade hatte ich noch tiefe Ehrfurcht für seine Fähigkeiten empfunden und im nächsten Moment musste ich mich über sein bestürztes Gesicht amüsieren.

»Das kommt von den Honigbeeren. Ich habe welche mitgebracht«, erklärte ich glucksend und Nóatún sah an mir vorbei zu dem Krug, der immer noch am Höhleneingang stand.

Sein Griff um mein Handgelenk lockerte sich jedoch kein bisschen.

»Du musst mich jetzt wieder loslassen«, erinnerte ich ihn deshalb mit einem Schmunzeln und er zog die Hand so ruckartig zurück, als hätte er sich an mir verbrannt.

Den Blick abwendend tat ich so, als wäre die ganze Situation nicht seltsam und zog mir den Träger meiner Tasche über den Kopf.

Das Feuer glomm nur noch und ich setzte mich daneben, um es etwas zusammenzuschieben. Als ich Brot und Rebhuhn aus dem Tuch wickelte, ließ sich Nóatún mit dem Krug in den Händen vor mir nieder. Zwischen seinen Fingern sahen die Beeren lächerlich klein aus und er begutachtete sie erst von allen Seiten, bevor er sich traute, eine davon zu essen.

»Und die sind sicher nicht giftig?«, fragte er misstrauisch und ich wusste nicht genau, ob ich wieder lachen oder beleidigt sein sollte.

»Fängst du schon wieder damit an?«, ermahnte ich ihn also spaßhaft und er konnte sich ein Grinsen nicht verkneifen.

»Was ist das Beerenfest?«, erkundigte er sich plötzlich, holte eine Frunabeere aus dem Krug und legte sie sich auf die Handfläche. »Und was ist das?«

»Frunabeere«, antwortete ich ihm auf die zweite Frage. »Schmeckt wie Trauben, nur süßer.« Ich beugte mich vor und nahm mir eine Handvoll Beeren aus dem Krug. Es war eine gute Mischung aus Honigbeeren, Frunabeeren und ein paar Walderdbeeren, die ich von Talika hatte mitgehen lassen. Sie würde sich ärgern, wenn sie ihren Krug später nicht mehr fand. Na ja, eigentlich mein Krug, an dem sie nur zu viel Gefallen gefunden hatte.

»Das Beerenfest ist lediglich der Vorwand dafür, uns alle in den Wald zu scheuchen, um dort die Beerenernte einzuholen«, eröffnete ich dem Fremdling und kostete eine Erdbeere, die süß auf meiner Zunge zerging. »Meine Schwester Milla liebt dieses Fest. Sobald das Horn bläst, ist sie total aus dem Häuschen und versucht, alle zu motivieren, es ihr gleichzutun. Ich musste einen richtigen Plan schmieden, um mich wegzuschleichen«, berichtete ich und fragte mich gleichzeitig, warum ich ihm das überhaupt alles erzählte. Als würde es ihn interessieren, was meine kleine Schwester tat.

»Du hast eine Schwester«, sagte Nóatún jedoch durchaus interessiert und fing meinen Blick auf. »Wie groß ist deine Familie?«, fragte er weiter und ich war verblüfft über diese Art von Frage.

»Nicht sehr groß. Nur meine Mutter, meine kleine Schwester und ich«, antwortete ich ihm und ignorierte das unangenehme Zwicken im Nacken. Gerade wollte ich ihn nach seiner Familie fragen, da fiel mir siedend heiß wieder ein, dass er gesagt hatte, sie seien alle ermordet worden, als er noch ein Kind war.

Die Welt, aus der er kam, musste sehr kalt sein.

Mein Magen rumorte schmerzhaft, wenn ich mir das nur vorstellte. Wie schrecklich. Ein Kind, ganz allein. Ob sich jemand um ihn gekümmert hatte? Tanten und Onkel vielleicht.

Doch er hatte auch gesagt, dass es niemanden gab, der ihn suchen würde. Niemand würde um ihn weinen, wenn er tot wäre. Was mich darauf schließen ließ, dass er allein geblieben war.

Mein Herz zog sich zusammen, als ich mir einen kleinen Jungen mit sandfarbenem Haar vorstellte, schmutzig und verwahrlost, ohne jemanden, der ihn in den Arm nahm, wenn er fiel, ihm vorsang, wenn er einschlief.

Die Honigbeere, die ich mir in den Mund schob, hatte einen sauren Geschmack und ich musste mich bemühen, den Atem flach zu halten, um meine schrecklichen Gedankengänge nicht zu offenbaren.

Ich sah auf seine Hände, die sich am Essen bedienten, und fragte mich, wie er es geschafft hatte, allein so groß und kräftig zu werden.

Er aß sehr langsam, bedächtig, so sehr, dass es zum wiederholten Male auffiel, und ich konnte ihm ansehen, wie sehr er es genoss.

»Du magst es zu essen«, stellte ich fest, nicht nur, um mich von trüben Gedanken abzulenken, sondern auch, weil ich mehr über ihn erfahren wollte, und Nóatún blickte mich fragend an.

»Natürlich. Jeder mag es zu essen«, behauptete er und ich zuckte nachlässig mit den Schultern.

»Ich finde essen eher lästig. Wenn man es nicht müsste, würde ich es nicht machen.«

»Du hast noch nie wirklich Hunger gehabt.« Der bittere Ton seiner Stimme ließ mich aufhorchen und erstickte die humorvolle Antwort, die ich ihm hatte geben wollen.

Der kleine Junge, den ich mir in meinem Kopf ausgemalt hatte, wurde auf einmal noch ein Stück dünner und sein Gesicht war gezeichnet von dem Hunger, den er litt.

Das Leid und Elend hungernder Menschen und verlorener Kinder war mir fremd. Ich hatte es nie erlebt und nie gesehen, und die Generation meiner Eltern auch nicht mehr.

Der Rat erzählte uns von der Zeit des Krieges, von verbrannten Häusern, toten Menschen, die einfach liegen gelassen wurden, verwaisten Kindern überall, Hunger, Mord und Totschlag. Er hatte kein schlimmes Detail weggelassen, um die Angst vor den Fremdlingen in uns zu schüren.

Und auch wenn ich vielleicht nicht wirklich Angst vor Nóatún hatte, wusste ich doch, jetzt, da ich ihn kannte, dass der Rat recht gehabt hatte.

Die ganzen Muskeln, die düstere Aura eines Kriegers, sein Zwang, sich gegen mich zu verteidigen, als ich ihn am Strand gefunden hatte, obwohl er halb tot gewesen war. Die vielen Narben, die seine Haut zierten, die Schnelligkeit, mit der er sich zu bewegen vermochte. In seinen Gedanken konnte jedes Essen vergiftet sein und jedes Horn zum Krieg ausrufen.

Sie konnte nicht nur kalt, sondern musste auch sehr finster sein, diese Welt des Krieges.

Doch selbst wenn er ein verwaistes Kind gewesen war, er hatte überlebt und war erwachsen geworden. Irgendwie.

Doch wieso hatte er keine Freunde? Warum nicht seine eigene Familie gegründet, eine Frau umworben und war einen Bund mit ihr eingegangen?

Wieso hatte er die Einsamkeit gewählt?

Noch einmal musterte ich ihn kritisch, während er ganz auf sein Brot konzentriert war, und versuchte mir vorzustellen, wie ihn eine Frau sehen würde, die ernsthaft in Erwägung zog, sich einen Mann zu suchen.

Er war groß und auf eine fremde und grobe Art gut aussehend, mit hohen Wangenknochen und starkem Kinn. Seine Haut blass, aber nicht kränklich und mir ging der Vergleich mit Marmor nicht mehr aus dem Kopf.

Es war erschreckend, wie leicht es mir fiel, Begehrenswertes an ihm zu finden.

Sein Haar übte wohl die größte Anziehung auf mich aus. Es war diese ungewöhnlich helle Farbe, die mich faszinierte. Wie feiner Sand in der Mittagssonne. Und jetzt, wo er das Meersalz herausgewaschen hatte, wirkte es noch viel feiner und weicher.

Seit er sein Misstrauen mir gegenüber abgelegt hatte, zeigte sich zunehmend seine ruhige und mir sehr angenehme Art. Wenn er einmal lachte, erhellte es sein ganzes Gesicht, und auch wenn wir uns oft missverstanden, konnte ich mir beim besten Willen nicht vorstellen, dass es in seiner Heimat nicht mindestens ein Mädchen gab, das ihn gewollt hätte.

»Worüber denkst du nach?«, riss Nóatún mich mit seiner Frage aus meinen Gedanken und ich sah betont langsam auf meine Hände, um nicht zu zeigen, wie ertappt ich mich fühlte.

Die Beeren in meiner Hand waren mittlerweile warm geworden und ich hatte sie aus Versehen zerdrückt.

Ich nahm mich zusammen und entschloss mich, meiner Neugierde ein Ende zu machen, indem ich ihn einfach fragte. Schließlich konnte nichts Schlimmeres passieren, als dass er es mir nicht sagte.

»Wie kommt es, dass du keiner Frau angehörst?«, erkundigte ich mich so direkt wie möglich, damit ich nicht stammeln musste und auch keine Zeit fand, es mir noch mal anders zu überlegen. »Gab es keine netten Frauen?«, warf ich hinterher und Nóatún begann tatsächlich zu lachen.

Der kehlige Klang brachte meine Mundwinkel dazu, sich ohne mein Zutun zu heben. Ich mochte es sehr, wenn er lachte.

»Du hast seltsame Gedanken«, hielt er mir amüsiert vor und ich glaubte fast, er würde mich mit diesem einen Satz abspeisen. Aber er biss sich erst gedankenverloren auf die Unterlippe und sprach dann doch weiter. »Wenn du nie ein Gespräch mit einer Frau führst, weißt du nicht, ob sie nett ist oder nicht«, antwortete er mir langsam und ich runzelte kurz die Stirn, bis es mir wieder einfiel.

»Ach ja, eure Frauen reden ja nicht«, sagte ich betont ungläubig und stemmte provokant die Hände in die Seiten. Es war mir immer noch schleierhaft, wie das sein konnte. Jeder Mensch hatte doch ab und zu mal was zu sagen. Auch Frauen aus seinem Land.

»Wenn eure Frauen nicht reden, wie kommen dann Verbindungen zustande? Oder gibt es das bei euch auch nicht?« Wenn Frauen nicht redeten, wie konnte man da zusammenfinden?

»Natürlich gibt es ›Verbindungen‹«, antwortete Nóatún sofort, doch sein Gesichtsausdruck bekam einen ernsten Zug und die Leichtigkeit seines Lachens verschwand. »Das wird ziemlich unkompliziert geregelt. Ein Mann sucht sich eine Frau einfach aus, bittet ihren Vater um Erlaubnis und dann gehört sie ihm. Er bestimmt seine Frau einfach«, erläuterte er mir und beobachtete dabei ganz genau meine Reaktion. »Für mich war nur nie die richtige Zeit, um mir eine Frau auszusuchen.«

Nie die richtige Zeit, das konnte so ziemlich alles bedeuten. Was mir jedoch viel seltsamer vorkam, war, dass er behauptet hatte, dass es unkompliziert wäre. Die Irrungen an Gefühlen zwischen zwei Menschen waren doch nie geradlinig. Es wollte mir nicht aufgehen, wie das ablaufen sollte.

»Was ist, wenn die Frau ihn gar nicht will? Wie kann das unkompliziert sein?«, hakte ich also nach und verschränkte nachdenklich die Arme vor dem Bauch.

Nóatún holte Luft, um mir zu antworten, stieß sie dann aber nur zu einem Seufzen aus. »Das verstehst du nicht«, behauptete er knapp, machte eine wegwerfende Handbewegung und griff nach ein paar Beeren aus dem Krug.

Na, so einfach würde ich mich sicher nicht abspeisen lassen. »Dann erklär es mir«, forderte ich und versuchte, den Blickkontakt zwischen uns wiederherzustellen.

Unwillig kniff er die Lippen aufeinander und seine silberfarbenen Augen forschten in meinen, suchten nach irgendetwas, das er anscheinend darin nicht finden konnte.

Unverwandt hielt ich seinem Blick stand und wartete geduldig, versuchte ihn nicht zu hetzen oder aufdringlich zu wirken, damit er bloß weitersprach.

Nervös fuhr er sich mit der Zunge über die Lippen. »Da, wo ich herkomme, ist es nicht so wie hier«, sagte er, als wäre mir das nicht schon selbst aufgefallen. »Frauen schweigen nicht, weil sie nichts zu sagen hätten, sondern weil man ihnen verbietet zu reden. Sie haben dort nichts zu wollen, und sie müssen das tun, was die Männer ihnen sagen.« Er senkte den Blick, um mir auszuweichen, und mir zog sich ein eiskalter Schauer die Arme entlang.

Was er da sagte, war tatsächlich schwer für mich zu verdauen. Doch ich war nicht dumm, ich konnte mir vorstellen, worauf diese Erklärung hinauslaufen würde, und ich verstand sehr wohl, was das bedeutete, auch wenn ich es nicht wahrhaben wollte.

»Frauen werden nicht gefragt, ob sie der Verbindung zustimmen. Sie müssen, ob sie wollen oder nicht«, endete er und ich schüttelte abwehrend den Kopf. Es war so, wie ich es befürchtet hatte, und ich wusste nicht, was ich dazu sagen sollte.

Für mich war es einfach undenkbar, dass Menschen über meinen Kopf hinweg solch schwerwiegende Entscheidungen trafen. Es war furchtbar, sich auszumalen, dass jemand wie Bardin oder sogar Kai mich einfach für sich beanspruchte, ohne dass ich etwas dagegen tun konnte.

War mir Nóatúns Welt vorhin schon kalt vorgekommen, war sie es jetzt mehr denn je. Eisigkalt und grausam für jeden. Mann und Frau.

»Wie ist das bei euch?«, fragte Nóatún so unvermittelt, dass ich überrascht blinzelte, um mich wieder zu fokussieren. Mein Kopf hing noch in einer Gruselversion meines eigenen Lebens fest, in der die Regeln von Nóatúns Welt herrschten und Kai mich zu einem Bund mit ihm zwang.

»Wie bitte?«

Etwas unruhig kratzte Nóatún sich am Nacken. »Werden bei euch die Männer gefragt?«, machte er es genauer und sein Mundwinkel zucke zu einem unbeholfenen halben Lächeln, das mich unwillkürlich dazu brachte, auf seine Lippen zu blicken. Seine Augen beobachteten mich eingehend und mein Herzschlag beschleunigte sich unmittelbar. Das machte es mir nicht gerade leichter, ihm zu antworten.

»Bei uns ist es nicht so … unkompliziert«, benutzte ich seine Worte und versuchte, jegliche Wertung aus meiner Stimme zu verbannen. »Meistens sind es auch bei uns die Männer, die sich eine Frau aussuchen. Doch ein Mann muss eine Frau umwerben, damit sie sich auch für ihn entscheidet. Und wenn der Mann bei seiner Auserwählten Erfolg hat, dann wird ein Bund zwischen den beiden geschlossen. Wie bei Vögeln, weißt du?«

»Und wenn er keinen Erfolg hat?«, fragte Nóatún stirnrunzelnd.

Das erstaunte mich schon sehr. Ich hätte nicht erwartet, dass er an dem Thema so viel Interesse haben könnte. Aber wenn man es genau nahm, dann hatte ich wohl damit angefangen.

»Dann muss er sich wohl ein anderes Mädchen suchen«, sagte ich, als wäre es natürlich, und zuckte mit den Schultern. Doch als ich in Nóatúns beinahe schon schockiertes Gesicht blickte, wünschte ich mir, ich wäre behutsamer gewesen. Meine Welt schien für ihn genauso schwer begreiflich zu sein wie seine Welt für mich.

Ich hielt meine Welt für ganz selbstverständlich, doch den Fremdling hatte es offensichtlich getroffen, dass ein Mann bei der Wahl seines Mädchens auch Misserfolg haben konnte. Denn den gab es in seiner Welt ja nicht.

Nachdenklich zog er die Augenbrauen zusammen und presste die Lippen aufeinander. Es war schon fast sichtbar, wie die Gedanken durch seinen Kopf rasten. Doch er schwieg und sah hinaus aufs Meer.

Wieder fiel mir die helle Narbe auf, die sich vom Kiefer zu seinem Kinn zog und dabei eine Schneise in die hellen Bartstoppeln schlug. Schon einmal hatte ich mich gefragt, wo er sie herhatte. Doch mittlerweile war sie nur noch eine von vielen Narben auf seinem Körper. Ich folgte mit den Augen der harten Linie seines Kiefers, dem Schwung seiner Nase, um wieder an seinem Haar hängen zu bleiben, das er sich zwar aus dem Gesicht gebunden hatte, sich jedoch einige kleinere Strähnen in seinem Nacken über der hellen Haut kringelten.

Nóatún wandte sich wieder zu mir und ich sah schnell woanders hin. Ich könnte ihn ewig betrachten und sein Anblick würde meinen Augen immer noch einen neuen Reiz bieten.

Sein Mundwinkel zuckte ganz kurz.

»Und bist du auch schon einen *Bund* eingegangen?«, fragte er mich plötzlich und das Wort ›Bund‹ schien ihm nicht geläufig zu sein, obwohl er die Bedeutung offensichtlich verstand.

Die Frage überrumpelte mich und ich schüttelte sofort vehement den Kopf. »Nein!«, stieß ich entsetzt aus und fragte mich selbst, warum meine Reaktion so heftig war.

Vor ein paar Tagen hätte ich noch behaupten können, ich hätte daran noch nicht mal im Traum gedacht, doch seit der Sache mit Bardins Lied und dem Streit mit Milla danach hatte ich mich immer öfter gefragt, wie es für mich in Zukunft wohl weiterging.

Nóatúns Mundwinkel zuckte schon wieder. Diesmal noch offensichtlicher und eindeutig amüsiert. Versuchte er sich ein Grinsen zu verkneifen?

»Aber es gibt doch sicher Männer in deiner Siedlung, die …« Er stockte und machte mit der Hand eine Bewegung in der Luft. Ihm fehlte das Wort. »Wie sagt ihr das?«

Ungläubig hob ich die Augenbrauen. »Die um mich werben?«, bot ich ihm an und er nickte.

»Ja. Die um dich werben«, bestätigte er aufmerksam und mein erster Impuls war zu verneinen. Wer interessierte sich schon für mich?

Doch natürlich kam mir sofort wieder Bardin in den Sinn, wie er unter meinem Fenster kniete und sein Liebeslied trällerte, und in mir zog sich alles zusammen.

»Ja«, gab ich also zähneknirschend zu und begann auf meiner Unterlippe zu kauen, was immerhin besser war als an der Nagelhaut.

Die Wendung dieses Gesprächs war mir sehr unwillkommen. Schon allein deswegen, weil hier der einzige Ort gewesen war, wo ich nicht über Bardin und dergleichen hatte reden müssen. Fahrig griff ich mach meinem dicken Zopf, strich ihn nach vorne und hielt mich daran fest.

Nóatún schien fast enttäuscht zu sein, dass ich nicht alles abgestritten hatte. Doch vielleicht bildete ich mir das auch nur ein.

Was mich dazu brachte, mir zu überlegen, warum ich seine Enttäuschung darüber gewollt hatte, dass Männer um mich warben.

»Und? Wirst du dich für einen von ihnen entscheiden?«, brachte er mich aufs Thema zurück und seine grauen Augen waren trotz Sonnenschein vor der Höhle dunkel wie bei einem Sturm auf hoher See.

Warum wollte er das alles nur wissen?

»Es ist nur einer«, klärte ich ihn trotzig auf, obwohl das nicht ganz richtig war. »Und den werde ich sicher nicht erwählen«, fügte ich viel heftiger hinzu, als ich beabsichtigt hatte, doch die angestaute Wut über diesen singenden Trottel brach einfach durch.

»Ist er nicht ehrenhaft?« Nóatún runzelte die Stirn. Sein Ernst in dieser Sache war erschreckend.

Ich hatte das alles immer auf die leichte Schulter genommen, es als etwas Lästiges betrachtet und versucht, nicht drüber nachzudenken.

Aber in Nóatúns Kopf schien es ein schwerwiegender Gedanke zu sein und ich nahm mir vor, meine Worte sorgfältiger zu wählen.

Ich bemühte mich also, die Frage gewissenhaft zu beantworten, und dachte an Bardin und seine penetrante Art, mir seine Zuneigung zeigen zu wollen. Er war zwar nervtötend, aber er hatte sich nie unehrenhaft oder körperlich aufdringlich verhalten.

»Nein«, sagte ich also. »Er ist sehr ehrenhaft und auch sehr bemüht.«

»Dann ist es sein Aussehen?«, warf Nóatún ein und ich hätte ihn am liebsten einfach gefragt, was er damit bezweckte. Aber wie bei Milla und meiner Mutter fühlte ich auch hier, dass ich manche Dinge einfach nicht wissen wollte.

Genervt verzog ich das Gesicht. »Nein«, gestand ich wieder, denn eigentlich war Bardin ein gut aussehender Mann. Er hatte zwar noch nicht alle Züge seiner Jungenhaftigkeit verloren, aber es würde nicht mehr lange dauern.

Es brauchte jedoch nur einen winzigen Moment, um mir selbst darüber klar zu werden, was mich an Bardin eigentlich so sehr störte.

»Er quatscht so unermesslich viel. Niemals hält er auch nur für einen Augenblick die Klappe!«, platzte es plötzlich aus mir heraus und ich rieb mir mit den Händen übers Gesicht, auch wenn ich sie mir lieber vor den Mund geschlagen hätte. Schon wieder war mein Mundwerk mit mir durchgegangen.

Genau das war auch der Grund, warum ich niemals eine gute Geheimnisträgerin sein würde. Es grenzte beinahe an ein Wunder, dass ich es geschafft hatte, den Fremdling bisher so erfolgreich zu verbergen.

Nóatún krümmte sich plötzlich neben mir zusammen und gab ein kehliges Geräusch von sich.

Zuerst dachte ich, er hätte Schmerzen, und wollte erschrocken nach ihm greifen, doch da sah ich, dass er lachte. Es brach aus ihm heraus wie Wasser durch einen Damm und er lachte sogar so schallend, dass es von den Wänden der Höhle widerhallte.

Ich war mehr als verwirrt.

»Das ist es, was ihr Frauen von einem Mann erwartet?«, rief er und wischte sich dabei Tränen aus den Augenwinkeln.

Er lachte über mich. Ganz offen und viel zu dreist verlachte er mich.

»Ich erwarte ja gar nicht, dass er immer still ist. Es wäre nur hilfreich, wenn er auch ab und zu Luft holen würde«, versuchte ich es zu erklären, um es abzumildern, doch Nóatún schüttelte nur weiter lachend den Kopf.

»Und es ist nicht das, was ich von einem Mann erwarten würde«, setzte ich trotzig hinzu und fühlte mich ganz schön blöd.

»Und was erwartest du dann?«, bohrte Nóatún doch tatsächlich weiter und sein Blick wurde ganz langsam wieder so intensiv, wie er schon gestern gewesen war.

Diesmal riskierte ich es nicht, ihm standzuhalten, und sah sofort zu Boden. Dafür waren meine Nerven nicht mehr stark genug, die Gefühle in zu vielen Extremen umhergeschossen.

»Keine Ahnung«, gab ich zu. »Darüber musste ich bisher nie nachdenken.«

12

WOLKEN

Ich starrte in den blauen Himmel, an dem Wolkenfetzen vorbeitrieben wie Boote auf einem zweiten Ozean. Der Wind strich über mich hinweg, bewegte die langen Grashalme um mich herum, die mich in ihrem Tanz kitzelten.

Keine Armlänge von mir entfernt lag Nóatún und schlief.

Vorsichtig drehte ich mich zu ihm, betrachtete voll Neugierde seine Wimpern, die hell und federleicht auf seinen Wangen auflagen. Mir kribbelte es in den Fingerspitzen, sie zu berühren. Genauso wie sein Haar, das sich aus dem Band gelöst hatte. Eine Strähne hing an einem Grashalm und beinahe wagte ich die Hand danach auszustrecken. Aber nur beinahe.

Wir waren ein wenig gelaufen, weil Nóatún es nicht mehr ausgehalten hatte, in der Höhle zu bleiben und sich nicht zu beschäftigen. Nachvollziehbar. Daher hatte ich mich breitschlagen lassen, ihm ein Stück der Küste zu zeigen und die westliche Grasebene. Ich versuchte mir einzureden, mir keine Sorgen zu machen, dass uns jemand sehen könnte, denn schließlich waren alle auf der anderen Seite im Wald Beeren pflücken.

Dahin konnte ich allerdings heute auch nicht mehr zurück. Ziemlich sicher war Kai nicht wirklich erpicht darauf, Milla zu helfen, und bestimmt auch sauer auf mich. Er würde sich sofort aus dem Staub machen, sobald ich wieder dort auftauchte, und Milla würde mir dann den Kopf abreißen.

Also blieb mir nichts anderes übrig, als mich fernzuhalten.

Zurück in die Siedlung wollte ich nicht. Dort war nur eine kotzende Mareika und darauf konnte ich dankend verzichten. Und eigentlich fühlte ich mich hier auch ganz wohl.

Eine Wolke in Form einer Schildkröte kroch über den Himmel und ich streckte meine Hand nach ihr aus, um sie mit dem Finger nachzuziehen.

Meine Gedanken drehten sich immer wieder um die eine Frage, die Nóatún mir in der Höhle gestellt hatte. Sicher war es nicht das erste Mal, dass ich diese Frage gestellt bekam. Milla hatte schon versucht, mit mir darüber zu reden, Mutter auch, und Basra hatte auch ein paar Mal drauf angespielt. Aber es war so leicht, sie einfach zu verdrängen und nicht darüber nachzudenken.

Doch jetzt musste ich, sonst würde ich all meine Probleme nie lösen können.

Was erwartete ich also von einem Mann? Einem Mann, den ich erwählen würde.

Zumindest wusste ich, was ich nicht mochte. Unnötiges Gequatsche war ganz offensichtlich nicht mein Fall.

Arbeiten sollte er können, denn ich brauchte einen Mann, den ich für seine Fähigkeiten bewunderte. Mandoline spielen war für mich keine Arbeit. Schafe zu schlachten, zu töpfern, Gemüse zu säen und zu ernten und auch Bäume zu pflanzen und zu pflegen, das waren Arbeiten, die ich akzeptieren konnte.

Aussehen war mir noch nie wichtig gewesen. Ob jemand eine große Nase hatte oder nicht, oder ob er nun stark oder schlank war, hatte für mich eine untergeordnete Bedeutung.

So weit, so gut.

Ich dachte an das, was Milla mir immer erzählte. An Romantik und wahre Liebe.

Es war ziemlich deutlich, dass ich ihren Sinn für Romantik nicht teilte. Schließlich hatte ich dem Lied von Bardin absolut nichts abgewinnen können.

Aber wahre Liebe? Was war denn wahre Liebe?

Meine Pläne für die Zukunft standen schon lange fest. Ich wollte so gut jagen, dass ich in den Kasten möglichst weit aufsteigen konnte, wollte schöne Tücher besitzen und anerkannt werden als eine Frau, die etwas zur Gesellschaft beitrug.

Sich jemanden zu suchen, mit dem man einen Bund schließen konnte, war nie Teil des Plans gewesen. Und wenn es doch irgendwann hätte sein müssen, gab es ja noch Aisek.

Wir verstanden uns die meiste Zeit sehr gut, konnten über alles reden, zusammen lachen und ich vertraute ihm. Er war meine Notleine, das doppelt gespannte Netz.

Doch ich liebte ihn nicht. Tief empfundene Freundschaft ja, aber Liebe?

Wenn ich Milla davon sprechen hörte, dann wurden ihre Augen ganz glänzend und ihr Lächeln verträumt. Sie hatte mir von einem laut klopfenden Herzen und kribbeligem Magen erzählt. Von der Sehnsucht, jeden Moment mit diesem Menschen verbringen zu wollen.

Mutter hatte die Anziehung zwischen zwei Menschen Leidenschaft genannt.

Mir war so etwas bisher nie passiert. Meine Blicke waren das eine oder andere Mal an einem Mann hängen geblieben und ich hätte mir auch vorstellen können, mich länger mit ihm aufzuhalten, aber mein Herz hatte keinen Sprung gemacht und meine Gedanken waren nicht lange gefesselt gewesen.

Ich konnte mir also kein richtiges Bild von dem machen, was Milla und Mutter mir erzählt hatten.

Aber wie auch immer es sich anfühlen würde, ich wusste wenigstens, dass ich das wollte. Ich wollte verliebt sein, Leidenschaft empfinden, glänzende Augen und Herzklopfen.

Bardin löste das sicher nicht bei mir aus und Kai erst recht nicht.

Und Aisek?

Ich stellte mir vor, wie es wäre, ihn zu küssen, und wusste gleich, dass das nie was werden würde. Er war mehr Bruder als Freund und ein Kuss zwischen uns wäre mehr als seltsam.

Nóatún brummte tief im Schlaf und wischte sich einen Grashalm aus dem Gesicht, der sich zu ihm herabgeneigt hatte.

Meine Gedanken sprangen ganz von allein weiter, begannen ihn in Betracht zu ziehen, ohne dass ich sie aufhalten konnte. Nóatún, den ich kaum kannte, der Fremdling, der nicht zu meinem Volk gehörte. Der nicht einmal hier sein sollte.

Doch es fiel mir sehr leicht, mir auszumalen, wie er mich im Arm hielt, wie sich seine Haut anfühlen würde und seine Hände an meinem Rücken, mein Blick in seinem versunken, und wenn er mich dann küsste …

In meinem Bauch zog sich etwas heftig zusammen und ich schreckte so davor zurück, dass ich beinahe aufgeschrien hätte. Mein Herz wummerte, meine Atmung war aus dem Takt geraten.

Schnell sah ich zu Nóatún, der immer noch friedlich schlief, und mein Bauch fühlte sich weiterhin wirklich seltsam an.

Ich riss meinen Blick von ihm los und zwang mich, am Himmel nach der Schildkrötenwolke zu suchen. Der Wind hatte sie fortgetrieben. Der Stand der Sonne zeigte, dass der Abend sich näherte.

Gerade eben hatte ich mir noch Herzklopfen und Kribbeln im Bauch gewünscht und jetzt fühlte ich mich plötzlich furchtbar elend. Wahrscheinlich machte ich mich nur verrückt, weil ich viel zu viel darüber nachgedacht hatte.

Schließlich war ich ja nicht verliebt. Ich konnte gar nicht verliebt sein, ich kannte ihn doch kaum! Und außerdem war er ein Fremdling. Was auch immer ich da empfand, war völlig unmöglich, weil es absolut nicht sein durfte.

Hätte ich doch nie darüber nachgedacht, dann wäre mein Herz überhaupt nicht auf die Idee gekommen, dass es einen Mann brauchen könnte. Nie hatte ich einen Mann gebraucht, um mich gut zu fühlen. Ich war immer ausgezeichnet allein zurechtgekommen.

Vielleicht musste ich auch gar keinen Bund eingehen und würde einfach allein bleiben. Das hatte es schließlich auch schon gegeben.

Trotzig verschränkte ich die Arme vor der Brust und schnaubte. Am besten ich schlief erst mal eine Nacht darüber und dann würde ich ja sehen, wie ich mich fühlte. Sicher war das alles nur eine seltsame Anwandlung. Oder ich hatte schlechte Beeren gegessen, so wie Mareika, und sie rumorten jetzt in meinem Bauch.

Alles war in Ordnung, die ganze Denkerei über die Liebe tat mir einfach nicht gut.

Entschlossen setzte ich mich auf, um Nóatún zu wecken, damit ich ihn zurück zur Höhle begleiten konnte und danach noch rechtzeitig zum Abendessen zu Hause war. Ich drehte mich zu ihm und streckte die Hand aus, traute mich dann aber schon wieder nicht, ihn zu berühren.

»Hey«, sprach ich ihn an, doch er rührte sich nicht. »Nóatún, wir müssen los«, versuchte ich es noch einmal, holte dann tief Luft und griff nach seiner Schulter. »Nóat…«, setzte ich an und kam nicht weiter, denn seine Hand packte blitzartig nach meinem Handgelenk. Er schnellte hoch, riss mich gleichzeitig zu Boden und war plötzlich über mir.

Japsend schnappte ich nach Luft, mein Kopf war verwirrt und mein Herz raste vor Schreck davon. Die Wärme seiner Haut und die Nähe seines Körpers, der mich zu Boden drückte, ließen nicht zu, dass ich einen einzigen Gedanken fassen konnte. Sein Haar berührte meine Wangen und seine grauen Augen nahmen für einen Augenblick meine ganze Welt ein.

»Limea«, brachte Nóatún stockend heraus und ließ mich so plötzlich los, wie er nach mir gegriffen hatte. »Es tut mir leid. Ich … Du hast mich im Schlaf überrascht«, versuchte er zu erklären und rappelte sich auf.

Ich nickte benommen. In einer Welt des Krieges musste man immer wachsam sein. Sicher hatte ich ihn mehr erschreckt als er mich.

Nóatún trat einen Schritt von mir zurück und fuhr sich mit den Händen durchs Haar, um es wieder zusammenzubinden.

Noch kurz blieb ich im Gras liegen, starrte gerade in den Himmel, ohne ihn zu sehen, versuchte meine Gedanken zu sortieren und wünschte mir, mein Bauch würde nicht wie verrückt flattern, nur weil er mich angefasst hatte.

13

SCHRECKLICHE ENTDECKUNGEN

Ich wälzte mich in meinem Bett hin und her, obwohl die Nacht schon weit fortgeschritten war. Die geöffnete Fensterklappe ließ frische Luft herein und trotzdem schaffte ich es nicht, meine Gedanken abzustellen.

Mein leerer Magen grummelte, da mir jeglicher Appetit fehlte und ich das Abendessen hatte ausfallen lassen.

Milla war völlig aus dem Häuschen gewesen und hatte den ganzen Abend darüber geredet, was Kai gesagt und getan hatte. Auf ihre Frage, warum ich nicht zurückgekommen sei, schaffte ich es nicht einmal zu antworten, weil ihr gleich wieder etwas einfiel, was sie erzählen konnte.

Ich hörte Milla kaum zu und Mutter war so beschäftigt mit ihr, dass niemandem auffiel, dass mein Teller unberührt geblieben war.

Und jetzt lag ich da, drehte mich seit Stunden von einer Seite auf die andere und dachte ununterbrochen an Nóatún. Was er wohl tat, wie es ihm ging, ob er auch wach lag und an mich dachte.

Natürlich tat er das nicht. Er würde friedlich schlafen und von seiner Heimat träumen.

Meine Vorstellungen über ihn waren ja auch völlig unnötig. Er war ein Fremdling und ich war für ihn ein *nacktes, wildes Kind*. Wahrscheinlich sah er mich nicht mal als eine Frau. Nur als ein seltsames Wesen, das ab und zu vorbeikam und auf alles eine Erwiderung hatte.

Meine aufwallenden Gefühle konnte ich also ruhig beiseitelegen und sie dann dort vergessen. Sie waren überhaupt nicht wichtig für ihn und mir sollten sie auch nicht wichtig sein.

Aber warum konnte ich dann nicht aufhören, darüber nachzudenken, und einfach schlafen?

Selbst wenn ich mir die winzig kleine Möglichkeit einräumen würde, dass er über mich so dachte wie ich über ihn, dann wäre es trotzdem zu nichts nütze. Wie sollten wir denn zusammen sein? In einer Höhle, bis ans Ende der Tage?

Nie könnte ich ihn in die Siedlung bringen, müsste ihn immer versteckt halten, da der Rat nie akzeptieren würde, dass ein Fremdling auf der Insel lebte.

Außerdem würde er ja auch nicht ewig hierbleiben. Die Höhlen waren nur eine vorübergehende Lösung und wenn er wieder vollkommen genesen war, dann musste er wieder zurück in seine Heimat.

Ein Stich ging durch meine Brust und ich drückte mein Gesicht in den aufgeriebenen Stoff meiner Decke.

Der Fremdling musste die Insel verlassen. So oder so. Er würde gehen und mich zurücklassen.

Keine Ahnung, wie er an ein Boot kommen sollte, um damit wegzufahren, aber es war klar, dass es sein musste.

Er war hier nicht zu Hause und eine Höhle war kein Ort zum Leben. Hier gab es nichts, was ihn hielt.

Für mich allerdings schon, was damit ausschloss, ihn zu begleiten, wenn er ging. Ich hatte Milla und Mutter. Wer sollte für sie sorgen, wenn ich weg war? Aisek und Basra. Ich würde sie sicher nie wiedersehen, wenn ich ging.

Und dann erst diese andere Welt. Eine Welt des Krieges und des Leids, in der Frauen nicht sprachen und nicht gefragt wurden, wenn sie mit einem Mann einen Bund eingehen sollten. Ich würde Gewänder tragen müssen, die bis zu den Knöcheln reichten, durfte nicht mehr jagen, musste kochen und andere Männer bedienen.

Eine unangenehme Gänsehaut krabbelte wie Tausende Käfer über meine Haut, als ein kalter Windhauch ins Zimmer wehte, und ich wickelte mir die Decke enger um den Körper.

Was auch immer gerade mit meinen Gefühlen passierte, ich wusste, dass es, egal wie, zwecklos war. Und das bedeutete, dass ich versuchen musste, es abzustellen.

Seufzend drehte mich vom Bauch auf den Rücken. Draußen dämmerte es bereits und ich erkannte, dass ich mal wieder die ganze Nacht nicht geschlafen hatte. Wie so oft, wenn mein Kopf voller Gedanken war, die an mir nagten und mir den letzten Nerv raubten.

Schnaubend setzte ich mich auf. Jetzt war es nicht mal mehr eine Stunde bis zum Morgen. Ich rieb mir das Gesicht, schwang die Beine aus dem Bett und ließ den Kopf kreisen.

Es gab viel zu tun. Zum Beispiel konnte ich Nóatún zu essen bringen, bevor der ganze Trubel des Beerenfestes von vorn begann und ich mir am Mittag wieder den Kopf darüber zerbrechen musste, wie ich mich wegschleichen konnte.

Wenn ich es jetzt erledigte, hatte ich den Rest des Tages Ruhe und vielleicht würde sich dann auch mein Herz wieder beruhigen. Ich musste nur auf andere Gedanken kommen und meine Gefühle würden sich von allein verflüchtigen.

Durch die seitliche Türklappe ließ ich mich lautlos in die Küche hinunter, die kalt und duster vor mir lag. Einen Moment hielt ich inne, um zu lauschen, doch nirgendwo rührte sich etwas.

Ich wusch mich notdürftig mit dem Restwasser von gestern und zog ein frisches Lendentuch von der Leine, die sich durch den Raum spannte.

Aus der Speisekammer holte ich die Reste vom Abendessen, Kuchen und Beeren, und verpackte sie in Tüchern. Inständig hoffte ich, Mutter würde nicht so schnell auffallen, dass ständig Essen bei uns fehlte. Wenn sie draufkam, dass ich diejenige war, die es nahm, würde ich ihr etwas zu erklären haben. Und ich hatte noch keine Ahnung, wie ich es schaffen sollte, meine Mutter anzulügen.

Schnell machte ich mich fertig und verließ das Haus, um nicht noch mehr unnötigen Lärm zu machen, und wurde von kalter Morgenluft begrüßt, die kühl über meine Haut strich.

Es war so furchtbar still um mich herum, dass mein eigener Atem mir unangenehm laut vorkam. Die Wesen der Nacht hatten sich schlafen gelegt und die Vögel des Tages erwachten gerade erst.

Das Knarzen einer Seilbrücke über mir ließ mich abrupt innehalten und mein Blick schoss nach oben, zu dem Wald an Leitern, geknüpften Brücken und Seilzügen, den unzähligen Plattformen und geflochtenen Häusern.

Weit drüben auf der anderen Seite der Siedlung, nahe den Übungsebenen, machte ich eine Gestalt aus, die sich ebenfalls nach mir umdrehte, als hätte sie meinen Blick gespürt.

Auch wenn es noch recht dunkel war und die Person weit weg, erkannte ich sie sofort. Kaera, meine Mentorin und Lehrmeisterin, beste Jägerin der Sorayer. Ihre stolze Haltung verriet sie und ich neigte den Kopf in ihre Richtung, um sie zu grüßen und ihr meine Ehrerbietung zu zeigen, selbst wenn sie es über die Distanz nicht genau sehen konnte. Wahrscheinlich erkannte sie mich im Halbdunkeln nicht einmal.

Doch auch sie neigte den Kopf, erwiderte den Gruß und das Herz in meiner Brust schlug so wild, dass das Pochen die Stille der ganzen Siedlung zu füllen vermochte.

Kaera wandte den Blick von mir ab, begab sich in die erste Position ihrer Übungen und auch ich machte mich auf, ging über eine Brücke hinüber zu den Seilzügen, die mich nach unten brachten.

Wer stark und angesehen wie Kaera werden wollte, musste früh auf den Beinen sein, schärfte ich mir selbst ein und meine Füße trugen mich von allein die bekannten Pfade entlang.

Die Luft strömte frisch und angenehm kühl in meine Lunge und sobald ich den Wald hinter mir gelassen hatte, schlug mir ein kräftiger Wind entgegen. Der Herbst stand unweigerlich bevor, ließ sich in der Luft riechen.

Mein Kopf fühlte sich gleich leichter an und nicht mehr so voller Unsinnigkeiten wie vergangene Nacht. Außerdem freute ich mich darauf, das Meer zu sehen. Das stetige Auf und Ab der Wellen beruhigte für gewöhnlich meinen Geist und ließ mich die Welt um mich herum wieder klarer sehen.

Doch leider war das nicht der einzige Gedanke, der durch meinen Verstand schlich und meine Beine antrieb. Es war die Gewissheit, gleich Nóatún zu sehen. Jeder Schritt, den ich der Höhle näher kam, beschleunigte meinen Herzschlag und jeder Augenblick, den ich noch nicht dort war, fühlte sich wie ein verschwendeter an.

Über mich selbst den Kopf schüttelnd, blieb ich mitten auf dem Weg stehen. Das konnte doch nicht alles gestern mit mir passiert sein. Es musste doch schon vorher Anzeichen dafür gegeben haben, die ich nicht als solche wahrgenommen hatte.

Wie zum Beispiel der Moment, an dem wir uns zu lange in die Augen gesehen hatten oder als er mir seinen Namen sagte.

Innerlich stöhnte ich auf und setzte mich wieder in Bewegung. Wahrscheinlich war ich selbst schuld an meinem Schlamassel. Wie immer. Wenn ich doch nur …

Plötzlich war der Rest des Gedankens wie weggeblasen. Unter mir breitete sich im Dämmerlicht der Strand aus. Das Meer wogte unruhig und die Wolken über dem Wasser trieben drückend auf die Insel zu.

Wie gebannt starrte ich auf das Ungetüm, das unter mir am Strand lag. Wie ein geschlachteter Walfisch, dunkel und unheilvoll.

Es war ein Schiff, größer, als ich jemals eines gesehen hatte. Der Kopf einer hölzernen Schlange starrte mir vom Rumpf aus mit leeren Augen entgegen. Ein Loch klaffte in der Seite wie eine Fleischwunde. Gebrochenes Holz, das es wie ein Maul mit Zähnen wirken ließ.

Ich fühlte mich, als wäre ich vom Blitz getroffen worden. Alles in mir war angespannt, meine Sinne schärften sich. Als stünde ich einer reißenden Bestie gegenüber, die zuschnappen würde, wenn ich sie nur einen keinen Moment aus den Augen ließ. Langsam ging ich in die Hocke, griff nach meinen Messern, tastete mit dem Blick jede Elle des Schiffs ab und suchte nach Menschen, die darauf gewesen sein konnten.

Ein fremdes Schiff an unserem Strand! Das würde dem Rat gar nicht gefallen.

Ich schlich mich durch das hohe Gras oberhalb des Strandes noch ein Stück näher und konnte so einen besseren Blick auf die andere Seite des hölzernen Ungetüms werfen.

Sofort entdeckte ich das Feuer, auch wenn es nur klein und durch eine Art Stoffwand abgeschirmt war.

Menschen saßen darum. Ihre Schatten warfen sich an den gespannten Stoff, wirkten riesig und bedrohlich.

Es schüttelte mich, obwohl mir nicht kalt war. Mein Blut rauschte mir heiß durch die Adern und ich fasste mein Messer mit zwei Fingern an der Spitze der Klinge, sodass ich es jederzeit werfen konnte. Geduckt lief ich noch ein Stück weiter, hoffte, hinter das Tuch sehen zu können, als ein Mann hervortrat.

Er war weit entfernt, doch seine Gestalt war unverkennbar riesenhaft. Die Schultern so breit wie bei einem Ochsen und seine Arme wie die eines Bären. Seine Haut und sein Haar hoben sich weiß wie Kalk vom dunklen Himmel ab.

Mit schreckgeweiteten Augen zuckte ich zurück, senkte mich noch tiefer, als der Blick des Fremdlings über den Strand wanderte. Dann wandte er sich ab und ging zurück zum Feuer und den anderen Schatten.

Und ich machte, dass ich wegkam.

Wutentbrannt packte ich Nóatún an der Schulter, sodass er aus dem Schlaf schreckte. Sofort schnellte er nach oben, versuchte nach mir zu greifen, um mich aus einem Verteidigungsdrang heraus niederzuringen. Doch diesmal war ich vorbereitet und duckte mich unter seinem Arm hindurch, wie ich es schon einmal getan hatte.

»Du elender Mistkerl!«, zischte ich ihn an und meine Stimme zitterte vor Wut. Er blinzelte nur überrascht in die Dunkelheit. Sein Feuer war wohl im Laufe der Nacht ausgegangen und ich stand absichtlich in den tiefen Schatten der Höhlenwand. Eins mit der Schwärze der Nacht, die hier drin noch herrschte. Sollte er doch nach mir suchen und mich nicht finden können.

»Limea?« Nóatúns Stimme klang irritiert, doch ich ließ mich von seiner scheinbaren Unwissenheit nicht täuschen.

In einer schnellen Bewegung riss ich mir die Tasche von der Schulter, um mehr Bewegungsfreiheit zu haben, falls es zu einem Kampf kommen sollte. Sie fiel mit einem dumpfen Geräusch zu Boden und Nóatún drehte den Kopf sofort in meine Richtung.

Ich war stocksauer. »Wieso bist du hier, Fremdling?«, verlangte ich bissig zu wissen und hätte am liebsten nach ihm geschlagen. Wollte aber nicht riskieren, dass er mich zu fassen bekam.

Nóatún zog verwirrt die Augenbrauen zusammen, rappelte sich jedoch auf die Füße und hielt die Hände kampfbereit vor den Körper. Sicher konnte er meine Anspannung spüren, was ihn wachsamer sein ließ als sonst.

»Habe ich dir nicht gesagt, der Rat duldet keine Fremdlinge auf der Insel? Bist du eigentlich wahnsinnig, noch mehr hierherzulocken?«, knurrte ich wie ein wilder Wolf und konnte mich nur schwer unter Kontrolle halten, damit ich ihn nicht anschrie. »Vielleicht willst du ja zurück nach Hause, aber sie hierherzubringen war ein großer Fehler!« Mein Herz wummerte und mir war schwindelig vor Ärger und vom schnellen Laufen. Schmerz flammte heiß in meiner Seele und ich fühlte mich verletzt und hintergangen.

Hatte er eigentlich eine Ahnung, was es für mich bedeutete, ihm zu helfen? Ich riskierte alles. Meinen Ruf, meine Zukunft, das Glück meiner Familie, wahrscheinlich sogar mein Leben.

Und er rief einfach seine Freunde herbei, offen an den Strand, sodass jeder sie sehen konnte.

»Limea. Ich verstehe nicht, wovon du redest«, behauptete Nóatún verwirrt, fand mich in den Schatten, als er auf mich zukam und versuchte, nach meinen Schultern zu greifen.

Doch ich duckte mich ein weiteres Mal unter seinen Armen hinweg, wollte nicht, dass er mich berührte. Er durfte mich nicht berühren!

Verdammt, was hatte ich mir nur dabei gedacht? Ich hatte einem Fremdling geholfen, ihn gesund gepflegt, ihm sogar beinahe mein Herz geschenkt, und das nur, damit er noch mehr Fremdlinge hierherbrachte? Ich hatte alles noch schlimmer gemacht.

»Du weißt nicht, wovon ich rede?«, fauchte ich entrüstet und brachte noch mehr Abstand zwischen uns. »Ich rede von dem Schiff, das am Strand liegt! Und von den Männern, die aussehen wie du!« Fest hielt ich mein Messer umklammert, in Angriffshaltung, wartete auf Nóatúns Reaktion. Allerdings wusste ich nicht, ob ich abgebrüht genug wäre, ihn tatsächlich zu verletzen.

»Was?«, fragte Nóatún ungläubig, verwirrt, als könnte er nicht begreifen, was ich gesagt hatte. Doch dann weiteten sich seine Augen, sodass sich das Licht der Dämmerung in der hellen Farbe seiner Iris verfangen konnte. Ganz langsam, wie benommen schüttelte er den Kopf.

Und dann kam plötzlich Leben in ihn. »Nein!«, rief er aufgebracht, stürzte zum Höhleneingang und raus auf den schmalen Pfad. »Nein, nein, NEIN!«, brüllte er noch lauter und jedes ›Nein‹ klang noch zorniger als das davor.

Ohne auf den gähnenden Abgrund neben uns zu achten, in dem das Meer wild und ungestüm gegen den Felsen krachte, rannte ich ihm hinterher. »Wohin willst du?«, schimpfte ich laut, um die Brandung zu übertönen, und fühlte mich schmählich missachtet. Er konnte doch nicht allen Ernstes einfach weglaufen, nachdem ich ihn mit so etwas konfrontiert hatte.

Ich kam nur kurz nach ihm am Ende des Klippenweges an, sprang geschickt an ein paar Felsen entlang und stellte mich dem Fremdling grob in den Weg.

»Lass mich. Ich muss das mit eigenen Augen sehen«, schnaubte er energisch und streckte den Arm aus, um mich wegzuschieben. Doch ich trat einfach wieder vor ihn, das Messer immer noch fest in meiner Faust, den Blick unnachgiebig auf seine Augen gerichtet. In mir tobte es wie bei einem Gewitter und ich stieß ihm meine Hand gegen die harten Muskeln seiner Brust.

»Wieso? Willst du sie begrüßen gehen?«, schrie ich ungehalten und stieß ihn noch einmal, was ihn nicht mal ins Wanken brachte.

»Du hast keine Ahnung, worum es hier eigentlich geht«, zischte er und seine Stimme wurde plötzlich gefährlich leise. Sicher hätte ich jetzt Angst vor ihm gehabt, wäre ich nicht so verdammt wütend gewesen.

»Ein Fremdling wird an unseren Strand angespült und fünf Tage später liegt am selben Strand ein riesiges Schiff mit noch mehr Fremdlingen. Du willst mir doch nicht erzählen, das wäre Zufall?«, brüllte ich meine Wut heraus, meine Enttäuschung, und nun bekam Nóatún mich in einem unaufmerksamen Moment doch noch zu packen. Er griff nach meinen Oberarmen, drückte meine Hand nach unten, damit ich ihn nicht mit dem Messer erwischen konnte, und zog mich mit einem brutalen Ruck an sich.

Sein Körper war erhitzt von den Bettfellen und dem Lauf an den Klippen nach oben. Sein Hemd roch nach Holz und Feuer und etwas ganz Eigenem, das ich sofort zu hassen versuchte, weil es mir so angenehm war und ich mich in seinen Armen viel zu wohl fühlte. Mein Herz begann noch einen Zahn zuzulegen, mein Körper gab nach und fühlte sich kribbelig und weich an. Aus Versehen ließ ich das Messer fallen.

»Du hast recht«, flüsterte Nóatún und seine Arme hielten mich weiterhin fest umklammert. »Es ist kein Zufall. Aber ich habe sie nicht hergelockt«, versuchte er mir zu versichern und ich wusste nicht mehr, ob ich ihm noch trauen konnte.

»Wieso sind sie dann hier?«, brachte ich ruppig heraus und spürte doch, wie ich innerlich immer mehr nachgab. Unauffällig legte ich meine Wange an seine Brust und atmete schwer ein. Verdammt, er roch so gut! Ich hätte mich selbst schlagen können für meine dummen Gefühle, die mir in dieser ernsten Situation so unfassbar im Weg standen.

Dass sich zu verlieben eine ganz schlechte Idee war, hatte ich ja bereits geahnt.

»Ihr Schiff ist schwer beschädigt und sie haben kein Trinkwasser mehr. Wenn sie euch nicht finden, werden sie einfach wieder gehen, wenn sie alles in Ordnung gebracht haben«, antworte er mir leise. »Sie dürfen nur nicht ahnen, dass hier jemand lebt.«

Misstrauen schwappte in mir nach oben und half mir, den nötigen Willen aufzubringen, mich aus seinen Armen loszureißen. Er ließ mich, behielt mich aber im Auge.

»Woher weißt du von dem Loch? Ich habe dir nicht gesagt, dass das Schiff beschädigt ist«, warf ich ihm an den Kopf und Nóatún rieb sich mit den Händen über das verzweifelt blickende Gesicht.

»Ich habe es kaputt gemacht und ich habe auch die Trinkwasservorräte ausgekippt«, erklärte er mir frustriert und das alles ergab in meinem Kopf überhaupt keinen Sinn.

»Warum?«, war das Einzige, was ich noch fragen konnte, und meine Gesichtszüge entglitten mir nun völlig.

»Ich wollte, dass sie auf dem offenen Meer verdursten.« Nóatúns Worte waren scharf, sodass es keinen Zweifel daran gab, dass er es auch so meinte. In seinem Blick lag Kälte und Verzweiflung, seine Kiefer spannten sich an, während ich ihn nur entsetzt anstarrte.

»Du wolltest sie töten?«, entfuhr es mir und es war für mich einfach so verwirrend und undenkbar.

Nóatún hatte versucht, seine eigenen Leute zu töten? Er wollte mit Absicht Menschen umbringen?

Fröstelnd trat ich einen Schritt zurück. Mein Schock spiegelte sich wohl deutlich in meinem Gesicht und meiner Haltung, denn Nóatún kniff zornig die Lippen aufeinander.

»Sie haben den Tod verdient«, versicherte er mir gepresst, seine Stimme tief und bitter. Sein Blick veränderte sich, wurde wilder und boshafter.

Ich trat noch einen Schritt zurück.

»Und du?«, wollte ich von ihm wissen. „Wärst du nicht mit ihnen verdurstet?« Ich konnte nicht aufhören, ihn ungläubig anzustarren. Das alles kam so plötzlich, so ohne Zusammenhang, dass es für mich einfach nicht zu verstehen war.

Nóatún lachte spöttisch auf. »Was glaubst du, wo meine Wunde herkommt? Als sie es gemerkt haben, wollten sie mich aufzuschlitzen«, fauchte er und sah mir geradewegs in die Augen. »Ich hatte nie vor, das zu überleben. Dass die Strömung mich an diesen Strand getrieben hat, ist ein Wunder.« Tief holte er Luft, als müsste er um Fassung ringen. »Und dass du mich gerettet hast auch.« Seine Stimme war wieder so viel weicher geworden, der Blick intensiver, die Haltung weniger bedrohlich.

Die Dämmerung schritt voran und war schon hell genug, um das flüssige Metall in seine Augen sehen zu können.

Doch der Schrecken ließ sich nicht so leicht abschütteln und seine Worte hallten in meinem leeren Kopf wider. Ich hatte ihn gerettet. Einen Fremdling. Nóatún. Einen Mörder!

Meine Füße ließen mich noch weiter zurückweichen. Ein Kloß saß mir im Hals und meine Brust fühlte sich an, als sei sie mit Steinen gefüllt.

Ein Mann des Krieges aus einer Welt des Krieges. Wie dumm ich war, nicht zu bedenken, wozu dieser Mann fähig war. Ich hatte die Stärke seiner Arme gesehen, die Schnelligkeit seines Körpers. Wie leicht hatte ich mir ausmalen können, wie er kämpfte und lebte, und doch meine Augen vor der Wahrheit verschlossen.

In der Welt des Krieges wurde getötet.

»Ich muss es dem Rat sagen«, kamen die Worte aus meinem Mund und meine Stimme klang seltsam fremd.

Nóatúns Augen wurden schlagartig dunkel. Auch er trat einen Schritt von mir zurück, sodass nun vier Schritt und ein ganzes Weltbild zwischen uns lagen.

»Wie schnell werden sie mich in der Höhle finden? Oder sagst du ihnen auch, wo ich bin?«, fragte er mich starr und die starken Emotionen waren aus seiner Stimme gewichen.

Ich schüttelte den Kopf über ihn. Er glaubte, ich wollte ihn verraten. Selbst wenn ich ihn so sehr hassen würde, könnte ich das nicht tun. Es lag schon viel zu viel Schuld auf mir und ich würde mit ihm auch immer mich selbst verraten.

»Ich werde dich nicht erwähnen«, erwiderte ich also. »Ich muss ihnen nur von dem Schiff erzählen.«

Nóatún hielt die Luft an und die Farbe in seinem Gesicht schwand schlagartig. »Nein! Diese Männer sind gefährlich!«, drängte er auf mich ein und kam wieder einen Schritt auf mich zu. »Sie haben Waffen, sie plündern und morden«, versuchte er mir begreiflich zu machen und ich fiel ihm ins Wort.

»Dann muss ich mein Volk erst recht warnen«, entgegnete ich, weil ihm das nicht klar zu sein schien, und zeigte in die Richtung, in der das Schiff lag. »Wenn sie nur halb so stark sind wie du, dann muss jeder aus meiner Siedlung wissen, dass sie hier sind.«

Nóatúns Augen nahmen einen gequälten Ausdruck an, seine Schultern spannten sich an und dann schoss er plötzlich auf mich zu. Er war schneller bei mir, als ich ihn abwehren konnte, und dann zog er mich auch schon wieder in seine Arme.

Doch es war anders als gerade eben, wo er mich gehalten hatte, um mich kampfunfähig zu machen. Jetzt umfing mich seine Wärme von allen Seiten, sein Gesicht lag an meinem Haar, seine Arme dicht um meinen Körper geschlungen wie ein Schutzschild, der selbst einen herabstürzenden Himmel aufhalten würde. Mein Puls wogte wie Meereswellen in einem Sturm. Gefühle brandeten an meinem Herzen, schäumten durch jede Faser meines Körpers. Sein Geruch benebelte meine Sinne, hinderte mich am Denken. Die tiefen Töne seiner Stimme brachten meine Seele zum Klingen.

»Bitte, Limea«, flüsterte er dicht an meinem Ohr, sein warmer Atem auf meiner Haut. »Bitte! Was auch immer du tust, gehe nicht in die Nähe des Schiffes.«

Verzweifelt schloss ich die Augen, legte meine Stirn an Nóatúns breite Schulter und mir wurde bewusst, wie dumm es gewesen war zu glauben, nicht in ihn verliebt zu sein.

14

ZURECHTWEISUNG

Als Erste weckte ich meine Mutter.

Sie reagierte schnell, sprang aus dem Bett, band sich nur eilig einen einfachen Schurz um und schon waren wir aus dem Haus. Wir kletterten auf schnellstem Weg an die Spitze der Siedlung, dort, wo die Blätterdächer dichter wurden und sich die prunkvollen Gebilde aus Holz, Korbgeflecht und Tuch befanden, in denen der Rat wohnte.

Ich war nervös, konnte nicht schnell genug laufen und hielt die Spannungen in mir kaum aus. Die Sonne blinzelte bereits über den Horizont, machte die Schatten heller, doch der Schreck, der mir im Nacken saß, wollte sich einfach nicht abschütteln lassen.

Mutter schlug mit der Faust kräftig gegen die Tür aus hellem Holz und ließ so keinen Zweifel daran, dass wir eine wichtige Nachricht zu überbringen hatten. Ich hätte mich das nie getraut und war froh, sie mitgenommen zu haben.

Unruhig trat ich von einem Bein aufs andere, bis Mutter mich scharf ansah und zur Gelassenheit mahnte.

Eine Weile tat sich nichts und mein Blick ging immer wieder zwischen Mutter und der Tür hin und her. War niemand zu Hause? Hatten sie uns nicht gehört? Würde Mutter erneut klopfen?

In dem Moment, in dem ich dachte vor Anspannung zu platzen, wurde die Tür aufgerissen und Keris stand vor uns.

Die Älteste blickte uns verschlafen entgegen und glättete die Falten ihres Gewandes aus feinstem Tuch.

Noch nie hatte ich sie von so Nahem gesehen und war etwas enttäuscht, dass ihr ergrautes wirres Haar und der verkniffene Gesichtsausdruck sie nicht besonders würdevoll wirken ließ. Die Ausstrahlung, die sie von Weitem und mit den anderen Mitgliedern des Rats hatte, verschwand zwischen jeder Menge tiefer Falten, die sie unfassbar alt aussehen ließen.

Mutter neigte ehrerbietend den Kopf und ich zögerte einen Moment zu lange, ehe ich es ihr gleichtat. »Erhabene Keris. Meine Tochter Limea hat eine schreckliche Entdeckung gemacht«, brachte sie ohne Umschweife vor, wies mit der Hand auf mich und ich wunderte mich über den hochgestochenen Ton, den sie anschlug. Noch nie hatte ich erlebt, dass meine Mutter sich vor jemandem kleinmachte. Und es gefiel mir auch nicht.

Keris' müde Augen sahen erwartungsvoll zu mir. In ihrem Blick lagen ein klein wenig Neugierde und ein großer Teil Missmut. Schließlich hatten wir sie in aller Frühe aus dem Schlaf gerissen.

Verhalten räusperte ich mich, um das Kratzen im Hals loszuwerden, fühlte mich sichtlich unwohl. Zum einen, weil meine Mutter sich so seltsam benahm, zum anderen, weil ich nun mal ein Überbringer schlechter Nachrichten war.

»Am Südstrand liegt ein fremdes Schiff«, machte ich es kurz und versuchte dabei ruhiger zu klingen, als ich mich fühlte.

Glücklicherweise schien Keris den Ernst der Lage sofort zu verstehen. Ihre Augen weiteten sich ungesund und sie stützte sich mit den Händen am Türrahmen ab, als sie von Schreck erfasst wurde.

Doch ich war noch gar nicht fertig mit meinem Bericht. »Es ist beschädigt. Die Besatzung lagert am Strand. Es war noch zu dunkel, um sie zu zählen, aber es sind mehr als ein Dutzend.«

»Wie sehen sie aus?«, verlangte Keris mit scharfer Stimme zu wissen und ich fragte mich, wieso sie das so genau wissen wollte. Wie viele Arten von Fremdlingen kannte sie denn?

»Sie sind riesig«, war das Erste, was mir über sie einfiel, und ich gab mir Mühe, nicht an Nóatún zu denken. Nicht daran, dass die Männer und er sich so ähnlich sahen. Nicht daran, dass er versucht hatte, sie alle zu töten.

»Riesig in welcher Hinsicht?«, kam es von Keris und hielt meine Gedanken im Hier und Jetzt.

»In jeglicher. Sie sind groß und ihre Arme sind wie Baumstämme. Sie wirken grob und gefährlich. Und ihre Haare sind weiß wie Sand«, endete ich meine Beschreibung und versuchte, der Ratsältesten fest in die Augen zu sehen.

Keris ballte die Hände zu Fäusten, schlug fest gegen das Holz des Türrahmens, was mich beinahe dazu brachte zurückzuzucken, während ihr Blick sich zusehends verfinsterte. »Nordmänner«, knurrte sie zwischen zusammengebissenen Zähnen hindurch wie eine Raubkatze kurz vor dem Angriff, wies uns mit einer wilden Geste an, beiseitezutreten, und rauschte an uns vorbei über eine verzierte Brücke zu Eras Behausung.

Auch sie wurde aus dem Bett geholt und Keris berichtete ihr laut und mit einer Wut in der Stimme, die wir selbst bis nach draußen hörten. Era wirkte verängstigt, als sie aus ihrem Haus kam, und zusammen gingen die Frauen, um Talo zu wecken.

Dann war der Rat vollständig und versammelte sich in Talos Küche, die noch kalt und dunkel vor uns lag, als man Mutter und mich bat, dabeizubleiben. Noch einmal musste ich haarklein berichten, was genau ich gesehen hatte.

»Wieso warst du überhaupt zu so einer frühen Stunde draußen am Strand?«, erkundigte sich Talo gegen Ende meiner Erzählung und sah mich verständnislos an, als wäre dies das Einzige, was ihm zu meiner unglaublichen Entdeckung in den Sinn kam.

Natürlich konnte ich ihm nicht sagen, wo ich hingewollt hatte, und war davon ausgegangen, dass man diese Frage gar nicht erst stellen würde, da die Ereignisse meine Motive bei Weitem überschatteten.

Dabei konnte es Hunderte Gründe geben, die mich so früh rausgetrieben hatten. Wasser holen, meine Übungen oder einfaches Jagen gehen nur als Beispiel.

Eine Frau hätte mir diese Frage sicher nie gestellt, doch Era und Keris hielten ihn auch nicht davon ab, mich weiter aus seinen matschfarbenen Augen zu mustern und auf eine Antwort zu warten.

Wäre ich eine gute Lügnerin gewesen, wäre mir eine einfache Ausrede sicher nicht schwergefallen. Doch leider müsste ich nur den

Mund aufmachen und sie alle würden sofort merken, dass ich etwas verheimlichte. Vor allem meine Mutter.

»Meine Tochter ist eine Streunerin«, warf Mutter plötzlich ein, zuckte mit den Schultern, als wäre es nichts weiter, und der Rat nickte nur, als wäre dies Erklärung genug.

Überrascht warf ich Mutter einen Blick zu, da ich nicht erwartet hatte, dass sie mich verteidigen würde, weil sie sicher von allen am meisten daran interessiert war, was ich getrieben hatte.

»Was tun wir also?«, fragte Era in die Runde und ihr Blick blieb an Keris hängen.

Talo schüttelte ungläubig den Kopf. »Fremdlinge, hier bei uns. Wie unfassbar. Die letzten haben unsere Vorgänger vor hundertzwanzig Jahren von der Insel verbannt«, murmelte er, als würden sich die Fremdlinge dadurch in Luft auflösen, weil er es nicht für wahr halten konnte.

Keris ballte wieder die Fäuste und ihr Gesicht verzog sich zunehmend schlimmer zu einer wütenden Grimasse. Gebieterisch trat sie einen Schritt von der Wand weg in die Mitte des Raumes und schob beinahe trotzig das Kinn nach vorne. »Wir müssen sie der Insel verweisen«, sagte sie entschieden und ihre Augen glühten förmlich vor Zorn.

Jetzt sah sie gar nicht mehr aus wie eine alte, müde Frau, hatte eher etwas Furchteinflößendes und ihr Gesicht strotzte nur so vor Kraft. Sie musste als junge Frau eine fantastische Jägerin gewesen sein, um so weit gekommen zu sein, einen Platz im Rat zu haben.

Ihrer Idee konnte ich allerdings trotzdem nicht zustimmen.

»Limea sagte, sie seien groß und gefährlich«, warf Talo ein und auch wenn er mir in dem Moment feige und kleinlich vorkam, hatte er recht: Sie waren gefährlich.

»Dann können wir noch weniger tolerieren, dass sie hier sind. Wir werden zu ihnen gehen und ihnen verbieten zu bleiben. Sie sollen bloß nicht glauben, sie können unerlaubt unsere Insel betreten«, zischte Keris und durchbohrte Talo mit ihrem Blick.

Mit großen Augen starrte ich sie an. So hatte ich sie mir nie vorgestellt. Man erzählte über sie, sie hätte ihre Stärke auch im Alter nicht verloren. Doch auch, dass sie weise und gutmütig handelte. Die Frau vor mir war aber alles andere als weise und gutmütig.

Wie schlau war es denn, sich einem Feind zu stellen, den man nicht kannte? Schon von diesem Standpunkt heraus war es dumm. Und ich wusste ja sogar noch mehr, denn Nóatún hatte mich vor ihnen gewarnt. Die Fremdlinge am Strand waren gefährlich, plünderten und mordeten. Sie waren aus der Welt des Krieges und ich war mir nicht sicher, ob wir es mit ihnen aufnehmen konnten, sollte es zu einem Kampf kommen.

Wir waren zwar geübte Jägerinnen, aber wir schossen nur auf Tiere, nicht auf Menschen. Einen Kampf focht man da nur selten aus.

Hörbar räusperte ich mich und die Ratsmitglieder wandten verwundert ihre Blicke auf mich. »Ich glaube nicht, dass es klug ist, zu ihnen zu gehen«, sagte ich vorsichtig und war mir durchaus bewusst, wie gewagt es war, ungefragt vor dem Rat zu sprechen. Doch ich konnte ja auch nicht zulassen, dass sie sich leichtsinnig in Gefahr begaben und uns alle möglicherweise ins Unglück stürzten.

Talo sah ziemlich gleichmütig aus, hob aber erstaunt eine Augenbraue. Era und Keris starrten mich an, als hätte ich mich vor ihren Augen in einen Dachs verwandelt.

»Wie bitte?«, platzte es schließlich ziemlich verärgert aus Keris heraus und ich zuckte vor dem stechenden Ton ihrer Stimme zurück.

»Es ist doch wahrscheinlich, dass die Fremdlinge nur ihr Schiff reparieren und dann wieder verschwinden. Wäre es dann nicht am besten, sich ihnen nicht zu zeigen? Wenn sie glauben, die Insel wäre unbewohnt, hätten sie auch keinen Grund, nach uns zu suchen. Wir wären alle in Sicherheit, niemand käme zu Schaden und die Fremdlinge würden früher oder später von allein verschwinden«, wiederholte ich, was Nóatún gesagt hatte, und hoffte, dass ihnen die Logik eingehen würde.

»Ausgeschlossen!«, schnauzte Keris mich jedoch an und ich wich noch einen Schritt zurück, wagte es nicht, sie anzusehen. »Was glaubst du eigentlich, wer du bist, dass du mir Ratschläge geben kannst? Limea.« Sie spuckte meinen Namen förmlich aus. »Nur weil du in letzter Zeit in aller Munde bist und jeder deine Fertigkeiten lobt, weil ein kleiner Trottel ein Liebeslied für dich gesungen hat, bedeutet das noch lange nicht, dass du dir erlauben kannst, in diesem Rat mitzumischen.«

Mein Blick schnellte wieder nach oben, traf auf Keris' flammende Augen und in mir kochte ebenfalls Wut auf. Ihre Worte trafen mich genau da, wo ich empfindlich war. An meinem Stolz.

Ich konnte es nicht ertragen, dass mich jemand über Bardins Lied definierte. Als würde ich mir wirklich etwas darauf einbilden.

Und dann auch noch vor dem Rat, vor den Menschen, die mich bewerten würden, die meine Fähigkeiten unvoreingenommen zu prüfen hatten. Sie hatten ein völlig falsches Bild von mir.

Aber viel schlimmer. Sie hatten ein falsches Bild von der herrschenden Situation!

Gerade wollte ich den Mund wieder aufmachen, um etwas zu meiner Verteidigung zu sagen, da packte mich Mutter an der Schulter und drückte mir ihre Finger so schmerzhaft ins Fleisch, dass ich zusammenzuckte und mich an den Worten verschluckte, die ich hatte sagen wollen.

»Wir werden jetzt gehen. Entschuldigt den unüberlegten Ausbruch meiner Tochter«, bat meine Mutter mit sanfter Stimme, neigte den Kopf wieder, zwang mich, es ihr gleichzutun und zog mich dann aus dem Haus.

Mein Magen rumorte, wütende Gefühle drückten mir gegen die Lunge und ich fühlte mich so in meinem Stolz gekränkt, als hätte man mir eine Ohrfeige verpasst.

Doch als wir draußen ankamen, verwandelte sich die demütige Haltung meiner Mutter augenblicklich in Zorn. Energisch verpasste sie mir eine Kopfnuss und all meine Wut verrauchte in der aufgehenden Sonne. »Bist du eigentlich noch bei Sinnen?«, fauchte sie mich an und ich war zu überrascht für eine Reaktion.

Ich hatte nicht damit gerechnet, dass sie so ungestüm sein würde, hatte gehofft, sie würde verstehen, dass ich nur helfen wollte.

Wenn der Rat wirklich beschloss, an den Strand zu gehen und den Fremdlingen zu befehlen, von dannen zu ziehen, wusste ich nicht, ob sie überhaupt etwas bewirken würden. Der Rat fühlte sich stark und vielleicht sogar mächtig.

Doch die Zeit mit Nóatún hatte mich viel gelehrt. In den Augen der Fremdlinge waren wir nur ein paar aufmüpfige Frauen.

Nóatún hatte gesagt, in ihrer Welt hatten Frauen nichts zu wollen, sie durften nichts entscheiden und sie sprachen nicht. Die Fremdlinge würden den Rat für einen schlechten Witz halten.

Selbst wenn ich mich vielleicht gerade unmöglich aufgeführt und so meine Zukunft aufs Spiel gesetzt hatte, konnte ich doch trotzdem nicht einfach nichts sagen. Wenn ihnen etwas zustieß, dann wäre es hinterher meine Schuld, wenn ich nicht versuchte sie aufzuhalten.

Trotzdem spürte ich das Versagen auf meinen Schultern, zusammen mit der schmerzenden Stelle, die meine Mutter mir verpasst hatte. Sie zerrte mich am Handgelenk hinter sich her, eine Treppe nach unten, und ich konnte an ihrer Haltung schon sehen, dass sie vorhatte, mit mir zu schimpfen.

»Was hast du dir nur gedacht?«, wollte sie mit strengem Ton wissen, ohne mich anzusehen. »Es ist der Rat, Limea! Und sowieso benimmst du dich in letzter Zeit furchtbar seltsam.«

Ich seufzte in mich hinein. Dieses Gespräch war mehr als überfällig. Meine Mutter wartete schon eine ganze Weile darauf, mir so einige Fragen zu stellen, und ich hatte bisher verdammtes Glück gehabt, drum herumgekommen zu sein. Doch jetzt war der Moment da und ich konnte nur hoffen, dass sie nicht zu tief grub.

Was würde sie tun, wenn sie herausfand, dass ich einen Fremdling versteckt hatte? Mir wurde ganz schlecht.

»Du bist verschlossen und aufmüpfig. Ständig nimmst du Essen mit, obwohl du das früher nie gemacht hast. Du bist unkonzentriert und gereizt«, warf sie mir vor, blieb dann plötzlich stehen und drehte mir das Gesicht zu. Die Enttäuschung in ihren Augen zeigte sich überdeutlich. »Und du hast meine Kette an eine obere Kaste verloren, obwohl ich dir gesagt hatte, dass du sie verbergen musst!«, schnauzte sie mich an und ich fühlte mich auf einen Schlag noch viel elender.

Ob sie mit meinem Verhalten recht hatte, konnte ich nur schwer beurteilen, aber dass ich ihre silberne Kette mit dem schimmernden Anhänger verloren hatte, machte mir ein furchtbar schlechtes Gewissen. Mir wurde geradezu übel, wenn ich darüber nachdachte, wie leichtfertig ich mit der Kette gewesen war und wie wenig es mich in den letzten Tagen gekümmert hatte.

Mutter konnte mir meine Gefühle sicher an der Nasenspitze ansehen, war aber dennoch nicht gnädig mit mir.

»Am selben Tag, Limea!«, platzte es aus ihr heraus und ich hätte heulen können vor Scham. »Am selben Tag habe ich sie am Hals einer anderen gesehen. Wieso? Wieso ist es so schwer, ein Geheimnis für sich zu behalten, oder an der passenden Stelle den Mund zu halten?« Sie starrte mich nieder und ich sah auf meine Füße. Ich hatte keine Antwort darauf, weder auf die Sache mit der Kette noch was den Rat betraf. Zumindest keine, die sie würde hören wollen.

»Und dann auch noch deine offensichtliche Abweisung dem Soketen gegenüber«, wechselte sie unerwartet das Thema. »Wieso bist du so unbedacht? Er stammt aus unserem Schwesternstamm. Seine Mutter ist dort Teil des Rates. Es würde dir nicht wehtun, nett zu ihm zu sein. Glaubst du etwa, ich gebe mich damit zufrieden, dass du den Forsterjungen erwählen wirst? Das kannst du vergessen. Du hast etwas Besseres verdient als ihn«, brüllte sie mir entgegen und ich war auf den Themawechsel nicht vorbereitet gewesen.

Wollte sie mich zwingen, mich für Bardin zu interessieren? Und der Forsterjunge? Wie kam sie denn bitte darauf, dass ich vorhatte, Aisek zu wählen?

»Mama!«, rief ich empört, denn das ging jetzt einen Schritt zu weit. Es schüttelte mich bei dem Gedanken, dass auch sie glaubte, das mit Bardin müsste Bedeutung für mich haben. Was konnte ich denn dafür, dass ich mich nicht Hals über Kopf in einen singenden Tölpel verliebte?

Ich hatte mir viel zuschulden kommen lassen und Mutter hatte jedes Recht, wütend zu sein. Aber in Sachen Liebe würde ich mir nichts vorschreiben lassen.

Ich wollte noch mehr dazu vorbringen, doch Mutter ließ mich nicht zu Wort kommen.

»Du bist besser als das, Limea«, wiederholte sie streng und stieß mir einen Finger gegen die Brust. »Du könntest eine der Besten sein, wenn du deine Möglichkeiten richtig nutzen würdest. Dein Stolz und deine Sturheit werden dich alles kosten, wenn du nicht bald zur Besinnung kommst«, behauptete sie, verzog bitter den Mund und wandte sich dann ab. Ohne auf eine Erwiderung zu warten, griff sie nach einem Seilzug, der direkt vor ihr von einem Ast hing, hielt sich fest und ließ sich einfach in die Tiefe sinken.

Allein und wütend blieb ich auf der Treppe zurück und lehnte mich an den dicken Stamm, um den sie herumführte.

In meinem Kopf wirbelten die Gedanken durcheinander und ich wusste gar nicht mehr, mit welchem Problem ich mich zuerst befassen sollte. Warum war alles nur so kompliziert? Und warum konnte ich in einem Streit mit meiner Mutter immer nur verlieren?

Genervt stieß ich einen kurzen Schrei aus, um all den widersprüchlichen Gefühlen Luft zu machen, und richtete mich dann wieder auf. Es war wichtig, jetzt einen klaren Kopf zu bewahren und das Wesentliche im Blick zu behalten.

Neben all meinen persönlichen Problemen war nicht zu vergessen, dass wir alle in Gefahr schwebten, wenn Keris wirklich an ihrem irrwitzigen Plan festhielt, zum Strand zu gehen und die Fremdlinge fortzuschicken.

Ich vertraute auf Nóatúns Worte, auch wenn ich hoffte, dass es nicht nur an meinen unangebrachten Gefühlen für ihn lag.

Meine Worte hatten den Rat jedoch nicht umgestimmt, ja sie hatten mir nicht einmal zugehört.

Doch ich konnte sie nicht einfach gewähren lassen und dabei zusehen, wie sie uns alle ins Verderben stürzten. Ich musste jemanden finden, der mir zuhören würde und den der Rat genug achtete, um eine Chance zu haben, zu ihnen durchzudringen.

Meine Füße folgten den Stufen nach unten, schon bevor der Gedanke zu Ende gedacht war, und ich rannte über eine mit Schnitzereien verzierte Brücke zu den Seilzügen im hinteren Teil der Siedlung.

Kaera drehte sich überrascht zu mir um, als ich die Stufen zur Übungsebene hochgerannt kam und die Jägerin genau dort vorfand, wo ich sie vorhin gesehen hatte.

»Limea«, sprach sie meinen Namen laut aus, als ich auf sie zustürmte und beinahe über meine Füße stolperte.

»Hochwürdige Jägerin Kaera, hört mir zu«, stieß ich aus und verhaspelte mich beinahe an der förmlichen Anrede. Normalerweise wäre ich sicher aufgeregt gewesen, mit der Frau zu sprechen, die mir schon seit so vielen Jahren Vorbild und Inspiration war. Doch die Situation ließ dafür keinen Raum und ich würde mich später darüber wundern können, wie schnell mir die Worte über die Lippen sprudelten.

»Beruhig dich erst mal«, versuchte sie mich zu ermahnen, doch ich schüttelte nur den Kopf, als ich tief Luft holte.

»Am Strand liegt das Schiff von Fremdlingen. Krieger, gefährliche Krieger!«

Erschrocken riss sie die Augen auf und wollte etwas sagen – ich ließ sie nicht.

»Ich habe es als Erstes dem Rat gemeldet. Doch Keris ist der Meinung, sie mittels ihrer Autorität der Insel verweisen zu können. Aber sie werden sie nur auslachen und dann wissen sie, dass wir hier sind. Der Rat hört nicht auf mich. Bitte, du musst zu ihnen gehen und ihnen sagen, dass es dumm ist, sich den Fremdlingen zu zeigen.«

Kaera legte mir die Hände auf die Schultern und sah mir ganz gewissenhaft in die Augen, konzentrierte sich ausschließlich auf mich und wartete geduldig darauf, dass ich wieder Luft holen musste.

»Limea, das ist wirklich unglaublich. Fremde an unserem Strand? Das hat es seit über einem Jahrhundert nicht mehr gegeben«, sagte sie lediglich und schüttelte ungläubig den Kopf. An ihrem Ohrläppchen baumelten die drei Ringe, die sie als Mitglied der oberen Kasten auszeichneten.

»Weniger faszinierend, wenn sie kommen, um uns Schaden zuzufügen«, fügte ich jedoch hinzu und riss mich aus ihrem Griff los, um meine Ernsthaftigkeit darzustellen. Das hier war keine tolle Entdeckung. Wir waren in Gefahr. Wenigstens das hatte Keris erkannt.

»Ich bin nicht Teil des Rates und ich habe nicht das Recht, ungefragt meine Meinung einzubringen. Vor allem bei so einer schwerwiegenden Sache wie dieser. Außerdem kennen wir die Fremden nicht. Sie könnten genauso gut friedlich und gutmütig sein.«

»Sie sind aber nicht gutmütig. Sie morden und plündern!«, rief ich aus und strich mir wild die Haarsträhnen aus dem Gesicht, die sich aus meinem Knoten gelöst hatten.

»Woher willst du das wissen? Limea. Hast du Informationen, die wir nicht haben?« Kaeras Blick durchbohrte mich wie unzählige Pfeile.

Impulsiv öffnete ich den Mund, dachte an Nóatún und schloss ihn schnell wieder. Hart schluckte ich und spürte, wie sich ein Kloß in meinem Hals bildete, weil ich beinahe herausgeschrien hätte, dass ich einen Fremdling versteckte, der alles über diese Männer wusste. Doch das durfte ich ihr nicht sagen.

»Nein«, schnappte ich daher und hoffte, in Kaeras Ohren nur verwirrt zu klingen und nicht wie die schlechteste Lügnerin des Jahrhunderts. »Aber es ist doch nicht schlau, einfach so an den Strand zu stürmen, ohne wenigstens vorher zu beobachten, mit wem wir es zu tun haben«, versuchte ich es noch einmal anders und Kaera schüttelte nur den Kopf.

»Es ist aber nicht deine Entscheidung, Limea. Der Rat trifft diese Entscheidung«, sagte sie zu mir und ich hätte am liebsten laut geschrien, weil die Einzige, die mir hätte helfen können, mich nicht verstehen wollte.

»Ich weiß, es ist schwer. Man kann nicht mit allem zufrieden sein, was andere entscheiden. Glaub mir, ich musste das auch lernen«, erzählte sie mir und griff wieder nach meinem Arm, um meinen Blick aufzufangen. »Aber du bist noch jung und solltest dir um solche Sachen keine Gedanken machen. Wichtig für dich ist gerade nur, dass du deine Sache bei den Übungen ausgezeichnet machst, und ich sehe, was für eine fantastische Jägerin aus dir geworden ist. Deine Stellung in den Kasten …«

»Meine Stellung ist mir gerade reichlich egal«, konnte ich nicht zurückhalten und bereute es sofort, als ich Kaeras prüfenden Blick auf mir spürte. Doch Enttäuschung kroch mir brennend heiß über die Haut, als ich einsehen musste, dass es keinen Sinn hatte, mit Kaera darüber zu diskutieren. Sie vertraute auf die Entscheidung des Rates, so wie alle. So wie ich auch noch vor ein paar Tagen.

Was war nur mit mir passiert?

Ich entzog mich Kaeras Hand, die mich bereitwillig gehen ließ, neigte nur flüchtig den Kopf in ihre Richtung und verließ die Übungsebene über die Treppe zu den Seilzügen.

Mir platzte bald der Schädel und ich brauchte dringend jemanden, mit dem ich reden konnte, der mir nicht einzureden versuchte, meine eigenen Probleme wären wichtiger als das Wohl der Sorayer.

Ich fand Aisek noch in seinem Bett. Er schlief und schnarchte dabei leise, als ich mich vom Dach durch sein Zimmerfenster schwang. Die Sonne war bereits aufgegangen und die Menschen in der Siedlung wurden langsam wach. Selbst Macon, mit dem sich Aisek das Zimmer teilte, war schon verschwunden. Sein Bett war sogar gemacht, obwohl der Rest des Zimmers im Chaos versank.

Alle freuten sich auf den zweiten Tag des Beerenfestes, der jetzt nicht mehr stattfinden würde.

Ich wartete nur noch auf die Trommeln. Der Rat würde uns allen mitteilen, dass Fremdlinge auf der Insel waren und dann würde er zum Strand ziehen, um sie wegzuschicken. Doch es würde in einem Desaster enden und ich hoffte inständig, dass Keris und die anderen, wie abgeneigt sie auch mir gegenüber gewesen waren, meine Worte noch einmal überdachten.

»Aisek«, sprach ich ihn an und schüttelte ihn an der Schulter. Mit einer Decke verschlungen lag er da und der friedliche Ausdruck auf seinem Gesicht gefiel mir so gut, dass ich mir wünschte, ihn nicht wecken zu müssen.

Mühsam öffnete er die Augen, sodass sich das Sonnenlicht im blauen Schimmer seiner Iris verfing, sah mich verschlafen an und kratzte sich am Kopf wie ein Dachs, der aus dem Winterschlaf erwachte. Schlaftrunken setzte er sich auf. »Bitte sag, dass du nichts angestellt hast«, grummelte er mit rauer Stimme und rieb sich das Gesicht, um wacher zu werden. Er trug nichts außer seinem Lendentuch, quälte sich aus dem Bett und suchte schwankend sein Zimmer nach einem Schurz ab.

Erschöpft von meiner durchwachten Nacht und den sich überschlagenden Ereignissen des jungen Tages ließ ich mich aufs Bett sinken, das noch warm war, und fragte mich, wie ich es am besten auf die Schnelle erklären könnte.

Ich hatte es dem Rat berichtet und auch mit Kaera darüber gesprochen. Doch Aisek war der Einzige, dem ich alles sagen konnte. Nicht nur über das Schiff und die Fremdlinge, sondern auch über das, was Nóatún gesagt hatte.

Ich konnte jedoch nur hoffen, das Aiseks Laune wieder besser war als die letzten Tage, da ich nicht die Kraft besaß, mich jetzt auch noch vor ihm zu rechtfertigen.

Dieser Morgen war ein Wechselbad an Gefühlen gewesen, die anstrengend und nervenaufreibend waren. Der Rat hatte mich angeschnauzt, meine Mutter mich runtergeputzt wie ein kleines Kind und Kaera wollte, dass ich mich auf ›Wichtigeres‹ konzentrierte.

»Am Strand liegt ein Schiff«, begann ich, hielt die Luft an und wartete erst einmal auf seine Reaktion.

Erschrocken glitt ihm der Schurz aus den Händen, den er gerade aufgehoben hatte, und seine Augen fielen ihm beinahe aus den Höhlen. »Oh nein«, seufzte er und starrte mich erschrocken an. »Fremdlinge?«

Ich nickte. »Ja. Mehr als ein Dutzend. Ihr Schiff hat an der Seite ein Loch. Ich habe sie vor Sonnenaufgang entdeckt«, ratterte ich runter, was ich heute schon so oft hatte erzählen müssen und trotzdem nicht leichter geworden war, und Aisek ließ sich stöhnend neben mich aufs Bett sinken.

»Und jetzt?«, wollte er wissen und hob genervt eine Augenbraue. »Willst du, dass ich komme und mit dir zusammen das Boot verstecke, damit niemand es findet?«, fragte er und sein Sarkasmus war unüberhörbar. Es war eigentlich ein Vorwurf, aber es brachte mich trotzdem zum Lächeln, dass er glaubte, ich hätte vor, diese Fremdlinge auch noch zu verstecken. Und es hob ein klein wenig meine Stimmung.

»Ich habe es bereits dem Rat berichtet«, informierte ich ihn, was ihn erleichtert aufatmen ließ. Mir war aber gar nicht nach Erleichterung zumute.

Doch Aisek war mit den Gedanken schon weiter. »Wie sehen sie aus?«, fragte er mich, genau wie es Keris getan hatte, aber in seiner Stimme war doch tatsächlich Neugierde herauszuhören.

Wütend sah ich ihn an. »Aisek, das ist ernst!«, warf ich ihm vor. »Da sind gefährliche Männer angespült worden. Warum will mir das niemand glauben? Es sind Krieger! Nóatún sagt …«, machte ich weiter und wurde sofort unterbrochen.

»Nóatún?«, erkundigte sich Aisek mit einer Spur plötzlichen Misstrauens und ich wusste, dass es zu viel gewesen war. Ich hatte den Fremdling beim Namen genannt.

Nóatún.

Wenn ich an ihn dachte, wurden meine Ohren warm und mein Herz schlug schneller. Und das, obwohl wir uns in einer ziemlich misslichen Lage befanden und er möglicherweise an allem schuld war.

»Das ist sein Name. Der von meinem Fremdling«, versuchte ich auf die Schnelle zu erklären, doch Aiseks Misstrauen wurde nur noch größer.

»*Deinem* Fremdling?« Skepsis lag in seinem Blick und mein Hals wurde trocken. Das unnatürliche Blau seiner Augen durchbohrte mich und las meine Gedanken. Wir kannten uns schon so lange, ewig. Er würde mir sofort ansehen, dass etwas nicht stimmte, etwas anders war als vor ein paar Tagen, und der Gedanke machte mir Angst, dass er irgendwie sehen könnte, dass ich mich verliebt hatte.

Schnell brach ich den Blickkontakt ab und erhob mich vom Bett.

»Limea. Was hast du nur angestellt?«, fragte Aisek besorgt und vorwurfsvoll zugleich, und ich biss mir auf die Unterlippe. War das jetzt nicht der falsche Moment, um über mich und meine dummen Gefühle zu reden? Überhaupt über mich zu reden? Keris hatte Bardin erwähnt, Mutter etwas über meine Möglichkeiten erzählt und Kaera versicherte mir, dass meine Jagdfortschritte anerkannt wurden. Was war falsch mit den Leuten?

»Das ist doch überhaupt nicht wichtig, Aisek!«, fuhr ich ihn heftiger als nötig an. »Es geht schließlich nicht um mich«, versuchte ich abzulenken und kam zum Kern zurück, zu dem, was mich eigentlich beschäftigte. Was uns alle beschäftigen sollte. »Nóatún hat mir erzählt, dass es Plünderer sind. Krieger und Mörder, und sie sind riesengroß. Der Rat hat vor, ihnen entgegenzutreten und sie der Insel zu verweisen. Aber ich habe ein ganz mieses Gefühl dabei. Sie werden niemals auf sie hören. Und sie werden dann wissen, dass wir hier sind«, redete ich weiter und ich spürte, wie bedeutend dieser Moment war. Wir standen hier an einem Scheideweg, der über alles entscheiden konnte. Und wir würden kämpfen müssen, wenn wir die falschen Entscheidungen trafen. Doch das lag unglücklicherweise nicht in meiner Hand, egal wie sehr ich mich bemüht hatte. »Ich habe Angst, dass sie stark genug sein könnten, uns allen etwas anzutun. Was, wenn es einen Krieg gibt und Tod und Verderben?« Ich dachte an Milla und an die Traumwelt, in der sie lebte. Alles würde sich verändern und die

Ungewissheit der Zukunft drückte mir so auf die Brust, dass es mir schwererfiel zu atmen.

Arme wurden mir plötzlich von hinten um die Taille gelegt und ich blinzelte Aisek über die Schulter hinweg irritiert an.

»Beruhige dich«, sagte er streng und ich spürte seine Körperwärme an meinem Rücken, was sich seltsam und falsch anfühlte. Umarmungen waren kein Teil unserer Freundschaft und die Vertrautheit, die Aisek hier erzeugte, war mir äußerst unangenehm.

Ich schnappte ein paarmal nach Luft, wand mich dabei ungeschickt aus seinen Armen und trat einen Schritt zurück.

»Woher weiß dieser Nóatún das alles überhaupt?«, fragte Aisek und ich fasste mir seufzend an den langsam schmerzenden Kopf.

»Ich denke, sie gehören irgendwie zusammen«, erklärte ich und sprach schnell weiter, damit Aisek nicht den gleichen Schlussfolgerungen erlag wie ich heute früh. »Er hat sie aber nicht hergelockt, da sie wohl auf verschiedenen Seiten stehen. Als sie noch auf dem Schiff waren, haben sie versucht, sich gegenseitig umzubringen. Er hat das Schiff beschädigt und sie haben dafür versucht ihn abzustechen.«

»Na klar, die Wunde«, schien für Aisek die Sache ganz logisch zu sein und er verschränkte die Arme vor der Brust. »Wunderbar. Warum genau haben wir ihm noch mal geholfen?«, stöhnte er und ich ließ das Gesicht in meine Hände sinken.

»Aisek. Es macht doch überhaupt keinen Unterschied, ob wir ihm geholfen haben oder ob er an diesem Morgen am Strand gestorben wäre«, behauptete ich. »Die Fremdlinge mit ihrem Schiff wären doch trotzdem hier gelandet. Nur dass wir nicht wüssten, wer sie sind und sie für harmlos halten würden. So wie der Rat es jetzt tut!«, ärgerte ich mich und ballte die Hände zu Fäusten. »Ach verdammt!«, fluchte ich lautstark und ließ mich wieder auf Aiseks Bett fallen.

»Warum passiert so was immer dir?«, erkundigte sich Aisek genervt und angelte wieder nach dem Schurz, den er vorhin fallen gelassen hatte. »Und warum muss ich es immer mit ausbaden?«, beschwerte es sich und band sich das Kleidungsstück um.

»Weil du mein bester Freund bist, Aisek.«

Draußen begannen die Trommeln zu schlagen.

Und mein einziger Trost war, zu wissen, dass die Fremdlinge am Strand sie auch hören und für Kriegstrommeln halten würden.

15

RESPEKTLOSIGKEIT

Die Gewänder der Ratsmitglieder flatterten im Wind, als die drei, zusammen mit einem kleinen Trupp an Jägerinnen der oberen Kasten, durch den Sand schritten. Die Jägerinnen waren mit Pfeil und Bogen bewaffnet und blickten selbstgefällig und gelangweilt drein.

Keiner von ihnen sah die Fremdlinge als das, was sie waren. Als ernst zu nehmende Bedrohung.

Aisek und ich hockten hinter einem niedrigen Busch oberhalb des Strandes und beobachteten die Geschehnisse von Weitem. Ich hatte ihn nicht einmal überreden müssen mitzukommen. Eine Andeutung, dass ich nicht darauf hören würde, was der Rat befahl und mich zum Strand schleichen wollte, reichte und er bot sich von allein an, mich zu begleiten.

Die Anweisungen des Rates lauteten, wir sollten in der Siedlung bleiben, solange sie die Situation unter Kontrolle bringen würden. Sie hatten zuversichtlich und selbstsicher geklungen und wäre ich nicht schon schlauer gewesen, hätte ich ihnen sogar geglaubt.

Doch ich konnte mir nicht vorstellen, dass irgendetwas von dem, was der Rat gerade plante, umsetzbar war. Dafür hatte ich zu viele Auseinandersetzungen mit Nóatún durchgestanden, war zu oft mit seinem Weltbild kollidiert, als dass ich mir Illusionen machen würde.

Die Sonne versteckte sich hinter Wolken, als wollte sie nicht mit ansehen, was sich hier zusammenbraute. Das Licht war trüb und das Meer schien grau zu sein.

Kaum hatten der Rat und sein Gefolge die Dünen betreten, war der erste Fremdling, ein Mann mit einer zotteligen Mähne aus hellen Zöpfen, auf sie aufmerksam geworden. Eilig schlug er mit der Faust gegen einen Schild und alarmierte die anderen, die erst den bunten Zug mit wachsender Neugierde beobachtet hatten und schließlich zu unterschiedlichen Waffen griffen.

Der eine Schwang einen gewaltigen Hammer, als wäre es eine Kleinigkeit, ein anderer mit einer doppelschneidigen Axt stellte sich zu ihm, bis alle Fremdlinge dem Rat entgegensahen, unverrückbar wie Felsen.

Ich schob mich auf dem weichen Sand unter mir weiter nach vorne, immer im Schatten des Gestrüpps, suchte mir einen noch besseren Winkel, um alles zu überblicken, und war gleichzeitig froh, nicht allein hier draußen zu sein.

Mit den Augen zählte ich die Fremdlinge ab und kam auf sechsundzwanzig. Unglücklich stöhnte ich auf. Das waren noch viel mehr, als ich gedacht hatte.

Keris stolzierte an der Spitze des Zuges, das Haupt erhoben, das Gesicht streng, und blieb etwa hundert Schritt vor der feindlichen Aufstellung stehen. Ich sah, wie sie die Arme ausbreitete als Zeichen der Überlegenheit, und dann erhob sie ihre laute Stimme. »Fremdlinge!« Der Wind trug ihren verärgerten Tonfall sogar bis zu uns nach oben. »Ich verlange euren Anführer zu sprechen!«

Kaum traute ich mich hinzusehen, spürte den Knoten im Magen, der mir Übelkeit verursachte, als einer der Fremdlinge sich von seinen Kameraden löste und lässig nach vorne trat.

Er war unverkennbar ihr Anführer. Noch einen halben Kopf größer als die anderen, strahlte er eine solch raue Brutalität aus, dass ich instinktiv den Kopf einzog.

Wildes weißes Haar klebte ihm am Kopf und durch den dichten Bart blieb sein Ausdruck verborgen. Wie um seine Stärke zu demonstrieren, schulterte er einen baumstammbreiten Holzknüppel, durch dessen Gewicht sich seine Armmuskulatur obszön anspannte.

Wie von selbst rückte ich näher an Aisek heran, spürte beruhigend seine Gegenwart und hoffte inständig, dass alles gut gehen würde. Ich erwartete gar nicht, dass der Rat irgendeinen Erfolg hatte, wollte lediglich, dass am Ende alle Beteiligten noch am Leben waren und niemandem der Kopf gespalten wurde.

»Wer verlangt das?«, dröhnte die Stimme des Fremdlings, kalt und kratzig wie erbarmungsloser Winter und mit so viel mehr Kraft als die von Keris. Sein Gesichtsausdruck war starr, beinahe unbelebt.

Doch Keris zuckte nicht einmal mit der Wimper. Das musste man ihr lassen, sie war zwar uneinsichtig, aber auch unverwüstlich. »Der Rat der Sorayer!«, keifte sie ihm entgegen und ballte die Fäuste. »Und wir dulden euch nicht auf unserer Insel!«

Das war direkt gewesen.

Angespannt hielt ich die Luft an. Aisek neben mir war wie erstarrt.

Auch Era und Talo sahen mehr als eingeschüchtert aus. Ihnen schien nicht wohl zu sein und sie schienen im Angesicht des Feindes die Bedrohung richtig einzuschätzen.

Die eine Jägerin, Fanja, versuchte ihre Angst hinter einem wütenden Gesicht zu verstecken, der anderen, Hela, zitterten die Knie ganz offensichtlich. Keiner von uns wünschte sich, dass es zu einer offenen Auseinandersetzung kam, die Keris geradezu zu provozieren schien.

»Hat die Frau etwa gerade was gesagt?«, erkundigte sich der Riese mit dem Knüppel und sah dabei seine Leute an, die vereinzelt zu lachen begannen.

Ich wünschte, ich hätte die Augen schließen können, doch ich durfte nichts verpassen. Es war, wie ich es vorhergesehen hatte. In Nóatúns Welt waren Frauen nicht das, was sie hier waren und die Fremdlinge würden Keris niemals ernst nehmen. Wenigstens hackten sie den Rat nicht sofort in kleine Stücke.

»Wir gebieten euch, auf der Stelle von hier zu verschwinden!«, befahl Keris unbeirrt und ich fragte mich, ob ihr die rohe Angriffslust der Männer, die vor ihr standen, denn völlig entging, während ich sie auf viel größere Distanz bis in die Knochen spüren konnte.

Jetzt begann auch der Anführer der Fremdlinge zu lachen. Hohl und gemein, und sein Bart erzitterte. »Habt ihr das gehört? Sie gebietet uns«, rief er und auf einen Schlag verfinsterte sich sein Gesicht. Mit einer weit ausholenden Geste schwang er seinen Knüppel und obwohl der Rat viel zu weit entfernt war, um davon getroffen zu werden, zuckten doch alle zurück. Bis auf Keris.

»Wie kannst du es wagen, Weibsstück?«, brüllte der Anführer der Fremdlinge und mich schüttelte ein kalter Schauer.

Era und Talo traten noch einen Schritt zurück. Hella knickten beinahe die Beine ein, während sich Fanja fest an ihren Bogen klammerte.

Die Älteste rührte sich noch immer nicht.

Doch der Fremdling war noch nicht fertig. »Wir lassen uns nichts befehlen, und schon gar nicht von einer tattrigen Frau. Kriech zurück unter deinen Stein, alte Hexe, und bleib da!«

Keris' Empörung war unübersehbar, als ihr Kopf sich rot wie eine Tomate verfärbte. Als sie wieder den Mund aufmachen wollte, packte Era sie am Handgelenk. Sie zischte ihr etwas zu, was ich nicht verstehen konnte, doch es machte Keris nur noch wütender.

»Wie schön, dass ihr uns begrüßt habt«, fuhr der Fremdling unbeirrt fort. »Wir gingen davon aus, die Insel sei unbewohnt. Doch jetzt ladet ihr uns ja förmlich ein, euch einen Besuch abzustatten.«

Nun schloss ich doch die Augen, wünschte, das alles wäre nur ein böser Traum. Es war genau so, wie Nóatún es mir gesagt hatte und ich hatte es gewusst und nichts dagegen unternehmen können. Niemand hatte auf mich gehört und nun würden wir alle die Konsequenzen tragen müssen.

Am liebsten hätte ich getobt, Keris gepackt und ihr ins Gesicht geschrien. Wütend und frustriert wandte ich mich an Aisek, doch sein verschrecktes Gesicht brachte mich dazu, meinen Ärger runterzuschlucken. »Aisek?«, flüsterte ich und berührte ihn am Arm.

Er zuckte erschrocken zusammen. Sein Gesicht war so bleich, dass ich Angst hatte, er würde gleich ohnmächtig werden. Ihn nahm das Ganze noch mehr mit als mich.

Gern wollte ich etwas Aufmunterndes sagen, aber mir fiel nichts ein, was nicht gelogen wäre. Also nahm ich nur stumm seine Hand und drückte sie fest.

Era zog an Keris' Arm, während die Ratsälteste am liebsten auf den Fremdling losgegangen wäre. Talo nahm ihren anderen Arm und zusammen mit den Jägerinnen traten sie den Rückzug an.

Aisek und ich blieben, wo wir waren, obwohl ich spüren konnte, dass er genauso wenig hierbleiben wollte wie ich.

Doch auf dem Strand kam Bewegung auf. »Macht euch bereit!«, brüllte der bärtige Riese und die Fremdlinge begannen, weitere lederne Kleidungstücke anzulegen und ihre Waffen zu schultern. Einige holten runde Holzschilde mit eisernen Stacheln vom Schiff und verteilten sie untereinander.

Noch nie hatte ich derartige Rüstungen gesehen und doch wusste ich sofort, was es damit auf sich hatte. Bitter schmeckte ich Galle auf der Zunge.

»Sie machen sich für einen Kampf bereit«, hauchte Aisek erschrocken und ich schüttelte den Kopf.

Denn was es auch werden würde, ein Kampf sicher nicht, da wir ihnen nicht das Geringste entgegenzusetzen hatten, wenn sie uns jetzt überraschten.

»Kein Kampf. Sie wollen uns plündern«, erwiderte ich alarmiert und drückte Aiseks Hand noch einmal fest, bevor ich sie losließ. »Lauf in die Siedlung so schnell du kannst! Sie müssen wissen, dass die Fremdlinge kommen, und alle Aufgänge nach oben ziehen. Der Rat wird zu lange brauchen, bis er zurück ist, und dann wird es schon zu spät sein.«

Mit großen Augen blickte Aisek mich an, als könnte er nicht fassen, dass so etwas gerade wirklich geschah, und nickte verängstigt.

»Und was machst du?«

Instinktiv tastete ich nach meinen Messern und rappelte mich im Schutz des Gestrüpps auf die Beine. Es blieb keine Zeit, großartige Pläne zu schmieden, und ich verließ mich darauf, dass meine Intuition mich richtig beriet.

»Ich bleibe auf einer Höhe mit den Fremdlingen und mache den Ruf einer Sumpfohreule, wenn sie kurz vor der Siedlungsgrenze ankommen. Jeder, der Pfeil und Bogen hat, muss sich bereithalten«, informierte ich ihn und konnte an der Bewegung seiner Augenbrauen sehen, wie er zum Protest ansetzte.

Doch ich ließ ihn nicht. »Los jetzt!«, pfiff ich ihn an und er zögerte nur einen Wimpernschlag, bevor er sich erhob, mich noch einmal sorgenvoll ansah und dann geduckt in den Wiesen hinter uns verschwand.

Angespannt harrte ich weiter hinter dem Busch und setzte mich erst in Bewegung, als die Fremdlinge es auch taten. Sie liefen den

Strand entlang, in die Richtung, aus der der Rat gekommen war, und stießen oberhalb des Sandes unweigerlich auf einen Pfad, der sie direkt zur Siedlung führen würde.

Ihre Schritte waren kräftig und schnell, doch durch ihre schiere Größe war es ein Leichtes, sie im Auge zu behalten.

Sobald sie den Wald betraten, wurden sie langsamer, wachsamer und ich verringerte meinen Abstand zu ihnen, indem ich mich in die Bäume hochzog und ihren Weg über ihnen nachverfolgte.

Sie bewegten sich laut, lachten und riefen sich gegenseitig Dinge zu, die ich nicht verstand.

Ich bewegte mich versteckt hinter Blättern und Baumstämmen, und versuchte dabei, keine auffälligen Geräusche zu machen. All meine Fertigkeiten nutzend, die ich mir als Jägerin angeeignet hatte, hielt ich mich sogar immer gegen den Wind, obwohl ich bezweifelte, dass die Fremdlinge mich riechen konnten.

Laut klopfte mir das Herz in der Brust, pumpte mein Blut rauschend durch mich hindurch. Jede Faser meines Körpers war angespannt, jeder meiner Sinne geschärft, mein Kopf frei von lästigen Gedanken und meine Ängste machten sich ganz klein, damit sie meine Konzentration nicht störten. Ich empfand genauso wie auf der Jagd. Nur dass ich es leider nicht mit ein paar Raubtieren zu tun hatte, sondern mit einer Horde denkender, bewaffneter Riesen.

Kurz vor der Siedlung überholte ich sie und stieß den Eulenruf für Aisek aus. Sicher war die Siedlung gerade in hellem Aufruhr und doch konnte ich keinen Mucks hören. Nur die stetigen Waldgeräusche, ein paar zwitschernde Vögel, das Rascheln der Blätter im Wind.

Still kletterte ich weiter und zog mich auf die erste Plattform, die ich erreichen konnte. Sie war gut zwei Mannslängen vom Boden entfernt und damit noch eine der niedrigsten.

Jemand hatte, wie von mir angewiesen, alle Seilzüge und Strickleitern nach oben hochgezogen. Nur feste Treppen und die Äste, die im Laufe der Jahre zu Treppen geworden waren, konnte man noch besteigen. Doch ohne die Seile und die ganzen Menschen, die sie begingen, wirkten sie genauso unauffällig wie alle anderen Äste auch.

Zwei Mädchen in Millas Alter standen am Geländer der Plattform und starrten besorgt nach unten. Beide hielten sich die Hände vor

Mund und Nase, damit selbst ihre Atemgeräusche leiser waren, und nickten mir wohlwollend zu, als sie mich hinter sich bemerkten.

Ich kannte sie nur flüchtig und hatte auch ihre Namen vergessen, doch im Gegenzug schienen sie ziemlich froh zu sein, mich zu sehen. Aber seit Bardins Liebeslied sollte ich mich über solche Dinge eigentlich nicht mehr wundern. In den letzten Tagen hatte so ziemlich jeder von mir gehört.

Die Sorayer hatten sich auf Tribünen und Balkonen versammelt. Stumm starrten sie in die Tiefe, die meisten mit einer Hand auf Mund und Nase, wie man es uns für die Jagd gelehrt hatte.

Verwundert und auch ein wenig fassungslos sah ich mich um, sah die unzähligen Bögen, die sie bereithielten.

Ich konnte mir nicht vorstellen, wie Aisek alle so schnell mobilisiert hatte, denn wir waren auf so einen Fall überhaupt nicht vorbereitet. Niemand hatte je damit gerechnet, dass wir von Fremdlingen angegriffen wurden.

Doch es war auch beruhigend, dass wir die Stärke hatten, uns an neue Situationen schnellstmöglich anzupassen.

Die Fremdlinge kamen nur wenige Herzschläge nach meinem Eintreffen unter der Plattform durch und schienen verwirrt zu sein, als sie das Ende des Pfades erreichten, aber keine Häuser vorfanden. Hektisch sahen sie sich nach allen Seiten um und riefen sich grob klingende Bemerkungen zu, die ich hier oben wieder nicht richtig verstehen konnte. Dafür schluckte der Wald zu viele Geräusche.

Für einen winzigen Augenblick hatte ich die Hoffnung, dass sie uns überhaupt nicht finden würden, verbot mir jedoch die Erleichterung, die damit verbunden gewesen wäre.

Nóatún war sehr überrascht gewesen, als ich ihm von unserer Siedlung erzählt hatte. Er hatte kaum glauben können, dass Menschen auf Bäumen leben konnten. Und vielleicht war es für diese Fremdlinge genauso unverständlich, sodass sie nicht mal auf die Idee kamen.

Doch natürlich hob genau in diesem Moment einer der Fremdlinge den Kopf und stieß einen Schrei aus. Die Köpfe der anderen schnellten nach oben und die Wut in ihren Gesichtern wurde nur durch die schreckgeweiteten Augen übertroffen, die sie aufrissen, als sie die gespannten Bögen erblickten.

Wie auf einen stummen Befehl prasselten Pfeile auf sie nieder und der Anführer der Fremdlinge brüllte etwas, woraufhin sich die meisten von ihnen unter ihre Schilde duckten oder hinter dicken Baumstämmen verschwanden.

Ich wünschte, ich hätte auch einen Bogen gehabt.

Zwei der Fremdlinge gingen sofort zu Boden. Pfeile stecken in ihren Kehlen. Doch die meisten Geschosse zischten vorbei, blieben in den hölzernen Schilden und Baumstämmen stecken oder brachten ihnen nur unbedeutende Wunden bei.

Erschrocken über die schnelle Reaktion der Fremdlinge, die so geübt aussah und für sie so normal wirkte, krampfte sich mein Herz zusammen. Als ob sie jeden Tag beschossen wurden, als ob jeden Tag einer von ihnen starb. Einer entdeckte eine Treppe am Baum und versuchte sie im Schutz seines Schildes zu erklimmen. Doch schon die zweite Stufe gab unter seinem Gewicht nach und zerbrach krachend in zwei Hälften.

Wäre die Situation nicht so ernst, hätte ich sicher über ihn gelacht.

Der Fremdling schaffte es gerade noch, hinter einen dicken Stamm zu hechten, bevor einer der Pfeile seinen ungeschützten Nacken treffen konnte.

Der Pfeilregen wurde eingestellt und man wartete auf eine weitere Bewegung. Die Fremdlinge saßen in der Falle. Bewegten sie sich, wurden sie beschossen. Dortbleiben konnten sie aber auch nicht.

Ich wagte es immer noch nicht, die Erleichterung zuzulassen, da alles viel zu einfach gewesen war. Es war unmöglich, dass wir sie mit einem kleinen Pfeilhagel in die Flucht geschlagen hatten.

Meine Hände umklammerten angespannt die Brüstung, während die Mädchen neben mir sich gegenseitig breit angrinsten, als wäre die Schlacht bereits gewonnen. Überall in der Siedlung wurden Stimmen laut, Gemurmel, Lachen und sogar vereinzelte Siegesrufe.

Aber ich konnte dem leichten Sieg nicht trauen. Nóatún hätte mich nicht so vehement gewarnt, wenn es so einfach gewesen wäre.

Und da passierte es. Ich hatte etwas erwartet und doch traf es mich wie ein Schock. Das leise Zischen von sich entzündendem Feuer zerschnitt die aufkommende Erleichterung wie ein überspanntes Seil und hinterließ nur angespannte Stille. Als wenn man einem bockenden Kind mit der Rückhand ins Gesicht geschlagen hätte. Bis ins Mark erschüttert starrte ich auf die brennende Fackel, die der riesenhafte Anführer der Fremdlinge in die Luft hielt.

»Nehmt die Waffen runter!«, brüllte er und überall in den Bäumen senkten sich sofort die Bögen.

Feuer! Begehrter Freund und erbarmungsloser Feind. Jede unserer Feuerstellen in den Häusern war doppelt und dreifach gesichert. Keiner ließ ein brennendes Feuer jemals allein, jedem Kind wurde es eingebläut. Denn wenn ein Baum brannte, dann brannten alle!

Meine Haut prickelte vor Spannung, meine Hände zitterten. Wären die Fremdlinge doch dumme Bären, sie hätten uns nichts tun können. Doch dort standen sie, mit einem selbstgefälligen Grinsen im Gesicht, eine brennende Fackel in der Hand.

»Wir verlangen Vorräte!«, rief ihr Anführer zu uns rauf und warf den Kopf spöttisch in den Nacken. »Fleisch und Wasser, an den Strand!« Seine Stimme klang in meinen Ohren bösartig und unheilvoll wie das laute Knacken eines Astes, auf dem man gerade stand und der einen in die Tiefe reißen würde.

Es rührte sich immer noch keiner, niemand machte einen Mucks, alle blickten auf die Fackel, die der Fremdling leichtfertig von einer Hand in die andere warf.

»An jedem Mittag und an jedem Abend«, ergänzte der Fremdling und grinste widerwärtig selbstgefällig.

Er gab seinen Männern ein Zeichen, hinaus aus dem Wald und die ersten setzten sich in Bewegung. Mit erhobenem Schild traten sie den Rückzug an, einer nach dem anderen, ihr Anführer zum Schluss.

Wir verharrten, lauschten den knackenden Schritten im Unterholz und dann waren sie wieder fort.

»Verdammt!«, fluchte ich leise, als ich mich endlich traute, etwas zu sagen, und stürmte, ohne zu zögern, zur nächsten Seilbrücke, die mich zu einer Treppe nach oben führte. Ich ließ die beiden Mädchen zurück und erklomm die Siedlung so schnell ich konnte, bis ich die Plattform auf dem Dach unseres Hauses erreichte.

Mutter und Milla erwarteten mich dort. Meine Schwester stürzte sich sofort auf mich und ich legte meinen Arm um sie, während sie ihr Gesicht verängstigt an meine Schulter drückte. Sie war schon so groß geworden.

Behutsam strich ich ihr mit der Hand über den Kopf, versuchte beruhigend zu wirken, und mein Blick traf den meiner Mutter.

»Der Rat will dich sehen«, flüsterte sie mir zu und sah dabei gar nicht erfreut aus. Doch ihr Ärger schien diesmal nicht mir zu gelten.

»Sofort?«, erkundigte ich mich verwirrt und Mutter atmete tief durch.

»Als sie hier angekommen sind, waren sie nicht gerade erfreut, dass sich die Siedlung auf einen Angriff vorbereitet, ohne dass sie einen Befehl dafür gegeben haben.«

Ich konnte es mir nur zu gut vorstellen.

»Es gilt allgemein die Meinung, dass du das angewiesen hättest. Sie waren wütend und haben sofort nach dir verlangt«, erzählte sie weiter und plötzlich erschien ein halbes Lächeln auf ihren Lippen. »Allerdings werden sie jetzt ganz andere Sorgen haben.«

Verwirrt sah ich sie an und konnte nicht glauben, dass sie in dieser verzwickten Situation noch einen Witz machen konnte.

Doch ihr Gesicht wurde wieder ernst und ihr Blick bohrte sich in meinen. »Warst du es denn, Limea?«, wollte sie wissen und auch Milla hob den Kopf, um mich ebenfalls erwartungsvoll anzusehen.

Ich unterdrückte den Impuls zu lügen. »Ja«, gestand ich und wich dem Blick meiner Mutter aus, um nicht zu sehen, falls sie schon wieder enttäuscht von mir war. Denn egal, wie sie darüber dachte, ich hatte recht gehabt und würde es wieder so machen. Auch wenn ich dem Rat zuwiderhandelte. »Ich war unten am Strand, zusammen mit Aisek. Der Rat schätzt die Situation falsch ein. Ich habe sie heute Morgen doch gesehen. Sie hätten vorsichtiger sein müssen, sie erst einmal unbemerkt beobachten.«

Mutter hob eine Augenbraue, doch es war mir unmöglich herauszufinden, was sie gerade dachte.

»Ich habe Aisek geschickt, alle in Alarm zu versetzen, als die Fremdlinge sich zum Kampf gerüstet haben«, kürzte ich meine Erläuterungen ab und wartete.

Mutter musterte mich und es entstand eine unerträgliche Pause. »Gut«, sagte sie schließlich und legte mir eine Hand auf die Schulter. »Halt den Kopf erhoben, wenn du mit dem Rat sprichst.« Ihre Worte klangen wie ein Befehl und sie wandte sich an Milla.

Ich war entlassen. So einfach. Ich hatte eine weitere Ansprache erwartet, die mich als eine ungehörige und ehrlose Tochter beschrieb. Doch meine Mutter zwinkerte mir nur noch einmal zu und erklärte dann Milla, dass sie die Siedlung nicht verlassen sollte, außer sie oder ich wären bei ihr.

Behände kletterte ich auf einen Ast neben der Plattform und balancierte darauf bis zu einer Leiter, die mich weiter nach oben führte. Ein weiteres Mal am heutigen Tag begab ich mich hinauf zur Spitze der Siedlung.

Gerade erklomm ich eine der Treppen, die um einen Baumstamm herumführten, da spürte ich einen Blick auf mir. Irritiert sah ich mich um und erblickte Kaera. Wieder stand sie einige Bäume weit entfernt auf einer Plattform und sah zu mir herüber. Unsere Blicke trafen sich, sie nickte mir zu und ihr Kopf neigte sich dabei etwas tiefer, als es üblich war für eine Jägerin, die in den Kasten über mir stand und ihren Wert bereits um ein Vielfaches bewiesen hatte.

Stolz erfüllte meine Brust und ein Schmunzeln huschte über meine Lippen, als Kaera, die beste Jägerin der Sorayer, mir die Ehre erwies. Auf einmal hatte ich nicht mehr das Gefühl, dass die Siedlung nach Aiseks Warnung zu schnell auf den Angriff vorbereitet gewesen war. Denn ich spürte Kaeras Anteil daran. Sie hatte also doch auf mich gehört.

Das erzählte ich dem Rat besser nicht.

Als ich Keris' Haus betrat, konnte ich die unerfreulichen Spannungen förmlich spüren, die in den Räumen hingen. Ein schlaksiger junger Mann, von dem ich glaubte, dass sein Name Ruzan lautete, führte mich in ein großes Zimmer, in dem der Rat auf prachtvoll bestickten Kissen im Kreis saß und sich ernst anstarrte.

»Limea ist hier«, kündigte Ruzan mich an und die Ratsmitglieder hoben die Köpfe.

Ich fühlte mich ganz und gar nicht wohl in meiner Haut.

Keris war schneller auf den Beinen, als ich es ihr zugetraut hatte, und kam mit stampfenden Schritten auf mich zu. »Du!«, kreischte sie und zeigte mit ihrem runzeligen Finger auf mich.

Era schnellte erschrocken hinter ihr nach oben und eilte auf sie zu, um sie davon abzuhalten, sich mit ausgefahrenen Krallen auf mich zu stürzen.

Stolpernd wich ich einen Schritt zurück in Richtung der Tür und wollte gerade den Blick zu Boden wenden, da erinnerte ich mich an das, was meine Mutter mir gerade noch gesagt hatte. Und an die Ehrerbietung, die mir Kaera entgegengebracht hatte.

Sofort hob ich das Kinn sogar noch höher, anstatt den Kopf zu senken, und spürte ein seltsames Kribbeln von Rebellion und Trotz über meine Haut tanzen.

»Du freches Kind. Was denkst du dir eigentlich? Willst du, dass wir im Chaos versinken?«, schrie Keris mich an, während Era sie am Arm zurückhielt. Die Älteste war außer sich vor Wut, das Gesicht zu einer hässlichen Fratze verzerrt, die Falten wie Krater, die ihre Haut durchfurchten.

Weiter hielt ich den Kopf erhoben und war überrascht darüber, was es bedeutete, so vor dem Rat zu stehen. Ich hatte die Worte meiner Mutter für eine Aufmunterung gehalten. Doch jetzt, wo ich erhobenen Hauptes dastand, musste ich feststellen, dass meine Mutter gewusst hatte, dass es einer Rebellion gleichkam, so zu meinen Taten zu stehen und keine Reue zu zeigen.

Es erfüllte mich mit Stolz, dass Mutter, die heute früh noch so ein schlechtes Bild von mir gehabt hatte, ihre Meinung über mich geändert hatte.

»Keris!« ermahnte Era die alte Frau und zog sie zurück zu den Kissen. »Sie hat uns allen das Leben gerettet!«

»Wir hätten es auch ohne sie geschafft und das Volk würde weiterhin in Ordnung leben«, erwiderte Keris aufgebracht und Talo verdrehte stumm die Augen. Er schien ganz schön genervt zu sein von der Situation. Oder aber von Keris, was ich ihm nicht verübeln konnte.

»Aber wir haben durch sie wertvolle Zeit gewonnen«, redete Era weiter auf Keris ein, während sie nur verbissen den Kopf schüttelte.

»Sie hat sich einem direkten Befehl des Rates widersetzt! Wir hatten gesagt, niemand soll die Siedlung verlassen. Und wo war sie?«, keifte Keris aufgebracht und Era seufzte laut. Sie war dieser Diskussion wohl überdrüssig.

»Haben wir nicht ein wichtigeres Problem als ein streunendes Mädchen?«, rief Era genervt und Talo stimmte ihr mit einer Handbewegung zu.

»Was tun wir wegen der Fremdlinge?«, sprach er es aus und legte Keris eine Hand auf den Arm.

Keris schüttelte sie ab wie einen widerwärtigen Käfer. »Dieses Ungeziefer bekommt gar nichts von uns«, knurrte sie wütend und ballte die Fäuste so stark, dass die Fingerknöchel weiß hervortraten. »Kein Handel mit Fremdlingen! Vor hundertzwanzig Jahren haben wir damit aufgehört und es hatte gute Gründe.«

Fassungslos lauschte ich der Unterhaltung. Nach allem, was heute früh passiert war, konnte es doch nicht sein, dass Keris immer noch so verbohrt war. »Aber sie werden den Wald in Flammen aufgehen lassen, wenn wir uns weigern«, platzte es aus mir heraus, weil ich mich so sehr ärgerte, und Keris' Kopf schnellte zu mir herum. Innerlich zuckte ich zurück, während sich mein Körper versteifte. Hätte ich doch die Klappe gehalten.

Era kam mir jedoch sofort zu Hilfe. »Sie werden den Wald anzünden, wenn wir ihnen keine Vorräte bringen«, wiederholte sie, was ich gesagt hatte, und wandte mir dann kurz ihr Gesicht zu. »Geh«, flüsterte sie leise, aber eindringlich und ich nickte.

Ohne ein Geräusch zu verursachen, trat ich aus dem Raum und ließ das Tuch am Eingang zwischen mich und den Rat fallen. Der Rat würde besser klarkommen, wenn ich Keris nicht länger vor der Nase herumtanzte. Und ich wollte auch keinen Augenblick länger dortbleiben, weil es mich ja doch nur ärgern würde.

Ruzan schenkte mir ein mitleidiges Lächeln und brachte mich bis zur Tür.

»Wird Keris sich von Era überzeugen lassen?«, fragte ich den Mann in den einfachen Gewändern, als wir vor dem Haus standen.

»Wahrscheinlich nicht«, sprach er aus, was ich mir schon gedacht hatte, und ich verabschiedete mich eilig.

Keris würde nicht einlenken, da selbst die erschreckende Begegnung mit den Fremdlingen sie nicht zur Einsicht gebracht hatte. Ganz sicher würde ich nicht tatenlos zusehen, wie sie ihre nächste Dummheit entschied.

Ich nahm den ersten Seilzug nach unten, rutschte bis auf eine Plattform in der Mitte der Siedlung und lief so schnell ich konnte zurück zu unserem Haus.

Von der Seite kletterte ich in mein Zimmerfenster, damit mich Milla und Mutter nicht bemerkten, nahm mir ein Brusttuch, rückte meine Messer zurecht und schnappte mir Pfeil und Bogen.

Und dann war ich auch schon wieder verschwunden. Aus dem Fenster, über die Plattform auf dem Dach, in die Bäume.

Denn ich hatte etwas zu erledigen.

Nur kurze Zeit später war ich ungesehen aus der Siedlung heraus und auf dem Weg zu den Höhlen. Auf dem Weg zu Nóatún.

16

WACHOLDERGESTRÜPP

Ich erhoffte mir ein paar Antworten. Nóatún war einer von ihnen gewesen und konnte die Lage daher besser einschätzen als ich. Denn ich wollte auf keinen Fall unvorbereitet sein.

Der Rat sollte von mir aus weiterhin die Augen vor der Welt verschließen, aber ich hatte nicht vor, ihnen blind nachzulaufen.

Ungläubig schüttelte ich den Kopf.

Wie schnell man sich doch ändern konnte. Vor einer Woche war mein einziges Ziel im Leben gewesen, vor diesen Menschen einen guten Eindruck zu machen, um ein besseres Leben zu führen. Und heute erachtete ich ihre Meinung für gering und unüberlegt und zweifelte an allem, wofür sie standen.

Sie versuchten ein System aufrechtzuerhalten, das dem Feind aber nicht standhielt, und weigerten sich, der Gefahr ins Auge zu sehen. Mit den Händen zu fuchteln und zu rufen, dass alle zu tun hatten, was man sagte, funktionierte nun mal nicht bei allen.

Und ich fragte mich unwillkürlich, warum es bei mir so lange Zeit funktioniert hatte. Immer hatte ich es gehasst, von der Meinung anderer abhängig zu sein, und trotzdem andauernd versucht, das Beste zu geben, um es ihnen zu beweisen. Damit sie irgendwann sagten: Sie ist gut! Und sie dann aufhören würden, immerzu über mich zu urteilen.

Doch auch jetzt gab ich weiterhin mein Bestes und die Meinung des Rates über mich sank dabei. Keris hasste mich offensichtlich und auch wenn Era mir geholfen hatte, glaubte ich kaum, dass sie mich mochte. Und wenn man ehrlich war, hatte Talo mit seiner Unterwürfigkeit nicht besonders viel zu sagen.

Wenn sie ihr abschließendes Urteil über mich fällten, würden sie mich noch aufsteigen lassen?

Wahrscheinlich nicht.

Doch was hätte ich tun sollen? Still alles aussitzen, buckeln und brav nicken, so wie Talo? Nein! Wenn ich das tat und dem Rat alle Entscheidungen überließ, würden wir den nächsten Winter nicht mehr erleben, weil der Feind gefährlicher war, als der Rat es sich eingestehen wollte. Als Keris wahrhaben wollte.

Auch ich hatte noch keinen Plan, aber wenigstens würde ich versuchen, so viel wie möglich über die Fremdlinge in Erfahrung zu bringen. Alles, was Nóatún über sie wusste, damit wir sie überlisten konnten. Es musste doch einen Weg geben, sie davon abzuhalten, uns etwas anzutun.

Schnellen Schrittes brachte ich das schmale Stück Pfad am Felsen hinter mich, das mir vor einigen Tagen noch viel mehr Sorgen gemacht hatte als jetzt, erreichte die Höhle und zog mich flink hinein.

»Nóatún«, sagte ich seinen Namen und richtete mich auf. Doch meine Augen blieben nicht an seiner großen Gestalt hängen, das Feuer war ausgegangen, die Bettfelle zerwühlt und von Nóatún fehlte jede Spur.

In mir brach sofort die blanke Panik aus, schlug über mir zusammen wie die Brandung. Ich ließ Pfeil und Bogen zu Boden fallen und stürzte mich auf die Bettfelle, um sicherzugehen, dass er wirklich nicht da war. Sie waren kalt und leer, mein Herz schlug mir bis zum Hals und ich fühlte mich schrecklich verloren.

Kopflos lief ich hin und her, unterdrückte mit Mühe den Drang loszuschreien und beschwor schreckliche Bilder von Qual und Tod in meinem Kopf herauf. Was, wenn ihm etwas passiert war, wenn man ihn gefunden hatte? Wenn die anderen Fremdlinge ihn getötet hatten?

Mein Herz krampfte sich zusammen, ließ mich nur japsend Atem holen und ich spürte, wie meine Augen zu brennen begannen.

Heftig schüttelte ich den Kopf. Verdammt, ich konnte ja jetzt wohl nicht anfangen zu weinen. Ich zwang mich, ruhiger zu atmen, ein und aus, wie ich es von Kaera gelernt hatte, lehnte mich an die Felswand und wartete, bis mein Kopf wieder fähig war, logisch zu denken.

Denn es war mehr als unwahrscheinlich, dass die Fremdlinge ihn gefunden hatten. Schließlich waren sie gerade erst in der Siedlung gewesen und hatten seitdem sicher keine Zeit gehabt, um einen Erkundungszug bis zu den Höhlen zu unternehmen. Wenn er also nicht zu ihnen gegangen war, was ich bezweifelte, war er sicher am Leben und unverletzt. Ich musste ihn einfach nur finden.

Mit immer noch rasendem Puls kletterte ich aus der Höhle und schlich mich über dem Klippenpfad zurück auf die Grasebene, die sich an der westlichen Küste oben auf den Klippen nach Nordosten ausbreitete

Nóatún kannte sich hier nicht besonders gut aus. Ich hatte ihm den Weg zum Fluss gezeigt und wir waren ein wenig an den Klippen entlanggestreift. Doch ansonsten?

Wo war er also hingegangen?

Ich kam nur wenige Schritte weit, da packte mich auch schon eine große Hand grob am Arm und zerrte mich mit einem Ruck hinter ein großes Wacholdergestrüpp.

Mein Körper reagierte prompt mit flatterndem Bauch und Hochgefühlen, erspürte Nóatún schon, bevor ich ihn mit dem Verstand erkannte. Die fließenden Bewegungen, die gezielte Art seines Griffes, der angenehme Geruch nach Holz, Asche und Mann.

Ich konnte nicht beschreiben, wie erleichtert ich mich fühlte, ihn zu sehen.

Er drückte mich mit dem Hintern auf den Boden im Schatten des Strauches und ließ sich vor mir in die Hocke nieder. »Warum bist du nicht in deiner Siedlung?«, wollte er aufgebracht wissen und verkniff den Mund zu einem harten Strich. Sein Gesicht war ernst, die Augenbrauen bedrohlich zusammengezogen und doch fühlte es sich an, als würde eine Last von meinen Schultern fallen, nur weil ich bei ihm war.

»Warum bist du nicht in deiner Höhle?«, konterte ich seinen Ausruf nicht weniger verärgert und kämpfte gegen den Drang an, ihm in die Arme zu fallen, damit er mich wieder an sich drückte.

»Als ich ankam und du warst nicht da«, stockte ich, da sich unerwartet ein Kloß in meinem Hals bildete, der sich nur mühsam herunterschlucken ließ. »Ich habe mir vorgestellt, wie deine kopflose Leiche irgendwo im Meer treibt«, brachte ich heraus und schon wieder brannten meine Augen. Unauffällig blinzelte ich es fort, wollte woanders hinsehen und konnte nicht, weil Nóatúns Blick mich festhielt. Es war ein Moment, in dem ich gut daran getan hätte, ihn nicht anzusehen. Ein Moment, in dem ich in seinen Augen versank und nichts anderes mehr zu existieren schien als er und ich.

Ob es ihm wohl genauso erging?

Oder sah er mich gerade an und fragte sich, warum diese nackte Verrückte ihn so dämlich anstarrte?

Dieser Gedanke holte mich in die Wirklichkeit zurück. Es war doch völlig irrwitzig, in so einer Situation an meine Gefühle zu denken. Als ob es nichts Wichtigeres gäbe.

Seine großen, warmen Hände lagen immer noch auf meinen Schultern und ich brauchte einen Moment, um mich zu sammeln.

»Die Fremdlinge sind in unsere Siedlung gekommen«, kam ich also schnell zur Sache, um mich selbst abzulenken, und Nóatúns Kiefermuskeln spannten sich an. Seine Atmung beschleunigte sich, in seinen Blick trat Entsetzen und seine Hände krampften sich schmerzhaft um meine Schultern.

»Uns geht es allen gut«, fügte ich schnell hinzu, um ihn zu beruhigen. »Sie haben es nicht in die Bäume geschafft und unsere Bogenschützen haben zwei erledigt. Aber sie haben uns damit gedroht, den Wald in Brand zu setzen, wenn wir ihnen keine Vorräte an den Strand bringen«, berichtete ich und Nóatún entspannte sich wieder.

»Ich habe ganz vergessen, dass ihr auf Bäumen lebt«, sagte er sichtlich erleichtert, nahm die Hände jedoch immer noch nicht von meiner Haut. Wie zufällig strichen seine Daumen über meine Schlüsselbeine.

Sofort verwandelten sich meine Gedanken in Wasser und rannen mir durch die Finger, sodass ich sie nicht mehr fassen konnte. Mein Gleichgewicht schwankte wie ein Boot auf See und mein Herz setzte noch einen drauf.

Erschrocken wich ich vor meinem plötzlichen Gefühlsausbruch zurück, riss meine Schultern aus seiner Berührung und suchte Halt an einem stacheligen Ast des Wacholders. Die nadelartigen Blätter stachen mir in die Handfläche und der leichte Schmerz half mir, meine Gedanken wieder zu sammeln.

Ich musste besser aufpassen. Mein Weg führte mich einen schmalen Pfad zwischen Gefühlen und Vernunft entlang und ich durfte auf keinen Fall in meine Gefühle abstürzen.

Natürlich wäre die Vernunft ein sehr viel sichereres Gefilde gewesen, doch mein Herz ließ mich nicht mehr zurück auf diesem Weg, strebte immer wieder den Gefühlen entgegen und es brauchte von Moment zu Moment mehr Willenskraft, sich nicht einfach auf diese Empfindungen einzulassen.

Ach verdammt! Davon hatte Milla mir nie erzählt. Vielleicht aber auch, weil sie noch nie viel Wert auf Vernunft gelegt hatte.

Nóatúns Augen verfolgten jede noch so kleine Bewegung in meinem Gesicht. Er musste wirklich denken, ich wäre verrückt.

»Der Rat weigert sich, der Forderung nachzukommen«, versuchte ich das Gespräch wieder aufzunehmen und auch Nóatún blinzelte ein paar Mal.

»Ich weiß nicht, ob das schlau ist«, schnaubte er und legte seine Arme auf den Knien ab. »Wenn ihr drauf eingehen würdet, könntet ihr versuchen, sie zu vergiften.«

»Und das würden sie nicht nachprüfen?«, fragte ich ungläubig und rümpfte die Nase. Zu Anfang hatte er selbst alles für vergiftet gehalten, was ich ihm anbot. Die anderen Fremdlinge teilten dieses Misstrauen sicher.

»Doch, wahrscheinlich schon«, stimmte er mir zu und strich sich mit den Fingern über den blonden Stoppelbart, den ich so gern auch berühren wollte. »Aber ein paar würde es erwischen und dann wären wir unserem Ziel wieder einen Schritt näher.« Sein Blick war starr in die Ferne gerichtet, seine Stimme kalt, und in mir kam sofort ein mulmiges Gefühl hoch.

Nóatún musste diese Menschen wirklich hassen, da er ihnen gegenüber anscheinend keinen anderen Gedanken hatte, als sie zu töten.

»Du willst sie also immer noch umbringen«, stellte ich mit bitterer Stimme fest und atmete tief durch. »Gibt es keine andere Möglichkeit, sie loszuwerden?«, erkundigte ich mich und wünschte mir eine Lösung, die nicht im Blutvergießen endete. Eine Möglichkeit ohne Krieg.

»Nein! Wir müssen sie töten!« Nóatúns Reaktion fiel sehr viel heftiger aus, als ich erwartete. Der harte Glanz in seinen Augen machte ihn mir fremd und ließ mich davor zurückschrecken. Hass stand ihm ins Gesicht geschrieben und der Krieger trat stärker in seine Züge.

»Aber ich will eigentlich niemanden töten«, erwiderte ich leise, trotz der Gefahr, die er plötzlich ausstrahlte, und seiner hasserfüllten Augen. Wie konnte nur so ein Hass entstehen?

»Oh Limea«, stöhnte Nóatún, als wäre ich ein kleines Kind, dass einfach nicht verstehen wollte, und blickte mich grimmig an. »Entweder ihr oder sie! Wenn ihr sie nicht tötet, dann töten sie euch!«

Vielleicht war es in der Welt des Krieges so, mir fiel es jedoch schwer, so zu denken. »Aber es sind Leben. Leben wie meins und deins«, versuchte ich ihm begreiflich zu machen und schlang meine Finger ineinander. In meinem Magen rumorte es. »Ich bin kein Mörder, Nóatún. Wenn ich einer wäre, dann hätte ich dich am Strand verbluten lassen und jetzt ein wesentlich einfacheres Leben«, warf ich ihm vor und sträubte mich, seine Worte auch nur in Betracht zu ziehen.

Vielleicht waren der Rat und ich doch nicht so verschieden.

Ich war hergekommen, um herauszufinden, wie wir uns vor den Fremdlingen schützen konnten. Nóatúns Antwort darauf beinhaltete sie alle umzubringen und ich wollte das nicht hören. Aber ich musste wenigstens versuchen, eine Alternative zu finden.

Wieder griff Nóatún nach meinen Schultern, zog mich nach vorn, zwang mich, ihn anzusehen. Sein Gesicht war eine steinerne Maske und ich wusste jetzt schon, dass ich mich vor dem fürchten würde, was er mir sagen wollte.

»Du bist kein Mörder, das ist wahr. Sie aber schon«, erklärte er und sein Griff wurde wieder fester, als er sein müsste. »Bitte begreife es. Spätestens wenn sie ihr Schiff repariert haben, werden sie zurückkommen und euch überrennen. Sie werden einen Weg finden, an eure Häuser zu gelangen, und dann werden sie alles mitnehmen, was ihnen wertvoll erscheint, Besitz genauso wie Menschen.«

Eine widerliche Gänsehaut zog sich über meinen erstarrten Körper, die sich einfach nicht wieder auflösen wollte.

»Sie werden euch verletzen, euch vergewaltigen, alles niederbrennen und vor deinen Augen deine Familie niedermetzeln. Und dann wirst du ihr Sklave. Du wirst schuften und hungern und nur noch Schmerz fühlen, bis du dir wünschst, genauso tot zu sein wie alle anderen auch.«

Mir blieb das Herz stehen, mein Brustkorb schmerzte vom angehaltenen Atem und ich hatte das Gefühl, mir würde das Blut in den Adern gefrieren.

Nóatúns Blick bohrte sich in meinen, ernst und unnachgiebig, und ich konnte nicht glauben, was er da sagte. Wollte es nicht glauben, es mir auch nicht vorstellen. Und doch drängte sich mir ein Bild von toten Leibern auf, die vor einem brennenden Hintergrund in den Abgrund stürzten.

»Nein«, krächzte ich verängstigt und versuchte mich gegen seine Hände zu wehren, die mich diesmal nicht so leicht losließen.

Warum erzählte er so etwas? Warum wollte er mir absichtlich solche Angst einjagen?

»Woher willst du wissen, dass so etwas passiert?«, fuhr ich ihn an, weil ich nicht wusste, wie ich sonst darauf reagieren sollte.

Doch ich wünschte, ich hätte nichts gesagt, als ich wieder aufsah. Wie eine Ohrfeige traf mich die Trauer in seinen Augen und ich wusste, was er sagen würde.

»Weil sie es bei mir so gemacht haben, als ich noch ein Kind war«, kam es beängstigend tonlos aus seinem Mund und seine Augen waren voller schrecklicher Bilder. Bilder von toten Menschen, die er einst geliebt hatte, von Leid und Zerstörung und unendlichem Schmerz.

Mein Kopf fühlte sich an, als würde ich in ein tiefes, dunkles Loch fallen und ich spürte den Schmerz in meinem Herz wie ein Nachklang von Nóatúns Gefühlen. Schon wie beim letzten Mal, als er mir diesen Schmerz in sich gezeigt hatte, konnte ich nicht anders, als mich auf die Knie zu erheben und ihn zu umarmen. Ohne zu überlegen legte ich ihm die Arme um den Nacken und zog seinen Kopf an meine Halsbeuge.

Er ließ es zu, rührte sich kaum und atmete schwer ein und aus.

Auch wenn ich mir wünschte, es wäre alles nicht wahr, machte es mir so einiges verständlicher. Sein Hass, die Narben, das bedachte Essen, die ungläubigen Reaktionen und das Misstrauen auf meine Hilfe.

Diese Männer zu töten war keine Mordlust, sondern Rache für den Tod seiner Familie. Auf dem Meer hatte er bereits versucht, die Plünderer zu töten, und es war ihm nach allem egal, ob er dabei auch umkam oder nicht.

Einen Augenblick ließ ich zu, mir auszumalen, wie ich mich fühlen würde, wenn man Mutter und Milla vor meinen Augen tötete, und der Schmerz, der entstand, war furchtbar genug, um ihn nicht erleben zu wollen.

Enger schmiegte ich meine Wange an Nóatúns Haar, das noch weicher war als in meiner Vorstellung und drückte mich fester an ihn, um ihm und mir Halt zu geben. Mein Bauch wurde dabei jedoch ganz flau und meine Haut kribbelte überall, wo wir uns berührten.

»Wie hast du es überlebt?«, hauchte ich, auch wenn ich nicht wusste, ob es schlau war, danach zu fragen.

»Glück«, raunte er mit rauer Stimme und atmete schwer. »Fleiß und vielleicht auch etwas Talent. Ich bin schnell groß geworden und nützlicher als Kämpfer und Seemann, anstatt nur im Dreck zu schuften. Außerdem kann ich lesen. Das habe ich meiner Schwester zu verdanken.«

Tränen traten mir in die Augen, als er von seiner Schwester sprach, und in meiner Kehle brannte es entsetzlich.

»Wie hieß sie?«, sprach ich aus, um nicht an den Worten zu ersticken, und Nóatún drückte mich so fest an sich, dass ich kaum noch Luft bekam.

»Ydalir«, hauchte er und ich spürte, ich hatte seine Grenze erreicht. Weiter durfte ich nicht fragen.

Also schluckte ich jedes weitere Wort hinunter und harrte aus, das weiche Haar an meiner Wange, sein warmer Körper an meinen gepresst, einen Atemzug nach dem nächsten, bis die Spannung langsam wich und sein Griff sich lockerte.

»Und was tun wir jetzt?«, fragte ich vorsichtig und lehnte mich etwas zurück, um Nóatún in die Augen sehen zu können. Weiterhin behielt ich meine Hände in seinem Nacken verschränkt. Auch wenn es mich beschämte, war ich noch nicht dazu bereit, ihn wieder loszulassen.

»Ich weiß es nicht«, erwiderte Nóatún und wich meinem Blick aus. »Ich habe fünfzehn Winter daran gearbeitet, stärker zu werden und schlauer, damit ich eine Möglichkeit finden kann, sie alle auf einmal zu erledigen. Aber ich hatte meine Gelegenheit und es hat nicht gereicht.« Er schluckte und seine Kiefer verspannten sich wieder.

»Was genau hast du denn gemacht?«, fragte ich ihn. Vielleicht gab mir seine Methode einen Hinweis auf unser weiteres Vorgehen und lenkte ihn gleichzeitig von den schlimmsten Gedanken der Vergangenheit ab.

Endlich hob Nóatún den Blick. Er hatte sich wieder gefasst und ich ließ vorsichtig seinen Nacken los, in der Angst, dieser Mann würde mir auseinanderfallen, wenn ich ihn nicht weiter zusammenhielt.

»Da ich lesen kann, hat man mich die Seekarten studieren lassen. Es hat Jahre in Demut gebraucht, bis ich es geschafft habe, dass sie mir so weit vertrauten, dass ich sie durch meine Navigation auf ein Riff auflaufen lassen konnte. Doch der Sturm vor ein paar Tagen muss sie vom Riff gelöst haben. Und die Strömung hat sie, genau wie mich, hierhergetrieben.« Nóatún betrachtete mein Gesicht, anders als gerade eben noch, sodass ich unter seinem Blick ganz nervös wurde. Eine helle Haarsträhne hing ihm ins Gesicht und ich drückte meine Hände gegen meine Beine, um nicht die Finger danach auszustrecken.

»Es ist also meine Schuld, dass sie hier sind«, behauptete er und ich konnte in seiner Miene echtes Bedauern erkennen. »Diese Insel ist auf unseren Karten überhaupt nicht verzeichnet. Sie wären nie hergekommen, wenn ich sie nicht hergebracht hätte.«

Obwohl unsere Situation so verzwickt war, musste ich lächeln. Es war so unsinnig, dass er sich jetzt die Schuld gab. Als ob er es vorher gewusst haben könnte – es jetzt noch einen Unterschied machen würde.

»Es ist nicht deine Schuld«, sagte ich und gab dem übermächtigen Drang nach, noch einmal seine Haare zu berühren. Sachte griff ich nach einer Strähne, strich vorsichtig darüber und wunderte mich zum wiederholten Mal über die helle Farbe.

Seine Augen beobachteten mich immer noch und in seinem Mundwinkel versteckte sich ein Schmunzeln, was mich beruhigte und gleichermaßen verwirrte.

»Bei euch gibt ein keine blonden Haare, was?«, merkte er an und die Schwere war aus seiner Stimme gewichen. Jetzt waren es nur noch wir beide, die hier saßen, allein hinter einem Wacholderbusch.

Ich nickte verstohlen. Mir saß plötzlich wieder ein Kloß im Hals und mein Herz begann abermals mit meinem Kopf zu streiten. Es war eine dumme Idee gewesen, seine Haare noch einmal zu berühren. Es war unbedacht und machte mich ganz weich.

»Limea«, sprach Nóatún meinen Namen aus, stockte, als wollte er es sich noch mal anders überlegen. »Wenn ich im Leben eins gelernt habe, dann ist es, dass man die Dinge schätzen muss, solange man sie hat. Weil wir heute am Leben sind und morgen vielleicht schon nicht mehr.«

Verneinend schüttelte ich den Kopf, wollte mir gar nicht vorstellen, dass so etwas wirklich passieren konnte.

»Deshalb werde ich den Moment nutzen, selbst wenn er unpassend erscheinen sollte, aber …« Er fuhr sich nervös mit der Zungenspitze über die Lippen und mein Herz klopfte mir bis zum Hals.

»Ich habe in der letzten Zeit viel Gelegenheit zum Nachdenken gehabt. Ich bin es immer wieder durchgegangen, aber ich verstehe es einfach nicht«, meinte er und ich konnte nicht erraten, worüber er eigentlich mit mir sprechen wollte. »Was genau muss man tun, wenn man eine Frau umwerben will?«, stellte er mir die Frage, die ihm auf der Zunge brannte, und mir stockte erschrocken der Atem. Hatte er das wirklich gesagt?

In meinem Kopf fielen die Gedanken übereinander und mein Bauch war so flau, dass mir ganz schlecht wurde. Er hatte recht, es war wirklich nicht gerade passend, jetzt darüber zu reden. Wir waren mitten in einer Krise, hatten sehr viel größere Probleme als so etwas. Zum Beispiel die Fremdlinge, die am Strand lagerten, wieder loszuwerden.

Und ich war mir sicher, dass wir morgen noch am Leben waren.

»Das kommt auf die Frau an. Wen willst du denn umwerben?«, fragte ich trotzdem und konnte einfach nicht glauben, dass wir wirklich auf so ein Gesprächsthema gekommen waren.

»Dich«, sagte Nóatún und seine Stimme klang so rau, dass mir ein warmer Schauer den Rücken hinunterfloss.

Mein Herz setzte einen Schlag aus. Ungläubig starrte ich ihn an, dabei musste es doch *ich* sein. Er war schließlich keiner anderen Frau begegnet, seit er hier auf der Insel war. Und doch war ich überrascht, erschrocken, fasziniert, dass es möglich war, dass ein Mann wie er eine Frau wie mich wählen würde.

Glücksgefühle wollten in meinem Inneren aufquellen, meine Seele tanzen lassen, mein Körper sich sofort in Nóatúns Arme werfen. Doch die Vernunft meldete sich wie ein bösartiger Störenfried und ließ mich erstarren.

Was änderte es denn, ob er mich mochte oder nicht?, flüsterte sie. Das hatte ich doch schon alles durchgedacht und es war jedes Mal auf ein schlimmes Ende in Trennung hinausgelaufen.

Angestrengt schluckte ich gegen meine Gefühle an.

Es ging einfach nicht! Es gab keine Zukunft für uns zwei.

»Ich glaube, es würde helfen, wenn du jetzt etwas sagst.« Seine Stimme war kaum mehr als ein dunkler Hauch.

Aber ich konnte nicht. Ich durfte einfach nicht! Mein Herz schmerzte so sehr, dass ich verzweifelt die Hände daraufpressen musste. Es half jedoch nicht viel.

»Ich muss jetzt gehen«, brachte ich mühsam heraus, bevor mein Verstand vor meinem Herz kapitulieren würde, und erhob mich wackelig.

Doch Nóatún packte mich sofort am Handgelenk und zog mich wieder auf den Boden zurück. »Ich lasse dich jetzt nicht weglaufen«, sagte er streng und beugte sich näher zu mir. Mein Blick streifte seine Arme, die so viel kräftiger waren als meine. Wenn er mich festhalten wollte, dann würde ich mich dagegen nicht wehren können.

»Ich laufe nicht weg. Ich muss gehen«, log ich so gut ich konnte, bemühte mich, dringlich zu klingen, und versuchte mich von ihm loszumachen.

Doch wie ich es befürchtet hatte, griff er nach meinem zweiten Handgelenk und fixierte mich mit seinen stahlgrauen Augen.

»Du bist eine miserable Lügnerin, Limea! So kannst du mir nichts vormachen«, sagte er scharf und leichte Panik ergriff mich. »Vielleicht habe ich keine Erfahrung mit Frauen«, fuhr Nóatún unbeirrt fort und kam mir noch weiter entgegen. »Aber ich habe Ahnung von Menschen.«

Ich versuchte, Abstand zwischen ihn und mich zu bringen, zog an meinen Händen so fest ich konnte. Die einzige Richtung, in die er mich ließ, war auf ihn zu.

»Ich lese in den Augen, das hat mir mein Überleben gesichert. Und deine Augen, meine Drachenkriegerin, rufen zu mir schon seit Tagen«, warf er mir an den Kopf und ich konnte nichts anderes tun, als den Mund auf- und zuzuklappen wie ein Fisch. »Ich weiß, dass du mich willst«, zischte er viel zu nah und ich erkannte, dass er recht haben musste. Er wusste es wahrscheinlich schon länger als ich selbst.

Ich wollte ihn. Und wie ich ihn wollte. Mehr, als ich mir eingestehen durfte, mehr, als ich ertragen konnte.

»Bitte lass mich los«, flüsterte ich mit dem letzten Rest Verstand, der mir geblieben war, während meine Gefühle genau das Gegenteil wollten. *Halt mich fest*, schrien sie und als ob er es in meinen Augen gelesen hätte, schob Nóatún mir die Handgelenke auf den Rücken und zog mich an sich. Seine Augen brannten wieder wie flüssiges Metall und meine Haut kribbelte wie prickelnder Meeresschaum. Meine eigenen Hände, gefangen in seinen, drückten mir ins Kreuz und zwangen meinen Körper, sich Nóatún entgegenzubiegen.

Als er den Kopf zu mir neigte, vergaß ich zu atmen. Ich schaffte es nicht einmal das Gesicht wegzudrehen, da berührten seine Lippen schon die meinen. Sanft und warm waren sie und doch war es, als bräche ein Taifun in mir los. Er spülte mir den Kopf leer, nur um dann mit tosender Gewalt jeden Teil meines Körpers in Aufruhr zu versetzen. In meinem Bauch bildeten sich drehende Strudel, mein Herz pochte wie Donner und Blitze leckten über meine Haut.

Eine so simple Berührung wie ein Kuss und doch hatte sie verheerende Folgen in meinem Inneren.

Mit wenig Erfolg versuchte ich meine Hände zu lösen, doch Nóatún hielt sie fest wie in einem Schraubstock, während seine Lippen sich auf meinen bewegten. Meine Gedanken ertranken in Fluten aus Emotionen, ich war mit Haut und Haaren verloren.

Und ich wollte meine Hände wiederhaben!

Verzweifelt biss ich Nóatún in die Lippe und er zuckte erschrocken zurück. Nur ein winziger Moment der Überraschung, doch er reichte, um ihm meine Hände zu entreißen und sie gegen seine Brust zu pressen, um Abstand zu gewinnen. Mein Atem ging keuchend und meine Gedanken und Gefühle wirbelten weiter durch meinen Kopf wie im Sturm.

Nóatún sah nicht weniger verwirrt aus, als ich mich fühlte, und auch er atmete schwer. Sein Blick durchbohrte mich, seine Unterlippe war gerötet von meinem Biss und er wusste nicht wohin mit seinen Händen.

Ich versuchte mich zu beruhigen, versuchte vernünftig zu denken, die richtige Entscheidung zu treffen. Doch mit den Händen an seiner breiten Brust, seinen rasenden Herzschlag unter meinen Fingerspitzen war das beinahe unmöglich.

Der Drang, ihn wieder küssen zu wollen, war überwältigend.

Obwohl ich versuchte mich zusammenzureißen, kam ich Nóatún wieder langsam näher, bis sich unsere Nasen ganz sanft berührten.

Er bewegte ich kaum, wartete ab, was ich tat, fesselte mich weiter mit seinem Blick, der so voller Erwartungen war. Die Spannung in mir wurde immer stärker, seine Lippen immer begehrenswerter. Seine Hände berührten meine Seite, brannten auf meiner Haut und hielten mich, ohne mir die Freiheit zu rauben.

Und ich hielt es nicht mehr aus. Ich wollte diesen Kuss!

Seufzend gab ich nach, mein Herz siegte ein weiteres Mal über meinen Verstand, als ein ungewöhnliches Geräusch uns auseinanderfahren ließ. Wie erstarrt hielten wir inne und lauschten, immer noch geduckt im Schatten des Wacholders.

Die Welt um uns herum stürzte auf mich ein, füllte sich wieder und kehrte in all ihrer riesenhaften Größe zurück.

Das Geräusch klang in meinen Ohren zuerst wie Trommelschläge und ich war sofort alarmiert. Doch es war zu dumpf, als dass es die Trommeln aus der Siedlung sein konnten.

Mein Blick ging zu Nóatún, der die Augenbrauen unheilvoll zusammengezogen hatte. Sein Körper war angespannt wie eine Raubkatze kurz vor einem Sprung.

»Was ist das?«, wisperte ich und er schnaubte.

»Hammerschläge. Sie beginnen mit den Reparaturen am Schiff«, erklärte er und ich nickte verstehend.

Die Schläge hallten, ähnlich wie die Trommeln des Rates, über den Strand und wahrscheinlich auch weit über die Grasebene.

»Genau deshalb sitze ich hier draußen.« Nóatúns Augen waren in die Ferne gerichtet. »In der Höhle hätte ich das nicht gehört. Außerdem weiß man nie. Sie wissen gern, woran sie sind, wenn sie auf neues Terrain stoßen, und werden sicher schon ein oder zwei kleine Trupps losgeschickt haben, um die Gegend zu erkunden. Wasser hat eine hohe Priorität und ein sicherer Unterschlupf auch. Und ich sitze nicht gern in der Falle, wenn sie sich zu den Höhlen verirren sollten.«

Sie würden also die Insel erkunden wollen. Das war zumindest mal ein hilfreicher Hinweis. Doch was machte ich jetzt mit Nóatún?

»Das heißt, wir müssen einen neuen Ort für dich suchen?«, fragte ich ihn und er richtete seinen Blick wieder auf mich. Mir rieselte sofort ein warmer Schauer über den ganzen Körper und ich musste schwer schlucken. Er hatte seine Hände immer noch nicht von meinen Seiten genommen und hielt mich unbeirrt fest.

»Nein. Nachts werden sie sich nur im Notfall aus dem Lager bewegen. Da werde ich relativ sicher sein«, erklärte er und dann verzogen sich seine Lippen zu einem unwiderstehlichen Lächeln. »Machst du dir etwa schon wieder Sorgen um mich?«, neckte er und ich wandte demonstrativ und mit gerecktem Kinn den Blick ab.

»Glaube ja nicht, dass du mich so leicht rumkriegst. Du hast noch einen langen Weg vor dir, Fremdling!«, schnaubte ich verächtlich, schob seine Hände weg und erhob mich in die Hocke.

Jetzt musste ich erst einmal Abstand zu ihm gewinnen, um meine Gefühle zu ordnen und wieder einen klaren Kopf zu bekommen. Es konnte ja nicht sein, dass ich einfach alles, was ich mir so sorgfältig zurechtgedacht hatte, wegen ein bisschen Spannung und Herzklopfen über den Haufen warf.

Es half auch nicht besonders, wenn Nóatún glaubte, mich schon für sich gewonnen zu haben, nur weil wir uns einmal geküsst hatten.

Ich musste die Kontrolle über die Situation behalten. Und über mich.

»Ich gehe zurück in die Siedlung«, informierte ich ihn und bemühte mich um einen kühlen Ton. Ich sah ihn nicht an und trat aus der Reichweite seiner Arme heraus, damit er mich nicht noch einmal daran hindern konnte. Denn ich wusste, dass ich gerade schwach genug war, mich einfach wieder küssen zu lassen.

»Vielleicht komme ich später noch einmal mit etwas zu essen«, meinte ich, um etwas Nützliches zu sagen, und strich mir ein paar Haarsträhnen hinters Ohr.

»Du hast heute Morgen schon etwas gebracht«, erwiderte Nóatún und ich erinnerte mich an die Tasche, die ich in der Höhle hatte liegen lassen.

»Oh ja. Du hast recht«, plapperte ich und biss mir verlegen auf die Unterlippe. Heute Morgen kam mir so weit entfernt vor, obwohl gerade erst Mittag gewesen war.

»Bleib lieber in der Siedlung. Es ist nicht besonders sicher, sich allein in der Gegend herumzutreiben.«

Verstimmt schürzte ich die Lippen, als mein Stolz sich meldete. Als würde ich nicht allein zurechtkommen. Ich konnte ohne Probleme ungesehen überallhin, wenn ich es richtig anstellte.

»Machst du dir etwa Sorgen um mich?«, wiederholte ich herausfordernd, was er zuvor gesagt hatte, und wandte mich ihm zu, die Hände locker in die Seiten gestützt.

Nóatún sah zu mir auf, das Gesicht völlig ernst. »Ja, das tue ich«, sagte er und mein Herz versetzte mir einen Stich.

17

MILLA

Wo wart ihr?«, fuhr Mutter mich an, als ich gerade die Hängebrücke herüberkam. Sie stand vor unserem Haus, die Arme vor der Brust verschränkt, das Gesicht wie ein Gewitter.

Ich erstarrte, dachte im ersten Moment, sie wüsste alles, und versuchte so schnell ich konnte eine Ausrede zu finden, die aus meinem Mund nicht zu unglaubwürdig klingen würde.

»Wen meinst du mit *ihr*?«, fragte ich, um Zeit zu schinden, und lächelte gezwungen.

»Na, du und deine Schwester«, gab Mutter zurück und zeigte anschuldigend mit dem Finger auf mich. »Ihr seid nicht zum Mittagessen aufgetaucht. Ich habe mir furchtbare Sorgen gemacht!«, fauchte sie und ich schüttelte den Kopf.

»Wie kommst du darauf, dass Milla bei mir ist?«, erkundigte ich mich leicht irritiert und mit einem Schlag hatte ich ein mulmiges Gefühl im Bauch.

»Sie hat gesagt, dass sie zu dir geht. Sonst hätte ich sie doch nicht aus dem Haus gelassen!«, rief Mutter und ich konnte die aufkommende Panik hören, die sich in ihre Stimme mischte.

Und ich spürte ebenfalls, wie sie mir den Brustkorb enger schnürte und alle bösen Vorahnungen wachrief.

Das war ja mal wieder typisch für Milla. Mit dem Kopf in den Wolken, am Abgrund tanzend. »Seit wann ist sie weg?«, wollte ich sofort wissen und kontrollierte mit den Fingern den Sitz der Messer an meiner Hüfte.

»Sie war kurz nach dir weg und kam dann nur wenige Momente später wieder und hat behauptet, sie würde mit dir irgendwohin gehen«, erzählte Mutter und ihr Blick wurde gehetzter, bis ich die Hysterie in ihren Augen sah. Wer rechnete denn auch damit, von der süßen Milla belogen zu werden?

»Hast du sie gefragt wohin?«

Mutter schüttelte den Kopf.

»Ich dachte, wenn sie bei dir ist, dann …«, stammelte sie und rang verzweifelt die Hände.

Ich seufzte schwer, trat näher zu ihr und legte ihr tröstend die Hand auf die Schulter. »Sie kann nicht weit sein«, versuchte ich sie zu beruhigen. »Ich suche im unteren Teil der Siedlung und du im oberen, dann finden wir sie sicher schnell und du kannst ihr Feuer unterm Hintern machen«, schlug ich vor und sie nickte.

»Ja«, stimmte sie zu, die Stimme schon viel gefasster. »Das ist eine gute Idee. Sie kann was erleben, wenn wir sie finden. Wie kann sie mir nur so einen Schreck einjagen?«, fauchte sie, versuchte sich dadurch selbst Mut zu machen und holte ihren Bogen.

Ich suchte sie zuerst in den Häusern ihrer Freundinnen, wo sie seit heute früh keiner mehr gesehen hatte. Dann rannte ich zu Aisek, der mit seinen Brüdern unweit der Siedlung Holz schlug, um alle weiterhin mit Brennholz zu versorgen.

Der Rat hatte beschlossen, dass alle wieder ihren gewohnten Arbeiten nachgehen sollten, so als wäre nichts weiter vorgefallen. Allerdings schienen die meisten wohl weiterhin misstrauisch zu sein, denn jede Frau, der ich auf meinem Weg begegnete, war mit Waffen unterwegs. Wenigstens etwas.

Aisek legte sofort die Axt zur Seite, als er mich auf sich zurennen sah. Wahrscheinlich las er bereits in meinem Gesicht, dass etwas nicht in Ordnung war.

Seine Schwester Demi war bei ihm, einen Bogen schussbereit in den Händen.

»Habt ihr Milla gesehen?«, rief ich ihnen schon von Weitem entgegen und Aisek schüttelte den Kopf.

»Nein. Heute noch nicht. Seit wann ist sie weg?«, wollte er wissen, weil er gleich zu ahnen schien, dass etwas nicht stimmte. So wie ich, und mir wurde immer mulmiger zumute.

Mutter hatte ich erzählt, dass sie schon irgendwo sein würde, aber mein Instinkt sagte mir, dass sie Mist gebaut hatte.

»Erst seit Vormittag. Aber meiner Mutter hat sie gesagt, dass sie bei mir ist«, erzählte ich eilig. »Sie war aber nicht bei mir«, fügte ich hinzu und wusste nicht, was ich davon halten sollte. Warum hatte sie nur gelogen, das dumme Ding?

Sie konnte sonst wo sein. Verträumt durch die Gegend ziehen. Überhaupt nicht merken, dass sie die Siedlung längst verlassen hatte.

Mein Herz klopfte wie wild, Angst kroch mir die Wirbelsäule nach oben und packte mich unerbittlich im Nacken. Was, wenn ihr etwas Schlimmes passiert war, wenn sie einem herumstreifenden Fremdling in die Arme gelaufen war?

Aisek schien meine Verzweiflung zu spüren. Sofort streckte er die Hände nach mir aus, legte sie mir auf die Schultern und zwang mich zum Blickkontakt. Seine blauen Augen waren in Aufruhr wie das Meer vor einem Sturm. Unheimlich und vertraut zugleich.

»Es wird schon nichts passiert sein«, sagte er eindringlich und ich wünschte, ich könnte ihm glauben. Denn Nóatúns Worte ließen mich nicht los, dass wir morgen schon nicht mehr am Leben sein könnten.

In unserer täglichen Routine war der Tod meist weit weg. Etwas, das anderen passierte, aber nicht uns. Doch die Bedrohung da draußen am Strand war real und der Tod näher, als uns lieb war.

Aisek wandte den Kopf zu seiner Schwester und wollte etwas sagen, doch die winkte ihn auch schon fort. »Los, geh schon. Ich werde nach Macon schauen«, gab sie ihn mit gespielter Unbekümmertheit frei und suchte mit dem Blick die Gegend nach ihrem anderen Bruder ab. Auch sie war angespannt und ich zählte auf sie, denn sie war eine gute Jägerin, an deren Ohrläppchen die zwei Ringe der mittleren Kasten baumelten.

»Und wenn ich Milla sehe, schick ich sie zu euch nach Hause«, setzte sie noch hinzu und ich rang mir ein dankbares Lächeln ab.

Sofort setzten Aisek und ich uns in Bewegung und umrundeten einmal die Siedlung, sahen uns genau um und waren immer auf der

Suche nach Spuren. Wir fanden zumindest keine von Milla, was alles bedeuten konnte. Aisek schlug vor, all ihre Lieblingsplätze in der Siedlung aufzusuchen. Die gedrehten Bäume, in denen sie gern mit ihren Freundinnen saß. Die Versammlungsebene für ihre Übungsgruppe. Die Plattform, von der sie immer Kai beobachtete, wie er auf seinem Dach saß und Löcher in die Luft starrte.

Wir konnten sie nirgends entdecken und auch niemand, den wir trafen, hatte sie in der letzten Zeit gesehen.

Angst drohte mein Herz zu zerquetschen. Ich konnte nur hoffen, dass sich meine schlechten Gefühle irrten und sie irgendwo in den Baumkronen saß und lachte.

Gerade wollten wir umkehren und noch einmal zu Hause nachsehen, ob sie vielleicht in der Zwischenzeit zurückgekommen war, da sah ich Kai, der über eine Brücke rannte und dann hektisch eine Treppe nach oben stieg.

Sein Gesichtsausdruck wirkte gehetzt, seine Bewegungen ungelenk und ich wusste sofort, dass hier etwas faul war. Kurz berührte ich Aisek an der Schulter, damit er auch auf Kai aufmerksam wurde, und griff nach einem losen Seil, das von der Plattform schräg über uns baumelte. Mit einem einzigen Schritt stieg ich auf das Geländer zu meiner Rechten, sprang ab und schwang mich an das obere Ende der Treppe, die Kai hinaufstürmte. Katzengleich landete ich auf den Füßen, gerade als er die letzten Stufen nahm.

Mein Verdacht wurde stärker, als ich sein blasses Gesicht sah, die zu weit aufgerissenen Augen und dazu sein hektischer Atem, der schon beinahe hysterisch wirkte.

Als er mich vor sich landen sah, schreckte er so sehr zurück, dass er nach hinten taumelte und beinahe die Treppe wieder nach unten gefallen wäre. »Limea«, keuchte er zutiefst erschrocken, als sei ich das fleischgewordene Monstrum seiner Albträume.

Der Verdacht, der in mir gekeimt hatte, brach auf und ließ mich erschaudern. »Wo ist Milla?«, fragte ich ganz direkt und Kais Unterlippe begann zu zittern.

Schlechtes Zeichen.

Hinter mir landete Aisek mit einem dumpfen Geräusch und doch ich sah nicht nach ihm, ließ Kai nicht aus den Augen.

Für einen Moment wirkte er, als wollte er sich umdrehen und Reißaus nehmen, der Blick voller Panik wie ein verschrecktes Tier. Doch er blieb wie festgewachsen stehen und klammerte sich mit beiden Händen am Treppengeländer fest, bis seine Fingerknöchel weiß hervortraten.

»Ich wollte das nicht!«, platzte es aus ihm heraus und mein Verdacht bestätigte sich. Milla war bei ihm gewesen. Was hatte ich mir auch gedacht? Bei wem hätte sie sonst sein sollen? »Ich habe versucht, sie zu verteidigen, aber ich konnte nicht. Ich wollte … ich …«, stammelte er verängstigt und mir wurde ganz schlecht, als sich mein Magen zusammenkrampfte.

Noch einen Schritt ging ich auf ihn zu und griff nach seinem Arm, den er mir sofort wieder entziehen wollte. Mein Griff war jedoch eisern und ich bohrte ihm meine Fingernägel in die Haut.

»Wo ist sie?«, wiederholte ich energischer und Kai schüttelte zerstreut den Kopf.

»Ich muss zum Rat. Ich muss es dem Rat sagen«, versuchte er sich rauszuwinden, aber ich drückte nur noch fester zu. Dieses feige Schaf würde sich nicht so einfach aus dem Staub machen!

»Du wirst nirgendwo hingehen, bevor du nicht ausgespuckt hast, was du mit meiner Schwester angestellt hast!«, zischte ich gefährlich und versuchte, ihn mit meinem wütenden Blick festzunageln.

»Die Fremdlinge haben sie«, kam es im Flüsterton aus Kais Mund und ich wünschte, ich hätte einen Funken Lüge in seinen Augen gesehen.

Doch er sagte die Wahrheit und es traf mich wie ein Faustschlag in den Magen. Am liebsten wollte ich mich übergeben.

»Lebt sie?«, brachte ich hervor, nachdem der erste Schock meinen Kopf verließ. Ich hatte so furchtbare Angst vor der Antwort, dass es mir Kopfschmerzen bereitete.

»Ich denke schon«, erwiderte Kai unsicher und ich holte tief Luft, weil es mich ein wenig erleichterte und so meiner Lunge mehr Spielraum zum Atmen gab.

Sie lebte also. Zumindest hatte sie gelebt, als Kai sie das letzte Mal gesehen hatte.

Wie konnte so was nur passierten? »Wo seid ihr gewesen?«, setzte ich nach und versuchte, Klarheit über die Situation zu bekommen.

»Bitte, Limea, du tust mir weh«, versuchte Kai mir mit kläglichem Ton mitzuteilen und zog an seinem Arm, den ich immer noch festhielt.

»Und ich werde dir noch mehr wehtun, wenn du mir nicht sagst, wo ihr gewesen seid!«, fuhr ich ihn an und meine Stimme wurde lauter, entschlossener.

Kai dagegen wurde immer kleiner und ich drückte noch fester zu. »Bei den Quellen. Man hat uns zu den Quellen geschickt, um Wasser zu holen«, rief er schnell und ich lockerte den Griff, um ihm einen Anreiz zu geben, weiterzusprechen.

»Wer *wir*?«, wollte ich nachdrücklich wissen und hasste ihn dafür, dass er nicht einfach mit der Sprache rausrückte. Ich stellte mir doch schon das Schlimmste vor, was konnten seine Worte da noch anrichten.

»Ich und Frai«, begann er zu erzählen und ein Schaudern erfasste seinen Körper. »Oh Scheiße. Er ist tot. Sie haben ihm einfach den Kopf abgeschlagen. Einfach so«, wimmerte er und holte zittrig Luft.

Sofort ließ ich seinen Arm los. Frai hatte ich kaum gekannt, war ihm nur mal flüchtig begegnet, aber ich empfand trotzdem großes Entsetzen über seinen Tod. Doch ich durfte jetzt nicht nachgeben, sonst würde ich nicht mehr aus ihm herauskriegen, was mit Milla geschehen war.

»Und ihr wart allein da draußen?«, erkundigte ich mich weiter und ließ nicht zu, dass die Angst in meiner Stimme zu hören war. Ich blieb hart wie ein Felsen, spürte die Panik gegen mich branden und hielt stand. Wenigstens jetzt noch.

»Nein. Sira war …«, begann Kai, brach aber ab, um zu würgen.

Sira war eine gute Jägerin. Sie war etwa drei Jahre älter als ich, hatte mit ihrer Mündigkeit einen phänomenalen Aufstieg hingelegt und war seitdem ein Vorbild für viele gewesen. Auch für mich.

Doch so wie Kai gerade reagierte, war klar, dass sie auch tot sein musste.

»Kai!«, ermahnte ich ihn scharf, damit er sich zusammenriss. »Du musst es mir sagen! Ich muss es wissen! Ich muss Milla finden!«, drängte ich auf ihn ein und er sah mich wieder an. Sein Blick wirkte entrückt, die Augen schreckgeweitet, als würde er die Erinnerung erneut durchleben.

»Es waren zwei«, flüsterte er und ich saugte die Worte förmlich auf. »Es kam so plötzlich. Sie kamen aus dem Dickicht. Sira hatte einen Speer, doch die Fremdlinge tauchten hinter ihr auf und sahen die Waffe und …« Er würgte wieder, krümmte sich nach vorne und ich fürchtete, er würde nicht weitersprechen. Doch ich irrte mich.

»Sie war sofort tot«, sagte Kai stockend. »Frai war der Nächste und dann haben sie sich Milla geschnappt. Ich wollte noch … aber …« Tränen standen ihm in den Augen und der Schock ließ ihn erstarren.

Ich konnte mir vage vorstellen, wie es ihm ging. Mir ging es nicht besser, obwohl ich nicht dort gewesen war. Ich versuchte es vor ihm aber nicht zu zeigen. Noch hielt der Damm meiner Gefühle und ich stand ganz still, um ihn daran zu hindern, zu zerbrechen.

»Geh zum Rat«, sagte ich matt, trat einen Schritt zur Seite und Kai stürmte ohne zu zögern an mir vorbei und weiter nach oben.

Wie versteinert stand ich da, spürte es in mir bröckeln und wurde von der ersten Panikwelle erfasst. Ich wusste nicht, was ich tun sollte. Milla, meine süße, kleine Schwester. Ihr durfte nichts passieren.

Meine Augen brannten, Tränen quollen hervor und ich schaffte es nicht mehr, sie zurückzudrängen. Der Damm brach, der Fels zerfiel. Mein Inneres riss auf.

Aisek legte die Arme um mich und zog mich zu sich. Ich war zu aufgewühlt, um mich zu wehren, wollte seinen Trost sogar. Haltlos fing ich an zu schluchzen und Aisek strich mir beruhigend übers Haar.

»Wir holen sie zurück, Limea«, versprach er und ich wusste nicht, ob das möglich war.

Mein Kopf war so verwirrt. Ich wollte es einfach nicht glauben. Das musste alles ein schrecklicher Irrtum sein.

Milla war weg und sie musste furchtbare Angst haben.

Nóatún hatte mich gewarnt, hatte sogar gesagt, dass die Fremdlinge nach Wasser suchen würden. Wie hatte der Rat verantworten können, dass alle wieder ihrer Arbeit nachgingen? Wie konnte man jemanden zum Wasserholen schicken? Mit nur einer Jägerin. Und mit meiner Schwester, verdammt!

Ich konnte mir gut vorstellen, dass sie freiwillig mitgegangen war. Geblendet von ihren dummen Gefühlen für diesen unfähigen

Deppen von einem Mistkerl, der sie nicht wieder mitgebracht hatte. Und ich wünschte, sie hätten lieber ihn erwischt.

Wäre ich dort gewesen, ich hätte sie beschützt, niemals zugelassen, dass ihr etwas passierte.

Abrupt hob ich den Kopf von Aiseks Schulter und riss mich aus seiner Umarmung. Hektisch wischte ich mir die Tränen aus dem Gesicht.

Ich würde es nicht zulassen. Nie würde ich sie einfach aufgeben. Denn ich würde sie zurückholen!

»Ich brauche mehr Waffen«, stieß ich hervor, schüttelte Aiseks Arme ab und bewegte mich zu der Treppe, die nach unten führte und von dort über einen Seilzug zu unserem Haus.

Doch Aisek stellte sich mir in den Weg. »Limea!«, rief er drohend und griff nach mir.

Ich versuchte ihn beiseitezuschieben, doch er gab sich hartnäckiger, als ich je von ihm erwartet hatte. Immer wieder fuhr er zwischen mich und den Weg, den ich gehen wollte, hielt mich fest, obwohl ich nach ihm schlug, und redete dabei in einer Tour auf mich ein.

»Du kannst es nicht allein tun. Sei doch nicht dumm. Limea!«, sagte er gerade, doch ich wollte ihn nicht hören, wollte zu Milla, wollte diesen verdammten Fremdlingen zeigen, dass man sich mit mir nicht anlegte.

Was, wenn sie ihr etwas antaten? Wenn sie ihr Schmerzen zufügten?

Mit voller Kraft stemmte ich mich gegen Aisek, der dadurch den Halt verlor und nach hinten abrutschte. Wir taumelten, kippten und fielen. Der Himmel verkehrte sich, Blätter und Holz wirbelten vor meinen Augen durcheinander und dann kamen wir am Fuß der Treppe auf. Mein rechtes Knie pochte heftig, mein Kopf hatte irgendwo einen Schlag abbekommen.

Mühsam stemmte ich mich hoch und sah nach Aisek. Ihn hatte es noch schlimmer getroffen als mich. Sein linker Arm war bis zur Schulter aufgeschrammt und er würde schlimme Blutergüsse am Rücken und an der Hüfte bekommen.

Doch mich brachte es wieder zur Vernunft. Leicht schwankend erhob ich mich und half Aisek auf die Füße.

Mein Kopf schmerzte, doch meine Panik hatte dafür einen Dämpfer bekommen und meine Gedanken wurden wieder klarer. Ich atmete tief durch, während Aisek mich nicht aus den Augen ließ.

»Bist du wieder bei Sinnen?«, erkundigte er sich misstrauisch und sein Blick forschte in meinem.

Ich nickte nur. Die Gewissheit, dass ich Milla nicht allein retten konnte, schnürte mein Herz zusammen.

»Was soll ich denn jetzt tun?«, fragte ich ihn und Verzweiflung tropfte aus meinen Worten.

»Ich nehme an, dass du nicht darauf warten willst, was der Rat dazu sagt, oder?«, meinte Aisek und ich schnaubte wütend.

Dieser bescheuerte Rat! Es war nur seine Schuld, dass wir in diesem Schlamassel steckten. Und es war auch seine Schuld, dass sich Milla in den Händen des Feindes befand.

Wut kochte in meinem Bauch und ich schwor im Stillen, wenn die Fremdlinge ihr etwas getan hatten, dann würde ich sie dafür bluten lassen.

Erschrocken stellte ich fest, dass ich sogar bereit war, sie zu töten, um Milla wiederzubekommen. Nóatún hatte recht gehabt. Ich war genau wie er. Für den Schutz meiner Familie würde ich sogar mutwillig töten.

Wir hatten gar keine Wahl. Entweder sie oder wir.

»Wir müssen zu deinem Fremdling gehen, Limea«, holte mich Aisek aus meinen Gedanken, nahm meine Hand und drückte sie fest. »Wenn jemand weiß, wie wir Milla wiederkriegen, dann er.«

Ich nickte, drückte seine Hand zurück und dachte an Nóatún.

Nóatún würde mir helfen. Ich vertraute ihm. Nóatún hätte niemals zugelassen, dass Milla so etwas passierte.

18

DRACHENKRIEGERIN

»Nóatún!«, rief ich seinen Namen, noch bevor ich um den Wacholder gerannt kam.

Der riesige Mann erhob sich aus der Hocke, in der er gesessen hatte, und sah mich direkt an.

»Was ist passiert?«, fragte er sofort und klang alarmiert. Wahrscheinlich war mir der Schock ins Gesicht geschrieben und er griff schon nach meinem Arm, um mich zu sich zu ziehen, da entdeckte er Aisek. In seiner Bewegung stockend, ließ er die Arme sinken, die er nach mir ausgestreckt hatte und in die ich mich gerade liebend gern geschmiegt hätte.

»Sie haben Milla«, antwortete ich ihm, spürte den Schock immer noch in meinen Eingeweiden wie kaltes Eis.

Nóatúns Augen weiteten sich. »Deine Schwester?«, stieß er erschrocken hervor und es überraschte mich, dass er sich an ihren Namen erinnerte. Sein Mund bewegte sich, doch es kamen keine Worte heraus, während Erinnerungen an seine Familie in seinen Augen aufblitzten. Sein Blick zeigte Mitleid und Schmerz und ich durfte einfach nicht zulassen, dass Milla das Gleiche widerfuhr.

»Wir müssen sie da rausholen«, sagte ich energisch, versuchte stark zu sein und trat einen Schritt auf ihn zu.

Aisek blieb dicht bei mir, gab mir Rückendeckung, würde mir in allem beistehen.

»Sag mir, wie wir sie da rausholen können!«, schrie ich beinahe und nun griff Nóatún doch nach mir.

Seine Hände hielten mich an den Schultern fest und seine Augen fingen meinen mehr als verzweifelten Blick auf. »Ich weiß nicht wie«, versuchte er mir beizubringen und seine Finger schlossen sich noch fester um meine Schulter. »Es sind noch mindestens vierundzwanzig Mann. Wir können da nicht allein runter.«

Das war nicht das, was ich hören wollte. Am liebsten hätte ich laut geschrien.

»Gibt es keine Möglichkeit? Taktiken, Schwachpunkte?«, erkundigte sich Aisek, und ich konnte nicht aufhören, in Nóatúns Augen zu starren, um Hilfe zu flehen, während er weiterhin meinen Blick erwiderte.

Er setzte dazu an, den Kopf zu schütteln, und ich wollte es nicht sehen. »Wir müssen ihnen Angst machen!«, rief ich schnell, um ihm die Möglichkeit zu nehmen, wieder *Nein* zu sagen. »Wenn sie Angst haben, dann können wir sie erpressen! Wovor haben sie Angst?«, setzte ich nach und krampfte meine Finger ineinander, um sie nicht um Nóatún zu schlingen, mir Halt zu suchen.

»Limea«, sagte Nóatún meinen Namen und es war immer noch keine Hoffnung in seinen Augen.

Die Panik in meinem Kopf nahm wieder zu. Den ganzen Weg hierher hatte ich mir eingeredet, dass es schon gut werden würde, wenn wir erst bei Nóatún waren. Dass er wusste, was zu tun war, wie Aisek es gesagt hatte.

Natürlich hatten wir erst vorhin darüber geredet und er hatte keine Lösung gewusst. Doch jetzt ging es um Milla! Es ging um meine Schwester und ich war verdammt noch mal zu allem bereit! Warum wollte er mir also nicht helfen?

»Wovor hast du Angst?«, befragte ich ihn und meine Wut, nichts tun zu können, stieg an die Oberfläche. Es musste doch irgendwo einen Hinweis geben.

Er schüttelte wieder den Kopf. »So geht das nicht«, wehrte er ab und ich wollte nicht zuhören.

»Du warst einer von ihnen, verdammt! Wovor hast du Angst?«, wiederholte ich also meine Frage und die Panik war mittlerweile deutlich aus meiner Stimme herauszuhören. Mein Kopf arbeitete nicht so, wie er sollte. Die Verzweiflung fraß mich innerlich auf.

»Limea! Ich habe Angst davor, dass sie dich auch kriegen!«, rief Nóatún gequält und schüttelte mich, um mich wieder zu Verstand zu bringen.

Aisek hinter mir war merklich zusammengezuckt und starrte uns mit großen Augen an. Ich sah es aus den Augenwinkeln, doch es war mir egal.

»Und wenn schon!«, kreischte ich nur. »Was bin ich schon wert, wenn ich Milla nicht helfen kann? Besser sie kriegen mich auch, als dass sie allein dort sein muss!«

Nóatún starrte mich so wütend an, dass seine Augen förmlich Funken sprühten, und ich wusste, dass er mich nicht gehen lassen würde.

Ich wollte mich aus seinem Griff winden, doch er hielt mich fest, und er war um einiges stärker als ich. Warum hielten mich heute alle fest? Warum ließen sie mich nicht meine Schwester retten?

»Was soll das bringen?« Seine Finger drückten sich unangenehm in meine Haut. »Du kannst doch nicht einfach am Strand auftauchen und auf sie losgehen, als seist du die Drachenkriegerin!«, schnaubte er und stockte. Blinzelnd starrte er mich an, als würde er mich das erste Mal sehen, und sein Blick hellte sich merklich auf. »Die Drachenkriegerin!«, lachte er auf, als wäre er spontan verrückt geworden. So wie ich wahrscheinlich.

Doch das Wort kam mir bekannt vor. Er hatte mich schon öfter so genannt. Drachenkriegerin. Aber was sollte das sein?

Unbändig klammerte ich mich an die Hoffnung, die nun endlich, *endlich* in seine Augen getreten war und die mir mehr Stütze gab als alle gut gemeinten Worte der Welt.

»Ach du meine Güte!«, kreischte eine Stimme und ich fuhr so erschrocken herum, dass ich mir beinahe das Knie verdrehte.

Auch Aisek war herumgeschreckt und Nóatún hatte sofort eine Verteidigungshaltung eingenommen, packte mich fester am Arm und schob mich sogar hinter sich.

Doch vor uns stand kein anderer als Bardin.

Verwirrt zwinkerte ich, weil ich kurz dachte, ich bildete mir das alles nur ein. Aber dort stand er. Die Augen schreckgeweitet, der Körper vor Angst wie gelähmt. Sein Blick galt allein Nóatún.

»Verdammt«, entfuhr es Aisek und ich berührte Nóatúns Arm, um ihm zu signalisieren, dass keine Gefahr bestand.

Hoffte ich zumindest. Wenn Bardin auf die Idee kommen sollte, auf der Stelle umzudrehen und zu petzen, dann wäre alles vorbei. Aber ich war schneller als er und ich hatte ihn schon einmal gefesselt.

»Was machst du hier?«, fuhr ich ihn an und trat hinter Nóatún hervor auf ihn zu.

Bardin riss nur schwer seinen Blick von dem riesigen Fremdling los, den er wohl nicht erwartet hatte, und blinzelte aufgeregt, als könnte er nicht glauben, was er da sah.

»Ich bin euch gefolgt«, sagte er mit zittriger Stimme und ich seufzte, denn das war mir jetzt auch bewusst gewesen. Wahrscheinlich hatte er sich nicht mal viel dabei gedacht.

»Aber warum redet ihr mit den Fremdlingen?«, fragte er furchtbar irritiert. Sein Verstand machte diesen Gedankensprung nicht mit und ich konnte es ihm nicht verübeln. »Sie sind doch gefährlich. Sie haben uns gedroht«, setzte er nach und ich fasste mir an die Stirn. Wie sollte man das nur auf die Schnelle erklären, ohne dass dem armen Kerl der Kopf platzte?

»Er ist ein anderer Fremdling«, begann ich und wünschte, ich müsste mich damit jetzt nicht auch noch herumplagen. »Er ist nicht mit denen auf die Insel gekommen, die uns gedroht haben«, erzählte ich grob und unterschlug der Einfachheit halber die Hälfte der Informationen.

»Ein anderer?«, fragte Bardin skeptisch und ich nickte.

Nóatún blieb einfach starr stehen und kämpfte sichtlich gegen den Drang an, die Arme vor der Brust zu verschränken, was ihn viel bedrohlicher hätte aussehen lassen. Und es war keine gute Idee, Bardin jetzt Angst zu machen.

»Einer, der uns helfen kann. Ein Freund«, fügte Aisek schnell hinzu und in Bardins Gesicht arbeitete es.

»Ein Freund?«, erkundigte er sich vorsichtig und sah langsam wieder zu Nóatún. Doch diesmal mit viel mehr Neugierde.

Ich atmete auf. Wir hatten ihn! Gelobt war seine Leichtgläubigkeit. Er war doch tatsächlich noch vertrauensvoller, als ich für möglich gehalten hätte.

»Ja. Und du darfst niemandem von ihm erzählen, Bardin«, drang ich auf ihn ein und er nickte. »Wir brauchen ihn. Er muss uns helfen, Milla zurückzuholen«, erklärte ich weiter und Bardin schreckte zusammen.

»Was ist mit Milla? Ist ihr was passiert?«, wollte er sofort wissen und die Faust, die um mein Herz lag, drückte wieder mit voller Kraft zu.

Kurz schloss ich die Augen, um nicht zu weinen, und sammelte meine Kräfte. »Die Fremdlinge haben sie«, sagte ich mit trockenem Hals und Bardins Gesicht wurde kalkweiß.

»Die bösen?«, rief er schockiert und ich versuchte zu nicken. Zum Glück war sein Kopf recht einfach gestrickt. Gut und Böse. Das reichte zum Unterscheiden.

»Setz dich, Bardin«, forderte Aisek ihn auf und ließ sich ins Gras nieder.

Die Situation wurde immer abstruser.

Milla war weg. Ich war in Panik. Aisek bezeichnete Nóatún als Freund. Und Bardin war jetzt auch mit von der Partie. Ich konnte nur hoffen, dass Nóatúns Idee uns helfen würde.

Die Sonne stand schon tief am Himmel, hatte sich rot verfärbt und tauchte die Welt in wunderschöne Farben, für die ich gerade gar keinen Sinn übrig hatte. Es würde nicht mehr lange dauern und sie wäre untergegangen.

Darauf warteten wir und ich wurde immer nervöser, während Bardin mit ein paar letzten Pinselstrichen sein künstlerisches Werk auf meinem Körper fertigstellte.

Das Tier nannte sich Drache, hatte Nóatún behauptet. Es war ein rotgoldenes Echsenmonstrum mit schimmernden Schuppen, Fledermausflügeln und einem langen, mit Stacheln besetzten Schwanz.

Bardin hatte ihn mir unter Nóatúns Anleitung auf den Körper gemalt. Er bedeckte meine ganze rechte Seite, zog sich auf dem Rücken weiter und hatte seine Ausläufer sogar in meinem Gesicht. Meine Haare hatte ich zu einem hohen Zopf gebunden, von dem meine Mutter behauptete, er ließe mich kriegerischer aussehen. Auf das Brusttuch verzichteten wir, erstens wegen der Drachenzeichnung und zweitens, weil es die Fremdlinge am Strand aus dem Konzept bringen würde, mich so *entblößt* zu sehen. Meinte Nóatún zumindest.

Für Aisek und Bardin war es ein alltäglicher Anblick und sie hatten nur mit den Schultern gezuckt.

Angestrengt atmete ich die kühler werdende Abendluft ein und ließ sie dann langsam wieder aus meiner Lunge entweichen, um meinen Kopf frei zu kriegen. Ich musste für das, was mir bevorstand, ruhig und konzentriert sein, sonst war Milla verloren.

In dem Land, aus dem die Fremdlinge stammten, gab es unzählige Sagen und Legenden. Anders als bei uns, wo nur selten etwas derart Abstruses für wahr gehalten wurde. Es war aber fast vergleichbar mit dem, was wir über die Zeiten munkelten, bevor alle Fremdlinge von der Insel verbannt wurden. Geschichten, die schon so oft erzählt worden waren, dass man nicht mehr wusste, ob sie tatsächlich stimmten.

»Die Legende der Drachenkriegerin wird allseits für wahr gehalten und viele behaupten, ihr bereits begegnet und ihrem Zorn nur haarscharf entgangen zu sein«, erzählte Nóatún uns, während ich ganz still hielt, damit Bardin mir etwas ins Gesicht pinseln konnte. Es kitzelte und mein Auge zuckte die ganze Zeit.

»Man sagt, sie sei zur Hälfte Frau, zur Hälfte Drache, aus einem Drachenei geboren und mit übermenschlichen Kräften, stärker als zwanzig Männer, die einen heimsucht, wenn man irgendwo ihre Ruhe stört. Oder die Ruhe derer, die unter ihrem Schutz stehen.«

»Eine Rachegöttin«, warf Aisek ein, der von uns allen am belesensten war, und Nóatún nickte.

»Die einzige Frau, vor der jemand wie die Angst haben würden.«

Das war meine Rolle, eine Frau, die zur Hälfte ein Ungeheuer darstellte. Ich sollte die Drachenkriegerin spielen und durfte daher keine Schwäche zeigen. Wenn die Fremdlinge auch nur einen Hauch von Misstrauen verspürten, wäre die Sache gelaufen.

Ich musste sie überraschen, ihnen Angst machen, sie hart treffen, bevor sie es erwarteten, und so meine Überlegenheit beweisen. Wenn ich ihnen weismachte, dass die Insel unter dem Schutz der Drachenkriegerin stand, würden sie uns vielleicht in Ruhe lassen.

Zum wiederholten Mal überprüfte ich die Messer an meinem Gürtel und drängte die Nervosität zurück, die mich ganz fahrig machte. Am liebsten wäre ich, mir die Haare raufend, hin und her gelaufen und hätte gejammert, doch das war nicht möglich. Zum einen, weil ich mir Selbstvertrauen einreden musste, und zum anderen, weil es meine Verkleidung zerstört hätte.

Die Sonne verschwand hinter den Klippen. Die letzten Strahlen zogen vom Horizont zu uns herüber und es würde nicht mehr lang dauern, bis es finster wäre.

Unsere Zeit war gekommen.

»Bist du bereit?«, fragte Nóatún, als er mir auf die Füße half, und seine warmen Finger strichen ganz kurz über meinen Handrücken. Er sah mir sogar in die Augen, obwohl er vermied, mich anzusehen, seit ich das Brusttuch abgenommen hatte.

Ich nickte, auch wenn ich mich alles andere als bereit fühlte.

Aisek trat näher zu mir und Nóatún ließ sofort meine Hand los. »Ich weiß, dass du das schaffst«, sagte er eindringlich und ich versuchte ihm so was wie ein Lächeln zu schenken. Es endete zwar in einer Fratze, aber er würde es schon zu deuten wissen. »Du bist die beste Messerwerferin, die ich je gesehen habe«, versicherte er mir und ich konnte nur hoffen, dass mich meine Fähigkeiten nicht verlassen würden.

»Und wenn das hier vorbei ist, dann schreib ich ein Heldenlied über dich«, behauptete Bardin mit großen Augen und ich hätte beinahe wirklich lachen müssen.

»Danke, Bardin«, brachte ich heraus und meinte es zum ersten Mal wirklich ehrlich. Anders als gedacht, war er uns eine große Hilfe. Weder Aisek noch Nóatún hatten eine Begabung zum Malen und auch keiner von ihnen hätte gewusst, wie man auf die Schnelle Farbe herstellte.

Doch Bardin war durch und durch ein Künstler. Noch nie hatte er einen Bogen in der Hand gehabt oder eine Axt geschwungen, aber der Drache auf meinem Körper war so detailliert, dass es wirkte, als würde er sich bewegen.

Die Sonnenstrahlen wichen der Dämmerung und wir erreichten das obere Ende des Strandes. Nóatún, Aisek und Bardin duckten sich ins hohe Gras in den Ausläufern der Dünen und machten sich ihrerseits bereit für ihren Teil des Plans.

Ich sog die kühler werdende Luft tief in meine Lunge. Sie schmeckte nach Salz und Wind und ich spürte ein Prickeln auf der Kopfhaut. Einen letzten Blick mit Nóatún wechselnd, fuhr ich mit den Fingerspitzen über die Griffe meiner Messer.

Ich wusste, dass er mich nur ungern gehen ließ, mich sogar sofort aufgehalten hätte, wenn er nur eine geringe Möglichkeit gesehen hätte, mich umzustimmen.

Doch die gab es nicht. Alles, was gerade für mich zählte, war Milla.

»Danke«, wisperte ich leise und schenkte jedem der drei Männer einen bedeutungsvollen Blick. Bardin, der mich ansah, als wäre ich jetzt schon eine Heldin. Aisek, der die Lippen zu einem harten Strich zusammenpresste, weil er glaubte, mir so Entschlossenheit vorzugaukeln. Und Nóatún, der Einzige, der mir das Gefühl von Sicherheit vermitteln konnte. »Danke euch allen«, flüsterte ich noch einmal und erhob mich aus der Hocke.

Kühn trat ich vorwärts auf die Kuppe der Düne, versuchte all meine Kräfte zu mobilisieren und mich nur auf eine Sache zu konzentrieren. Milla zu retten.

Vor mir lag der Strand, ein lang gezogenes Stück weißer Sand, und ganz unten das Schiff der Fremdlinge. Finster und bedrohlich wie ein schlafendes Monstrum.

Daneben hatte man mehrere Feuer entzündet, um die sich die Fremdlinge drängten und die ihren roten Schein gespenstisch auf die Holzbalken des Schiffes warfen.

Die Fremdlinge lachten lauthals, als fürchteten sie nichts auf dieser Welt, und drehten Wild an Spießen, das sie selbst gefangen haben mussten. Denn der Rat hatte es ihnen sicher nicht gebracht.

Zwischen der ersten und zweiten Feuerstelle stand ein Käfig. So ein Konstrukt hatte ich erst einmal in der Siedlung der Soketen gesehen. Sie diente als Falle für Fische. Doch dieser hier war so groß, dass ein Schaf hineingepasst hätte, und auch nicht aus Holz, sondern aus Metallstäben.

Und darin saß zusammengekauert und zitternd meine Schwester.

Sofort spürte ich die überwältigende Erleichterung, sie lebend zu sehen, und dann kam wieder eine Welle Zorn auf mich zu und schwappte über all meine anderen Gefühle hinweg wie pures Unheil.

Diese dreckigen Ratten hielten Milla wie Vieh in einem Käfig. Einer der Männer pikte sie mit einem langen Stock, worauf sie einen Angstschrei von sich gab und die anderen drumherum zu lachen begannen.

Schreckliche Wut stieg in mir auf und ich entfachte sie noch weiter, weil sie mir Mut zum Handeln gab. Meine Schritte trugen mich vorwärts, kraftvoll und blindwütig.

Hinter mir begann auf ein unsichtbares Zeichen hin eine Trommel zu schlagen. Es war Bardin, der meinem Auftritt Theatralik verleihen wollte, und ich stieg im Takt der Schläge den Strand hinunter.

Die Fremdlinge fuhren sofort auf, als sie die Schläge geisterhaft über den Strand hallen hörten, und drehten die Köpfe auf der Suche nach der Quelle.

Als der erste mich sah, gab er einen Ruf von sich und alle wandten sich mir zu. Doch der erste Schreck hielt nicht lange und sie verfielen in Gelächter.

»Es ist nur wieder eine Frau!«, hörte ich jemanden rufen, was das Feuer der Wut in mir nur noch stärker nährte.

Noch war ich zu weit weg, als dass sie den Drachen auf meinem Körper sehen konnten. Aber das war mir eigentlich noch ganz recht. Solange sie mich für harmlos hielten, hatte ich Zeit, näher an sie heranzukommen. Umso weniger Distanz, desto genauer konnte ich zielen.

»Schnapp sie dir, Lodin!«, kam der Befehl selbstgefällig von dem Riesen, ihrem Anführer, der gelassen am Feuer sitzen blieb. Askur war sein Name und seine Seele war schwarz wie der Tod, denn er liebte, laut Nóatún, die Gewalt um ihrer selbst willen.

Die Hitze der Aufregung schoss durch meine Adern, schenkte mir Klarheit über meine Angst hinweg, spannte meine Muskeln, machte mich bereit für die Jagd. Machte mich zu allem bereit, was nötig war, um Milla zu retten.

Der Mann, der mit dem Stock nach Milla gepikt hatte, erhob sich auf den Befehl seines Anführers hin schwerfällig von dem Baumstamm, auf dem er gesessen hatte, und kam mit lässigen Schritten auf mich zu.

Mit den Augen verfolgte ich jede seiner Bewegungen.

Seine Kameraden feuerten ihn belustigt an, nannten ihn einen Glückspilz, er lachte amüsiert über ihre Bemerkungen.

Herausfordernd hob ich das Kinn, spürte den Takt von Bardins Trommeln bis in mein Innerstes und wusste, dass ich die Fremdlinge jetzt Ehrfurcht lehren würde.

Ich zog mein Messer schneller, als Lodin es kommen sah. Wie Nóatún es mir gesagt hatte, kamen sie nicht alle auf einmal, hielten mich für zu unwichtig und gaben mir die Gelegenheit, einen von ihnen zu töten.

Ich musste es ohne Gnade tun und es musste schnell und unerwartet kommen. Nur dann würden sie mich als *Drachenkriegerin* anerkennen.

Noch am Morgen hätte ich nicht gedacht, dass ich so etwas tun könnte, doch jetzt hatten sich die Umstände geändert. Sie bedrohten meine Familie. Sie quälten Milla und ich wollte nichts anderes mehr, als die Dreckskerle bluten zu lassen.

Das Messer schoss aus meiner Hand und traf sein Ziel mit all der Wucht, die der Zorn in mir hervorbrachte.

Lodin erstarrte mitten in seiner Bewegung, seine Augen ungläubig geweitet, und griff sich mit seiner prankigen Hand an den Hals, in dem mein Messer steckte. Er gab ein ekelerregendes Röcheln von sich, taumelte vorwärts, ging auf die Knie und kippte schlussendlich nach vorn mit dem Gesicht in den Sand.

Ich sah ihn nicht an, vermied es, mich dadurch aus meiner Konzentration reißen zu lassen, sondern schritt weiter, immer noch im Takt von Bardins Trommelschlägen, die in der Zwischenzeit schneller geworden waren.

Die Männer waren von ihren Plätzen aufgesprungen, schienen auf die Schnelle nicht begreifen zu können, wie eine Frau einen von ihnen so schnell hatte erledigen können. Doch der Schock war nicht von Dauer, die ersten begannen nach ihren Waffen zu greifen, wüste Beschimpfungen auszustoßen und wollten sich gerade in Bewegung setzen, da erfasste mich der weite Schein der Feuer.

Bardins Trommeln verstummten genau in diesem Moment, nach einem letzten, sehr gekonnten Wirbel, und nur das Säuseln des Windes blieb zurück.

Der Moment der Wahrheit war gekommen und die Anspannung quetschte mir den Magen zusammen.

Kaltblütig starrte ich den Fremdlingen entgegen und sah aus den Augenwinkeln, wie die goldenen Schuppen auf meinem Körper schimmerten.

Dem ersten Fremdling fiel vor Schreck das Schwert aus der Hand und andere wichen mit ihm vor mir zurück.

»Die Drachenkriegerin!«, rief er mit Schreck in der Stimme und mir huschte ein höhnisches Lächeln über die Lippen, weil sie mich tatsächlich als das erkannten, was ich darstellen wollte.

Der Funke Angst, der gerade noch in mir geglommen hatte, wurde vom Triumphgefühl erstickt, das nun in mir hochstieg, und ich reckte das Kinn vor, um sie alle niederzustarren.

»Unmöglich«, brachte der Nächste heraus und keiner wagte es mehr, sich zu rühren.

»Sie ist hier!«, stieß der neben ihm hervor und ich holte tief Luft.

»Ihr Gewürm habt meine Ruhe gestört!«, brüllte ich so Furcht einflößend wie ich konnte und trat noch zwei elegante Schritte näher an sie heran.

Ich schätzte den Abstand zwischen uns und wusste, dass ich ihnen nicht zu nahe kommen durfte, um ihnen keine Gelegenheit zu geben, nach mir zu greifen.

Doch die Männer wichen sogar noch weiter vor mir zurück.

»Wie konntet ihr es wagen?«, zischte ich verächtlich und ein Windstoß, der vom Meer heranzog, ließ meine Haare gespenstisch tanzen, als hätten wir ihn für uns bestellt.

»Nein!«, rief plötzlich Askur, ihr Anführer, und bahnte sich einen Weg zwischen seinen Männern hindurch. »Es ist ein Märchen. Die Drachenkriegerin ist ein verdammtes Märchen«, behauptete er mit fester Stimme und es kam mir zugute, mir in all den Jahren angeeignet zu haben, nicht zusammenzuzucken.

Ich musste jetzt nur in meiner Rolle bleiben.

»Schweig still, Askur!«, schmetterte ich ihm entgegen und kam sogar noch auf ihn zugeschlendert. »Ich kenne deine Untaten«, erklärte ich und drehte meinen Kopf, damit die Drachenschuppen dort ebenfalls zu glänzen begannen. »Und ich bin hier wegen der toten Seelen, die über dich klagen und mich anrufen«, wiederholte ich die Worte, die Nóatún mir vorgesagt hatte, und meine Wut ließ mich überzeugend wirken.

Denn Askur wurde bereits bleich um die Nase, obwohl er sich sichtlich zusammenriss, die Hände zu riesenhaften Fäusten ballte. Seine Augen versanken in Dunkelheit. »Du weißt gar nichts! Du bist nicht echt! Es gibt dich nicht!«, spuckte er mir entgegen und ich schnaubte. Er war hartnäckiger, als ich gehofft hatte.

»Ach ja?«, erwiderte ich in spöttischem Ton und lächelte herausfordernd. »Wie kann einer deiner Männer tot sein, Askur, wenn es mich doch gar nicht gibt?«, stellte ich ihm die Frage und verdammt, ich hätte niemals gedacht, dass ich das so gut hinbekommen würde. Ich ging geradezu in meiner Rolle auf, zehrte von der Angst meines Publikums und hätte sie am liebsten noch ein bisschen mehr erschreckt.

Askur starrte mich an, sah zu dem Krieger, der hinter mir im Sand lag, und sein Bart zuckte, als er den Kiefer anspannte. »Was willst du?«, gab er von sich und schien von seinem Glauben nicht mehr ganz so überzeugt zu sein wie zuvor. Er umfasste den Griff einer zweischneidigen Axt fester.

»Fangen wir damit an, dass ihr mir die kleine Jungfrau übergebt«, verlangte ich und konnte nur hoffen, dass Milla auch noch Jungfrau war und keines der Schweine sich über sie hergemacht hatte.

»Und dann will ich, dass ihr verschwindet«, fügte ich hinzu und hob drohend die Hand. »Das hier ist mein Land und ihr befleckt es mit eurer Anwesenheit.«

In Askurs Gesicht arbeitete es und ich konnte seine Gedanken sogar schon erahnen, so deutlich waren sie zu erkennen.

Er war sich unsicher und das gefiel ihm nicht. Wenn er meiner Forderung nachkam, gestand er vor seinen Männern ein, dass auch er Angst vor der Drachenkriegerin hatte. Tat er es aber nicht, zog er sich meinen Zorn zu und die Idee, dass ich wirklich echt sein könnte, hatte in seinem Kopf bereits Gestalt angenommen.

Starr hielt ich den Blickkontakt, versuchte so wenig wie möglich zu blinzeln, nahm all meine Willenskraft zusammen, um mich selbst davon zu überzeugen, dass ich auch ihn töten könnte, wenn ich es musste.

»Holt das Kind aus dem Käfig!«, befahl Askur rau und stieß den Mann neben sich an, welcher nur mit einiger Verzögerung den Blick von mir losreißen konnte und der Aufforderung seines Anführers nachkam.

Das Klimpern von Metall drang an mein Ohr und ich zwang mich, nicht hinzusehen, desinteressiert zu tun, als wäre es nur irgendein Mädchen. Sie ließen Milla frei, doch noch immer waren wir in Lebensgefahr. Mein Blut rauschte durch meinen Kopf, die Spannung in meinem Innern war immer noch nervenzerreißend.

Milla wurde grob nach vorne durchgereicht, wie ein wackeliger Gegenstand, bis Askur sie mit seiner Pranke zu fassen bekam und vor sich zerrte.

Meine Schwester sah gar nicht gut aus. Überall hatte sie Schürfwunden und Blutergüsse, Tränenspuren zogen sich durch ihr schmutziges Gesicht. Doch ihrer Haltung nach schien nichts gebrochen zu sein, denn sie versuchte sich trotz unsäglicher Angst immer noch aus Askurs Griff loszureißen wie eine wilde Katze.

Als ihr Blick auf mich fiel, erstarrte auch sie und gab einen erstickten Schrei von sich. Für einen Moment fürchtete ich, sie würde aus Unbedachtheit unser ganzes Theater auffliegen lassen. Sie müsste nur meinen Namen sagen, zu erkennen geben, dass sie mich kannte, und alles wäre dahin.

Doch dazu kam es gar nicht, da Askur sie plötzlich an der Kehle packte und in die Luft hob, als wäre sie nur ein Sack voll Federn.

Milla riss vor Schreck die Augen auf, schnappte nach Luft wie ein Fisch auf dem Trockenen und mir schoss der Schreck durch alle Glieder. Damit hatte ich nicht gerechnet.

Doch anstatt lange darüber nachzudenken, griff ich nach meinen Messern und schleuderte zwei kurz hintereinander auf den riesenhaften Fremdling.

Bei dem einen zielte ich genau und traf damit die Hand, die Millas Hals zusammendrückte. Das andere flog keine so genaue Flugbahn mehr und verfehlte Askurs Kehle, sodass er mit einem dünnen Schnitt an der Haut davonkam.

Ruckartig zog er die Hand zurück, ließ Milla fallen und gab ein lautes Brüllen von sich.

Zum Glück war meine Schwester schlau genug, die Gelegenheit zu nutzen, sie kam stolpernd auf die Füße und rannte sofort auf mich zu. Ich warf ihr einen finsteren Blick zu, der ihr sagen sollte, dass sie nicht zu mir kommen durfte, und wies mit dem Arm den Strand hinauf.

Sie stellte keine Fragen, sagte kein Wort und lief in die angegebene Richtung. Dort oben würden Aisek und Bardin sie empfangen.

Als wenn ein Felsen mich zuvor niedergedrückt hätte, fiel eine riesige Last von mir und ich konnte wieder frei atmen. Milla war gerettet. Es hatte tatsächlich funktioniert!

Und jetzt musste nur noch ich hier wieder rauskommen.

Ich straffte also noch einmal die Schultern, bereit für die letzte Runde, und hielt meine Finger nahe bei den Messern an meiner Hüfte.

Askur hatte sich die gegossene Klinge aus dem Handrücken gezogen und die Mordlust begann überdeutlich in seinen Augen zu flackern.

Das war nicht gut. Ich sollte machen, dass ich wegkam. Doch ich zwang mich, ruhig zu bleiben, meine Rolle zu spielen, mich nicht ablenken zu lassen.

»Ich erwarte, dass ihr so schnell wie möglich von hier verschwindet«, sagte ich mit einem selbstgefälligen Ton, der nicht mehr ganz so überzeugend war, aber das fiel jetzt auch nicht mehr ins Gewicht. »Sonst endet ihr alle wie der arme Lodin«, führte ich ihnen meine Drohung noch einmal richtig vor Augen, nutzte den noch anhaltenden Schock der Fremdlinge, um mich umzudrehen und in der Dunkelheit der jungen Nacht zu verschwinden.

19

RÜCKKEHR

Ich brauchte nicht lange, um zu dem Treffpunkt zu gelangen, den wir vorher ausgemacht hatten. Es war ein kleiner Hain, dessen dichtes Blättergestrüpp uns vor Blicken schützte und der für Menschen, die ihn kannten, im Dunkeln leicht zu finden war.

Aisek und Bardin waren die ganze Zeit über zusammen geblieben. Nóatún hatte mir von oberhalb des Strandes mit Pfeil und Bogen Rückendeckung gegeben, falls unser Plan nicht aufgegangen wäre.

War er aber, und ich taumelte zwischen Euphorie und völliger Erschöpfung. Mein Körper war müde, und das kam nicht nur von der Spannung der letzten Stunden. Wann hatte ich eigentlich das letzte Mal geschlafen?

Doch ich ging zügig vorwärts und noch bevor ich um das Dickicht kam, konnte ich Aiseks und Bardins Stimmen vernehmen, die gleichzeitig auf jemanden einredeten. Sie waren viel zu laut für meinen Geschmack.

Den Mund bereits geöffnet, um sie zu ermahnen, verschluckte ich mich an meinen eigenen Worten, als sich mir ein wirklich skurriler Anblick bot. Aisek und Bardin redeten gleichzeitig auf Milla ein, die hektisch um sich schlagend von Nóatún festgehalten wurde, der sie mit der Hand auf dem Mund stumm hielt.

»Was macht ihr da?«, platzte ich genervt heraus und alle Köpfe flogen zu mir herum.

»Sie ist in mich reingerannt!«, verteidigte sich Nóatún sofort und sah mich an. »Und sie weigert sich, still zu sein«, fügte er hinzu und in seinem Gesicht war verhaltener Ärger und ein wenig Verzweiflung zu sehen. Emotionen, die nur der Umgang mit störrischen Vierzehnjährigen hervorrief.

Es war vielleicht nicht die richtige Methode, um Milla ruhigzustellen, schon gar nicht, nachdem wir sie gerade aus einer so schrecklichen Lage befreit hatten. Doch Nóatún schien es nicht besser gewusst zu haben.

»Lass sie los«, wies ich ihn müde an und er kam meiner Aufforderung widerstandslos nach.

Sofort zog er seine Hände zurück und Milla taumelte kurz, fing sich aber gleich wieder und stürzte sich in meine Arme. Ihre Finger klammerten sich an mich, verschmierten das Drachenbild an meiner Schulter und Milla schluchzte an meiner Halsbeuge.

Mein Herz schmerzte, wenn ich sie so sah. Doch sie war in Sicherheit und ich drückte sie ganz fest an mich.

»Es tut mir so leid«, heulte sie mir ins Ohr und obwohl ich sicher allen Grund gehabt hätte, wütend auf sie zu sein, war meine einzige Empfindung Erleichterung.

Sie war am Leben, sie war unverletzt und man hatte ihr auch sonst keine Gewalt angetan, was einem Wunder gleichkam.

»Tu das nie wieder!«, schaffte ich aber trotzdem hervorzuwürgen und musste mir die Tränen verbeißen, die in meinen brennenden Augen aufsteigen wollten. Die Gefühle in mir ließen sich gar nicht in Worte fassen, so sehr liebte ich meine kleine Schwester und wusste, dass ich auch noch hundertmal mein Leben riskieren würde, nur um sie zu beschützen.

Es kostete mich große Mühe, mich zusammenzureißen, nicht auch zu weinen, und schob Milla dann ganz sanft von mir weg. »Lass uns nach Hause gehen«, sagte ich zu ihr, nahm ihre Hand in meine und schloss meine Finger ganz fest um ihren Handrücken.

Ich holte tief Luft, sammelte meine Gedanken und wandte mich dann an die anderen. Sie standen um uns herum. Aisek neben mir, Bardin auf der anderen Seite und Nóatún weiter hinten in den Schatten.

»Bardin kommt mit uns«, begann ich unsere nächsten Schritte zu planen und sah rüber zu Aisek. Auch er sah erschöpft aus. »Bringst du Nóatún zu den Höhlen zurück?«, fragte ich ihn, weil ich daran zweifelte, dass der Fremdling den Weg in der Nacht allein finden würde.

»Mach ich«, willigte Aisek sofort ein und ich lächelte ihn müde an. Ich war ihm wirklich dankbar, dass er all das für mich auf sich nahm. Das machte wahre Freundschaft aus.

»Gut«, murmelte ich, nur um etwas gesagt zu haben. Ich konnte immer noch nicht fassen, dass wir es tatsächlich überstanden hatten. Einfach so, ohne dass jemand von uns ernsthaft verletzt worden war. Da war eine Stärke in mir zum Vorschein gekommen, von der ich zuvor nichts geahnt hatte.

Und vor allem hatten wir die Fremdlinge erschreckt.

Zwar wusste ich nicht, ob das reichen würde, um sie tatsächlich von der Insel zu verjagen, doch wenigstens hatten sie einen Dämpfer bekommen, den sie nicht so schnell vergessen würden.

Aisek setzte sich als Erster in Bewegung und Milla zog mich ganz leicht in die Richtung, in der unsere Siedlung lag. Für heute war es wirklich genug und das Wichtigste war, dass ich meine Schwester wiederhatte.

Doch ohne die Drachenkriegerin wäre uns das niemals gelungen. Und die verdankten wir allein Nóatún.

Ich wandte den Kopf. »Nóatún!«, sprach ich seinen Namen laut aus und er sah sich noch einmal nach mir um.

Seine Augen waren dunkel in der Nacht, doch sie trafen mein Herz dennoch, weil ich spürte, auf welche Art er mich ansah.

Mein Herzschlag beschleunigte sich und ich wollte ihm so sehr danken, dass ich keine Worte dafür fand. Genau wie für die Gefühle, die immer in mir hervorkamen, wenn seine Augen mich mit diesem Blick bedachten. Und was konnte ich schon sagen bei so vielen zusätzlichen Zuhörern?

Doch glücklicherweise verstand Nóatún mich auch ohne Worte. Ein Lächeln huschte über seine Lippen, das mich ganz sehnsüchtig machte, und dann verschwand er mit Aisek in der Dunkelheit.

Es war nicht weit bis zum Waldrand und ab da nahm das Gefühl der Sicherheit stetig zu.

Und mit der Sicherheit kam die Müdigkeit wie ein Hammerschlag auf den Kopf. Die Anspannung fiel von mir ab, meine Beine wurden schwerer, ein dumpfer Schmerz pochte gegen meine Schläfen. Kein Wunder, nachdem ich die letzte Nacht gar nicht geschlafen hatte.

Wir stapften durchs Dickicht, benutzten keine der üblichen Pfade und wir hatten nicht einmal die halbe Strecke hinter uns gebracht, da sprach Milla mich an.

»Stimmt es, dass der Fremdling dir geholfen hat, mich zu befreien?«, fragte sie ganz leise mit einem Zittern in der Stimme und holte mich so aus meinen schleppenden Gedanken.

»Ja«, gab ich zurück, obwohl ich wusste, dass ihr das als Antwort nicht genügen würde.

»Warum?«, hakte sie auch schon nach und ich wusste, dass ich ihr so einiges an Erklärung schuldig war. Und sie würde sich nicht so leicht abspeisen lassen wie Bardin. Doch heute hatte ich keine Kraft mehr dafür und sie musste sich erst mal mit der einfachen Version begnügen.

Ich brauchte auch nicht lange über die Antwort nachdenken. Jetzt, wo ich wusste, wie es sich anfühlte, wenn ein Teil meiner Familie in Lebensgefahr schwebte, kam ich Nóatúns Gefühlen wieder ein Stück näher.

»Weil er nicht zu denen gehört. Die Fremdlinge am Strand sind genauso seine Feinde, wie sie unsere sind«, brachte ich es auf den Punkt und wusste, dass es diesmal keine Halbwahrheit war.

Es war richtig, dass Nóatún einmal bei ihnen gewesen war, mit ihnen zusammen gegessen, geschlafen und wahrscheinlich auch gekämpft hatte. Aber er war keiner von ihnen! Sie waren die Mörder seiner Familie und er würde sich niemals zu ihnen zählen. Das hatte ich jetzt begriffen.

»Aber er ist ein Fremdling, Limea«, zischte Milla eindringlich und ihre Stimme war wieder fester geworden. Sicher hatte sie einfach nur Angst, doch es tat mir aus irgendeinem Grund weh, dass sie so etwas sagte.

»Wenn er nicht wäre, dann wärst du jetzt tot«, fuhr ich sie heftiger an als beabsichtigt und sie zuckte neben mir zusammen. »Und ich wahrscheinlich auch. Er ist nicht einfach ein Fremdling, Milla«, redete ich auf sie ein und sie starrte mich mit großen Augen an. »Ich vertraue ihm und du solltest dich hüten, jemandem von ihm zu erzählen«, warnte ich sie eindringlich und wandte meinen Blick wieder nach vorne auf unser Ziel.

Milla blieb daraufhin still. Ich hatte sie erschreckt. Doch ich musste nicht nur sie, sondern auch Nóatún schützen. Jetzt war Milla in Sicherheit, Nóatún aber wäre durch ein falsches Wort von ihr in Gefahr.

Bardin trottete schweigend hinter uns her. Wären seine Schritte nicht so laut und schlurfend gewesen, ich hätte geglaubt, wir hätten ihn auf dem Weg verloren. Und inständig hoffte ich, er würde über Nóatún ebenfalls den Mund halten. Gesagt hatten wir es ihm, doch ich kannte ihn zu wenig, um für seine Verschwiegenheit zu garantieren.

Wir sahen die Siedlung schon von Weitem, denn jede Laterne, jede Kerze und jeder Lampion war entzündet und machte sie so taghell, wie ich sie noch nie erlebt hatte.

»Was ist denn da los?«, rief ich irritiert aus, fasste Millas Hand fester und beschleunigte den Schritt, bis wir nah genug waren, um etwas zu erkennen.

Auf jeder Brücke, an jeder Treppe, auf jeder Plattform standen bewaffnete Frauen, die aufmerksam den Wald beobachteten. Sämtliche Pfeilspitzen richteten sich sofort auf uns, als wir aus dem Dickicht brachen.

»Wer ist da?«, bellte eine grimmige Stimme, die ich zu meiner Beruhigung gleich erkannte. Es war Kaera. Erleichtert atmete ich auf und wusste, dass sie mich sofort erkennen würde.

»Hier ist Limea«, gab ich laut zurück und konnte sagen, dass ich fast positiv überrascht war. Ich hatte nicht damit gerechnet, dass es Wachposten in der Siedlung gab. Nicht dass sie nicht notwendig waren, aber ich hätte dem Rat so viel Vernunft gerade nicht zugetraut.

»Verdammt!«, stieß Kaera aus und ließ sofort den Bogen sinken. »Wir dachten, die Fremdlinge hätten dich auch erwischt«, erklärte sie aufgewühlt und kniff die Augen zusammen, um mich in der Dunkelheit besser zu erkennen.

»Nein. Ich habe meine Schwester geholt«, rief ich zurück und Kaera starrte fassungslos zu uns runter.

»Milla?«, keuchte sie überrascht, packte eine der baumelnden Laternen und ließ sie weiter zu uns runter. »Bei allen Urahnen, wie ist das möglich?«, brachte sie heraus, stieß die Frau neben sich an und schickte sie, die Nachricht zu verbreiten.

Sie würde sicher dem Rat Bescheid geben, dachte ich zähneknirschend. Aber auch Mutter.

Ein ganz schlechtes Gewissen rumorte durch meine Magengegend, wenn ich an meine Mutter dachte. Ich hatte ihr nicht gesagt, wohin ich gehen und was ich tun würde. Sicher war ihre Sorge schrecklich gewesen, als ich nicht mehr nach Hause kam.

Doch wie hätte ich es ihr auch sagen sollen? Sie hätte mich nicht gehen lassen oder wäre mitgekommen, und Nóatún hätte ich erst recht nicht erwähnen können.

Man warf uns einen Seilzug nach unten und ich schob Milla vor, damit sie als Erste ging. Dann kam Bardin, der selbst zum Sprechen schon zu müde war, und zum Schluss noch ich.

Kaera blickte mich skeptisch an, als sie mir über die Brüstung half und die Bemalungen auf meinem Körper sah, sagte aber nichts dazu.

»Du hast sie da allein rausgeholt?«, fragte sie mich nur und ich schüttelte den Kopf. Allein hätte ich das niemals geschafft. Allein wäre ich durchgedreht.

»Bardin und Aisek haben mir geholfen«, gab ich an und dachte sofort an Nóatún und was es mir bedeutete, dass er auf meiner Seite war.

»Und wo ist Aisek? Ist ihm etwas passiert?«, rief plötzlich jemand hinter mir und eine Hand fasste unsanft nach meiner Schulter. Es war Demi und auch sie was voll bewaffnet, mit Pfeil und Bogen und einer ganzen Palette an Messern am Gürtel. Angst stand in ihren Augen.

»Es geht ihm gut«, versicherte ich ihr. »Er muss auch gleich hier sein.«

Balken knarzten und ich hob den Blick zu der Plattform über uns, auf der sich die Menschen drängten, um uns zu sehen. Es schien, als wäre die ganze Siedlung auf den Beinen. Die Brücken um uns herum füllten sich allmählich mit noch mehr Menschen und sie alle gafften zu uns herüber. Was war denn hier los?

Wollte ich das gerade überhaupt wissen? Ich fühlte mich viel zu zerschlagen, um mich jetzt mit all den Leuten herumzuplagen. Die ganze Spannung wich nun endgültig, die Strapazen des Tages waren endlich vorbei und ich wollte einfach nur noch schlafen.

Ein bekanntes Gesicht hob sich von der Menge ab und Mutter stürmte zwischen ihnen hindurch und die nächstgelegene Treppe hinunter. »Milla! Milla!«, heulte sie herzerweichend, schnappte sich meine kleine Schwester, als sie uns erreichte, und drückte sie an sich. Und auch Milla brach erneut in Tränen aus.

Träge beobachtete ich sie, wie sie sich aneinanderklammerten, und spürte die Wärme im Bauch, die einem nur die eigene Familie geben konnte.

»Limea!«, rief Mutter mich unerwartet zu sich, streckte grob den Arm aus und zog mich ebenfalls in ihre Umarmung. »Du hast mir den Schreck meines Lebens eingejagt! Du schreckliches Kind!«, keifte sie mich an und ein Lächeln legte sich auf meine Lippen, weil ihre Worte zwar barsch klangen, aber ihre Bedeutung *Ich liebe dich* gewesen war.

Ich nickte nur, zu kraftlos zum Antworten.

»Ich bin so furchtbar stolz auf dich«, schluchzte sie in mein Ohr, drückte mich noch fester und dann wurden Rufe um uns laut. Jubelrufe und Applaus und einige riefen sogar meinen Namen.

Mutter ließ mich los und ich sah mich verwirrt um. Die Menschen applaudierten mir, die ganze Siedlung nahm Anteil an unserer Heimkehr und feierte mich für die Rettung meiner Schwester.

Und ich hatte gedacht, der Abend wäre bereits gelaufen.

Kaera legte mir anerkennend die Hand auf die Schulter, die Frauen, die noch in der Nähe waren, tätschelten mich und beglückwünschten mich zu meiner gelungenen Rettungsaktion. Meine Welt wurde langsam stumpf. Taumelnd ging ich vorwärts und blinzelte in all die Gesichter. Es kam mir so surreal vor, dass es mir schon fast Angst machte, und ich wusste nur noch, dass ich schleunigst nach Hause wollte, um all dem zu entkommen.

Schnell sah ich mich noch nach Bardin um, konnte aber nur sehen, wie er sich mit den anderen Soketen entfernte. Also machte ich mich ebenfalls auf. Die Menschen traten zur Seite, doch es war trotzdem mühsam, vorwärtszukommen. Mutter und Milla blieben noch, redeten aufgeregt mit Bekannten und Milla konnte gar nicht aufhören, ihre besten Freundinnen Ariva und Meola zu umarmen.

Sie musste gespürt haben, dass ich sie ansah, denn sie hob den Blick zu mir und ich versuchte sie mit den Augen daran zu erinnern, dass es Dinge zu ihrer Befreiung gab, die sie besser verschwieg. Sie lächelte schwach und nickte.

Es schien Ewigkeiten zu dauern, bis ich unsere Behausung erreicht hatte, und als ich den Menschen ein letztes Mal verlegen zuwinkte und dann durch die Tür verschwand, war ich einfach nur unglaublich erleichtert, endlich meine Ruhe zu haben.

Nur leider hatte ich die noch nicht.

Vor mir in unserer Küche stand Aisek, der Kopf hochrot, völlig außer Atem und er sah auch sonst nicht besonders entspannt aus.

»Aisek!«, stieß ich aus und stürmte zu ihm. Eine böse Vorahnung biss mir in die Brust und ließ mich schlagartig wieder wach werden.

»Schließ die Tür«, wies er mich allerdings nur an und ich machte die Klappe eilig zu, bevor ich in den Raum trat.

»Was ist passiert?«, wollte ich von ihm wissen und mir schnürte sich das Herz zusammen. »Nóatún?«, fragte ich mit zittriger Stimme und merkte, wie die Angst zu mir zurückkam. Wenn ihm nun auch etwas passiert war, würde ich das nicht mehr verkraften. Nicht mehr heute, nicht nach allem, was in den letzten Stunden passiert war.

»Hör zu. Es ist nicht so einfach«, begann Aisek und hob beschwichtigend die Hände, was mir jetzt wenig half.

Mein Gleichgewicht geriet durcheinander, der Boden unter mir schwankte.

»Was ist mit ihm?«, keuchte ich erstickt und stolperte auf Aisek zu. Er versuchte mich aufzufangen, doch ich riss mich sofort von ihm los.

»Es geht ihm gut, Limea«, sagte er schnell und seine Augen waren aber immer noch in Aufruhr. »Er ist hier.«

Ich konnte wieder klar denken und das Atmen fiel mir leichter, nur um mich ganz plötzlich auf den Boden der Tatsachen fallen zu lassen. Was sollte das heißen, Nóatún war hier?

Ein Knacken kam von oben und mein Kopf schnellte zu der Türöffnung meines Zimmers. Die Klappe war zu, doch ich spürte, dass sich dahinter jemand befand.

»Aisek. Oh nein, Aisek! Was hast du getan? Wieso hast du ihn in mein Zimmer gebracht?«, drang ich auf ihn ein, als die neuen

Probleme über mich schwappten wie zu hohe Wellen, und Aiseks Gesichtsausdruck wurde nur noch verzweifelter.

»Die Fremdlinge haben fluchtartig den Strand verlassen, nachdem wir da weg waren. Sie sind nach Westen geflohen, den Strand entlang. Und dann haben sie den Pfad zu den Höhlen entdeckt«, erklärte er und schluckte sichtbar. »Ich konnte ihn nicht zurückbringen, Limea. Sie waren dort!«

Mein Kopf würde bald platzen von all der Last, die sich immer mehr darin stapelte.

»Und sie haben seine Sachen gefunden«, fügte Aisek noch hinzu und ich konnte mir gleich denken, was das nun bedeutete. »Dieses seltsame Lederding und die Schließen, die er an den Armen hatte. Sie haben seinen Namen herumgeschrien.«

Ich atmete langsam und tief durch, um nicht zu hyperventilieren, so sehr, dass die Lunge dabei spannte, und versuchte nicht verrückt zu werden. »Sie wissen also, dass er hier ist«, schlussfolgerte ich und schlug mir die Hände vors Gesicht. *Nein, nein, nein*, dachte ich nur und wünschte, ich könnte jetzt einfach so und ohne Sorgen schlafen gehen. »Dann wissen sie sicher auch, dass die Drachenkriegerin ein Trick war«, vermutete ich und Aisek zuckte mit den Schultern.

»Möglich«, stimmte er mir zu.

Verdammt, jetzt war alles nur noch schlimmer geworden. Die Fremdlinge wussten jetzt Bescheid, waren sicher rasend vor Wut und wir hatten unseren Trumpf verloren.

Und ich hatte einen riesigen Mann in meiner Schlafkammer.

»Und warum hast du ihn in mein Zimmer gebracht?«, hakte ich noch einmal nach.

»Ich wusste nicht wohin«, gestand Aisek mir und fuhr sich fahrig mit den Fingern durch das dunkle Haar.

Mir wären auf die Schnelle mindestens drei andere Verstecke für Nóatún eingefallen. Nicht ganz so abgelegen und auch nicht so schwer zu finden wie die Höhlen, aber immerhin besser, als ihn in die Siedlung zu bringen.

»Ich bin Forster, Limea. Wann komme ich mal dazu, durch die Gegend außerhalb des Waldes zu streifen? Und mit zu mir war ausgeschlossen«, versuchte Aisek sich zu verteidigen und ich gab nach.

Ich verstand schon, was das Problem gewesen war, aber ich konnte einfach nicht mehr, wollte schlafen, alles vergessen, keine Sorgen mehr haben. Doch die Ereignisse überschlugen sich einfach weiter, ließen mich von einem Problem ins nächste tappen.

Unelegant zog ich die Nase hoch und rieb mir die Augen. »In Ordnung. Darum kümmere ich mich morgen. Du solltest jetzt nach Hause gehen. Deine Familie macht sich Sorgen um dich.«

Aisek nickte, sah mich entschuldigend an und ich wusste schon, was er sagen würde, bevor er den Mund aufgemacht hatte. »Tut mir leid, dass ich …«, begann er und ich schnitt ihm das Wort ab.

»Entschuldige dich nicht. Du warst heute eine große Stütze und ich bin froh, dass ich mir wenigstens um dich keine Sorgen machen muss«, grummelte ich und meinte es wirklich ernst. Ohne Aisek hätte ich es nicht geschafft. »Und jetzt ab nach Hause«, fügte ich erschöpft hinzu und Aisek setzte sich langsam in Bewegung.

»Du solltest schlafen«, sagte er zu mir, strich mir kurz mit seinem Handrücken über die Wange und verschwand nach draußen durch die erleuchtete Siedlung.

Mit Nachdruck schloss ich die Tür hinter ihm und blieb für einige Augenblicke einfach nur in der Dunkelheit der Küche stehen, um meine Gedanken zu sammeln, bevor ich mich in mein Zimmer traute.

Wie stellte Aisek sich das vor? Wie sollte ich denn in Ruhe schlafen, wenn Nóatún in meinem Zimmer war?

20

SCHLAF

Die Hände zu Fäusten geballt, damit sie vor Aufregung nicht zitterten, trat ich zu der Türklappe und klopfte zaghaft dagegen. Das Geräusch ging in meinem viel zu lauten Herzschlag unter.

»Hier ist Limea. Mach mir auf«, flüsterte ich leise und konnte mir gar nicht richtig ausmalen, dass Nóatún wirklich auf der anderen Seite dieser Klappe saß. Die Vorstellung war so absurd, dass sie wohl erst in meinem Kopf ankommen würde, wenn ich ihn wahrhaftig dort erblickte.

Ich hörte ein Knarren auf dem Boden, das ich als Schritte identifizieren konnte, und dann öffnete sich die Türklappe ganz langsam. Eilig griff ich nach dem Rahmen und zog mich nach oben in mein Zimmer, noch bevor ich mich umgeschaut hatte.

Nóatún wich etwas zur Seite, um mir Platz zu machen, als ich schnell die Klappe hinter mir wieder schloss und im Halbdunkel nach dem Riegel tastete. Der hölzerne Stab bewegte sich nur schwerfällig, da ich ihn eigentlich nie benutzte, und ich konnte mich an das letzte Mal, dass ich mich im Zimmer eingeschlossen hatte, kaum erinnern. Streit war im Spiel gewesen. Mit wem, hatte ich schon lange vergessen.

Nóatún setzte sich schweigend zurück auf den Boden, den breiten Rücken an mein Bett gelehnt, und sah mich nicht an. Das war gut, denn auf meiner Haut breitete sich auch so schon ein prickelndes Gefühl aus, und das nur, weil wir zwei hier allein waren.

Ich verbannte meine aufwallenden Gefühle, kontrollierte den Riegel an der Türklappe zu Millas Zimmer, zwang mich, mit dem Kauen an der Nagelhaut wieder aufzuhören und sah schnell nach, wie viel Öl noch in der Lampe war, die in der Ecke auf dem Boden stand, auch wenn ich nicht vorhatte, sie zu entzünden.

Licht drang von draußen durch die Ritzen des Korbgeflechts und tauchte das Zimmer in ein gedämpftes Licht.

Nervös sah ich mich noch mal um, knetete meine Finger und hatte schlussendlich keine andere Wahl, als mich endlich auch hinzusetzen. Stockend ließ ich mich an der Wand gegenüber von Nóatún nieder und blinzelte zu ihm hinüber.

Aufmerksam blickte er sich um, drückte mit seiner großen Hand gegen eine Wand, die leicht nachgab, und zog sie eilig wieder zurück, als könnte er mit der kleinsten Bewegung das Haus zum Absturz bringen.

Er war in meinem Zimmer! In dem Zimmer, in dem ich schlief, in das ich mich zurückzog, wenn mich niemand stören durfte, mein Refugium. Nicht einmal Aisek war oft hier drin gewesen. Und jetzt saß dieser Mann in meinem Zimmer, das durch seine Anwesenheit zu schrumpfen schien, weil es viel zu klein für seine gewaltige Gestalt wirkte.

Und er sah mich immer noch nicht an, sagte kein Wort.

Die Stirn runzelnd fragte ich mich, ob etwas nicht in Ordnung war. Vielleicht, weil die Fremdlinge nun wussten, dass sie ihn nicht getötet hatten, als sie versucht hatten, ihn aufzuschlitzen.

Möglicherweise würden sie sogar versuchen, Jagd auf ihn machen, und es schien mir langsam so, als ob wir jetzt noch mehr Probleme als vorher hätten.

»Nóatún?«, sprach ich ihn vorsichtig an, brach die Stille zwischen uns.

Sein Blick ging weiter starr an die Wand und er schnaubte laut. »Kannst du dir bitte was anziehen?«, unterbrach er mich mit rauer Stimme und biss sich dann auf die Unterlippe. »Es ist … Ich kann dich so nicht ansehen«, stammelte er und ich war wie vor den Kopf gestoßen.

»Oh«, machte ich nur, als ich begriff, und sah mich hektisch nach etwas um, mit dem ich meine Brüste bedecken konnte. »Natürlich. Entschuldigung«, fügte ich hinzu und kam mir gleichzeitig seltsam dabei vor, in meinem eigenen Zimmer bedeckt sein zu müssen. Aber ich tat ihm den Gefallen, weil heute einfach genug Aufregung geherrscht hatte, zog aus einem Stapel ein Tuch hervor, das ich irgendwann zerknüllt in eine Ecke geworfen hatte, und schüttelte es kurz auf, bevor ich es an den Enden zwischen zwei Finger nahm und es mir mit geübten Handgriffen um die Brust band.

Endlich sah Nóatún mich an. Sein Blick war immer noch verhalten und zu meinem Erstaunen waren seine Wangen sogar ein wenig schamesrot.

Mein Herzschlag beschleunigte sich augenblicklich, als ich ihn so sah, mit diesem Glitzern in den Augen, die Arme locker auf den Knien abgelegt, und meinen Lippen fiel wieder ein, dass wir uns geküsst hatten.

Ich versuchte mir nichts anmerken zu lassen, ignorierte meine eigenen Gedanken und überlegte, wie wir die Nacht am besten verbrachten, ohne irgendeine Art von Zwischenfall zu riskieren. Keinen zwischen meiner Familie und Nóatún, und vor allem keinen zwischen uns beiden.

Hoffentlich hatte Milla nichts gesagt.

»Morgen suche ich dir ein anderes Versteck, ganz sicher. Aber heute Nacht …« Verhalten räusperte ich mich, um den nervösen Kloß in meinem Hals loszuwerden. »Am besten, wir legen uns bald schlafen. Ich bin müde. Wir denken morgen darüber nach, wie wir dich hier wieder rausbekommen«, erklärte ich in nüchternem Ton, versuchte gleichmütig zu denken und hielt es für einen ganz guten Plan. Morgen wäre ich ausgeschlafen und dann kehrte auch sicher meine Konzentration für die wichtigen Dinge zurück.

Obwohl ich mich nach Kräften bemühte, in meinem Kopf auch weiterhin sachlich zu bleiben, schweifte ich immer wieder mit den Augen zu Nóatún und wirre Emotionen blubberten dicht unter der Oberfläche.

Doch ich war stark, ich musste ihnen nicht nachgeben, sagte ich mir selbst und hielt mich an diesem Gedanken fest. Ich würde es schaffen. Ich musste es schaffen.

Angestrengt erhob ich mich vom Boden und schritt durchs Zimmer, um das Bärenfell hervorzuholen, das Milla in der Sturmnacht mit zu mir ins Bett genommen hatte. Es war seitdem nicht mehr gebraucht worden und ich hatte keine Zeit gefunden, es wieder zurück in die Kammer zu bringen.

Ich plante, es an der Wand gegenüber meines Bettes auszubreiten, damit Nóatún so weit wie möglich von mir entfernt liegen würde. Aber das wäre direkt neben der Klappe zur Küche und auf der anderen Seite der Wand war Mutters Zimmer. Vielleicht also doch keine so gute Idee. Mutter durfte absolut keinen Verdacht schöpfen, wenn wir das lebend überstehen wollten.

Innerlich seufzte ich. Nóatún musste wohl oder übel neben meinem Bett schlafen. Denn so groß war mein Zimmer einfach nicht, dass ich noch andere Möglichkeiten gehabt hätte.

»Kann ich dir helfen?«, fragte Nóatún und ich schreckte vom Klang seiner Stimme zusammen, während sich eine Gänsehaut auf meinen Armen ausbreitete.

»Du kannst eben aufstehen«, antwortete ich ihm nur und Nóatún erhob sich ganz vorsichtig vom Boden, als würde er unter seinen Füßen brechen. Als er sich aufrichtete, stieß er mit dem Kopf beinahe an die Decke und zuckte überrascht zurück.

Das brachte mich zum Lachen. Keine Ahnung, warum es plötzlich so amüsant war, wahrscheinlich wegen der Übermüdung, aber ich musste einfach lachen.

Nóatún sah mich erst verwirrt an und schüttelte dann den Kopf über mich. »Bei euch ist alles so klein«, versuchte er sich rauszureden und fasste mit der Hand neben seinem Kopf an die Decke. Er war ein Riese in einem zu kleinen Haus.

Ich lachte nur noch mehr und hielt mir auch gleich die Hände vor den Mund, um nicht zu laut zu sein. »Ja, sogar die Menschen«, prustete ich dennoch, weil es mich einfach gepackt hatte, und nun musste auch Nóatún über meinen überaus schlechten Witz grinsen.

Er sah unglaublich gut aus, wenn er grinste, wenn die Augen schalkhaft wurden und seine Lippen diesen besonderen Zug bekamen, die ihn einfach nur unglaublich anziehend machten. Mein Bauch begann heftig zu kribbeln und das Lachen blieb mir im Hals stecken. Verlegen blickte ich zu Boden, fühlte, wie mir die Hitze in den Kopf stieg, und beschäftigte mich schnell damit, das Fell neben meinem Bett auszubreiten.

»Eine Decke«, murmelte ich, um nicht gleich wieder zu vergessen, was noch fehlte, und lief zu meinem Regal, in dem irgendwo noch eine Schafwolldecke lag. Sie war ein bisschen kratzig, nicht ideal, aber es würde schon gehen.

Fahrig wandte ich mich um und drückte sie Nóatún in die Hand.

»So. Du schläfst hier«, wies ich ihn an, zeigte auf das Fell und versuchte mir all die Aufregung nicht anmerken zu lassen.

Doch Nóatún hob fragend eine Augenbraue. »Neben dir?«, stutzte er, völlig zu Recht, und musterte mich.

»Wir haben gerade keine andere Wahl«, tat ich es ab und verschränkte die Arme vor der Brust. Meine Haut schimmerte von goldener Farbe. »Du solltest gar nicht hier sein. Aber Aisek wusste es nicht besser und jetzt müssen wir eben die Nacht überstehen«, brachte ich es auf den Punkt und da hörte ich unten das Schaben unserer Eingangsklappe.

Sofort verstummte ich und erstarrte zu Stein. Nóatún spürte meine Anspannung, hatte die Türklappe sicher auch gehört und verhielt sich ebenfalls still.

Stimmen redeten aufgeregt, wünschten ausgelassen eine gute Nacht und dann ging die Tür auch schon wieder zu. Ich hörte Mutter und Milla in der Küche reden und versuchte zu verstehen, was sie sagten.

»Limea?«, flüsterte Nóatún meinen Namen und ich hielt ihm schnell die Hand vor den Mund, damit er bloß keinen weiteren Mucks machte. Doch er griff nach meinem Handgelenk, hob meine Hand von seinem Gesicht und zog mich in der gleichen Bewegung näher an sich. Der Boden knarzte laut.

Wäre ich nicht in Angst gewesen, dass Mutter uns hören würde, ich wäre sofort von ihm weggesprungen. Aber ich wagte es kaum, mich zu bewegen, geschweige denn zu atmen.

Und das fiel mir auch immer schwerer, je mehr ich mir Nóatúns Nähe bewusst wurde. Ich konnte die Körperwärme spüren, die er ausstrahlte, und seine Hand hielt meine fest, während sein Daumen begann, kleine Kreise auf der Innenseite meines Handgelenks zu ziehen.

»Was ist mit Limea?«, hörte ich Milla fragen und wieder blieb mir beinahe das Herz stehen. Ich wusste nicht, was ich tun würde, wenn sie jetzt noch nach mir sehen wollten.

»Lassen wir sie«, sagte Mutter und ich wagte es, erleichtert aufzuatmen. »Ich denke, sie hat es verdient, ein wenig Ruhe zu haben nach all der Aufregung.«

»Mama, kannst du bei mir schlafen?«, glaubte ich zu hören und dann trippelten Schritte in verschiedene Richtungen. Milla verschwand in ihrem Zimmer unter uns, Mutter räumte in der Küche ein paar Dinge zusammen.

Mit meiner freien Hand griff ich nach Nóatúns Hemdkragen und zog seinen Kopf ruckartig näher zu mir. Er ließ es sich gefallen und ich kam mit meinen Lippen ganz nah an sein Ohr.

»Wenn meine Mutter dich hier findet«, hauchte ich und meinte jedes meiner Worte todernst, »dann bringt sie dich um. Und du wirst dir dabei wünschen, du wärst damals am Strand deinen Wunden erlegen.« Mein Herz schlug mir bis zum Hals. Es waren nur wenige Fingerbreit bis zu Nóatúns Wange, und dann nur noch ein unbedeutendes Stück zu seinen weichen Lippen. Augenblicklich ließ ich seinen Kragen wieder los.

Nóatún nickte, zeigte mir, dass er verstanden hatte, machte aber keinerlei Anstalten, Abstand zwischen uns zu bringen. Im Gegenteil, er schien ihn sogar noch zu verringern. Seine Hände legten sich auf meinen Rücken, drückten mich ganz leicht in seine Richtung.

Mein Verstand sendete lautstark ein Warnsignal.

Er neigte den Kopf und seine Lippen berührten sanft meinen Hals. Mir wurde schwindelig.

Nein! Das war zu viel!

Ich riss mich aus seinen Armen und taumelte ein Stück zurück, die Knie ganz wackelig. Mein Blut rauschte durch meine Adern wie die reißenden Stromschnellen eines Gebirgsbaches.

Verdammt! Ich musste unter allen Umständen einen kühlen Kopf bewahren, sonst konnte sonst was passieren.

Mutter in der Küche hörte auf zu werkeln und ihre Schritte gingen in Richtung von Millas Zimmer. Es war gut, dass Milla nicht allein war. Vor allem, weil sie dann nicht mitten in der Nacht zu mir ins Bett gekrochen kam.

Angestrengt nahm ich mich zusammen und wusste, dass ich etwas zu tun brauchte, wenn ich jetzt nicht die Kontrolle verlieren wollte.

Nóatúns Blicke verfolgten mich, während ich zu meinem Regal trat, eins meiner ältesten Tücher hervorzog und dann den Wasserschlauch von der Wand nahm. Angespannt versuchte ich ihn zu ignorieren, mir vorzustellen, er wäre gar nicht da. Doch meine Gefühle ließen das leider nicht zur Gänze zu.

Mit verkniffenen Lippen setzte ich mich auf mein Bett und auch Nóatún bewegte sich beinahe lautlos auf das Fell neben mir am Boden. Er lehnte sich wieder mit dem Rücken an mein Bett, so wie er zu Anfang auch gesessen hatte, und wandte mir das Gesicht zu.

Meine Finger zitterten leicht, ob nun vor Aufregung oder Müdigkeit, als ich den Wasserschlauch entkorkte und das Tuch in meinen Händen damit benetzte. Mit kreisenden Bewegungen wischte ich mir die Farbe vom Körper und nahm mir fest vor, dass dies meine letzte Handlung für heute war. Danach würde ich wirklich schlafen müssen. Ich säuberte meinen Bauch, meine Arme und die Teile meiner Brust, die nicht bedeckt waren.

»Wieso?«, fragte mich Nóatún so leise, dass ich es beinahe überhört hätte. Kurz überlegte ich, ob ich wirklich so tun sollte, als hätte ich es nicht gehört. Das würde mir sicher so einiges ersparen.

Aber natürlich war die Neugierde stärker.

»Wieso was?«, erkundigte ich mich also und sah zu ihm. Was ein großer Fehler war, denn seine Augen hatten schon wieder diesen Blick, der meinen so schnell einfangen konnte und dann nicht mehr losließ.

»Wieso wehrst du dich dagegen? Ich sehe, dass es dich Kraft kostet, gegen dich selbst zu kämpfen. Aber du tust es trotzdem, obwohl du so müde bist«, flüsterte er und seine Stimme war tief und rau.

Mein Mund wurde ganz trocken. Was sollte ich denn dazu sagen? Und warum stellte er seine Fragen immer so gefährlich?

Ich nahm einen Schluck aus dem Wasserschlauch, was mir half, mich von seinem Blick loszureißen und dann auf meine Hände zu sehen, auf das Tuch, das nun voller roter und goldener Flecken war. Meine Finger nestelten an einem losen Faden, während ich meine Gedanken sortierte.

»Du wirst weggehen«, brachte ich stockend heraus und dieser Satz traf den Kern der Sache vollkommen. Es waren nur wenige Worte, doch sie sagten alles, was mich in der letzten Zeit beschäftigt hatte.

Nóatún gehörte nicht hierher, kam aus einer anderen Welt und würde schlussendlich dorthin zurückkehren. Wie konnte ich einem albernen Gefühl nachgeben, wenn es mich hinterher doch nur verletzen würde?

»Wohin soll ich denn gehen?«, wollte Nóatún von mir wissen und ich hob irritiert den Kopf.

»In deine Welt«, wisperte ich, spürte den Schmerz in meiner Brust und wünschte mir, ich hätte es schreien können. Na toll, es tat mir jetzt schon weh, es nur zu sagen. »Du wirst ja nicht ewig hierbleiben wollen«, fuhr ich fort und sah weg, um nicht in seine Augen blicken zu müssen, die mich so sehr für sich einnahmen. »Und wie könntest du? Man kann doch nicht versteckt in einer Höhle wohnen wollen.«

Nóatún seufzte lauter, als mir lieb war und ich horchte auf Geräusche außerhalb des Zimmers.

Milla war still geworden und man vernahm nur noch Mutters leises Summen.

»Gib mir das Tuch«, wies Nóatún mich plötzlich an und ich reichte es ihm zögerlich. Er nahm es mir ab, ohne dass wir uns berührten, und setzte sich vorsichtig auf, damit der Boden nicht knarzte. Ruhig beugte er sich zu meinem Gesicht, hob das Tuch und begann, mir die Farbe von der Wange zu tupfen.

Ich ließ ihn machen und versuchte ihn dabei nicht direkt anzusehen. Am liebsten hätte ich die Augen geschossen, doch ich fürchtete, dass er es als Aufforderung werten würde.

»Vielleicht kommt es dir komisch vor«, brummte Nóatún mit leiser Stimme und fuhr mir behutsam mit dem Tuch die Nase entlang. »Aber ich ziehe eine Höhle *meiner Welt* hundertmal vor.«

Nun sah ich ihn doch an.

»In der Welt, aus der ich komme, war ich seit meiner Kindheit nichts anderes als ein Sklave«, erzählte er und ich bemühte mich, seinen Worten aufmerksam zu folgen. »Ich habe hart gearbeitet, bin vom Sklaven zu einem Krieger geworden und wurde deshalb etwas besser behandelt. Aber mein Leben hatte nie mir gehört.«

Mir zog sich das Herz zusammen. Er rieb mir den letzten Rest Farbe aus dem Gesicht und legte mir das Tuch wieder in die Hände. »Ich will nicht wieder zurück«, sagte er mit Nachdruck. »Dort gab es nur Dunkelheit und den Gedanken an Rache.«

Erwartungen und Träume stapelten sich in meinem Kopf ungehalten aufeinander und meine Versuche, sie zu unterdrücken, schlugen fehl. Dabei hatte ich den schweren Verdacht, dass der Turm der Wünsche viel zu schnell einstürzen und mir ein Loch ins Herz reißen würde.

»Aber was gibt es denn hier für dich?«, warf ich leise ein und klammerte mich an das Tuch in meinen Händen. »Mein Volk hasst dich genug, um dich auf der Stelle zu töten. Und du musst dich immer verstecken und …«

»Limea«, flüsterte Nóatún dunkel meinen Namen und ich verlor den Rest meines Satzes im Klang seiner Stimme. »Hast du keine Ahnung, was es mir bedeutet, dass du mich gerettet hast?« Sein Blick wurde ganz weich und mein Herz auch. »Es hat mich noch nie jemand gerettet. Noch nie hat jemand etwas für mich getan, ohne selbst davon den größten Vorteil zu haben. Als du mich gezwungen hast, zu der Höhle zu laufen, konnte ich mir nicht vorstellen, was du damit eigentlich bezweckst.« Nóatúns Lippen verzogen sich zu einem Lächeln und vor Aufregung zerknüllte ich das Tuch noch fester. Meine Träume stapelten sich einfach weiter.

»Du bist gegangen, um Medizin zu holen, und ich dachte, du kommst niemals zurück. Aber dann warst du wieder da, und dann wieder und wieder. Du bist immer wieder zurückgekommen, obwohl du dich damit selbst in Schwierigkeiten gebracht hast«, klärte er mich auf und in meinem Kopf zankte sich ein Gedanke mit dem anderen.

Einerseits wollte ich, dass Nóatún sofort damit aufhörte, all diese beschämenden Dinge zu sagen, die mich erröten ließen und die mir falsche Hoffnung machten. Aber andererseits wünschte ich unbändig, er würde immer weitersprechen, so lange, bis auch mein Verstand davon überzeugt war, dass es gut war, meinen Gefühlen nachzugeben.

Doch ich hielt es so oder so nicht länger aus, nur schweigend zuzuhören. »Aber es gibt doch noch unendlich viel anderes Land, auf das du gehen könntest, ohne dass man dich dort verfolgt«, versuchte ich zu argumentieren und schalt mich gleichzeitig dafür, es gesagt zu haben.

Nóatún lachte aber nur leise, als hätte ich einen schlechten Witz gemacht. »Es ist mir egal, ob ich verfolgt werde, Limea. Mein Leben war verwirkt, als ich ins Meer gestürzt bin. Du hast mich gerettet. Ich gehöre jetzt nur noch dir«, sagte er und ich konnte nicht mehr atmen.

Zu schockiert war ich über seine Worte. Meine Wünsche wurden auf einen Schlag völlig nebensächlich. »Was? Wieso sagst du so was?«, rief ich empört, ohne an Mutter oder Milla zu denken. »Du gehörst dir! Du bist ein freier Mensch! Ich habe keinen Verdienst an deinem Leben. Wie kannst du sagen, du warst immer ein Sklave der Fremdlinge, und jetzt wärst du meiner?«, fuhr ich ihn an und Nóatún packte mich erschrocken an den Armen.

»Sssch«, machte er nachdrücklich und bedachte mich mit einem warnenden Blick. »Willst du, dass deine Mutter mich umbringt?«

Verdammt, ich war viel zu laut gewesen. Doch ich war so furchtbar aufgewühlt, verstört und völlig übermüdet. Am liebsten hätte ich jetzt einfach angefangen zu weinen. Aber das wäre wenig tapfer gewesen und ich wollte sicher nicht, dass Nóatún mich so sah.

»Tut mir leid«, wisperte ich schnell und schüttelte den Kopf. »Ich muss schlafen. Ich habe ewig nicht richtig geschlafen.«

»Das erklärt deine Verwirrtheit.« Skepsis klang in Nóatúns Stimme mit und ich nickte nur, ohne zu wissen, was er eigentlich meinte. Er seufzte, sah mich noch einen Moment an und ließ seine Finger an meinen Armen nach unten gleiten.

»Ich werde es dir einfach morgen erklären«, versicherte er mir, nahm seine Hände von mir und setzte sich auf das Fell zurück, den Kopf von mir abgewandt.

Mir setzte sich ein Stein in den Magen, der mir aufzeigte, dass gerade irgendwas schiefgelaufen war. Nóatún wirkte enttäuscht und ich war daran schuld.

Müde wickelte ich mir das Tuch von der Brust, knotete den Schurz ab und warf beides über das Fußende auf den Boden. Schnell wischte ich mir noch die Farbe von den Brüsten, war jetzt endlich wieder weitgehend sauber und rollte mich anschließend in meiner Decke zusammen, das Gesicht zur Wand.

Nur wenige Augenblicke später raschelte die Wolldecke und ich konnte hören, wie Nóatún sich ebenfalls hinlegte. Er sagte nichts mehr. Kein *Gute Nacht*, keine Regung in meine Richtung, und ich fühlte mich miserabel.

Mein Kopf war schwer, meine Augen brannten, die Müdigkeit machte meinen Körper träge und meine Bewegungen langsam. Doch genau wie gestern ließ mein Geist mich nicht schlafen.

Ich dachte, ich würde wahnsinnig werden. Heute war einer der anstrengendsten Tage meines Lebens gewesen. Ich hatte Fremdlinge am Strand entdeckt, mich mehr als einmal vom Rat anschnauzen lassen und so meine Zukunft aufs Spiel gesetzt. Um das Leben meiner Schwester hatte ich bangen müssen, sie unter Lebensgefahr gerettet. Zum ersten Mal einen Mann geküsst und zulassen müssen, dass ebendieser in meinem Zimmer, direkt neben mir schlafen würde. Meine Gefühle hatten jedes Extrem durchwandert. Schock, Angst, Mut, Triumph, Leidenschaft, Mordlust, Wut und Verwirrung.

Und jetzt wollten sie einfach nicht zulassen, dass ich vergessen konnte, dass Nóatún neben mir lag. Etwa einen Schritt entfernt und auf dem Boden, aber dennoch neben mir. Er hatte so wunderbare Sachen gesagt, und dann hatte er gemeint, dass er mir gehörte.

Mein verwirrter Kopf konnte das einfach nicht verstehen. Wieso wollte ein Mensch, der grausam behandelt wurde, weiterhin das Eigentum von jemandem sein?

Die Frage hielt mich wach. Vielleicht wusste ich zu wenig von ihm oder von der Welt, aus der er kam. Vielleicht wusste ich aber auch zu wenig über mich selbst.

Draußen wurde es langsam dunkler. Die Laternen wurden eine nach der anderen gelöscht, bis das Licht nicht mehr durch die Wände drang und das Zimmer in völliger Dunkelheit zurückließ.

Genervt wälzte ich mich auf die andere Seite. Wie dumm ich doch war, einfach so zu beschließen, jetzt zu schlafen, obwohl ich doch eigentlich hätte nachfragen müssen, was es bedeutete. Obwohl mein Verstand doch beinahe nachgegeben hatte, beinahe daran glaubte, dass es möglich war, dass er bei mir blieb.

Warum war ich so furchtbar selbstzerstörerisch, dass ich nicht zulassen konnte, was ich für Nóatún empfand? Was würde ich denn verlieren? Selbst wenn er zur Einsicht kommen sollte und die Insel doch verlassen würde, was hätte ich davon, mich selbst gequält zu haben? Ich konnte meine Gefühle nicht länger leugnen, so gern ich das auch wollte. Das wäre kindisch gewesen.

Und sie zu unterdrücken funktionierte auch nicht. Selbst meine Vernunft hatte mittlerweile eingesehen, dass meine Gefühle stärker waren als ich. Ich hatte es einfach nicht aufhalten können, im richtigen Moment auch nicht gewollt und jetzt war ich schon mittendrin.

Ich war verliebt, genau wie Milla es beschrieben hatte, mit Herzklopfen und Kribbeln im Bauch, eine Verbundenheit in der Seele, die mich zu vervollständigen schien. Daraus schöpfte ich Kraft und Mut und Selbstvertrauen, so wie es Mutter gesagt hatte.

Ich wollte nicht, dass Nóatún jemals wegging, wollte nie wieder ohne ihn sein müssen. Es tat schrecklich weh, es sich nur vorzustellen, jetzt, wo ich all die Gefühle in mir hatte.

Doch er hatte gesagt, dass er nicht gehen würde. Nur den Grund hatte ich nicht begriffen. War er deswegen so enttäuscht gewesen? Weil ich es nicht verstanden hatte?

Aufmerksam lauschte ich in die Dunkelheit, versuchte festzustellen, ob Nóatún bereits schlief. Doch er bewegte sich nicht.

Wenn ich hätte schlafen können, ich hätte es mit Freuden getan. Aber der Tag war noch nicht zu Ende und es gab nur eines, was ich tun konnte, um ihn endlich zu einem Ende zu bringen. Noch einmal musste ich mutig sein und das ließ mich noch hibbeliger werden.

Es brauchte seine Zeit, bis ich mich dazu überwinden konnte, mich zu bewegen. Doch dann war es schon in einem Augenblick getan. Ich schob mich an die Bettkante, ließ mich leise hinunter auf den Boden und lag auch schon auf dem weichen Bärenfell. Mein Herz klopfte so laut, dass ich mich fragte, ob Mutter es hören könnte.

Gerade wollte ich die Hand ausstrecken, nach Nóatún tasten, da fassten seine Arme schon nach mir und zogen mich in einer fließenden Bewegung an ihn. Seine Nase streifte meine Wange, seine Hände hielten mich fest, sein Körper war warm und stark und gab mir die Sicherheit eines Felsens in der Brandung.

»Wieso schläfst du noch nicht?«, flüsterte er mir ins Ohr und seine Finger fuhren an meiner Wirbelsäule nach unten. Mir wurde sofort schwindelig und ein warmer Schauder ging durch meinen ganzen Körper.

»Ich kann nicht aufhören zu denken«, gestand ich und erlaubte mir zum ersten Mal, mich in seiner Nähe einfach nur wohlzufühlen.

»Und woran denkst du?«, wollte er wissen und ich musste lächeln über die Dreistigkeit dieser Frage.

»Das weißt du ganz genau«, warf ich ihm vor und barg mein Gesicht an seiner Schulter.

»Heißt das, ich habe gewonnen?«, erkundigte sich Nóatún auf einmal überrascht und lockerte seinen Griff um mich.

Jetzt war ich schon wieder verwirrt. »Ich versteh dich nicht. Was hast du denn gewonnen?«, empörte ich mich im Flüsterton, weil dieser Mann einfach so oft in Rätseln sprach, und tastete nach seinen Armen, fuhr mit den Fingern die Höhen und Tiefen seiner Muskeln nach. Sicher wäre es ein Leichtes für ihn, mich in die Luft zu heben.

Nóatún lachte leise, sein Atem kitzelte mich am Hals und der Stein in meinem Magen löste sich langsam wieder auf. »Dich, Limea. Habe ich dich gewonnen?«, fragte er noch einmal und ich verstand. Wenigstens etwas.

»Du meinst *umworben*«, korrigierte ich ihn und er schüttelte nur den Kopf.

»Ist doch egal«, erwiderte er und schien aufzuatmen. »Hauptsache, du gehörst jetzt mir«, fügte er hinzu und seine Finger strichen an meinen Seiten entlang. »Du gehörst doch mir, oder?«

Ich blinzelte in die Dunkelheit, ohne etwas zu sehen. Darüber musste ich erst mal nachdenken und das war gar nicht so einfach, wenn seine Hände über meine Haut wanderten.

Gehörte ich ihm? Es war der gleiche Wortlaut, den er vorhin schon benutzt hatte. Er hatte mir gesagt, dass er mir gehörte. Und jetzt wieder. Ob ich ihm gehörte.

Wahrscheinlich war es die bleierne Müdigkeit oder die wunderbare Wärme von Nóatúns Körper, die mich so langsam denken ließen, doch als ich meine Schlüsse endlich richtig zog, fuhr ich erschrocken zusammen und das kam wahrlich nicht oft vor.

»Alles in Ordnung?«, erkundigte er sich besorgt und hielt mich nur noch ganz leicht, sodass ich jederzeit die Möglichkeit hätte, die Flucht zu ergreifen.

»Du hast gesagt, du liebst mich!«, platzte es atemlos aus mir heraus und ich krallte meine Hände in Nóatúns Obergewand.

Wie dumm von mir, dass ich es nicht sofort verstanden hatte. Nóatún glaubte, der Gewinn eines erfolgreichen Werbens wäre eine andere Person! Ich hatte gedacht, er meinte den Besitz eines Körpers.

Aber eigentlich ging es um sein Herz. »Du hast gesagt, dass du mir gehörst«, versuchte ich meine Gedanken zu erklären und verhaspelte mich in meinen eigenen Worten. »Aber du hast gemeint, dass du mich liebst«, brachte ich schlussendlich aber doch heraus und Nóatún atmete erleichtert auf.

»Verdammt! Und dafür hast du mich so erschreckt?«, seufzte er und drückte seine Stirn an meine.

»Nóatún!«, ließ ich mich jedoch nicht beirren und versuchte sogar, ihn zu schütteln, wobei er sich kaum bewegte. »Das ist wichtig!«

»Ja«, sagte er und die Spannung in mir schien mich zu zerreißen.

»Ja *was*?«, drängte ich und konnte nicht fassen, dass er einmal so offen mit Worten und im nächsten Moment so einsilbig sein konnte. Hatte er nicht gesagt, er wollte es mir erklären?

»Ja, es heißt, dass ich dich liebe«, gestand er endlich und seine Arme zogen mich wieder näher zu ihm, diesmal ohne mir die Möglichkeit der Flucht zu geben.

Doch die wollte ich auch gar nicht mehr. Die Anspannung, die mich so quälend wach gehalten hatte, fiel von mir ab und ich ließ meinen Kopf wieder gegen Nóatúns Brust sinken, drückte mich an ihn, wollte nie wieder woanders sein. Er war so schön warm und ich war schneller eingeschlafen, als ich jemals für möglich gehalten hätte.

21

GETEILTES GEHEIMNIS

Ich erwachte, als das erste Dämmerlicht durch die Ritzen an der Klappe meines Fensters drang. Die Welt war noch völlig still, Staub tanzte in dem matten Lichtstrahl und ich fühlte mich einfach nur wunderbar.

So gut geschlafen hatte ich schon lange nicht mehr, war durch nichts gestört worden und konnte mich noch nicht mal an meine Träume erinnern.

Doch etwas war anders als sonst und ich brauchte nur die kleine Weile, die ich wacher wurde, um zu erkennen, was es war.

Ich lag auf dem Boden statt in meinem Bett, ein Bärenfell unter mir. Und ich war nicht allein.

Mein Kopf war auf Nóatúns Arm gebettet, während seine andere Hand locker auf meinem Oberschenkel lag. In meinem Rücken konnte ich das Heben und Senken seiner Brust spüren und sein gleichmäßiger Atem streifte sanft meinen Nacken. Irgendwann in der Nacht hatte er sein Obergewand abgelegt, denn seine Arme waren nackt und seine Haut lag warm an meiner.

Ich wagte es nicht, mich zu bewegen, atmete die friedliche Stille ein, die um uns herum herrschte, und wollte nicht, dass dieser Augenblick jemals endete.

Doch das Licht draußen wurde ganz langsam immer heller, die Zeit verging stetig und bald wäre die ganze Siedlung wach. Umso schneller Nóatún sie also verließ, desto besser wäre es für ihn.

In mich hineinseufzend wusste ich, dass jeder Moment kostbar war, wenn es um Nóatúns Sicherheit ging, und spannte meine Muskeln an, um mich aufzurichten.

Doch der Mann bei mir ließ mich nicht. Sobald ich mich bewegte, legte sich sein Arm um mich, zog mich fester an ihn und hielt mich zurück.

»Wohin willst du?«, flüsterte er mit vom Schlaf heiserer Stimme, kam mir noch näher und fuhr dabei mit der Nasenspitze an meinem Hals entlang.

»Seit wann bist du wach?«, fragte ich leise zurück und schloss nur ganz kurz die Augen, um die Gänsehaut zu genießen, die seine Berührung auf meiner Haut auslöste.

»Seit jetzt.«

Streng ermahnte ich mich selbst, es mir ja nicht zu gemütlich zu machen. Wir hatten keine Zeit zu verlieren.

Ungeschickt drehte ich mich zu ihm um und seine Hand wanderte dabei von meinem Bauch auf meinen Rücken. Mein Gesicht war seinem ganz nahe, meine Handflächen lagen auf seiner breiten Brust. Ich schmunzelte, als ich sein wirres Haar sah, weil ich wusste, dass es bei mir wahrscheinlich nicht besser war. Nur mit dem Unterschied, dass ich wie eine Wilde wirken musste und er einfach nur anbetungswürdig aussah. Seine grauen Augen glänzend vom Schlaf, seine Lippen wirkten, als hätte man sie dafür gemacht, geküsst zu werden, und ich konnte kaum glauben, dass ich es war, die er so nah an sich gedrückt hielt, und dass sein Blick nur mir galt.

Und trotzdem musste ich vernünftig sein. Es wunderte mich sowieso, dass ich trotz der Nähe zu Nóatún klare Gedanken fassen konnte.

Seit ich meinen Emotionen freien Lauf ließ, waren sie mit meinem Verstand auch gar nicht mehr im ständigen Zank. Alles fügte sich und das war ein sehr friedliches Gefühl.

»Wir müssen aufstehen«, wisperte ich wenig überzeugt und versuchte mich zusammenzureißen, um entschlossener zu klingen. »Du musst die Siedlung so schnell wie möglich verlassen. Sie dürfen dich hier auf keinen Fall finden«, sagte ich mit sehr viel festerer Stimme und wünschte gleichzeitig, wir wären bereits weit weg, bloß nicht hier, und hätten alle Zeit der Welt, um beieinanderzuliegen und die Stille zu genießen.

Die aber leider nicht mehr lange anhalten würde.

»Noch nicht«, seufzte Nóatún tief, hielt mich mit seinem verschlafenen Blick fest, beugte leicht den Kopf zu mir und küsste mich. Seine weichen Lippen auf meinen ließen mich schmelzen wie Eis in der Frühlingssonne. Ich zerfloss zwischen seinen Fingern, die meinen nackten Rücken entlangstrichen und mich so dazu brachten, mich nur noch näher an seinen Körper zu schmiegen.

Mit den Händen fuhr ich über seine Brust, ertastete die feinen Härchen, die warme Haut, die harten Muskeln darunter und erreichte schließlich seinen Hals. Wie von allein fanden meine Finger ihren Weg in seine Haare und ich vergrub sie darin.

Mein ganzer Körper war in Aufruhr, das Blut rauschte mir in den Ohren, meine Haut brannte, mein Herz wummerte gegen meinen Brustkorb.

Es fühlte sich so fantastisch an, so neu und erregend, und ich hätte Nóatún noch ewig weiterküssen können. Doch eigentlich wusste ich, dass wir losmussten.

»Nóatún«, ermahnte ich ihn, als er für einen Moment meine Lippen freigab, und wollte vernünftig sein, das Richtige tun. »Wenn wir nicht bald gehen, dann …«, fuhr ich fort und versuchte mich von ihm wegzudrücken, um meine Entschlossenheit zu zeigen.

Doch er war so viel stärker als ich, hielt mich umschlungen, küsste so zärtlich meinen Hals, dass mir schwindelig wurde und ich augenblicklich alle meine Vorhaben vergaß. Ich vergaß den Satz zu beenden, vergaß zu denken, vergaß, wo wir waren.

Sanft schob er mich nach hinten, auf den Rücken, drehte sich mit mir, sodass er über mir war.

Seine Hände fühlten sich ein wenig rau an, strichen dennoch unglaublich sanft meine Arme entlang, die ich wieder in seinem Nacken verschränkt hatte, streichelten meine Seiten, glitten heiß über meinen Bauch.

Ungeahnte Gefühlsfluten erwachten in mir, brachen sich in meinem Innern, schäumten und rauschten mit gewaltiger Kraft durch meinen ganzen Körper. Stockend atmete ich ein, während Nóatún mein Schlüsselbein küsste und sich enger an mich presste.

Mein Verstand entfernte sich noch weiter von mir, wurde zu einem leisen Summen, das nichts mehr mit mir zu tun zu haben schien, und es war mir egal.

Gierig tastete ich mich an Nóatúns Rücken entlang, erspürte die harte Muskulatur, die sich so markant unter der Haut bewegte. Er fühlte sich so begehrenswert an, seine Haut war so wunderbar warm, seine Hände machten mich wahnsinnig. Seine Lippen wanderten verlangend weiter über meine Haut nach unten, küssten die Stelle zwischen meinen Brüsten, entfachten Zunderfeuer in meinen Lenden.

Und dann klopfte es plötzlich ganz leise an die Türklappe von unten.

Wie im Schock knallte ich mit der Wirklichkeit zusammen, erschrak dabei so heftig, dass ich auffuhr und mit meinem Kopf gegen den von Nóatún stieß.

»Limea, bist du wach?« hörten ich Millas Stimme wispern. »Ich weiß, du bist sauer auf mich, aber ich würde gern mit dir reden. Über gestern und diesen Fremdling und so.«

Ach verdammt, wir waren ja immer noch hier, fluchte ich innerlich und wir rieben uns beide die Stirn.

Alles Begehren erstickte sofort in der aufkommenden Angst, entdeckt zu werden. Dass man Nóatún fand, jetzt, hier in meinem Zimmer, und seinen Tod fordern würde.

Der Mann über mir richtete sich auf. Das Gesicht erhitzt, die Haare noch wirrer als vorher, der nackte Oberkörper blass wie Marmor und unwiderstehlich reizvoll.

Von wegen, mein Verstand und meine Gefühle waren sich endlich einig. Mein Verstand hatte sich einfach klammheimlich verdrückt, als es ernst wurde, und ich konnte nicht begreifen, wie dumm ich gewesen war, nicht besser aufgepasst zu haben.

Ich biss mir auf die Unterlippe, schob mich widerwillig von Nóatún weg und krabbelte zur unteren Türklappe. »Milla« flüsterte ich und hörte es von unten rascheln. »Ich bin nicht sauer auf dich. Aber du musst mir einen Gefallen tun und noch eine Weile in deinem Zimmer bleiben. Wir reden dann später.«

»Aber …«, kam es sofort von unten und ich ließ sie nicht ausreden.

»Kein aber! Tu wenigstens einmal, was ich dir sage!«, zischte ich, viel zu aufgeregt, um böse zu klingen, und schnappte mir den ersten Schurz, den ich finden konnte.

Jetzt mussten wir aber wirklich los.

Nóatún griff sich gerade sein schwarzes Obergewand, da nahm ich ihn schon bei der Hand, damit er mich ansah. Die Hände, die mich gerade noch berührt hatten. Ich schluckte, setzte einen grimmigen Blick auf und signalisierte Nóatún, dass er den Mund zu halten hatte, wenn er durch die Türklappe zur Küche kletterte.

Er nickte knapp, nahm sich nicht mal die Zeit, sich anzuziehen, und schob sich sofort auf die Klappe zu. Der Boden knarrte, was in meinen Ohren viel zu laut klang, und Nóatún zog den Riegel auf.

Eilig nahm ich mir ein Brusttuch aus dem Regal an der Wand, zog es ungenau auseinander und knotete es mir in Windeseile um die Brüste.

Eigentlich hätte ich auch darauf verzichten können, dachte ich mir noch dabei, denn gerade eben hatte er auch kein Problem gehabt, mich ohne das Tuch zu sehen.

Der Gedanke daran trieb mir sofort die Röte ins Gesicht und das Kribbeln in den Bauch, und ich lief zur Klappe, durch die sich Nóatún gerade heruntergelassen hatte.

Ein spitzer Schrei zerschnitt je die Stille im Haus und ich hörte es klirrend scheppern. Mein Herz setzte vor Schreck aus und mit einem Satz war ich in die Küche gesprungen, um sofort die Lage zu erfassen.

Als Erstes sah ich meine Mutter, blass vor Schreck, ein Messer in der Hand. Auf dem Boden lag ein heruntergefallener Topf, aus dem Wasser über den Boden und dann durch die Ritzen nach unten floss.

Neben mir stand Nóatún, mit dem Rücken an der Wand, die Hände erhoben, soweit es die niedrige Decke zuließ, um zu zeigen, dass er keinerlei Waffen bei sich hatte und auch nicht die Absicht hegte, mit irgendwem zu kämpfen.

»Mama«, rief ich überrascht und war wie vor den Kopf gestoßen. Ich hatte sie nicht gehört, hatte nicht gewusst, dass sie schon auf war. Vielleicht hatte ich aber auch einfach nicht darauf geachtet, weil ich mit anderem beschäftigt gewesen war. Dabei war es doch offensichtlich gewesen, als Milla geklopft hatte. So ein Gespräch hätte sie nie angefangen, wenn Mutter noch bei ihr gewesen wäre. Wieso war ich nur so unvorsichtig gewesen?

»Limea! Geh von ihm weg!«, schrie sie gehetzt, das Gesicht angstverzerrt, und sprang auf Nóatún zu, die blitzende Messerklinge voraus.

Ich war so schockiert, dass ich nicht reagieren konnte. Ein Schrei steckte in meiner Kehle und ich wollte dazwischengehen, sie aufhalten. Doch sie war zu schnell und noch bevor ich irgendetwas tun konnte, schossen Nóatúns Arme nach vorne und schlugen Mutter mit einem gezielten Schlag das Messer aus den Händen. Geschickt packte er sie an den Handgelenken, schleuderte sie einmal um sich selbst und verschränkte ihr die Arme auf dem Rücken.

Mutter schrie auf, mehr vor Schreck als vor Schmerz, und ich schaffte es endlich, mich aus meiner Schreckstarre zu lösen.

»Nein!«, rief ich in die allgemeine Verwirrtheit. »Nein verdammt, Nóatún! Lass sie los! Das ist meine Mutter!«

Nóatún zögerte, wusste nicht, was er tun sollte und sah mich unsicher an. »Sicher, dass ich sie loslassen kann? Sie ist verflucht schnell«, versuchte er sich bei mir zu versichern und ich bedachte ihn mit einem strengen Blick.

»Limea? Was … was hat das zu bedeuten?«, stammelte Mutter verwirrt, Nóatún ließ sie los und sie brauchte keinen Lidschlag, um sich aufzurappeln und zwischen mich und Nóatún zu schnellen. Beschützend stellte sie sich vor mich, die Hände zu Fäusten geballt, bereit, sich jederzeit auf ihn zu stürzen, sollte er sich auch nur einen Fingerbreit bewegen.

»Limea? Was hat das zu bedeuten?«, wiederholte Mutter verärgert ihre Frage und ihre Stimme klang dabei gar nicht mehr verschreckt. Sie hatte sich wieder gefasst und jetzt war der Moment gekommen, den ich schon seit Tagen fürchtete.

Ich kannte den Ton in ihrer Stimme. Er bedeutete, dass die Kacke so richtig am Dampfen war.

»Wieso ist ein Fremdling in meinem Haus?«, fügte sie scharf hinzu, ohne Nóatún aus den Augen zu lassen, und mir wurde speiübel. »Und warum kennst du seinen Namen?«

Mir lag ein Stein im Magen und es fiel mir schwer, frei zu atmen. »Das ist nicht so einfach zu erklären«, brachte ich heraus und versuchte, an ihr vorbei einen Blick auf Nóatún zu erhaschen. Er stand immer noch da, rührte sich nicht und blickte nur aus finsteren Augen auf meine Mutter. Wahrscheinlich lieferten sie sich gerade ein Blickduell. Das wäre zumindest typisch gewesen.

Ich hatte keine Ahnung, wer da gewinnen sollte. Sie konnten einen beide mit wirklich furchterregenden Blicken zerlöchern.

»Das solltest du aber. Und zwar sofort!«, fuhr Mutter mich an und ich war heilfroh, dass sie mich dabei nicht ansehen konnte.

Doch wo sollte ich anfangen? Bei Mutter würde es nicht mal ansatzweise genügen, das zu erzählen, was ich Milla oder Bardin gesagt hatte. Ich würde mit der ganzen Geschichte rausrücken müssen. Und das noch so kurz wie möglich, denn eigentlich hatten wir keine Zeit zu verlieren.

»Ich habe ihn vor sechs Tagen verletzt am Strand gefunden«, setzte ich an, meine Stimme klang nicht so fest, wie ich es gern gehabt hätte, und Mutter unterbrach mich sofort.

»Vor sechs Tagen?«, kreischte sie, betonte dabei jedes Wort und drehte sich mit vor Entsetzen geweiteten Augen zu mir um, bis ihr wieder einfiel, dass sie den Fremdling auf keinen Fall aus den Augen lassen wollte.

»Ich habe ihn in den Höhlen an der Westklippe versteckt. Wir haben seine Wunde versorgt und ich habe jeden Tag Essen für ihn mitgehen lassen«, gestand ich weiter und konnte beobachten, wie sich die Schultern meiner Mutter vor mir immer mehr verkrampften. Sie war wütend und sicher auch fassungslos über das, was ich getan hatte.

Was sollte ich nur tun, wenn ihr meine Erklärungen nicht reichten? Wenn auch die ganze Geschichte sie nicht zufriedenstellen würde und sie mit all dem zum Rat ging?

Diesen Gedanken verdrängte ich sofort, weil er absurd war. Vielleicht würde Mutter Nóatún nicht akzeptieren, aber sie würde mich nie an den Rat verpetzen.

»Wer ist *wir*?«, schoss die Frage geradezu aus ihrem Mund und ich schloss kurz die Augen. So ein Mist, hatte ich tatsächlich *wir* gesagt? Jetzt saß Aisek mit in der Scheiße.

»Aisek und ich«, sagte ich also und fühlte mich wie eine miese Verräterin. Doch lügen war ja bekanntlich zwecklos, wenn es um meine Mutter ging.

»Der Forsterjunge?«, schnaubte sie und schüttelte den Kopf über mich. »Ich kann nicht wirklich sagen, dass ich stolz auf dich bin, dass du es mal geschafft hast, ein Geheimnis länger als eine Stunde für dich zu behalten. Aber warum sagst du es dem Forsterjungen, aber nicht mir?« Mutter war vollkommen in Rage. Sie schrie ihre Wut über mich heraus, sodass ich fürchten musste, dass uns die Nachbarn hören würden. Dabei war ihre Frage jetzt sogar ziemlich unwichtig für unsere momentane Situation.

Und mir wurde es langsam auch zu viel. Ich wollte es nicht unnötig in die Länge ziehen. Nóatún musste endlich hier weg. Und dann konnte ich es ihr immer noch erklären.

»Mama!«, fuhr ich sie also an und legte ihr gleichzeitig meine Handfläche zwischen die Schulterblätter. Ihre Haut fühlte sich ausgekühlt an. »Er ist nicht böse! Er gehört nicht zu den Fremdlingen, die am Strand lagern, und er hat gestern geholfen, Milla zu retten«, versuchte ich sie zu überzeugen und spürte sofort, dass sie auf Millas Namen reagierte. »Ohne ihn hätte ich es nicht geschafft. Ohne ihn hätten wir Milla jetzt nicht wieder«, drang ich auf sie ein und hoffte, es würde reichen.

»Und warum ist er jetzt in meinem Haus?«, wollte Mutter abermals wissen, doch ihre Stimme war nicht mehr halb so bissig wie zuvor.

Ein Funke Erleichterung glomm in meinem Geist und ich konnte viel freier atmen. Sie war beinahe überzeugt.

Nóatún verhielt sich weiterhin still und reglos, sein Blick war nicht mehr ganz so finster, während er unserer Unterhaltung folgte, doch seine Haltung zeigte immer noch Wachsamkeit.

»Er konnte gestern nicht zurück zu den Höhlen, weil die Fremdlinge vom Strand dorthin geflohen sind«, machte ich es so kurz wie möglich. »Aisek wusste nicht wohin mit ihm und hat ihn in meinem Zimmer versteckt«, endete ich meine Erklärung und meinte, jetzt alles gesagt zu haben. »Und jetzt müssen wir los! Ich muss ihn wieder aus der Siedlung bringen und ein neues Versteck für ihn suchen, bevor alle Welt auf den Beinen ist«, wurde ich energischer, damit sie endlich begriff, wie ernst mir das alles war.

Mutter packte mich am Arm und hielt mich zurück. Entgeistert starrte sie mir ins Gesicht, die Augen groß wie Wagenräder.

Das Gefühl, diese Diskussion bereits gewonnen zu haben, erlosch augenblicklich und ich hatte nur einen winzigen Moment, um mich zu fragen, was jetzt schon wieder schiefgelaufen war.

Denn es musste so schlimm sein, dass sie darüber sogar vergaß, Nóatún niederzustarren.

»Er war die ganze Nacht in deinem Zimmer?«, fielen die Worte aus ihrem Mund, als wären sie zu schrecklich, um sie zu behalten. Und ich wusste nicht, was ich sagen sollte, wusste nicht, was sie von mir hören wollte.

»Hat er dich angefasst?«, fauchte sie mich an und ich schaffte es, nicht zusammenzuzucken.

Im ersten Moment wollte ich verneinen, alles abstreiten, wollte ihr klarmachen, dass Nóatún mir nie etwas antun würde. Doch natürlich fiel mir genau in diesem Augenblick ein, wie wir uns geküsst hatten, welche Gefühle seine Hände auf meinem Körper ausgelöst hatten, und mein Gesicht wurde heiß bis zu den Ohren.

Mutter sah es sofort. Zuerst kam der Schock und dann flammte die pure Mordlust in ihren Augen auf. »Ich zieh ihm die Haut ab!«, donnerte sie furchterregend, machte einen Satz nach vorne und stürzte auf Nóatún zu.

Auch er zuckte zusammen, versuchte zur Seite zurückzuweichen, um sich mehr Armfreiheit zu verschaffen, falls er sich ernsthaft verteidigen müsste, und riss dabei ein Regal mit Holzgefäßen um, sodass gemahlene Kräuter durchs ganze Zimmer stäubten.

Doch diesmal war ich schneller. Ich packte Mutter an den Schultern, riss sie zurück und stellte mich vor Nóatún.

»Du ziehst ihm nicht die Haut ab!«, schrie ich zurück und versuchte die Panik, die in mir aufstieg, unter Kontrolle zu bringen. Panik war mein Feind; wenn ich Panik bekam, dann würde ich nicht denken können.

Mutter funkelte mich drohend an und hob das Messer vom Boden auf, das Nóatún ihr vorhin aus der Hand geschlagen hatte. »Nenn mir einen Grund, warum ich ihm nicht auf der Stelle die Eingeweide aufschlitzen soll«, zischte sie wie eine Schlange, kurz bevor sie zubiss, und meine Gedanken begannen zu rasen.

»Er hat Milla gerettet!«, rief ich verzweifelt, doch Mutter schnaubte nur.

»Reicht nicht«, fuhr sie mich an. »Geh aus dem Weg!«

Ich wich einen Schritt zurück, als sie einen auf uns zu machte, weigerte mich, aus dem Weg zu gehen, und stieß dabei an Nóatún, der mir sofort seine Hände an die Taille legte, falls es für ihn nötig wurde, mich aus der Gefahrenzone zu entfernen. Er würde mich beschützen, so wie ich ihn.

Seine Hände waren warm. Mein Herz klopfte schneller.

Natürlich war er stärker als Mutter und sicher auch schneller, aber was sollte ich denn machen? Ich konnte doch nicht zulassen, dass Nóatún mit meiner Mutter kämpfte.

Auf der Stelle benötigte ich den besten Grund, der mir einfallen konnte, um sie davon abzuhalten, ihn zu töten. Und ich durfte es mir nicht erlauben, schüchtern herumzudrucksen. »Ich liebe ihn«, sagte ich also, weil es die Wahrheit war und weil er mir so viel bedeutete, und das wirkte besser, als ich je für möglich gehalten hätte.

Nóatún erstarrte hinter mir. Mutter ließ im Schock das Messer fallen. In ihrem Gesicht wechselten die Emotionen so schnell, dass ich sie kaum bestimmen konnte.

»Oh nein, Limea«, hauchte sie mit Schmerz in der Stimme und mir drückte sich in meiner Brust das Herz zusammen. »Wie kannst du so was tun?«, seufzte sie und legte sich fassungslos eine Hand an die Stirn. »Da ist mir ja der Forsterjunge lieber.«

Bemüht ruhig atmete ich weiter, schüttelte leicht den Kopf und spürte, wie sich Nóatúns Hände an meinen Seiten verkrampften. »Mama, Aisek und ich waren schon immer nur Freunde. Wir hatten noch nie die Absicht, einen Bund zu schließen«, warf ich ein und Nóatúns Hände entspannten sich wieder merklich. Hatte er etwa gerade Angst gehabt, ich könnte etwas mit Aisek anfangen?

»Ach ja. Weiß er das denn auch?«, warf sie mir an den Kopf und ich holte Luft, um zu antworten, ließ es dann aber sein. Diese Diskussion wollte ich gar nicht erst anfangen. Vor allem nicht jetzt.

»Und jetzt geh zu deiner Schwester!«, wies Mutter mich streng an und ich verstand nicht.

»Was? Wieso?«, fragte ich verwirrt und Mutter setzte ihren strengen Blick auf, der einen dazu zwang, ihr nicht mehr zu widersprechen.

»Wenn du sagst, dass du diesen Mann liebst, dann will ich mit ihm allein sprechen. Also geh«, befahl sie mürrisch und ich tastete vorsichtig nach Nóatún, der immer noch wie eine Mauer in meinem Rücken stand.

»Aber Mama«, begann ich meinen letzten Versuch, der ganzen Sache eine andere Richtung zu geben, doch sie fuhr mir dazwischen.

»Ich schwöre, ich bring ihn nicht um. In Ordnung?«, sagte sie patzig, mit herausforderndem Blick, und ich sah zu Nóatún.

Er sah nicht gerade überzeugt aus, dass das hier eine gute Idee war, doch er ergab sich dem Willen meiner Mutter und schob mich leicht beiseite, um mir zu signalisieren, dass ich gehen konnte.

Einen Moment hielt ich noch inne, schaute von Mutter zu Nóatún und wieder zurück, wartete darauf, dass einer von beiden angriff oder etwas Beleidigendes sagte. Doch es geschah nichts, außer dass die beiden ihr Blickduell wieder aufnahmen und versuchten, sich gegenseitig niederzustarren.

Ich seufzte, hoffte, dass alles gut gehen würde, und öffnete mit einem flauen Gefühl im Magen die Türklappe zu Millas Zimmer.

22

WIDERSPENSTIGE FRAUEN

Milla kam mir entgegengefallen, als ich die Tür öffnete, und ich fing sie mit einem Arm auf, damit sie ihr Gleichgewicht wiederfinden konnte. Schnell zogen wir uns wieder ins Zimmer zurück und schlossen die Klappe. Mein Blick blieb kurz an Milla hängen. Sie hatte sich wohl grob gewaschen, denn sie war nicht mehr so dreckig und staubig wie gestern noch, was sie wesentlich besser aussehen ließ.

Allerdings sah man so auch die Blutergüsse an ihren Armen viel deutlicher. Doch die hätten auch viel schlimmer sein können, als sie jetzt bei Tageslicht tatsächlich waren, und das ließ mich beinahe erleichtert aufatmen. Wäre da nicht Nóatún, der sich einem Zwiegespräch mit meiner Mutter zu stellen hatte.

Milla und ich legten beide eilig das Ohr an die Tür und es war dem wachen Gesichtsausdruck meiner Schwester anzusehen, dass sie schon die ganze Zeit lauschte. Sicher hatte sie jedes Wort mit angehört, das bisher zwischen uns gefallen war, denn sie wirkte aufgedreht und ihre Wangen waren rosig vor Aufregung.

»Liebst du ihn wirklich?«, wisperte sie mir zu, als es in der Küche weiterhin still blieb, und ich war erstaunt über den Glanz in ihren Augen. Denn das bedeutete, dass meine kleine Schwester, trotz der schrecklichen Ereignisse gestern, immer noch sie selbst war und nicht so viel kaputt gegangen sein konnte, wie ich gefürchtet hatte. »Und was machen die da?«, wollte sie von mir wissen und lenkte meine Aufmerksamkeit zurück auf die Küche.

»Sie starren sich böse an«, flüsterte ich zurück und überging damit die erste Frage einfach.

Aber sie ließ natürlich nicht locker. »Und?«, erkundigte sie sich, stupste mich mit dem Ellenbogen leicht in die Seite und kicherte dabei, was mir das Herz ein wenig besänftigte.

Doch ich rollte mit den Augen, weil ich wusste, dass sie erst Ruhe geben würde, wenn ich mich überwand, es ihr zu sagen.

»Du bist doch die Expertin, sag du es mir«, wisperte ich zurück und versuchte wieder zu lauschen.

»Setzen wir uns«, sagte Mutter gerade und es fiel mir unglaublich schwer, hier still herumzustehen. Die Nervosität kroch mir den Nacken nach oben und ich knetete meine Finger, nur um irgendetwas damit zu tun.

»Kribbeln im Bauch, Herzrasen, du musst ständig an ihn denken? Jedes Wort von ihm an dich ist tausendmal wertvoller als alle gesagten Worte der Welt«, zählte Milla ungeduldig auf und ihr Grinsen wurde ein wenig verträumter.

Scheu kniff ich die Lippen aufeinander. War Verliebtheit wirklich so einfach festzustellen, dass Milla mit so wenigen Worten alles auf den Punkt bringen konnte? Und wieso traf alles, was sie gesagt hatte, genau auf mich zu?

Ich nickte verstohlen, weil ich sonst nichts anderes tun konnte, und Milla gab ein quietschendes Geräusch von sich. Sofort hielt ich ihr den Mund zu.

»Ist es wahr? Gehörst du wirklich nicht zu den Fremdlingen, die mit dem Schiff gekommen sind?«, eröffnete Mutter mit strenger Stimme das Gespräch und ich lauschte weiter.

Nóatún räusperte sich. »Das liegt im Auge des Betrachters«, behauptete er und ich schloss kurz die Augen. Ich wünschte mir, er hätte zugestimmt, um alles einfacher zu machen. Aber wahrscheinlich war es für ihn nicht so leicht, die Grenze zu ziehen, wie für mich.

Auch ohne es zu sehen, kannte ich Mutters Blick. Ein Auge etwas zusammengekniffen, den Kopf leicht zur Seite geneigt. Als wäre sie neugierig und könnte einen trotzdem sofort durchschauen.

»Liebt er dich auch? Habt ihr euch schon geküsst?«, zischelte mir Milla, die sich an mich lehnte, ins Ohr und vor Aufregung zerquetschte sie beinahe meine Hand, die sie von ihrem Mund entfernt hatte.

»Milla, das ist wichtig!«, fuhr ich sie leise an und versuchte ihr meine Hand zu entziehen, was mir nicht gelang.

»Reden sie etwa schon?« Sofort war sie wieder mit dem Ohr an der Tür. Den Griff um meine Hand lockerte sie dabei aber nicht.

»Ich habe bei ihnen gelebt, lange Zeit«, hörte ich Nóatúns Stimme und spürte das Flattern im Bauch. »Aber nicht als einer von ihnen, sondern als Leibeigener«, sagte er und ich nickte. Denn das war für mich ein sehr entscheidender Punkt in dieser Geschichte. »Ich bin mit ihnen auf dem Schiff gesegelt. Doch mein Ziel war es, sie alle zu töten und daraufhin haben sie versucht, mich umzubringen. Ich ging über Bord und wurde von der Strömung zu dieser Insel getragen. Ich kam ohne sie. Aber der Sturm und die Strömung haben sie offensichtlich ebenfalls hierhergetrieben.« Er klang ganz ruhig, obwohl ich mir vorstellen konnte, dass es in ihm toben musste. Als er es mir erzählt hatte, waren Trauer, Schmerz und Hass in seinen Augen gewesen. Und ich hoffte, dass es auch meiner Mutter auffiel.

»Wieso hast du versucht, sie umzubringen?«, fragte sie und mir wurde ganz schwer ums Herz, als ich an Nóatúns Antwort dachte.

Er zögerte und es verging ein kleiner Moment angespannter Stille. »Aus Rache«, sagte er schließlich und mein Herz klopfte schneller, weil ich wusste, wie sehr ihn das alles mitnahm. »Für den Mord an meinen Eltern und Schwestern.« Der ruhige Ton war ins Wanken geraten und seine Stimme zitterte kaum merklich.

Am liebsten wäre ich in die Küche gestürmt und hätte meine Arme um ihn geschlungen, doch ich riss mich zusammen und drückte Millas Hand in meiner.

»Das ist ja furchtbar«, hauchte Milla neben mir. »Und so spannend. Schade, dass ich niemandem davon erzählen kann«, murmelte sie, doch ich achtete nicht darauf.

Jemand bewegte sich in der Küche. Die Schritte waren kaum hörbar, was darauf schließen ließ, dass es Mutter war. Es klapperte gebrannter Ton aneinander und dann hörte ich das Gluckern von Wasser aus einem Trinkschlauch.

»Meine Tochter behauptet, sie liebt dich. Das bedeutet etwas. Das Mädchen hatte bisher nichts für Liebeleien übrig«, meinte Mutter einfach so und ich runzelte irritiert die Stirn. Wieso erzählte sie ihm das?

»Wenn du also irgendwelche unehrenhaften Absichten hast, was sie betrifft, sehe ich mich gezwungen, dir sämtliche Manneshaftigkeit mit einem stumpfen Messer zu entfernen.«

Bitte was? »Mama!«, stieß ich entrüstet aus und Milla neben mir begann zu lachen.

Mutter schien sich davon nicht irritieren zu lassen, ging auch nicht darauf ein, dass wir an der Tür lauschten, und hatte gleich die nächste markante Frage bereit: »Vielleicht hast du es gemerkt, aber Limea nimmt die Dinge gern selbst in die Hand. Und gerade ist sie dabei, einen Krieg anzuzetteln. Wirst du sie beschützen?«

»Ich würde mein Leben geben«, antwortete ihr Nóatún diesmal ohne zu zögern und ich schüttelte den Kopf, wollte es mir gar nicht vorstellen.

Zettelte ich wirklich einen Krieg an? War es nicht eigentlich mein Ziel, diesen zu verhindern? Oder war er nicht zu verhindern?

Milla zerquetschte beinahe meine Hand.

»Bist du dir sicher?«, hakte Mutter nach, obwohl ich ihm sofort geglaubt hatte. Ich wusste, dass es die, für mich sehr erschreckende, Wahrheit war. Mutter sicher auch, denn sie sah es einem immer an, wenn man log.

»Als Limea mich gefunden hat, war ich dem Tode geweiht gewesen«, erklärte Nóatún und ich versuchte mich daran zu erinnern. Es war noch nicht lange her und doch kam es mir wie eine Ewigkeit vor. »Ich habe nur durch ihre Güte überlebt. Mein Leben gehört für immer ihr«, fügte er ernsthaft hinzu und mir stockte der Atem, meine Beine zitterten. Ich konnte kaum länger stillhalten, wenn er solche Sachen sagte. Und dann auch noch zu meiner Mutter. Diese ganze Situation war so surreal.

»Das ist einfach so romantisch«, schwärmte Milla leise neben mir und ließ sich wieder gegen mich sinken. Ich war drauf und dran, sie ein Stück wegzuschieben, doch dann sah ich sie verwundert an.

»Romantisch?«

»Er hat gesagt, sein Leben gehört dir. Das ist das Gleiche wie eine Liebeserklärung«, erläuterte Milla in altklugem Ton und ich schüttelte nur fassungslos den Kopf.

Warum hatte ich das nicht gewusst?

Mutter beschloss gerade, dass sie genug von Nóatún gehört hatte, da wummerte es an der Haustür.

Mir fuhr der Schreck durch alle Glieder und ich griff gleichzeitig mit Milla nach dem Griff, um die Klappe aufzureißen. Sofort stürmte ich zu Nóatún, wies ihn stumm an, sich in Millas Zimmer zu verstecken, und strich ihm wie zufällig am Arm entlang, als er sich erhob, was er mit einem geheimen Lächeln quittierte.

Milla lief derweil zur Tür. Sie atmete tief durch, schüttelte einmal ihren Körper, setzte ein Lächeln auf und streckte den Rücken gerade durch.

»Wer ist denn da? Kriegen wir Besuch?«, rief sie lauter, als sie gemusst hätte, damit sie auch draußen gehört wurde, und das in so fröhlichem Ton, dass selbst ich ihr geglaubt hätte, dass alles in bester Ordnung war.

Sie sah zu mir und ich gab ihr ein Zeichen, als Nóatún verschwunden war. Dann öffnete sie die Tür mit Schwung und erstarrte. Mutter und ich traten hinter sie und sahen Kai unten auf der Treppe stehen. Aus Millas Augen schwand jeglicher Schein.

»Der Rat will Limea sehen«, sagte Kai gerade, als ein fauchendes Geräusch aus Millas Mund sprang. Wie eine Wildkatze stürzte sie sich auf ihn, riss ihn zu Boden und schlug ihm dabei mit der Faust ins Gesicht.

Kai gab ein gequältes Winseln von sich und versuchte sich mit den Händen vor Milla zu schützen, die weiter auf ihn eindrosch.

»Du dreckige Springratte! Du Feigling!«, schrie sie aus voller Kehle und ich konnte einfach nicht glauben, dass das gerade wirklich passierte.

Mutter schien es ähnlich zu ergehen, denn wir standen beide wie festgewachsen an der Tür und starrten an den Fuß der Treppe.

»Und sich dann als großer Nachrichtenüberbringer aufspielen. Hä? Ich werde dir deinen Hochmut aus dem Körper prügeln!«, brüllte sie und Kai gab einen kläglichen Hilfeschrei von sich.

Ich blinzelte, überwand den ersten Schreck und wollte mich gerade in Bewegung setzen, da schlangen sich zwei Arme um Millas Mitte und zogen sie von dem wimmernden Kai herunter.

Meine Schwester schlug wild tobend um sich, schrie wie eine tollwütige Wölfin, doch Bardin hielt sie weiterhin so entschlossen fest, als ginge es um Leben und Tod.

Eilig lief ich nach unten, griff nach Kais Hand, um ihn wieder auf die Füße zu ziehen, und war so bestürzt, dass ich gar nicht wusste, was ich von all dem halten sollte.

»Nein, lass ihn nicht gehen!«, kreischte Milla und erwischte Bardin mit den Fingernägeln im Gesicht. Doch anstatt sie loszulassen, verstärkte er seinen Griff um ihre Taille, während sie mit den Beinen in der Luft nach Kai trat.

Dieser floh aus ihrer Reichweite. Seine Lippe war aufgeplatzt, aus seiner Nase rann Blut und er blickte verstört von mir zu Milla und wieder zurück.

Ich schubste ihn, damit er sich vom Acker machte, und er zögerte nur wenige Lidschläge, bevor er der Aufforderung folgte und über eine Hängebrücke Reißaus nahm.

»Ich werde dir das Leben zur Hölle machen!«, schrie Milla ihm erbittert hinterher. »Du kannst vor mir nicht weglaufen. Ich werde dich finden und dann bezahlst du für das, was du mir angetan hast!«, fügte sie hinzu und mir stellten sich alle Härchen auf. Was hatte Kai nur getan?

Mutter begann, auf Milla einzureden und als Kai außer Sichtweite war, beruhigte sie sich auch langsam wieder. Nun traute sich auch Bardin, sie vorsichtig loszulassen, und Mutter führte sie an der Hand ins Haus. Milla sah plötzlich viel erschöpfter aus als noch vorhin. Ihre Augen wirkten müde, ihr Mund verkniffen.

Ich wandte den Blick ab und drehte mich zu Bardin, der erst mal wieder zu Atem kommen musste. Er hatte einen fiesen Kratzer im Gesicht und sah etwas abgekämpft und zerzaust aus.

Aber ich musste ehrlich zugeben, dass ich beeindruckt war. Diesen Kraftakt hätte ich ihm nicht zugetraut und schon gar nicht die Nerven, die er aufgebracht hatte, Milla weiterhin zu halten, obwohl sie ihn verletzt hatte.

»Alles in Ordnung?«, fragte ich ihn und legte ihm die Hand auf die Schulter.

Bardin kräuselte die Nase, streckte mühsam die Arme und sah Milla hinterher, wie sie im Haus verschwand. »Es geht, denke ich«, sagte er nur und sah dabei so besorgt aus, wie ich mich fühlte.

»Tut mir leid. Ich weiß auch nicht, was in sie gefahren ist. Sie ist eigentlich sonst nicht so widerspenstig«, versuchte ich es ein bisschen zu erklären und plötzlich tauchte ein Lächeln in Bardins Mundwinkel auf.

»Mach dir keine Gedanken, Limea«, erwiderte er und sah mich verschmitzt an. In seinen Augen sprang der Schalk. »Ich steh auf widerspenstig.«

Verdutzt sah ich ihn an. Was war das denn? Hatte Bardin gerade Interesse an Milla bekundet? Und wenn ja, war mir das recht?

So auf die Schnelle fiel mir kein Grund ein, warum ich dagegen sein sollte. Die Liebesliedgeschichte hatte Milla ja sowieso mehr berührt als mich und geredet hatten die beiden auch schon immer ganz gut. Und da ihre Schwärmerei für Kai jetzt ja offensichtlich der Vergangenheit angehörte, schien es nichts zu geben, was dem im Wege stehen könnte.

»Apropos widerspenstig«, meinte Bardin plötzlich in meine Überlegungen hinein, das Gesicht wieder ganz ernst. »Ich habe gehört, der Rat will dich sehen und Keris soll wild darauf sein, dir den Kopf abzureißen«, erzählte er und ich seufzte laut. Na wunderbar.

Die Sonne war bereits aufgegangen, in der Siedlung herrschte aber nur gemäßigtes Treiben. Allen saß noch der gestrige Tag in den Knochen. Das Auftauchen der Fremdlinge, ihr Angriff auf die Siedlung, der Tod von Sira und Frai, die beim Wasserholen gewesen waren. Millas Entführung.

Mutter erzählte mir später, wie Kai den Rat informiert hatte, der sich daraufhin zur Beratung zurückzog und nicht mehr aus Keris' Haus gekommen war.

Allein das zu hören, machte mich schon rasend vor Wut. Wie konnte der Rat nur verantworten, nur zu reden und nicht zu handeln, in einer Zeit, wo Handeln alles war?

Alle waren verunsichert gewesen nach dem Angriff bei der Wasserquelle, hatten nicht gewusst, wie es weitergehen sollte. Doch nachdem auffiel, dass auch ich verschwunden war, begann jemand damit, das Gerücht zu streuen, ich wäre gegangen, um Milla allein zu befreien.

Natürlich hatte das der Wahrheit entsprochen, doch die Leute dichteten mir mehr Mut und Können an, als ich mir selbst jemals zutrauen würde.

Das erklärte auch, warum alle so aufgekratzt und glückselig gewesen waren, als ich mit Milla zurückgekehrt war. Sie hatten schließlich schon den ganzen Tag darüber geredet und mich hoffnungsvoll zurückerwartet.

Bis auf den Rat natürlich.

Mutter versprach, sich etwas auszudenken, um Nóatún noch vor Mittag aus der Siedlung zu bringen, und wir kamen überein, ihn nahe den Lehmgruben im verlassenen Töpferhaus zu verstecken. Vater hatte es gebaut, weil er gern in Stille und Abgeschiedenheit gearbeitet hatte. Seit seinem Tod benutzte es niemand mehr. Es war sicher nicht im besten Zustand, aber immerhin angenehmer als eine kalte Höhle.

Nóatún verabschiedete mich mit einem Blick, der mehr sagte als tausend Worte, und wären nicht Mutter und Milla im Zimmer gewesen, ich hätte mich sofort auf ihn gestürzt und ihm das Obergewand wieder vom Körper gerissen, das er in der Zwischenzeit angezogen hatte.

Doch sie waren nun mal da und ich musste los. Es fand sich nicht einmal die Zeit, um herauszufinden, warum Milla Kai plötzlich so viel Hass entgegenbrachte. Aber darum würde Mutter sich sicher kümmern.

Ein mulmiges Gefühl im Bauch, fühlte ich mich gar nicht wohl in meiner Haut, als ich zaghaft an Keris' Tür klopfte.

Es war zu viel in meinem Kopf. Nóatún und sein Liebesgeständnis. Die Tatsache, dass er immer noch in der Siedlung war. Ob Mutter sich mit ihm verstehen würde?

Milla machte mir auch noch Sorgen, da ihr Verhalten gerade gezeigt hatte, dass sie die ganze Sache doch nicht so gut verdaut hatte, wie ich hoffte.

Und dann gab es ja auch immer noch die Fremdlinge, die noch genauso eine Gefahr für uns darstellten, wie sie es gestern schon gewesen waren. Da konnte ich getrost auf die Meinung des Rats verzichten.

Ruzan öffnete mir und bedachte mich mit einem mitleidigen Blick, was kein gutes Zeichen war. Stumm führte er mich ins Haus und trat dann vor mir in den Raum ein, in dem der Rat auf großen Kissen saß. Talo sah erschöpft aus. Era, als wollte sie sich gleich verzweifelt die Haare raufen. Keris war verbissen wie immer.

»Limea ist hier«, kündigte Ruzan mich an, wie er es auch das letzte Mal getan hatte, und ich seufzte in mich hinein.

»Lass sie eintreten«, sagte Era angespannt und Ruzan machte einen höflichen Schritt zur Seite.

Von Augenblick zu Augenblick fühlte ich mich immer furchtbarer. Jetzt stand ich schon das dritte Mal in nur zwei Tagen vor dem Rat. Und meine persönliche Meinung von ihnen hatte sich in der Zeit völlig verkehrt.

Ich hatte den Rat immer für mächtig und weise gehalten. Doch jetzt stand ich hier und erwartete nichts mehr von diesen Menschen. Zumindest nichts Nützliches.

Zu meinem Erstaunen eröffnete Era das Gespräch. Keris saß weiterhin mit gekreuzten Beinen da und starrte mich grimmig an. Doch ihr Blick wirkte nicht halb so gekonnt, wie es die bösen Blicke meiner Mutter taten.

»Wir wünschen mit dir zu reden und sind froh, dass du unserem Gesuch so schnell nachgekommen bist, Limea«, sagte Era viel zu förmlich und ich war mehr als verwirrt. Hatte ich denn eine Wahl gehabt? Denn Era tat gerade so, als würde ich ihnen damit einen Gefallen tun. Das war nicht das, was ich erwartet hatte und es machte mich misstrauisch.

»Uns wurde zugetragen, dass du deine Schwester Milla aus den Händen der Fremdlinge befreit hast«, erzählte Era ruhig und ich nickte.

»Das ist richtig«, bestätigte ich kalt und verkniff es mir zu schnauben. Denn ich hatte etwas unternommen, um meiner Schwester zu helfen, während der Rat sich nur den Hintern auf bunten Kissen platt gesessen hatte.

»Wie hast du das gemacht?«, verlange Era zu wissen und sah mich so intensiv an, als versuchte sie in meinen Kopf zu schauen.

Skeptisch blickte ich sie an. Wollten sie etwa meinen Rat? Oder war das hier nur ein Verhör? Sollte ich Aisek und Bardin erwähnen, um ihre Hilfe zu ehren? Oder würde ich die beiden dann nur in etwas mit hineinziehen, was sie nicht verdient hatten?

Doch wie es auch war, ich konnte es eigentlich unmöglich erklären. Denn alles, was ich sagte, würde darauf hinauslaufen, dass es nur zu verstehen war, wenn man wusste, dass Nóatún mir geholfen hatte.

Ich versuchte es also mit einer Gegenfrage. So wie ich es immer bei meiner Mutter machte, um Zeit zu schinden. »Wieso ist das wichtig?«, erwiderte ich recht aufmüpfig und Keris kniff sofort argwöhnisch die Augen zusammen, sagte aber immer noch nichts. Talo seufzte.

»Weil wir ratlos sind, Limea«, eröffnete mir Era und sah nicht besonders glücklich dabei aus, mir so etwas Gravierendes offenbart zu haben. »Wir sehen uns einer Gefahr gegenüber, die wir nicht einschätzen können, und seit die Fremdlinge diese Insel betreten haben, scheinst du die Einzige zu sein, die richtig zu handeln vermag.«

Mir fielen bei diesen Worten beinahe die Augen aus den Höhlen. Der Rat war ratlos. Ich konnte es nicht fassen. Sie waren doch wirklich zur Einsicht gekommen! Und nun wollten sie mich.

Mich überkam der Drang wegzulaufen, so überfordert fühlte ich mich plötzlich. Diese Aufgabe war ein so großer Brocken, dass ich mich weigerte ihn so einfach zu schlucken.

»Du sagtest uns, es wäre das Beste, sich einfach zu verstecken und die Fremden in dem Glauben zu lassen, es gäbe uns nicht. Und du hattest recht. Es wäre das Beste gewesen«, gestand Era ein und meine Knie wurden immer weicher. »Du hast dafür gesorgt, dass die Siedlung gesichert war, als wir vom Strand zurückkehrten, weil du wusstest, dass sie kommen würden. Du hast im Alleingang deine Schwester zurückgeholt, als wir uns noch die Köpfe zerbrochen haben«, zählte sie energisch meine Verdienste auf und wurde immer lauter dabei. Mein Schweigen ärgerte sie und mir fiel es von Wort zu Wort schwerer zu atmen. »Ich kann es mir nicht erklären, aber du scheinst die Fremdlinge besser einschätzen zu können als jeder andere von uns. Deshalb, Limea, wie hast du es gemacht?«, rief sie aufgebracht und schlug dabei mit der flachen Hand auf den Boden.

Ich versuchte tief Luft zu holen und spürte einen Druck auf meiner Brust, die Last der Verantwortung, die immer schwerer wurde. »Ich habe mich in ihr Lager geschlichen«, behauptete ich, versuchte ernst auszusehen und mich auf keinen Fall seltsam zu verhalten.

»Sie lügt«, zischte Keris allerdings sofort und ich zuckte innerlich zusammen. Warum war ich auch so eine schlechte Lügnerin? Wieso konnte ich nicht hier stehen und behaupten, was ich wollte, so wie ich es als Drachenkriegerin getan hatte?

Genervt schnaubte ich über meine eigene Unfähigkeit. Ich war wütend auf mich, weil ich so furchtbar unfähig war, und auch auf Keris, die doch nur darauf wartete, mich wie ein Stück Schilf in der Luft zu zerfetzen.

»Sag uns die Wahrheit, Limea!«, forderte mich Era auf und ich kniff die Lippen aufeinander.

»Ich kann nicht«, presste ich heraus und Keris' Kopf wurde langsam dunkelrot von all der angestauten Wut in ihr. Ich wusste schon, dass sie im nächsten Augenblick explodieren würde, noch bevor sie es tat.

»Du störrisches Kind! Du wirst uns gefälligst antworten, wenn wir dich etwas fragen!«, brüllte sie, schoss dabei auf die Füße und ihre Abscheu gegen mich schlug mir förmlich ins Gesicht.

»Keris! Wir hatten ausgemacht, dass du nichts sagst!«, fuhr Era sie an und versuchte sich ebenfalls aufzurappeln.

»Bei so viel Verbohrtheit kann ich nicht schweigen!«, zeterte Keris weiter, die Augenbrauen zusammengezogen, die Schultern verkrampft. Und dann kam sie noch einen Schritt auf mich zu.

Ich zwang mich, nicht zurückzuweichen, wollte stark sein, der Gefahr furchtlos ins Auge blicken. Gestern hatte ich es auch geschafft und da war mein Leben viel mehr in Gefahr gewesen.

»Sag es uns!«, drängte Keris mich und fuchtelte mit einer Hand in der Luft herum. »Du hast dich an sie verkauft, nicht wahr?«, behauptete sie und ich schnappte empört nach Luft.

Das durfte ja wohl nicht wahr sein! »Nein!«, rief ich, weil ihre Behauptung so ungeheuerlich war, dass ich es nicht länger ertragen konnte. »Ich habe mich nicht verkauft!«

»Doch, das hast du! Welche Möglichkeit sollst du sonst gehabt haben?!«, keifte Keris mich weiter an und die Wut stahl mir für einen winzigen Moment die Klarheit.

»Ich habe mich als Drachenkriegerin ausgegeben!«, zischte ich und erschrak im gleichen Moment vor meiner Geschwätzigkeit. Wie hatte ich auch erwarten können, dass ich eine bessere Geheimnisträgerin geworden wäre, nur weil ich es geschafft hatte, Nóatún zu verheimlichen.

Keris schnappte erschrocken nach Luft. »Wer hat dir davon erzählt?«, rief sie erstaunt und taumelte einen Schritt zurück. »Wer erzählt die Legende der Drachenkriegerin? Ist es einer von uns?«, wollte sie wissen und ich wollte einfach nicht glauben, dass Keris doch tatsächlich selbst von dieser Legende wusste.

Mir wurde ganz elend, als mir klar wurde, dass sie wissen musste, dass es eine Legende der Fremdlinge war. Was hatte ich getan? Hatte ich Nóatún schon verraten?

Ich wusste nicht, was ich sagen sollte, ein Kloß drückte mir auf die Stimmbänder und ich war kurz davor, mich umzudrehen und wegzulaufen.

»Es war der kleine singende Trottel, nicht wahr?«, stichelte Keris weiter und ich blinzelte sie irritiert an. »Ich habe doch gesagt, dass es eine schlechte Idee ist, den Soketen Zugang zu uns zu geben«, schimpfte sie und ich war wie vor den Kopf gestoßen.

Sie redete über Bardin, glaubte, ich hätte es von ihm erfahren. Es war nicht wahr, aber würde er mir verzeihen, wenn ich ihn jetzt doch mit in meine Probleme reinziehen würde? Selbst wenn es gelogen war?

Der Gedanke, einen Ausweg zu haben, gab mir allerdings die Kraft weiterzumachen. Auch wenn es kein besonders schöner Ausweg war. Ich konnte wieder leichter atmen.

»Er ist kein Trottel!«, erwiderte ich streng, ohne etwas Definitives zu ihrem Vorwurf zu sagen, und Keris sprang sofort darauf an.

»Ach, na sieh mal einer an«, spottete sie und legte den Kopf schräg. »Hast du dich etwa doch dazu erbarmt, einen Bund mit ihm einzugehen?« Ihre Augen zeigten Überheblichkeit, ihre Haltung war ablehnend.

»Nein«, erwiderte ich trotzig und stemmte die Hände in die Seiten. »Aber das ändert nichts daran, dass er kein Trottel ist.«

Keris lachte höhnisch auf und verschränkte die Arme vor der Brust. Gerade wollte sie den Mund aufmachen, um etwas zu sagen, da ging Era dazwischen.

»Es ist genug! Hör auf, sie zu triezen«, zischte sie verbissen und Keris schnaubte nur. »Es ist unwichtig, woher sie das verbotene Wissen hat. Es ist nur wichtig, dass es wirksam war. Wenn wir die Rollen öffnen würden, dann könnten wir möglicherweise noch mehr Hinweise finden und …«, überschlugen sich Eras Worte förmlich, doch Talo wies sie mit einer Härte zurecht, die ich ihm nicht zugetraut hätte.

»Wir dürfen diese Rollen nicht öffnen! Sie sind versiegelt. Darüber haben wir doch schon entschieden«, sagte er streng und legte müde den Kopf in den Nacken, sodass seine Wirbel laut knackten. »Wir sind an unseren Eid gebunden.«

Ich wusste zwar nicht, worum es ging, aber ich konnte es mir zusammenreimen. Anscheinend gab es noch Schriften aus der Zeit, in der die Fremdlinge mit uns Handel getrieben hatten, aus der Zeit vor den Kriegen. Doch der Rat durfte sie nicht nutzen, weil sie versiegelt worden waren. Auch wenn es mir in unserer Situation unendlich dumm vorkam.

Aber allein das Wissen darüber ließ eine Idee in mir keimen. Eine ziemlich verrückte, wahnwitzige Idee. Aber ich hatte ja schon mehrfach Hochverrat begangen, viel tiefer sinken konnte ich sowieso nicht mehr.

Wenn der Rat durch einen Eid daran gehindert wurde, die verbotenen Schriften zu sichten, dann würde ich es tun müssen.

Na ja, vielleicht nicht ich selbst. Ich war froh, dass ich überhaupt unsere Alltagsschriften lesen konnte, wie sollte ich mich da an hundertfünfzig Jahre alte Aufzeichnungen trauen?

Aber ich kannte jemanden, der sofort zusagen würde, wenn er hörte, was ich vorhatte.

»Ich werde jetzt gehen«, verkündete ich dem Rat und neigte meinen Kopf knapper, als der Anstand es geboten hätte.

»Was? Du gehst nirgendwohin, solange wir nicht sagen, dass du gehen kannst!«, schnauzte Keris mich an und ich erstarrte für einen winzigen Moment.

Keris befahl mir zu bleiben und das brach einen Zwiespalt in mir auf. Mein Leben lang hatte man mir gesagt, dass ich den Rat zu ehren hätte, doch jetzt fragte ich mich, warum ich das tun sollte. Warum hörte ich auf eine Frau wie Keris? Warum hörte ich auf einen Rat, von dem ich nichts mehr hielt und der selbst nicht weiterwusste?

Sie hatten nichts gegen mich in der Hand. Sie wussten nichts von Nóatún. Sie waren nicht böse, weil ich Milla ohne ihre Zustimmung gerettet hatte. Eigentlich waren sie gerade mehr auf mich angewiesen als ich auf sie. Ich musste nicht auf sie hören! Ich konnte tun, was immer ich wollte.

»Ach ja, willst du mich denn aufhalten, Keris?«, warf ich ihr frech an den Kopf und hätte beinahe gelacht, so verdutzt sahen die drei Ratsmitglieder mich plötzlich an. Keris' runzlige Hand schoss nach vorne und quetschte mir den Arm.

Es hatte mal eine Zeit gegeben, da war ihre Meinung für mich lebensweisend gewesen. Ich hatte mich abgerackert und Messerwerfen geübt, bis meine Fingerkuppen blutig waren. Doch was war mir ihre Meinung über mich jetzt noch wert? Was sollte mich jetzt noch daran reizen, einer höheren Kaste anzugehören?

Alles, was ich immer gewollt hatte, konnte ich auch ohne ihre Regeln haben. Mein ganzes Leben, all meine Ziele und die Zwänge zerfielen zu Staub und wurden von einem Wind weggetrieben, dem ich folgen wollte.

Die Kraft und das Selbstbewusstsein der Drachenkriegerin kehrten zu mir zurück. Ich empfand die Erhabenheit, die ich auch den Fremdlingen gegenüber gespürt hatte. Man konnte mich nur verletzen, wenn ich es auch zuließ. Und das würde ich nicht!

Ich riss meinen Arm so ruckartig zurück, dass Keris nach vorne gefallen wäre, hätte sie mich nicht losgelassen. »Als du das letzte Mal eine Waffe gehalten hast, war ja meine Mutter noch ein Kind«, platzte es aus mir heraus, wie als Revanche auf all die Beleidigungen, die sie mir an den Kopf geworfen hatte. Das wilde Gefühl des Triumphes nahm wieder Besitz von mir und gab mir den Schneid, Keris mit einem verächtlichen Blick zu bedenken, mich umzudrehen und einfach zu gehen.

Keris blieb sprachlos zurück.

»Ich kann mir nicht helfen, Keris«, hörte ich Eras Stimme hinter mir, als ich am erschrockenen Ruzan vorbeirauschte und zur Tür ging. »Sie erinnert mich an dich, als du jünger warst.«

»Mag sein«, zischte Keris noch, dann war ich draußen und lief auf dem breit getretenen Ast entlang zur Treppe. Unter mir die Siedlung und die Tiefe von vielen Mannslängen bis zum Boden. Und ich fühlte mich so frei und belebt wie noch nie.

23

NEUE REGELN

Als Erstes lief ich zu Aisek. Ich war so aufgekratzt, dass ich ihn beinahe mit mir umriss, als ich mich von oben auf den breiten Ast fallen ließ, auf dem er für gewöhnlich Holz hackte.

»Du glaubst nicht, was ich gerade getan habe!«, jubelte ich aufgeregt und Aisek bekam auf einen Schlag ein blasses Gesicht.

»Ich kenne dich, Limea. Du hast irgendwas angestellt!«, erwiderte er in strengem Ton und ich musste lachen, weil all die Aufregung in mir durchbrach.

»Ach was«, meinte ich leichthin, dachte kurz nach und besann mich doch eines Besseren. »Nur etwas Kleines«, fügte ich daher ein wenig nüchterner hinzu und Aisek stützte sich mit einer Hand am Hackklotz ab, während er mir einen tadelnden Blick zuwarf.

»Und was?«, fragte er trocken und blinzelte zu viel, was auf innere Nervosität schließen ließ. Er rechnete offensichtlich mit dem Schlimmsten.

»Ich denke, ich habe mich gerade mit dem Rat angelegt«, gab ich zu und Aiseks Gesichtszüge entglitten. »Und ihnen ins Gesicht gesagt, dass sie mir gar nichts können.« Euphorisch riss ich die Arme in die Luft und fühlte mich frei und leicht wie ein Vogel. Wie entsetzt Aisek auch reagieren mochte, ich spürte, dass es die richtige Entscheidung gewesen war.

»Du hast wohl nicht mehr vor, eine höhere Kaste zu erreichen?«, fragte er und sah mich mit diesem Blick an, der mir sagte, dass er stark an meinem Urteilsvermögen zweifelte.

»Ja, das ist mir jetzt vollkommen egal. Und ich habe auch nicht mehr vor, mich an die Regeln zu halten«, kam ich mit einer weiteren wahnwitzigen Idee heraus und Aiseks Ausdruck wurde sogar noch ungläubiger. »Und da der Rat keine Ahnung hat, wie er weiter vorgehen wird, werden wir uns jetzt was ausdenken, um die Fremdlinge loszuwerden.«

»Ach ja?« Aisek verschränkte unsicher die Arme vor der Brust. »Vielleicht noch was? Willst du nicht auch noch ein Schaf stehlen und dazu noch irgendwas anzünden, weil's grad so schön ist?« Er schüttelte fassungslos den Kopf.

»Was soll ich mit einem Schaf?«

»Limea!«, rief er geschockt und brachte mich dadurch wieder zum Lachen. »Ich bin gerade kurz vor einem Nervenzusammenbruch und du machst dich auch noch über mich lustig«, warf er mir vor und ich lachte noch lauter.

Es folgte einfach einer gewissen Komik. Immer war Aisek von uns beiden derjenige gewesen, der sich über alles beschwert hatte. Über das Kastensystem, über den Berufszwang, über das mangelnde Wissen zur Geschichte unserer Insel. Er hatte immer mehr sein wollen, mehr als nur ein Forster, der in seiner Kaste gefangen war.

Ich war diejenige gewesen, die ihn zurück auf den Boden gebracht hatte, die ihm sagte, dass er mit dem System und nicht dagegen arbeiten sollte.

Doch jetzt, wo ich erkannte, dass Aisek die ganze Zeit recht gehabt hatte, da konnte er nicht glauben, dass ich wirklich alles über Bord warf. Ich konnte es ja selbst kaum glauben.

Jetzt würde sich zeigen, ob Aisek nur eine große Klappe oder auch den Mumm dazu hatte.

»Aber das Beste kommt erst noch«, verkündete ich mit einem schalkhaften Grinsen und trat näher zu ihm.

Er wich nicht zurück, aber ich sah, dass ihm nicht sehr wohl zumute war.

»Ich habe vor, die verbotenen Schriften zu stehlen, und brauche dich, um sie zu lesen«, offenbarte ich meinen Plan und Aisek erstarrte.

Erst sah er mich sprachlos an, dann schaute er sich zu allen Seiten um, ob auch niemand in der Nähe war, der uns hätte hören können. »Limea, ist das wirklich alles dein Ernst?«, fragte er mich, gab seine abwehrende Haltung auf und griff nach meiner Hand. »Das wäre Hochverrat«, sagte er mit Nachdruck und ich umfasste seine Finger ganz fest.

»Aisek. Wir haben einen Fremdling versteckt und es nicht dem Rat gesagt. Wir haben bereits Hochverrat begangen«, fasste ich zusammen und sah ihm in die Augen. In seine seltsamen blauen Augen, von denen sich alle schon immer gefragt hatten, was sie bedeuteten. »Du kannst dich jetzt entscheiden. Willst du weitermachen oder soll ich so tun, als hätte ich dich nie mit reingezogen?«

»Bist du verrückt?«, fuhr Aisek mich aufgebracht an und löste seine Hand aus meiner. »Jetzt, wo wir endlich mal was wirklich Interessantes machen, kneif ich doch nicht!«

Eine unerwartete Welle der Erleichterung umspülte mich und ein Lachen kitzelte in meiner Kehle.

»Wo wollen wir sie hinbringen, wenn wir sie geklaut haben?«, wollte er wissen und klang dabei ziemlich aufgeregt.

Wahrscheinlich erfüllte ich ihm hier gerade einen Lebenstraum. Das Lesen und Forschen war schon immer seine Leidenschaft gewesen. Überhaupt nicht mein Ding, aber er war davon überzeugt, eigentlich dafür geboren zu sein.

Schon als wir Kinder waren, hatte er mir berichtet, dass er irgendwann ein großer Gelehrter sein würde. Doch natürlich war dieser Traum verloren gegangen, als er erkennen musste, dass er Forster war und sich nicht aussuchen konnte, ob er nun Bäume fällen oder Schriften lesen wollte.

Soweit ich wusste, hatte er sich auch nie der Illusion hingegeben, einmal einer Frau anzugehören, mit der er es so weit bringen würde. Denn er hatte sich nie um eine bemüht. Er war immer nur bei mir gewesen.

Mir kamen Mutters Worte von heute Morgen in den Sinn, als sie andeutete, dass Aisek sich Hoffnungen in Bezug auf mich machen könnte. Forschend sah ich wieder in seine Augen und entdeckte darin einen Glanz, den ich seit unseren Kindertagen nicht mehr gesehen hatte.

Vielleicht würde ich Aisek niemals erwählen, aber wenigstens bei einem Traum konnte ich behilflich sein.

»Du meinst, wenn *ich* sie geklaut habe! Versteh mich nicht falsch, aber du bewegst dich so leise wie eine Horde Schweine«, sagte ich kess und überspielte damit die leichte Unsicherheit, die mich ergriffen hatte.

»Aber du willst doch nicht allein gehen?«, redete Aisek auf mich ein und zog unwirsch die Augenbrauen zusammen. »Du musst jemanden mitnehmen. Wenigstens zum Schmiere stehen.«

»Werde ich, keine Sorge«, beruhigte ich ihn und ging im Kopf schon mal durch, wer infrage kam. Wer konnte sich leise bewegen und wusste genug über unsere Situation, um mir ohne große Erklärungen zu helfen?

Natürlich dachte ich sofort an Nóatún und verwarf die Idee gleich wieder. Er wäre zwar leise, aber die Bäume waren nicht sein Element und unauffällig war er schon gar nicht.

Doch die Auswahl war beschränkt und ich erkannte, dass es am einfachsten sein würde, eine Frau mitzunehmen. Denn zum Beispiel Bardin wusste zwar genug, war aber noch weniger geeignet als Aisek.

Ich könnte Mutter fragen. Jetzt war sie ja in alles eingeweiht, doch ich war mir nicht sicher, ob sie das mitmachen würde.

Ein Druck legte sich auf meine Brust und ich versuchte es nicht zu denken. Doch es drängte sich mir förmlich auf: Milla.

Sie wusste Bescheid, sie vertraute mir genug, um alles mitzumachen, und hatte genug Hass im Bauch, um sich gegen den Rat zu stellen. Aber konnte ich es verantworten, meine Schwester da weiterhin mit reinzuziehen? Nach allem, was sie hatte durchmachen müssen?

Und Mutter würde mir den Kopf abreißen, wenn ich es ihr nicht sagte.

Apropos.

»Wir werden die Schriften in Nóatúns neues Versteck bringen. Mutter hat ihn hoffentlich schon aus der Siedlung geschafft. Dann wäre es …«, begann ich zu erklären, kam aber nicht weit, weil Aisek mich sofort unterbrach.

»Was, was? Deine Mutter?«, rief er schockiert und packte nach meiner Schulter.

»Ja, meine Mutter!«, sagte ich etwas zu patzig und wischte seine Hand weg. »Sie hat ihn in unserem Haus entdeckt. Aber nachdem ich sie davon überzeugen konnte, ihn nicht auf der Stelle abzustechen, lief es eigentlich ganz gut«, behauptete ich und schenkte Aisek ein ironisches Lächeln.

»Jaja, tut mir ja leid. Ich wusste einfach nicht wohin mit ihm«, maulte Aisek zurück und ich knuffte ihn in die Seite, damit er wusste, dass ich nicht wirklich sauer war.

Nicht mehr zumindest.

Wahrscheinlich war es besser so, dass meine Mutter jetzt eingeweiht war. Das gab mir einen Teil meiner Ruhe zurück, weil ich wusste, dass ich jetzt auch immer sie fragen konnte, wenn es mal wieder drunter und drüber ging. Na ja, bis auf die Sache mit den Gefühlen vielleicht. Davon war sie nicht besonders angetan gewesen.

Milla allerdings schon. Ihr Vertrauen zu Nóatún war allein mit meinem Liebesgeständnis gefestigt gewesen. So irrsinnig es auch war, es passte irgendwie in ihre Logik und mir konnte das ja nur recht sein.

»Was ich sagen wollte«, setzte ich wieder an. »Mutter hat Nóatún zum verlassenen Töpferhaus gebracht. Denk dir schon mal aus, was du deiner Familie sagst, damit du ein bisschen Zeit woanders verbringen kannst.«

Aisek nickte, schaute finster drein und zog seine Unterlippe zwischen die Zähne. »Ich werde es versuchen.«

Hinter mir konnte ich Schritte auf dem knarrenden Holz und leises Gerede hören und drehte den Kopf. Ruban, Helin und Macon kamen über die Hängebrücke auf uns zu und grüßten mich mit lautem Rufen und Pfeifen schon von Weitem.

Aisek neben mir bekam einen roten Kopf und sah zur Seite. »Du gehst jetzt lieber«, sagte er mit verkniffenem Ausdruck und ich hielt es mal wieder für besser, nicht nachzufragen.

»Gut. Ich komm dich holen, wenn es so weit ist«, versicherte ich ihm leise und griff schon mit einer Hand über uns in den Baum.

»Oder wenn ich dir sonst irgendwie helfen kann«, fügte Aisek eindringlich hinzu und ich verschwand in den Ästen, noch bevor Aiseks Brüder uns erreicht hatten.

24

DIEBSTAHL

Die Schriften waren im Haus der Schriftensammler untergebracht. Es war ein weitläufiger Bau, der sich mit überdachten Brücken über mehrere Bäume erstreckte. Alles war optimal wasserdicht gemacht worden, sodass keine der Schriften auch nur ein bisschen Feuchtigkeit abbekommen konnte.

Die Schriften unseres Volkes waren das Wertvollste, was wir besaßen, und so natürlich das Privileg der höchsten Kaste. Die Männer, die sich Schriftensammler nennen konnten, gehörten Frauen an, die als die besten Jägerinnen unseres Stammes galten. Oder gegolten hatten.

Die meisten von ihnen waren bereits alt geworden und hatten in den letzten Jahren eher zurückgezogen gelebt. Wenigen Frauen wurde vom Rat diese Ehre ausgesprochen, der obersten Kaste anzugehören. Alle zehn Jahre gab es vielleicht eine unter uns. Die letzte war Kaera gewesen.

Und ich hatte vorgehabt, eine von ihnen zu werden. Doch jetzt hatte sich alles verändert.

Ich saß auf einem Ast hoch in der Luft. Der nächste feste Halt unter mir war der Erdboden und ich genoss die schwindelerregende Tiefe unter mir. Nachdenklich starrte ich auf das Haus der Schriftensammler und fragte mich, wie ich am geschicktesten dort hineingelangen konnte, ohne dass man mich sah. Mein Hochgefühl von vorhin hatte sich schon lange wieder gelegt und ich kaute nachdenklich an meiner Nagelhaut.

Ich wusste nicht viel über den Tagesablauf eines Schriftensammlers. Und auch nicht, wo genau die verbotenen Schriften lagerten und wie ich sie unter all den anderen erkennen konnte. Aus dem, was ich vom Rat gehört hatte, schloss ich, dass sie wohl versiegelt sein mussten. Und davon würde es hoffentlich nicht so viele geben.

Aber ich durfte mir keine Illusionen machen. Ich hatte keine Ahnung, wie viele Schriften unser Stamm besaß, und das Haus war groß.

Vielleicht war es vollgestopft mit Papierrollen und ich könnte Tage brauchen, um mich da durchzuwühlen. Und sicher würde keine Truhe in der Mitte des Zimmers stehen mit einem Schild davor: Verbotene Schriften, bitte nicht öffnen.

Um einen richtigen Plan zu machen, müsste ich mich dort in Ruhe umsehen. Also am besten in der Nacht, wenn alle schliefen? Aber falls ich ein Licht bräuchte, wäre es ein großes Wagnis, da die Siedlung seit Millas Entführung rund um die Uhr bewacht wurde.

Mit den Fingern strich ich mir die Haare aus dem Gesicht und zwirbelte gedankenverloren eine Strähne zusammen.

Um am Tag hineinzukommen, hatte ich zu wenig Kenntnis über die Räumlichkeiten und Menschen, die darin ein und aus gingen. Das würde mir also auch nichts nützen.

»Über was denkst du nach?«, fragte mich eine Stimme und ich schreckte aus meinen Gedanken hoch. Mein Herz raste und ich fühlte mich ertappt.

Am Stamm, einen Ast neben mir, stand Milla. Keine Ahnung, wie lange sie schon dort verweilte, denn ich hatte sie nicht gehört. Was jetzt mehrere Schlüsse zuließ. Entweder sie war besonders leise gewesen oder ich musste anfangen, besser auf meine Umgebung zu achten.

»Mama und ich haben deinen Angebeteten in Sicherheit gebracht«, wisperte sie leise und mit diesem amüsierten Unterton, der mich auf einen Schlag missmutig machte.

»Nenn ihn nicht so. Es ist nicht, wie du denkst«, blaffte ich sie sofort an, doch sie lachte nur, schwang sich von ihrem auf meinen Ast und ließ sich neben mir nieder.

»Ist es doch. Ich habe ihn ausgefragt«, behauptete Milla dreist und in mir zog sich für einen Moment alles zusammen, weil mir die Vorstellung einfach nicht behagte.

Aber dann schüttelte ich nur den Kopf. Nóatún war ja nicht Bardin. Er würde Milla nicht einfach erzählen, was zwischen uns gewesen war, sondern darüber schweigen und nur seine kühlen grauen Augen würden einen Schimmer der Wahrheiten enthalten.

Ehrlich gesagt war da auch noch nicht sehr viel gewesen. Es war ja nicht so, als ob wir seit Tagen in trautem Beisammensein lebten. Er hatte mich gestern zum ersten Mal geküsst und dann noch einmal heute früh.

Trotzdem fühlte sich alles so überwältigend an. Schon beim bloßen Gedanken an heute Morgen wurde mir ganz heiß in der Brust. Meine Haut erinnerte sich ganz genau an Nóatúns Hände und seine weichen Lippen, und an die Hitze.

Schnell blinzelte ich. Ich musste bei der Sache bleiben.

»Er hat aber nichts gesagt«, entgegnete ich Milla in selbstsicherem Ton, obwohl ich nicht wusste, wie gut sie seine Augen wohl lesen konnte.

Doch Milla schürzte die Lippen. »Wie kannst du dir so sicher sein?«, maulte sie und ich wusste, dass ich recht gehabt hatte. Nóatún hatte gar nichts gesagt.

»Ich kenne ihn.« Ein ganz feines Lächeln stahl sich auf meine Lippen. Es war ein schönes Gefühl, das zu sagen. Vielleicht kannte ich die Welt, aus der er kam, nicht besonders gut. Vielleicht verstand ich auch viele seiner Ansichten und Denkweisen nicht. Aber ich kannte ihn. Ich hatte sein Herz gesehen und ich vertraute ihm.

Milla schwieg und ich gönnte mir einen Moment, einfach neben ihr zu sitzen, meinen Gedanken nachzuhängen und zu genießen, dass wir beide noch am Leben waren.

»Du hattest recht«, kam es nach einer Weile von meiner Schwester und ihr gequälter Tonfall ließ mich aufsehen. In ihren Augen standen schon die Tränen, doch ihr verkniffener Mund und ihre aufrechte Haltung deuteten darauf hin, dass sie versuchte, stark zu sein.

Also hielt ich mich zurück und umarmte sie nicht, auch wenn es mein erster Impuls gewesen war.

»Womit?«, fragte ich bloß und zwang mich, wieder nach vorne auf das Haus der Schriftensammler zu blicken.

»Du hast immer gesagt, dass Kai ein mieser Kerl ist und dass ich sicher was Besseres finden würde«, begann sie und in meinem Magen zog sich etwas zusammen. »Und du hattest recht. Er ist ein mieser Kerl«, fügte sie schnaubend hinzu und ich wartete auf mehr Informationen. »Ich bin ihm blind hinterhergelaufen«, erzählte sie und ich nickte nur. »Und wenn ich jetzt mit offenen Augen zurückblicke, dann sehe ich so klar, wie er meine Zuneigung und auch die der anderen Mädchen immer nur ausgenutzt hat. Ich kann gar nicht glauben, dass ich so dumm gewesen bin und mich mit seinen süßlichen Worten zufriedengegeben habe, während ich alles Mögliche für ihn erledigte, was er nicht selbst machen wollte. Und das nur, damit er mir ab und zu das Gefühl gibt, besonders zu sein.«

Ich versuchte mir nicht anmerken zu lassen, dass sie mich überraschte. Sie war zwar heute Morgen auf ihn losgegangen, aber ich hatte nicht mit einem vollkommenen Sinneswandel gerechnet.

Die Blase war geplatzt. Milla war aus ihrem Wolkenschloss gefallen, so wie ich es immer gewünscht und zugleich gefürchtet hatte. Und ich konnte nur hoffen, dass sie bei dem Sturz nicht zu sehr verletzt worden war.

»Wieso jetzt?«, fragte ich sie, als sie wieder in ihr bitteres Schweigen verfallen wollte. »Ich habe es dir all die Jahre vorgepredigt. Warum kommst du plötzlich jetzt drauf?«

Milla schluckte, wippte nervös mit den Beinen und rutschte dann noch etwas näher zu mir. »Als die Fremdlinge an der Quelle aufgetaucht sind, stand ich mit dem Rücken zu ihnen. Ich habe nicht gesehen, wie Sira getötet wurde. Kai hat geschrien und als ich mich zu ihnen umgedreht habe, war Frai auch schon tot.«

Jetzt legte ich doch einen Arm um sie, wollte für sie da sein, konnte mir kaum vorstellen, wie sie sich fühlen musste. Sie ließ es zu, schmiegte sogar ihren Kopf an meine Schulter. »Wir wollten weglaufen. Kai ließ sofort den Eimer fallen. Und als der eine Fremdling nach ihm greifen wollte, hat er mich geschubst.«

Mir blieb die Luft weg. Kai hatte was?!

»Kai hat mich auf den Fremdling geschubst, damit er entkommen konnte. Und das hat … das hat so wehgetan. Es war wie Verrat!«, zischte Milla mit bitterer Stimme und ich drückte sie fester an meine Seite.

Jetzt war auch geklärt, warum sie ihm eine reingehauen hatte. Und meiner Meinung nach auch völlig gerechtfertigt. Hätte ich das früher gewusst, dann hätte ich ihn wahrscheinlich nicht laufen lassen, sondern selbst auf ihn eingeschlagen. Die Wut über diesen fiesen, charakterlosen Menschen rauschte durch meinen Bauch, mein Herz und meine Fäuste.

Doch Kai war jetzt eigentlich nicht wichtig. Milla war wichtiger. Ich musste ihr dabei helfen, ihren Glauben an die Menschen nicht zu verlieren. Wenn Milla in ihrer Wut und ihren verletzten Gefühlen aufging, dann wäre sie vielleicht nie mehr die Milla, die sie mal gewesen war.

»Keine Sorge, ich garantiere dir, dass Kai das bekommt, was er verdient«, versicherte ich ihr und drückte ihr einen Kuss auf die Haare. »Aber es ist wichtig, dass du nicht vergisst, dass es auch andere Menschen gibt. Menschen, die dich nicht ausnutzen, denen du vertrauen kannst.«

Milla schlang ihre Arme um mich. »Ich wusste, dass du kommst und mich holst«, flüsterte sie und ich war froh, dass sie mich als so einen Menschen betrachtete. Dass sie mir nicht böse war, weil ich jetzt hier saß und über Kai ›Siehst du, ich habe es gewusst!‹ sagen konnte.

»Ich war das aber nicht allein. Aisek hat geholfen. Und Nóatún. Und Bardin«, erzählte ich ihr und betonte Bardins Namen noch einmal extra. »Und Mama würde auch alles für dich tun. Vergiss das nie! Kai ist nur ein unbedeutender Käfer, den wir beizeiten zerquetschen werden. Er ist nicht wichtig und du solltest ihn auch nicht mehr wichtig nehmen«, versuchte ich ihr einzutrichtern und strich ihr noch einmal über das glatte schwarze Haar. Sie nickte, wischte sich ein paar Tränen aus dem Gesicht und ich hoffte, das Richtige gesagt zu haben.

»Und warum sitzt du jetzt hier?«, wollte sie plötzlich wissen, sicher um das Thema zu wechseln, und mir lief es kalt den Rücken runter. Doch Ablenkung war eine gute Methode, um Milla wieder in die Spur zu bringen.

»Ich überlege mir, wie ich am besten ins Haus der Schriftensammler einbreche und die verbotenen Schriften stehlen kann«, gab ich also ganz offen zu und Milla richtete sich mit einem Mal auf. Der Ast kam ins Schwanken.

»Ist das dein Ernst?«, wollte sie schockiert wissen und starrte mich mit ihren riesigen dunklen Augen an.

»Ja. Wenn auch nur die Möglichkeit besteht, dass sie uns bei dem Fremdlingproblem helfen, dann werde ich es tun müssen.«

Milla nickte wieder, die Augenbrauen zweifelnd nach oben gezogen, und starrte selbst zu dem Haus.

»Und wie willst du das machen?«, erkundigte sie sich zögernd und ich zuckte mit den Schultern.

»Ich habe noch keinen blassen Schimmer«, sagte ich ein wenig resigniert und strich mir die Haare abermals aus dem Gesicht. »Ich war da noch nie drin. Keine Ahnung, wie es da aussieht, wer dort so anwesend ist, wo ich suchen muss …« Und es gab sicher noch mehr Dinge, die ich bisher nur noch nicht beachtet hatte.

»Ich war schon da drin«, meinte Milla und ich sah sie überrascht an.

»Wirklich?« Ich konnte mir nicht vorstellen, welche Umstände dazu geführt haben könnten, dass Milla das Haus der Schriftensammler besucht hatte.

Milla biss sich auf die Unterlippe und sah mich scheu an. »Ich war mit Kai dort. Sein Onkel ist einer der Schriftensammler und ich habe oft Federkiele vorbeigebracht, wenn Kai behauptet hat, keine Zeit dafür zu haben.«

»Und? Hast du eine Ahnung, wo man verbotene Schriften verstecken würde?«, fragte ich sie und Milla begann, ihre Unterlippe zusätzlich mit den Fingern zu kneten.

»Im Archiv, würde ich sagen. Dafür muss man durch die Schreiberhalle«, erzählte sie und zog nachdenklich die Stirn kraus. »Da sind aber immer Leute. Und im Archiv gibt es eigentlich keine richtigen Fenster. Also …« In ihren Augen blitzte der Funke der Erkenntnis auf und sie sah mich an. »Ich glaube, ich weiß, wie wir dich da reinbekommen«, sagte sie und ein verschwörerisches Grinsen erschien auf ihren Lippen.

»Wir?«, fragte ich schmunzelnd nach und Milla bedachte mich mit einem abschätzigen Blick.

»Tja, große Schwester. Du kannst viel, aber zwischenmenschlich bist du eine Niete«, warf sie mir an den Kopf. »Jetzt bin ich mal dran, dich zu retten.«

Es brauchte nicht viel Vorbereitung, um Millas Plan in die Tat umzusetzen. Sie holte von einer Freundin, deren Vater einen ganzen Stall voller Fasane besaß, etwa zwei Dutzend Federkiele und ertauschte mit einer meiner Muschelkettchen, die ich sowieso nie trug, einen Zuckerkuchen.

Ich lief in der Zeit zu Aisek, um ihn in unser Vorhaben einzuweihen. Da wir es gleich machen wollten, am besten noch vor dem Mittagessen, und nicht so still und heimlich sein mussten, als wenn wir es in der Nacht durchgezogen hätten, konnten wir sogar Aiseks Hilfe brauchen. Und ein Paar Hände mehr hatten wir nötig.

Mit einem fröhlichen Lächeln auf dem Gesicht spazierte Milla einfach so in das Haus der Schriftensammler. Mich zog sie an der Hand hinterher.

Sie hatte mich angewiesen, mich so natürlich wie möglich zu geben. Aber ich verfügte nicht über die Leichtigkeit, anderen Menschen so einfach etwas vorzuspielen und so einigten wir uns darauf, dass ich einfach still und reserviert sein sollte. Sie würde den Rest schon machen.

Still und reserviert konnte ich gut. Doch ich war trotzdem ziemlich aufgeregt, als wir ohne Anmeldung durch den Eingang traten.

»Milla!«, rief eine Frau in einem weiten Gewand, wie es viele ältere Frauen bevorzugten, und lächelte gutmütig über das ganze runzelige Gesicht. Es war Tiala, eine unserer ehrwürdigen Alten. Sie stand neben einem mit Tüchern verhängten Durchgang, einen einfachen Bogen in der Hand, drei glänzende Ringe im Ohrläppchen.

»Sei gegrüßt, Tiala«, antwortete Milla beschwingt und winkte mit den Federn in ihrer Rechten. »Ich bin wieder wegen des Schreibzeugs hier. Wie geht es deinem Rücken?«

Stumm bewunderte ich Millas unbeschwerten Umgang mit der Frau einer oberen Kaste. Meine Schwester hatte wirklich mehr drauf, als ich ihr zugetraut hatte. Bisher beschränkte sich meine Vorstellung immer auf ihre Träumerei und ich hatte ihr immer nur vorgeworfen, eine faule Jägerin zu sein. Aber sie hatte ihre Zeit tatsächlich nicht ungenutzt verstreichen lassen.

Ihre Qualitäten waren vielleicht nicht das Messerwerfen, aber im Lenken von Menschen konnte ich mir noch eine Menge von ihr abschauen. Umso mehr ich davon zu sehen bekam, desto seltsamer fand ich es, dass sie einen Kerl wie Kai nicht schon längst um den Finger gewickelt hatte.

»Wer ist denn heute alles da?«, fragte Milla und versuchte, neugierig durch die Tücher in den nächsten Raum zu spähen.

Tiala lachte nur und schalt Milla einen kleinen Schelm.

Hätte ich diese Frage gestellt, wäre bei allen Misstrauen aufgekommen. Wenn Milla fragte, dann war sie nur ein kleiner Schelm. Es war unglaublich.

Grinsend verabschiedete sie Tiara, riet ihr, nicht zu oft zur Kajowurzel zu greifen, wenn der Rücken schmerzte, sondern sich lieber hinzulegen, und zog mich hinter sich her in den nächsten Raum.

Die Halle der Schreiber. Milla ließ mich an einem bis zur Decke reichenden Regal stehen, nahm mir den Zuckerkuchen aus der Hand und lief fast hüpfend durch den großen Raum.

So etwas hatte ich nicht erwartet. Der Raum war größer, als ich es je bei einer unserer Hütten gesehen hatte. Die Wände, bis auf einige große Fensteröffnungen, voller Regale, die allesamt mit Schriftrollen vollgestopft waren. Überall standen Tische und darauf geöffnete Rollen, die mit feinen bunten Tonkugeln beschwert wurden.

Drei Männer, alle älter als fünfzig, standen an den Tischen über die Schriften gebeugt, lasen oder diskutierten leise darüber. Ein anderer, der Mann, auf den Milla fröhlich zuhielt, saß auf einem Stuhl an einem niedrigen Tisch und schrieb fein säuberlich mit Feder und Tinte.

Er hob den Kopf, als er sie rufen hörte, und machte große Augen, als sie ihm die Federkiele vorsichtig auf den Tisch legte.

»Meine Rettung!«, brachte er recht laut hervor und Milla lachte geschmeichelt. Dann wurde seine Stimme leiser und ich verstand nicht mehr alles, was sie sagten. Doch Millas Gesicht bekam einen harten Zug und ich nahm an, dass sie über ihre Entführung sprachen, von der sicher die ganze Siedlung redete. Und als sie sich umdrehte und auf mich zeigte, nickte der Alte mir anerkennend zu.

Ich fühlte mich unwohl, wusste nicht, wo ich hinsehen sollte und hielt mich krampfhaft an Millas Anweisung. Still und reserviert. Bloß nicht nervös werden, beruhigte ich mich selbst und sah mir wieder die Wände mit den Schriften an.

Sie waren alle mit Lederschnüren umwickelt, damit sie sich nicht aus Versehen entrollten. Im hinteren Teil des Raumes waren einige sogar ganz in Lederhüllen eingeschlagen.

Ob wohl die verbotenen Schriften auch hier waren?

»Limea!«, hörte ich meinen Namen und Milla winkte mich zu sich.

Die Köpfe der anderen Männer, die Milla gar nicht beachtet hatten, so als wäre sie ein alltäglicher Gast, hoben sich alle auf einmal und sie alle starrten mich an. Ich schluckte, versuchte sie gar nicht zu beachten und durchschritt den Raum mit wenigen großen Schritten.

»Ich habe Jano erzählt, wie gern du mal das Archiv sehen würdest. Tut mir leid, ich hatte versprochen, es nicht zu erwähnen, aber ich konnte nicht anders. Es ist mir so rausgerutscht«, sagte Milla süßlich zu mir und machte ein entschuldigendes Gesicht.

Ich sah sie an, versuchte meine Gesichtszüge nicht entgleiten zu lassen und war fassungslos, wie schamlos sie ihre Lügen vorbringen konnte. Natürlich hatten wir nie eine solche Unterhaltung geführt und alles, was Milla sagte, war reine Erfindung. Es gehörte zum Plan. Aber verdammt, ich hätte ihr jedes Wort geglaubt.

»Bitte sei nicht böse. Jano hat sogar gesagt, es wäre in Ordnung, wenn wir kurz hinten reinsehen würden«, versuchte sie mich zu beschwichtigen, klimperte mit den Wimpern und ich zwang mich zu einem kleinen Lächeln, von dem ich gar nicht wissen wollte, wie schrecklich es aussah.

»Gut«, sagte ich nur und nickte Jano zu, der sich daraufhin anschickte, von seinem Stuhl aufzustehen.

Es war mir nicht ganz bewusst, was Milla vorhatte. Sie versprach mir, sie würde es so regeln, dass ich allein ins Archiv gehen könnte. Wie sie das anstellen wollte, konnte sie mir nicht beschreiben, weil es wohl von der Situation abhängig war. Was auch immer das bedeuten mochte.

Im Archiv müsste ich dann nach den verbotenen Schriften suchen.

Aisek hatten wir auf das Dach des Archivs beordert. Er saß dort sicher schon eine Weile, starrte in die Luft und futterte Kürbiskerne. Ich müsste nur einen der Lüftungsschlitze öffnen, die Rollen zu Aisek hindurchschieben und dann fröhlich wieder rausspazieren. Aisek hatte meinen Pfeilköcher bei sich. Ohne die Pfeile. Dort würde er die Schriften verstauen und sich dann aus dem Staub machen.

Jetzt musste ich nur noch darauf vertrauen, dass Milla ihrem Teil auch gewachsen war.

»Hier entlang bitte«, bat uns Jano mit der ruhigen, tiefen Stimme eines ausgeglichenen Menschen. »Es macht mich sogar stolz, dass eine junge, so starke Jägerin wie du sich für mein verstaubtes Handwerk interessiert«, gestand er mir und ich lächelte tapfer weiter.

Ich ließ mich zu einem weiteren Vorhang führen, der im hinteren Teil des Raumes einen schmalen Durchgang verbarg. Er war aus schwerem Stoff und durchzogen von bunt gefärbten Fäden, wie es sich nur die oberste Kaste erlauben konnte. Jano hob ihn beiseite und ließ mich vorgehen.

»Oh, das hätte ich beinahe vergessen!«, rief Milla plötzlich und Jano drehte ihr den Kopf zu. »Hier«, sagte sie fröhlich und hielt dem alten Mann den Zuckerkuchen hin.

»Das ist wirklich nett von dir, Milla. Und es lässt mich daran denken, dass ich dir doch dieses Rezept rausgesucht hatte, um das du das letzte Mal gebeten hast.« Jano ließ den Vorhang fallen und mit einem Mal waren alle Geräusche verschluckt.

Milla hatte es tatsächlich geschafft. Ich stand allein im Archiv.

Nur ein winziger Moment des Zögerns und dann lief ich den Gang entlang, bis in den großen düsteren Raum, in dem er endete.

Hier standen noch mehr Regale, ebenfalls so hoch, dass sie bis zur Decke reichten. Die Wände waren voll, die Regale ragten in den Raum hinein und ließen mich in ein seltsam wirres und verstaubtes Labyrinth blicken.

Ich holte tief Luft, verdrängte die Nervosität und lief um das erste Regal, in dem nur viele lose Rollen gestapelt waren. Wie sollte ich hier nur so schnell finden, was ich brauchte?

Doch es war einfacher, als ich zuerst vermutete. Ich beschloss, von hinten zu beginnen, da es mir logisch erschien, Rollen, die man nicht öffnete, dort zu lagern, und die, die man häufiger brauchte, näher in Griffweite zu haben.

Als ich um das letzte Regal gelaufen war, blieb ich erschrocken stehen. Die Nervosität in mir wurde stärker.

Vor mir war die Rückwand des großen Raumes und auch hier war alles mit Regalen zugestellt. Diese Rollen sahen anders aus. Sie waren alle in dunkelrotes Leder eingeschlagen und als ich eine aus dem Regal zog, entdeckte ich sofort das Wachssiegel des Rates auf der Überlappung der beiden Lederschichten.

Die verbotenen Schriften! Ich hatte sie gefunden. Schneller, als ich gedacht hatte.

Doch jetzt ergab sich ein neues Problem. Denn ich hätte niemals damit gerechnet, dass es so viele waren. Wie sollte ich die alle hier rausschaffen? So gern wollte ich die taffe Frau sein, für die ich mich oft ausgab, aber sich außerhalb meiner Grenzen zu bewegen war nervenaufreibender, als ich gedacht hatte.

Ich musste ehrlich zugeben, dass ich mit drei oder vier Rollen gerechnet hatte. Aber jetzt, wo ich vor dem Regal stand, ging mir natürlich auf, dass sie anscheinend alle Schriften aus der Zeit vor den Kriegen versiegelt hatten. Wie sollte ich da die richtigen finden, die mir einen Hinweis geben konnten, wie die Fremdlinge zu bekämpfen wären?

Doch allzu viel Zeit hatte ich nicht zum Nachdenken, griff wahllos nach so vielen Rollen aus verschiedenen Regalabschnitten wie ich halten konnte. Dann lief ich zur linken Seitenwand und öffnete einen der schmalen Lüftungsschlitze kurz unter der Decke. Um sie herum war das Regal ausgespart worden.

»Aisek!«, rief ich so leise ich konnte, damit nur er mich hören würde, und schob die erste Rolle nach draußen. Einen unendlich wirkenden Moment geschah nichts und ich konnte deutlich spüren, wie mir das Blut durch eine Ader am Hals pochte. Endlich ging ein Ruck durch die Rolle, das Gewicht verlagerte sich und sie wurde nach oben gezogen.

Bisher lief alles nach Plan. Ich brauchte also keine Panik zu bekommen. Redete ich mir zumindest ein. Eine Rolle nach der anderen schob ich raus und holte dann mit nervösen Fingern noch einen Schwung.

Geräusche drangen an mein Ohr, wurden kurz darauf wieder verschluckt und ich hörte nur noch Millas fröhliche Stimme, die ungewöhnlich laut sprach. »Sie ist sicher irgendwo hier und starrt alles mit riesigen Augen an. Mach dir keine Sorgen«, sagte sie und ich schob so schnell ich konnte die letzte Rolle nach draußen, schloss den Schlitz fast geräuschlos und beeilte mich, aus dem hinteren Bereich nach vorne zu gelangen. Jano musste ja nicht unbedingt auf die Idee kommen, ich hätte ganz hinten die versiegelten Papiere gefunden. Mein Herz schlug mir bis zum Hals.

Gerade verschränkte ich die Arme vor der Brust und starrte angestrengt auf mit verschiedenfarbigen Bändern umwickelte Schriften, da kam Milla um die Ecke geschlichen. Ihre Augen blinzelten fragend. Ich lächelte sie kurz verschwörerisch an und sie lachte.

Jano tauchte auf und ich wandte mich gleich an ihn. »Wofür stehen denn die verschiedenen Farben?«, fragte ich, als hätte ich mich schon die ganze Zeit damit beschäftigt. Ich fühlte mich richtig schön unauffällig, auch wenn meine Hände immer noch schwitzten vor Aufregung. Das war mein erster Diebstahl gewesen. Klar, ich hatte Brot und Fleisch aus unserer Kammer für Nóatún mitgehen lassen, aber das war nicht dasselbe. Da hatte das Essen ja auch zum Teil mir gehört. Doch diese Rollen hier waren eindeutig das Eigentum des Rates.

Jano lächelte mich väterlich an und wandte sich dann dem Regal zu. Ich stellte zu meiner Zufriedenheit fest, dass er keinen Funken Misstrauen hegte. »Sie helfen uns beim Sortieren der Schriften. Rot steht für die Berichte der Tuchmacher und der Töpfer. Grün für die der Forster und der Seilknüpfer. Blau ist der Schriftwechsel zwischen uns und den Soketen. Und so weiter. Aber sicher sind die Details für dich eher langweilig. Möchtest du noch mehr sehen?«, fragte er mich und ich war mir nicht sicher, ob es ihm wünschenswert war, wenn ich *Ja* sagte oder nicht.

Doch Milla nahm mir die Entscheidung ab. »Ich denke, wir sollten nach Hause zum Essen. Und sowieso haben wir schon viel zu viel von deiner Zeit in Anspruch genommen. Danke für alles«, sagte sie ganz warmherzig, hakte sich bei mir unter und zog mich leicht in Richtung des Ganges, der wieder zurück in den Raum der Schreiber führte.

»Es hat mir keine Mühe gemacht, Milla«, entgegnete Jano weich und lächelte wieder. »Sag Kai liebe Grüße, und danke für den Zuckerkuchen.«

»Mach ich. Bis dann, Jano«, verabschiedete sie sich, während wir schon den Gang entlangliefen. Wir schlüpften unter dem Vorhang durch, bemühten uns, langsame Schritte durch den Raum zu machen, und rannten dann förmlich aus der Vordertür.

Milla lachte erleichtert und drückte meine Hand. »Unglaublich!«, quietschte sie und hüpfte auf und ab. »So was müssen wir öfter machen.«

Ich seufzte laut und zog sie hinter mir her, eine Treppe nach unten. Ich konnte nicht behaupten, dass ich mit Milla einer Meinung war. Aber wenigstens war ihre sorglose Fröhlichkeit wieder zurück. Man würde sie wohl nicht so leicht kleinkriegen.

Meine Hände zitterten und der Wind, der die Blätter rascheln ließ, trocknete den Schweiß in meinem Nacken.

Mein Leben war in der letzten Zeit aufgewühlter, als es hätte sein müssen. Und wenn ich daran dachte, was uns noch bevorstand, dann wurde mich ganz mulmig zumute.

25

PLÄNE

Aisek und ich erreichten das verlassene Töpferhaus relativ schnell, dafür, dass wir uns erst einmal aus der Siedlung hatten rausschleichen müssen.

Vorsichtig öffnete ich die knarrende Tür, während Aisek in kurzer Entfernung wartete. Wir hatten uns hundertfach versichert, dass uns niemand gefolgt war und auch niemand gesehen hatte. Doch das unwohle Gefühl blieb.

Milla hatte nicht mitkommen wollen, was mich beruhigte. Sie war noch nicht wieder bereit, die Siedlung so leichtfertig zu verlassen. Nicht mal in meiner Begleitung.

Mutter hätte es wohl auch nicht zugelassen und ich fühlte mich besser, wenn ich wusste, dass sie zu Hause in Sicherheit war.

Jedoch fragte ich mich, für wie lange diese Sicherheit noch andauern würde. Die Fremdlinge hatten uns damit gedroht, das Dorf zu plündern und anzuzünden, sollten wir uns weigern, ihnen Vorräte zu bringen. Und soweit ich wusste, hatten wir ihnen nie etwas gebracht. Der Angriff war also längst überfällig.

In der letzten Nacht hatte ich es vielleicht verhindert, indem ich ihnen die Drachenkriegerin vorgespielt hatte und sie an die Klippen geflohen waren. Doch diese Nacht würden sie sicher kommen und wir mussten bis dahin einen Plan haben, um gewappnet zu sein.

Als ich den festgetretenen Lehmboden des Hauses betrat, schien das eine Zimmer, aus dem es bestand, unbewohnt, so still war es. Keine Regung war zu sehen, eine dicke Staubschicht lag auf all den alten Töpferwerkzeugen. Eine Erinnerung huschte durch meinen Kopf und verblasste, ehe ich sie fassen konnte.

Nirgendwo eine Spur von Nóatún.

Mutter hatte erklärt, sie habe Nóatún hergebracht und ich war mir sicher, dass sie keine Spielchen mit mir spielte. Vielleicht hatte er das Haus verlassen, saß draußen irgendwo hinter einer Hecke oder schlich durch die Wälder auf der Suche nach Rache.

Ihm war alles zuzutrauen. Die leise Panik kroch wieder in mein Genick und mein Blut rauschte laut durch meine Adern.

»Nóatún?«, fragte ich halblaut in den Raum hinein, brach die Stille und wünschte mir, seine Stimme zu hören.

»Ich bin hier«, kam es von schräg hinter mir, der Schock traf mich in der Brust und ich fuhr abrupt herum.

Nóatún trat hinter der Tür hervor und lächelte mich verschmitzt an. »Ich muss doch vorsichtig sein«, behauptete er, als er mein erschrockenes Gesicht sah, und ich schaffte es lediglich zu nicken. Er hatte recht. Vorsicht war ein guter Ratgeber.

Doch der Schalk verschwand aus seinen Augen, als er aus dem Schatten der Tür trat, und sein Blick wurde weicher. Schon als er seine Hände nach mir ausstreckte, begann mein Körper darauf zu reagieren und als er meine Taille berührte, spürte ich das ganze Ausmaß meiner Verliebtheit. Mein Herzschlag veränderte sich von erschrocken zu aufgeregt, mein Kopf wurde ganz leer und meine Haut fing an zu prickeln wie bei einem leichten Sommerregen.

Er neigte den Kopf bereits zu mir, um mich zu küssen, da fiel mir plötzlich Aisek wieder ein. Der stand noch draußen, wartete auf mein Zeichen, und Nóatúns Berührung hatte ihn doch tatsächlich kurzzeitig aus meinem Kopf verscheucht.

Ich ließ den Kuss nicht zu, legte meine Hände auf Nóatúns Brust, um den Abstand zu wahren, und stellte fest, wie furchtbar schwierig es war, ihn nicht zu küssen. Wenn man einmal damit angefangen hatte, alle Mauern gefallen waren, dann wurde es zu einem Bedürfnis, das im Herzen wütete und meinem Verstand einzureden versuchte, ohne seine Lippen auf meinen bald zu verhungern.

Nóatún sah mich fragend an. Seine Lippen konnten es wohl auch nicht verstehen, warum sich mein Verstand weigerte, sich ihnen einfach hinzugeben.

Vorsichtig löste ich seine Hände von meiner Mitte.

»Aisek wartet draußen«, teilte ich ihm mit und sammelte meine Konzentration wieder zusammen. »Wir haben Schriften aus unserm Archiv gestohlen, in denen möglicherweise etwas über die Fremdlinge steht, die vor langer Zeit mit uns Handel getrieben haben«, versuchte ich zu erklären und gab mich dabei ungewöhnlich sachlich. Doch es half tatsächlich, meinen Verstand vor meinen Gefühlen zu schützen. »Diese Fremden sind wir damals schließlich auch losgeworden. Also glauben wir, vielleicht Hinweise zu finden, wie wir gegen die anderen vorgehen können.«

»Aha«, machte Nóatún nur und starrte wie gebannt von meinen Lippen zu meinen Augen und wieder zurück. Er war eindeutig nicht bei der Sache. Und ich auch nicht mehr, als ich es bemerkte.

Ich seufzte. »In Ordnung. Aber nur kurz«, gab ich mir selbst nach und schon lagen Nóatúns Lippen auf meinen. In meinem Bauch summten die Emotionen sofort wie Libellen über einem Teich. Meine Knie wollten mich nicht mehr halten, als das Kribbeln sich in meinem ganzen Körper verteilte, und ich musste mich an Nóatún festklammern, damit meine Beine nicht unter mir nachgaben.

Nóatúns rechter Arm hielt mich fest an ihn gepresst, während die andere Hand sich nachdrücklich um meinen Nacken schloss und so verhinderte, dass meine Vernunft den Kuss frühzeitig beenden konnte.

Aber das würde sie sowieso nicht tun. Sobald mein Körper seinen berühre, war auch die Vernunft winkend im hintersten Winkel meines Verstandes verschwunden.

Verdammt noch mal, wie machte der Kerl das nur?

Polternd fielen die Schriftrollen zu Boden, als sie Aisek aus der Hand glitten, und ich löste mich erschrocken von Nóatún.

Mein Herz sprang mir beinahe aus der Brust, als ich in Aiseks verschrecktes Gesicht blickte, in dem die Augen so blau leuchteten wie niemals zuvor.

Er hatte gesehen, wie wir uns geküsst hatten.

Im ersten Moment wusste ich nicht, wie ich darauf reagieren sollte. Eigentlich hatte ich ja nicht vorgehabt, ein Geheimnis daraus zu machen. Mutter und Milla wussten es ja schließlich auch.

Doch bei Aisek war es ein anderes Gefühl. Ich kam mir ertappt vor, fühlte mich furchtbar gemein und hinterhältig betrügerisch, als ich in seinen Gesichtszügen lesen konnte, dass ich etwas Schreckliches getan hatte. Etwas, das Aiseks Welt brutal aus dem Gleichgewicht riss und ihm so zusetzte, dass er rückwärts aus der Tür stolperte, den Mund auf- und zuklappte, als wäre er gerade am Ersticken, und dann Reißaus nahm.

Oh nein, was hatte ich getan?

Meine Beine bewegten sich sofort, wollten ihm hinterher, doch Nóatún hielt mich am Handgelenk fest.

»Lass ihn«, sagte er ruhig und sah mich an.

Energisch schüttelte ich den Kopf, versuchte mich loszureißen, sein Griff war jedoch stärker.

»Nóatún. Das verstehst du nicht. Er ist mein bester Freund!«, klagte ich und zog so fest an meinem Arm, dass es schmerzte.

Nóatún gab nicht nach, zog mich wieder an sich, legte seine Arme um meine Schultern, während ich versuchte, mich gegen ihn zu wehren.

»Du hast unrecht«, redete er auf mich ein. »Ich verstehe es. Und mir scheint, sogar besser als du. Deshalb glaube ich nicht, dass er dich jetzt sehen möchte«, endete er mit eindringlicher Stimme und ich gab schlussendlich nach.

Wahrscheinlich hatte er recht. Aisek würde mich nicht sehen wollen.

Ich war wirklich blind gewesen, oder hatte es einfach auch nicht sehen wollen. Doch der Schreck in Aiseks Augen hatte mir meine zwangsläufig geöffnet. Ich hatte ihn verletzt, und das war nur möglich, wenn er seinerseits vorher in mich verliebt gewesen war.

Aisek war ich mich verliebt und ich hatte es immer ignoriert, hatte nie darüber nachgedacht, alles für Freundschaft und selbstverständlich gehalten.

Und jetzt stand ich da und wusste nicht, wie ich das jemals wieder hinbiegen sollte.

»Er kommt wieder«, versicherte Nóatún mit voller Überzeugung, ließ mich vorsichtig los und bückte sich nach den Rollen, die Aisek fallen gelassen hatte.

»Wieso bist du dir so sicher?«, wollte ich wissen, fühlte mich plötzlich matt und starrte weiterhin durch die offene Tür, in der Hoffnung, Aisek jetzt schon zurückkommen zu sehen. Doch er war nicht da und ich fühlte mich elend.

»Weil es ein Volk zu retten gilt«, meinte Nóatún schlicht und strich mir mit der Hand sanft über den Rücken. Es war eine aufmunternde Geste und sie half sogar ein bisschen.

»Wohin mit den Schriften?«, erkundigte er sich und sah mich auffordernd an.

Nervös blickte ich mich um und versicherte mir selbst, dass es so sein musste. Aisek und ich waren jetzt nicht wichtig. Die Zeit rann uns durch die Finger und wir brauchten einen guten Plan, sonst waren wir alle verloren.

Mich aus meiner Starre reißend, sah ich mich im Raum um, bis mein Blick auf den Arbeitstisch fiel. Eilig räumte ich alle Werkzeuge zur Seite, wischte getrocknete Tonbrösel und Staub von der Tischplatte und ließ Nóatún die Schriften darauf ablegen.

»Soll ich schon mal anfangen?«, fragte er mich und ich hob überrascht die Augenbrauen.

»Wenn … du das lesen kannst?«, erwiderte ich stockend und über Nóatúns Lippen huschte ein Lächeln.

»Ich kann es zumindest versuchen«, gab er zurück, griff nach der ersten Rolle und brach ungerührt das rote Siegel.

Es durchzuckte mich, als ich sah, wie er das Wachs aufbrach, die lederne Schnürung öffnete und die erste Schrift auf dem Tisch entrollte. Es waren mehrere Seiten schweres Papier und die Schrift darauf war so eng geschrieben, dass sie mir gleich vor den Augen verschwamm.

Sie wirkte ungewohnt und ich ging näher ran, um nachzusehen, ob es sich überhaupt um unsere Schrift handelte. Doch sie war es, winzig und krakelig, und ich hatte keinen blassen Schimmer, was dort geschrieben stand.

Wir würden Aisek dafür brauchen.

Eine Hand legte sich auf meine Schulter und ich hob den Blick. Nóatún wies mit dem Kinn in Richtung Tür.

Aisek stand im Türrahmen, das Haar fürchterlich zerzaust, die Augen gerötet und mit einigen Schrammen auf der Wange, als hätte er sich durchs Dickicht geschlagen. Schrecklich sah er aus und ich wusste nicht, was ich tun sollte. Was ich sagen konnte. Ob es überhaupt irgendetwas gab, mit dem ich ihm half.

Ein furchtbar schlechtes Gewissen plagte mich und ich hatte keine Ahnung, wie ich das alles wiedergutmachen sollte.

»Aisek«, schaffte ich es endlich zu sagen und meine Stimme klang brüchig. In meinem Bauch rumorte es ungut.

»Ich will gar nicht drüber reden«, fuhr er mir dazwischen, und bevor ich noch irgendetwas sagen konnte, kam er in den Raum und schob die Tür hinter sich zu. Tief und ein wenig japsend holte er Luft und stieß sie dann langsam wieder aus. »Lass mich einfach meine Arbeit machen. Wir haben für … so was gar keine Zeit«, fügte er ernst hinzu und ich nickte.

»Ja«, murmelte ich, nur um etwas geantwortet zu haben, und machte ihm Platz, damit er an den Tisch treten konnte.

Aisek rollte mit den Schultern, als müsste er sich für eine körperliche Übung aufwärmen, schüttelte sich einmal und rieb sich die geröteten Augen. Dann zog er sich den Hocker unterm Tisch hervor, setzte sich und strich die Papiere vor sich glatt. Er beschwerte die Ecken mit ein paar rostigen Werkzeugen, die an der Wand neben ihm hingen, und begann zu lesen. Sein Finger fuhr mit einer Geschwindigkeit über das Papier, dass selbst Nóatún anerkennend den Mund verzog und nickte.

Ich trat einige Schritte zurück und setzte mich einfach mitten im Zimmer auf den Boden. Ewigkeiten war ich nicht mehr in dieser Hütte gewesen, doch sie sah noch genauso aus, wie ich sie in Erinnerung gehabt hatte. Die schmucklosen Wände, die breite Pritsche an der Wand, der Geruch nach frischem Ton, der vom Wind durch die Ritzen gepustet wurde.

Auch ich atmete tief durch, versuchte meine Gefühle zu ordnen und das Chaos in mir zu beseitigen, damit ich wieder frei denken konnte.

Nóatún stand an der Wand, die Arme vor der Brust verschränkt, und versuchte sich so unauffällig wie möglich zu geben, um Aisek nicht zu stören.

Der Mann, der mich schon immer begleitet hatte, und der Mann, der mein Herz im Sturm eroberte. Zwei Männer, wie sie verschiedener nicht sein konnten, und doch waren sie mir beide unendlich wichtig. Beide auf ihre Weise. Und ich würde beiden mein Leben anvertrauen.

Doch ich fühlte mich gerade ziemlich unwohl zwischen ihnen. Mit Aisek hatte ich in der nächsten Zeit, vielleicht wenn das hier alles vorbei war, ein Gespräch zu führen, das uns beiden nicht gefallen würde und von dem ich nicht unbedingt wollte, dass Nóatún dabei war.

Und andersherum würde ich jetzt nichts lieber tun, als mich von Nóatún umarmen zu lassen und für einen Moment zu vergessen, dass die Welt gerade auf dem Kopf stand. Aber das ging natürlich auch nicht, solange Aisek dabei war.

Lichtstrahlen drangen durchs Dach, als sich eine Wolke verzog, und brachten den Staub in der Luft zum Glitzern. Das Dach musste undicht sein.

Doch was mich viel mehr beunruhigte als ein undichtes Dach, war die Tatsache, dass wir bereits Nachmittag hatten und trotzdem immer noch keinen konkreten Plan.

Aisek raschelte mit dem Papier. Wir sahen beide zu ihm hin und er seufzte laut.

»Hört auf, hier zu sitzen und zu warten. Plant lieber irgendwas«, beschwerte er sich und warf mir einen kurzen Blick über die Schulter zu. »Wenn sie heute Nacht bei uns auftauchen, will ich nicht allein dafür verantwortlich sein, dass wir das überleben. Klar?«

die Stirn in Falten legend, verlagerte Nóatún das Gewicht von einem Bein aufs andere. »Haben sie gesagt, dass sie heute Nacht kommen?«, wollte er wissen, schien irritiert über die Sicherheit in Aiseks Stimme, und ich schüttelte den Kopf.

»Nein, haben sie nicht. Aber sie sagten, sie kommen wieder, wenn wir ihnen keine Vorräte bringen«, berichtete ich und legte die Arme auf den Knien ab. »Wir haben ihnen keine Vorräte gebracht und letzte Nacht waren sie wohl noch mit der Drachenkriegerin beschäftigt. Also nehmen wir einfach an, dass sie heute Nacht kommen«, endete ich meine Erklärung und seufzte in mich hinein.

Bis heute Abend. Das war einfach so wenig Zeit und noch so viel zu tun.

»Da könntest du recht haben«, bestätigte er mir. »Aber wenn sie kommen, dann im Morgengrauen. Dann ist der Feind zermürbt und müde von der Nacht in Angst. Und sie sehen mehr. Das müssen sie, weil sie hier fremd sind und ihr ihnen gegenüber sonst zu viele Vorteile habt.«

»Das heißt, wir müssen sie zuerst angreifen? Bei Nacht«, warf ich ein, obwohl es sich nicht logisch anhörte.

Nóatún lachte freudlos auf und schüttelte den Kopf. »Am offenen Strand? Niemals! Das gäbe ein Blutbad. Es wären drei oder vier von euch tot, bevor ihr einen von ihnen erledigt hättet«, brachte er grimmig hervor. Sein Spott stieß mir bitter auf und ich fühlte mich von seinen Worten angegriffen. Ich mochte es nicht, unterschätzt zu werden.

»Wir können mit Waffen umgehen!«, warf ich Nóatún also mit strengem Ton vor und verschränkte die Arme ebenfalls vor der Brust.

Er bemerkte die Veränderung in meiner Haltung und seine Gesichtszüge wurden sofort versöhnlicher. »Möglich«, schwächte er ab, hielt meinem Blick aber stand. »Aber ihr seid Jäger, Limea. Keine Krieger. Auch wenn es in deinen Augen vielleicht keinen Unterschied macht, es gibt einen. Und dies hier ist ein Krieg«, führte er ruhig aus und mir kam plötzlich ein Gedanke.

Langsam erhob ich mich wieder vom Boden. »Dann machen wir eben eine Jagd daraus«, sagte ich und ein Lächeln trat auf meine Lippen, weil ich endlich so etwas wie eine Idee hatte.

»Und wie willst du das machen? Sie werden sich nicht jagen lassen«, erwiderte Nóatún und zuckte mit den Schultern.

»Aber wir könnten uns jagen lassen und damit würden wir auch bestimmen, wohin sie laufen«, begann ich zu erklären und der Plan nahm in meinem Kopf Gestalt an. »Unser erstes Ziel muss sein, sie vom Wald fernzuhalten. Denn …«

Nóatún unterbrach mich. »Der Wald würde euch die besten Vorteile im Kampf verschaffen«, warf er ein und ich schüttelte energisch den Kopf.

»Nicht, wenn er in Flammen steht«, hielt ich dagegen und Nóatún erfasste den Punkt.

»Dann bin ich mir nicht sicher, ob sie euch einfach hinterherlaufen würden, wenn ihr sie lockt. Sie würden sofort riechen, dass es eine Falle ist«, gab er zu bedenken und ich begann, meinen Plan noch mal von vorne auszurollen.

Wir brauchten einen Köder. Etwas, dem sie nicht widerstehen könnten. Doch wir hatten keine Reichtümer und ich bezweifelte, dass Frauen bei dieser Art von Männern ein gutes Druckmittel waren.

Nóatúns metallfarbene Augen beobachteten mich und plötzlich ging es mir auf wie die Sonne am Morgen. Und doch fühlte sich der Gedanke so elend an, dass ich ihn am liebsten sofort wieder verworfen hätte.

»Uns vielleicht nicht. Dir aber schon«, teilte ich meine neu gewonnene Erkenntnis mit ihm und wünschte, mir würde auf der Stelle ein neuer Plan einfallen.

»Das könnte tatsächlich funktionieren«, stimmte Nóatún mir zu und mir lief es kalt den Rücken runter.

»Aber wir können uns auch noch was anderes ausdenken«, schwächte ich es ab, um ihn nicht zu etwas zu drängen, was viel zu gefährlich wäre.

»Nein«, gab Nóatún zurück und Aisek drehte sich auf dem Hocker in unsere Richtung. »Es ist ein guter Plan. Ich würde als Köder dienen und ihr schickt sie in eine Falle.«

»Jetzt ist nur die Frage, wo wir diese Falle auslegen wollen?«, warf Aisek ein und ich versuchte nachzudenken.

Doch es fiel mir so schwer. Es war einfach zu viel Last auf meinen Schultern.

»Ich weiß es nicht«, seufzte ich und dachte weiter nach. Die Graslandschaft wäre wieder zu gefährlich für uns, zu den Bergen war es zu weit. Die Moore waren zu übersichtlich.

»Und wer könnte es wissen?«, fragte mich Nóatún und ich sah ihn überrascht an, weil es ein eigenartiger Gedanke war. Doch möglicherweise musste ich auch einsehen, dass ich nicht alles allein zu wissen brauchte.

»Du könntest mit deiner Mutter drüber reden«, schlug Aisek vor und ich nickte, obwohl es irgendwie komisch war, dass gerade Aisek meine Mutter vorschlug. Doch die Zeit lief uns davon und es ging uns ja schließlich alle etwas an.

Zügig lief ich zurück und hoffte, dass meine Mutter uns wirklich helfen würde. Aber noch mehr hoffte ich, dass Aisek und Nóatún sich verstehen würden, solange ich weg war.

Sie hatten jedoch genug zu tun. Nóatún hatte sich ebenfalls eine der Rollen genommen und angefangen, die Schrift darin zu entziffern.

Es war erstaunlich, dass Nóatún sowohl unsere Sprache sprach als auch unsere Schrift lesen konnte und ich musste mich fragen, ob es sich vielleicht nicht andersherum verhielt. Möglicherweise sprachen wir ja seine Sprache und benutzten seine Schrift. Schließlich waren die Fremdlinge früher schon einmal auf unserer Insel gewesen.

Der Wind war stärker geworden seit dem Morgen und die Blätter der Bäume rauschten aufgeregt, als wüssten sie, dass uns allen etwas Schreckliches bevorstand.

Jedoch konnte ich es mir nicht verkneifen, einen Umweg in Richtung Strand zu machen. Selbst wenn mir bei dem Gedanken das Herz bis zum Hals schlug.

Hätte ich Nóatún oder Aisek etwas davon gesagt, sie hätten mich sicher nicht gehen lassen.

Doch ich musste die Fremdlinge noch einmal sehen, musste mich vergewissern, dass sie noch da waren, dass die Situation sich noch nicht verändert hatte.

Schlau genug, mich so anzuschleichen, dass sie mich nicht sehen würden, war ich allemal. Dafür kannte ich den Strand einfach zu gut.

Schon von Weitem sah ich ihren Wachposten. Es war ein grober, großer Mann mit braunem, struppigem Haar und einer großen Nase. Seine Fähigkeiten im Verstecken waren bemitleidenswert dürftig und es machte mir keine Mühe, ihn zu entdecken und zu meiden.

Geduckt und schnell schlich ich mich durch die Dünen, spürte die Aufregung in meinem Bauch, aber auch die Wut, die mir in den Kopf stieg.

Als ich durch das Dickicht am oberen Rand des Strandes spähte, durchfuhr mich ein Schreck.

Sie waren weg. Das Lager war verlassen, die Feuerstelle rauchte nicht mehr und eine ungute Gänsehaut breitete sich auf meinem Rücken aus.

Wo waren sie hin?

Mein erster Gedanke galt der Siedlung und mir wurde ganz kalt. Sie waren doch nicht …

Eilig schlich ich wieder zurück, konnte kaum schnell genug sein, wollte am liebsten die Vorsicht vergessen. Doch das wäre sicher ein Fehler gewesen und so brauchte ich länger, als ich es gern gehabt hätte, um zurück zur Siedlung zu gelangen.

Als ich den Wald erreichte und die Vögel noch so sangen wie zuvor, begann mein Herz sich wieder zu beruhigen. Alles war gut, der Wald stand nicht in Flammen und auch die Siedlung war noch unversehrt. Milla und meine Mutter waren noch in Sicherheit.

Ich erklomm eine der Treppen, da alle Seilzüge nach oben gezogen worden waren, damit man sie vom Boden aus nicht mehr erreichen konnte.

Doch meine Erleichterung darüber, dass die Fremdlinge nicht angegriffen hatten, war nur von kurzer Dauer. Die Stimmung in der Siedlung war angespannt. Jeder, dem ich begegnete, trug einen verkniffenen Gesichtsausdruck im Gesicht und war übermäßig bewaffnet. Auf meine Frage hin, die ich Hessa, einer Frau aus der Metallgießerkaste, stellte, sagte sie mir, die Unruhe wurde noch dadurch bestärkt, dass sich der Rat bisher nicht mehr zu unserer Situation geäußert hatte.

Ich hätte platzen können, wenn ich daran dachte, wie unverantwortlich sie sich benahmen. Vor allem Keris. Sie hatte zu unserer Situation noch nichts Sinnvolles beigetragen und ließ dann auch noch alle in ihrer beklemmenden Ungewissheit zurück.

Mutter sah ich schon von Weitem. Sie saß auf der Plattform über unserem Haus und schärfte ihre Messer. Metall über Stein, ein Geräusch, das sich überall in der Siedlung wiederholte. Sie wussten, dass sie sich für einen Kampf bereitmachen mussten.

»Limea!«, rief meine Mutter erschrocken, als ich mich über das Geländer zu ihr auf die Plattform schwang. Ihre Augen hatten einen angstvollen Ausdruck, als erwartete sie, dass sich etwas Schlimmes in meiner Abwesenheit zugetragen haben müsste.

»Alles in Ordnung«, sagte ich daher und Mutter atmete tief durch. »Wo ist Milla?«, erkundigte ich mich, um nicht gleich mit der Sprache rausrücken zu müssen.

»Am Schießplatz«, antwortete Mutter und ich hob erstaunt die Augenbrauen. Milla übte? Freiwillig? Das hatte es ja noch nie gegeben.

»Bist du dir sicher?«, hakte ich daher nach und Mutter lachte schwach.

»Sie hat es mir schwören müssen.« Mutter seufzte müde.

Die letzten Tage hatten uns alle verändert. Milla bemühte sich, eine bessere Jägerin zu werden, meine Mutter zeigte deutliche Erschöpfung und ich hatte mein ganzes Leben über den Haufen geworfen, um meine eigenen Grundsätze zu leben. Um herauszufinden, wer ich wirklich sein wollte.

»Ich brauche deinen Rat«, kam ich zum Punkt und setzte mich neben sie auf das glatte Holz.

Ich streckte die Hände aus und sie reichte mir ohne Worte eines der Messer, etwas Öl und einen Schleifstein. Es tat gut, die Hände zu beschäftigen und die routinierten Handgriffe ordneten meine Gedanken.

Mutter sah mich auffordernd an und ich überwand mich selbst, während ich Öl auf die Klinge des Messers strich und dann in gleichmäßigen Bewegungen den Stein daran entlangführte.

»Wenn die Fremdlinge die Siedlung angreifen, müssen wir sie von hier weglocken. Wenn sie nicht im Wald sind, können sie ihn auch nicht anzünden. Wir sind aber auch nicht stark genug, sie in einem offenen Kampf zu töten, ohne selbst dabei zu sterben. Also brauchen wir eine Falle«, erläuterte ich die Erkenntnisse, die wir bisher zusammengefasst hatten, und Mutter nickte.

»Wer ist der Köder?«, kam sie sofort auf den entscheidenden Punkt und ich war mal wieder erstaunt, wie weitsichtig meine Mutter doch war.

»Nóatún«, gestand ich ihr und sie nickte wieder, ohne sich dazu zu äußern. »Ich habe nur keine Ahnung, wo wir sie am besten hinlocken. Wo wäre der Ort, an dem wir eine Horde wilder Fremdlinge in die Falle tappen lassen?«, fragte ich und ihre Hände hielten in der Arbeit inne.

»Kaera«, entgegnete sie mir und ich verstand nicht ganz. Was hatte sie damit zu tun? »Du musst sie fragen«, führte Mutter aus und ich schüttelte sofort den Kopf.

Wie stellte sie sich das vor? Ich konnte nicht einfach irgendwen in meine Pläne einweihen und schon gar nicht Kaera. Auch wenn ich ihr hoch anrechnete, dass sie möglicherweise dabei geholfen hatte, die Siedlung sicher zu machen, als die Fremdlinge zu uns gestürmt kamen, hatte sie mich zuvor doch enttäuscht. Hätte sie auf mich gehört und wäre dem Rat entgegengetreten, als es noch nicht zu spät war, hätten wir uns all das erspart.

Mit ihr zu sprechen war unglaublich riskant für Nóatún und für mich, und für alle, die bereits mit drinsteckten.

»Hör mir zu, Limea«, sagte Mutter recht streng. »Ich weiß, du willst meinen Rat. Aber seit du Pfeil und Bogen halten kannst, bin ich kein einziges Mal mehr jagen gewesen. Ich wäre ein schlechter Ratgeber.« Sie legte mir die Hand auf den Arm und sah mich eindringlich an.

Ihre Augen waren von Falten umzogen und auf ihrer Stirn zeichnete sich Sorge ab. Es machte mir Angst, meine Mutter so schwach zu sehen. Sie war für mich ein Fels in der Brandung, nicht zu brechen und unüberwindbar. Doch das Leben hatte sie gezeichnet und ich hatte es noch nie so deutlich gesehen wie heute.

»Ich denke darüber schon den ganzen Tag nach«, gestand mir Mutter und ich blieb still, um sie nicht zu unterbrechen. »Du bist stark und schlau, mein Kind, aber auch wenn du einen Fremdling auf deiner Seite hast, fehlt es dir trotzdem an Erfahrung«, zählte sie auf und ich spürte ein aufgeregtes Kribbeln auf der Kopfhaut. »Der Rat wird uns nicht helfen, das wissen wir alle, und du allein kannst es nicht schaffen, uns zu retten. Also brauchst du Hilfe. Und die wirst du am ehesten bei Kaera finden.«

Wieder schüttelte ich den Kopf, um den Gedanken von mir fernzuhalten. So lange hatte ich zu Kaera aufgesehen, ihre Unterweisung geschätzt, ihren Rat beherzigt. Doch das eine Mal, als ich sie um Hilfe gebeten hatte, war ich enttäuscht worden und das schmerzte mich mehr, als es vielleicht sollte.

Außerdem hielt ich sie nicht für eine Querdenkerin, sonst hätte sie es wahrscheinlich nicht zu dem Ansehen geschafft, das sie sowohl vom Volk als auch vom Rat genoss.

Wie konnte ich ihr da voll vertrauen?

»Ich kann ihr nicht von Nóatún erzählen«, meinte ich zu meiner Mutter und sie verdrehte die Augen, als hätte ich etwas völlig Dummes gesagt.

»Dann lass es weg«, schnaubte sie genervt. »Erzähle es einfach nicht.«

Entsetzt sah ich sie an. »Du meinst, ich soll lügen?«, wollte ich wissen, weil ich zu irritiert war, um ihr das abzunehmen.

»Natürlich«, bestätigte Mutter mir aber und ich ließ den Stein und das Messer zu Boden sinken.

»Ich bin die schlechteste Lügnerin der ganzen Insel«, rief ich bestürzt und auf Mutters Lippen erschien ein schmales Lächeln.

»Und doch hast du es geschafft, die Fremdlinge zu täuschen und deine Schwester zu retten«, warf sie ein und ich seufzte laut.

»Das war was anderes«, behauptete ich und Mutter schürzte ungläubig die Lippen.

»Blödsinn. Du kannst sein, wer du sein möchtest. Und Kaera hält große Stücke auf dich. Du brauchst sie«, sagte Mutter eindringlich, und ich glaubte ihr, auch wenn es mir nicht gefiel. »Und sie braucht dich«, fügte sie hinzu und ich hob erstaunt den Blick.

Als ich die Übungsebene erreichte, begann ich zu verstehen, was Mutter gemeint hatte.

»Wir müssen einfach schneller sein«, sagte Kaera gerade laut, die in der Mitte des Platzes auf der Erhöhung saß und zu den Leuten redete, die sich um sie gesammelt hatten. Viele Frauen waren hier, aber auch ein paar Männer, vor allem Forster und andere der unteren Kasten, mit ihren Waffen und Werkzeugen. Sie saßen auf dem Boden oder standen am Rand der Plattform ans Geländer gelehnt. Sie alle hatten grimmige Gesichter und die Entschlossenheit zu kämpfen war in ihren Augen zu lesen.

Kaera hatte also auch nicht vor, auf eine Entscheidung des Rates zu warten, und obwohl es nur logisch war, dass ich nicht die Einzige war, die sich gegen den Rat stellte, war ich überrascht. Weil es Kaera war. Die Frau, die mir gestern noch gesagt hatte, ich solle auf die Weisungen des Rates vertrauen.

War das nur leeres Gerede gewesen? Oder hatte sie tatsächlich über Nacht ihre Meinung geändert?

Ich stellte mich ebenfalls an die Seite und versuchte, nicht gesehen zu werden, um die Versammlung nicht zu stören.

Aufmerksam musterte ich Kaera, die mutig den Kopf erhoben hielt. Die beste Jägerin der Sorayer, zu der jedermann aufsah.

Ein harter Klumpen stieg mir vom Herz in den Hals und es fiel mir schwer zu schlucken.

Kaera war perfekt in der Rolle der rebellierenden Anführerin. Sie kannte uns alle, wusste um unsere Stärken und Schwächen. Ihre schmalen Augen waren scharf, sahen jeden Fehler, waren darin geschult, die Einzelheiten zu erblicken. Alle würden auf ihre Worte hören, weil sie viele von uns als Jägerin ausgebildet und geprägt hatte.

Doch ich konnte es trotzdem nicht begreifen. Wieso jetzt? Wieso nicht schon gestern? Ein unguter Verdacht schlich sich klammheimlich bei mir ein und ich wusste nicht mehr, was ich glauben sollte. War Kaera die Frau, für die ich sie hielt, oder hatte sie bei all dem noch Hintergedanken, die mich in die Irre geleitet hatten?

Trotzdem kam ich mir ganz dumm vor, wie ich die ganze Zeit auf eigene Faust versucht hatte, die Situation wieder geradezubiegen. Mit Aisek und Nóatún auf meiner Seite, aber trotzdem ziemlich allein.

Ich hatte die Unerschrockene gemimt und mich sogar von den anderen feiern lassen. Auch wenn ich den Ruhm nicht wollte, hatte er trotzdem gutgetan und jetzt schämte ich mich für diesen Gedanken, weil ich ja schließlich keine auserwählte Retterin war und auch nicht sein wollte.

Kaera stand diese Rolle sehr viel besser, war wie auf sie zugeschnitten. Vielleicht wusste sie das sogar.

»Wir sind gute Bogenschützen. Wenn wir richtig zielen, können wir sie töten«, erklärte sie weiter und obwohl ich mich gerade noch so schlecht und unzureichend gefühlt hatte, stieß mir ihre Aussage doch bitter auf. Denn selbst wenn wir gut schießen konnten, trugen sie doch Rüstzeug und Schilde, wenn sie in den Kampf zogen, und so war das Ganze etwas schwieriger, als Kaera es sich vorstellte.

»Wann greifen wir an?«, fragte Melsi, eine Jägerin aus der Schmuckmeisterkaste. Sie versuchte gefasst zu klingen, doch ich konnte hören, dass sie Angst hatte.

»Vor dem Abend. Wenn wir auf die Dunkelheit warten, werden sie uns sicher zuvorkommen«, beschloss Kaera und ihre Augenbrauen zogen sich harsch zusammen. »Wir werden an den Strand gehen, ihnen als geschlossene Einheit gegenübertreten und ihrem Gehabe ein Ende setzen!«

Innerlich seufzte ich und wünschte, es wäre so einfach. Doch das war es leider nicht und nur ich wusste das.

Die Worte meiner Mutter ergaben nun einen Sinn, als sie behauptete, dass nicht nur ich Kaera brauchte, sondern sie auch mich. Denn es stimmte.

»Das wird nicht funktionieren«, sagte ich also in die Runde und trat einen Schritt näher, als sich alle Köpfe zu mir umdrehten.

»Limea!«, rief Kaera, als unsere Blicke sich trafen, und ich fürchtete einen Augenblick, dass sie genauso ablehnend reagieren würde wie auch der Rat schon.

Doch im Gegenteil, sie erhob sich und ihr Gesicht hellte sich auf.

»Was weißt du, was wir nicht wissen?«, fragte sie mich schon zum zweiten Mal und ich versuchte, die Aufregung in mir nicht zuzulassen, sondern die Worte meine Mutter umzusetzen. Es ging hier nur um Informationen, nicht um Nóatún, und ich musste auch nicht über ihn reden, wenn ich es nicht wollte.

Ich konnte stark sein, musste sogar stark sein. Es zeigte sich in den Blicken der Menschen, die zu mir aufsahen und in mir jemanden sehen wollten, der wusste, was zu tun war.

Und ich wünschte nur, ich wäre tatsächlich diese Person.

»Die Fremdlinge haben den Strand verlassen!«, verkündete ich und ein erschrockenes Raunen erhob sich. »Schon vor ein paar Stunden, denke ich«, schob ich hinterher, damit keine Panik ausbrach und nicht alle glaubten, sie wären direkt auf dem Weg hierher. »Und sie haben Wachposten zurückgelassen. Es wäre also schwer, sie mit einem Angriff zu überraschen, selbst wenn wir in Erfahrung bringen, wo sie sich versteckt haben.«

Kaera stemmte die Hände in die Seiten und seufzte so laut, dass wir alles es hörten. »Verdammt«, fluchte sie und sah zum Blätterdach auf.

»Und auch dann würden unsere Pfeile nicht viel gegen ihr Rüstzeug anrichten, das sie sicher bereits angelegt haben«, machte ich weiter und verschränkte die Arme vor der Brust, um mich selbst stärker zu fühlen. Ich musste jetzt und hier die Drachenkriegerin sein, die Frau, die Keris die Stirn geboten hatte, denn sonst würde ich unter der Last der Erwartung anderer zusammenbrechen.

Meine Brust wurde ganz eng, mein Kopf begann zu schmerzen, doch ich riss mich zusammen und blickte nur zu Kaera.

»Wie man es auch dreht und wendet, in einem offenen Kampf werden wir verlieren. Es sind Krieger und wir haben keine Erfahrung mit Krieg.«

»Was schlägst du also vor?«, wollte Kaera ganz direkt von mir wissen, so als nähme sie bereits an, dass ich einen Plan haben musste, was ich nicht für so selbstverständlich hielt.

»Wir sind Jäger. Machen wir also eine Jagd daraus«, sagte ich und meine Stimme war fest wie ein Fels.

Kaeras Mundwinkel zuckte. Sie fand die Idee gut.

26

EINER VON IHNEN

Wir zogen uns in Kaeras rundes Korbhaus zurück, das recht weit oben in der Siedlung lag.

Sie hatte entschieden, dass es besser war, den Plan in einem kleineren Kreis auszuarbeiten, da zu viele Stimmen das Ganze nur in die Länge gezogen hätten.

Und das, was wir definitiv nicht hatten, war Zeit.

Mit uns kamen Sura und Misha, die als gute Jägerinnen galten und Kaeras Vertraute waren. Milena, Kaeras jüngere Schwester, begleitete uns mit sorgenvollem Blick.

Ich war nervös, versuchte es mir aber nicht anmerken zu lassen. Es war ein komisches Gefühl, wie die anderen alle hier draußen saßen und ihre Hoffnungen darauf legten, dass wir eine Lösung für das Problem fanden. Ganz so wie früher auf den Rat. Doch auch wenn ich mir nicht vorstellen konnte, dass die Menschen meines Volkes dem Rat den Rücken gekehrt hatten, so wie ich, war auf jeden Fall ein Bruch entstanden. Eine Unsicherheit hatte sich in die Herzen gepflanzt und den Glauben an den Rat erschüttert.

Doch das konnte uns gerade nur helfen.

Wir stiegen ein paar Treppen nach oben, in einen Teil der Siedlung, in dem ich, als Kind einer mittleren Kaste, selten gewesen war.

Kaeras Mann Sisun empfing uns. Ich kannte ihn nur flüchtig und wusste, dass er seiner Tätigkeit als Schriftenführer nicht gern nachkam, da Aisek mir davon erzählt hatte und wie gern er mit ihm getauscht hätte. Sisun galt als stark und gut aussehend, obwohl ich das nicht so richtig beurteilen konnte.

Schönheit war ein Prinzip, das meiner Meinung nach keinen konstanten Maßstab aufwies, da es ja doch vom Empfinden des Betrachters abhing. Und was die Stärke anging … na ja, im Vergleich mit Nóatún erschienen mir alle Männer meines Volkes klein und schwach.

Mein Bauch kribbelte, wenn ich an meinen Fremdling dachte, der mir völlig den Verstand verdreht hatte. Doch sosehr ich ihn auch mochte, sein Auftauchen hatte nicht nur Gutes mit sich gebracht.

»Eine Jagd?«, eröffnete Kaera das Gespräch, als wir uns auf der Matte in ihrem Wohnraum niederließen, und sah mich fragend an. Ihre Einrichtung wirkte für eine Frau der obersten Kaste recht einfach und karg, was ihr mehr Sympathien bei mir einbrachte als gedacht.

»Die Fremdlinge sind riesig und unglaublich stark«, berichtete ich, da die anderen den Fremdlingen wohl noch nicht so nah gekommen waren wie ich. Und dabei dachte ich ganz bewusst an die Männer am Strand, um mir nicht vorzustellen, wie meine Hände über die Muskeln an Nóatúns Brust und Armen strichen. Sonst hätte ich sicher den Kopf verloren und wäre rot geworden.

»Doch man darf nicht davon ausgehen, dass sie dadurch langsam wären«, machte ich eilig weiter, damit ich mich nicht selbst ablenkte. »Sie haben große Äxte mit zwei Schneiden, Schwerter so lang wie mein Arm, Knüppel, große Schilde, die sie vor Pfeilen schützen, und Rüstzeug aus Leder und Metall. Sie sind schlau und entschlossen und haben Freude an Gewalt.« Ich sah von einer Frau zur anderen, wie sie mir zuhörten und sich sicher fragten, woher ich nur so viel wusste. Da ich aber Milla gerettet hatte und auch so als Rumtreiberin galt, waren sie hoffentlich nicht so misstrauisch, dass sie mich nach der Quelle meines Wissens fragen würden.

Denn ich könnte nicht überzeugend genug antworten, ohne ihnen von Nóatún zu erzählen. Und das wollte ich zu diesem Zeitpunkt auf keinen Fall. Ich würde meine Glaubwürdigkeit verlieren. Und wahrscheinlich auch Nóatún. Denn sie würden ihn von der Insel jagen, so wie die anderen Fremdlinge auch.

Jedoch war ich auch nicht so naiv zu glauben, ich könnte Kaera Nóatún tatsächlich bis zum Schluss verheimlichen. Er war schließlich ein wichtiger Teil des Plans.

Eins nach dem anderen.

»Wir können, wie gesagt, einen offenen Kampf nur mit großen Verlusten gewinnen, da wir den Krieg nicht kennen«, erzählte ich und Kaera nickte.

»Und wie sollen wir sie jagen, wenn sie so groß und furchtlos sind?«, fragte Misha dazwischen und verschränkte demonstrativ die schlaksigen Arme vor der Brust.

»Gar nicht«, antwortete ihr Kaera, noch bevor ich überhaupt den Mund aufmachen konnte. »Wir lassen uns von ihnen jagen.«

Erleichterung erfasste mich, weil es guttat zu hören, dass Kaera auf genau den gleichen Schluss kam wie ich.

Mishas Gesicht zeigte Unverständnis, doch Milena hatte wohl den Verstand ihrer Schwester und ein fast schon bösartiges Lächeln erschien auf ihren Lippen.

»Wir locken sie also in die Falle«, vermutete sie ganz richtig und Kaera legte ihr die Hand auf die Schulter wie zur Bestätigung.

»Die Moore«, eröffnete sie uns und ich zog skeptisch die Augenbrauen zusammen.

Auf die Idee war ich auch schon gekommen und hatte sie wieder verworfen. »Die Moore sind nicht besonders groß. Und auch sehr überschaubar«, gab ich also zu bedenken, bekam einen schrägen Blick von Milena und Sura ab und fragte mich im gleichen Moment, ob es in Ordnung war, dass ich so frei redete. Schließlich hatte ich gerade ganz ungeniert Kaera widersprochen und für gewöhnlich tat das niemand. Vor allem niemand, der noch nicht vom Rat bewertet worden war.

Doch was konnten sie mir schon anhaben? Ich hatte mich schließlich bereits gegen den Rat aufgelehnt.

»Ein Rudel Schleichkatzen jagt man am besten, indem man es auseinandertreibt«, warf Sura ein und ihre Stimme hatte einen kratzigen Klang, der gut mit ihrem kantigen Äußeren harmonisierte. »Allein sind sie verletzlicher. Und wenige lassen sich gut in den Mooren fangen.«

»Und die Moore in Rauch verschwinden zu lassen, sollte auch kein Problem sein. Das macht sie unübersichtlich«, ergänzte Milena, deren

Blick schwer auf mir lag. Sie musterte mich ständig, als ob sie nicht so recht wüsste, was sie von mir halten sollte.

»Wenn wir sie auseinandertreiben, brauchen wir mehr als eine Falle«, gab Misha zu bedenken und Sura sagte grübelnd: »Und einen guten Grund, damit sie sich von der Siedlung weglocken lassen.«

»Und einen zweiten Köder, damit sie sich aufteilen«, kam es von Milena und ein Klappern drang aus dem Nebenraum. Die Türklappe wurde aufgeschoben und Sisun trat herein. Er trug eine Platte mit Früchten bei sich, kam auf uns zu und stellte sie zwischen uns.

»Ihr müsst essen«, sagte er nur ruhig und Kaera lächelte ihn an.

»Danke«, flüsterte sie ihm zu und er verschwand wieder im Nebenraum.

Ich war überhaupt nicht hungrig, obwohl Mittag bereits vorbei war und ich heute noch nichts gegessen hatte. Doch die Aufregung verstopfte mir den Magen und mein Kopf war so voller drückender Gefühle, dass ich keine Gedanken ans Essen verschwenden konnte.

Die anderen nahmen sich etwas, aßen und diskutierten über einen guten Ort für eine zweite Falle. Man einigte sich auf die kleinen Klippen hinter dem Fluss, am Fuße des teilenden Gebirges, da sie logisch gesehen die beste Laufstrecke darstellten. Von der Siedlung durch den Wald in die Moore. Und von dort hinter dem Fluss entlang zu den kleinen Klippen. Der Weg war nicht zu weit und doch weit genug vom Wald entfernt.

Wir brauchten also zwei Köder, einen, der die Fremdlinge aus der Siedlung weglockte, und einen bei den Mooren.

Sura starrte so verbissen auf die rote Frucht in ihren Händen, dass ich fürchtete, ihr Kopf würde bald zu glühen beginnen.

Auch wenn ich die Lösung für das Köderproblem bereits hatte, schaffte ich es trotzdem noch nicht, mit der Sprache rauszurücken. Der erste Köder war Nóatún, weil er der größte Anreiz für die Fremdlinge wäre, sie von der Siedlung wegzulocken. Der zweite ich.

Schon als Milena von Rauch gesprochen hatte, war mir die Drachenkriegerin eingefallen. Vielleicht machte ich ihnen damit keine Angst mehr, weil sie den Glauben an die wahre Existenz der Drachenkriegerin bestimmt wieder verloren hatten, als sie herausfanden, dass sich Nóatún auf der Insel aufhielt. Doch ihr Anführer hatte jetzt sicher auch einen Hass auf mich, und das würde mich ebenfalls zu einem guten Köder machen.

»Wie sollen wir das bis heute Abend nur schaffen?«, seufzte Misha und ließ das Gesicht in die Hände sinken.

»Wenn sie erst im Morgengrauen kommen, haben wir zumindest noch die ganze Nacht«, versuchte ich sie zu beruhigen und wusste im gleichen Moment, dass es eine Information zu viel gewesen war.

Alle Blicke wanderten zu mir und selbst Kaera verengte für einen Moment die Augen.

»Woher willst du das wissen?«, verlangte Milena zu wissen und sah mich abschätzig an.

Mir wurde sofort schlecht und ich versuchte krampfhaft, mir nichts anmerken zu lassen. Nur leider war ich immer noch die schlechteste Lügnerin der Welt und die Kunst, die Drachenkriegerin zu spielen, ließ sich auf die Schnelle auch nicht so leicht hervorbringen.

»Lass sie in Ruhe, Milena«, erlöste mich Kaera, noch bevor ich mir überhaupt überlegt hatte, was ich denn antworten wollte.

Milena ließ sich jedoch nicht so leicht den Mund verbieten. »Fragst du dich das nicht? Sie weiß so viel über die Fremdlinge«, brachte sie auf den Punkt, wovor ich mich schon die ganze Zeit fürchtete, und Misha nickte eifrig. »Noch vor einer Woche war sie ein Niemand und plötzlich ist sie in aller Munde. Die Fremdlinge tauchen auf und sie ist eine Expertin dafür. Sie legt sich mit dem Rat an und wird trotzdem als Heldin gefeiert. Da stimmt doch was nicht!«, polterte sie weiter und ich fühlte mich, als würde ich immer kleiner werden. Nicht weil sie mich wirklich einschüchterte, sondern weil sie recht hatte. Da stimmte etwas nicht. Und dieses Etwas war Nóatún.

»Limea war schon immer eine meiner besten Schülerinnen. Und du kanntest sie nicht, weil sie für Ruhm nicht viel übrig hat«, verteidigte Kaera mich mit ruhiger Stimme, obwohl ihr Blick wieder an Strenge gewonnen hatte. »Esst ruhig weiter. Ich muss eben etwas erledigen«, kündigte sie uns plötzlich an und klang dabei fast ein bisschen zu belanglos für unsere Situation.

Mir lief es eiskalt den Rücken runter, wenn ich mir vorstellte, dass sie mich mit Milena und den anderen beiden allein lassen wollte. Und das jetzt, wo mich alle ansahen wie einen Spitzel.

Kaera erhob sich vom Boden und legte mir dann ihre kühle Hand auf die Schulter. »Hilfst du mir eben?«, bat sie mich und ich war schneller auf den Beinen, als angebracht gewesen wäre, um keinen unnötigen Verdacht zu erregen.

Die Blicke der anderen ignorierend, folgte ich Kaera ins angrenzende Zimmer. Es handelte sich um eine Kammer mit hohen Regalen, ähnlich wie unser Vorratsraum. Nur dass hier keine Lebensmittel und Felle lagerten, sondern Waffen und einige Dinge, die ich für Waffen hielt, bis hoch an die Decke.

Erstaunt blieb ich mit offenem Mund stehen und drehte mich fasziniert einmal um die eigene Achse. Hier gab es Bögen und Pfeile in unterschiedlichen Größen und Stärken, Speere und Messer, einfache oder fein verziert. Sogar ein Schwert hing an der Wand, wie ich noch nie eins gesehen hatte. Und schlussendlich blieb mein Blick an einer zweischneidigen Axt hängen. Eben einer solchen, wie auch die Fremdlinge sie hatten.

Wo hatte Kaera all die Sachen nur her? Ich war mir ganz sicher, dass die meisten dieser Gegenstände nicht durch die Hand der Waffengießer hergestellt worden waren. Denn im Gegensatz zu dieser Schmiedepracht wirkten meine einheimischen Wurfmesser wie Kinderspielzeug. Es mussten Waffen der Fremdlinge sein. Wahrscheinlich aus einer Zeit vor dem Verbot. Also länger als hundertfünfzig Jahre her.

»Du hast mit ihnen gesprochen, nicht wahr?«, holte Kaera mich aus meinem Erstaunen, nachdem sie die Türklappe hinter uns geschlossen hatte, und ich musste ein paarmal blinzeln, um wieder ganz bei mir zu sein.

Leider hatte ich keine Ahnung, worüber sie redete.

»Die Fremdlinge«, präzisierte sie es für mich und mir blieb vor Schreck das Herz stehen. »Haben sie einen Verräter? Hast du von ihm dein Wissen? Wird er uns helfen?«, fragte sie weiter und auch wenn ich erwartet hatte, dass sie mich jeden Moment packen und vor den Rat schleifen würde, um mich anzuklagen, blieb sie einfach nur stehen, wo sie war, und blickte mich eindringlich an.

Ich versuchte, gleichmäßig zu atmen, um meinen Herzschlag zu beruhigen und mir einzugestehen, dass es sowieso keinen anderen Weg gegeben hätte, als es ihr schlussendlich zu beichten. Jetzt zu lügen, bei so einer konkreten Frage, wäre mir nicht nur unmöglich nicht anzusehen, sondern auch äußerst unklug. Denn nur dieses Geheimnis hielt uns davon ab, unseren Verteidigungsplan realisierbar zu machen.

Doch insgeheim hatte ich gehofft, der Zeitpunkt würde später kommen, wenn ich wusste, woran ich mit Kaera wirklich war. Also musste ich mich sofort versichern.

»Wieso jetzt?« stellte ich meine Gegenfrage und Kaera hob mit einem misstrauischen Zug die Augenbrauen, als glaubte sie, ich würde ablenken wollen. »Ich muss das vorher wissen, Kaera«, erklärte ich mich und blickte ihr in die Augen, um keine Reaktion zu verpassen. »Gestern kam ich zu dir mit einer Bitte und du hast mir geraten, dem Rat zu vertrauen. Doch kurz danach hat du Aisek geholfen, die Siedlung vor einem Angriff sicher zu machen.«

»Wer hat gesagt, dass ich damit etwas zu tun hatte?«, unterbrach sie mich und ich stieß abschätzig meinen Atem aus.

»Du hast mich selbst darauf gebracht. Alles andere würde keinen Sinn ergeben«, warf ich ihr vor und ein ehrliches Lächeln trat auf ihre Lippen.

»Hätte ich dir mal nicht zugenickt«, schalt sie sich selbst und nickte über meine Schlussfolgerungen. »Du willst wissen, wieso ich zuerst nicht helfen wollte und es dann doch getan habe?«

»Ist das tatsächlich Zufall oder eine Spitzfindigkeit gegen den Rat? Hast du ihn ins Verderben rennen lassen, um jetzt deine eigene Stärke über ihre zu stellen?«, teilte ich ihr den Verdacht mit, der mich umtrieb, seit ich sie vorhin zwischen all den Menschen auf dem Podest sitzen sah, und Kaeras Gesicht wurde ernst.

»Deine Meinung von mir ist so gering?« Ihre Stimme klang kühl und ihre Haltung wurde steifer. Hatte ich sie verletzt?

Ich seufzte laut. »Nein. Aber ich weiß nicht mehr, wem ich überhaupt noch trauen soll. Auf wen kann ich zählen?«, rief ich, weil ich einfach nicht weiterwusste, mir alles zu viel wurde und ich nicht mehr allein dagegen ankämpfen wollte.

Unerwartet trat Kaera einen Schritt auf mich zu, legte mir mütterlich die Arme um die Schultern und drückte mich für einen Moment an sich.

»Keris und ich haben uns nie gut verstanden«, sagte sie und strich sich mit der Hand durchs dunkle dichte Haar. »Ich wollte einmal Teil des Rates werden, doch sie hat es geschafft, mir vor Augen zu führen, wie unzureichend ich für diese Aufgabe gewesen wäre.«

»Ja, das kann sie gut«, murmelte ich und in Kaeras Mundwinkel tauchte ein Schmunzeln auf.

»Ich bin eine gute Jägerin, ich helfe, wo ich kann, und habe einen großen Einflussbereich und doch habe ich mir gestern, als du zu mir kamst, nicht zugetraut, die Entscheidung des Rates infrage zu stellen. Ich hätte es tun müssen, das weiß ich jetzt, und es tut mir leid.«

Ihre Worte berührten mich und ich senkte verlegen den Blick.

»Als du losgezogen bist, deine Schwester zu holen, wusste ich nicht mehr, ob ich dich nun für mutig oder völlig wahnsinnig halten sollte. Aber als du mit ihr zurückkamst, hat mich das wirklich wachgerüttelt. Die ganze letzte Nacht saß ich da und konnte nicht aufhören, darüber nachzudenken. Du hast so viel Stärke in dir, Limea, und bist mir ein Vorbild wie niemand sonst. Du hast dich dem Rat widersetzt und die Sorayer lieben dich dafür. Es ist einfach Zeit, dass ich mich das auch endlich traue.«

»So stark bin ich gar nicht«, murmelte ich, während mir die Hitze in die Wangen trat und ich nicht wusste wohin mit meinen Händen. Das war wohl bei Weitem das umfangreichste Kompliment, das ich jemals erhalten hatte. Und doch konnte ich es nicht annehmen. »Bloß verzweifelt.«

»Und bescheiden«, fügte sie hinzu, lachte laut auf und versuchte dabei meinen Blick aufzufangen. »Und jetzt erzähle mir von den Fremdlingen«, bat sie mich und der Moment der Wahrheit war gekommen.

»So einfach ist es nicht«, sagte ich also und konnte Kaera immer noch nicht in die Augen sehen.

Sie trat vor mir zurück, sagte nichts, gab mir etwas Freiraum und lehnte sich mit dem Rücken an eins der Regale.

Kurz sammelte ich meine Gedanken und begann zu erzählen. Von dem Morgen, an dem ich Nóatún gefunden hatte, von seiner Wunde und seinem nicht so schönen Verhältnis zu den Fremdlingen am Strand. Ich berichtete von dem Hass zwischen ihnen, von seiner Stärke und von seiner Rolle bei der Rettung von Milla.

Nur über meine Gefühle sprach ich nicht und achtete peinlichst genau darauf, neutral zu klingen. Wenn ich hier ins Schwärmen geriet, dann würde Kaera es merken. Es würde alles nur noch komplizierter machen, und ich fürchtete mich auch vor Kaeras Verurteilung. Besonders, da ihre Meinung von mir gerade so untragbar hoch war.

Sie hörte mir allerdings nur zu, ohne mich zu unterbrechen, und der konzentrierte Ausdruck in ihrem Gesicht ließ mich nicht mal erahnen, was sie wohl über all das dachte.

»Die Fremdlinge wollen ihn töten?«, war die erste Frage, die sie stellte, als ich den Mund wieder schloss. Mir schwirrte der Kopf und ich fühlte mich so atemlos wie nach einem schnellen Lauf.

»Ja«, bestätigte ich ihr und sah wieder auf. Mein Bauch rumorte, mein Herz schlug viel zu schnell.

»Ist er bereit, unser erster Köder zu sein?«, wollte Kaera wissen und versuchte wieder meinen Blick aufzufangen. In ihren Augen sah ich die Gedanken rasen und war mir nicht so sicher, ob sie innerlich wirklich so ruhig war, wie sie nach außen hin tat.

»Ja«, bestätigte ich ihr und mein Herz krampfte sich zusammen, stach mich und ich musste mich zusammenreißen, um nicht zu zeigen, wie viel Angst es mir machte, Nóatún wissentlich in solch eine Gefahr zu bringen.

Denn wenn auch nur ein Fehler passierte, er stolperte oder sie schneller waren als er, würden sie ihn töten.

Kaera nickte grimmig. »Dann würde ich sagen, wir haben einen Plan«, verkündete sie mir und schenkte mir ein triumphierendes Lächeln. Mit entschlossenen Bewegungen drehte sie sich zur Türklappe, um zurück in den Wohnraum zu gehen, von wo ich das leise Klappern von Tongeschirr vernahm. »Am besten bringst du ihn nach dem Essen in die Siedlung«, meinte sie beiläufig und mir gefror das Blut in den Adern.

»Was?!«, stieß ich viel zu entsetzt hervor und Kaera drehte sich mir wieder halb zu, während sie nach dem Griff fasste und die Türklappe aufzog.

»Nur nicht den Kopf verlieren, Limea«, ermahnte sie mich und klopfte mir aufmunternd auf die Schulter.

Und obwohl ich alles andere als zufrieden mit unserem Plan war, tat es gut zu wissen, dass Kaera Siegessicherheit in sich spürte.

27

GRAUE AUGEN

Todesrunen«, sagte Aisek und ich zog ein verständnisloses Gesicht, während ich den Weg vor uns im Auge behielt. Wir liefen gerade einen weiten Bogen über das Grasland, um von hinten in den Wald zu gelangen. Es war weit vom Strand entfernt und wir rechneten nicht unbedingt damit, auf die Fremdlinge zu stoßen. Doch ich hatte schon allein Angst, von unseren Leuten gesehen zu werden. Nóatún ging nämlich hinter uns, sicherte unseren Rücken, während Aisek seine neugierige Nase nur weiter in die Schriftrollen steckte.

»Der Fremdling hat sie in einer der Schriften entdeckt und wie ein verschreckter Maki die Rolle auf den Boden fallen lassen, als hätte er sich verbrannt«, erzählte Aisek belustigt hinter vorgehaltener Hand.

»Mit Todesrunen ist nicht zu spaßen!«, knurrte Nóatún streng von hinten und Aisek grinste reichlich schadenfroh.

»Und was sollen wir jetzt damit anfangen?«, wollte ich wissen und war erleichtert, dass Aisek genug mit seinen Neckereien beschäftigt war, um darüber seine schlechte Laune zu vergessen. Ich bildete mir nicht ein, dass dieses Thema mit ihm und mir, oder mit Nóatún und mir, schon ausgestanden wäre. Aber eine kleine Pause von all den Gefühlen und damit verbundenen Problemen tat meinem Magen ganz gut, der auch so schon von all den Sorgen drückte.

»Wir benutzen sie und malen sie zur Abschreckung auf die Türen«, eröffnete Aisek ganz aufgeregt und klemmte sich die Schriftrolle unter den Arm.

»Nein!«, kam es wie ein Fauchen von hinten und ich schreckte innerlich zusammen. Nóatúns Gesicht verlor an Farbe und sein Gesichtsausdruck zeigte echte Furcht. »Diese Runen bedeuten den Tod. Ihr dürft sie nicht so leichtfertig benutzen«, setzte er hinterher und Aisek zuckte nur mit den Schultern.

»Wenn die anderen Fremdlinge auf die Runen so reagieren wie du, dann sind sie die perfekte Abwehr, damit sie die Siedlung in Ruhe lassen«, freute sich Aisek verschmitzt, scheuchte ein Insekt von seiner Schulter und ging einen Schritt schneller. Nach seiner Entdeckung sprühte er nur so vor Tatendrang. Seine Neugierde und die Aussicht auf Wissen machten ihn hungrig nach mehr. Es war seine größte Leidenschaft und der Grund, warum er niemals ein guter Forster werden würde.

Nóatún dagegen wirkte nicht glücklich damit. Diese Zeichnungen aus einfachen Strichen waren seines Ermessens nach wirklich gefährlich. Sonst hätte er uns wohl schon selbst davon berichtet. Sie schreckten ihn ab, machten ihm Angst. Und obwohl er mir leidtat und ich ihm gern gesagt hätte, dass wir in diesem Fall seinem Rat folgen würden, konnte ich das nicht tun.

Denn Aisek hatte recht. Wenn selbst Nóatún so eine Panik davor hatte, dann waren sie die beste Taktik, die Siedlung zu schützen. Und sogar noch ein Grund mehr, warum die Fremdlinge Nóatún, unserem Köder, in den Wald folgen würden.

»Ihr bringt damit den Tod zu euch und verflucht euch«, versuchte Nóatún es weiter, doch Aisek hob nur skeptisch eine Augenbraue.

»Ist das Realität oder Aberglaube?«, wollte er wissen und Nóatún sah ihn vieldeutig an. Er antwortete nicht, schien darüber nachzudenken, wie er es am besten sagte. Doch für Aisek stand damit die Antwort fest.

»Es ist so was wie die Drachenkriegerin, hm?«, meinte er nur selbstgefällig und Nóatún schnaubte verächtlich.

»Es ist nicht wie die Drachenkriegerin!«, versicherte er und ich gab es auf, mich aus der Diskussion herauszuhalten.

Ich verlangsamte meinen Schritt, bis ich neben Nóatún ging, und legte ihm eine Hand auf den Rücken. Durch den groben Stoff seines Obergewandes konnte ich die Wärme seiner Haut spüren und sofort begann wieder alles in mir zu kribbeln.

Aisek drehte den Kopf wieder nach vorne und sagte kein Wort mehr. Das war nicht ideal, aber wenigstens war die Diskussion über diese Todesrunen damit beendet. Mir war sowieso klar, wie Kaera darüber entscheiden würde. Sie wäre auf Aiseks Seite.

Die jungen Bäume kamen in Sicht, die noch vor ein paar Tagen völlig im Schlamm versunken waren. Mittlerweile war das Wasser abgeflossen und nur einzelne Matschlöcher zeugten noch von dem Sturm, der so viel verändert hatte.

Er hatte uns die Fremdlinge auf die Insel gebracht. Ohne den Wind und all den Regen würden sie mit ihrem Schiff immer noch auf einem Riff feststecken und langsam, aber sicher verdursten.

Vor ein paar Tagen war mir die Vorstellung noch schrecklich vorgekommen. Heute wünschte ich mir, sie wären noch da draußen und wir in Sicherheit.

Nóatún sah zu mir herab. Sein Blick war nicht zu deuten und auch sein Arm legte sich schützend um meine Taille, als wüsste er, was ich gerade dachte. Wenn Nóatún bei mir war, mich berührte, sein Blick nur mir galt, dann fühlte ich mich sicher, egal wie widersinnig mir das vorkam. Denn ich wusste, er würde mich und die meinen mit seinem Leben verteidigen.

Ich wünschte, wir könnten einfach gehen, all die Anstrengungen hinter uns lassen und nur für ein paar Momente in unserer eigenen kleinen Welt leben. Doch die Zeit reichte nicht und wir mussten uns mit dem begnügen, was wir hatten.

»Der beste Ort wird mein Zuhause sein«, schlug Aisek plötzlich vor und ich nahm die Hand von Nóatúns Rücken, so wie er auch mich losließ. »Es ist nah am Boden und von hier aus leicht zu erreichen, ohne dass ihn die ganze Siedlung sieht.«

»Gute Idee«, bestätigte ich und runzelte die Nase. »Wenn deine Brüder ihn nicht erschlagen«, murmelte ich mehr zu mir, doch ich war wohl zu laut gewesen, denn sowohl Aisek als auch Nóatún drehten mir den Kopf zu.

»Hoffen wir es mal nicht.« Aisek lächelte unsicher.

Seine Brüder waren nicht ansatzweise so stark oder auch so kampferfahren wie Nóatún, aber sie wären zu dritt und mit Sicherheit auch bewaffnet. Und niemand von uns wollte einen Kampf zwischen zwei Parteien, die eigentlich auf derselben Seite standen.

Doch Kaera würde uns hoffentlich erwarten. Schließlich war das alles ihre Idee gewesen. Sie wollte Nóatún kennenlernen, was verständlich war, wenn man bedachte, dass wir alle unser Leben in seine Hände geben würden.

Wir erreichten den Rand der Siedlung, die ersten Korbgeflechte kamen in Sicht und die Anspannung in mir wurde schlimmer.

Ich war noch nicht bereit dafür. Nóatún kam in meine Siedlung, Kaera würde ihn sehen, und früher oder später auch alle anderen. Schon bald war er nicht mehr mein Geheimnis und ich wurde dadurch ganz öffentlich zu dem Mädchen, das einen Fremdling versteckt hatte.

Doch darüber durfte ich jetzt nicht nachdenken. Es lenkte mich nur von dem ab, was getan werden musste.

Zu unserem Glück trafen wir niemanden an, als wir die Stufen auf die ersten Podeste nach oben stiegen, die unter Nóatúns Gewicht gefährlich knarrten. Die Menschen trauten sich nicht so nah an den Boden heran, fühlten sich in der Höhe sicherer, womit sie nicht ganz unrecht hatten.

Selbst die Wachposten, die Kaera aufgestellt hatte, legten ihr Augenmerk auf den Weg, der vom Strand herführte, und sahen uns daher auch nicht, was mir fast schon fahrlässig vorkam.

Sofort machte ich mich auf den Weg zu Kaera, die bereits die ersten Aufgaben weitergab, um unseren Plan in die Tat umzusetzen. Die Sonne zeigte uns späten Nachmittag an. In nur wenigen Stunden würde sie untergehen.

Wenn Nóatún recht hatte, würde uns noch die Nacht bleiben. Aber trotzdem war die Zeit knapp und rannte nur so an uns vorbei, als wäre sie ebenfalls auf der Flucht.

Als Kaera mich von Weitem sah, nickte sie mir zu, ließ sich entschuldigen und kam sofort die Treppe hinunter.

»Ist er hier?«, wollte sie sofort wissen und ich nickte. »Dann schnell«, wies sie mich an und ich ging vor, begleitet von unzähligen Blicken, die uns beiden folgten und die so viele Emotionen in sich trugen, dass ich die Last darin spürte, auch wenn ich mich nicht mal nach all den Menschen umsah, die ihre Hoffnung in uns setzten.

Eiligen Schrittes führte ich Kaera über die Hängebrücke zurück auf die mittlere Plattform und von dort aus ließen wir uns an einem einfachen Seil nach ganz unten. Das war die schnellste Methode, seit die Seilzüge aus Sicherheitsgründen alle verschnürt worden waren.

Meine Hände schwitzten viel zu sehr, als wir vor Aiseks Haus auf dem ausgetretenen Ast ankamen. Der Hackklotz stand als einziges Utensil auf dem freien Platz. Die Axt hatte wohl jemand mitgenommen, und auch das Holz fehlte.

Ein komisches Gefühl, alles so verlassen zu sehen. Und es bedrückte mich nur noch mehr.

Leise klopfte ich an die Tür und Aisek öffnete uns vorsichtig. »Aisek«, sagte Kaera als eine Art Gruß, hielt inne und blickte ihn irritiert an.

»Kaera«, antwortete er nur und ich sah ihm an, dass er sich nicht wohlfühlte unter ihrem musternden Blicken. Aber so war Aisek nun mal.

»Deine Augen sind blau«, wies sie ihn erstaunt darauf hin, als ob wir das nicht alle längst wüssten, und Aisek trat ohne ein Wort zur Seite, um uns reinzulassen. Oft genug wurde er wegen seiner Augenfarbe ausgegrenzt, als dass er jetzt noch irgendetwas dazu zu sagen hätte.

»Und ich dachte, es gäbe nach hundertfünfzig Jahren kein Mischblut mehr. Da habe ich mich wohl getäuscht.« Sie legte dem verwunderten Aisek anerkennend eine Hand auf die Schulter, lächelte ihn knapp an und betrat das Haus.

Wir tauschten einen schnellen Blick, mit dem er mich fragte, was das zu bedeuten hatte, und ich nur mit der gleichen Verwirrung antworten konnte.

Ich versuchte nach Aiseks Arm zu greifen, um ihn zu ermuntern, doch er wich meiner Berührung aus, erinnerte mich gleich wieder daran, dass zwischen uns nicht mehr alles so war wie früher. Dass unsere Freundschaft einen Knacks bekommen hatte. Dass Aisek verletzt war.

Warum musste das Leben nur so furchtbar kompliziert sein?

»Ich werde draußen Wache stehen«, erklärte er nüchtern, sah nur zu Kaera, die ihm ein stummes Einverständnis gab, und verließ dann das Haus.

Wehmütig sah ich ihm nach und starrte noch kurz die Tür an, obwohl er sie schon geschlossen hatte.

»Geht es Aisek nicht gut?«, erkundigte sich Kaera und ich zuckte nur mit den Schultern, um ihr die Sache nicht erklären zu müssen.

Wem ging es in solchen Zeiten schon gut? Die Nervosität machte mich verrückt.

Ein lautes Knarren des Bodens ließ uns beide aufhorchen und als dann Nóatún aus Aiseks Zimmer in die Türöffnung trat, zuckte Kaera so sehr zusammen, wie ich es noch nie an ihr gesehen hatte.

Sie bemühte sich, ihren Gesichtsausdruck zu kontrollieren, doch ich konnte ihr ansehen, wie die Angst aus ihren Augen strahlte.

Obwohl die Decke und auch die Türöffnungen größer waren als in manch anderen Häusern, da die Forster von Natur aus meist breiter gebaut waren, stand Nóatún gebückt da und füllte den Rahmen völlig aus.

Er wirkte noch größer als ohnehin schon und sein Blick hatte etwas Grimmiges, Gefährliches, als er Kaera musterte, als erwartete er, sie würde gleich auf ihn losgehen.

Wenn man bedachte, wie die erste Begegnung mit meiner Mutter abgelaufen war, schien das nicht weiter verwunderlich.

»Kaera, das ist Nóatún«, stellte ich ihn ihr vor und Kaera reckte mutig das Kinn nach vorne.

Nóatún rührte sich keinen Fingerbreit.

»Ich habe gehört, du wirst für uns kämpfen?«, brachte Kaera hervor und ihre Stimme klang erstaunlicherweise genauso streng und kontrolliert wie gewöhnlich auch und ich bewunderte sie dafür. Sie war wirklich eine sehr starke Frau.

»Das ist richtig«, antwortete Nóatún ihr und seine Stimme war noch tiefer als sonst. Ich wollte es nicht, schon gar nicht in so einer Situation, aber ein warmer Schauer zog sich meine Wirbelsäule entlang.

»Wieso?«, fragte Kaera, auch wenn ich ihr schon alles erzählt hatte. Sie wusste bereits, dass er und die Fremdlinge nicht zusammengehörten, er ihr Gefangener gewesen war, Rache wollte.

Doch wahrscheinlich half es ihr, es noch einmal aus seinem Mund zu hören, ihm dabei in die Augen zu blicken, um sich sicher zu sein. Sollte er uns verraten, wäre das unser Ende.

»Ich schulde Limea mein Leben«, antwortete er, wie er es schon so oft gesagt hatte, und sein Blick, der vorher so lauernd auf Kaera lag, wandte sich zu mir.

Seine stahlgrauen Augen sahen mich an, verloren sofort die Härte und wurden sanfter, stiller. Flüssiges Metall. Die Oberfläche eines Sees, die den bewölkten Himmel widerspiegelte. Das stumme

Geständnis, dass er mir bis ans Ende der Welt nachlaufen würde, um mich zu beschützen.

Mein Herz schmolz unter seinem Blick, und das trotz der Tatsache, dass meine Welt gerade unterging.

28

VERSAMMLUNG

Die Versammlungsebene war voller Menschen und ich redete mir ein, dass sie nicht alle mich ansahen. Denn Kaera stand neben mir, wartete darauf, dass alle zusammenkamen, und schien nicht im Geringsten nervös zu sein.

Sonnenstrahlen zwinkerten durch die Blätter, zeigten an, dass die Sonne sich bereits zum Horizont neigte. Die Zeit lief uns davon.

Doch wenigstens war der Plan fertig. Jetzt mussten wir nur noch hoffen, dass so viele wie möglich uns unterstützen würden.

Kaera legte mir eine Hand auf den Rücken und nickte mir nervös zu. Sie wollte, dass ich stark blieb und den anderen auch Stärke zeigte.

Doch dieser Tag war einfach schon so unendlich lang, dass es mir zunehmend schwererfiel, einen kühlen Kopf zu bewahren.

War das wirklich erst heute Morgen gewesen, als ich in Nóatúns Armen erwacht war?

»Sorayer!«, rief Kaera mit lauter Stimme und erinnerte in ihrer Anrede an die traditionellen Worte des Rats. Und auch sofort schienen sich die Gespräche einzustellen und alle Ohren an sie zu wenden.

»Wir wissen, dass ihr Angst habt, aber wir haben einen Plan. Und wir werden uns damit gegen die Fremdlinge behaupten«, erläuterte sie und ihre Stimme hatte den Klang eines Versprechens, etwas Starkes, Vertrauenswürdiges, das den anderen Sicherheit geben würde.

Kaera zeigte großes Geschick in dem, was sie da tat. Die geborene Anführerin. Und obwohl ich spekulierte, konnte ich mir vorstellen, wieso Keris ihr damals den Mut genommen hatte, Ratsmitglied zu werden. Kaera hätte etwas bewegt und Keris an Macht verloren.

Doch das war jetzt vorbei. Kaera scheute die Aufmerksamkeit des Volkes nicht mehr, fühlte sich nicht unwohl unter den Blicken all der Menschen, war eine Lehrerin für so viele von uns, eine Autoritätsperson.

Ohne sie hätte ich das hier alles nie zustande gebracht. Meine Mutter hatte recht gehabt. Ich brauchte ihre Erfahrung und sie mein Wissen.

Verbissen versuchte ich, genau wie sie, gerade zu stehen, den Kopf oben zu halten und Vertrauenswürdigkeit auszustrahlen. Und das fiel mir auch plötzlich überhaupt nicht mehr so schwer, als ich auf einmal Keris erblickte, wie sie mit ihrem flatternden Gewand eine Treppe nach unten geeilt kam, den Rest des Rates im Schlepptau.

»Was geht hier vor sich?«, knurrte Keris laut, obwohl es offensichtlich war, was wir hier taten.

Trotz der Anspannung kochte in mir die Wut hoch. Keris stand uns nur im Weg, denn ihr Kopf war stur und ihr Geist verhärtet, und an den Blicken der anderen erkannte ich, dass die Älteste auch ihr Wohlwollen verloren hatte.

»Ganz ruhig. Sie sind alle auf unserer Seite«, raunte Kaera mir zu und sagte es sich gleichzeitig selbst.

Ich riss mich zusammen, um meinen Ärger nicht so offen zu zeigen, und biss mir dabei auf die Zunge. Diese Situation war auch so schon verzwickt genug.

Und zu wissen, dass Nóatún nur wenige Etagen unter uns in Aiseks Raum wartete, machte die Sache nicht besser.

»Wir retten unser Volk!«, erwiderte Kaera ihr ganz direkt und verschränkte die Arme vor der Brust. Zustimmende Rufe kamen aus der Menge und Keris verzog bitter das Gesicht.

Sie bahnte sich einen Weg durch die Reihen der Menschen, Era und Talo liefen hinter ihr. Doch Era streckte auch schon die Hand aus, um Keris zurückzuhalten. Man konnte es ihr ansehen, dass sie den Kampf leid war, den sie gegen Keris führen musste, seit die Fremdlinge am Stand aufgetaucht waren. Ihre Stirn war zerfurcht, ihr Mund müde und sie zischte ein nicht gerade verhaltenes »Keris, nein!«, um sie in ihre Schranken zu weisen, die sie sich nicht auferlegen ließ.

»Fahr fort, Kaera«, erlaubte Era demütig und Keris riss sich aus ihrem Griff los.

»Wer sich nicht imstande fühlt zu kämpfen, wird das Nötigste zusammenpacken und die Siedlung noch vor Sonnenuntergang verlassen«, erklärte Kaera, äußerlich immer noch ganz ungerührt durch die Anwesenheit des Rates, während ich nicht wusste, ob ich nun furchtbar wütend oder einfach nur unendlich aufgeregt war.

»Die Siedlung aufgeben? Das ist euer großartiger Plan?«, spottete Keris und Era stöhnte laut auf.

»Lass sie doch erst einmal ausreden!«, fuhr Era die alte Frau an und es würde immer offensichtlicher, dass die Spannungen zwischen den beiden feindseliger wurden.

»Und was soll dabei herauskommen?«, erwiderte Keris nur noch lauter und alle schienen die Luft anzuhalten, inklusive mir. Obwohl mir Keris' Gerede bislang nur noch lächerlich vorkam, war es für uns alle nicht schön anzusehen, wie der Rat, eine Zusammenkunft unserer Anführer, Menschen, denen wir alle schon immer unser Leben in die Hand gegeben hatten, sich öffentlich stritten wie unreife Kinder.

Das war schockierend und unangenehm, und ich wünschte, ich wüsste, wie ich dieses verbale Gerangel beenden könnte, denn wir hatten keine Zeit für so was.

Doch wahrscheinlich würde ich es nur schlimmer machen.

»Es reicht!«, rief Era, und das lauter, als ich ihre Stimme je gehört hatte, und ich riss erstaunt die Augen auf. Kaera neben mir schnaubte überrascht. »Keris. Es tut mir leid, da wir uns schon so lange kennen. Aber es liegt nicht mehr in unserer Hand und das müssen wir akzeptieren. Über all dies hast du deine Urteilsfähigkeit verloren und machst es uns nur noch schwerer. Also entbinde ich dich von der Ehre und Verantwortung eines Ratsmitgliedes!«, verkündete Era, sodass wir es alle hören konnten, und ich erwartete, dass Keris jetzt völlig den Verstand verlieren würde. Vor meinem inneren Auge sah ich sie bereits schreien und fluchen und schlussendlich auf Era losgehen.

Doch nichts davon geschah. Keris blieb stumm und da sie gerade mit dem Rücken zu mir stand, konnte ich auch nicht sehen, was in ihrem Gesicht vor sich ging.

Ganz plötzlich setzte sie sich in Bewegung. Steif und ungelenk lief sie durch die Menge, zurück zur Treppe, die sie hinuntergekommen war, und wirkte dabei um Jahre gealtert.

Mitleid regte sich in mir, auch wenn ich es lieber unterdrückt hätte. Sie war nicht nett zu mir gewesen, hatte sich wie eine wilde Hexe aufgespielt und mir das Leben schwer gemacht. Aber jetzt war sie gebrochen und alt, wurde von ihren engsten Vertrauten ihrer Position enthoben. Sie musste sich furchtbar fühlen.

»Wir haben nicht viel Zeit«, nahm Kaera neben mir den Faden der Verkündigung wieder auf und klang noch genauso wie vorher. Als ob es sie nicht berührte, was gerade passiert war, und ich hob den Blick, um ihr ins Gesicht zu sehen. Der Zug um ihren Mund war noch härter geworden und ich konnte nicht deuten, was das bedeutete.

»Sobald der Morgen graut, werden die Fremdlinge kommen. Alle, die also bereit sind zu kämpfen, werden ihre Waffen holen und von mir nach ihren Fähigkeiten einzelnen Gruppen zugeordnet«, machte sie klar und ich nickte zu ihren Worten. Jetzt wurde es ernst. »Wir müssen unsere Stärken nutzen, um zu gewinnen. Um zu überleben. Und ich kenne euch. Ich weiß, dass wir das schaffen können. Heute Nacht wird wohl keiner von uns schlafen.«

Während viele Ältere und die Kinder sich bereit machten, die Siedlung in Richtung des Soketendorfes zu verlassen, teilten sich die anderen ihren Fähigkeiten entsprechend in Gruppen auf.

Die, denen die Verteidigung besser lag als der Angriff, sammelten sich bei Aisek, um auf jede Tür in der Siedlung die Zeichen der Todesrunen aufzumalen. Sie würden auch hier in den Bäumen zurückbleiben, versteckt, um allen Risiken vorzubeugen.

Aisek sah mich nicht an, als er nach vorne trat, und das versetzte mir einen schlimmen Stich in die Brust.

Die Fallensteller schickte man zu Misha und Kaeras Schwester Milena. Sie würden sich später in den Mooren postieren, während alle die, die besondere körperliche Stärke aufwiesen, mit Kaera und Sura gingen, um später zu den Schluchten aufzubrechen.

Es gab viel vorzubereiten und die Nervosität machte mich völlig verrückt. Vor allem, da jetzt der Moment gekommen war, der mir so schlimme Übelkeit bereitete, dass ich mich am liebsten zurückgezogen und die wenigen Brocken Obst wieder hochgewürgt hätte, die mein Mittagessen gewesen waren.

Die Menschen tummelten sich auf der Verkündigungsebene, auf den Brücken und Treppen oberhalb davon, während sich die Älteren, zusammen mit Kindern und jungen Müttern, in die Häuser verstreuten, um das Nötigste zusammenzupacken.

Unruhig trat ich von einem Bein aufs andere, solange wir warteten, bis sich die zeitweilige Unruhe gelegt hatte und wir alle in unseren ganzen Plan einweihen konnten. Denn auch sie mussten erfahren, dass es Nóatún gab.

Zum Glück war Keris jetzt nicht mehr hier.

Ich stand in einer Gruppe am Rand der Plattform. Basra hatte sich zu mir gestellt und mir eine Hand auf die Schulter gelegt. Schon eine Weile musterte sie mich mit sorgenvollen Blicken, hatte jedoch nichts gesagt.

Mir tat es einfach gut, ihr Gesicht zu sehen und zu wissen, dass meine Freunde auf meiner Seite waren, auch wenn wir im Tumult der letzten Tage eher weniger miteinander geredet hatten.

Verstohlen nahm ich ihre Hand und drückte sie kurz. Denn ich würde nicht hier stehen bleiben können. Kaera hatte bereits mit der Einleitung begonnen und die Gespräche verstummten abermals.

Wir waren übereingekommen, dass sie Nóatún vorstellen würde, und ich war glücklich darum. Sie konnte bei all dem viel ruhiger bleiben als ich, da ich jetzt schon krank war vor Sorge.

Jetzt konnte nämlich absolut alles passieren. Im Idealfall sah das Volk den Nutzen, den auch Kaera sofort erfasst hatte, und blieb ruhig. Oder aber, und das war meiner Meinung viel wahrscheinlicher, sie würden völlig in Panik geraten. Oder Zorn. Und beides würde für Nóatún nicht gut ausgehen.

Weder Waffen noch Rüstzeug trug er bei sich und würde schutzlos vor eine Menge junger Jägerinnen treten, die nur darauf warteten, den Fremdlingen Feuer unterm Hintern zu machen, egal ob Nóatún eigentlich auf unserer Seite war.

Doch obwohl Kaera mich angewiesen hatte, mich zurückzuhalten, würde ich alles tun, um ihn vor meinen Leuten zu verteidigen.

»Was will sie damit sagen?«, flüsterte Basra mir plötzlich zu und sah mich mit ihren schmalen dunklen Augen an.

Mist, ich hatte vor Sorge alles verpasst. Waren wir schon so weit?

»Er ist ein Fremdling. Aber er ist auf unserer Seite!«, rief Kaera und das war das Stichwort. Aus den Schatten der Ebenen, die immer dunkler wurden in der voranschreitenden Dämmerung, trat eine große Gestalt und erklomm die Treppe hoch an Kaeras Seite.

Basra neben mir zuckte zusammen und ich hielt noch kurz ihre Hand, ehe ich mich von ihr löste, um ebenfalls nach vorn zu gelangen. Kaera nahm mich an ihre Seite und wir sahen Nóatún entgegen, wie er die letzten Stufen nahm, geführt von Milla, die seine Hand hielt.

Alle schnappten nach Luft, eine Woge des Schreckens zog durch das Volk der Bäume. Sie flüsterten, drängten sich sogar enger aneinander. Doch die von mir befürchtete Panik blieb aus.

Milla lächelte mir zu und winkte dann einer ihrer Freundinnen, die in der Menge standen und mit verschrecktem Gesicht zu ihr blinzelten.

Jeder wusste, dass Milla erst gestern noch eine Gefangene der Fremdlinge gewesen war. Jeder wusste, dass gerade Milla den meisten Grund haben musste, Angst vor dem Fremdling zu haben. Doch wenn sie welche hatte oder sich unwohl fühlte, dann zeigte sie es nicht. Sie tat zuversichtlich und vertrauensselig, zog Nóatún bis zu uns, wo er sich mit ihr zwischen Kaera und mich stellte.

Mein Blick wanderte ohne mein Zutun sofort zu ihm, dem Krieger, der hier im Licht der untergehenden Sonne gefährlich und schön zugleich wirkte. Er war riesig im Gegensatz zu uns dreien. Im Gegensatz zu den Menschen aus meinem Volk. Es gab keinen, der ihn überragt hätte. Nicht einmal unter den Forstern, die am Rand standen und dem Ganzen mit verschränkten Armen und misstrauischen Gesichtern entgegensahen.

Auch Nóatúns Augen huschten zu mir. Nur ganz kurz, weil wir uns gegenseitig anzogen, mehr füreinander waren als eine Jägerin und ein Krieger.

Zum Glück stand Milla zwischen uns, sonst wüsste ich nicht, ob ich dem Drang hätte widerstehen können, seine Hand zu berühren. Schon seit ich von seiner Seite gewichen war, hatte die Angst in mir stetig zugenommen und ich wünschte, er würde mich in seine Arme ziehen und mir die Sicherheit geben, die nur er mir geben konnte.

Früher war ich immer für mich allein stark gewesen, meinen Zielen nachgejagt, ohne nach rechts und links zu blicken. Doch da hatte ich auch noch nicht mit so großer Verantwortung zu kämpfen, die mich niederdrückte und den Wunsch in mir entfachte, das nicht allein durchstehen zu müssen. Ich wollte nicht mehr allein stark sein, sondern mit ihm gemeinsam.

»Er hasst die Fremdlinge, die mit dem Schiff kamen, noch mehr als wir. Er hat bereits versucht, sie zu töten und deshalb werden auch sie versuchen, ihn zu töten«, erklärte Kaera weiter den Plan, ohne zu sehr ins Detail zu gehen. »Daher wird er unser Köder sein. Er wird die Fremdlinge von der Siedlung weglocken und wir werden mit zwei Fallen auf sie warten.«

Gemurmel wurde lauter. Die Menschen hatten sich von dem ersten Schock erholt und begannen zu reden. Proteste waren dabei, aber auch grimmige Zustimmung und Kaera hob die Hände und rief zur Ruhe. »Ich weiß, ihr habt Bedenken und würdet am liebsten viele Fragen stellen. Aber wir haben keine Zeit!«, erinnerte sie uns streng und das Gemurmel wurde sofort leiser.

»Das ist Nóatún. Er hat meiner Schwester geholfen, mich zu retten!«, rief Milla plötzlich dazwischen und auch wenn es eigentlich nicht der richtige Zeitpunkt für so eine Aussage gewesen war, war ich doch stolz auf sie.

»Gut, ich denke, das ist ausreichend«, flüsterte Kaera und beugte sich so zu uns rüber, dass sie doch Nóatún nicht näher kam, als sie musste. »Nimm ihn mit zu Bardin und macht euch bereit. Ich kümmere mich um den Rest«, versicherte sie mir und ich nickte ihr zu.

»Er wird uns doch verraten!«, rief jemand aus der Menge, ohne dass ich ausmachen konnte, wer es gewesen war. Doch das war ja gerade nicht mein Problem. Kaera kümmerte sich darum und ich war dankbar für eine Auszeit aus der Aufmerksamkeit aller, die wir jetzt haben würden. Auch wenn es nur die Ruhe vor dem Sturm war.

Milla zog an Nóatúns Hand und er ließ sich von ihr führen, was ich ihm hoch anrechnete. Ich erinnerte mich daran, wie wir uns begegnet waren, dort unten am Strand, er zu Anfang nicht mal meine

Hilfe haben wollte, obwohl er schlimm verletzt gewesen war. Und bis er es geschafft hatte, mir ein Danke zu sagen oder auch nur anzunehmen, dass das Essen, das ich ihm brachte, nicht vergiftet war. Er hatte sich verändert, war zu dem Mann geworden, den ich lieben wollte.

Und ich hatte mich auch verändert.

Wieder stellte ich fest, dass mir die Zeit viel länger vorkam, als sie eigentlich gewesen war. Alles ging so schnell und doch waren diese Tage unendlich lang gewesen.

Wir gingen zu einer der Treppen, die am stabilsten waren, und Nóatún setzte seine Füße sehr bedacht, damit die knarrenden Stufen nicht zu sehr nachgaben, immer im Schutz eines dicken Baumes, um nicht von den misstrauischen Blicken der Sorayer verfolgt zu werden.

Gern hätte ich gewusst, mit was sich seine Gedanken befassten. Seit wir in der Siedlung waren, war sein Ausdruck sehr verschlossen geblieben.

Bardin erwartete uns bei Aiseks Haus. Bei ihm war einer der anderen Soketen, jener mit der Adlernase, dessen Namen ich schon längst wieder vergessen hatte. Sie saßen am Boden und stellten Farbe her. Diesmal war sie sorgfältiger verarbeitet und auch die Farbtöne strahlten kräftiger als das letzte Mal. Bardin gab sich große Mühe. Er war wahrhaftig kein Kämpfer, aber ich war froh, dass er bei uns war.

Wer hätte gedacht, dass ich das jemals über ihn denken würde?

Er hob den Kopf, als wir über die Hängebrücke kamen, und ein Lächeln erschien auf seinem Gesicht, als er Milla bei uns sah. Schnell ließ sie Nóatúns Hand los und ließ sich sehr zielstrebig neben ihm nieder.

»Hey, du«, sagte er zu ihr, Grübchen in seinen Wangen.

»Die Farben sind wunderschön«, antwortete sie ihm und er strahlte sie an, als wäre er die Sonne.

Es war erleichternd, die beiden so zu sehen. Sie wirkten unbeschwert, schafften es, sich ihre eigene kleine Zeit zu nehmen, um nicht vom Stress und der Spannung in der Luft zerfressen zu werden.

So eine kleine Zeit brauchte ich jetzt auch.

»Danke. Aber sie sind noch nicht fertig. Wir brauchen noch einen Moment«, gab Bardin zurück und hatte das Letztere auch an mich gerichtet.

Schritte ertönten hinter uns auf der Hängebrücke. Kaera war auf dem Weg zu uns. Mutter direkt dahinter und auch Milena, die alle drei nicht gerade glücklich aussahen.

»Was ist passiert?«, wollte ich sofort wissen und hoffte, dass die Nachricht nicht allzu schrecklich war. Denn mit noch mehr schlechten Dingen konnte ich nicht mehr umgehen.

»Das Volk traut dem Fremdling nicht«, eröffnete Kaera und ich entspannte mich ein bisschen.

»Das war doch vorhersehbar«, erwiderte ich und Nóatún, der sich auf den Hackklotz gesetzt hatte, verschränkte die Arme vor der breiten Brust. Sein Gesicht war nicht grimmig oder sonst ablehnend, trotzdem wirkte er gleich wieder ein Stück gefährlicher. Denn er war immer noch sehr angespannt, was sich in den Muskeln an seinen Armen zeigte, die deutlich hervortraten. »Aber sie haben doch eigentlich keine Wahl.«

»Sie wollen, dass jemand bei ihm bleibt. Als Aufpasser, damit er sich nicht wieder mit den anderen Fremdlingen verbündet und uns verrät«, meinte Milena daraufhin und ich versuchte mir das vorzustellen. Es war ja schon riskant genug für Nóatún allein, sich als Köder den Fremdlingen zu stellen. Aber eine zweite Person, einer von uns, machte es nur noch gefährlicher.

Schon öffnete ich den Mund, um meine Bedenken zu äußern, da kam mir Kaera zuvor. »Ich denke, das ist nicht verhandelbar. Wir müssen ihnen da entgegenkommen«, machte sie klar und warf einen schnellen Blick auf Nóatún, der sich keinen Fingerbreit bewegt hatte. »Und mir ist dabei, ehrlich gesagt, auch wohler«, fügte sie hinzu und mir stellten sich die Nackenhaare auf.

»Weil du ihm auch nicht traust«, brachte ich schärfer heraus als beabsichtigt und Kaera seufzte laut.

»Ich kenne ihn nicht, Limea«, sagte sie und ich spürte Wut in mir aufkommen. Völlig irrationale Wut, denn schließlich war es ja verständlich, dass sie ihm nicht traute. Er war ein Fremdling, und ihr war ihr Leben lang eingeredet worden, dass diese feindselig waren. So wie allen anderen auch. »Und er kennt die Insel nicht. Egal was ich gerade von ihm halte, was, wenn unser perfekter Plan scheitert, weil Nóatún den Weg nicht findet? Ein Begleiter wäre da nicht dumm«, redete sie auf mich ein und ich konnte nichts tun als zu nicken.

Denn sie hatte recht. Ein Begleiter war wirklich nicht dumm. Ich hatte Nóatún den Weg erklärt und er sagte, es würde gehen. Doch er war ihn nie abgelaufen, es würde immer noch halbdunkel sein und eine Horde wilder Fremdlinge würde ihn jagen. Es wäre so leicht für ihn, sich zu verlaufen. Und dann wäre er tot.

»Wer wird es machen?«, fragte ich leise und hoffte inständig, dass es niemand war, der ihn am liebsten schon vorher abstechen wollte.

»Ich habe um Freiwillige gebeten«, erzählte Kaera und ihre Stimme klang belegt. Mir würde die Antwort also nicht gefallen. »Es traut sich wohl niemand in seine Nähe. Bis auf …«

»Mich«, kam es aus dem Mund meiner Mutter und ich konnte ihr nur erschrocken den Kopf zudrehen.

Die Antwort gefiel mir tatsächlich nicht. Und ich hätte mir einfach nur gewünscht, dass es ausreichend war, wenn ich an vorderster Front dem Feind entgegentrat. Aber meine Mutter und ich waren uns wohl in manchen Dingen ähnlicher, als ich es mir wünschte.

Sie sah Nóatún an und er nickte ihr zu. Bedächtig und mit etwas in den Augen, das Dankbarkeit hätte ausdrücken können. Auf dem Mund meiner Mutter erschien ein schmales Lächeln. Die beiden hatten sich also geeinigt.

Noch bevor ich irgendwas dazu sagen oder tun konnte, erhob sich Nóatún schon vom Hackklotz und ich griff nach seiner Hand.

Mein Kopf war schwer und voller Sorgen. Ich brauchte einen Moment Ruhe von dem allen. »Wir sind gleich zurück«, versicherte ich und zog Nóatún mit mir, über die schwankende Brücke zurück zu einem dicken Meranti, der uns für unsere kleine Zeit Schutz vor fremden Blicken bieten würde.

»Die haben sicher noch was zu besprechen«, hörte ich Milla noch sagen und der leichte linkische Ton in ihrer Stimme sagte mir, dass sie genau wusste, was wir tun würden.

Die Blätter des Baumes hüllten uns in ihren Schatten und die Sonne verschwand in diesem Moment hinter dem Horizont.

»Es ist alles viel schwieriger, als ich dachte«, sagte Nóatún und ich genoss den Klang seiner Stimme, leise und nur für mich bestimmt. Er kam mir näher, legte seine Hände an meine Seite und schob mich sanft nach hinten, sodass ich die raue Rinde des Baumes im Rücken spürte. Meine Haut prickelte, verdrängte das nervöse Ziehen in meiner Brust und es brauchte wirklich nur diesen einen Moment, in dem wir beide allein waren, um meine Ängste kleiner werden zu lassen.

»Dein Volk mag mich nicht«, murmelte Nóatún und ich seufzte erschöpft.

»Sie kennen dich nicht«, erwiderte ich und streckte meine Hand nach seinem Gesicht aus. Die Stoppeln seines hellen Bartes drücken sich in meine Handfläche. »Aber es wird funktionieren. Sie vertrauen Kaera«, fügte ich hinzu und Nóatún schloss die Augen, als ich mit den Fingern seine Wange entlangstrich.

»Und dir«, ergänzte er und öffnete die Augen nur einen Spaltbreit. »Du bist eine starke Frau, Limea.«

Die Angst kehrte schlagartig in meinen Bauch zurück. All die Erwartungen anderer, die auf mir lasteten, drücken mich nieder. Ich senkte den Blick, konnte nicht länger in Nóatúns Augen sehen.

»Nein, bin ich nicht«, flüsterte ich und war froh, dass meine Stimme dabei nicht brach. Doch er hatte es wohl trotzdem bemerkt, denn seine Arme schlangen sich um mich, zogen mich an seinen starken Körper, hielten mich ganz eng. So eng, dass ich kaum noch Luft bekam. Und es war trotzdem nicht nah genug.

Seine Hand strich fest über meinen Rücken, er fuhr mir mit den Fingern in den Zopf, der sich dabei löste, und drückte seine Lippen auf meine. Wie eine Ertrinkende küsste ich ihn, hielt mich an seinen kräftigen Schultern fest, ließ mich von ihm zusammenhalten, damit ich nicht auseinanderfallen konnte. Ich genoss das Gefühl der Stärke, das er mir vermittelte, genoss seine Nähe und sogar das Kribbeln im Bauch, auch wenn es sich ungut mit all der Aufregung in mir vermischte.

»Doch, bist du«, sagte Nóatún, als sich unsere Lippen für einen Moment voneinander lösten, und legte seine warme Stirn an meine. Seine Nase strich ganz sanft an meiner entlang. »Und ich liebe dich.«

29

MOORE

Als ich am Rande der Moore eintraf, sah ich geisterhaftes Glimmen in der Schwärze der Nacht. Dicke Wolken verhingen den Himmel, sodass weder Sterne noch der Mond zu sehen waren. Es fühlte sich unheilvoll an und das nagende Gefühl, dass alles schiefgehen würde, wurde immer stärker.

Meine Nerven waren schon wieder am Ende und ich vermisste Nóatuńs schützende Körperwärme. Doch erst würden wir alle diese Nacht durchstehen müssen, ehe ich ihn wiedersehen konnte.

Mein Kopf dröhnte, meine Beine taten mir weh und doch tat es gut, für einen Moment hier draußen in der Dunkelheit allein sein zu können. Dieser eine Moment, in dem ich für niemanden stark sein musste.

Ich spürte, wie mir die Tränen in die brennenden Augen traten und blinzelte sie schnell weg. Auch wenn ich mich liebend gern einfach in meiner Schwäche gesuhlt hätte, riss ich mich doch zusammen. Denn zu weinen hätte die Bemalung in meinem Gesicht verlaufen lassen, die Bardin mit viel Mühe auf meinen Körper gemalt hatte.

Die furchtbare Angst vor morgen wütete in meinem Bauch. Wenn das Morgenlicht dämmerte und der neue Tag unser Schicksal besiegeln würde.

Vielleicht würden wir es überleben. Doch selbst wenn unser Plan gut war, ich konnte mir nicht vorstellen, dass wir am Ende dieses Tages keine Toten zu beklagen haben würden.

Menschen, die uns wichtig waren, die Löcher in unseren Herzen hinterlassen würden, und ich seufzte schwer in die finstere Nacht hinein.

Meine Welt, mein Leben und mein Herz standen auf dem Spiel, und morgen Abend würde alles anders sein. Alles, was bisher gewesen war, würde nicht mehr sein wie vorher. Wir alle wurden durch dieses Ereignis verändert.

Die Zukunft blieb ungewiss.

»Da bist du ja«, sprach mich jemand von der Seite an und ich erschrak nicht, da mein Kopf so schwer war, dass ich kaum noch reagieren konnte.

»Ja«, antwortete ich nur und erkannte Milena trotz der dunklen Nacht an ihren gleitenden Bewegungen.

»Komm mit. Die ersten Feuer sind fast fertig aufgeschichtet. Aber wir holen noch mehr Reisig. Nur für alle Fälle«, versicherte sie mir und wartete auf meine Reaktion.

Benommen nickte ich ihr zu. »Das ist gut. Habt ihr die Seile gespannt?«, fragte ich sie, weil sie das von mir erwartete.

Sie alle erwarteten so viel von mir. Kaera war ihre Führerin, aber ich war das Symbol für die Stärke unseres Volkes. Also würde ich stark sein. Für Milena. Für all die anderen.

Nur bei Nóatún müsste ich das nicht, und es machte ihn nur noch mehr zu etwas Besonderem. Jemandem, den ich brauchte, um bei ihm schwach zu sein, damit ich für die anderen weiter stark sein konnte.

Vor allem für Milla. Für sie würde ich stark sein, bis zu meinem letzten Atemzug. Meine kleine Schwester, die schon gar nicht mehr so klein war, stand mit ein paar anderen zusammen und schichtete Reisig auf einen Haufen auf, das sie aus dem nah gelegenen Wald herschafften. Auf dem Boden neben ihnen stand eine abgeschirmte Laterne, die einen matten Schein auf ihre Umgebung legte.

Milla versuchte mir zuzulächeln, als sie mich sah, doch nicht mal ihre Schauspielkünste halfen ihr hier, denn es wirkte sehr verkrampft.

»Du siehst echt gefährlich aus«, sagte sie jedoch mit voller Überzeugung, dabei war es nicht annähernd hell genug, um die volle Pracht von Bardins Kunstwerk zu erkennen.

»Bardin ist wirklich begabt«, murmelte sie mehr zu sich selbst als zu mir und trat zu mir, um sich die im Schimmer der Laterne glänzenden Schuppen an meiner Schulter näher anzusehen.

»Was soll das denn darstellen?«, hörte ich eine quäkende Stimme und ich brauchte mich gar nicht umzudrehen, um zu wissen, wer da die Nase über mich rümpfte.

Es war Mareika, die ich bei all dem Trubel der letzten Tage völlig vergessen hatte. Früher war sie einer meiner schlimmsten Quälgeister gewesen. Doch jetzt fühlte es sich an, als wäre sie nur eine lästige Motte, der man mit einem Fingerschnippen die Flügel brechen würde.

Jetzt war ich schon so weit von ihr entfernt, von dem Status, den sie sich einbildete zu haben, von der Welt, in der ihr Kopf schwebte. Ich war rausgefallen aus all dem.

Mit meinem Geburtstagsgeschenk hatte alles begonnen. An dem Morgen, an dem ich weinend meine Nacht rumgebracht hatte, weil ich so dumm gewesen war, ein Geheimnis nicht für mich zu behalten.

Und obwohl es so dunkel war, sah ich es an Mareikas Hals baumeln. Die silberne Kette mit dem Anhänger. Mein Geburtstagsgeschenk.

»Ich bin die Drachenkriegerin«, antwortete ich ihr ganz ruhig und kam einen herausfordernden Schritt auf sie zu.

Sie zuckte leicht zurück, obwohl sie versuchte, es sich nicht anmerken zu lassen. »War ja klar, dass du wieder die Hauptrolle bekommst. Du spielst dich ganz schön auf in letzter Zeit«, meinte sie und ich hörte ihr gar nicht richtig zu. Sie glaubte, etwas zu sagen zu haben, und machte sich dabei nur selbst lächerlich.

Ein paar andere kamen näher zu uns. In der Dunkelheit konnte ich sie zwar ausmachen, sie aber nicht mehr erkennen.

»Das liegt daran, dass Limea Mut hat und du nur eine feige Sau bist!«, fuhr Milla sie an und ich legte dem Hitzkopf eine Hand auf sie Schulter.

»Ich bin mindestens genauso mutig wie Limea. Sie hat doch nur Glück gehabt. Ich würde als diese Drachenkriegerin noch viel überzeugender wirken«, behauptete Mareika ganz laut und warf die Haare nach hinten.

Sie war einfach so blasiert. Und sie hatte keine Vorstellung davon, wie ich mich fühlte. Wie schwer es war, das alles zu tun. Wie viel Verantwortung auf mir lastete.

Es war nicht der richtige Zeitpunkt für Streit und doch juckte es mir in den Fingern, Mareika eins reinzuwürgen. Diesem aufgeblasenen Pfauenweib.

Es wäre nicht sehr erwachsen, das zu tun, aber wen wollte ich schon beeindrucken? Die paar, die um uns standen und denen die Angst förmlich in die Gesichter geschrieben war? Keiner würde mit mir tauschen wollen. Auch Mareika nicht. Es waren nichts weiter als dumme, leere Worte.

Ganz plötzlich, ohne es vorher anzudeuten, ließ ich die Hand nach vorn schnellen, umfasste den Anhänger des silbernen Kettchens an Mareikas Hals und zog es ihr über den Kopf, noch bevor sie überhaupt reagieren konnte.

»Hey, das darfst du nicht!«, zeterte sie sofort los und versuchte noch danach zu schnappen, als es sich in ihrem Haar verfing und ich ihr mit einem Ruck die Strähne ausriss. Sie ließ einen erstickten Laut hören und starrte mich an, als wäre ich ein wildes Tier, das kommen und sie fressen würde.

»Ach ja?«, erwiderte ich trocken und setzte mich in Bewegung. Weiter am Rande des Moores entlang, wo noch mehr Reisig, dünne Äste und feuchtes Laub geschichtet wurde. Zwei der Frauen, die hinter mir standen, machten mir eilig Platz. »Hol es dir doch, wenn du so mutig bist!«, spottete ich und wusste, dass Mareika es nicht versuchen würde.

Nie wieder würde mir jemand wie Mareika etwas wegnehmen, nur weil es schön war. Ich war in den Kasten nicht aufgestiegen und doch würde sich das keiner mehr trauen. Denn ich war raus. Raus aus dem System. Und ich würde das auch nie wieder freiwillig mitmachen.

Milla folgte mir, blieb dicht an meiner Seite, in der dunklen Nacht, die alles zwischen zwei Laternen verschluckte. Wir liefen still nebeneinander, kamen an mehreren Leuten vorbei, die Brandmaterial schleppten. Sie nickten mir zu, hoben die Hand zum Gruß, oder murmelten etwas. Alle verrichteten ihre Arbeit, keiner beschwerte sich und die Dunkelheit drückte uns allen aufs Gemüt. Es war kein Lachen zu hören, kein Gerede. Nur geflüsterte Anweisungen und vielsagende Blicke.

»Glaubst du, Mama wird das schaffen?«, fragte mich Milla plötzlich und ich musste mich bemühen, bei der Welle an Aufgeregtheit, die mich erfasste, nicht über meine eigenen Füße zu fallen.

Der Hang zu übergeschnappten Entscheidungen musste bei uns in der Familie liegen. Milla rannte jahrelang einem egoistischen Spinner hinterher, ich versteckte gegen alle Vernunft einen Fremdling in einer Höhle, um mich anschließend in ihn zu verlieben, und Mutter stellte sich freiwillig dafür zur Verfügung, diesem Fremdling als Begleiter zu dienen. Doch wir konnten den Ereignissen nur entgegensehen.

»Natürlich. Sie ist schlau und schnell«, antwortete ich Milla auf ihre Bedenken mit aller Zuversicht, die ich aufbringen konnte. Doch mir war klar, dass ich eine lausige Lügnerin war und man meine Angst sicher bemerkte.

Doch zum Glück hörte Milla immer nur das, was sie hören wollte. »Und Nóatún wird auf sie aufpassen«, fügte ich noch hinzu, und das mit sehr viel mehr Gewissheit.

»Du vertraust ihm wirklich, hm?«, sagte Milla und griff nach meiner Hand. Wir verschränkten die Finger ineinander und sahen uns an.

»Ja«, antwortete ich und musste ein bisschen lächeln, weil mein Herz schneller zu schlagen begann, wenn ich an Nóatún dachte. »Ich liebe ihn«, gestand ich ihr und Milla grinste wie ein kleines Mädchen. Es wäre sicher seltsam gewesen, das so offen zuzugeben, und ich wäre auch vor Peinlichkeit im Boden versunken, wenn es nicht Milla gewesen wäre. Doch für Milla war es gut, das zu hören. Es gab ihr ein gutes Gefühl und eine stärkere Verbindung zu dem einen Fremdling, der auf unserer Seite war.

Das Moor erstreckte sich nicht sehr weit, hatte gerade mal die Größe von der Grundfläche unserer Siedlung. Doch wenn es im Morgengrauen im Rauch der Feuer unterging, würde es schnell zum Labyrinth werden. Zumindest dank Basra und den anderen Fallenstellern.

Wir trafen sie am hinteren Ende des Moores, wo sie gerade im Licht einer Laterne ein paar Schlingen vorknüpfte und sie an ihre jüngere Schwester Baria weitergab.

Vorsichtig setzte ich mich zu ihr und achtete darauf, mit dem Körper nirgendwo dranzukommen. Bardin hatte zwar gesagt, die Farbe würde so einiges aushalten, sobald sie einmal trocken war, aber ich musste es ja nicht herausfordern.

»Du siehst wirklich unglaublich aus«, flüsterte Basra, als sie kurz von ihrer Arbeit aufsah. Milla setzte sich still neben Baria und ging ihr so gut sie konnte zur Hand. Das Knotenmachen lag uns beiden einfach nicht im Blut.

»Ich hoffe nur, es funktioniert«, erwiderte ich noch leiser, weil ich nicht unbedingt wollte, dass außer Basra jemand von meinen Zweifeln hörte. Ich war hier schließlich die, die zuversichtlich sein musste.

»Es muss«, seufzte Basra und nahm sich ein weiteres Seil aus einem Korb. Sie warf mir ganz kurz einen jener Blicke zu, die mir sagten, dass sie mal wieder mehr wusste, als ich ihr zutraute. Und ich war gespannt, was jetzt kommen würde.

»Du und der Fremdling also?«, sagte sie, weil sie es nicht mochte, um den heißen Brei herumzureden, und der Schock traf mich mitten ins Herz. Verdammt, woher wusste sie so was? Es war kaum vorstellbar, dass meine Mutter, Milla oder Aisek ihr irgendwas gesagt hatten.

»Wie meinst du das?«, tat ich ahnungslos und sie hob den Blick, die linke Augenbraue ungläubig hochgezogen.

»Du leugnest? Wirklich schwach, Limea«, zog sie mich auf und es tat auf seine Art wirklich gut, ein Gespräch zu führen, in dem es nicht um Verantwortung, Leben und Tod oder die Fremdlinge vom Strand ging. Und trotzdem wusste ich nicht, woher sie es wissen konnte. Schließlich hatten wir es wirklich vermieden, vor den anderen irgendwelche Gefühlsregungen zu zeigen.

»Ich habe gesehen, wie ihr euch vorhin geküsst habt«, klärte sie mich endlich auf und ich biss die Zähne zusammen. Na gut, darauf hatte ich jetzt wirklich nicht geachtet.

»Oh«, machte ich nur matt. Es war alles so unerwartet gekommen. Niemals hätte ich damit gerechnet, dass ich mich in einen Fremdling verlieben würde.

Doch Basra schien das wenig zu schockieren. Sie grinste mich nur schief an und machte weiter ihre Schlingen. Sie hatte schließlich Erfahrung damit, ihre Liebe geheim zu halten. Zumindest vor ihren Eltern, wo ich ziemlich schnell gescheitert war. Lächerliche sechs Tage hatte ich es vor meiner Mutter verschweigen können. Aber meine Situation war auch eine ganz andere.

»Was wird aus ihm, wenn die ganze Sache hier vorbei ist?«, stellte Basra mir die Frage, die ich schon so lange verdrängt hatte, und ich zuckte mit den Schultern.

»Du meinst, wenn wir das überleben«, erwiderte ich spaßhaft, obwohl es eigentlich alles andere als witzig war. Aber es war ja schließlich Basra und die lächelte daraufhin sogar.

»Ja, natürlich. Wäre ja auch zu leicht gelöst, wenn ihr beide einfach draufgehen würdet«, gab sie mir ganz dreist zurück und ich konnte nur über ihren makaberen Humor schmunzeln. Doch dann wurde sie wieder ernst. »Ich glaube kaum, dass er bleiben darf«, sagte sie die schrecklichen Worte und ein Kloß bildete sich in meinem Hals.

»Er hilft uns zu überleben«, warf ich mein Argument ein und wusste selbst, dass es viel zu wenig war.

»Seit hundert Jahren erzählen sie uns, dass die Fremdlinge Tod und Zerstörung bedeuten. Selbst wenn dieser eine anders ist, kann ich mir nicht vorstellen, dass wir uns so einfach ändern können«, gab sie mir zu bedenken und war dabei so schonungslos direkt wie immer.

Zaghaft nickte ich und hätte am liebsten wieder geweint. Mein Bauch rumorte, mein Herz zog sich zusammen, und ich wusste gar nicht mehr, wie wir denn jetzt auf dieses schreckliche Thema gekommen waren. Vielleicht waren diese Gedankengänge aber auch längst überfällig gewesen.

Eigentlich hatte ich auch immer in mir gespürt, dass es so kommen würde.

»Wenn er gehen muss …«, begann Basra und ich wusste nicht, ob ich das Ende der Frage wirklich hören wollte. »… wirst du mit ihm gehen?«

Aufmerksam sah ich Basra an, betrachtete ihr Gesicht, bemerkte die sorgenvollen Falten, die sich jetzt schon ganz langsam auf ihrer Stirn und in ihren Mundwinkeln bildeten. »Würdest du?«, fragte ich.

»Für Rouvan? Sofort«, kam es ohne Verzögerung aus ihrem Mund und der Kloß in meinem Hals wurde zu einem Stein in meinem Magen. »Aber ich hätte auch kein Problem damit, meine Familie zu verlassen«, fügte sie hinzu und warf einen kurzen, fast abfälligen Blick zu ihrer übertalentierten jüngeren Schwester, die Milla bei einem Knoten half, den sie nicht hinbekam. »Nicht so wie du«, endete Basra und auch ich sah zu den Mädchen hinüber.

Und ich wusste, dass ich Milla niemals einfach so verlassen könnte.

30

DÄMMERUNG

Als sich der erste Schimmer von Helligkeit am Horizont zeigte, begann ich damit, die anderen zu wecken. Nicht viele von uns hatten geschlafen. Die meisten hielt die innere Anspannung wach, so wie mich.

Die Laternen waren schon vor Stunden ausgebrannt und mit der Dunkelheit schlich sich auch die Stille ein. Jeder hing seinen Gedanken nach, hoffte und bangte.

Mit dem Anbruch des neuen Tages ergriff uns alle eine Spannung, die auch die Müdesten von uns auf die Beine zwang. Langsam nahmen wir unsere Plätze ein. An jedem Reisighaufen postierten sich die Anwesenden und entzündeten weitere Laternen, damit das Feuer schon bereit war, wenn sie es brauchten.

Basra und ein paar andere liefen noch einmal durchs Moor, kontrollierten die gespannten Seile und den Weg, der für mich frei geblieben war. Schließlich sollte ich nicht in die eigenen Fallen geraten.

Mein Inneres spannte sich bis zum Zerreißen und ich musste mich bemühen, die Füße still zu halten, damit alle glaubten, ich wäre die Zuversicht selbst.

Doch ich hatte Angst vor den Fremdlingen, vor der Auseinandersetzung. Ich konnte nur hoffen, dass sie von mir abfallen würde, sobald ich die Drachenkriegerin in mir suchte.

Bisher hatte das funktioniert. Als ich Milla gerettet hatte, war da keine Angst in mir gewesen. Nur Wut und Erhabenheit. Und als ich vor dem Rat gestanden hatte, war dieses Gefühl auch über mich gekommen.

Dieser Mut und die Kraft, das Nötige zu tun, steckten irgendwo in mir drin. Ich musste nur darauf vertrauen, dass sie sich wieder zeigen würde, sobald ich sie brauchte.

Angestrengt fokussierte ich meine Gedanken auf das, was vor uns lag, und schweifte doch immer wieder zu Nóatún. Zu meinem großen Krieger, meinem Fremdling, meinem Herz.

Doch kaum hatte ich diesen Gedanken für mich formuliert, sprangen meine Gedanken weiter zu Milla. Meiner Schwester, die mich brauchte. Zu Mutter, die sich auf mich verließ. Zu Aisek, der immer noch mein bester Freund war, auch wenn er das vielleicht jetzt gerade nicht so sah.

Wenn ich wirklich wählen müsste zwischen Nóatún und meiner Familie, dann würde das die schlimmste Entscheidung werden, die ich je treffen musste.

Ein Horn ertönte in der Ferne und nicht nur ich wurde von dem Geräusch aufgeschreckt. Keiner hatte ein Wort gesprochen, eine eiserne Stille lag über uns. Doch das Horn riss uns heraus wie ein Donnern aus dem Schlaf.

Es war das Zeichen, dass sie kamen.

Neben mir schob Misha die Öllampe in den Reisighaufen und es dauerte nur Augenblicke, bis er Feuer fing und das feuchte Laub anfing zu rauchen. Der Rauch wurde schnell dicker und mit großen Blätterschirmen ins Moor hineingewedelt.

Auch für mich war die Zeit gekommen. Noch einmal lief ich den Weg durch das Moor, der jetzt zwar noch leicht zu erkennen war, gleich aber im Rauch der Feuer untergehen würde.

Ich durchschritt das Moor, von hinten bis ganz nach vorne, hielt den Kopf hoch erhoben, wie meine Mutter es mir vor Tagen gesagt hatte. Denn wir waren nicht schwach. Wir würden uns nicht kampflos geschlagen geben und ich spürte tatsächlich die Euphorie in mir, die mir Kraft gab und meine Schritte fester werden ließ.

Nóatún hatte mir gesagt, dass er mich für stark hielt. Und wenn ich es sein musste, dann konnte ich es sein.

Meine Schritte brachten mich ans vordere Ende des Moores, dort wo das sumpfige Wasser und das trockene Schilf in die weite Grasebene überging. Und wartete. Der Rauch hinter mir wurde dichter, verschluckte das Moor und alle darin befindlichen Geräusche.

Es war, als wäre ich plötzlich völlig allein hier und eine Gänsehaut zog sich über meinen Körper. Die Nacht war kalt gewesen und trotz der ganzen Aufregung, die mich warm hielt, spürte ich doch, wie die Kälte an meinen Kräften gezehrt hatte.

Ich rührte mich nicht, sah in die Ferne hinüber zum Waldrand, der die Grasebene zu meiner Linken abschloss und sich weiter nach hinten zog, wo der Wald das Moor einrahmte wie einen großen schlackigen Teich.

Jemand aus der Siedlung hatte das Horn geblasen. Aisek war dort, zusammen mit ein paar Bogenschützen, weit oben in den Bäumen. Ich hoffte inständig, dass es ihm gut ging, fragte mich, ob er wohl auch an mich dachte.

Sie hatten Todesrunen an Türen und Fenstern gemalt, aber würde es reichen, die Fremdlinge abzuschrecken? Würde all das Wasser, dass wir gestern in die Bäume getragen hatten, ausreichen, gegen ein paar Fackeln anzukämpfen?

Ging es Nóatún gut? Und meiner Mutter?

Wie lange würde es dauern, bis sie das Moor erreichten?

Die Anspannung in mir wurde schlimmer, meine Augen konzentrierten sich voll und ganz auf den Waldrand. Mit den Fingern strich ich über die Wurfmesser an meiner Seite, sah aus den Augenwinkeln das Schimmern der Drachenschuppen auf meinem Körper und zog den hohen Zopf auf meinem Kopf noch einmal fest.

Die Dämmerung schritt zügig voran und ließ einen bereits zwischen der Dunkelheit und den Schatten unterscheiden.

Und dann hörte ich sie. Noch bevor ich irgendetwas sehen konnte, vernahm ich ihr Gebrüll, ihre Hassbekundungen, wie sie Nóatúns Namen riefen und Beschimpfungen ausstießen, obwohl sie ihre Kräfte doch besser fürs Rennen genutzt hätten. Doch ihre Wut auf ihn war zu stark.

Ein Schatten kam aus dem Gestrüpp nicht weit von mir. Meine Mutter. Ihren Gesichtsausdruck konnte ich nicht richtig erkennen, dafür war es noch zu dämmrig. Doch ihre Haltung war angespannt, und sie rannte immer weiter am Waldrand entlang und auf mich zu. Sie schaffte es gerade noch, mir ein Zeichen mit der Hand zu geben, damit ich wusste, dass alles nach Plan verlief, da duckte sie sich schon ins hohe Gras und verschwand aus meinem Sichtfeld.

Keinen Augenblick später brach Nóatún durch das Unterholz und ich brauchte ihn nur zu sehen, schon bekam ich dieses Kribbeln im Bauch, wie unangebracht es auch sein mochte. Er kam ebenfalls auf mich zu, wurde ganz kurz langsamer, damit er die Fremdlinge, die sich gerade in vollem Rüstzeug aus dem Wald kämpften, nicht abhängte. Schließlich mussten sie auch weiter hinter ihm her.

Nóatún war mir schon so nahe, dass ich das kleine Lächeln sehen konnte, das er mir schenkte und das mir so unglaublich viel Kraft gab, die Angst in mir leiser werden ließ und die Entschlossenheit nur umso größer wurde.

Doch dann wurde er wieder ernst und kam abrupt zum Stehen. »Bei meinen Ahnen!« rief er laut und mit gespieltem Entsetzen, das ich ihm nicht abkaufte. Doch es war egal, denn die Fremdlinge mussten ja nur auf mich aufmerksam werden. »Die Drachenkriegerin!«, schrie er, als könnte ich ihm tatsächlich etwas anhaben, und es kam mir vor wie eine alberne Scharade, da ich genau wusste, dass er niemals so herumbrüllen würde, selbst wenn er tatsächlich Angst vor der Drachenkriegerin gehabt hätte. Dann rannte er weiter, dem raschelnden Zittern hinterher, das neben ihm durch das hohe Gras huschte.

Die Fremdlinge hatten aufgeholt, waren nur noch wenige Schritte davon entfernt, mich zu entdecken.

Hinter mir im Rauch, der mittlerweile wie wabernder Nebel wirkte, begannen genau in diesem Moment die Versammlungstrommeln zu schlagen und das Beerenfesthorn wurde so dröhnend geblasen, als wäre es tatsächlich ein Kriegshorn.

Die Fremdlinge zuckten zusammen, eine Horde riesiger Männer mit Waffen, deren Klingen länger waren als mein Unterarm. Äxte, Schwerter, lange Messer, Speere, Schilde aus Holz und schimmerndem Eisen. Sie kamen ins Straucheln, als das Gedonner aus dem

Nebel sie in ihrer Jagd unterbrach, und ich straffte die Schultern, während ich mit grimmigem Gesichtsausdruck auf sie zuschritt und mir selbst sagte, dass ich nicht rücksichtsvoll sein durfte. Sie mussten mich als Bedrohung sehen, als Ziel, und mir in den Rauch folgen. Zumindest ein Teil von ihnen.

Ohne lange darüber nachzudenken, schnappte ich mir eins meiner Messer und warf es auf einen der Fremdlinge. Jetzt konnte ich sie noch verletzen, wo das Überraschungsmoment auf meiner Seite war und sie ihre Deckung vernachlässigten.

Mein Messer traf sein Ziel, so wie ich es schon Hunderte Male geübt und bei der Jagd eingesetzt hatte, und bohrte sich in den ungeschützten Hals eines Mannes, der mir am nächsten stand.

Er gab einen erschrockenen Laut von sich, fasste sich an die Kehle, sodass sich seine Hände rot verfärbten, und riss die anderen aus der Starre, in der sie ein Augenzwinkern lang verharrt hatten.

»Diese verdammte …!«, hörte ich eine Stimme brüllen und wusste, dass es Askur war, der mich nun auch gesehen hatte. »Ich will ihren Kopf!«, schob er hinterher und übertönte mit seiner wütenden Stimme sogar die Trommeln. Auf ein einziges Zeichen von ihm teilte sich seine Horde, so wie wir es gehofft hatten. Der größere Teil rannte weiter hinter Nóatún her, der auf der weiten Grasebene auch in der Entfernung noch gut zu sehen war, während etwa fünf oder sechs von ihnen auf mich zukamen.

Der, den ich getroffen hatte, klappte röchelnd hinter ihnen zusammen, doch sie beachteten ihn gar nicht und ich ließ meinen Blick nicht von ihnen, hatte keine Zeit, um meine Taten zu reflektieren.

»Na kommt schon, ihr törichten Männer!«, spornte ich sie sogar noch an, mir zu folgen, und wich ganz langsam nach hinten zurück. »Ich habe euch gesagt, ihr sollt meine Insel verlassen«, erinnerte ich sie und war selbst erstaunt darüber, wie frech ich mich auf einmal geben konnte. Die Drachenkriegerin brachte wirklich einen Teil in mir zum Vorschein, von dem ich früher nicht ahnte, dass es ihn gab.

»Jetzt werdet ihr meinen Zorn ernten«, rief ich ihnen noch zu und verschwand in einer Wolke aus Rauch. Beißend stieg er mir in die Augen und das Atmen fiel mir schlagartig schwerer. Doch die

Rauchschwaden waren nicht flächig und so brauchte ich nur ein paar Schritte hindurch.

»Das werden wir ja sehen, Weibsstück!«, hörte ich sie hinter mir spotten und machte mir keine Gedanken über ihre Worte. Sollten sie nur reden.

Schnell kontrollierte ich, wo der Weg entlangführte, auf den ich sicher meine Füße stellen konnte, und verschwand in der nächsten Rauchwand, als die Krieger hinter mir auftauchten.

»Lauf nicht weg, du feiges Stück!«, geiferten sie und gaben noch ein paar großkotzige Sprüche von sich, die ihnen bald vergehen würden, wenn sie merkten, dass sie schnurstracks in eine Falle liefen.

Leichtfüßig tänzelte ich einen Zickzackweg um die Moorbecken herum und hörte schon das erste Platschen, als einer der Fremdlinge mit dem Fuß in das schlackige Wasser trat. Fluchend rissen sie sich zusammen, versuchten schneller hinter mir herzukommen, damit sie mich erwischten. Doch an ihren Stimmen konnte ich hören, dass ihnen sehr schnell bewusst wurde, dass ich hier im Rauch sehr viel mehr Vorteile hatte als sie.

In meiner Nähe erhoben sich Schatten, die durch den Nebel huschten und klingelnde Geräusche von sich gaben, um die Verwirrung perfekt zu machen. Selbst auf meinen Armen breitete sich eine Gänsehaut aus, obwohl ich wusste, dass es unsere Jägerinnen waren.

Unser Plan war noch besser, als ich es für möglich gehalten hatte, und ich gab ein vom Rauch heiseres, fast schon böses Lachen von mir. So viel Angst hatte ich gehabt, dabei war meine Aufgabe noch eine der leichten.

Als der erste Fremdling über ein Seil stolperte und mit einem lauten Klatschen in eins der Moorbecken fiel, erfasste mich ein unglaubliches Triumphgefühl, das mir wie kleine Flammen über die Haut leckte und mich anspornte, den Verfolgern noch knapper in die nächste Rauchschwade auszuweichen.

Jeder, der stecken blieb, würde so schnell nicht wieder da rauskommen. Was wie Wasser aussah, war in Wirklichkeit widerlich klebriger Schlamm. Und wenn man erst einmal richtig drinsteckte, zog das Moor einen nach unten in seinen kalten Schlund.

Die Fremdlinge fielen ganz langsam der Panik anheim, schlugen mit ihren Waffen wild um sich, verloren einander im Rauch, husteten und schimpften, und ich lockte sie einzeln in die Falle.

Die Fallenschlingen kamen zum Einsatz, wurden geworfen und zogen an Armen und Hälsen der Hünen. Wir waren nicht stark genug, sie auf diese Weise zu binden, doch es reichte aus, sie einen nach dem anderen in die stinkenden Moorbecken zu manövrieren, in denen sie stecken blieben. Wenn sie vorher nicht schon von selbst hineingelaufen waren, ohne es zu merken. Wenn das Wasser in die Stiefel schwappte und sie spürten, dass der Untergrund nicht ganz so fest war, wie sie vermuteten, war es schon um sie geschehen.

Gerade sprang ich über eine der Markierungen am Boden, die Basra mir gemacht hatte, und hielt nach weiteren Gegnern Ausschau, da drang ein Aufschrei durch den Rauch. Er scheuchte mich auf, ließ mich mit rasendem Puls fürchten, jemandem von uns wäre etwas zugestoßen. Doch schnell erkannte ich, dass es ein Jubelruf war, der von den anderen aufgenommen und geteilt wurde. Sie alle brüllten ihren Sieg heraus. Denn auch wenn ich bei meinem Tanz zwischen den Moorbecken hindurch den Überblick verloren hatte, waren andere aufmerksamer gewesen als ich. Wir hatte sie alle.

Mir fiel ein ganzer Berg vom Herzen, so leicht fühlte es sich in meiner Brust an, und das trotz des Rauches, der mich immer heftiger in die Lunge biss. Unser Plan war aufgegangen, ohne Komplikationen und ohne Verluste. Es war ein absolutes Wunder.

Es wurde der Befehl gegeben, die Feuer nicht weiter zu nähren und auch keinen Rauch mehr in die Moore zu wedeln, und es dauerte nicht lange, bis es sich besser sehen und auch atmen ließ.

Und tatsächlich. In der Eile hatte ich mich verzählt. Es war sogar noch einer mehr. Sieben der Fremdlinge steckten in den Moorbecken fest und nur einer von ihnen hatte seine Waffe noch in der Hand.

Mit lässigen Schritten trat ich an den Rand eines Moorbeckens und sah in die todeswütigen Augen eines Fremdlings, dessen Rüstzeug mit stinkendem grauen Moorschlamm bespritzt war. Verzweifelt ruderte er mit den Armen, versuchte den glitschigen Rand der Becken zu erreichen und sich am brüchigen Schilf herauszuziehen. Doch es war vergebens. Ohne unsere Hilfe würde er einfach ertrinken. Ziemlich rasch sogar, denn die Fremdlinge waren schwer und das Moor zog sie in seine dunklen, nassen Tiefen.

Und wir würden unseren Vorteil aus ihrer misslichen Lage ziehen und sie gefangen nehmen.

»Du Hexenkind!«, knurrte er mir entgegen und warf den Knüppel nach mir, den er noch in der Hand gehalten hatte. Haarscharf wich ich dem schweren Geschoss aus und zwang mich, äußerlich die Ruhe und Überlegenheit zu bewahren. Noch einen letzten Moment die Drachenkriegerin zu sein, deren Körper im Licht der fortschreitenden Dämmerung auf unzähligen goldroten Schuppen zu schimmern begann.

»Ihr hättet auf mich hören sollen. Jetzt ist es zu spät«, warf ich ihm meine Worte gefühlskalt vor die Füße und entfernte mich mit schwingenden Hüften von ihm.

Der Rauch verschwand so weit, dass ich all die Menschen erkennen konnte, die um das Moor herumstanden und mir mit in die Luft gereckten Armen zuriefen.

»Wir fesseln sie und ziehen sie dann raus!«, verkündete ich laut und die anderen jubelten.

Ich wusste, Nóatún hätte das anders gesehen. Er würde diese Männer ihrem Schicksal, ihrem nassen Grab überlassen. Ein Stück weit konnte ich das sogar verstehen. Doch so war ich nun mal nicht. Eine Verteidigerin, ja. Eine Retterin, vielleicht. Aber eine Mörderin, auf keinen Fall.

Milena kam auf mich zu und auch Basra schlängelte sich über die Moorpfade, um mich ohne groß zu überlegen in ihre Arme zu schließen.

»Du bist eine echte Heldin«, flüsterte sie mir zu und ich drückte sie voller Erleichterung zurück, auch wenn ich das nicht so sah wie sie.

Die Kraft der Drachenkriegerin verließ mich zusehends und zurück blieb ich, müde von der Nacht voller Bangen.

»Wir haben das alle zusammen geschafft«, gab ich zurück und sie grinste mich an, während sie mich langsam wieder losließ.

»Rede dir das nur ein, meine liebe Drachenkriegerin«, erwiderte sie lachend und drehte sich dann zu ein paar anderen, um sich mit ihnen auszutauschen, welche Knoten wohl zum Fesseln der Fremdlinge am besten geeignet waren.

»Limea«, hörte ich die Stimme meiner Schwester und mein Blick fand sie sofort links von mir, neben Misha am Waldrand.

Schnell berührte ich Basra an der Schulter, damit sie wusste, dass ich gehen würde, und lief auf Milla zu.

Es brauchte nicht viele Schritte, um zu merken, dass etwas nicht stimmte, denn sie sah im Gegensatz zu all den anderen kein bisschen erleichtert aus. Und auch Mishas Gesichtsausdruck ließ darauf schließen, dass irgendwas nicht in Ordnung war.

Sofort kam das drückende Gefühl zurück, das mir in der Nacht Schlaf und Nerven geraubt hatte, und prasselte mir über den Körper wie ein kalter Regenguss. Ich lief schneller, wäre beinahe noch in ein Moorbecken getreten und kam stolpernd am Waldrand an.

»Ist dir was passiert?«, rief ich, noch bevor ich sie erreicht hatte, und Milla kam mir entgegen.

»Das Horn der anderen hat nicht geblasen. Ich habe versucht drauf zu achten, aber an den Felsen hat keiner das Signal gegeben, dass die Fremdlinge sie erreicht haben«, teilte sie mir mit, fasste nach meinen Händen und mir wurde schlagartig übel.

Denn es gab nur wenige Erklärungen dafür, eine schlimmer als die andere. Entweder Nóatún hatte die Felsen nie erreicht, weil sie ihn vorher erwischt und getötet hatten.

Oder der Plan war schiefgelaufen und die Fremdlinge waren nicht in die Falle gegangen. In dem Fall müssten wir mit noch mehr Toten rechnen.

31

KRIEG

Auf die Schnelle versuchte ich einen klaren Gedanken zu fassen, mich nicht von der Panik überrollen zu lassen, die sich in Windeseile in meiner Brust ausbreitete und mir die Lunge zerquetschte.

Es konnte schließlich auch einfach sein, dass wir das Horn der anderen überhört hatten. Oder dass andere Umstände sie gezwungen hatten, es nicht zu benutzen, die nichts mit Tod und Zerstörung zu tun hatten.

Doch ich würde nicht drum herumkommen nachzusehen. Ich musste wissen, was vor sich ging, sehen, dass Nóatún am Leben war und Mutter wohlauf.

Milla konnte ich jedoch auf keinen Fall dorthin mitnehmen.

»In Ordnung. Ich werde zur Schlucht gehen und sehen, was los ist«, fasste ich meine Gedanken in Worte und Millas Gesicht wurde noch sorgenvoller als ohnehin schon. Sie sah so erwachsen aus, wie sie da vor mir stand, fast schon so groß wie ich, mit einer Falte auf der Stirn, die in ihrem Alter da noch nicht sein sollte.

»Milla, geh bitte zurück in die Siedlung«, bat ich sie und sie schüttelte sofort den Kopf und öffnete den Mund zu einer Erwiderung, doch ich ließ sie nicht zu Wort kommen. »Wenn irgendwas nicht nach Plan läuft und die Fremdlinge frei herumlaufen, dann werden sie zurückkommen. Du musst Aisek und die anderen warnen. Es darf niemand mehr in der Siedlung sein, falls sie kommen.«

Jetzt nickte Milla. Das leuchtete ihr ein. Ich sagte ihr nicht, dass ich nur Angst hatte, sie würde mir folgen.

Aus einem Impuls heraus zog ich sie an mich und schlang meine Arme um ihren schmalen Körper. »Ich hab dich lieb«, flüsterte ich ihr zu und spürte die Schwere in meinem Herz, die sich anfühlte wie ein Abschied, obwohl ich nicht wusste wieso. Doch ich hoffte natürlich nicht, dass ich bei dieser Sache sterben würde. Zumindest hatte ich es nicht vor.

»Ich passe auf sie auf«, versicherte Misha und ich nickte ihr dankend zu. Dann löste ich mich von Milla, sah sie nur noch ganz kurz an und riss mich dann los. Sie würde in Sicherheit sein. Misha würde schon dafür sorgen. Und Basra und Aisek sicher auch. Jetzt musste ich mir ganz andere Sorgen machen.

Entschlossen drehte ich mich um und rannte los, am Waldrand entlang zur Grasebene. Von allein fuhren meine Finger über die Messer an meiner Hüfte und ich stellte fest, dass eins fehlte. Ich hatte es auf den Fremdling geworfen, dessen riesiger Körper auch schon vor mir auftauchte. Wie ein gefallener Riese lag er am Boden, die Augen noch offen, den Hals voller Blut.

Dies war mein Werk. Ein Schrecken erfasst mich und Ekel krampfte mir den Magen zusammen. Wäre er nicht weitestgehend leer, hätte ich mich übergeben.

So oft war ich schon auf der Jagd gewesen, doch ein Tier zu töten, dessen Fleisch man aß und mit dessen Fell man sich kleidete, war etwas ganz anderes, als einen Menschen zu töten.

Ich hatte es getan, um mein Volk zu beschützen, und trotzdem fühlte es sich schlecht an. Die Wahl war nur wir oder sie und doch hasste ich es. Diese schrecklichen Entscheidungen, die nur Schlechtes hervorbrachten.

Doch das war wohl der Krieg. Und eins musste ich dem Rat lassen, wie viel Ärger sie mir auch in den letzten Tagen gemacht hatten, sie hatten recht gehabt, dass der Krieg eine furchtbare Sache war.

Jetzt konnte ich mir all das Leid und die Zerstörung von damals viel besser vorstellen, von denen sie uns immer gepredigt hatten. Aus diesem Grund waren die Fremdlinge von der Insel verbannt worden, um das nie wieder zu erleben.

Und doch war es auch naiv, einfach die Augen zu schließen, alles zu vergessen und zu hoffen, dass es sie nie einholen würde.

Ich haderte nicht lange mit mir, trat auf den toten Körper zu, griff nach dem Wurfmesser in seiner Wunde und zog es heraus. Es gab ein schmatzendes Geräusch und noch mehr Blut entwich. Zwanghaft versuchte ich zu ignorieren, dass es ein Mensch war, der hier vor mir lag. Das machte es mir aber nur wenig leichter und ich stolperte von dem Fremdling zurück, machte ein paar unsichere Schritte und besann mich auf mein Ziel. Die Felsenschlucht.

Schnell nahm ich an Tempo auf, spürte, wie sich die Muskeln in meinen Beinen spannten und die Kälter der Nacht vertrieben. Meine Füße trugen mich an der Grasebene entlang, dem heller werdenden Horizont entgegen. Meine Füße berührten kaum den Boden, mein Herz schlug immer schneller.

Mein Geist dachte sich schreckliche Szenarien aus, noch mehr tote Menschen, den Geruch von Blut in der Luft, die Fremdlinge wie Monster aus roher Gewalt. Und obwohl ich so sehr hoffte, ich würde mich irren und das alles nur die dumme Einbildung meiner Überreaktion war, spürte ich, dass etwas nicht so war, wie es sein sollte.

Egal wie viel meine Fantasie sich jedoch zusammensponn, ich war nicht vorbereitet auf das, was mich erwartete.

Das Erste, was ich wahrnahm, war der dumpfe Klang von Lärm in der Ferne. Ich rannte so schnell ich konnte, meine Lunge brannte, mein Herz hämmerte schmerzhaft gegen meine Rippen. Der Lärm wurde lauter, Geschrei und das Klirren von Metall. Unsere Falle war nicht zugeschnappt.

Es hätte genauso einfach sein sollen wie bei uns im Moor. Die Felsenschlucht war zwar nicht groß, aber daher auch nicht zu offensichtlich, dass es sich um einen guten Platz für einen Hinterhalt handelte.

Die Stärkeren unter uns, die Forster und die Feldarbeiter, hatten die ganze Nacht große Felsstücke hinauf auf die beiden Hügelkämme geschleppt und dort aufgeschichtet. Nóatún hätte auf seiner gespielten Flucht nur durch das schmale Tal zwischen den Felskämmen rennen müssen. Die Fremdlinge wären ihm gefolgt und die Steine hätten sie von oben begraben.

Doch es war wohl nicht passiert. Als ich den Fuß des Hügels erreichte und die ersten Sonnenstrahlen den Himmel rot färbten, sah ich den ersten Toten. Es war einer der Seilknüpfer, Saroll. Sein Oberkörper war aufgeschlitzt, Organe kamen zum Vorschein und Blut tränkte den Boden.

Entsetzt geriet ich ins Straucheln, unterdrückte den Drang, einen Schrei von mir zu geben, und eilte den Hügel nach oben. Ich brauchte nicht weit zu rennen, da sah ich sie kämpfen. Die Fremdlinge, die ihre Waffen schwangen, brüllten und sich auf ihre Angreifer stürzten. Wir waren viel mehr als sie und doch wirkten wir winzig im Gegensatz zu ihnen. Es war nicht nur ihre Körpergröße, auch das Rüstzeug, das sie trugen, ihre Haltung, ihr Gebrüll. Sie waren Krieger und wir hatten kaum eine Chance gegen sie.

Der Boden war rot vom Blut und dem Licht der Sonne, und ich konnte mich für einen Moment nicht von der Stelle bewegen, war erstarrt vor Entsetzen. Ein Pfeil schoss an mir vorbei und riss mich aus meinem Schock.

»Die Drachenkriegerin!«, hörte ich eine kratzige Stimme schreien und da kam auch schon ein hünenhafter Fremdling auf mich zugerannt. Kraftvoll schwang er seine Axt, tödlich und unaufhaltsam, und ich konnte nur einen schnellen Satz zur Seite machen, um nicht von der riesigen Klinge getroffen zu werden.

Eilig rollte ich mich auf dem Boden ab und sprang mit dem gleichen Schwung wieder auf die Füße. Der Fremdling konnte zum Glück nicht so schnell reagieren, da sein eigenes Gewicht und der schnelle Lauf ihn erst weiter bergab zog, ehe er umdrehen und sich wieder auf mich stürzen konnte. Doch diesmal war ich schneller. Ein Messer glitt durch meine Hand und traf eine der wenigen Schwachstellen, die ihr Rüstzeug hatte und die ich mit meinen Wurfmessern ernsthaft verletzen konnte: den Hals.

Ich wartete nicht darauf, ob mein Angriff tödlich gewesen war, und lief die letzten paar Schritte auf die Hügelkuppe hinauf. Das nächste Messer war schon in meiner Hand und ich jagte es einem der Fremdlinge in den Oberarm, als er gerade ausholte, um einem der Forster mit seinem Streithammer den Schädel einzuschlagen. Doch er taumelte zurück, verlor den Hammer und das verschaffte dem Forster die Chance, ihm einen langen Speer durch die Schnürung an der Seite seines Rüstzeugs zu stoßen und die Waffe in seinen Körper zu rammen.

»Limea!«, rief der Forster und erst jetzt wurde mir bewusst, wer er war. Es war Helin, einer von Aiseks Brüdern. Er schnappte sich ohne langes Zögern den Streithammer, den der Fremdling fallen gelassen hatte, hievte ihn mit einiger Mühe hoch und warf sich damit beinahe todesmutig auf den nächsten Feind, der ihn dabei mit der Klinge seines Schwertes an der Seite traf.

Helin taumelte zurück, verletzt, aber nicht tot und ich eilte an seine Seite, um den Fremdling von ihm abzulenken, der schon ausholte, um ihm den Rest zu geben. Es funktionierte, aber ich verlor Helin aus den Augen, als ich dem Schwert mit einem gewagten Hechtsprung auswich.

Der felsige Untergrund schürfte mir die Schulter auf, doch ich achtete nicht darauf, spürte es sogar kaum. Mein Herz pumpte unentwegt im schnellen Takt des Kampfes, durch meine Adern flutete eine ungeheure Anspannung, die meine Sinne schärfte und mich gleichzeitig hektisch machte.

Der Fremdling mit dem Schwert wurde von hinten attackiert, als ich gerade wieder auf die Füße kam, und drehte sich von mir weg. Meine Finger glitten meinen Messergurt nach unten und zogen die nächste Klinge heraus. Es waren nicht mehr viele übrig und ich würde nicht für jeden eine haben.

Schreie zogen meinen Blick nach rechts und ich musste das schmerzvolle Ende von Karrin, einer Jägerin, miterleben, ehe ich reagieren und mein Messer schleudern konnte. Der Fremdling sah es kommen, wehrte es mit der metallenen Schiene ab, die er am Arm trug, und startete seinen Angriff. Sein Schwert war länger als mein Arm und ich wich ihm aus, als er es auf mich niedersausen ließ. Diese verdammten Fremdlinge waren wirklich schnell für ihre Körpergröße.

Ich machte einen Satz zur Seite, blieb mit dem Fuß an etwas Weichem hängen und fiel über den toten Körper einer weiteren Jägerin. Sura, die mich mit leeren Augen anstarrte. Erschrocken stockte mir der Atem und meine Augen fingen gefährlich an zu brennen. Wie konnte es nur sein, dass hier gerade etwas so Entsetzliches geschah?

Mit einem Kampfschrei stürzte sich ein Schatten zwischen mich und den Fremdling, der mich mit seinem nächsten Schlag sicher getötet hätte, wenn nicht Metall auf Metall gekracht wäre.

Mein Blick schnellte nach oben. Kaera. Sie hielt ebenfalls ein Schwert in der Hand, nicht ganz so lang wie das ihres Angreifers, aber dafür konnte sie erstaunlich gut damit umgehen. Sie parierte seine Hiebe, fügte ihm sogar eine fiese Verletzung zu und ich musste mich selbst daran erinnern, dass ich keine Zeit hatte, hier zu sitzen und meinem Schock zu erliegen.

Mühsam rappelte ich mich auf, schnappte mir mein vorletztes Messer und wollte gerade zielen, da erwischte mich ein so harter Schlag im Rücken, dass mir die Luft wegblieb und ich wieder zurück auf den Boden geworfen wurde. Das Messer schlitterte über den Felsboden davon und ich wusste nicht mehr, wo es war, da mir schwarze Punkte vor den Augen tanzten.

»Nein!«, hörte ich Kaera brüllen, ihre Stimme völlig verzerrt, und das stumpfe Geräusch von einer Waffe, die in Fleisch schnitt, drang an meine Ohren. Blut spritzte auf den Boden direkt vor meinen Füßen und einer der Fremdlinge fiel wie ein gefällter Baum.

Meine Hände zitterten, doch ich stemmte mich trotzdem vom Boden hoch, versuchte meine Sinne wieder zusammenzubekommen und wurde an den Schultern gepackt. Mit einem Ruck stellte Kaera mich wieder auf die Füße und ich zuckte vor ihrem Anblick zurück.

Ihr Gesicht war dunkelrot gesprenkelt, die Augenbrauen drohend zusammengezogen. Doch am stärksten erschreckte mich das lange Messer, das in ihrer Brust steckte. Sie stand noch, doch eigentlich war sie so gut wie tot.

»Kaera«, flüsterte ich ihren Namen und sie drückte mir ihr Schwert in die Hand.

»Kämpfe!«, knurrte sie und brach vor mir zusammen. Ich wollte schreien, heulen, weglaufen und nie wieder hervorkommen, doch ich hatte keine Zeit dafür. Denn etwas raste auf mich zu und ich schaffte es gerade noch, das Schwert in die Höhe zu reißen, um nicht davon getroffen zu werden.

Doch die Wucht des Schlages riss mir die Waffe aus der Hand und ich starrte direkt in die hassverzerrte Maske von Askur. Er musste

mich nur sehen und schon tauchte in seinem Mundwinkel ein widerwärtiges Grinsen auf. Als hätte er keine Verwendung mehr dafür, ließ er seine riesige zweischneidige Axt einfach zu Boden fallen und griff mit seinen riesigen Händen nach meinem Hals.

Ich versuchte zu entkommen, mich unter seinen Händen hindurchzubücken, doch ich war zu langsam, zu geschwächt von meinen eigenen Gefühlen und dem Schock, der mich verzögert denken ließ.

Die rauen Pranken drückten zu, schnürten mir die Luft ab und ich versuchte, meine Fingernägel in seine Haut zu schlagen. Er reagierte nicht darauf, nicht mal, als ich die Haut durchdrang und blutige Male hinterließ.

Mir wurde schwindelig, meine Lunge schrie nach Luft, brannte, als würde Feuer darin lodern.

Jetzt und hier würde ich sterben, durch die Hand eines Fremdlings, schoss es mir durch den Kopf und da sah ich Nóatún. Auch er war mit blutigen Spritzern übersät, schwang die Axt eines anderen, als wäre sie die Verlängerung seines Armes, und mein Herz machte einen unerwarteten Satz, schickte mir einen kleinen Rest an Kraft.

Ein einziger, klarer Gedanke schoss mir durch den Kopf, ich zog mein letztes Messer aus meinem Gürtel und rammte es Askur durchs Handgelenk.

Und diesmal reagierte er doch. Er stieß einen animalischen Schrei aus und schleuderte mich mit gewaltiger Kraft durch die Luft.

Alles drehte sich, hart krachte ich mit dem Rücken gegen einen Felsen und sackte einfach auf den Boden. Ich würgte, hustete und bekam kaum Luft, doch ich konnte wieder atmen.

Mein ganzer Körper zitterte, mein Blut rauschte mir so laut in den Ohren, dass ich nichts hören konnte, und nur mühsam schaffte ich es, die Augen zu öffnen. Ich erwartete Askur zu sehen, wie er auf mich zukommen würde, seine Axt in der Hand, um mir endgültig ein Ende zu setzen.

Doch so war es nicht. Nóatún stand mit dem Rücken zu mir, zwischen uns. Ich erkannte ihn an seiner Haltung, an der geschmeidigen Art seiner Bewegungen. Dem Schlag von Askurs Axt hielt er mit seiner eigenen entgegen, brüllte so laut, dass ich es trotz meiner tauben Ohren wahrnahm. Er bewegte sich schnell, kämpfte mit allem, was er hatte und sorgte gleichzeitig dafür, dass er sich immer zwischen mir und dem Feind befand.

Mein flatterndes Herz wurde schneller, meine müden Augen weiteten sich und ein warmer Strom kehrte in meinen Bauch zurück und wärmte meine Seele. Denn Nóatún beschützte mich.

Pfeile sausten durch die Luft, prasselten auf Askur nieder und wurden von seinem Rüstzeug abgewehrt. Aber sie lenkten ihn auch für einen Moment ab, dieser eine kleine Moment, den Nóatún nutzte, um nach vorne zu springen und dem Widerling mit einem Schlag den Kopf vom Rumpf zu trennen.

Ich konnte nicht hinsehen, schloss die Augen, spürte den Sand unter meinen Fingern, die Kiesel, die mir in ins Bein drückten, hörte die Rufe von vielen Stimmen. Stimmen, die nicht tief und rau waren, sondern solche, die wie meine waren, die zu meinem Volk gehörten. Und sie bejubelten unseren Sieg.

Einen blutigen Sieg, der in uns allen Trauer hinterlassen würde, um die Menschen, die wir verloren hatten. Doch im Moment wusste ich nur, dass ich erleichtert war. Es war vorbei.

Und meine Sinne fielen hinunter in die Schwärze einer Ohnmacht.

32

NÓATÚN

Langsam dämmerte ich aus meiner Ohnmacht in die Wirklichkeit zurück. All die Aufregung, die mich betäubt hatte, war gegangen und mein Körper fühlte sich zerschlagen an. Mein Kopf tat weh, mein Rücken schmerzte, die Schramme an meiner Schulter brannte, als hätte man Essig hineingegossen.

Doch ich spürte auch die Wärme eines anderen Körpers, die Kraft, die mich hielt, das leichte Schaukeln einer Gehbewegung. Jemand trug mich und ich wusste sofort, dass es Nóatún war. Die großen Hände, die mich berührten, die stark ausgeprägten Muskeln, an die er meinen Kopf gebettet hatte, das Gefühl von Vertrautheit in meinem Herz.

»Nóatún«, flüsterte ich seinen Namen und er blieb stehen, neigte mir seinen Kopf entgegen, zog mich vorsichtig noch ein bisschen fester an sich.

»Es ist geschafft«, antwortete er mir und seine Stimme war tief und rau. Sie war voller Erleichterung und mir ging auf, dass es für ihn nicht nur ein Kampf gewesen war. Er hatte den Mann getötet, der seine Familie ermordet und ihn zum Sklaven gemacht hatte. Er hatte uns nicht bloß geholfen, sondern auch um seine eigene Freiheit gekämpft, um das Leben, das er verloren hatte vor so langer Zeit.

Es dauerte etwas, bis es mir gelang, meine Augen zu öffnen. Die Welt war hell und sonnig, als wäre heute nur ein Tag wie jeder andere. Nicht etwa der Tag, nach dem wir unser Volk verteidigt hatten. Nach dem so viele von uns ihr Leben gelassen hatten. Ich versuchte nicht daran zu denken, mir die Bilder nicht in Erinnerung zu rufen. Suras tote Augen, Kaera, die gestorben war, um mich zu retten.

Ich schluckte hart gegen das trockene Gefühl in meinem Hals an, wollte mir die Hände vors Gesicht schlagen, um meine Augen zu verdecken, und mich selbst daran hindern, in Tränen auszubrechen. Doch als ich die Handflächen anhob, sah ich die Schrammen daran, die dunklen Blutkrusten unter meinen Fingernägeln, die Spritzer an meinen Armen. Mein Atem ging nur stoßweise, als mein Brustkorb sich schmerzhaft zusammenzog, und ich hätte gern laut geschrien, doch dafür fehlte mir die Luft.

Wortloses Entsetzen drehte in meinem Kopf auf und ich fühlte mich, als wäre ich immer noch dort, als würde Askur seine Hände wieder um meinen Hals legen und alle noch einmal sterben.

»Schh«, machte jemand an meinem Ohr und zog mich noch enger in seine Umarmung. Nóatún, der mich hielt, der seine Wange an meine schmiegte.

Verzweifelt schlang ich ihm die Arme um den Hals, zog mich an ihn mit dem bisschen Kraft, die ich noch hatte, und dann kamen die Tränen durch, die ich schon so lange zurückhielt.

Ich weinte laut wie ein Kind. Tränen rannen mir übers Gesicht, meine Nase begann zu laufen und ich klammerte mich nur immer weiter an den starken Körper, der mir Halt gab wie ein fester Fels in den ungestümen Gezeiten.

»Ich weiß, ich weiß«, murmelte er mir ins Ohr, streichelte ganz sanft meinen geschundenen Rücken, trug mich weiter auf seinem Arm, war stark für uns beide. »Aber wir haben viele gerettet«, fügte er leise hinzu und ich wusste, dass er mich damit trösten wollte. »Deine Schwester ist am Leben, und deine Mutter auch.«

Auch wenn ich gerade noch geglaubt hatte, mich nie wieder zusammenreißen zu können, schaffte Nóatún es doch, mich mit diesen Worten aus meinem Strudel aus leidvollen Gedanken wieder herauszuziehen. In meinem Kopf wurde es wieder stiller, als ich an Milla dachte, die jetzt in Sicherheit war. An Mutter, die so viel riskiert und doch überlebt hatte. Mein rasender Herzschlag beruhigte sich langsam wieder und meine Tränen versiegten.

»Sag mir, wohin ich gehen muss, damit wir zum Fluss gelangen«, forderte Nóatún mich leise auf und ich nickte, weil das eine wirklich gute Idee war. Der Fluss würde das Blut von unserer Haut spülen, würde uns ein Stück weit von dem entfernen, was im Morgengrauen geschehen war.

Mühsam hob ich den Kopf von Nóatúns Schulter und sah ihn an. Sein Gesicht sah müde aus und der Krieg haftete ihm auf der Haut wie ein bizarres Muster aus Blut, Staub und dunklen Schrammen. Haarsträhnen klebten ihm an der Stirn.

Ich ließ meine Hand von seiner Schulter gleiten und berührte seine Lippen, die an einer Stelle aufgesprungen waren, und zeichnete hauchzart den dunklen Bluterguss nach, der sich langsam auf seinem linken Wangenknochen bildete.

Mein Krieger.

Sein Blick richtete sich auf mich, und seine Augen waren noch genauso silbergrau wie zuvor. Wie die Oberfläche eines Sees bei bewölktem Himmel.

Ohne viel darüber nachzudenken, fasste ich in sein Haar und zog seinen Kopf zu mir herunter, um ihn zu küssen. Er hatte mein Leben gerettet und für uns gekämpft. Furchtbar geschunden sah er aus und trotzdem brachte er so viele Gefühle in mir zum Klingen.

Wir waren noch am Leben. Der Krieg hatte unsere Insel heimgesucht, wir hatten ihn durchgestanden und doch waren wir noch zusammen. Auch wenn ich gesehen hatte, wie er kämpfen konnte und dass er noch gefährlicher war, als ich mir jemals hätte ausmalen können. Auch wenn mit ihm dieser ganze Albtraum erst begonnen hatte, war ich so dankbar, dass ich ihn getroffen hatte. Es war die beste Entscheidung meines Lebens gewesen, den verletzten Mann am Strand auf eigene Faust in eine Höhle zu schleppen und mich darum zu kümmern, dass er nicht seiner Wunde erlag.

Ich hatte ihm mein Herz geöffnet und er mir seins, und das, obwohl wir aus so unterschiedlichen Welten kamen.

Samt Kleidung stieg Nóatún mit mir auf dem Arm ins kalte Wasser des Flusses. Vorsichtig ließ er meine Beine los und stellte mich auf dem steinigen Grund des Flusses ab, nahm die Hände jedoch nicht von meiner Taille.

Das frische Wasser tat gut auf meiner geschundenen Haut und den überspannten Nerven. Es nahm all den Dreck des Kampfes mit sich, das Blut und auch die Farbe, die immer noch auf meinen Körper gemalt war. Rot, Gold und etwas Blau floss ineinander, ergab dreckig lilafarbene Schlieren mit goldenem Glanz, die von der Strömung davongetragen wurden. Mein Körper fühlte sich fremd an, als ich mir das Gesicht wusch und mit den Fingern durch meine Haare strich.

Als die Kälte mich immer stärker zittern ließ, half Nóatún mir wieder ans Ufer und setzte mich ins Gras. Meine Beine waren ganz schwach und es machte mir Mühe, meine Schulter nach vorne zu beugen, um einen Blick auf die Schrammen zu werfen, die nässend brannten, seit der Sand und die Farbe herausgewaschen waren.

Es sah nicht halb so schlimm aus, wie es sich anfühlte und dann wurde mein Blick von einer Bewegung abgelenkt. Wie von allein drehte ich den Kopf in Richtung Wasser, wo Nóatún sich etwas mühsam die zerfetzten Reste seines schwarzen Obergewandes über den Kopf zog. Blasse Haut über unglaublicher Muskulatur, überzogen von Schrammen und Wunden. Er löste das Band aus seinem hellen Haar, um auch das zu waschen, und ich konnte nicht mehr wegsehen.

Mein erschöpfter Verstand machte, was er wollte. In meinem Bauch begann es wieder zu kribbeln, mein Körpergefühl kehrte zurück und in mir erwachte der Drang, Nóatún zu berühren, mit den Fingern über seine Haut zu streichen und ihm ganz nahe zu sein. Ich wollte einfach nur bei ihm sein, die Welt vergessen, während er mich küsste, an nichts denken als an ihn, wenn er seine großen Hände über meinen Körper gleiten ließ.

Nóatún stieg wieder aus dem Fluss, das lederne Beinkleid nass, die Stiefel voller Wasser, doch das scherte ihn wohl wenig, denn er kam auf mich zu, machte sich nicht mal die Mühe, sein gerissenes Obergewand wieder anzulegen, und ließ es einfach am Ufer liegen.

Wortlos beugte er sich zu mir herunter, fragte nicht einmal, ob ich selbst laufen konnte, und hob mich wieder auf seine Arme. Ganz eng drückte ich mich an seinen nassen und dennoch warmen Oberkörper und ließ die Emotionen ungehindert durch meinen Körper rieseln.

»Ich bringe dich zurück in deine Siedlung«, sagte Nóatún und riss mich wie ein Schlag aus den verwirrenden Gedanken nach körperlicher Nähe.

»Nein!«, stieß ich aus, meine Stimme brüchig und schwach. Eine leichte Panik erfüllte mich, wenn ich daran dachte zurückzugehen. Denn dort würden sie alle auf mich warten und von mir wissen wollen, wie es weiterging. Der Rat war nicht dort, hatte die Siedlung mit all den anderen verlassen, die nicht mehr in der körperlichen Verfassung waren zu kämpfen, und war so zerstritten, dass die wenigsten wohl noch etwas von ihm erwarteten.

Und Kaera, ihre Anführerin im Kampf gegen die Fremdlinge, war tot. Gefallen in einer Schlacht um unser aller Überleben.

Also blieb nur noch ich, die als Symbol für Stärke scheinbar wissen musste, was zu tun war, damit sich alles zum Guten wendete.

Doch ich war schwach und sehnte mich nach Ruhe und Einsamkeit. An einen Ort wünschte ich mich, wo ich niemandem etwas beweisen musste. An dem ich nur für eine kleine Zeit Kraft schöpfen konnte.

»Ich will noch nicht zurück«, flüsterte ich und Nóatún nickte. Vielleicht verstand er mich ja. Vielleicht spürte er auch mein Bedürfnis nach seiner Nähe.

Seine Bewegungen änderten zielsicher die Richtung und ich schloss die Augen, weil es mir kaum möglich war, sie offen zu halten. Er würde schon wissen, was er tat und wohin er mich bringen wollte. Mein Kopf lag an seiner Brust, mein Ohr direkt über seinem Herz, das stark und in stetigem Takt schlug.

Ich hatte gar nicht gemerkt, wie ich weggedämmert war. Erst als ich vorsichtig auf einem weichen Untergrund abgelegt wurde, kamen meine Sinne zurück und ich öffnete langsam die Augen. Mein Kopf war voller Nebel, der mich langsam denken ließ, und ich brauchte eine Weile, um das Töpferhaus wiederzuerkennen.

Nóatún legte mich auf der breiten Liege ab, seine Hände lösten sich von mir und Leere und Kälte blieben zurück. Gegen meine schweren Lider ankämpfend, versuchte ich ganz wach zu werden, als Nóatún sich gerade von der Bettkante erhob und sich zum Gehen wandte.

»Wo gehst du hin?«, fragte ich ihn sofort, eine leise Panik in der Stimme, und er drehte sich mir wieder zu. Auf keinen Fall wollte ich, dass er ging. Ich brauchte ihn, um die Schrecken in meinen Gedanken von mir fernzuhalten.

»Ich wollte ein Fell holen, um mich auf den Boden zu legen«, antwortete er mir und ich schüttelte den Kopf. Mühsam stützte ich mich auf meine wackeligen Arme, richtete mich halb auf und streckte eine Hand nach ihm aus.

Mein Herz schmerzte ohne seine Nähe, die Sehnsucht nach ihm war beinahe unerträglich. »Nein«, sagte ich also und Nóatún kam zögerlich wieder auf mich zu. Ich bekam seine Hand zu fassen, die er mir entgegenstreckte, zog ihn näher zu mir herunter, griff nach seinem Nacken. Sein Haar war bereits getrocknet und warm von der Sonne.

Sein Mund fand meinen zu einem Kuss, ohne dass ich nachhelfen musste. Seine Hände stützten mich, sodass ich die Finger zu seinem Gesicht heben konnte. Vorsichtig zeichnete ich die Form nach, seine hohe Stirn, die Augenbrauen, seine geschlossenen Augen mit den hellen Wimpern, die Stärke seines Kinns, die harten Stoppeln seines Bartes. Alles, was ich mich bisher nie getraut hatte zu berühren.

Er zuckte leicht zurück, als ich an die Stelle an seinem Wangenknochen kam, an dem sich der Bluterguss langsam dunkler verfärbte. Es hielt ihn jedoch nicht davon ab, sich mir ebenfalls zu nähern, mit seinen Lippen die meinen zu liebkosen und den Griff an meiner Taille zu verstärken.

Das Kribbeln wurde stärker, verwandelte sich ganz langsam von Wärme in Hitze, die Sehnsüchte in meinen Kopf schickte. Meine Hände tasteten von allein nach seiner warmen, hellen Haut. Mit den Fingerspitzen zeichnete ich die ausgeprägten Linien seiner Muskeln nach, mied sorgfältig die unzähligen blauen Flecken und Schrammen, strich sanft über grobe Narben, die seine Haut prägten.

»Bleib bei mir«, brachte ich leise heraus, als ich mich kurz von seinen Lippen lösen konnte, und Nóatún nickte bedächtig. Er beugte sich über mich, ließ mich wieder zurück aufs Bett sinken und küsste mich wieder und wieder. Noch näher zog ich ihn an mich, genoss die Schwere seines Körpers auf meinem, seine Haut an meiner, seine Hände, die mich meinen geschundenen Rücken vergessen ließen, die

Kopfschmerzen auslöschten und Wellen aus Erregung durch meinen Leib schickten. Obwohl es sich anfühlte wie eine übermächtige Kraft, wie ein tosendes Meer, war Nóatún doch so behutsam wie kleine Wellen an einem flachen Strand.

Seine Finger strichen über meinen Bauch, streichelten meine Arme, fanden einen Weg zu meinen empfindlichen Brüsten. Mein Puls rauschte heftig, brachte meinen Atem zum Stocken, entlockte mir einen Seufzer.

Mein Verstand hatte schon lange aufgegeben, war müde und wollte sich gar nicht gegen das stellen, was mein Herz und mein Körper verlangten. Fester klammerte ich mich an Nóatún, kam seinen Händen entgegen, berührte seine starken Schultern, seine Brust, die Muskeln an seiner Seite, die unter meinen Fingern zu zucken begannen.

Seine silbernen Augen glühten wie fließendes Metall und sogen mich in den Strudel der Gefühle, die ich darin lesen konnte. Es waren tiefe Gefühle, dunkle, verlangende Wünsche, ein langsam verlöschender Funke an Zurückhaltung, und mir entfuhr ein Keuchen, als mein Körper darauf reagierte.

Mit einer Hand griff Nóatún nach dem Band, das meine Haare immer noch zu einem hohen Zopf zusammenhielt, und löste es geschickt heraus. Mit den Fingern fuhr er durch mein noch feuchtes Haar, wickelte sich die kohleschwarzen Strähnen ums Handgelenk und senkte dann den Kopf, um ganz sachte meinen Hals zu küssen. Ich spürte den leichten Schmerz eines Blutergusses daran, war aber zu sehr mit meinen Emotionen beschäftigt, um die Erinnerung daran zuzulassen.

Seine Lippen löschten den Schmerz, machten alles Schlechte ungeschehen, ließen mich vergessen, dass die schlimmste Nacht meines Lebens hinter mir lag. Denn jetzt waren wir hier, eng umschlungen, und die Vertrautheit und die prickelnden Gefühle machten meinen Kopf ganz leicht, spülten alle Sorgen heraus.

»Sei die meine«, flüsterte er mit rauer Stimme an mein Ohr und die Hitze in meinem Unterleib wurde zu einem Brennen. Fest schloss sich seine Hand um meine Hüfte, drückte mich verlangend an sich, schob sich weiter zu meinem Po. Es war mir unmöglich, schnell genug die Kontrolle über meine Stimme wiederzufinden. Doch er spürte meine Antwort in meiner Bewegung, die seiner entgegenkam.

Die Hitze in mir wurde unerträglich, stieg mir zu Kopf, ließ mich heftiger atmen. Seine Küsse und sein Körper forderten mehr, ließen ihn ebenfalls aufstöhnen, als seine Arme mich noch näher an ihn zogen. Ich spürte, wie er der Grenze seiner Selbstbeherrschung gefährlich nahe kam, und erwartete mit hämmerndem Herzschlag, was als Nächstes geschehen würde.

Seine Hände strichen meine Oberschenkel entlang, während ich mich enger an ihn presste. Noch näher. Schweißperlen bildeten sich auf unseren Körpern.

Wieder küsste er meinen Mund, mein Schlüsselbein, meine Brüste und versuchte mich von meinem Schurz und dem Lendentuch zu befreien. Als seine zitternden Finger einen Knoten zu öffnen versuchten, dessen Anfang er nicht finden konnte, hätte ich beinahe über die dringliche Verzweiflung in seinem Gesicht gelacht.

Schnell griff ich nach seinen Händen, öffnete den Knoten selbst und konnte nur staunen, wie schnell auch sein Beinkleid verschwunden war.

Und dann war Nóatún wieder bei mir und ließ mich seine unendliche Zärtlichkeit spüren. Es ließ mich verrückt werden, bis ich es kaum noch aushielt, er sich über mich hob und wir den Bund zwischen Mann und Frau vollzogen.

33

ENTSCHEIDUNGEN

Meine Gedanken segelten dahin, waren nicht fassbar und ich bemühte mich auch nicht darum, ihnen hinterherzujagen. Ich weigerte mich, völlig aufzuwachen, und bewegte mich nicht.

Neben mir lag Nóatún. Seine Arme um meinen Körper geschlungen, hielt er mich nah bei sich, Haut an Haut, Herzschlag an Herzschlag. Er schlief, der Atem gleichmäßig, die Muskeln entspannt, und ich betrachtete lange einfach nur sein schlafendes Gesicht.

In vollen Zügen genoss ich unsere Zweisamkeit, die Ruhe um uns herum, als wäre die Welt verstummt, nur um uns beide nicht zu stören.

Denn dieser Moment war so kostbar. Noch nie hatte ich mich einem Menschen so nahe gefühlt. Er war ein Teil von mir und ich ein Teil von ihm. Als seine Welt zusammengebrochen war, war ich für ihn da gewesen. Und er für mich. Die Welten, aus denen wir kamen, waren so verschieden, doch sie hatten eins gemeinsam: Sie existierten nicht mehr. Etwas Neues lag vor uns und ich musste hoffen, dass es einen Platz für uns beide geben würde. Zusammen.

Basras Worte ließen sich jedoch nicht vergessen. Unser Volk würde nicht so leicht zu überzeugen sein, einen Fremdling auf der Insel zu behalten. Jahrzehntelange Überzeugungen löschte man nicht in einer Nacht aus.

Schon gar nicht in der schrecklichen Nacht, die hinter uns lag. Die Fremdlinge, der Krieg, die Toten, all das würde sie nur dazu bewegen, sich noch fester an die Überzeugungen zu klammern, dass Fremdlinge Tod und Verderben brachten.

Auch wenn Nóatún anders war, wusste ich nicht, ob sie sich durch meine Meinung überzeugen lassen würden.

Aber was sollte ich tun, wenn sie ihn wegschickten? Schon allein der Gedanke zerriss mir das Herz und ich drückte meine Stirn an Nóatúns Schulter.

Seine Finger zuckten ganz leicht an meinem Rücken und seine Hand bewegte sich an meiner Wirbelsäule nach unten, was mir einen heißen Schauer über die empfindliche Haut jagte.

Zu schlafen tat meinem Körper gut und auch das, was wir davor taten, hatte mir neue Kraft gegeben. Nóatún sah ebenfalls viel ausgeruhter aus, als sich seine Augen öffneten und er mich ansah.

»Limea«, murmelte er verschlafen meinen Namen und ich musste lächeln, weil beim Klang seiner Stimme die Verliebtheit alles in mir zum Erzittern brachte. Sanft strich er mit seiner Hand meine Seite entlang, berührte meinen Arm und meine Schulter und legte sie dann an meine Wange.

Er hob den Kopf und küsste meine Lippen, was mir ein wohliges Gefühl im Bauch verschaffte, meine trüben Gedanken forttrieb und mich ohne Zweifel in diesem einzigartigen Augenblick zurückließ.

Ich schob meine Hände auf Nóatúns Rücken, zog ihn zu mir, sodass sich seinen Körper über mich bewegte und mich mit seinem Gewicht tiefer in die Strohpolsterung des Bettes drückte. Der Mann, den ich liebte, küsste mich immer wieder, zeigte mir mit allem, was er hatte, dass er mich liebte.

Doch die Zeit hielt nicht an, die Sonne blieb nicht, wo sie gewesen war, und auch meine Gedanken kamen irgendwann wieder zurück. Denn dieser Moment konnte nicht ewig dauern, sosehr ich es mir auch gewünscht hätte.

Der Stand der Sonne zeigte mir, dass Mittag bereits vorbei war und ich war immer noch nicht in die Siedlung zurückgekehrt. Sicher machte man sich bereits Sorgen um mich. Mutter wäre außer sich, Milla vielleicht schon ein bisschen verzweifelt, wenn niemand uns hatte weggehen sehen.

Ich wusste, dass es nicht richtig war, noch länger im Töpferhaus zu bleiben und mich vor dem zu drücken, was uns nun bevorstand. Aber es war mir egal und ich verdrängte die Stimme der Vernunft in meinem Kopf solange es ging. Doch sie würde lauter, drückte auf mein Gewissen wie ein spitzer Stein, der sich immer tiefer in mich hineinbohrte.

Laut schnaubte ich und Nóatún hob fragend eine Augenbraue. Seine Hand streichelte meinen Schenkel entlang, sein Blick lag ganz auf meinem Gesicht. Und ich wünschte so verzweifelt, ich müsste mich dem Ganzen niemals stellen.

»Wir müssen zurück in die Siedlung«, seufzte ich genervt und drückte meinem Krieger einen Kuss auf den sehr deutlich ausgeprägten Muskel am Oberarm.

Ein leichtes Schmunzeln zeigte sich auf seinem Mund und er nickte. »Das habe ich mir schon gedacht«, meinte er und ich konnte mich trotzdem nicht dazu aufraffen, mich auch nur einen Fingerbreit von ihm wegzubewegen. Dafür war das Gefühl von seiner Haut an meiner einfach viel zu gut.

Doch Nóatún ließ mich nicht, gab mir einen kleinen Schubs, eine Aufforderung, um aus dem Bett zu steigen, und ich klammerte mich nur noch fester an ihn, drückte mein Gesicht gegen seinen Hals, verschränkte meine Arme hinter seinem Kopf.

Er lachte leise, was mein Herz zum Hüpfen brachte, und erhob sich mit mir aus dem Bett. »Ich würde auch lieber hierbleiben«, flüsterte er in mein Haar und fuhr mit den Fingern durch die schwarzen Strähnen. »Aber ich weiß genau wie du, dass das nicht geht.«

Zögernd überwand ich mich selbst, Nóatún loszulassen und mich von ihm auf die Füße stellen zu lassen. Es war ein seltsames Gefühl, nun so völlig nackt vor ihm zu stehen. Natürlich trug ich auch sonst nicht sehr viel mehr Kleidungsstücke, aber ich empfand nun etwas anderes dabei.

Wir hatten uns verbunden, unsere Liebe mit unseren Körpern bezeugt und alles an mir war von ihm in Besitz genommen worden. Ein warmer Schauer rieselte über meine Haut und am liebsten hätte ich Nóatún sofort wieder zurück ins Bett geschoben, um seine Hände und seine Küsse wieder auf meiner Haut zu spüren, von denen nur ein Nachhall der Erinnerung geblieben war.

Doch Nóatún würde das wohl nicht zulassen und ich sollte es auch nicht. Ungelenk klaubte ich mein Lendentuch vom Boden auf und band es mir in einer geübten Bewegung um. Gerade griff ich nach meinem Schurz, da entdeckte ich auf dem Boden neben mir meinen leeren Messergurt.

Wie ein Schlag gegen den Kopf kamen die Bilder zurück, tote Menschen, Blut an meinen Händen, Kaera.

Als wäre er eine giftige Schlange, zuckte ich vor dem ledernen Gürtel zurück und stieß dabei gegen Nóatún, der sich gerade sein Beinkleid wieder über den Hintern gezogen hatte. Er fing mich sofort mit einem Arm auf und stellte mich behutsam zurück auf die Füße. Obwohl er meinen Schreck sicher bemerkt hatte, sagte er nichts, zog mich nur näher an sich und drückte mir einen Kuss auf die Stirn.

Seine Nähe suchend, legte ich ihm meine Hände an die Seiten, strich über seine Haut und berührte eine Unebenheit, bei der er zusammenzuckte. Schnell nahm ich die Hand weg und begutachtete die Stelle. Es war die Wunde, die Aisek und ich versorgt hatten. Der Kampf und all die Anstrengung mussten sie wieder ein Stück aufgerissen haben. Zwar blutete sie nicht, aber sie war gerötet und so wie sie jetzt aussah, würde sie sicher eine Narbe hinterlassen.

»Eine Narbe mehr auf deinem Körper«, flüsterte ich mehr zu mir selbst als zu Nóatún, doch er lächelte wieder.

»Eine Narbe, die ich mit Ehre tragen kann«, antwortete er mir und seine Stimme hatte etwas so Bedeutungsvolles, dass ich nichts darauf antworten wollte, um den Moment nicht zu zerstören.

»Lass uns gehen.« Er nahm meine Hand und zog mich sanft in Richtung Tür. Das Sonnenlicht empfing uns, als wir hinaustraten, und die Wirklichkeit holte mich wieder ein.

Meine Vernunft kehrte zurück, zerrte an mir, als ich an die anderen dachte, die alle nicht wussten, was denn aus mir geworden war. Wo ich war oder wie es mir ging.

Ich hatte sie warten lassen und nun musste ich schnell in die Siedlung zurück. Zügigen Schrittes setzten wir uns in Bewegung und nahmen den kürzesten Weg.

Die ersten Häuser blitzten zwischen den Blättern der Bäume hindurch und auch wenn ich mir meiner Anspannung nicht bewusst gewesen war, fiel sie jetzt von mir ab und ein Gefühl von Erleichterung ließ mich noch schneller werden. Die Siedlung stand noch, nichts war niedergebrannt, unser Zuhause war an der gleichen Stelle wie zuvor. Mein Zuhause.

Wir erreichten einen der ausgetretenen Wege und mussten nicht weit gehen, um entdeckt zu werden.

»Limea ist zurück!«, hörte ich jemanden rufen und dann erblickte ich auch schon die ersten Menschen. Ein paar von ihnen standen noch auf dem Grund unserer Siedlung, doch die meisten hatten sich wieder in die Bäume begeben. Sie lösten die Seilschlingen, die sich dem Boden entgegensenkten, ließen Strickleitern herunter, putzten die Runen von den Türen und begannen die Treppen zu flicken, die durch die Fremdlinge zu Bruch gegangen waren.

Doch als Nóatún und ich den Platz auf dem Grund der Siedlung betraten, fühlte es sich an, als würden alle in ihrer Arbeit innehalten, um sich nach uns umzudrehen.

»Limea!«, rief Milla und stürzte sich wie aus dem Nichts in meine Arme, was mich zwang, Nóatúns Hand loszulassen. Sie zog mich an sich, drückte fest zu und ich stöhnte schmerzvoll auf, da mein Rücken immer noch wund und geschunden war.

»Oh nein, bist du verletzt?«, redete Milla sofort weiter, hielt mich auf eine Armlänge von sich und musterte mich eingehend. Ich konnte nicht alles von mir sehen, aber ich wusste von dem Teil, den ich überblicken konnte, dass mich eine Menge Blutergüsse zierten.

»Es geht schon«, versuchte ich sie zu beruhigen, aber sie untersuchte mich weiter und verschwand hinter mir, um sich meinen Rücken anzusehen.

»Du bist ja grün und blau!«, stieß sie entsetzt hervor und ich kommentierte es nicht. Es ging mir schließlich gut. Ich hatte nicht viel abgekriegt, wenn ich daran dachte, was heute im Morgengrauen alles geschehen war.

Den Mund öffnend, um Milla zu ermahnen, damit aufzuhören, fiel mein Blick auf meine Mutter. Und Era, die neben ihr eine Treppe herunterkam.

Überrascht hob ich die Augenbrauen. Der Rat war zurück?

Ich warf einen schnellen Blick zu den Balkonen über uns, sah die Menschen, jung und alt, Kinder und Erwachsene an den Geländern stehen, wie sie auf uns herabblickten, um zu sehen, was jetzt passieren würde. Sie waren tatsächlich alle wieder hier. Mein ganzes Volk. Die Sorayer waren zu Hause.

»Limea«, sprach Era mich an und nickte mir mit ernstem Gesicht zu. »Das ist also der Fremdling, der uns geholfen hat«, richtete sie sich an Nóatún und ich wusste nicht, was ich von all dem halten sollte.

Ich fühlte mich wie in einer Prüfung, die Nóatún und ich durchzustehen hatten, unter den Augen des Rates. Obwohl mir Eras Meinung hätte egal sein können, war sie es nicht. Era war nicht Keris. Sie war nicht so verstockt und würde in der Zukunft wieder die Unterstützung des Volkes erhalten. Ob mir das nun passte oder nicht.

»Sein Name ist Nóatún«, sagte ich herausfordernder als beabsichtigt und hob das Kinn ein Stückchen an. Aber ich würde nicht zurückweichen. Mein Wert war bewiesen und ich hatte gezeigt, dass meine Entscheidungen gut und meine Talente herausragend waren. An der Seite meiner Leute hatte ich gekämpft und die Angst und Panik in meinem Innern gespürt. War einem Feind gegenübergetreten, wie ich keinem mehr begegnen würde in meinem Leben. Era sollte da die Letzte sein, die mich dazu brachte, meinen Blick zu senken.

Entschlossen griff ich nach Nóatúns Hand und er verschränkte wie selbstverständlich seine Finger mit meinen. Eine kleine Bewegung und doch hatte diese Geste so viel mehr Bedeutung. Denn hier standen wir, vor allen, und zeigten, dass wir mehr waren als nur eine Jägerin und ein Krieger.

Eras Blick folgte dieser Bewegung und ihre Augenbrauen schossen in die Höhe, als sich ihre Augen weiteten. »Ich verstehe«, meinte sie in bedachtem Ton und warf einen schnellen Blick zu meiner Mutter, die einfach nur neben ihr stand und keinerlei Reaktion auf meine Geste zeigte. Schließlich hatte sie es gewusst.

Ich traute ihr sogar zu, dass ihr ebenfalls bewusst war, wo wir den ganzen Vormittag gewesen waren und was wir gemacht hatten. Zwanghaft riss ich mich zusammen, damit meine Gedanken nicht abschweiften und eine Röte auf meinen Wangen mich verraten würde.

»Er hat seine Leute also um deinetwillen verraten«, schlussfolgerte Era aus unserem offenen Geständnis und ich schnaubte verächtlich. Woher auch immer schon wieder all der Mut und die Entschlossenheit gekommen waren, ich nutzte sie, spürte die Drachenkriegerin unter der Oberfläche meiner Seele. Für immer würde ich sie in mir tragen, selbst wenn man sie nicht mehr auf meiner Haut sehen konnte.

»Er war ein Sklave der Fremdlinge und hat sich seine Freiheit zurückerkämpft«, vereinfachte ich die ganze Geschichte und war dankbar dafür, dass Nóatún mir das Reden überließ. Aber was hätte er auch sagen können. Dies hier war schließlich mein Volk, meine Regeln, meine Welt. Er war schlau genug, zu schweigen.

Wahrscheinlich hätte ich gut daran getan, ruhig zu bleiben. Doch der Ärger in meinem Bauch drückte sich zu Wut zusammen. Eras Blick war nicht vorurteilsfrei, so wie der meiner Mutter. Sie erachtete unsere Verbindung als etwas Schlechtes, vielleicht sogar Unnatürliches.

»Und doch steht ihr hier gemeinsam«, sagte Era und schien auf eine Erklärung zu warten.

Mein Herz pochte, meine Hand drückte Nóatúns noch fester. »Und das werden wie auch weiterhin, denn …« Ich stockte, hätte um ein Haar hinausgebrüllt, dass wir einen Bund eingegangen waren. Es wäre unklug und dumm gewesen und doch hätte ich zu gern Eras Gesicht gesehen, wenn sie es hörte. Den Schock darüber, dass ich so etwas getan hatte. Dass dieser Fremdling mir so wichtig war, dass ich mein Leben mit ihm verbringen wollte.

»Er hat mein Leben gerettet. Er hat unser aller Leben gerettet!«, sagte ich stattdessen und legte alles Gefühl hinein, das ich bei diesen Worten empfand.

Doch als mein Blick den meiner Mutter kreuzte, entdeckte ich einen Funken Schmerz in ihren Augen, der mir einen solchen Schreck einjagte, dass ich Nóatúns Hand beinahe zerquetschte.

Ich war zu spät. Die Würfel waren bereits gefallen. Mein Magen krampfte sich zusammen.

»Vielleicht mag das sein, aber der Fremdling wird trotzdem die Insel verlassen«, kamen die schrecklichsten Worte aus Eras Mund, die sie hätte sagen können, und ich knurrte laut.

»Er hat sein Leben riskiert, um uns zu helfen, und ihr wollt ihn immer noch von der Insel verweisen?«, rief ich wütend und hob den Blick zu den Menschen um uns herum. Viele starrten uns grimmig an. Doch manche, vor allem die, die mit Nóatún zusammen gekämpft hatten, drehten betreten die Köpfe zur Seite.

Mit Schrecken musste ich erkennen, dass dies hier tatsächlich die Entscheidung des Volkes gewesen war und nicht das Hirngespinst von Era.

Ich hatte es geahnt, doch gehofft hatte ich auf das Gegenteil. Mir war furchtbar elend.

»Limea«, sagte Era meinen Namen und ihre Stimme war tatsächlich ein wenig weicher geworden. Doch ich wollte nicht hören, was sie noch zu sagen hatte, wusste es sowieso.

Ich musste mir nur vorstellen, wie sie das Schiff wieder reparierten, Nóatún aufs Deck stieg und davonfuhr, und ich wusste jetzt schon, dass es mich zerstören würde.

»Dann werde ich mit ihm gehen!«, sagte ich laut und deutlich, damit sie alle hörten, zu was für einer Entscheidung sie mich zwangen. Dann drehte ich mich um und ging davon, zog Nóatún mit mir, ließ seine Hand nicht los.

Er sprach immer noch nicht, sah mich nur bedeutungsvoll an, während ich seinen Blick mied und mich zwang, vor Verzweiflung nicht in Tränen auszubrechen.

»Limea!«, rief Mutter uns hinterher und ich hörte ein ersticktes Quieken von Milla, die wohl erst jetzt begriff, was meine Worte bedeuteten, doch ich versuchte, nicht an sie zu denken, mir nicht bewusst zu machen, was es für sie bedeutete, wenn ich wegging.

Ich wollte runter zum Strand, wollte meinen Frust und die Wut in meinem Bauch den Wellen entgegenschreien. Mein Herz zog sich zusammen, mein Kopf war ein einziges Chaos und ich hatte so gehofft, dieser Entscheidung niemals ausgesetzt zu sein. Aber ich war so dumm gewesen, mich an meine unrealistischen Hoffnungen zu klammern. Natürlich wollten sie Nóatún nicht auf der Insel haben.

Ich kam nicht weit, als Nóatún plötzlich stehen blieb und sich keinen Schritt weiterbewegte, obwohl ich an seinem Arm zog und ihn mit den Augen anflehte, einfach mit mir zu kommen. Gerade mal den

Rand der Siedlung hatten wir erreicht, vor den Blicken der anderen geschützt durch das dichte Blätterdach über uns, als er mich an sich zog und in seiner Umarmung festhielt.

»Lass mich los«, knurrte ich, obwohl ich es eigentlich nicht wollte, und Nóatún tat es auch nicht. Er strich mir nur durchs Haar und zog mich noch fester an sich.

»Du darfst die Insel nicht verlassen«, flüsterte er und ich verstand es nicht, wollte es nicht verstehen, wollte nur glauben, dass auch er mich nicht einfach aufgeben konnte.

»Limea, bitte«, hörte ich die erschöpfte Stimme von Era hinter uns. Besaß sie tatsächlich die Frechheit, uns zu folgen?

»Wir brauchen dich hier. Du kannst uns nicht einfach im Stich lassen«, kamen die Worte aus ihrem Mund und ich hob überrascht meinen Kopf von Nóatúns Brust, um sie anzusehen.

Sie war nicht allein hinter uns hergekommen. Mutter war bei ihr und in der Ferne sah ich sogar Talo, wie er auf uns zukam.

»Ach ja, du brauchst mich?«, fragte ich spöttisch und rechnete nur mit Verachtung. Doch Era zeigte diese nicht, ihr Blick war nun ehrlich und ich brauchte einen Moment, um zu realisieren, was es bedeutete, als sie plötzlich den Kopf neigte.

»Ja, ich brauche dich«, wiederholte sie und ich zweifelte an meinem Gehör. »Talo braucht dich und die Sorayer brauchen dich. Ich habe von Kearas Tod erfahren. Es ist eine Tragödie und ein harter Schlag für uns alle. Und wir wollen dich im Rat, damit wir uns gemeinsam wieder aufbauen und aneinander wachsen können«, erzählte sie demütig und ich schüttelte den Kopf, klammerte mich an Nóatúns Arme und konnte es nicht fassen, dass sie mir meine Entscheidung nur noch schlimmer gemacht hatten.

Sie boten mir einen Platz im Rat an. Mir, dem Mädchen, das erst vor ein paar Tagen die Mündigkeit erreicht hatte, das ihnen so viel Ärger gemacht hatte. Und doch brauchten sie mich, weil ich zum Symbol geworden war. Weil ich für andere Sichtweisen und für Veränderung stand, die wir so dringend brauchten, damit die Zukunft eine bessere wurde.

Wenn ich ging, dann würde ich ihnen diese Möglichkeit nehmen, da sie in ihrem alten Trott zurückblieben. Die oberen Kasten würden

den unteren weiterhin ihre Sachen nehmen dürfen. Menschen wie Aisek würden im Schlamm der Erde Setzlinge in den Boden pflanzen, obwohl sie zu anderem bestimmt waren. Fremdlinge würden weiter das Schreckgespenst ihrer Albträume bleiben und sie würden niemals die Augen öffnen und über den Rand ihrer Welt hinausblicken.

Meine Hände zitterten und obwohl Nóatúns Körper so warm war, seine Haut so nah an meiner, war mir kalt. Denn es ging nicht mehr nur um mich.

»Wieso tut ihr mir das an?«, kamen die Worte über meine Lippen und ich spürte, wie meine Augen heftiger zu brennen begannen.

»Du darfst die Insel nicht verlassen«, wiederholte Nóatún seine Worte, so als ob er schon vorher gewusst hatte, dass ich vor so einer Wahl stehen würde. Ich sah ihn an, sah in sein Gesicht, in die grauen Augen, die mir sagten, dass er mich liebte, egal wie ich mich entscheiden würde.

»Wir haben einen Bund geschlossen«, sagte ich laut genug, dass auch die anderen es hören konnten, doch obwohl ich ihre Reaktion darauf hatte sehen wollen, konnte ich meine Augen nicht von Nóatún abwenden. Sein Blick war tief wie das Meer selbst und eine Traurigkeit lag darin, die noch unendlicher war als das Licht der Sterne.

»Nein«, sagte ich und meine Stimme war bereits nur noch ein Zittern. Der Kloß in meinem Hals ließ mich beinahe ersticken und kündigte mir an, dass ich gleich in Tränen ausbrach. »Aber du wirst weggehen und ich … wir …«, stammelte ich und schon liefen meine Augen über. Mein Herz wurde zerquetscht, mein Magen zog sich so sehr zusammen, dass ich glaubte, mich gleich übergeben zu müssen. Hunderttausend Gefühle rauschten durch meine Adern und trotzdem war mein Kopf so leer, so stumpf.

»Limea«, sprach meine Mutter und ich versuchte mir die Tränen aus den Augen zu wischen, ohne Nóatún dabei loszulassen. Er war mein Fels, mein fester Grund. Ohne ihn würde ich jetzt davontreiben, mich auflösen wie Meeresschaum.

»Wir sind nicht bereit für die Fremdlinge. Sie und Nóatún müssen uns verlassen«, begann sie ihre Ausführungen, doch es reichte, damit ich schon anfing zu schluchzen. »Doch wenn du den Platz im Rat annimmst, dann kannst du etwas bewirken. Du kannst uns alle darauf vorbereiten, der Welt dort draußen zu begegnen. Und dann, in einiger Zeit, wird Nóatún wiederkommen können«, sprach sie auf mich ein, um mich zu überzeugen, und es tat so weh in meinem Herzen.

Weil ich eigentlich wusste, dass sie recht hatte. Und dass ich vor dieser Verantwortung nicht fliehen konnte. Auch nicht für die Liebe.

Nóatún stritt nicht mit Era, hatte gewusst, dass es so kommen würde, und sich innerlich bereits damit abgefunden, gehen zu müssen.

Ich wusste nicht, wie er das konnte, doch ich bewunderte seine Stärke, genauso wie ich sie hasste. Es fühlte sich schrecklich an in meinem Innern, als wäre mein Herz ein zerbrochener Krug, aus dem stetig Schmerz floss und meine Adern vergiftete.

Obwohl ich Nóatún nicht wünschte, sich auch so zu fühlen, wollte ich doch gleichzeitig, dass sein Herz an meinem hing so wie meins an seinem.

Schon am Nachmittag begannen er und die übrigen Fremdlinge, die wir in den Mooren gefangen hatten, mit den Reparaturen am Schiff.

Sechs von ihnen waren genau wie Nóatún. Verschleppte Kinder, misshandelt und zu Kriegern großgezogen. In ständiger Angst vor Askur. Doch der war tot.

Genau wie der siebte, als Nóatún ihn zu Gesicht bekam, gefesselt an einen Baum, den ganzen Körper voller stinkender Schlacke. Nóatún brauchte keinen Moment der Überlegung, zog blitzschnell ein Messer aus seinem Stiefel und rammte es dem Fremdling ins Herz. »Das ist für meine Schwester, du widerlicher Drecksack!«, knurrte Nóatún wie ein gefährliches Tier und obwohl es eine brutale Geste darstellte, verstand ich nun. Ich wollte mir gar nicht ausmalen, wie es Nóatúns Schwester in den Fängen dieses Fremdlings wohl ergangen war. Hätte dieser Mann Milla auch nur ein Haar gekrümmt, ich hätte es wohl ähnlich gemacht.

Die anderen hatten um Gnade gewinselt und sie in seinen Augen gefunden.

»Und was wirst du jetzt tun?«, fragte ich Nóatún, als es draußen zu dämmern begann. Die ganze Nacht hatten wir beisammengelegen, mein Ohr an seinem Herz, seine Finger auf meiner Haut. Ich hatte kein Auge zugetan, versucht, jeden Moment zu genießen, in dem ich ihn noch hatte.

Denn heute war der Tag. Heute würde Nóatún mich verlassen für eine unbestimmte Zeit.

»Era hat dafür gesorgt, dass jeder von seinem Handwerk etwas abgibt. Wir werden genug haben, um damit Handel zu treiben«, flüsterte er an meinem Ohr und ich drehte meinen Kopf, um die weiche Haut an seinem Hals zu küssen.

»Das ist auch das Mindeste, was sie für dich tun konnte«, sagte ich und hörte meinen verbissenen Ton selbst. Dabei hatte ich mir fest vorgenommen, mich heute Nacht nicht zu ärgern. Dafür war unsere Zeit zusammen zu kostbar, als dass ich sie mit solchen unnützen Gefühlen vergeuden wollte.

»Du solltest ihr Angebot annehmen, Limea«, wechselte er plötzlich das Thema und ich seufzte, weil ich ja wusste, dass er recht behalten würde.

Ich musste den Platz im Rat antreten und mein Bestes geben. Doch ich hatte es noch nicht über mich gebracht, Era dies zu sagen. Zu sehr wütete meine Verzweiflung, obwohl sie die Entscheidung nicht getroffen hatte, Nóatún wegzuschicken. Aber irgendwen musste ich dafür ja bestrafen, denn ohne sie wäre ich womöglich mit ihm mitgegangen.

Natürlich wusste ich das nicht mit Sicherheit. Ich hatte meinen Entschluss vor ein paar Tagen im Affekt gefasst, ohne wirklich darüber nachzudenken, hatte einfach behauptet, mit Nóatún weggehen zu wollen.

Doch ich hatte nicht wirklich an meine Freunde gedacht, nicht an meine Familie, nicht an meine Welt, mein Zuhause, das ich eigentlich liebte. Ich liebte diese Insel und ich konnte mir nicht vorstellen, woanders zu leben. Zu Gehen hätte mich wahrscheinlich genauso zerstört wie zu bleiben.

»Ich liebe dich«, wisperte ich, damit Nóatún nicht merkte, dass ich schon wieder in den Strudel aus schlimmen Gedanken geraten war, der mich in den letzten Tagen immer wieder runtergezogen hatte. Doch er merkte es natürlich trotzdem und hob den Kopf.

Er drehte sich, schob mich auf den Rücken, damit er sich über mich beugen konnte, und mein Körper fühlte sich, trotz der Tränen in meinen Augen, an wie von Hunderten Libellen bevölkert. Nóatún neigte den Kopf, sein helles Haar fiel nach vorne, kitzelte über meine Haut, brachte mich dazu, mit meinen Fingern hineinzufahren und sein Gesicht noch näher zu mir zu ziehen.

Mit seiner Nase strich er an meiner entlang und drückte mir einen Kuss auf die Lippen, der mir versprach, dass er mich genauso vermissen würde wie ich ihn. »Ich komme wieder, Limea. Ich schwöre es dir«, legte er mir seine Worte aufs Herz und seine Stirn an meine. »Nichts auf der Welt kann mich davon abhalten, wieder zu dir zurückzukehren.«

Und ich glaubte ihm.

Ende

EPILOG

Der Morgen war trüb, denn die Nacht war stürmisch gewesen. Es war noch früh und ich saß auf meinem Stein, um hinaus aufs Meer zu sehen.

Wie so oft saß ich hier, genoss die Stille und die wärmer werdende Luft. Der Frühling neigte sich dem Ende zu und machte dem Sommer Platz, mit der sengenden Hitze, den schreienden Maki und den Insekten, die die schwüle Luft erfüllen würden.

Meine Gedanken schweiften zum letzten halben Jahr, so wie jeden Tag, ich dachte an das, was passiert war, seit er gegangen war. So viel hatte sich verändert, seit die Fremdlinge hier gewesen waren. Seit man mich in den Rat berufen hatte.

Anzunehmen war die einzige Möglichkeit gewesen, um die Veränderungen zu bewirken, die wir brauchten.

Und ich hatte auch schon einiges erreicht. Unser zwingendes Kastensystem war zwar nicht verschwunden, aber lange nicht mehr so streng wie zuvor. Die Grenzen verwischten und Talente wurden nun auch bei Männern als wichtiger angesehen als der soziale Stand ihrer Frauen.

Wovon Aisek ganz besonders profitierte. Sein offensichtliches Talent zum Schriftenführer zeigte sich nur noch deutlicher, seit er sich jeden Moment des Tages in der Halle der Schreiber aufhielt.

Obwohl ich in letzter Zeit nicht genau sagen konnte, ob es wirklich an den Schriften oder an der hübschen Tochter von Jano lag, die ihre Zeit lieber mit lesen verbrachte, als sich im Jagen hervorzutun.

Nicht nur er lag mir mit seinen Schwärmereien in den Ohren. Wobei er noch ganz harmlos war, im Gegensatz zu Milla.

Seit Bardin ihr ganz offiziell den Hof machte, strengte sie sich zwar bei ihren Übungen mehr an, verbrachte aber den Rest ihrer Tage mit dem Kopf in den Wolken, während sie Bardins Mandolinenklängen lauschte.

Jeder konnte sehen, dass die beiden füreinander bestimmt waren und Milla erzählte mir immer wieder, dass sie es kaum erwarten konnte, endlich alt genug für einen Bund zu sein.

Ich freute mich für sie. Und auch für Aisek, der mir endlich wieder in die Augen sah und das Gefühl gab, es würde bald alles wieder so sein wie früher.

Doch mein Herz war schwer, wenn ich an die Liebe dachte. Denn dann dachte ich an Nóatún.

Ich vermisste ihn so furchtbar, dass ich an manchen Tagen kaum aus dem Bett gekommen wäre, wenn nicht Aufgaben auf mich gewartet hätten. Auch wenn unsere Zeit miteinander nur von so kurzer Dauer gewesen war, besaß er mein Herz und ich konnte nur hoffen, dass er Wort hielt. Denn ein Leben, in dem ich nicht hoffen könnte, dass er wiederkehrte, würde nicht mehr viel Freude für mich haben.

Milla glaubte fest daran, dass er bald wieder da sein würde. Aisek sagte, falls es nicht so wäre, würde ich schon darüber hinwegkommen. Er hatte das schließlich auch geschafft.

Mutter strich mir manchmal unauffällig über den Rücken und schenkte mir ein trauriges Lächeln. Sie hatte nie etwas dazu gesagt, aber ich wusste, dass wir gleich dachten.

Manche Liebe würde man nie überwinden. Sie hatte den Tod meines Vaters auch nie hinter sich lassen können und so würde es mir mit Nóatún auch ergehen.

Ich schüttelte den Kopf und vertrieb die trüben Gedanken. Der Himmel klarte langsam auf und versprach einen Tag mit Sonnenschein.

Beiläufig strich ich mir den langen schwarzen Zopf über die Schulter, sodass die drei Ringe an meinem Ohr klimperten, und erhob mich langsam auf meinem Stein, um hinunter in den Sand der Dünen zu springen.

Die Wolken trieben am Himmel entlang, wurden zu großen, kunstvollen weißen Gebilden und zogen den Nebel, der auf der Bucht lag, mit sich hinauf in den Himmel.

Und da sah ich etwas. Mein Herz begann zu rasen, ein warmer Schauer glitt meinen Rücken hinunter und in meinem Bauch begannen Wellen aus Vorfreude zu schäumen. Atmen fiel mir schwer und ich richtete mich vollends auf dem Stein auf, um besser in die Ferne blicken zu können.

Am Horizont war ein Schiff.

Sein Schiff.

Kastensystem der Sorayer – Volk der Bäume

Obere Kasten
Schriftenführer
Musik und andere Künste
Schmuckmeister

Mittlere Kasten
Tuchmacher
Töpfer
Tier- und Gemüsehüter

Untere Kasten
Werkzeug- und Waffengießer
Seil- und Hausknüpfer
Forster

DANKE

Ein Gedicht von Lin Rina.
Als Poetry Slam vorzutragen.
(Bardin wäre stolz auf mich. XD)

Ein Buch zu schreiben ist keine leichte Sache,
es ist etwas, über das ich Tag und Nacht wache.
Limea hat es mir nicht leicht gemacht,
jeden Tag den Kampf gegen mich neu entfacht.
Abgemüht habe ich mich mit diesem Buch jahrelang,
und trotzdem bin ich diesen Weg gegangen.
Mein Wille war stark, ich wollte es schaffen,
Kämpfen um dieses Buch, mit meinen eigenen Waffen.
Ich bin gewachsen daran und groß geworden.
Das Gefühl, alles zu schaffen, ist in meinem Herzen geborgen.

Doch in diesem Kampf war ich nie allein,
zu mir stand, wie sollte es anders sein:

Mein Liebster, mein Bester, der Mann in meinem Traum.
Du gabst mir zum Schreiben ganz viel Raum.

In Sorge immer bei mir, war auch meine Schwester,
sie hörte mir immer zu, ertrug mein Geläster.

Meine Mama, sie glaubt immer an mich.
Wo wäre ich jetzt nur ohne dich?

Jule und Jazz, meine Schreiberling-Eskorte.
Immer zur Stelle im Krieg gegen fehlende Worte.

Leni, du zeigst mir stets deinen Mut,
sodass auch die Kraft in meiner Seele ruht.

Ohne Astrid wären meine Geschichten nicht auf der Welt.
Wunderschön gekleidet. Es steht und fällt,
mit deiner Zuversicht für meine Ideen.
Ohne dich würde ich untergehen.

Wenn ich weinen wollte, weil nichts mehr ging auf dem schweren Pfad,
kämpfte Stephan glorreich an meiner Seite im Lektorat.

Auch du, lieber Leser, lauscht meiner dürftigen Poesie.
Du trägst ebenfalls bei zur großen Symphonie.

Ich schicke euch Liebe, euch allen, aus ganzem Herzen.
Ihr wart bei mir im Schweren, im Leichten, im Tee trinken und Scherzen.
Durch euch gehe ich vorwärts, so dass ich nicht wanke.
Deshalb sage ich heute einfach nur: Danke.

Lin Rina

Animant Crumbs Staubchronik

ISBN: 978-3-95991-391-1, kartoniert, EUR 16,90

England 1890.

Kleider, Bälle und die Suche nach dem perfekten Ehemann. Das ist es, was sich Animants Mutter für ihre Tochter wünscht. Doch Ani hat anderes im Sinn. Sie lebt in einer Welt aus Büchern, und bemüht sich der Realität mit Scharfsinn und einer gehörigen Portion Sarkasmus aus dem Weg zu gehen. Bis diese an ihre Tür klopft und ihr ein Angebot macht, das ihr Leben auf den Kopf stellt. Ein Monat in London, eine riesige, vollautomatische Suchmaschine, die Umstände der weniger Privilegierten und eine Arbeitsstelle in einer Bibliothek.

Und natürlich Gefühle, die sie bis dahin nur aus Büchern kannte.

Lin Rina

Animants Welt – Ein Buch über Staubchronik

ISBN: 978-3-95991-813-8, kartoniert, EUR 12,00

»Meine beste Elisa.
Es ist so weit! Die Vorkehrungen sind getroffen, alles Nötige ist gepackt und meine Mutter sogar endlich zufrieden mit der Auswahl meiner Garderobe. Am Mittwoch in einer Woche werde ich nach London zurückkehren.«

Eine Sammlung von Kurzgeschichten, Briefen, Notizen und die Entstehungsgeschichte rund um das Buch Animant Crumbs STAUBCHRONIK.

Sandra Bäumler

ICE – Wenn die Welt gefriert

ISBN: 978-3-95991-526-7, kartoniert, EUR 12,90

Die Reward Huntress Cyra Stern und ihr Gefangener Adam stürzen auf einem fremden Planeten ab und können das Raumschiff gerade noch verlassen, bevor es in den Tiefen eines Ozeans versinkt. Kurz vor dem Absturz kann Cyra eine menschliche Station lokalisieren. Der Weg dorthin führt durch einen Dschungel voll unbekannter Gefahren, doch am bedrohlichsten ist Adam, ein gesuchter Mörder, der so tödlich wie anziehend ist.

Als sie endlich die Station erreichen, kommt alles anders als gedacht, denn Cyra wird zur Gefangenen und Adam kann fliehen. Doch wieso wird sie des Hochverrats beschuldigt und was hat ihre im Koma liegende Schwester Medea mit alldem zu tun?

Lin Rina

KHAOS – Touching Soul

ISBN: 978-3-95991-421-5, Klappenbroschur, EUR 14,90

Daya lebt auf einem vergessenen Gefängnisplaneten unter skrupellosen Verbrechern. Nur ihre Gabe, in den Seelen anderer zu lesen und ihre Gefühle zu erspüren, sichert ihr das Überleben.

Als eine Gruppe genetisch veränderter Menschen aus dem Kryoschlaf erwacht, gerät Daya plötzlich zwischen die Fronten von Macht und Gewalt. Doch was ist richtig? Den Soldaten und ihrem Anführer Khaos zu helfen, den Planeten zu verlassen, oder das Leben ihrer Leute zu erhalten?

Denn Khaos ist nicht irgendein Soldat. Seine Seele ist für Daya unwiderstehlich. Aber sich in einen Mann zu verlieben, der nicht zum Lieben geschaffen wurde, ist ein gefährliches Spiel.

DIE 12 HÄUSER DER MAGIE
SCHICKSALS
WÄCHTER
ANDREAS SUCHANEK
DRACHENMOND VERLAG

DRACHENMOND VERLAG